比较与融通

多维视域下的诗学与语言学研究

Comparison and Integration

伍方斐　何明星　主编

暨南大学出版社
JINAN UNIVERSITY PRESS

中国·广州

图书在版编目（CIP）数据

比较与融通：多维视域下的诗学与语言学研究/伍方斐，何明星主编. —广州：暨南大学出版社，2018.12
ISBN 978－7－5668－1639－9

Ⅰ.①比… Ⅱ.①伍… ②何… Ⅲ.①诗学—研究②语言学—研究 Ⅳ.①I052②H0

中国版本图书馆 CIP 数据核字（2015）第 238466 号

比较与融通：多维视域下的诗学与语言学研究
BIJIAO YU RONGTONG：DUOWEI SHIYU XIA DE SHIXUE YU YUYANXUE YANJIU

主 编：伍方斐 何明星
··

出 版 人：徐义雄
策划编辑：潘雅琴
责任编辑：潘雅琴 范小娜 焦 婕
责任校对：何 力
责任印制：汤慧君 周一丹

出版发行：暨南大学出版社（510630）
电 话：总编室（8620）85221601
营销部（8620）85225284 85228291 85228292（邮购）
传 真：（8620）85221583（办公室） 85223774（营销部）
网 址：http://www.jnupress.com
排 版：广州良弓广告有限公司
印 刷：佛山市浩文彩色印刷有限公司
开 本：787mm×1092mm 1/16
印 张：26.875
字 数：510 千
版 次：2018 年 12 月第 1 版
印 次：2018 年 12 月第 1 次
定 价：98.00 元

前　言

从比较到融通：人文研究的问题与走向

伍方斐

一、人文研究的老问题与新课题

近半个世纪以来，在全球范围内人文学术包括文学与语言研究，被认为出现了严重问题。有关文学的边缘化、史学的危机、哲学的贫困或后哲学化、艺术的死亡，以及其他人文学科分支的合法性危机，连同人文精神的失落、人文教育的衰败、人文环境的恶化等讨论不绝于耳。另一方面，人文研究和人文素养的重要性，人作为物种、群体、个体、他者的自我建构和自我反思的重要性，成为包括自然科学、社会科学学者在内的社会各界有识之士的普遍共识。尤其是随着全球化进程加剧，跨国、跨语、跨民族、跨文化交往提速，文化差异与身份认同问题越来越突出，人与社会、人与他人、人与自我的关系，亟待在多元文化语境和多维视域中重新审视。而随着科技的突飞猛进，技术、媒介、信息与物质环境的巨大改变，影响着人本身，人与环境、人与自然、人与技术或工具（机器）的关系被不断改写，甚至面临重大转向。特别是基因与生殖技术、计算机网络技术和人工智能技术等对人自身的外科手术式改造，使一种全新的"赛博格"（Cyborg）或"后人类"（Posthuman）文明呼之欲出。这个 2.0 升级版的"人"，以及兼顾并远远超出人的体力、脑力等的智能机器人，已经从科幻文学的想象逐渐变成现实，其现实合法性何在？对未来的人类个体和人类社会将会带来怎样的影响抑或后果？加诸人类自身的技术手段及其伦理，如何有效并在可控范围内有序建构？在生物伦理、环境伦理以至宇宙伦理的尺度上，人文学术潜藏的人类中心论或人类原教旨主义内核有无反省和重建的必要？这似乎都成为当下人文研究不乏存在感和挑战性的新课题。

因此，当代人文学科的边缘化和合法性危机，与其说是来自 C. P. 斯诺在《两种文化》（1959）中揭示的科学霸权的挤压和人文学者的反科学立场，不如说是由于人文学术对回应全球化、高科技等所导致的人本身及其生存处境剧变的漠视和无力。人文研究的学科合法性和独特性，只能建基于立足当下，对不同境遇中人的存在价值与意义局限，或"人之所以为人"这一千古"人文之问"的不懈求解。这正好位于自然科学和社会科学的实证研究疏于提及也无法解答的问题领域，甚至其中的部分问题还是由于自然科学和社会科学的发展及其盲视所造成。这也是人文学科在人类的知识体系和话语实践中存在的必要性所在。如此看来，当代人文学术要走出困境，从本体与对象层面来说，需注意从天—人关系、人—人关系、人—机关系的多维网络中系统重建其阐释框架和实践模式，以便对当下境遇的"人之所是"和"人之所欲"的未来建构作有的放矢的发言。

但这种发言往往会遇到来自人文学科自身的存在论和方法论领域的双重困难，"人文科学的各个对象彼此系连，交互映发，不但跨越国界，衔接时代，而且贯穿着不同的学科。由于人类智力和生命的严峻局限，我们为方便起见，只能把研究领域圈得愈来愈窄，把专门学科分得愈来愈细。此外没有办法。所以，成为某一门学问的专家，虽在主观上是得意的事，而在客观上是不得已的事"①。这是钱锺书在对"诗可以怨"这一古老命题进行跨学科、跨文化、跨时段"打通"研究之后，对传统人文研究的学科布局与方法套路的揭露和感慨。这种隔行如隔山的学科壁垒，不仅把"彼此系连，交互映发"的各个研究对象分开，而且进一步把同一个研究对象分割得支离破碎，研究过程和研究结果也就往往难逃瞎子摸象和只见树木之讥。这是人文研究危机的存在论渊薮和方法论根源。钱锺书通过旁征博引的古今中外比较，在跨学科、跨文化、跨时段历险中触类旁通，尽量完整地复合和呈现研究对象的面相、血肉和生机，乃至家族特征和时代风貌，为人文研究作为活体研究和生命之学作了经典示范。在比较方法尊重差异的背后，是对人类共性包括人作为"无毛两足动物的基本根性"（钱锺书：《围城》序）的普遍性洞见，其学理逻辑和哲学基础，用钱锺书自己的话说，就是"东海西海，心理攸同；南学北学，道术未裂"（钱锺书：《谈艺录》序）。比较的视角为人文研究提供了借镜他者映照自我的机会，而融通的视角则为与他者平等对话和相互发现并形成共识提供了途径。可以说，钱锺书的研究，为人文研究跨越学科鸿沟、从比较走向融通提供了本土借鉴。

二、从比较到融通的人文学术之路

现代意义的比较方法和比较研究并非古已有之，它是主体性和对象化的产物，与现代性形成过程中民族主体和自我主体的建构相关。在人文学科中，

---

① 钱锺书. 诗可以怨［M］//七缀集. 上海：上海古籍出版社，1985：113.

比较文学对比较方法的应用最具有学科自觉和代表性。比较文学 19 世纪初于法国发轫并在欧洲传播，同民族国家的扩张和自我意识的强化具有同构关系。作为这一时期比较文学主流模式的影响研究，其背后承载的欧洲中心主义观念，表明在文学这一想象共同体中，文学传播和拓土具有同样的划定中心与边缘的文化政治功能。"二战"之后美国崛起，雷勒·韦勒克以著名演讲《比较文学的危机》（1958）挑战比较研究的影响模式和欧洲中心主义。随之兴起的平行研究和美国学派，一方面从理论上肯定了多民族文学的平等地位和主体价值，大大拓展了比较文学的研究领域和学科内涵；另一方面也在平行比较隐含的二元对立中，通过自我主体的中心化诉求，自觉不自觉地继续把对象他者化和边缘化。这说明平行研究的中心化逻辑并未超出影响研究太远，只是表现形式更为隐蔽而已。人文学科的比较研究方法，似乎天生带有自我中心化功能，只要有比较，比较的各方、主体与客体的分裂和对立仿佛就在所难免。这不能不说是比较、比较文学，以及以比较方法为尺子的人文研究的一个困局。

　　世纪之交，借助高速交通、即时通信、国际互联网、跨国公司、国际贸易与金融体系升级，乃至无处不在的虚拟社区与网络社交，全球化进程似乎被赋予了全新的肉身和灵魂，比较文学也仿佛满血复活，从本体到方法都开始挣脱传统躯壳的禁锢。出现的新突破之一，就是以打通人文学科为根基的跨学科与跨界研究的兴起。在美国，伯恩海默倡导多元文化主义立场和文化研究转向，斯皮瓦克提出建基于"星球化"（Planetarity）思维的跨界研究和区域研究，还有近期美国比较文学学会对"全球化时代的比较文学"在"非学科化"（Indiscipline）与"重返文学性"两极之间的众生喧哗的热议和附议①，都使比较文学在传统的以比较方法见长也因此而受限的影响研究、平行研究之后，向以跨界融通为方法、以尊重异己他者性（Alterity）为前提的跨学科跨区域研究，迈出了重要一步。即使是传统的文学性研究领域，跨学科或跨界融通的阅读和研究伦理，也以致力倾听和保留文本内的众声喧哗，创造多维视域中的对话场为尚。这种对中心和霸权话语的去蔽，为人文研究穿越学科壁垒、走出比较方法的主体性误区，提供了新的可能。

三、中国语境的人文学术与语言文学研究

　　中国有中国的语境，也有中国的问题。比较研究同样是中国现代人文学

---

① ［美］苏源熙. 全球化时代的比较文学［C］. 任一鸣，等译. 北京：北京大学出版社，2015：97 - 122.

术赖以建立的关键方法，其实质也是以他者为镜像进行民族与自我的主体性建构。中国近现代的人文学术传统，从诞生之初就以中—西、新—旧、古—今等关系为理论阐释框架，其内核即中西比较。近代初兴，从洋务派的"中主西辅"（冯桂芬）、"中体西用"（张之洞），到维新派的"托古改制""世界大同"（康有为），"西"不过是老店铺上的一块新招牌，店还是原来的店，只是多摆了几样时髦的货色，美其名曰"坚船利炮"。现代以降，胡适、陈独秀、鲁迅等从东西洋归来的五四诸子，上场就是一剂让国人不能不冒虚火或泻肚子的猛药，曰"全盘西化"，或曰"全盘世界化"（胡适）。白话文言之争，新旧文学之争，文学革命，废除汉字，只手打孔家店，少读或不读中国书，拿来主义……新文化运动，针对的是旧文化霸权和铁幕，自然想弄大声响，赚来吆喝和反响，却难免绝望痛苦。比较方法和人文研究在国难当头的中国，虽未必有学理和系统，虽未必客观和中正，却成为传统中国现代转型的助推器，或名副其实的"工具"。

进入改革开放，比较文化再度大热，比较文学也终于兴起。西方文学和人文学术一度成为新的时尚。尤其面对全球化的冲击，中国文化的主体性重建已迫在眉睫。于是有"国学热"，有"传统文化热"，有"新儒家"，有新的"中国文化复兴宣言"……显然，今天的中国文化建构和比较文化研究亟须挣脱传统二元对立的循环，从"人类命运共同体"的高度重建中国文化的主体性。其中，从比较到融通，从对立到共生的人文研究与文化建构理念，需要以真正的中国智慧和人类智慧，在全球化的背景下予以考量和探索。

对于人文研究尤其是文学研究与语言研究者而言，文化主体性的建立首先是在母语和母语文化的基础上展开的。人本质上是语言的动物，是文化的动物，语言被认为是存在的最后家园。以母语为根基的国别文学和民族文学，其实也是民族文化主体性的塑造者和承载者，它与世界文学的关系，也就是个体与人类的关系，因此，在文化主体身份的建构中，母语和母语文学的合法性和优先性是不言自明的。回顾中国文化与历史的各个时期，文学的繁荣和文化的繁荣，从精神意义上说是二而一的东西。

当下的汉语文学和汉语话语实践、汉语文学研究和汉语语言学研究，本质上是对未来的语言和语言现实的建构。在全球化包括霸权语言全球化的冲击下，中国的人文研究，同样需要在比较与融通的背景下，对母语和母语文学参与民族主体性塑造及其发展现状，始终保持足够的敏感和深入的研究。同时，正如本文开头所言，这也是人文学者，包括文学研究和语言研究，介入当下现实、参与文化建构的有效方式，是我们走出人文学术危机的途径之一。

目　录

语言研究

◉ 比较诗学

辟文学别裁

栾 栋

辟文学作为历史上潜在的文化现象，读者可在《辟文学刍议》① 中看到个案剖析。辟文学作为一种当下性凸显的文学趋势，笔者曾在拙作《文学他化论——关于文学的三悖论考察》② 中予以还原和解读。辟文学作为理论上创新的思想难点，笔者也在《辟文学通解——兼论文学非文学》③ 中有所梳理。这些求索都是紧扣辟文辟学的聚焦点展开的，而对辟文学思想作为跨界求索的学理探究仍需进一步论述。

辟之为思，其妙在别。从杂多中起整诠是辟，于同构中见异质是辟，在既成中识未济是辟，别样的品质由此发见，别致的风物因之流演，别出的智慧从而披露，辨别这个别态是辟思的一项重要工作。对于辟思运作而言，辟解文学是用志不分，且辟而不辍，而对于辟思艺术也需要旁观他解，界外瞻瞩，因为辟解自身不但在中外文论中自成一体、别具一格，而且其异质契合别有所缘，跨界通化另有所据。此处就辟文学之思别而裁之，简称为辟文学别裁。

一、辟文学的文外曲旨

辟文学的原理性阐发虽然已经在"是文学"与"非文学"之间辨彰学术，但仍然没有使辟文升华，也没有让辟思放飞，因而辟文学的理解还需更为深入地探究其文外曲旨。此所谓欲得其高致，必探其底蕴。

毋庸讳言，辟文学潜在的种源契合于天地人三才的脉动，辟文学原始的乐章交织着文史哲互根的韵律。辟文学的文外曲旨，大致有三种流韵可供追觅：其一是物色物语，其二是亦文亦野，其三为即隐即秀。

---

① 栾栋.《文心雕龙》辟文学之美学思想刍议：兼论文学的"自觉"与"非自觉"［J］. 哲学研究，2004（12）：63～68.

② 栾栋. 文学他化论——关于文学的三悖论考察［J］. 学术研究，2008（6）：5～13，159.

③ 栾栋. 辟文学通解——兼论文学非文学［J］. 文学评论，2008（3）：23～30.

(一) 物色物语

辟文学之文外曲旨与物情物性相关,而欲解物情物性之品味,先得追问物色物语。

物为杂色牛。王国维、郭沫若等先生均认为,卜辞中的"物"字专用于祭祀,知物为杂色牛之专称。杂色牛通灵,可作牺牲。以牛为图腾或祭品,实在是原始生活中的大事情。从卜辞用物,至少说明从夏、商、周到东汉,牛可通神是颇为普遍的认识。物之灵,类如萨满之灵神弥漫在宇宙万类之中,贯穿于人类精神生活的许多方面。许慎在《说文解字》(卷二)中称:"物,万物也。牛为大物。天地之数起于牵牛。故从牛,勿声。"此说虽然被俞樾、王国维等人诟病,但是其中以天象术数联类万物,犹有神巫遗痕可见。从杂色牛到牵牛座再到涵盖万物,人类以物概括和指代"物质"(matière)以及各种"对象"(object)的思想进路,经历过漫长的史前文化酝酿。"物"之"神"气不仅是人类心智萌发之酵母,也是文明启动之前奏。即使在科学昌明的今天,那一层神圣的光环并未完全褪尽,物与物、物与人、物与灵,举凡物及物之关系,无不渗透或掩藏着某种灵气。唯科学主义认为巫为大谬大误,当然有其道理,但是忘记了一件事情:巫术乃科技的前身,至少是其远亲。即便是在今天,仍保留有巫术传统的原住民部落,不仅从未将技术与科学视为异类,反而认为这是灵异的神通广大。从文明进化的意义讲,科学破解巫术当然是正确而且必由的路径。而从巫术的精神遗产而言,远非"大谬大误"四字可以概括。巫术当下神坛而不下必然成灾,巫术祛魅而入文往往精彩。巫无补于世事,却有益于文学,这一点不可不察。试看文学艺术之根源,哪一点奇魅的亮色真正摆脱得了巫术精神的沾溉?巫化过程,特别是其物崇拜和万物有灵,构成了原始社会重大的精神活动元素,也构成了文学艺术出神入化的基因。牛之灵推及万物万事通灵,牛之色延至万物万事成色,牛性广及万类,物色开眼开光,宇宙中的品物次第解蔽,世界上的物灵逐渐启明。刘勰"物色之动,心亦摇焉"的描述,与马克思关于物之含笑示人的论点,实在有着人类与物通化的悠久历史。

以杂色牛示物,是人类从动物秀出的重要标志,也是人类至今之所以将人与物混合组词,以表达所突出"人物"的生理和心理成因。换言之,物自成色,人能感受,物色中融汇了自然物体之本色,同时也贯穿着人类心器之本能。其所包含的选择义是后来引申的产物。物其色和物其选,物色的基本义项备也。其中浓缩了人类从动物向万物灵长进化的漫长过程。物色物象中早就有人的因素物化于其间。此物化蕴藏先天之混沌,也包含后天之酝酿,在其天成面是契合,与人事会心处为通感,物动心摇之辟会与比照参选之辟择均源于此。

物语者，物话也。物语是无声之声。远古物与人通，物与人合，物色原本是物语。上古"河图""洛书""丹文""绿牒"，说到底都是天启之物，是灵祇，也是神媒。前哲所说的"神理设教"，究其实质无非物语。仓颉造字，"天雨粟，鬼夜哭"，实乃物语告退，人语登场。即便如此，在甲骨金石文字中，物语本真的意蕴多有披露。即便没有读到甲骨文的许慎，也在《说文解字》的许多地方，从文字传承本身披露物语天机。物会言语，从表面上看属于神话思维和寓言表达一类，深层解析则触及天造地设的缘构底蕴。天造地设于冥冥中预约了人的来临，人的参与在茫茫间释读着宇宙奥秘。缘构是大小诸天之相辅相成，物语是宇宙万类之默契默鸣。缘构底蕴自身即一种表达，大道无言，不说是说。老子、孔子都体会到了这一点。默契默鸣原本为"诸多"守成，纤弱有文，能参非喑。缘构底蕴与默契默鸣是大千世界的压轴性的存在，人之言语实际也属于其中的一缕。体会缘构底蕴是生灵之运命，聆听默契默鸣是人类之天性。嗜欲浅者天性未泯，方可知物语与人心之间的聚精会神。海德格尔等人把原语看作诗的语言，其实默契默鸣才是诗性的渊薮。中国原始神话中盘古开天辟地，古印度和两希远古神话关于宇宙的生成，中国《山海经》和《黄帝内经》关于物性的况味，都保留着物语的无声之声，暗示了物语的故事之事。物语根底源远流长。物语的故事性由之而来。广而言之，有些受汉文化影响的中国近邻也保留了物语的故事义，但是物语的缘构底蕴几乎荡然无存，物语的默契默鸣付之阙如，如日本人的《源氏物语》即属此类。

当今之修辞学、诗学和美学往往将物语视为拟人、巫化或对象化的表达，这些分说不无价值，但是其中都有过于人类中心主义的偏执，先天诸属，莫非自然造化，纤毫巨星，当然各有生命，物语物言不待发表，人之所识仅一丝而已。物语并非仅由人决，这个道理不难理解。物语比物色更多了一些辟解。

人类远古上古的物色物语，有滋有味地暗示了默声默契的天地奥妙，无隔无碍地传达了远古先民与天地参的人性本能。远古至上古的文化与物色物语一体。如果说辟思是天地人三才契合之原思，那么从终极的意义上讲，有物色物语，才有辟思。因为物色物语不仅指涉人的感官，同时强调物的灵性，更为重要的是物性与人心有先天之契合和后天之会通。辟文学的辟合辟分辟会之辟思，正是植根于物色物语之先天造化与后天人与的结构深层。

（二）亦文亦野

辟文学之文外曲旨与人文雅俗相近，而要知人文精粗，务必审思文野穷达。关于文野关系，孔子儒思颇有辟意。

"先进于礼乐，野人也；后进于礼乐，君子也。"（《论语·先进》）孔子此语在文野间震响。野人先于文明，文明后于野人，野人君子由之而分先后；高贵盛而必衰，卑贱否极泰来，君子野人因此而别沉浮；雅正积久而倾，粗俗陶冶则精，野人君子缘此而辨上下。孔子此论笃实，善于文野盛衰之间识先后。孔子此论深湛，能将野人君子易位境况作比照。孔子此论明达，终于先进后进替换过程见文野。先后统观，辟其通。文野兼顾，辟其变。高下相倾，辟其动。盛衰相继，辟其承。辟思演变于野人君子之间，所披露的何止高雅粗俗、成王败寇、社稷山林演绎的种种差异，同时也有大起大落、相互转化、前后赓续的诸多变迁。至少应该说，其中蕴含着孔子关于文野之别和文野之变的历史意识。孔子在华夏民族先民的风俗礼仪中寻求变数，也在炎黄子孙的典制交替间启动辟思。野人与君子，先得与后进，差别几何，意蕴深湛。辟解给我们剥开的是圆通古今的理路，辟思为学术留下的是高下盛衰的史思。这里虽然没有形而上学的抽象，却传达出捕捉命运的辟机，而且还有持中守正的关键。辟之为用，睿智而朴实。早期儒家的慧根在这里略见一斑。

"质胜文则野，文胜质则史。文质彬彬，然后君子。"（《论语·雍也》）孔子此论在文野间提升。此处之"史"，含义绵绵，由浅入深，可作如下拆解：曰饰，曰历，曰使。"史"者，饰也。古来解经大儒已经多有标解。在质文野史之间，一个"胜"字拈出辟思的要点。过于文华，修饰繁缛，"史"犹饰也。此其一。"史"者，历也。历史义的涵括在哪里？文胜过程，质瘦文显，人为造作，卷时空而绵延，用中国古人的解释，即质文代变。借西方哲人的说法，叫波浪推进，螺旋升腾。此其二。"史"者，使也。由之所出，运之必然，"饰"与"史"合，人文"使"然。质朴而文华，野散而史聚。野、史、文、质，正在其中，故以君子作结。此其三。在含真抱实中权衡高下，于既美且善间把握变迁，兼文野而别文野，分文质又合文质，融野饰且超野饰，文质彬彬，总其成以君子。辟思之精义，聚焦于正人君子的品行修养。历来以饰释史，无疑是正确的。其实还应看到历史的动静。从野到文，由质而文，浓缩在君子修为过程的历史印痕依稀可见。出华复质，褪文返野，包蕴着人世沧桑的命运变数宛然目前。不看三坟，难见兴替，阅尽五典，可知修为，饱经风霜，善解世事，浮沉朝野，或辨真实。渗透于文质彬彬中的孔子史学意识不可谓不深。在这里重要的是作为伟大思想家的孔子之辟思，于质野文史中辟出人生境界和文史消息。

"穷则独善其身，达则兼善天下。"（《孟子·尽心上》）儒家这一信条披露出文野之穷达。物有成毁，人有逆顺。达穷兼独，在所难免。于才学，达则文采彪炳，穷则江郎困顿。于际遇，达则好风借力，穷则进退维谷。于仕途，达则造福一方，穷则洁身自好。这是与命运博弈，随造化俯仰。老子有楼观之遗，孔子有麒麟之叹，墨子有兼爱之志，孙子有慎器之虑。人才无非天地鬼神之玉成，聆听天命者，其实是聆听无为造物之偶缘。造化是界边之辟，各种因素参合其中；命运是际遇之辟，时代差遣顺逆交织；仁爱是克己之辟，宽厚慈祥兼济苍生；独善是制恶之辟，洁身自好底线不亏。在造化当中，辟合是偶缘占上风的化祂之旅。就命运而言，辟解是人性受磨炼的得道之方。由仁爱分说，辟化是通向超越的有效途径。从独善做起，辟行是践履辟思的不二法门。如果说辟文学之思在神话时代是以自然为孵化契机，那么在文明世界则以天人互动为其枢纽，而在超文明的未来或许能产生一个辟文学集思广益的会通局面。

自物言物色以降，万物有文，万物有缘。经文野文质之磨，万物入命，万物入道。从辟文辟思理解，万物通会，万物达变。所谓与道俱化，传达的正是这样一种弦外之音。

（三）即隐即秀

辟文学之文外曲旨与文气出入相切，而探讨文气收放，还要把握隐秀关捩。

人们通常把隐与秀分而解之，即便是将隐秀并提，也很难脱却分解的阡陌。如刘勰就说："隐也者，文外之重旨也，秀也者，篇中之独拔者也。隐以复意为工，秀以卓绝为巧。"分解隐秀，固然有利于作文义法和修辞方式的考量。如此分流处理，当然也有实际运作的好处，尤其是对之后惯于寻章摘句言说的学者来说，何为隐何为秀的贴近辨别不失耳目所击之真实，而且由之所得的文本权衡又有极大的教案操作之便。青菜萝卜，各取所爱，或隐或秀，二者选一。高手如刘勰，应说是隐约涉及辟文辟学的学界巨擘，然而在隐秀问题上，他并未将辟思运抵体用合一的化境，就其文本创作与风格鉴赏的隐秀梳理而言，还缺乏形之上下的道器熔铸，也有待化境浅深的启蔽归藏。也许是冥冥之中自有天意，在1 500多年的历史传承中，《文心雕龙》之《隐秀》章成为框架不亏而肌理剥蚀的残篇。在辟文学的意义上，可谓文命驱使，匪夷所思地造化出了一个隐秀视野的时空漏斗，发人深思地召唤一种突破作文套路的另类洞天。损毁原著的天灾人祸，却阴错阳差地补缀了隐秀之辟思。造化弄人，辟文辟学隐秀兼美，这一点是刘勰始料所未及的，也是命运对于天才的歪打正着。

让我们走出阙文偶成的隐秀合体，追踪辟文孕生的隐秀兼得。辟思之于隐秀，重在通转通化，或者说是将隐秀纳入一个多种时空兼合的学术场域，称之为"此在别在相当合适"，名之曰"不在亦在也无不可"。隐秀同台的语境是奇特的言说。"即隐即秀，即秀即隐"，这种讲法本身也是辟思的一个组成部分，或者说本身就是辟文学的理论概括。从辟思论隐秀，可以让我们品味文学的多面神状态。时空兼合中的辟思有若分身之术，一致百虑，隐秀两得，虚实通转，大全若缺，兼隐兼秀，目击道存，文学他化，无文是文。隐秀通转之辟思，实际上已经把道文关系推进到体用合一的焦点。

文学文章并非全是载道之器，她本身也是道之枢机和道之神经。就其作为情志性理的凝聚而言，称之为道气之几神颇为中肯。道为宇宙万物之所以然的根因，人是宇宙万物玉成之造化，人为物，因其秉天地之德而钟灵毓秀；人为人，由于通古今之变而出神入化。所谓文学，无非是人类禀命创演之气几开合，沟通阴阳之与道盈缩，如果说"通天下一气"是大道的本色，那么文学则是道成肉身的灵几隐显。在其内，情志性理守命以积其神气；运其外，才学胆识程器而文其华章。待其归，沉潜涵养有似化矮星而成其道行；伏其隐，缄默静寂无非舍小己而通于无量。在道文关系上，老庄孔孟异趣而根底相通。尚自然与畏天命都有道心，说无待与养正气适可互补。所不同者，老庄更精于隐栝，孔孟尤在乎秀绩。倘若比照梵佛大旨，寂空智度妙在解幻。博大精深的学理和超拔脱俗的教义无非是在隐秀间圈点。在敬畏天地自然和通透般若胜境的大无为境界，不论是敬畏抑或通透，都触及大隐本义，也关涉真秀渊源。无为为隐，有为为秀，有无互补，隐秀自然。从大道逆行，生死无常的意义上看，表面上是有胜于无，有战胜无，实际上则有践履无，生经历死，牛是隐口，有是隐栝，无是突兀，死亦突出，隐与秀完全颠倒。从有无相辅，生死相成的兼通点来讲，有无皆隐秀，生死不相远，有无生死，即隐即秀，辟思之设身处地，恰恰在于有无生死有为不为的隐秀通转之间。

从文化的总体趋势来看，人类的智慧主要用功于秀的方面，因而主动的促秀者自古举不胜举，真诚的潜隐者毕竟寥若晨星。这么讲并非说人类没有看到隐为根底，秀是末梢的本质，也不是说人类没有悟出隐秀兼通的重要意义，而是由于生命本身就是秀出的表征，更何况生活的机栝动于诱惑，社会的运行偏向利害。也正因为如此，有深度的思想文化无不在隐文隐明间权衡轻重，在秀华秀采中愧怍繁缛。在隐秀间把握大道真谛，是辟思的最高境界。能达到此等修为者的确不易。道家抑秀崇隐，可是宇宙的无形之象和老子的精言五千，原本是隐秀之通转。儒家重秀轻隐，然而也不忽略隐德、隐晦、隐讳、隐扬的隐秀之含蓄。释教疏秀推隐，但也唱佛号，著金经，写偈语，用变文，弘扬佛法难免有所作秀。表面看来，其中充满矛盾，深层理解，本根并无悖谬。道文一体，隐秀自然，即隐即秀，可作反观。于隐秀间有取舍，时势也。孔孟老庄释教旧新两约莫不如此。

以辟思解隐秀，涉及文学的多面性存在。对隐秀的辟文辟思辟解，包含着辟文学的深刻意蕴。历来所谓的是文学与非文学在辟思中即隐即秀，文史的所谓自性与他性在辟思中兼秀兼隐，文论所谓自律与他律在辟思中旋隐旋秀。当此之际，文学的自在突然他在，文学的化他骤然他化，文学的归去辟然复返。辟文学的文外曲旨，正是这样一种启蔽双关且一举多用的全新视野。

二、辟文学的学边遐思

如果说辟文学给常见的文学理论增加了被传统所遮蔽的其他若干方面，或者说在习见的文学理论中掺入了某些一体多面的因素，其目的是让文学创作时空洞开，使阅读鉴赏分身有术。从文学研究的角度讲，辟文辟学不仅在学中辟合，而且在学边遐思。关于学中辟合，笔者在《辟文学通解——兼论文学非文学》《文心雕龙》《辟文学之美学思想刍议：兼论文学的"自觉"与"非自觉"》等多篇论文中均有所阐发，此处主要对学边遐思略作疏证。

（一）辟文是对文之是非的兼容兼制

此处，我们从多元多文的参同参异中爬梳剔抉，或可透视文况之多面和诗艺之是非。

辟文是兼驳。兼驳，是对不同文象的辟合。众采驳杂，辟而兼美，文渊大千，擘之入理。万物无不有文，但是文文各不相同。从万物发生学的意义上讲，天文地文包括人之生物生理之文，是自然之文，或可扩展指称，名之曰"宇宙之文"，古人关于大小诸周天的契合说与当今科学技术所谓进化论，程度不等地触及了原发之物文。从宗教神学的信仰看，宇宙万物均成了神的作品，万类有文的信念源于神而返于神，形形色色之文由之归于神之文，至少成了天意或神性的展示。从文史哲学或中外诗学以及文艺美学的角度来说，文是诗性绽放（《尚书·尧典》），是理相（柏拉图），是修养（孔子），是三才（刘勰），是理感（黑格尔），是禁忌（弗洛伊德），是学习（教育传统）……如此分说，已经是在辟解。辟之开合隐括，将文之一多性征不舍不漏地囊括进来。这里，差异性与多样性从辟以见脉络，因辟而成和合。自然之文与社会之文由辟而见连类；心理之文与神圣之文通辟而有分晓；诗性之文与实用之文经辟而变雅俗；形上之文与形下之文开辟而长精神。如果说古今中外众多的涉文大家于文以得深致，那么驳文高手无不是在辟解方面有见地而呈现出大气象。通俗地讲，辟文兼驳，是吸纳群文、点化物色、综括才性。能兼驳杂者，手笔往往开阔，不仅大度，而且睿智。换言之，辟文运作构成了解文深浅的一个重要的试金石。

　　辟文是兼会。兼会，是对历史际遇的辟选。专断之辟创危害重重，兼会之发祥遗泽久远。兼会的优点主要在于尽可能惠及未到场者的存在。远古至上古的华夏文化典制，正是能于原创处顾全局，在鼎革时兼承传。《连山》兼会创制，大夏博雅通变。《归藏》兼会虚实，殷商日月双举。《周易》兼会圆赅，文武张弛以德。老庄深知兼会，大道母本自然。孔孟长于兼会，仁义千秋传扬。宏构伟制不仅求诸天命，秉性兼会者原本是人文的创辟人。兼会也是生态性的养护，众多体裁的文本在兼会中获致大文类的保持。《老子》《庄子》疏而不漏。《论语》《国语》散而不漫。《诗经》《楚辞》杂而不芜。《吕氏春秋》繁而不乱。《淮南鸿烈》大而不经。《文心雕龙》华而不虚，各类诗品分而不离。众多文本如山高水深，林茂草密，云蒸霞蔚，天仁地义，既相生以相克，又相养且相护，构成了人文场域的兼会植被。经史子集实乃涵养道术，分有兼会者依然是文苑的常青树。兼会同时是点睛式的提挈。诸子百家众说纷纭，万千典籍各师成心。辟解之会，大都提挈要领而纲举目张。孔子论诗善其辟，道德情采兼而不废。子长著史精其辟，究天人通古今成百会之穴。刘勰论文能其辟，首揭大道，眼光高人一等。鲁迅论《史记》有其辟，以"史家之绝唱，无韵之离骚"评解，卓越见识远在《史通》之上。对文史"特征"交织崇尚，《史记》"特征"与论者水平共臻佳境。辟之所向，兼成顿至。画龙点睛历来为华夏所重视，兼会者大都是文史的大手笔。

　　辟文是兼通。兼通，是对异质文思的辟通。异宗文本在兼通中交融，能兼通者无不是跨越教派雷池的胆识之士。不同语言的典籍在辟解中可得到逼近深层的研读，所谓辟解，实际上就是在兼通性地钻仰。译介异文亟待包容异文，比较他文需要提挈他文。不能包容和提挈异文他文者，所作不过小文，可兼可辟的研读一定是超出小样的大文。辟文学的创作与欣赏不乏跨界的辟合，辟文学的翻译与研究渴望兼通的发明。不懂人生艰难与中外文史哲学，鲜能掀开"多面神"作品的面纱。忽略搜神志异及鬼狐花妖检索，很难品味"九头怪"文学的底蕴。星相学中有神思，风水学中含诗性，神话故事有实用……这些个邪正杂糅历来被视为左道旁门的东西，不也是文学艺术常常化腐朽为神奇的可用之材吗？舍此也许不能想象未来的"星云曲"，至少很难圆解古代文学的心灵史。兼通者也未必面面俱到，但是他们于辟解处可让时空四面洞开，别裁中能使学术八面来风。司马迁触摸的是中华民族的心灵，只以史学看《太史公书》则愚陋。康德剖析的是人类主体的判断能力，仅就哲学取舍三大批判则偏狭。黑格尔演绎的是人类精神的升华，单从艺术理据来鉴定则固执。此类兼通文献不胜枚举，马克思手稿是人文统合的点击，尼采文本是文明转折的反省，阿多诺思想是被毁人生的拾遗，海德格尔的著述是诗化哲学的逞才，这些著述只有在兼通式的辟解中才有望得体的释读。过分拘泥正反，执着心物，藩篱科别，文学殆矣。

兼驳是普遍联系的方法，是连类无穷的培植。兼会是异质同构的智慧，是广结善缘的养护。兼通是无远弗届的举止，是瞬间永恒的神思。三兼并无高下之分，却有点面畸轻畸重之别。兼驳看好大尺幅的收放，兼会留意多向度的启蔽，兼通注重非固执的和合。三兼运其一，身手已不凡。大家通人往往是三兼互见，辟文辟思神采斐然。

（二）辟学是对学之虚实的逊进逊退

文与象通，思与语变，文与思自然契合。学须虚心，业在实际，学与用自古牵系。唯道集虚，为德守谦，道与德由来一体。文思、学业与道德，都有一个虚实相生的问题。把握虚实方能逊进逊退，逊进逊退才有望体悟学之虚实。辟学与虚实相表里，辟思与进退共谦逊。

古人所谓"学"，是指某一语境探索中的道器兼修。教与效通（"盘庚教于民。"《书·盘庚上》），学与践合（"季夏之月，鹰乃学习。"《礼记·月令》），言与思齐（"修辞立其诚。"《周易·乾》），体与用同（"君子不器。"《论语·为政》）。学之行为与学之目的没有分裂，道与术一；学之动作与学之对象尚无大碍，道不外求。学与思近，思与境偕，学是一种人生的必修课。学而入道与学而成务一体，学而修德与学而进技（"进乎技矣！"）不分。《周礼》养国子之道以教"六艺"（礼乐射御书数），即理想人格的引导和综合素质的培养。其中贯穿着一个重要的学习德行，那便是谦以成学。自强不息的天行之健，厚德载物的地势之坤，克己复礼的仁义端目，文质彬彬的君子塑造，引而不发的教学方法，诸如此类的为学之道，学者不得不谦。《周易》六十四卦首位衔接，各卦逊而进，逊而退，谦学的自然之理与人文之道尽在其中。今之所谓"学"，是行为与目的之离合，是道德与功利之颠倒，因之也是本体与技巧的分裂。学作为一个动词的指涉日益技术化、功利化和分节化，学作为名词的功能逐渐系统化、体系化与制度化。行为分化，体制必然强化，体制强化，学科必然细化。反之亦然。普天下学科概莫能外。文学自然也在其中。专业化大行其道。从学科方面来讲，所谓现代性的"完成"，其实是专业化的完成。就短期效果而言，高度专业分别的社会有其效率。但是以长远的眼光看，社会势必工匠化、行帮化、专断化，逊进逊退的谦学之道日渐式微。

辟文学之辟学，是对学理性质的疏解。自文学萌生以来，人们便琢磨文学作为文学的特征，捕捉文学之为文学的文学性，构建文学独立自主的文学体。回顾所谓文学史，构设文学体性的用意一直是文学人的心病，论之者或诉诸情志，或乞使理念，或求诸神祇，或攫取意象，或借重审美，或采撷形式，或鼓吹灵感，或周旋政治……概而言之，给文学画个圈，垒个墙，派那么一种特殊的用场，找出一个洁白无瑕且恒定存在的理由。单挑来讲，每一种说法都是一个理，这每一个道理确实也都有其可肯定之处。但是此类肯定有一个致命的缺失，即不能怀疑和否定自己。笔者提倡辟文辟学辟思，努力补充的就是这个文学自我反思与检讨的方面。辟文学努力论证文学、非文学的命题，其目的就是阐明文学作为"九头怪"的诡谲，揭示文学也是"多面神"的魅力，瞻瞩文学还是"星云曲"的未来。我们在赞美文学、抵制腐恶并维护人性之际，应该看到文学华而不实甚至不无肮脏的遗憾。当一个时代或一个流派固执于文学的自性，抑或认为文学自成高高在上的一体，那么其偏颇不仅在于操弄文学，而且在于执迷文学。压制文学、戕害文学、摆弄文学当然是恶质的社会问题，反过来讲，追捧文学、迷信文学、膜拜文学也是不正常的人文现象。其原因不仅是驭文各方都有一个"利用"文学的关键，还在于文学本身就包含着非文学，文学在不断化他的同时也在逐渐地他化。近两百多年来，经营文学的文学人越来越多，文学警察和文学保镖越来越多，但经磨历劫从而改造文学的文学人越来越少，文学催化和文学通变的人越来越少。在此历史背景和现实处境中，谁都无法取消文学，可是很少有人界内界外地审思文学，入之出之地反思文学。我们提倡辟文学的深衷就在这里。

辟文学之辟学，也是对文学作为文教体系的疏通。当今所谓"学"，是指学理程式的构想，尤其是指学制条块的规范。学理的程式易结不易解，常有僵化之嫌。在这方面，学制的条块有过之而无不及。条块性地处理万事万物是人类文明的偏好之一，教学，包括文学教学，其体系的构建与封闭，端在工具理性的实用诱惑和宰制管理的权力操控。现代性社会最崇拜的是科学，最紧俏的是技术人才。科学很看重工具功能，技术更加在乎专业操作。文学作为人类自然生态文化的养殖活动，其吃紧的体性培养和教学解蔽恰恰被所谓的学科运作所窒息。教室里出不了风雅颂，学科中螺丝钉化的东西远离了兴观群怨，文学的工具化牺牲的就有"道可道非常道"，审美的板块化扼杀的首先是"天地有大美而不言"。

我们梦想高校中只设人文场、社科场与自然科学场三大学科群，① 目的就是想给辟文辟思辟学以体制内实践的尝试。期望松散且疏朗的大学科群给普及性人才以生动活泼的教育，给杰出的人才以纵横驰骋的空间，在辟解学科的门户开放中为人文与科学的本真，培植出逊进逊退的隐栝隐秀。隐栝隐秀，即自然而然的矫正方法。逊进逊退，是在科非科的生长过程。上过大学的人

---

① 栾栋. 三大学科群方法问题沉思录 [J]. 华中师范大学学报（人文社会科学版），2001（4）：85～90.

大概都有体会，除了语言与工具性和基础性的知识外，高等学府真正能给自己多少有必要的培养呢？笔者这么讲，并非宣传学科无用或学科取消论，而是寻求解放学科从而解放思想和解放人才的方略。退一步讲，即便目前高校的学科无法或不便启动隐栝隐秀的自然教育，逊进逊退的方法毕竟可行。逊者，谦也。《周易·谦卦》释谦为"山在地下"。一个学科如果能够不自以为是地高高在上，这个学科就会想出自我救赎的办法。一个教师如果能够知一知二知三并且知其无知，这个教师就不会画地为牢，其跨越学科的钻研自然会日新月异。一个领导班子或学术群体如果能对所管理的学科机制化感通变，在疆非疆和有科无科终能成为良好的实践。老一代学人，不论是人文大师，抑或科学巨匠，他们无一不是在学科的逊进逊退中沉潜涵养，于学术的隐栝隐秀间改造创新。逊进逊退的隐秀隐栝，说到底是辟文辟思辟解的践履性表达。此举之效果，无非道术崩裂之补苴，体用分离之重合。此即钱钟书先生在《谈艺录》中所说："东海西海，心理攸同。南学北学，道术未裂。"

（三）辟化是对思之为思的旋通旋变

辟文学的要点是以辟思辟文，于辟文辟化，而辟化思想方法有一个重要特点，那就是旋通旋变。这里说的旋通旋变不是时间和空间上的赓续替换，而是文思内容在时空漏斗间的循环往复和净化澄澈。

辟思之旋通旋变，是对地球视角（时空网络）的逃逸。一个星球，如地球，其生存与格局是给定的。地球上的某种生命，其时空也是给定的。地球某个族群，其文化生命则或可逆转，或可逃逸，或可抗拒，一句话——其存在的方式可以变通。在宇宙的大星系中，偶然有某个星体突然越出既定体系而在诸星体间奔逸，其奔逸是对所处自然秩序的逃离。倘若宇宙的爆炸生成说在宇宙的总体起源方面尚有质疑，那么从人类今天所掌握的宇宙资料来看，每一个局部天体的生成与大中型太空物质的爆炸、聚合与离散关系密切则是可以肯定的事实。宇宙间的每一次爆炸便是一次对既定时空的突破，每一次爆炸形成的巨大冲击力都是一种旋通旋变的跨时空突围，甚至每一个划破天宇而燃烧到寂灭的碎片，也是一个与给定时空抗争的缩影。在未来时代，当人类的宇航技术可以任意穿越不同星系甚至对有边无际的宇宙进行穿透式挑战之际，我们所谓时空漏斗的思索就不再是幻想，旋通旋变也将会在天体间成为直观。在人类各个民族的文化中，间或有某个民族，有意无意地会产生一些突破地球时空束缚的奇思妙想，至少我们现在仍然可以从那些异想天开的神话中见出端倪，如宇宙起源、女娲补天、文字产生、巴别塔建造；也可以从宗教和文教构想中悟到玄机，如道仙释佛儒圣与时空的较量；还可以从文学作品中体会到破解生命局限的追求，如搜神、志异、传奇、寓言、浪漫诗词等文本的荒诞诙诡。诸如此类的尝试中包含着辟思的信息，所谓"跳出三界外不在五行中"，所谓"朝闻道，夕死可矣"，所谓无我无待无何有之乡，所谓小乘随缘大乘普度……这些解析当然没有彻底穿透时空，但是尝试了大小周天的穿越，想象过内外宇宙的遁逸，程度不等地挣脱了时空的锁链，开启着时空漏斗的思维，旋通旋变的精神和理念蔚然其中。

辟思之旋通旋变，是对逻辑机制的突破。众所周知，西方的形式逻辑执一，辩证逻辑统对，修辞思想补缀。辟思之旋变旋通，与西方学术思想有着思维取舍的差异。辟思之旋通旋变是"三易"（简易、变易、不易）逊进逊退的演绎，是"三言"（寓言、重言、卮言）触类旁通的洞察，是"三教"（儒教、道教、佛教）异质同构的契合，因而也是西式三种思想圭臬的他在。辟思之顿悟，是核心机理的脱钩。辟之所启，开合旋至，通之所达，变之所委，不论是在文、在史、在哲，还是在教、在俗、在癫，均可因迅发迅收而偏执，于微量微观间旋通旋变。辟思之大演，是宇空宙阔的再造，辟思于"三易"中遁生遁死，于"三言"间忘我忘物，于"三教"中解蔽解谛，大而通之，大而变之，大而化之，思想的壁垒因之而破解，学术的鸿沟由此而消弭。大起大落，大变大通，大辟大化，所谓边际分野，实乃"万古云霄一羽毛"。辟思之自思，原本他化中的自思和自思中的他化。马克思说得好，"批判的武器不能代替武器的批判"。辟思在辟除周遭隔阂之时，也在辟解自我的魔障。辟思化他，旨在取他之长，补己之短。辟思他化，故能与人为善，与物同春。辟思归化，终可洞明透彻，化感通变。如果说上述辟思三点与西方哲学中的各种宏构伟制不尽相同，并非因此就与西方学术格格不入，也不是与各种既成文教体制大相径庭，至少在漏斗时空的通化焦点，与辩证方法的三种基本原理兼和；在纤微天地的造化节点，与大乘佛学的三种提升境界融会；在旋通旋变的归化要点，与易经思想的三种生态结合。辟思以其旋通旋变破一，毋意毋必毋固毋我的哲思或可运作。辟思以其目击道存通融，卮前卮后卮高卮低的睿智有望洞察。辟思以其归化精神和合，盘道贯道载道明道的熔铸原始要终。

辟思之旋通旋变，是对文学理念的解蔽。首先，辟思之旋通旋变是对文学前生态的解蔽，因而对文学起源论有新的揭示。前周天积淀是非常丰富的基础，包括畜群思绪、先天心理、远亲记忆、潜在意识以及巫术精神等多样性的内涵。讲辟文的旋生旋变，就是说这些因素共同进入了辟文学异质衍生前提，由来已久的单体起源——由神话派生说的独性思维从此突破。其次，辟思之旋通旋变是对文学本质说的扬弃。辟思对文学本质论有扬弃。人们一向把文学本质浓缩在人性说、反映论和审美说等大的定义上面，辟思之旋通旋变启用的是兼思，即文学既是文学，同时也非文学。将文学的是与非熔为一炉，意味着文学原本就是体含旋通，质包旋变的特殊性的综合存在。再次，辟思之旋通旋变是对文学宿命的解读。文学既然有杂交的前提和多元的基础，有是文学与非文学的复合性征，有多面神、九头怪和星云曲的古往今来，那么其真正的命运应该是兼阴兼阳兼顺兼逆兼生兼化的兼在，换言之，文学是一种植根于大道的归化运动。近一百多年来，人们执着于文学的自性或曰文学性，在强化学科建设的过程中，忽略的恰恰是文学的兼他性征。相比较而言，古代的哲人智者反倒隐约意识到了这个问题，如司马迁所说的"究天人之际，通古今之变，成一家之言"，陆机所说的"课虚无以责有，叩寂寞而求音"，刘勰所追求的"文外曲致"，以及司空图、严羽、王国维等人的诗学理论，这些大家高手都有所"别裁"，但是，"成一家"而有兼通，味"曲致"而能"原道"，悟"象外"而不偏取，倡"境界"兼看"虚实"，前人的这些说法并非没有局限，至少文学他化的去向未明，辟文辟思的学理欠清，文学秀出后的归化付之阙如。辟文学之旋通旋变思想，着力补充的就是这些方面，揭示的是文学从大道出，而又缘大道归的诗化哲学脉络，论证的是文学由他化而来，并化他而在，且他化而归的"兼他性"生态。

如果说辟文学给常见的文学理论增加了被传统所遮蔽的其他若干方面，或者说在习见的文学理论中掺入了某些一体多面的因素，其目的是让文学创作时空洞开，使阅读鉴赏分身有术。从文学研究的角度讲，辟文辟学不仅在学中辟合，而且在学边遐思。

辟文何谓？对文之是非的兼容兼制。辟学何指？对学之虚实的逊进逊退。辟化何化？对思之为思的旋通旋变。辟文学的学边遐思把我们带入了更深层次的体悟，那就是辟文学的思后余味。

三、辟文学的思后余味

辟文学理念是一种悖论思想，反常近道是其根本的进路。从思想的大端而言，还有几个重要问题有待别裁，它们是辟文与时空的牵系、辟思与方法的关联、辟学与化境的通合。毋庸讳言，这里的辟文学已经不是"踪迹大纲王粲传"，也不是"情怀小样杜陵诗"，而是领悟时空动静的诗学猜度，是探求天体际遇的人文思考。

（一）辟文——允漏允斗的宇宙畅想

文学蕴含非文学，辟文学是其诗意的心灵脉搏。文学也是星云曲，辟文学是其精神的汉槎方舟。古人说，"天不变道亦不变"，而在文学天地，天在变道亦不同。

1. 辟文是允漏允斗的时空思考，或曰对时空理念的另类钻仰

迄今为止，时空只被人们看作事物存在的形式，宏观处广袤无限，微观间纵横交织，所谓天圆地平时光线行的观念均源于此。近几十年的宇宙探测和科学发明让我们看到了另外的景观，事物呈"麻花"状出没，时空为漏斗形隐秀，小到基因链条，大至天体阡陌，曲径通幽，概莫能外。众多天体，有数不胜数的通道呈漏斗形交接。所谓漏斗形交接，是指所有时空有漏斗形通道，不同时空不同物体像"转基因"一样在异域扩展。此外，漏斗不仅是基因链的一种形状，还有桑林天蚕之于婆娑叶片，众多河汉之于多系星云，不同民族之于多元文化……从辟文学的观点看，漏斗理念恰好是辟思辟解的直观表达。若用一个诗意的命题来概括，可称之为允漏允斗的时空契合。允允，其含义是"确切""诚实""恰当"。漏斗，其真相是渗通、过滤、启闭。有一位西方汉学家"发现"了中国古代思想文化中有"迂回"智慧，其实"迂回"也是允漏允斗的具体体现。① 关于漏斗时空，人类有过不少几近辟文学的求索，星相神话有辰宿列张的辟望，宗教神学有明暗剖判的辟仰，哲人康德有天体星云的辟思，科学家爱因斯坦有相对论的辟创，当代宇宙探索有绕星借道的辟成，其他如暗在物质、宇宙黑洞、星河转渡、时空起源……倘若将这些问题纳入辟文学中考量，允漏允斗是一个非常有价值的解析环节。这些思想不是标准意义上的文学，但是无不以其漏斗组合与文学邻里相望，无不可在辟思当口与诗情文思共享。就文学本身而言，诗文以漏斗形互渗，影戏以漏斗状交叉，雅俗以漏斗式变通，异语以漏斗性移译。如果我们要寻找最具典型意义的漏斗化文学样态，中国的格律诗是一个极富特色的例证——平仄对仗抑扬顿挫，阴阳互补起承转合，思接千载，视通万里，异代接武，同船霄壤，时空在漏斗中，诗骚在漏斗中，文学的漏斗将线性时空拆解，却又把散状万类撮合。在这个意义上，各类线状文学史、诗学史、文论史、审美史、编年史、断代史、学派史、学术史……真应该有所反思。也许正是在这种意义上，德勒兹等人谈"史"色变不是怯懦。也许正是在这种节点上，康德将其星云假说置于三大批判之外十分可惜，等于说他给天文与人文的统筹整合布了一子，但是却将之闲置而没有启用。学术的界外思考是高端冲刺，界外思考的自我挑战才是真正的漏斗智慧。

2. 辟文是允漏允斗的根斋变通，或曰对多样化大道的异质同构

柏拉图用洞喻，以洞若观火之背向投影解释其理念。此洞是死穴。其理念是自然封底且大火封口的设定，与辟文辟意背道而驰。从辟文观察古往今

---

① ［法］弗朗索瓦·于连. 迂回与进入［M］. 杜小真译. 北京：生活·读书·新知三联书店，1998.

来天地上下，就是把漏斗时空当作宇宙根斋。根斋何谓？大千世界的根脉，时空众道的处所。宇宙是众多大道的化身，漏斗时空是无限宇宙允漏允斗的灵窍。理念万有是柏拉图的大道，洞喻洞蔽设定的是无出口的唯一向心选择。大道近人是国人的信念，一道一圈（周天想象）传统是有局限的循环往复。这两种思维都有一个共同的缺陷，即把地球人的理念与道统绝对化。允漏允斗启闭的是可开合的多种时空之变。在辟文之允漏允斗视阈，时空不再是飞矢般的直线，而是无为自然的多通衢运演。在理念之洞喻洞察下，宇宙成了理念的折射，进而推进为逻辑和科技的钟表式机关。在易思之圆通圆解中，世界成了寰宇的套接，甚至演绎为罗盘和堪舆的风水轮转。辟文之允漏允斗，不只漏斗透时空，时空也亲漏斗。理念之洞喻洞察，宇宙如入盲肠，洞喻酷似小鞋。在辟文之允漏允斗中，时空成了相对论的多极穿插，物体变为宇宙林的差等渗透。在易经之圆通圆解下，神理似乎把天地一网打尽，但是圆通之封闭性仍然有待解决。理念式洞喻披露的是机关时空，用时空双刃切割宇宙人生。易学性旨趣关注的是生克运动，以阴阳和合包裹天地万物。而辟文学则是从漏斗时空体贴宇宙的心肺，在宇宙根斋聆听自然的脉动，因而既不强化切割征服，也不突出包裹生克，而是在参赞造化中渗透转换。如果说理念型思维是在规范自然，易经式想象是去亲顺自然，那么辟思性文学则是参赞造化。参赞造化是对既成时空态的疏通，是对漏斗时空观的启用。传统时空观执着于必然性，是获取性的出席，漏斗时空观则偏重于偶缘性，是养育性的留白。前者必然趋于统驭整个世界的定见定知定理，后者或可酝酿出不同于常识的天文地文人文。前者喜好一个大道即独道的认知，后者宽允众多大道的互补式渗通。都道地球是母亲，母亲娘家在天津。漏斗时空真时空，宇宙葱茏好寻根。

3. 辟文是允漏允斗的人文修为，或曰学术历险的绝处逢生

学术有俗熟的学问，有圆赅的学问，有创新的学问。俗熟的学问四平八稳，圆赅的学问练达宏阔，创新的学问自铸伟辞。辟文辟学辟思是对这三种学问格调的兼学兼修。学俗熟以和光同尘，学圆赅以兼容并包，学创新以自成一格。兼学兼修不是杂烩一锅，自成一格全在允漏允斗。允漏允斗，辟文学将俗熟与创新注入圆赅。允斗允漏，辟文学把俗熟与圆赅融入创新。此类兼学兼修，就是在漏斗时空中的改造制作。在漏斗时空的考验中未必入漏者人人过关，幸运者自有其幸运，困厄者自有不幸。一般而言，臻于佳境是难而又难的事情。但是中外学林确实不乏将三种格调融为一体的大家高手，间或出现穿透时空的旷世奇才。柏拉图、亚里士多德、康德、黑格尔、荀子、刘勰、惠能、王夫之、海德格尔、胡适等属于前者，即融会贯通且进入佳境的名家巨子，在允漏允斗的践履中艰苦备尝的学界高人。老、庄、孔、孟、

司马迁、释祖、马克思、尼采、王国维、鲁迅、陈寅恪等人属于后者。他们在辟学辟思中犯难履险，于允漏允斗间突破了传统的时空。这些人即我所说的旷世奇才。他们犯难履险，巨大的艰难险阻并非仅仅来自俗熟层面的不理解，还有心理时空障碍的"凿壁偷光"之难，有此在彼在转渡的险象环生，甚至有学与思整合的走火入魔以及命与学剥离的生死与共。我们想到入死出生的司马迁，想到经历过超常艰辛的马克思，想到在疯癫境遇穿行的尼采，想到沉湖自杀的王国维，想到在学术、世俗、政治、心理诸般围追堵截中"荷戟"突围的鲁迅，正是在心灵激愤、精神癫狂以至思想分裂且一发不可收拾之际，往往是天才或伟人在时空漏斗临深履薄之处。这些人都是辟文辟学辟思的不世出者。在时空漏斗生死去留的重大考验中，他们天资英纵，大气磅礴，自抽机杼，别开洞天，肉体生命如流星般消亡，但是学术生命却在死地突围，绝处逢生，这已经不仅是人在辟文，也是天在辟合，是时空漏斗在诱使天下英雄入彀。王国维曾说治学要经历三个境界，那只是常态。而他本人熔天资、天命、天辟于一体，已进入非常态的大境界——时空漏斗对天才的生死考验。

自古以来，做出创辟性成就的学者无不有允漏允斗的经历。漏斗时空是王纲解纽，学术事业如雨后春笋。漏斗时空是痛苦磨炼，学术人才如天惊石破。漏斗时空是三界探险，学术心灵于绝处逢生。在宇宙论中，允漏允斗是剖判传统时空观念的别开生面。在学术领域，允漏允斗是悬置惯常思维的灵窍启闭。允漏允斗是对创新性学术的透视与养护。这一点在方法论的层面看得更加真切。

（二）辟思——较真较假的方法蠡测

辟思的要点在发明不在发见。发明即创新。上古时代子学辟而不觉。中古时代经学宗而不辟。近古以来科学辟而不知。为什么科学辟而不知？因为科学及其技术只起用辟思的一个往返点，即在劈与合的两边权衡，运作的是对于物与能的器具性征用。让我们逼近人类思维的方法通衢，做一点尽可能融会性的理解。

肯定性辩证法。从两河流域到地中海周围，人类思想在方法论方面的最大成果是辩证法，确切地讲，是肯定性辩证法。《圣经》中有朦胧的辩证思想，其拢个体于共体，集特殊于普遍，交谜底于上帝，是在信仰的直通车道上解决肯定性的精神基础。古希腊哲学家发明了理念和逻各斯，创造了形式逻辑，探索着辩证逻辑，凝聚着真善美的优点，将生长着的辩证法明确地导向了肯定性思路。法、德、意等欧陆古典哲学把肯定性辩证法建设成了完整的体系，对立统一、量变质变和否定之否定原理的推演，将肯定性与同一性以及统一性完全整合到现代性的快车道，其高速高效高调运作一直扩大到"放之四海而皆准"的地步。肯定性辩证法确实是人类在方法论上取得的伟大成果。其巨大的功效在许多方面真可以说"怎么评价也不过高"。但是肯定性辩证法以其不容置疑的方法论自我加冕，明显地暴露出西方现代性胜利进军过程中的工具理性张扬，当这种方法被冠以"普遍联系的科学"之名时，其作为思想利器的正反多面利弊都让人震撼。肯定性辩证法的许多地方与辟思契合，如一多关联、兼容兼制、普遍联系、必然偶然等思维纽结，即便在这些相似点上区别也是明显的，辟思在一多之间偏重兼，兼容角度倾向和，共个关键持其中，必偶择取审其缘，心器权衡爱其神，特普两难通其化，即便是在一分为二与合二而一的核心焦点，辟思也以其去执去我去蔽的集虚理性，与肯定性辩证法有所不同。就说方法论自身的反思吧，肯定性辩证法认为自己是真理的方法和正确的手段，而辟思则设身处地地将自己看作化实为虚、化己向他、化他于和、化前为后、化高为低的祥和心境。当肯定性辩证法启动现代性战船竭泽而渔之时，辟思则寻求辩证法与易学思想的结合性熔铸。超越自身始终是辟思的坚定理念。

　　否定性辩证法。否定性辩证法是人类思想文化的又一硕果。其出发点是有感于肯定性思维的虚幻，全力追求对于虚假肯定的否弃。最早的否定性思考可以上溯到释迦牟尼及其所创立的佛学。释宗关于色相皆空的思想是后世否定性辩证法的先声。否定性思想巨大的一步是由尼采所迈出。他对西方文明整体的质疑与恶性否定成为近百年来人文思想的重大转折点。弗洛伊德对文明痛苦的反思和对无意识潜意识下意识的发掘，把尼采的否定式思维推向了一个前所未有的深度。在阿多诺那里，否定性辩证法诸体大备。否定—继续否定—持续否定而决不肯定，这是阿多诺哲学方法论的基本路径。在肯定性辩证法中，比如在黑格尔那里，否定之否定复归肯定。但是在阿多诺那里，否定的动作没有肯定，因为他没有播种，破碎的大地加上破碎的天空，还要加上最终破碎殆尽的犁铧以及破碎的心，应该说阿多诺的悲凉达到了极点。他没有将自己的哲学美学和文学理论称作虚无，但是从其"整体即虚假"推导而言，结论必然如此。比起肯定性辩证法的征服性欲望，否定性辩证法的自去自制自裁，实际上是宁为玉碎不求瓦全，消极有之，但是不愿被征服、不愿被回收且无害人之心，将内在的善一直保持到底，毕竟令人肃然起敬。后现代主义思想家如德里达等人，在这条道路上继续前行，但是都未能达到阿多诺允漏不反的透彻程度。阿多诺的碎片式理论寓意幽深。阿氏的断裂式逃逸和自戕性心态，诚如火树银花、破罐破摔，虽然不是积极用世，终究抱有抗恶的决心。笔者所谓辟思，汲取了阿氏的焰火意象，也扬弃了其自戕自决的悲观，既借鉴其否定的强度，同时也充分发挥了焦点处去伪存真的兼容兼制。换言之，辟思在本根处坚守对艰苦困苦的承载和置之死地而后生的允漏允斗。在辩证法分崩离析的危难关头，这也是一种对辩证法的救赎。深层的救治或许在中西方根本思维方法的改造制作方面。

辟思性易辩法。笔者倡导辟思性易辩法是中西合璧的创演，也是沟通古今的尝试。《易经》中原始文化与文明文化的两栖特点，赋予易辩法以协和品性，辩证法的工具理性和积极有为给易辩法以进取精神，辟思的逊进逊退是两全其美的集中表达。易理的天人合一与辩证法的物我交胜铸成了易辩法的地球人方位，辟思从中凸显出两兼而用通的立意。易学的阴阳圆通与辩证法的对立统一均属于地球人所能达到的思维极限，辟思的允漏允斗则打开了易辩法走向深空太空和多极宇宙的发展视野。肯定的辩证法与否定的辩证法强化了易辩法容纳现代性和后现代性的历史性和现实性关切，辟思则是易辩法不致在现代性之前后问题上搁浅的厄起厄伏。辩证法的逻辑思维和易辩法的慧根神思为易辩法提供了理性与灵感合一的资源，而辟思则把这些条件变成实践的契机和实际的体现。笔者曾经专文探索过易辩法的创造问题，辟思的理路是易辩法落到实处的具体环节。自古以来，所谓方法大都被两个极端所牵制，一极是器制性，即被工具性思考垄断；另一极是本根性，常为原始性道说张本。辟思性易辩法对二者统筹兼顾，其中有本根，在本根处道器不二；始终含器制，从器制里体用合一。辩证法的功用在于追求实效，本质上实而不虚，易辩法的运演看好化境，辟思虚实相间，是实现化境的一个重要的关键。当人类走出地球奔赴太空或移民天宇之时，毫无疑问举步维艰，生态与地球大相径庭，原有的阴阳学说和工具理性适应不了全新的环境，大幅度的改造与创新在所难免，思想方法的变通首当其冲。这里说的改造和创新当然离不开传统成果，也绝对少不了运用既有资源，笔者对辩证法和易理的融合，是一种尝试，既浅且陋，舛错势在必然。但是这一步必须有人走。在思想的自反意义上，允漏允斗已经包含了对易辩法自身错误的防范与纠正。易辩法崇尚的化境蕴含了辟思的所有良苦用心。

辟思是对较真较假方法的蠡测。易辩法是辟思的完成和运筹。辟是焦点，辟是留白，辟是关键，辟是洞察，辟是机枢，辟是辐射，辟是文眼，辟是节点，笔者对辟思逊进逊退的疏证，正因为辟思是易辩法众多新命题的集结点，别裁是这些集结点的连缀，而化境则是辟思的归宿。

（三）辟学——载成载化的境界管窥

不论哪个门类，一旦成学称学，离僵化已经不远，就如同成年人挥之不去的血浓度增加和动脉硬化一样。辟文学作为一种学问，如何使自己生生不已且朝气蓬勃？载成载化是其不断返老还童的诀窍。此处所谓"载"，是既

"又"而"且"之意。或曰，边如此，边若彼。《诗经》中"载驰载驱"（《鄘风·载驰》）、"载沉载浮"（《小雅·菁菁者莪》）展示的就是此类"又""且""彼""此"的思维特点。实际上是说两种或多种不同的事物相反相成，并行不悖。

载成载化是兼化。兼之为思，思维不仅兼我，兼你，兼他，兼她，兼祂，而且兼牠，兼它。兼化是动宾词，意指对化境之兼。兼化也是集合词，指兼行，即兼性的全面贯彻。要兼必爱，孔子讲仁爱，墨子讲兼爱，佛家讲惜爱，推而广之，爱屋及乌，兼及万类。爱是兼的一个素质。要兼必衡，人情不抵天理，小道理隶属大道理，因而要权衡利弊，平衡轻重。衡是兼的第二个因素。要兼必转，转山水阅历自增，转贤达品行日高，见贤思齐，"转益多师是吾师"。转是兼的第三个因素。爱衡转三个因素合而为一，辟文学的兼性才能得以保证。文学非文学，这个命题将"是文学"与"非文学"兼收并蓄，其要义全在一个"兼"字。兼有性的文学，他化而来化他而在和他化而去。文学与非文学兼而有之，那还是文学吗？当然是。所谓兼，无非说文学本来如此。人们不作兼化看待，那是因为在狭隘的文学圈子里浸淫太久，忘记了文学的本根、本真和本相。弄文学和娶老婆不一样，专不得。娶老婆不专是乱搞。弄文学专一则有失博雅，小专偏狭，大专僵化，过专则自决。笔者听过熊秉明先生讲庄子，他在论及化境时引用当年西南联大学生在各科间"窜课"的趣事。何兆武先生在《上学记》中也提到在西南联大时"辗转"几个系的惬意时光。"窜课"与"辗转"就是兼化，"窜课"窜出俊彦，"辗转"辗出大才。那一批学人中大才济济令世所称道。兼窜，养护了专，成全了专。兼窜是在玉成某科的同时兼及群科，也在兼及群科的同时夯实和提升了"这一科"。

载成载化是通化。器化是专的别称。"君子不器"的古老理想在现当代遭到了灭顶之灾，因为不仅世俗化、工业化、商业化在蔓延，还有城市化、成品化和高速化在扩展，因此当下性是器化的当下性。兼化是对器化的补救，但是此兼还处于载成载化的初级状态。载成载化之通化才是克服器化的高级境界。人心不古的社会只有当此刻成为历史之时，才有开化、淡化和通化在自我缺席时的出席。载成载化则是在当下实践既通且化。为什么载成载化有此效用？因为载成载化是在成器之际，旋即通化，这就是笔者所说的"旋成旋化"。因为对器化的深层救治正在于对有成的即刻通化。认知心理学的同化与顺化均须在有成之时双化皆去。伦理价值论的自化与异化也须在成化之时双化尽释。哲学审美论的化他与他化同样必须在成化之时双化咸消。同化与顺化双化皆去是开化。自化与异化双化尽释是淡化。化他与他化双化咸消是通化。勒维纳斯以其他者理论为20世纪西方哲学、伦理学和美学做出了划时代的贡献。以载成载化的思想来审思，对他者的让渡和崇尚仍然不能解决他者潜在的独断与可能的专制。历史上的相关的他者信念并没有给人间真正地带来多少祥和，宗教如此，政治如此，伦理如此，经济亦然。漏有其斗，恰似散中有聚之双成。斗有其漏，正是即刻通化之一方。允漏允斗，当下性成而可戹，历史性化而可通。载成载化，时空可透辟，生死能兼通，相对绝对以戹理合，个性共性从化感过，此在他适由敬处通。

载成载化是敬化。辟文学是创造兼归化的载成载化。创造是颇具胆色的行为，归化是逊进逊退的谦和。心怀敬畏的人，时刻都在聆听天命，领悟造化，珍惜缘分。辟文学作为创造，无不于临界处境肃肃然。辟文学作为归化，无不在零界状态穆穆然。辟文学作为成就，无不在领界高端惕惕然。辟文的三才入道，如见天光，如沐神圣。辟学的三界历险，如临深渊，如履薄冰。辟思的三段通和，如返故乡，如归天渊。天文、地文、人文，有敬才知天高地厚。临界、零界、领界，有敬方能通和致化。允成允漏允斗，有敬或可慎终追远。人类自诩宇宙之精华，万物之灵长，但是人类绝非造物之孤家，领界之寡人。创造性，归化性，都有一个敬以行健，敬以成厚的宅心。不创造难免成为"啃老族"，对父母尚且不悯，遑论祖宗。不归化势必堕入"撒手锏"，于自身难免戕害，何况世人。当今学人，宽厚似胡适之者少，刻薄如海德格尔者多。后现代文人创新带创伤，非后派智者守望挟守旧。学术道德崩溃，学问敬畏扫地。人文学科、社会科学和自然科学其实一个道理，有敬畏处才有兼容，才能通和，才可致化。茫茫学界，四处呼唤创新，但是有的创新如急风骤雨，惊动林中鸟，带起路旁沙，搅浑三江水，撞坏满园花，有的创新则如久旱甘霖，"好雨知时节，当春乃发生。随风潜入夜，润物细无声"。真正的创新应将优点放大到极限，把弊端压缩到最小。创新者在一念初动之际，就要有一个对天地苍生的大爱，有一种对天地苍生的大敬。大爱加大敬，创新才能进入化境。优良的创新道德，是实现化境的保证。换言之，化境的最高境界是自由，自由的最高体现是自律，自律的最高品格是自谦，自谦的本真起点是敬畏。敬畏什么？敬畏良心，敬畏造化，敬畏命运。无敬畏者，终究会成为时空漏斗中的糟粕。

机缘给辟文学准备的是全球化的语境，笔者的"别裁"聆听的是文外曲旨。造化给辟文学推出的是大人文的话题，本篇的"他化"放飞的是学边遐思。命运给辟文学提出的是宇宙性的挑战，本文的"无招"诗化的是时空牵系。领悟物色物语，透视即隐即秀，权衡兼容兼制，体验逊进逊退，捕捉旋通旋变，幻想允漏允斗，考量较真较假，践履载成载化，创新的召唤来自天际，敬畏的自律植根心底，辟文学把诗情画意投射到宇宙的星云屏幕上，无何有将时空漏斗传导给留心的思想犁铧下。为天地立心，为宇宙写照，为人类提神，辟文学是地球牧星族的歌声。别裁裁出什么并不重要，那一份追求祥和创新的苦心孤诣却十分真切。文外曲旨，见得出一个他字难舍；学边遐思，放不下一个我字固执；思后回味，解明白一个化字了得。

（原载《文学评论》2010 年第 4 期，略有改动）

"外国文学史"的性质及后现代语境中面临的
困境与出路

肖四新

随着后现代主义对总体性的解构,"外国文学史"存在的合法性也遭受质疑,陷入了生存困境。因为"外国文学史"是以总体性为思维方式与结构方式的文学研究。它为什么会与总体性联系在一起?在后现代语境中,它陷入了怎样的困境?是否还有存在的可能?本文拟就这些问题作一探讨。

一、"外国文学史"的性质及其与总体性的关系

从周作人1917年用汉语编写《欧洲文学史》算起,近百年来,出现了近百部"外国文学史"(包括区域性的)。尽管它们在覆盖的范围、切入的角度、介绍的对象、评价的标准等方面都各有不同,但作为一种跨文化接受和重构形式,它们共同的特点就是以总体性为思维方式与结构方式。只是在不同的历史时期,总体性会以不同的话语形式呈现出来。

在20世纪20年代以周作人的《欧洲文学史》为代表的"外国文学史"中,凸显的是人性话语,以自然人性为视点评价与建构欧洲文学。30年代以郑振铎、茅盾等为代表的一批左翼文人,与以周作人为代表的温情人性派分道扬镳,走上了表现"社会—民族的人生"(茅盾语)、反映现实的道路,表达追求科学理性、争取政治权利以及救亡图存的诉求。而外国文学也成了他们表达这一诉求的重要资源,无论是郑振铎的《文学大纲》,还是茅盾的《西洋文学通论》,都是以人生、现实为主导话语的。随着民族危机的加重,阶级矛盾的激化,民族革命话语在"外国文学史"中得以凸显,这在40年代以徐懋庸的《文艺思潮小史》和啸南的《世界文学史大纲》为代表的"外国文学史"中体现出来。1949年后,"外国文学史"中的主导性话语转变到革命、阶级等守护主流意识形态的政治话语上。从1956年郑启愚编写的"外国文学史"到60年代杨周翰主编的《欧洲文学史》,再到80年代朱维之主编的《外国文学史》,无一例外地以革命、阶级等为主流意识形态服务的政治话语作为选择与评价外国文学的标准。总体性始终与"外国文学史"相伴随,构成了它的思维方式与结构方式。

　　作为西方现代性重要标志的总体性，一般在两个层面上展开，一是"关乎人类社会历史发展的宏大叙事，表征是人类社会最终走向自由与解放的总体趋势"，二是"关于人类认识社会历史的辩证法概念"①。前者指人类总的、普遍性的社会理想，后者指将一切文本都统合到宏大叙事中的方法，即将所有能指归为某一所指之中，强调宏观性、普遍性、规律性，意味着整体对各个部分全面、决定性的统治地位。在"外国文学史"中，总体性既体现为在中国社会发展、人性解放、民族独立和现代化进程的总体原则下选择、评价、重组外国文学，也体现为对外国文学的整体观照。

　　"外国文学史"中的总体性叙事，首先是由学习外国文学的出发点决定的。"外国文学史"作为外国文学引进的一个有机组成部分，是在以民族国家和现代化为历史走向，以自由、进步与人类解放为意义预设的社会历史语境中发生的。所以它不是纯粹的学术研究与审美鉴赏，而是渗透了文化主体性的跨文化重构，其精神取向是"有意吸收人的长处"（胡适）、"别求新声于异邦"（鲁迅）、"介异邦新声，宾诸吾土"（周作人）。也就是说，它的出现，是为了融化新知，突破自我，是社会改造、意识形态运动的有机组成部分。而要达到这一目的，就必须把握世界文学总的发展规律，通过对他者的认知获得自我认知之道。

　　这一出发点，决定了它不可能机械地照搬外国文学的"事实"，而要进行文化过滤，根据自身的文化背景转换话语权力和调适审美范式，变成"现实"，使之在中国文学生产场中发生作用。这体现为编写者从建立现代中国和推动现代化进程的角度出发选择、评价、重组外国文学，融入中国文化主体性。

　　同时，"外国文学史"的总体性叙事，也是由它观照的对象决定的。外国文学是由各民族—国别文学组成的，而对世界文学总的发展规律的把握，并不是了解了各民族—国别文学史就能得到的。各民族—国别文学可能自身有内在的发生发展体系与发展规律，但在世界文学的范围中看，它仍然是孤立的、分散的、片面的，不能代表世界文学的发展方向与总的发展规律。如果"外国文学史"只是限于对各民族—国别文学发生发展的基本事实进行陈述，那么就变成了各民族—国别文学发生发展史的简单拼贴，变成了包罗事实的杂烩和僵死资料的堆积。而要真正把握世界文学总的发展规律，不仅要以世界眼光与国际视野，在互为参照中对各民族—国别文学发展进行总体把握，还应该以一定的理论为基础，对各民族—国别文学进行比较、分析，用总体观照的方法获得。

---

① 赵一凡等. 西方文论关键词［M］. 北京：外语教学与研究出版社，2006. 911.

　　所以，作为现代范式的"外国文学史"，尽管以民族—国别文学史为基础，但它关注的重点并不是"史"，而是世界文学总的发展规律及各民族—国别文学的独特性。观照的方法也不是孤立地看待各民族—国别文学，而是在总体中把握。人们往往误以为"外国文学史"属于文学史范畴，其实从它的出发点与观照方法看，它是对世界文学发展规律进行总体把握的文学研究，应该属于文学研究范畴。

　　从这个意义上看，用"总体文学"来定位更能体现"外国文学史"的特征。事实上，西方一些大学开设的"总体文学"课程，就是指对外国文学的总体研究。当初梵第根、韦勒克等之所以提出"总体文学"概念，也是为了建立"国际文学史"，是为了编写"一部综合的文学史，一部超越民族界限的文学史"。他们心中的"总体文学"不是民族—国别文学，也不属于文学史范畴，而是对文学史的研究。梵第根就指出："总体文学是与各本国文学以及比较文学有别的。这是关于文学本身的美学上的或心理学上的研究，和文学之史的发展是无关的。总体文学也不就是'世界'文学史。"① 梵第根将美学与心理学凸显出来，强调它的理论性，有意淡化其文学史性质。在他们看来，"总体文学"是以多国文学史为研究对象的——"凡同时地属于多国文学的文学性的事实，均属于总体文学的领域之中"。具体研究的是"超越民族界限（至少三种以上）的文学运动和文学风尚的研究"②。

　　"总体文学"尽管强调比较视野与国际眼光，但不同于比较文学，因为"总体文学研究并不在学科意识上自觉地强调三种以上民族文学（国别文学）之间的关系，只把它们作为一种共同的文学现象研究，不强调研究主体'四个跨越'的比较视域及其汇通，因此总体文学的成立仍在于客体定位（这一点与民族—国别文学一样）"③。

　　总体文学也不同于歌德所说的世界文学，后者只是一种理想化的文学形态，而前者是一种活动状态，是指对已经存在的文学事实的探讨。"总体文学"强调理论研究，但与诗学或文学理论也是有别的。尽管两者都是从古往今来的文学现象中找出文学的本质和规律，揭示文学的不同形态与特点，但总体文学是以文学史为研究对象的，在研究中强调历时性与共时性相结合。前者指总体文学要以文学史发展为线索，后者指它往往在一个历史时期的横断面上展开。而文学理论既无历时性的要求，也没有共时性的限制，其重点

---

①　［法］梵第根. 比较文学论［M］. 戴望舒译. 上海：商务印书馆，1937. 177.

②　［法］梵第根. 比较文学论［M］. 戴望舒译. 上海：商务印书馆，1937. 179.

③　杨乃乔. 比较文学概论［M］. 北京：北京大学出版社，2002. 96.

是"对文学的原理、文学的范畴和判断标准等类问题的研究"①。

从梵第根、韦勒克等人对"总体文学"的宗旨、观照对象与观照方法的阐释看，汉语语境中的"外国文学史"就是西方人所说的"总体文学"，其性质是文学研究，是对世界文学发展规律进行总体把握的文学研究。

二、后现代语境中"外国文学史"的困境

在后现代语境中，总体性往往被看作意识形态的建构，等同于操控、集权、暴力、压制等，成了众多后现代理论家解构的对象。"外国文学史"也因其总体性叙事而遭到了人们的批评，甚至其存在的合法性也遭受质疑，陷入生存困境之中。

如果说总体性是西方现代性的重要标志的话，那么对总体性的解构则可以看作后现代的重要标志。利奥塔对西方现代主义知识求助于启蒙叙事和思辨叙事的合法化方式的质疑，以及对哈贝马斯"共识"观点的攻击，其实质是将矛头对准了总体性。在他看来，不同的话语类型之间存在着不可通约性，如果要求人们在不同的话语间自由转换，那么就会给人们带来压迫感。所谓"共识"，是强者将其意志加于弱者形成的，是对个人自由的控制和差异压迫的合法性成就。他认为元叙事是导致总体性产生的根源，而元叙事是以人类自由与解放的名义，赋予一种叙事对其他叙事的话语霸权，通过集中主义的话语模式压制不同的声音，体现的是一种压迫关系。这种用一种普遍的原则统合不同的领域，以追求同一性、普遍化为目的的行为，包含着对多元的差异性事物进行镇压的图谋，其结果会带来集中主义、专制主义。不仅不可能带来问题的解决，无法达成人类理性的目标，相反会带来对人性的压抑和迫害。所以他将总体性消解作为后现代的标志，认为要获得社会公正，必须抛弃总体性，"向统一的整体开战"②。

而福柯是通过对理性真实面目的揭示，来发起对总体性的进攻的。在对一些边缘话语的知识考古中，他发现了理性存在的秘诀，那就是"对非理性的征服，即理性强行使非理性不再成为疯癫、犯罪或疾病的真理"③。或者说，曾经要赋予混沌和无序的世界以秩序的理性巨人，其本质是一种话语权力，一种控制性力量。而历史，就是在权力的暴力作用下形成的碎片。这种话语

---

① ［美］雷·韦勒克，奥·沃伦. 文学理论［M］. 刘象愚等译. 北京：生活·读书·新知三联书店，1984.31.

② ［法］利奥塔. 后现代状况［M］. 岛子译. 长沙：湖南美术出版社，1996.211.

③ ［法］米歇尔·福柯. 疯癫与文明［M］. 刘北成，杨远婴译. 北京：生活·读书·新知三联书店，2007.2.

权力,是采用总体性叙事方式完成的,即把所有历史与社会现象都归结为某种深层的本质,具体地说,就是人类解放、进步的主题。其结果是,理性通过掩饰和压制多元性、差异性获得了前所未有的强制性力量,一切话语都被整合成它的力量。在总体性力量的支配下,复杂的相互关系被抽象化,分散变化的多元性被简单化。他要通过对总体性的消解,恢复话语的多元性、差异性和增殖性,对抗虚假的普遍性和宏大叙事的霸权。

在后现代语境中反观百年来的"外国文学史",我们看到总体性叙事确实带来了诸多弊端,突出地体现在文学工具论色彩和主观随意性上。

在谈到编写《欧洲文学史》的目的时,周作人就说,是为了让学生在学习外国经典时,思考自身所处社会缺乏的正是这样一种自由、民主的人文精神。为服务于中国现实的需要,对国民进行个性解放、自由民主的启蒙教育,周作人不顾欧洲文学的复杂性、多面性,将《欧洲文学史》变成了自然人性的嬗变史,用来表达人性启蒙的诉求。自然人性尽管是欧洲文学中重要的叙事话语,但用来囊括整个欧洲文学,显然是片面的。有学者就指出,它是"一本主观性极强的文化批评者的夫子自道",其中"思想远远压倒了所谓学问,主观好恶压倒了客观的描述"①。

被认为"可信度高"的《欧洲文学史》尚且如此,其他"外国文学史"的工具论色彩更甚。郑振铎的《文学大纲》,参考的是德林瓦特的《文学大纲》,但他根据为人生、为现实服务的标准对德林瓦特的著作进行了"增删编辑"。比如简·奥斯丁在原著中占极其重要的地位,而郑振铎却对其只字未提。因为奥斯丁所描写的是以女性为中心的中上层阶级的"小世界",而不是宏大叙事。18世纪的英国文学在原著中本来占100多页,也因为改良主义色彩浓郁,不符合郑振铎的标准,被他删减到30多页。而法国文学因为革命色彩较浓,被他极力推崇,几乎全部保留。

在国家积弱的年代,包括茅盾在内的一批知识分子,认为科学理性是取得真理的唯一途径,是拯救民族、国家与社会的法宝,所以对包括自然主义文学在内的写实文学给予了高度关注。在他编写的不足15万字的《西洋文学通论》中,介绍写实主义的篇幅占三分之二以上,对具有科学主义倾向的法国现实主义文学,尤其是文学成就并不高的自然主义文学,花了大量篇幅介绍。而对同样是写实主义作家的莎士比亚,因为其属于古典派,具有形而上性质,则一笔带过。在社会进化史观点的指导下,文学的发展被等同于社会的发展,文学自身的发生发展规律则被忽视了。在为人生、社会主导的话语的主宰下,明显地根据社会革命的诉求剪裁与评价外国文学,导致外国文学

---

① 耿传明.周作人与古希腊、罗马文学 [J].书屋,2006 (7):27.

的"全相"被遮蔽。

新生的政权建立后，需要思想舆论使其稳定，所以包括域外的文学艺术，都被规训到主流意识形态所预设的话语形态中。这导致 20 世纪 50—80 年代的"外国文学史"，如杨周翰主编的《欧洲文学史》、朱维之主编的《外国文学史》等，无一例外地以革命、阶级等守护主流意识形态的政治话语作为选择与评价作家作品的标准，以非此即彼的思维方式对待外国文学，用积极／消极、进步／落后、革命／反动、无产阶级／资产阶级、现实主义／浪漫主义、唯物／唯心等二元对立的本质论结构重组"外国文学史"。在这种总体性叙事的指导之下，外国文学分别被归入对立的双方，似乎水火不容。为使总体性叙事合法化，"外国文学史"一方面有意彰显、夸大某些部分，另一方面又故意缩小、遮蔽另外一些部分，甚至不顾文学的审美性，着力挖掘并彰显那些文学成就不高，但能为主导话语服务的文学，并将其经典化。最终带来了"外国文学史"叙事话语单一、审美功能丧失、过于随意与主观化等诸多弊病。

比如英国的宪章派诗歌，其艺术性并不高，绝大多数源语文学史并没有介绍。按理说内容庞杂但篇幅有限的"外国文学史"，本应在源语文学史的基础上有所精简，但新中国成立后编写的"外国文学史"几乎都对它进行了介绍，杨周翰的《欧洲文学史》甚至专辟一节，用多达七页的篇幅进行介绍。1949 年后的"外国文学史"，几乎一边倒地将工人阶级文学、无产阶级文学、社会主义现实主义文学等带有左翼倾向的外国文学，作为介绍的重点，挖掘外国文学中以阶级斗争、革命、信仰、社会批判等为内容的作品，并上升为主流话语，将其经典化。比如对《牛虻》《钢铁是怎样炼成的》《母亲》等作品的经典化，以及对苏联社会主义文学的突出与强调，就是突出的例子。革命、阶级等话语形式统领一切，成了跨文化重构的思维方式和重组外国文学的结构方式，因此相关的作家作品得到彰显。

"外国文学史"中的总体性叙事，带来同一性意识形态与诗学形态的简单化判定，将外国文学异化为意识形态和民族政治的承担者。正因为如此，在后现代语境中，它遭到了人们的批评，陷入了生存困境。因为文学是个人情感与民族精神的表达，加之产生的时代、文化语境等诸多不同，存在状况是纷繁复杂的，不可能被完全统一于某一叙事中。如果一定要将纷繁复杂的文学现象生硬地统一在某一叙事之下的话，局限性也就不可避免。

三、后现代语境中"外国文学史"的出路

既然"外国文学史"的性质是文学研究，那么尽管它是以文学史为观照对象的，但所产生的就不应该只是客体本身的"事实"，而是客体与主体的联

系，即"现实"。这是研究者站在文化主体性立场所观察到的，带有总体性质的世界文学发展规律，即必然包含主体对客体的价值判断。其中既包含研究者依据某种原则对客体的筛选、取舍、过滤，也包括主体对客体的认识与评价。或者说，"外国文学史"是一种再现"现实"的方式，而不是包罗"事实"的杂烩。关于"现实"与"事实"的区别，卢卡奇曾进行论述。在卢卡奇看来，"事实"是孤立的、片面的、僵硬的、物化的存在，是脱离总体后被割裂、肢解、分化的结果，并不是真正意义上的现实性。而只有通过主体的中介，"事实"才能成为"现实"。而总体性就是一种再现"现实"的方式，"真正的现实性是历史的具体性，即事物在各种联系的总体中的定位"①。

可以说，"外国文学史"的性质为它的总体性叙事提供了存在的合法性。如果从"了解之同情"的角度看，总体性叙事为我们了解世界文学发生与发展的"现实"，把握世界文学总的发展规律提供了认识论与方法论基础。同时，它在跨文化接受与转换过程中，对确立文化主体性，促进外国文学本土化，推动人性解放、社会进步、民族独立和现代化进程，也起到过重要作用。

的确，总体性叙事给"外国文学史"带来了诸多弊病。但这并不是总体性叙事本身的过错，而是认识主体将过分沉重的历史任务强加给总体性的结果，即对认识主体缺少限定，用部分的主体代表总体。卢卡奇就曾指出："总体的观点不仅规定对象，而且也规定认识的主体。"② 也就是说，只有当进行设定的认识主体本身是一个总体时，对象的总体才能加以设定。但在私有制社会中，获得解放的人类绝不会是一个总体，无论是资产阶级还是无产阶级，都只能代表部分。如果以部分的认识主体充当总体，这样的总体性就是抽象的总体性，就会呈现出主观狭隘性。

后现代主义对总体性的解构，无疑有利于阻止将人类自由与解放抽象化的做法，有益于遏止专制主义与话语霸权。但如杰姆逊所说："声讨种种大叙事是相对容易的事情，但完全抛开大叙事去思考问题就不那么容易了。"③ 如果完全抛弃总体性，我们用什么方法保证文学史不变成一堆僵死的资料，或者大杂烩呢？是否能做到不变得更加随意和主观，或者走向虚无主义呢？是否又能做到不滑向审美自由主义——以价值中立取代价值决断，或审美远离当下，或一味媚俗，淡化启蒙功能，或被动接受，缺少对话意识，走向技术论呢？

事实上，后现代的解构并不是暴力拆解、摧毁某物，它反对的是一元中心的霸权主义，反对的是差异被抹平。具体地说，"解构的含义是指对某种结构进行解构，以使其封闭的骨架显现出来，排除其中心，消除二元对立，显

① 赵一凡等．西方文论关键词［M］．北京：外语教学与研究出版社，2006．911．

② ［匈］卢卡奇．历史与阶级意识［M］．杜章智等译．北京：商务印书馆，1992．77．

③ ［美］杰姆逊，张旭东．现代性的神话［J］．上海文学，2002（10）：75．

现差异，使一切因素自由组合、相互交叉、重叠，从而产生具有无限可能性的意义网络"①。后现代理论家在向总体性开战的同时，也是持一种扬弃态度。利奥塔是对总体性进攻最猛烈的后现代理论家，但他也未完全抛开大叙事去思考问题。就像杰姆逊所说，利奥塔的"反大叙事本身就是一种大叙事"，因为后现代主义"对现有叙事模式的拒绝和排斥总是在呼唤一种被压抑的历史内容和叙事性复归。尽管他摆出反叙事的姿态，其反叙事立场本身却产生了另外一种叙事，虽然他总是在争论中把这个新的叙事小心翼翼地遮掩起来"②。因为后现代理论家也十分清楚，对差异与独特性过分强调，同样有走向极端主义的危险，使一切认识成为不可能。就连利奥塔本人，在 20 世纪 80 年代也明确指出："后现代不是一个新的时代，而是对现代性自称拥有的一些特征的重写，首先是对现代性将其合法性建立在通过科学和技术解放整个人类的事业的基础之上的宣言的重写。"③

看来，现代性的确是"未竟的事业"，后现代语境中的"外国文学史"写作，仍然离不开总体性，文学史新形态的出现，仍然要依靠总体性。伊格尔顿不无幽默地说："虽然我们可以忘掉总体性，但我们可以肯定它是不会忘掉我们的。"④ 但这种总体性，不应该是抛弃文本客观性的抽象存在，而应该是内在于历史的具体总体性。所谓内在于历史的具体总体性，即"在实践中，从而在主客体辩证的历史关系中来理解、把握整个社会历史性的存在"⑤。内在于历史即客观地看待主客体的关系，既不能夸大客体的力量而陷入机械唯物主义，也不能夸大主体的能动作用而陷入唯心主义，而是既符合历史发展规律又符合目的性。

具体总体性即事物在各种联系中形成的整体，"事实"在各种联系中形成的"现实"整体。辩证的总体观认为，整体对各个部分有全面、决定性的统治地位，但它并不是取消部分的存在，而是强调部分的各因素间的互相联系。卢卡奇就一再强调说："我们再说一遍：整体性范畴不是把各组成部分归为一毫无差别的统一体、同一体。"⑥ 就"外国文学史"写作而言，内在于历史的具体总体性既体现为辩证处理主客体的关系，也体现为强调整体与部分、同

① 于文秀．"文化研究"思潮导论 ［M］．北京：人民出版社，2002.115.

② ［美］杰姆逊，张旭东．现代性的神话 ［J］．上海文学，2002（10）：75.

③ ［法］利奥塔．后现代性与公正游戏——利奥塔访谈、书信录 ［M］．谈瀛洲译．上海：上海人民出版社，1997.165.

④ ［英］伊格尔顿．后现代主义的幻象 ［M］．华明译．北京：商务印书馆，2005.146.

⑤ 罗骞．内在于历史的具体的总体性：《历史与阶级意识》对马克思哲学本真性的阐发 ［J］．当代国外马克思主义评论，2004（1）：141.

⑥ ［法］利奥塔．后现代性与公正游戏——利奥塔访谈、书信录 ［M］．谈瀛洲译．上海：上海人民出版社，1997.14.

一性与差异性、历时性与共时性的联系，使文学"事实"在各种联系中形成"现实"整体。

以 19 世纪初期的外国文学为例，世界范围内存在着人文主义、古典主义、浪漫主义、现实主义、自然主义等不同审美倾向的文学，按理说应该逐一介绍才算全面客观。但从 19 世纪初期的世界文学语境中观照的话，既能代表时代发展方向——表达人的主体意识，又具有审美性与文学性的，是浪漫主义文学。无论出于何种需要，在编写"外国文学史"时，都不能忽略它。只有在这一"结构性限制"的规定对象中，才能进行主观发挥。在介绍浪漫主义文学时，既要总结出浪漫主义文学发生发展的普遍规律，也要看到不同民族—国家、不同时期、不同作家，甚至同一作家的不同阶段，对浪漫主义理解的不同，以及所采用的不同的表达方式。

在历时性上，要对浪漫主义文学的渊源关系及发生发展的线索进行梳理。只有将它置于与其他文学，比如人文主义、古典主义、现实主义、自然主义，甚至现代主义等文学思潮的联系与区别之中，才能更深入地把握它的精神实质与审美内涵。正如瑙曼所说，文学史应该展示"一种在历时性的范围内展开的内在联系"①。在共时性上，体现为在世界文学的发生发展中观照民族文学。介绍英国浪漫主义文学就不能只限于英国，而应该将它置于世界性浪漫主义文学思潮中。同样，介绍拜伦时，应该将他置于其他同时代浪漫主义作家的比较中观照。只有这样，他的文学品质、个性、地位以及对世界文学的贡献，才能得以凸显。

在后现代语境中，新形态的"外国文学史"的写作，不意味着放弃对普遍性、规律性的把握，重要的是构建内在于历史的具体总体性。通过对内在于历史的具体总体性的建构，既保证"外国文学史"不变成"事实"的堆积，而是有主体介入的"现实"整体，又能避免出现主观、随意的抽象总体性；既能从总体上把握世界文学的发展规律，不至于将"外国文学史"变成孤立的、片面的、僵硬的、物化的"事实"，又能保持文学的独立性、差异性，给予不同层次的文学以相对的自律性；既受源语文学基本结构的制约，又由被动接受转为在对话中重构，达到"过去活在当下，异域激活本土"的效果。

从这个意义上看，后现代语境不是"外国文学史"的坟墓，而是它重建的契机。通过对意义自身的前提性反思与拷问，避免同一性意识形态与诗学形态的简单化判定。

（原载《文艺理论研究》2011 年第 5 期，略有改动）

---

①　[德] 瑙曼等. 作品、文学史与读者 [M]. 范大灿编. 北京：文化艺术出版社，1997.180.

比较文学"三态论"

林玮生

　　20 世纪下半叶以来，比较文学界的"危机论"与"死亡论"呼声接连不断，比较文学确已发生了诸多新变化。面对这一情况，传统比较文学的学理已很难给予有效的阐释。本文提出"三态论"，以期概纳传统与新生比较文学的共象。从"形态"角度入手，将比较文学划分为三种形态：即实践比较文学、学理比较文学与他化比较文学，简称"三态"。实践比较文学与学理比较文学是一种文本性研究与学理性研究的关系，即实践与理论的关系。他化比较文学是在学理比较文学基础上滋生的新形态，它并不指导实践，而是传统学理的叛臣逆子，并"他化"为另一种理论形式。"三态论"以"形态"作为逻辑点（单位），以寻求对发展中比较文学本质的另一种解读。

一、实践比较文学与学理比较文学

　　当我们打开一些教科书时，一个普遍的现象出现在眼前：标题虽为"比较文学史"，而实际上却只是"比较文学学科史"，例如乐黛云所编的《比较文学原理》① 便把比较文学学科史当成了比较文学史。有一些学者把"法国学派"的诞生视为比较文学的起点。这是否是一个措辞的疏忽，把"学科史"错等于"史"？还是在下意识里对比较文学实践形态的放逐？本文认为，恐怕后者的可能性更大。事实上，任何国度的比较文学，在学理形成之前，均需囤积较为丰厚的实践形态，即实践比较文学，就如译学在问世之前，必须具有较为丰富的翻译实践积淀。忽视或脱离实践形态的理论研究是一种不完整的"缺根"研究。

　　虽然比较文学于 19 世纪末在法国形成学科形态，但其前学科形态却要追溯到遥远的古代，也就是说，只要人类存在着交流，就存在着比较文学的实践形态——各种文艺之间的不自觉比较活动。

　　卢康华、孙景尧在《比较文学导论》中列举了中国最早的比较文学文献。他们认为，最早将不同国家的文学加以比较的，是西汉的司马迁。当时正值

---

① 乐黛云. 比较文学原理［M］. 长沙：湖南文艺出版社，1988. 17.

中外关系史上的第一次交往高潮——张骞出使西域并派副使直达安息（今伊朗），不久之后，于公元 1 世纪中期正式形成"丝绸之路"。司马迁以他的睿智卓识不仅记载了通西域这一创举，而且还做了中国文论史上最早的不同国家文学之间的比较：

> 条枝（条枝，中国古代对阿拉伯半岛之称）在安息西数千里，临西海……安息长老传闻条枝有弱水、西王母，而未尝见。（见《史记》卷123《大宛列传》，中华书局据武英殿本校刊）

这里虽寥寥数语，却用史实同"安息传闻"与中国上古神话传说做了辨伪存真的比较，实在可谓中国比较文学最早的渊源了。[①] 不难想象，像中国这样一个多民族国家，各民族的文化，如荆楚文化、巴蜀文化、齐鲁文化、燕赵文化等，在互相影响与融合过程中，必然存伴着文艺之间的影响或文艺之间的比较活动。这些活动可谓中国比较文学的早期形态。

西方最早的比较文学渊源可以追溯到公元前 1 世纪的贺拉斯（公元前65—公元前 8 年）时代。贺拉斯在他的《诗艺》一书中通过对不同国家的文学的比较，阐发了这样的观点：

> 我认为一个诗人老犯错误，那一定变成科艾利勒斯（Choerilus）第二（科艾利勒斯为马其顿亚历山大大帝的随军诗人，每次战争胜利他都写 郭史诗，作品多而滥），偶尔写出三两句好诗反倒会使人惊讶大笑。当然，大诗人荷马打瞌睡的时候（原引者：指写得不精彩的时候），我也不能忍受，不过，作品长了，瞌睡袭来，也是情有可原的。[②]

这里，贺拉斯不自觉地运用了比较方法，将一位一流艺人（荷马）的最差作品与一位三流艺人（科艾利勒斯）的最好作品进行了对照，风趣幽默地衬托出科艾利勒斯艺术功底的薄弱与作品的冗长。

当历史走进了近现代，随着民族、国家、文化之间交流活动的与日俱增，文学、文艺之间的比较逐渐成了一项自觉的活动。伏尔泰于 18 世纪上半叶在《论史诗》（1727）和其他著作中，首先提出用比较的方法来研究欧洲各民族史诗的意见。他讨论了荷马、维吉尔、塔索、弥尔顿等重要的史诗诗人，希望通过对这些不同时代、不同民族、不同风格的诗人的比较研究，探寻"共

---

① 卢康华等. 比较文学导论［M］. 哈尔滨：黑龙江人民出版社，1984. 204.
② ［古罗马］贺拉斯. 诗艺［M］. 杨周翰译. 北京：人民文学出版社，1963. 361.

同的法则"。伏尔泰以"在同一太阳的照射下成熟起来",但从培养它们的国土上"接受了不同的趣味、色调和形式"的花朵,来比拟希腊、罗马传统所创造的"统一的文艺共和国"中各具特色的民族文学。① 伏尔泰关于文学比较的重要述说,成为比较文学在学科形成之前的一笔珍贵史料。

在 20 世纪初的中国,比较文学同样有了丰硕的文本性研究成果。例如,1904 年王国维的《红楼梦评论》,1920 年周作人的《文学上的俄国与中国》,20 世纪 20 年代茅盾的中国神话和北欧神话研究,钟敬文的《中国印欧民间故事之类型》,以及 1935 年尧子的《读西厢记与 Romeo and Juliet》,40 年代朱光潜的《文艺心理学》《诗论》和钱钟书的《谈艺录》等,这些文本性研究构成了中国比较文学极为重要的组成部分——即实践比较文学。

任何一种实践活动随着不断的丰富与发展,最终都可能凝结成与实践匹配的理论形态。当实践活动反复出现,并不断上升为某种形式,并到达了一定的临界点时,理论形态便会在实践的腹中涌动而最终诞生。例如,在东汉与魏晋南北朝时期,印度佛教的传入促使了佛学翻译活动的繁荣。在大量的实践经验上,诞生了"格义"(即以中国儒家、道家的概念来类比佛学概念的一种方法)译论。中国古代三大翻译家之一的玄奘(600—664 年),历经了大量的翻译实践后,去除了以往不是过于直译使国人不解,就是过于意译而丧失原意这两种弊病,总结出了"既须求真,又须喻俗",即"忠实、通顺"的翻译标准。这些译论的形成均是在大量翻译实践基础上的结晶。

从实践上升到学理的标志之一是相关学科或理论学刊、著述的出现,这意味着人们对这门学科的认识已经历了由现象到本质、由感悟到理性的飞跃。比较文学到了 19 世纪,在各种因素的合力下,欧洲出现了聚集性的学理形态。例如,1886 年,英国学者波斯奈特出版了《比较文学》(Comparative Literature)一书,这是历史上第一部直接以"比较文学"为书名的学科理论专著。同年,由德国文学史家科赫主办的《比较文学史杂志》创刊,成为最早的比较文学专业期刊。1895 年,法兰西学士院院士勃吕纳狄尔的学生戴克斯特完成了论文《论卢梭和"文学无国界论"的起源》,这是属于比较文学范畴的最早的博士论文。这些表明比较文学已进入学理自觉形成期。于是,"学理比较文学"诞生了。

学理比较文学诞生后,与实践比较文学保持着一种和谐关系。与其他学科的实践和理论的关系一样,是一种质同形异的关系。例如,在一个比较文学者的比较实践中,总是不自觉地指向一种相应的"学理",或蕴含一种自己认为最适当的"学理"。当"学理"被有条理地说出来时,便成了有形的理

---

① 陈惇,刘象愚. 比较文学原理 [M]. 北京:北京师范大学出版社,2000. 36.

论，当"理论"没有被说出来时，就只能作为一个在席的沉默者，隐藏在实践／文本的背后。同时，当比较文学者在把持一个理论时，总是下意识地指向与之匹配的实践形式，总是设想着理论所涉指的实践/文本形态。与其他学科（如译学）一样，比较文学的实践与学理是一种互存、相生的关系。只要其中一态存在，那么，另一态总是必然伴随，不管它出席或隐席、言说或沉默。单独将学理形态作为比较文学诞生的原点，是一个逻辑性的错误。

　　当然，比较文学的实践与学理的关系具有自己的个性特色，主要表现在学理与实践关系的相对疏离性上。不同事物的理论与实践的关系，有紧密也有松懈，比较文学属于后者。首先，比较文学与翻译一样，很可能是最复杂的活动之一，根据"不相容原理"，即系统的复杂程度越高，对其进行精确而有意义的认识和描述的能力越随之下降。因而，对比较文学实践进行"学理化"是一项艰难的工程。其次，从比较文学的学科史可知，它的部分学理不是"自生"的，而是"他生"的。在19世纪后期诞生之前，或诞生的过程中，它的一些基本理论问题已经由相关学科，如文明形态论、传播论、同源论、人类学、语言学、神话学等完成了。比较文学的学理只不过是在相关学科理论乳汁养育下而成长的"后生者"。比较文学"学理化"的复杂性以及部分学理的输入性，使其学理与实践之间形成了相对的疏离性。这种疏离性使一些研究者对"学理比较文学"（特别是教科书上常常出现的三种形式："学科史""学理"与"方法论"）持有另见，或敬而远之。国内著名学者如方东美、宗白华、朱光潜、钱钟书、叶舒宪等，不随意标榜"比较文学"旗帜，而是脚踏实地干实践性、文本性的研究，成就了千古绝唱的比较文学范本。如陈圣生所说："中外今昔都有一些不以比较文学研究者自居的比较文学研究者，他们不追求学科的目的，不汲汲于体系的创设，只是实事求是地进行着比较的或整体式的研究。他们所取得的成果，可以看作比较文学发展方向的一种指示剂。"① 在当前比较文学界缺乏文本性研究精品而充斥学理性话语的情况下，是否可从上述学者的足迹，得到某种有益的启示？

二、比较文学的第三态：他化比较文学

　　上面已说到，只要有异文化的交流与碰撞，就有异文学、文艺之间比较活动的可能。从这一意义上说，比较文学的实践形态是一个古老的客观存在。在这个实践形态的背后，总是蕴含着一个学理形态——不管是否被说出——也是一个客观存在。这两个客观存在的形态是比较文学传统的两态，两者相

---

① 陈圣生. 比较文学的理论和方法评述［J］. 文学评论，1983（4）：116.

生相契，但到了 20 世纪下半叶，学理形态发生了新变，其脱离了实践形态，走向自恋、自扰，乃至自言自语。面对这一新现象，需要有一个合适的理论来阐释。本文认为，可以把这种学理的异化现象称为学理他化或他化学理，即他化比较文学。

"他化"是著名教授栾栋提出的一个重要人文学概念，是他的"文学非文学"思想的一个重要内容。"文学他化"或"他化文学"，即文学既是文学而又是非文学，文学游离传统的文学性，文学向另一个非我转化，即他者的别样存在。

栾栋认为，近几十年来，"文学是文学"，文学自性遭遇了前所未有的严峻挑战。例如，20 世纪的法国文学，展示出了另一种风采，不胜枚举的他化文学之重大现象，构成了文学他化的壮阔声势。…… 一言以蔽之，文学已经不是潜移默化，而是在大张旗鼓地推进他化。当然也有一些作家在传统文学模式内讨生活，但是在 20 世纪造成重大影响而且代表了时代精神的恰恰是他化文学。①

栾栋的他化文学观有两个重要的视点：其一，法国文学的内囊反转。近一个世纪以来，法国文学逐渐脱离了人们习以为常的文学观念，审美性、人道性、现代性、进步性、故事性、形象性，诸如此类一向被看作文学圭臬的东西都遇到了巨大的挑战。代之而起的是让传统文学人非常尴尬的反转局面，丑态观、物性观、后性观、逆旅观、乏味观、破碎观，这些个不期而遇的文学……从结构主义到解构主义，内囊反转呈现出强烈的变局。② 其二，法国文学的疆域淹通。纷纷扬扬的后现代主义文学，从内看是文学的他化，从外看是文学的淡出。……此刻的法国文学，如同退耕还林的生态恢复期，先前界限明了，分野清楚，而今阡陌模糊，林木掩映。周遭的思想文化向文学场域渗透，习见的文学特征在邻近领域稀释。③ 法国现当代文学的非常性他化传达出一个重要的信号：人类文明进入了大尺度整合的划时代际遇……是文化区隔的汇流式整全，是学科细碎的化合性通和。文学死了吗？没有。但是文学变了，它与其他许多个体化学科一样，变成了百川归海的大羹遗味，因而酸甜苦辣诸味难辨……倘若一定要给它命名，称之为"大人文文学"颇为得体。④

从上述精湛的描述中可见，文学的"内囊反转"与"疆域淹通"是他化文学的两个重要特征。也就是说，在当代"后学"语境中，文学发生了自性

---

① 栾栋. 法国文学的他者指归 [J]. 学术研究，2010（2）：4.
② 栾栋. 法国文学他化现象管窥 [J]. 外国文学研究，2010（5）：59.
③ 栾栋. 法国文学他化现象管窥 [J]. 外国文学研究，2010（5）：59.
④ 栾栋. 法国文学他化现象管窥 [J]. 外国文学研究，2010（5）：60.

的异化与自体的转化；文学在近代理性文明中从大人文的母体中分离出来，如今又再次回归到大人文的母体之中。

文学的他化不仅是文学领域的独特现象，而且是一个全球人文领域的共象，是大多数人文的共同命运。本文认为，上述提出的他化比较文学，即文学他化现象在比较文学领域的上演。他化比较文学与他化文学共处于同一个"后学"语境，两者共历着相似的演变模式。

众所周知，20 世纪初知识界以"前卫""先锋"等作为时代的主题词，但从 20 世纪中下叶以来，则出现一个大转向，时代的主题词由"前"转为"后"，转为"终结"。德国学者哈贝马斯（Jurgen Habermas）提出"哲学终结论"，他认为解构等"后学"导致了"主体"丧失，"整体"消解，"中心"崩散，最终导致"哲学的终结"。法国学者利奥塔（Jean Francois Lyotard）认为，现代主义祈求的是某个"元话语"或"宏伟叙事"的合法性，而后现代则不再相信有什么"元话语"的存在，话语只不过是一场所指在能指链上滑动的游戏。

"后"成为对这个时代的特征最典型的概括，知识界纷纷用"后"字对不同学科进行命名，如政治学有"后冷战时代"，社会学有"后工业社会"，人文学有"后结构""后殖民""后启蒙""后哲学""后文学"等等。历史走进了一个"后学"时代。

如果说，"后学"理论揭示了某种转向，那么，"他化"理论则不仅揭示了某种转向，而且阐明了转向的结果。"他化论"认为，在"后学"语境中，元学科被改写，学科疆界被破融，各种学科汇成了一个大人文海洋。在这种境况下，哲学并没有终结，文学也没有死亡，但哲学、文学都变了，化蝶式地化成他物，化得面目全非。当然，作为人文学科之一的比较文学，同样不可能逃离这场他化运动。

在这场他化运动中，比较文学与文学具有两个相似的演变模式：一，非己化。文学在他化中，变得面目全非，逃离了审美性，学理比较文学则与实践相脱离，走向自律。二，融形于众。文学化成大人文文学，学理比较文学则融化于新潮理论之中。

其一，非己化。文学在他化中，逐渐脱离了人们习以为常的审美性、人道性、故事性等，比较文学在他化中则表现为学理与实践的脱离，走向自律。这一动向似乎是诸多相邻学科的共同宿命，例如翻译学、阐释学。其中翻译学与实践的疏离化尤为明显。传统翻译学是在大量翻译实践上建立一套翻译理论，去阐说、指导翻译实践，而现代的翻译学则热衷于走向理论自恋。

现代翻译学不仅关注翻译实践的技巧问题，而且探讨包括语言层面的外部因素，如文化范型、意识形态等相关问题，这样一来，从互文性角度看，翻译的研究范围被进一步扩大、延伸。例如，翻译中的"性别批评"研究，试图通过"性别"的视角，批判那些将女性、将翻译贬入社会和文学底层的观念。1603 年，英国翻译家 John Florto 说："所有的翻译，因为必然有缺陷，所以一般被认为是女性。"法国人则认为文采斐然、有违"原意"的翻译是"不忠的美人"（les belles infideles）。再比如，还存在着"译者是作者的侍女""原作是强壮而富有创造力的男性，译本是羸弱、派生的女性"等观点。① 本来这些对翻译"女性特征"的比喻，是对翻译本质的恰当喻说，但从"性别批评"角度看，却是一些粗糙的、需要批判的话语。"性别批评"者认为，这种把翻译视作女人、译者视为使女，并依附于作者的传统翻译观，不仅贬低了译者和译作，也包含着对女性的轻慢。这种翻译研究中的"性别歧视"（sexism）必须得到清理。这个例子活生生地说明了翻译学从内部走出外部的"外转"及从译理走向文艺批评的"他转"。

翻译学的他化现象，同样上演于学理比较文学之中。美国比较文学学会（ACLA）在 1993 年指出了比较文学发展的两个转向——全球主义转向和文化研究转向。在这两个转向中，文学、哲学、政治学、社会学、文化学中的各种"主义"纷纷流入传统学理，使传统学理汇融汇于各种"主义"之中。

在国内，有些教科书，如陈惇、孙景尧、谢天振主编的《比较文学》②，将全书分为"文学范围内的学科研究"与"文学范围外的学科研究"。"范围外"包括比较文学与后现代理论、阐释学、接受理论、符号学、女性主义、文化相对主义等"主义"的某种关系。无疑，在传统比较文学者的眼里，这些批评话语（各种"主义"），只不过是借着比较文学的外衣，占着比较文学的阵地，讲述"主义"自己的理论话语，或者嘀咕着自恋式的哲学话语。也许苏源熙悟感到比较文学必将经历这一场宿命，因此她说："比较文学并非总是自己历史上的主人公。"③

其二，融形于众。上文说到文学"与其他许多个体化学科一样，变成百川归海的大羹遗味"，学理比较文学也不能独善其身，由"影响"与"平行"两大支柱建立起来的传统学理，也走向了"融形于众"的命运。比较文学的两大类型——"影响"与"平行"分别建立于近代传播论与同源论的基础之上。当人类走进 20 世纪中下叶时，历史又一次发生了轴心期式的思想变革运动，这就是"后学"思潮。后学的最大特点是对古典/现代价值的解构，使在传统中建立起来的宏大叙事、元典经典失去往日的权威。元典/经典的隐退，

---

①　王东风. 论翻译过程中的文化介入 [J]. 中国翻译，1998（5）：19.

②　陈惇，孙景尧，谢天振. 比较文学 [M]. 北京：高等教育出版社，1997. 141.

③　Haun Saussy. *Comparative Literature in an Age of Globalization* [M]. Baltimore，Md. ：Johns Hopkins University Press，2006. p. 12.

迎来了多元话语的众语狂欢。传播论（影响）与同源论（平行），包括一切在元典时代产生的理论话语，都无法摆脱融没于理论大潮的命运。况且，传播论与"互文性理论""接受美学"，同源论与"结构主义""原型理论"等，在内容上存在着"你中有我，我中有你"的互文关系，这使学理比较文学不能自已地化入了理论大潮之中。

"后学"时代是历史上全球化程度最高的时代，在这个时代产生的新潮理论，有一个特征是"全球性""跨际性"，它们往往可以跨越不同文化，穿行于文学、哲学、美学、史学，畅游于大人文的海洋中。萨义德将新理论的全球普适性形象地称为"理论旅行"。新理论的跨际性与其对疆界的融解力，使它所向披靡，挑战着元典话语，淹解着传统体系（是否成熟是另一个问题）。

于是，20 世纪 80 年代后期，在欧美比较文学界出现了这样的景象：比较文学的研究对象不再是不同民族的文学比较，而变成了形式主义、结构主义、心理分析理论、后结构主义、西方马克思主义、后殖民主义、女性主义、新历史主义，甚至同性恋和酷儿理论等种种现代主义和后现代主义理论以及传媒研究、影视研究、大众文化研究，还有种族、性别、民族志等各种形式的文化研究。[①] 比较文学的教授们要学生阅读的著述来自哲学、历史、社会学、人类学、心理学、宗教等各种学科，比较文学界"最热烈的讨论是理论，而不是文学"，在这种情况下，学生们迷失了方向，不知道"究竟该比什么，怎么比？"……加州大学伯克利校区比较文学系主任托马斯·罗森梅尔也在《我是一个比较学者吗？》中说自己并不清楚"比较学者是什么，做什么"。[②]

本来，新潮理论与传统学理还是有着某些逻辑关系的，例如新潮理论中的"全球性""跨际性"与比较文学的"跨越性""居间性"存有某种共通性，但是，随着众多关系的层层延进，学理比较文学不断与传统学理疏离，最终陌生化为一个远亲或异化为一个他者。

学理比较文学的他化现象，质而言之，是元典时代的理论之川融汇于后学时代新潮理论之海。学理比较文学从与实践比较文学的"一唱一和"，到脱离实践比较文学而"自言自语"，再到融汇于新潮理论而"齐语喧哗"，最终不可避免地经历了一场"他化"的宿命。

三、传统与"他化"之争的三态论透视

传统学理与"他化学理"（即他化比较文学）之间的互相指责是当今比

---

① 刘象愚. 比较文学"危机说"辨 [J]. 北京大学学报，2008（2）：76.
② 刘象愚. 比较文学"危机说"辨 [J]. 北京大学学报，2008（2）：76.

较文学界的一大论争论点。三态论的视野，可使这一纷争被重新认识与评判。

在 1985 年秋季法国巴黎召开的国际比较文学学会第 11 次大会上，"传统派"与"理论派"正面交锋。"传统派"多数是老一辈学者，如韦勒克、韦斯坦因、雷马克等。韦勒克历数新理论的"罪状"，说它们"否认生活的感知的一面"，"否认美感经验"，"脱离现实"，使"文学成为文字游戏，毫无意义"，"不做好坏的评价"，"瓦解作品"，"无补于实际批评"，是"反美学的象牙之塔"，是"新虚无主义"等。①

韦斯坦因在《我们从何来？是什么？去何方？——比较文学的永久性危机》一文中面对理论化倾向，提出了"是比较文学吞噬文学理论，还是文学理论吞噬它，或者是二者和平共处"的发问，他相信只要人类还有文学研究，"比较文学学科就不会死去，而将生存下去"。对于当时流行的那些文学理论，他认为没有多少新东西，"只不过是在较高水平上修改和复兴了被术语所掩饰的老方法而已"，它们"没什么令人惊讶之处，既无新方法的突破，也未为比较文学打开新途径"。②

雷马克在 1985 年发表的《比较文学在大学里的处境》一文中指出："我们遭遇到了对今天的比较文学的第二个大挑战，这第二个大挑战，也就是我们最近的仇人，名叫'总体文学'或'文学理论'。这个仇人比'只要国别文学'更危险，因为它宣称比较文学是从属于总体文学或文学理论的。"雷马克并不否认理论探索的必要性，但是他认为 15 年来盛行一时的那些理论却是经不起真正的作品的检验的，从比较文学的角度看，尤其显得空洞。雷马克义正词严地指出："文学的探讨本身无所谓好坏或过时不过时。"③

从上面三处引述可见，老一辈站在传统价值观的立场上，对"理论派"进行了严肃的批判。韦勒克对"理论派"所批评的"脱离现实""不做好坏的评价""新虚无主义"，以及雷马克所说的"经不起真正的作品的检验"，实际上指的是与实践相脱离的学理他化现象。韦斯坦因所说的"（比较文学）将生存下去"以及雷马克所说的"文学的探讨本身无所谓好坏或过时不过时"，指的是比较文学传统二态（实践与学理）的客观存在性。雷马克将新理论视为"第二个大挑战"，喻为"我们最近的仇人"，暗示了新理论对传统理论的围攻势态，以及传统理论对新理论的无可奈何。从老一辈的这些表述中可以看出，当时在老一辈思想的深处，是以护守的传统"二态"去对抗"他化"现象的。

对"理论派"的批判，在国内也上演了类似的情境。乐黛云对比较文学

---

① 乐黛云. 比较文学原理［M］. 长沙：湖南文艺出版社，1988. 78.
② 陈惇，刘象愚. 比较文学原理［M］. 北京：北京师范大学出版社，2000. 75 ~ 76.
③ 陈惇，刘象愚. 比较文学原理［M］. 北京：北京师范大学出版社，2000. 75 ~ 76.

学理的"非己化"现象提出了批评，她说："（比较文学）理论在某种程度上成为一个自足的体系，脱离了它从而产生并将对之发生作用的具体作品及其创作实践，作品在某种程度上成了仅为说明某种理论而存在的注脚。这种脱离所形成的理论畸形发展的局面急需改变。"① 她又以钱钟书作为比较文学研究的楷模说："《管锥篇》（《管锥编》）总结了许多文艺共同规律，但没有一条是从纯粹抽象、推理得出而脱离了艺术实践的。钱钟书强调说'我有兴趣的是具体的文艺鉴赏和评判'。这就使得整个《管锥篇》（《管锥编》）与目前世界比较文学发展中脱离作品'本文'，'不作评价'，只作纯理论推演的危险倾向相反。"② 乐黛云还援引了钱钟书对一些现代法美文论家像克利斯蒂瓦（Julia Kristeva）滥用结构主义的批评作为例子，抨击了学理与实践相脱离的现象。

　　辜正坤对"理论派"的批判更为深刻，他说："某些挂名比较文学研究的学者往往避免直接的文学作品比较，甚至于嘲弄、轻视平行研究，轻视具体的微观的文学作品分析，不想做深入细致的研究……更有个别学者喜欢天马横空、动辄宇宙全球，虚张声势地进行所谓宏观论述，或者单纯地津津乐道于某一种文化理论，例如现代主义或后现代主义或新殖民主义，忘记了这些领域虽然与比较文学有关联，却并非是比较文学的本体研究课题。……这是值得中国比较文学学者警醒的。"③

　　严绍璗在《"文学"与"比较文学"同在共存》一文中表达了相似的看法，他说："许多人文学科都已经发展出了两个层面，即一个层面是从事作为本门学科基本研究对象的本体性的研究，构成这个学科得以产生、生存和发展的基础系统；一个层面是基于本体性研究的成果而抽象出来的学科理论，构成这一学科原理的阐述系统。这两个层面本来是相辅相成的……但在有些学科中，两个层面逐渐分离以至（于）对立的状态日益明显，终于变成了一个躯体两张皮，眼下有些学科正在这样的病态中运行。比较文学的发展不幸未能免其俗，其学科的阵容目前已经深深地陷入了两张皮的病状之中。"④

　　上述几位中国学者与上述欧美老一代学者一样，均基于传统的观念，对他化现象（"理论派"）进行批判。乐黛云的"理论在某种程度上成为一个自足的体系"和辜正坤的"轻视具体的微观的文学作品分析"，与韦勒克所说的"脱离现实"一样，都是对"理论派"脱离实践的批判与讥讽。严绍璗所说的"两个层面逐渐分离以至（于）对立的状态日益明显"与"变成了一个躯

---

①　乐黛云. 比较文学原理［M］. 长沙：湖南文艺出版社，1988.30～31.
②　乐黛云. 比较文学原理［M］. 长沙：湖南文艺出版社，1988.38.
③　辜正坤. 中西诗比较鉴赏与翻译理论［M］. 北京：清华大学出版社，2003.134.
④　严绍璗. "文学"与"比较文学"同在共存［J］. 中国比较文学，2009（1）：39.

体两张皮"，指的即传统学理的他化现象。

但是，事实上"理论派"并非像"传统派"所说的那样一无是处。正如陈惇、刘象愚所说，在"理论派"拥护者的论文中，人们发现，尽管阐释学、接受美学、读者反应批评、符号学、结构主义等新理论确实存在着缺陷，然而它们并非无稽之谈，也并非毫无新意，它们能为文学研究提供新的角度，引出新的有价值的看法，因此也能有益于实际批评。[①] 有一些学者逐步认识到"理论化"的趋势对于比较文学的发展并非只有危害，而是兼有益处，也是不可避免的。

巴黎第四大学教授伊夫·谢佛莱尔于 1989 年出版的《比较文学》，在总结 20 世纪 60 年代以来比较文学新发展时认为，比较文学学科的研究内容已经超出了"比较文学"一词所能涵盖的范畴，有必要把学科的名称改为"比较文学与总体文学"（即文学理论）。另外，我们还应注意到，自 1985 年的国际比较文学学会第 11 次巴黎大会以来，国际比较文学学会的历届大会的讨论议题都带有鲜明的理论色彩。在第 11 次大会上，作为学会会长的佛克玛在开幕词中明确提出"强化理论在我们的学科中的作用"的建议，会上还成立了"文学理论委员会"。[②] 这些都表明了比较文学界对"后学"语境中新潮理论话语的理智接纳。

综观近年来两派的交锋及各自的发展，我们发现"理论派"并不是一个该不该存在的问题，而是一个应以怎样的姿态存在的问题。尽管受到了"传统派"的种种批判，尽管"理论派"在初始阶段有粗糙之嫌，但它们却是一个时代不可阻挡的产物。以恪守庙堂的传统价值观去嘲谑"理论派"的异化，或以"理论派"的新潮观念去讥讽"父辈比较文学"的落后都是不当的。传统有本身的客观价值，他化有自己的历史宿命，两者具有不同的取向、不同的范式以及不同的范畴。两者的关系不应是"（传统）比较文学吞噬文学理论"，也不应是"文学理论吞噬（传统）比较文学"，而应是韦斯坦因所言的第三种情况——"和平共处"。

四、三态论的理论价值

三态论解读了传统学理无法阐释比较文学在"后学"语境中出现的新现象，使比较文学本质从另一个角度得到了彰显，具有开创性的理论意义。

第一，在当前话语纷争的情况下，提出"他化比较文学"概念具有重要

---

① 陈惇，刘象愚. 比较文学原理 [M]. 北京：北京师范大学出版社，2000.76.
② 陈惇，刘象愚. 比较文学原理 [M]. 北京：北京师范大学出版社，2000.77.

的理论意义。学理他化是孳生于传统学理、混同于传统学理,而又有别于传统学理的一个他者。对两者的区分,可使"学理他化"在比较文学中获得一席之地,让学界能以一种全球的视野、开放的态度接纳这一"后学"语境下的产物,而不至于僵化地守护传统庙堂。第二,实践比较文学是比较文学大厦得以稳固的基石,但它却因先天沉默(实践形态)而常被学理话语所遮蔽或疏忽。三态论使之重新浮出水面,被重新审视。在比较文学界,有一批默默无闻、不打"比较文学"旗帜的实践者,却创造出了垂古的范本,这正是比较文学的实践形态。第三,比较文学三态的划分,可清晰地发现传统意义上学理与实践两者的等值性以及与"死亡论"的无关性。比较文学的历史起点,始于实践形态,学理形态是实践形态积累达到一定临界的产物。"两态"一体两面,异态同质,不存在高低价值之分。同时,传统"两态"是一种客存物,与"危机""死亡"不存在任何关系。

　　总之,三态论有效地解决了原来用"一态"(即三态共名于"比较文学")去笼统指称"三态"所带来的矛盾纷争。在此之前,学理比较文学时常遮蔽着实践比较文学,学理比较文学视他化比较文学"荒诞怪异",而他化比较文学则视学理比较文学"陈旧过时",彼此互相指责,造成了学界的焦灼与波荡。三态论使比较文学一分为三,化解了彼此的误读。

　　　　　　　　　　　　　(原载《学术研究》2012 年第 7 期,略有改动)

钱钟书的"连类"

何明星

一

　　学问思想的广博深邃取决于才学胆识的超拔出众，这已然成为常识。然而，很少有人会进一步想到，在才学胆识的后面，又有至情至性在起着重要的推动作用。章学诚说："夫学有天性焉，读书服古之中，有人识最初，而终身不可变易者是也。学又有至情焉，读书服古之中，有欣慨会心，而忽焉不知歌泣何从者是也。"① 诚哉斯言！如果走近一位真正的学问家、思想家，你就会发现：在一般人所看到的才华横溢、学究古今、识见卓绝、勇于创新，甚至超尘绝俗、特立独行的耀眼光环的背后，是一个天性所系、情有独钟、"人识最初而终身不可变易"、"欣慨会心而不知歌泣何从"的有血有肉的性情中人。这至情至性，成为他在学术研究上取得杰出成就的根本动力和最初缘由，所谓"大学问家的学问跟他整个的性情陶融为一片"②。

　　然而，也正是这独特的性情，却常常使他们遭受误解，引起争论。钱钟书就是这其中的一位。钱钟书受到的误解主要来自于他独特的连类的研究和著述方式。如果说《七缀集》由于是论文集，《谈艺录》由于具有传统诗话形式，它们所运用的连类的著述方式还能够为学界所接受认可的话，那么《管锥编》③ 则没有那么好的命运了。有人将《管锥编》当作"备稽检而供采择"的类书，认为它只有材料的铺排而没有思想的创新④；有人认为钱钟书著作"缺乏在思想史上自成一家之言所必需的整体性、条理性、逻辑性"⑤。中国社科院文学所的年轻人中流行一句话："何其芳同志的理论素养＋钱先生的

　　① 章学诚著，叶瑛校注. 文史通义校注 ［M］. 北京：中华书局，1985. 161～162.
　　② 钱钟书. 谈交友 ［A］. 钱钟书散文 ［M］. 杭州：浙江文艺出版社，1997. 71.
　　③ 钱钟书. 管锥编 ［M］. 北京：中华书局，1986.
　　④ 参见王晓华，葛红兵，姚新勇. 对话"钱钟书热"：世纪末的人文神话 ［J］. 中国青年研究，1997（2）：16～17.
　　⑤ 胡河清. 真精神与旧途径——钱钟书的人文思想 ［M］. 石家庄：河北教育出版社，1997. 153.

丰富知识＝治学的最高目标"①，虽仰慕钱钟书知识的丰富，却并不推崇他的理论素养。显而易见，钱钟书遭受误解主要是由于连类的著作形式不具有建立思想理论所必需的整体性、逻辑性、条理性，因为一般认为：思想是以逻辑严谨的理论体系的方式出现的。殊不知，嘲讽和批判陋儒学究，建立空疏无当的理论体系，要从具体的鉴赏和诠释活动出发，通过连类的方式打通语言、国家、学科、文类等各种界限，达到通人之学的境界，却正是钱钟书的学术追求之所在。而这种学术追求，与钱钟书的独特性情密切相关。

杨绛用"痴"字概括钱钟书的性情，并解释他的"痴"有"疯、傻、憨、稚气、骏气、淘气"诸多意思②。然而，钱钟书的疯、傻、憨、稚气、淘气等，并非由于冥顽不灵和顽劣无知，而是来源于对新奇和有趣的痴迷。我们可以从钱钟书的日常游戏与玩笑中鲜明生动地感受到他的这种独特性情。他儿时喜欢玩"石屋里的和尚"的游戏：晚上父母让他早睡，他不肯，就披着床单盘腿坐在蚊帐里自言自语，乐此不疲；他画《许眼变化图》，把大学同学许某上课时注意女同学的各种眼神描绘得惟妙惟肖，在同学中间笑传；他趁杨绛睡着了，用浓墨给她画花脸；他逗女儿玩，"每天临睡在她被窝里埋置'地雷'，等女儿惊叫，他就得意大乐"③。然而钱钟书毕竟是读书人，他所痴迷的新奇和有趣，更多是语言文字上的俏皮雅致、不拘俗套。他有一首赠友人向达的打油诗，充满奇巧机趣，如形容向达"外貌死的路（still），内心生的门（sentimental）"，整首诗读下来，他和向达两人捧腹大笑。④ 女儿小时，钱钟书教她几个法语、德语单词，大都是带有屁屎的粗话，朋友来家，就让不懂词义的女儿鹦鹉学舌地卖弄，客人听得哈哈大笑，女儿还沾沾自喜。⑤ 他赠给杨绛的情诗，有一首竟运用宋明理学家的语录熔铸入诗，清新如话而不落理障，钱钟书对此颇为自负："用理学家语作情诗，自来无第二人！"⑥ 日常生活中他更是随机生发，妙语连珠，辩才无碍，信口道来。向他祝寿，他说："'祝寿'可以'促寿'，'延年'能使'厌年'"；他自叹近况："谢客而客愈多，谢事而事不减。"⑦ 杨绛回忆："钟书常和我父亲说些精致典雅的淘气话，相与为乐。"⑧ 凡此种种，无不表明钱钟书对语言活动中新奇、有趣现

---

① 王水照.《对话》的余思——记钱钟书先生的闲谈风度 [J]. 随笔，1990（2）.

② 杨绛. 记钱钟书与《围城》[A]. 钱钟书. 围城 [M]. 北京：人民文学出版社，1991. 346.

③ 杨绛. 记钱钟书与《围城》[A]. 钱钟书. 围城 [M]. 北京：人民文学出版社，1991. 352～355.

④ 杨绛. 我们仨 [M]. 北京：生活·读书·新知三联书店，2003. 74.

⑤ 杨绛. 我们仨 [M]. 北京：生活·读书·新知三联书店，2003. 173.

⑥ 吴忠匡. 记钱钟书先生 [J]. 随笔，1988（4）.

⑦ 王水照. 记忆的碎片——缅怀钱钟书先生 [A]. 李明生，王培元. 文化昆仑——钱钟书其人其文 [M]. 北京：人民文学出版社，1999. 98.

⑧ 杨绛. 记钱钟书与《围城》[A]. 钱钟书. 围城 [M]. 北京：人民文学出版社，1991. 357.

象的爱好与痴迷。一位熟悉钱钟书的学者说："钱先生可能会有一种特殊的'孤独感'，因为很少有人能与他处于同一水平，可以相互酣畅地对谈，很多场合下是单向的施受而不是双向的交流。"①

钱钟书读书之勤奋，世所公认，在还没上学的儿时就囫囵吞枣地读完家藏正经小说，又随伯父上茶馆租书摊上的通俗小说来看②，上大学时横扫清华图书馆，留学期间几乎都在读书中度过，把牛津大学图书馆（Bodleian Library）叫作"饱蠹楼"③，即使是下"干校"劳动改造，劳作之余仍诵读不辍，灯光黯淡，就站在灯下立读。④ 钱钟书读书之勤奋，仍然与他痴迷书中的新奇和有趣有着莫大关系。儿时每次从书摊上看书回家，他便手舞足蹈地向两个弟弟演说刚看的小说，并纳闷一条好汉只能在一本书里称雄——若关公进了《说唐》，他八十斤的青龙偃月刀如何敌得李元霸八百斤的锤子，李元霸进了《西游记》，又怎敌得过孙猴子一万三千斤的金箍棒。⑤ 杨绛说："他读书还是出于喜好……极俗的书他也能看得哈哈大笑。戏曲里的插科打诨，他不仅且看且笑，还一再搬演，笑得打跌。精微深奥的哲学、美学、文艺理论等大部著作，他像小儿吃零食那样吃了又吃，厚厚的书一本本渐次吃完，诗歌更是他喜好的读物。"⑥

读书做笔记，是钱钟书长期养成的习惯。他"只做一种别人看不懂的笔记，供自己著书时连类征引。他身边藏书不多，靠的主要是那些笔记"⑦。钱钟书读大学期间做的读书笔记就有一大摞："每个礼拜六就把读过的书整理好，写好笔记，然后抱了一大堆书到图书馆去还，再抱一堆回来。"⑧ 牛津大学图书馆的图书不让外借，只能在馆内看，这更养成钱钟书记笔记的习惯。⑨ "文革"期间搬家，杨绛费了两天工夫，把钱钟书的笔记整理出了五大麻袋。⑩ 一个痴迷于新奇和有趣的人记下这许多笔记，可以想见，其中绝大多数一定是那些让他觉得新奇有趣乃至哈哈大笑的材料。

① 王水照.《对话》的余思——记钱钟书先生的闲谈风度 [J]. 随笔, 1990 (2).

② 杨绛. 记钱钟书与《围城》[A]. 钱钟书. 围城 [M]. 北京：人民文学出版社, 1991. 358.

③ 李洪岩. 智者的心路历程——钱钟书生平与学术 [M]. 石家庄：河北教育出版社, 1997. 141.

④ 钱碧湘. 望之如云 近之如春——追忆钱钟书先生 [A]. 沉冰. 不一样的记忆——与钱钟书在一起 [M]. 北京：当代世界出版社, 1999. 272.

⑤ 杨绛. 记钱钟书与《围城》[A]. 钱钟书. 围城 [M]. 北京：人民文学出版社, 1991. 348～349.

⑥ 杨绛. 记钱钟书与《围城》[A]. 钱钟书. 围城 [M]. 北京：人民文学出版社, 1991. 355～356.

⑦ 郑朝宗. 怀旧 [J]. 随笔, 1987 (1).

⑧ 常风. 和钱钟书同学的日子 [J]. 山西文学, 2000 (9).

⑨ 舒展. 钱钟书怎样对待"钱钟书神话" [N]. 北京日报, 2002 - 06 - 03.

⑩ 杨绛. 丙午丁未年纪事 [A]. 杨绛作品集 [M]. 银川：宁夏人民出版社, 2000. 374.

　　积累的材料多了，难免就会相互发生联系，更何况是那些新奇有趣的滑稽游戏材料呢！钱钟书说："康德尝言，解颐趣语能撮合茫无联系之关联，使千里来相合，得成配偶。让·保罗至喻为肯作周方、成人好事而乔装神父之主婚者。"因为是解颐趣语，所以即使无联系的双方，也能被撮合而相互关联，那解颐趣语就像成人好事、乔装成神父的主婚者。《管锥编》就是整理、补充、核实以往这些读书笔记而形成的。钱钟书在谈到《管锥编》不易读的原因时，说："读拙著如'鳌掷鲸踢'，则参禅之死句矣。故拙著不易读者，非全由'援引之繁、文词之古'，而半由弟之滑稽游戏贯穿潜伏耳。"[①]可见，钱钟书著作的连类的形成原因，在于被连类的对象材料是"解颐趣语"。而写作材料的"解颐趣语"，来自阅读时的"滑稽游戏"，所以形成连类的最根本原因还是"滑稽游戏"，即对新奇有趣现象的爱好与痴迷。

　　当然，写作像《管锥编》《谈艺录》这样的学术巨著，并非仅只为趣语解颐，《谈艺录》《管锥编》中有太多学术思想的创新。郑朝宗说《谈艺录》"书中的每一则几乎都可以发展成为一部专著，单凭这一点已足雄视千古"[②]。有人说，《管锥编》包含着那么丰富的思想，有些条目铺展开来，可以写成许多论文。对此，钱钟书的回答是："我不是学者，我是通人"，又说"自己有太多想法，若要一一铺开来写，实在没有足够时间"。[③]可见，《管锥编》《谈艺录》中那么多创新的思想之所以没有采取寻常学术著述所采用的论文、专著等形式，是因为"没有足够时间"和"我是通人"。而这些原因还是与他痴迷于新奇和有趣分不开。由于痴迷于新奇与有趣，钱钟书博览群书、广泛涉猎，只要是书籍，无论古今中外，不分雅俗精粗、有用无用，一样对待，不存势利之见，即杨绛所谓"咸甜杂进"。阅读数量多了，积累的新奇有趣材料就多，从中获得的新颖想法也多；阅读范围广了，也就不局限于某一学科、语言、国家、文类等，进而能认识到片段的、零星的新颖见解远比体系周密的陈腐旧说更有价值，认识到人文科学的各学科相互渗透彼此联系，学科分类只是为了研究的方便，是不得已的。既然有如此认识，既然创新之见太多，钱钟书著作选择连类的表述方式而没有采取论文和专著的形式，就是自然而然的了。可见，连类的著述方式是钱钟书痴迷于新奇与有趣的独特性情的体现，是钱钟书学术研究的秘密之所在。

----

　　① 罗厚. 钱钟书书札书钞［A］. 钱钟书研究（第3辑）［M］. 北京：文化艺术出版社，1992. 317~318.

　　② 郑朝宗. 忆钱钟书［A］. 沉冰. 不一样的记忆——与钱钟书在一起［M］. 北京：当代世界出版社，1999. 107.

　　③ 张隆溪. 自成一家风骨——谈钱钟书著作的特点兼论系统与片段思想的价值［J］. 读书，1992（10）：94.

二

连类作为钱钟书著述的主要方式，透露出钱钟书读书治学的隐秘消息，但也是它给钱钟书的学术研究带来非议。有学者将《管锥编》以连类方式征引文献看作机械的文字搬运工作："《管锥编》实在没什么，将来电脑发达，资料输进去都可以处理的"，《管锥编》"有材料有结论，唯独缺少分析、论证过程"，"沿袭了顾炎武等人学术笔记的路子，唯一不同的就是征引文献的范围扩大到了西洋原典"。① 对此，有人给予反驳："哲学占钱钟书知识结构中的大宗"，"思想家们对钱钟书给予高度评价"。② 这位学者则"声辩"："如果写过几篇谈哲学家的文章，或写写同时代的哲学家，就算有思想，那么现今中国满处是有思想的人。"③ 钱钟书到底有没有思想？《管锥编》是否只是电脑都可以胜任的文字处理工作，谈不上学问和思想？对此，只有对钱钟书著作的连类方式作具体实际的考察之后，才可给出令人信服的回答。

在通读《管锥编》之后，笔者归纳概括其连类方式为六种情形，这里对各种情形略引数例加以印证：

（1）强调。如第 114 页"写景状则我视人乃见人适视我，例亦不乏"（引 26 例）、第 140 页"同声共慨，不一而足"（引 9 例）、第 153 页"此意祖构频仍，几成葫芦依样"（引 30 例）。

（2）申发。如第 4 页"兹拈二例，聊畅厥旨"、第 98 页"孟子含而未申之意，遂尔昭然"（引 8 例）、第 109 页"兹以《狡童》例而申之"。

（3）印证。如第 104 页"捉置一处，以质世之好言'韩文无字无来历'者"（引 4 例）、第 129 页"均可参印"（引 11 例）、第 157 页"聊举正史、俗境、稗史各一则，为之佐证"（引 4 例）、第 258 页"《史记》中尚有同声和应诸节……当捉置一处"（引 6 例）。

（4）探微。如第 57 页"然说'志'与'持'，皆未尽底蕴"（引 13 例）、第 107 页"似尚未尽"（引 8 例）、第 115 页"殊洞微得间"（引 2 例）。

（5）辨异。如第 81 页"'契阔'承'误'，歧中有歧，聊为分疏，以补黄说"（引 25 例）、第 104 页"笺语甚简古，然似非《诗》意"（引 12 例）、第 142 页"与《四月》语亦一喻二柄之例；彼言得意遂生，此言远害逃生，又貌同心异者"（引 4 例）。

---

① 蒋寅. 请还钱钟书以本来面目 [N]. 南方都市报，1996 – 11 – 01.

② 李洪岩. 如何评价钱钟书 [A]. 李洪岩，范旭仑. 为钱钟书声辩 [M]. 天津：百花文艺出版社，2000. 14 ~ 17.

③ 蒋寅. 对《如何评价钱钟书》的几点"声辩"[J]. 博览群书，2001（11）：37.

（6）明变。如第 82 页"魏、晋、南北朝，两意并用；作阔隔意用者，沿袭至今，作契暌意用者，唐后渐稀"（引 25 例）、第 259 页"李斯因时变法之旨，早在先秦流行，主之不尽法家，传者不限秦国；暨乎汉与秦代兴，君臣诏令奏对，仍习为常谈"（引 9 例）、第 576 页"早历汉、魏，中历唐、宋、明，而'谈且不易''安敢轻言'之原意，湮灭已久矣"（引 16 例）。

上述概括可能不尽完善，但已经足以见出连类的著述方式包含了作者钱钟书自己的运思和判断，不是简单机械的资料编排和文字搬运，绝非是先将资料输进电脑再加以搜索就可以得到的。不仅如此，针对不同的连类情形，《管锥编》的语言表述也各不相同。一般说来，在"强调"和"印证"等情形下，《管锥编》运用直接连类的表述方式较为多见，而在"申发""探微""辨异"和"明变"等情形下，《管锥编》的表述方式则变化多端、各具特点。或边叙述边连类，或论证为主连类为辅，或先连类再论证，或先论证再连类。本文限于篇幅不能作详尽分析，兹略举一例，以证《管锥编》的连类方式并非只是引用材料而"缺少分析、论证过程"。

《管锥编》"论易之三名"一则（第 1~8 页），论述了"一字多意之同时合用"的现象，其连类引证材料达 60 例之多，但思路清晰，逻辑严密，不仅内容上探幽析微，层层深入，而且论证过程直如老吏断狱，铁案如山，无可置疑。这一则的思路如下：

首先，由《周易正义》的"易一名而含三义"，钱钟书引用"诗"三义、"伦"四义、"王"五义、"机"三义、"应"三义 5 例，得出"不仅一字能涵多意，抑且数意可以同时并用，'合诸科'于'一言'"的结论。

其次，从体、用两方面进一步分析"一字多意"。从体制形式上，分"一字多意"为两方面：并行分训（引 1 例）、背出或歧出分训（引 1 例），并说明形成原因在于"心理事理，错综交纠"；从实际运用上，分"一字多意"为"只取一义"和"虚涵数意"，引用"放言"和"奥伏赫变"两个概念各自只取一义和虚涵数意的例证（引 12 例）加以说明。

再次，将"一字多意"的具体运用情形扩展到词章、义理等不同领域进行深入论述。通过分析"是非之辨与彼此之别，辗转相关"（引 10 例）和"衣者所以隐障，然亦可资炫示"（引 14 例），论证"语出双关，文蕴两意，乃诙谐之惯事，固词章所优为，义理亦有之"的观点。

最后，再回到"易一名而含三义"，从体用两方面加以分析。在体制形式上，"'变易'与'不易''简易'，背出分训也；'不易'与'简易'，并行分训也。'易一名而含三义'者，兼背出与并行之分训而同时合训也"；在具体运用上，引 17 例说明中外哲学家、文学家对"易（变）"一词而含多义的运用。

可见《管锥编》此则尽管引证材料很多，但结构层次分明，论证井然有序。也许有些人见到如此繁杂的引证材料就被其庞大阵势吓倒，眼光仅停留于连类引证的事例，而忽略了论证过程。其实在前后层次的转换之处，钱钟书的表述非常注意逻辑上的连接，只要稍微静心阅读，很容易把握其整体的思路。当然，《管锥编》中也有一些"则"纯粹只是连类引证材料而没有钱钟书自己的观点表述，但它们要么是为了强调，如第 114 页"写景状则我视人乃见人适视我，例亦不乏"；要么是为了印证，如第 258 页为了印证李斯"时变则法异"的主张在《史记》中"尚有同声和应"处；要么是被征引连类的材料本身非常有趣或难得，如第 153～156 页"有名无实之喻"，其引证的每一条材料本身都非常富有创意，值得玩赏，所谓"连类举似而掎摭焉，於赏析或有小补云"（第 860 页）。

钱钟书的连类不仅情形各异，层次清楚，论证严密，包含钱钟书自己的运思和判断，而且还是钱钟书学术思想的鲜明体现。连类的著述方式既源于对新奇有趣现象的痴迷，也是他由广泛阅读而形成成熟的学术思想后的自觉选择。

钱钟书认为，说出了精辟见解的零星琐屑的三言两语，比名牌理论著作以及系统自觉的理论更有意义。这是因为，系统自觉的理论本身就是从零星琐屑的片段思想中发展而来的，"自发的孤单见解是自觉的周密理论的根苗"①，"未有《易经》时，天地间固已有易"②，"未有禅宗，已有禅机"③；相反，系统自觉的理论体系并非无懈可击，而总是漏洞百出："在历史的过程里，事情的发生和发展往往跟我们闹别扭，恶作剧，推翻了我们定下的铁案，涂抹了我们画出的蓝图，给我们的不透风、不透水的理论系统搠上了大大小小的窟窿"④，到最后"往往整个理论系统剩下来的有价值的东西只是一些片段思想。脱离了系统而遗留的片段思想和萌发而未构成系统的片段思想，两者同样是零碎的"⑤。

与此同时，钱钟书认为人文学科的各个对象可以彼此交融、一体通化。因为"东海西海，心理攸同；南学北学，道术未裂"⑥，因为"心之同然，本乎理之当然，而理之当然，本乎物之必然，亦即合乎物之本然也"（第 50 页），所以"人文学科的各个对象彼此系连，交互映发，不但跨越国界，衔接

　　① 钱钟书. 读《拉奥孔》［A］. 七缀集［M］. 上海：上海古籍出版社，1994. 33.
　　② 钱钟书. 谈艺录（补订本）［M］. 北京：中华书局，1984. 200.
　　③ 钱钟书. 谈艺录（补订本）［M］. 北京：中华书局，1984. 202.
　　④ 钱钟书. 汉译第一首英语诗《人生颂》及有关二三事［A］. 七缀集［M］. 上海：上海古籍出版社，1994. 159.
　　⑤ 钱钟书. 读《拉奥孔》［A］. 七缀集［M］. 上海：上海古籍出版社，1994. 34.
　　⑥ 钱钟书. 谈艺录（补订本）［M］. 北京：中华书局，1984. 序.

时代,而且贯串着不同的学科。由于人类生命和智力的严峻局限,我们为方便起见,只得把研究领域圈得越来越窄,把专门学科分得愈来愈细。此外没有办法,所以,成为某一门学问的专家,虽在主观上是得意的事,而在客观上是不得已的事"①。

那么,从重视孤单的见解和零星琐碎的片言只语,到将人文学科的各个对象的彼此交融一体通化,这两者之间如何沟通连接并获得统一呢? 答案是通过连类的著述方式。钱钟书说:"天下同归而殊途,一致而百虑"(第9页),"一则杂而不乱,杂则一而能多"(第49页)。如果说片言只语和孤单见解是"殊途",是"百虑",是杂多,那么人文学科各个对象的系连融通就是"同归",是"一致",是整一。这两者在逻辑上本来就是统一的:整一蕴含于杂多之中,杂多则是整一的具体表现。学术研究的实践过程最初都是从杂多开始的,所谓"融会贯通之终事每发于混淆变乱之始事"(第316页);而融会贯通所得到的"一致"和"整一",当然离不开那些"殊途"、杂多、"混淆变乱"的现象,它们以连类征引实实在在的片段思想的方式,虚涵于杂多现象之中,所谓"以实涵虚"是也。

钱钟书的学术研究实践正是从具体的诠释和鉴赏活动中获得真正的问题意识的,从支离琐屑的思想片段出发,通过连类的方式突出片言只语中有价值的思想,打破国家、语言、学科、时间、文类等各种人为划定的界限,将各门学科对象融会贯通,一体通观,达到"即异见同,以支离归于简易"(第316页)的通化境界。钱钟书认为通人之学高于经生学士的专门名家。因为专家学究拘守一隅、一偏、一边、一体,"'善于自见'己之长,因而'暗于自见'己之短",而通人之学"能入,能遍,能透","遍则不偏,透则无障,入而能出,庶几免乎见之为蔽矣"(第1052页)。钱钟书说"我不是学者,我是通人"时,所表达的既不是自谦自卑,也不是自负自傲,而是一种学术标准的取舍。这种通人之学,正是以连类的形式体现于学术实践之中的。

三

钱钟书通过连类所体现出来的、以支离琐屑的思想片段为出发点和立足点的、以各门学科对象的融化贯通为归结点的通人之学,对当代学术研究具有多方面的启示意义。限于篇幅,本文着重论述它在文学观念创新、可比性问题的解决途径等方面带给当前学术的启示。

当前中国文学研究所面对的主要问题是:既有的文学概念已经无法涵盖

---

① 钱钟书. 诗可以怨 [A]. 七缀集 [M]. 上海:上海古籍出版社,1994.133.

和解释今天文学泛化的事实。面对这一问题，有人描述、梳理当前的文学状况，厘清既有的文学观念与当前文学事实的契合与出入程度，如欧阳友权的《数字媒介与中国文学的转型》和费勇的《什么是我们这个时代的文学》；有人从事实与价值的主次关系和取舍标准的角度探索重新建构文学观念体系的可能性，如余虹的《在事实与价值之间》和刘俐俐的《关于文学"如何"的文学理论》；有人悬置本质主义，改从文学与其他学科领域的联系的角度重新界定文学概念，如陶东风以皮埃尔·布尔迪厄的场域理论分析文学事实。近几年来文学理论界陆续出现的关于"日常生活审美化"、关于文学的"文化研究"（文化诗学）、关于文学终结与"文学性"蔓延、关于文学的审美意识形态属性、关于文艺学边界等诸多问题的论争，都是研究者们试图从与文学概念相关的不同方面、为解决这一问题所做的努力。

　　中国传统的文学观念是在"文章"概念框架的基础上发展形成的，称为"杂文学"。我们今天的文学观念是在引进西方文学观念的基础上形成的，称为"纯文学"。由于"纯文学"观念并不符合中国文学传统的实际，对我国文学史的研究产生束缚和偏失的负面作用，因此人们提出了"大文学"的概念。陈伯海认为大文学是对杂文学和纯文学的综合。[①] 杨义认为"大文学观吸收了纯文学观的学科知识的严密性和科学性，同时又兼顾了我们杂文学观所主张的那种博学深知和融会贯通，把文学生命和文化情态沟通起来，分合相参，内外互证"。[②] 但是"大文学"观总体上还停留在观念层面，很少落实到具体的研究实践中。杨义提倡"通向大文学"，对中国传统文学进行民族学、地理学的研究，在实践上突破了纯文学的界限，但仍然只是一两个层面或角度的拓展深化，很难说是真正的"大文学"研究。

　　"大文学"观念落实到实践中变成"大文学"研究的具体情形如何，只有典范性的研究成果最有说服力。钱钟书的《管锥编》无疑就是这样的典范。分析《管锥编》的学术实践，能令我们认识到"大文学"何谓、"大文学"何为。《管锥编》的研究是从具体的诠释和鉴赏活动中获得真正的问题意识，从支离琐屑的思想片段出发，通过连类的方式突出只语片言中有价值的思想，打破各种人为划定的界限，将各门学科对象融会贯通，一体通观，达到"即异见同，以支离归于简易"（第316页）的通化境界。这种通化之学将与文学相关的一切内容贯通融会，形成一个整体——一个以文学为中心的场域。《管锥编》的连类比较从"具体的文学鉴赏"即鲜活生动的感性经验出发，从具

---

　　① 陈伯海. 杂文学、纯文学、大文学及其他——中国传统文学中"文学性"探源 ［J］. 红河学院学报，2004（5）：5.

　　② 杨义. 重绘中国文学地图与中国文学的民族学、地理学问题 ［A］. 读书的启示 ［M］. 北京：生活·读书·新知三联书店，2007.170.

体文学现象入手探究人心、人情、人性，通过对心性情理等生命根基的求同辨异，还原经典文献所具有的生命色彩，还原人类生命还未被分割为各门学科时的本真状态，具有鲜明的文学生存论特征。与此同时，《管锥编》非常注重对经典文献在语言艺术上的精微奥妙做会心的赏析，分析各类典籍中的诗性特点，如对博喻、曲喻、喻之二柄与多边、通感、翻案语、怨亲词、丫叉句法、化身宾白等语言表达修辞的赏析独具匠心，富有新意。《管锥编》还以修辞作为诠释典籍的独特角度，准确把握对象；作者钱钟书在诠释时的语言本身具有很高的艺术水平，充满修辞机趣，这使得《管锥编》具有文学的诗性特征。"大文学"研究所具有的将文学生命与文化情态沟通起来、分合相参、内外互证的特征，在钱钟书的《管锥编》里体现得淋漓尽致。如果说杨义的"大文学"研究还只是将文学研究的视角和层面扩大、深化到民族学和地理学，那么《管锥编》则将之扩展到不同学科、语言、国家、时代、文类等，是一种更广泛、更彻底的真正的"大文学"研究。

　　钱钟书的通化之学对当代学术的启示还体现在提供了一条解决可比性问题的有效途径。

　　可比性问题是决定比较文学学科能否成立、是否具有广阔深入的发展前景的一个关键性问题。孙景尧通过回顾比较文学学科从形成之初直到当今所经历的发展过程，通过梳理梵第根、雷马克、厄尔·迈纳、谢菲尔、曹顺庆等比较文学界著名学者关于可比性问题的重要性和艰难性的论述，认为"比较文学一个世纪以来的发展历程，就一直在不断总结和积累其比较研究可比性的学理学识依据"，"比较文学的可比性，是基于跨语言、跨国界和跨学科的学科宗旨和研究对象，又服务于学科宗旨及其任务的学理逻辑假设，是比较文学学科的研究之道"[①]。

　　可比性问题如此重要，可是在比较文学的研究实践中它却常常被忽视，即使对"X 与 Y"这样简单比较的批评已经持续了多年，在当下的比较文学界将不同国家（语言、文化）的两个对象生拉硬套地加以比较的现象仍然十分普遍，也因此，学界对于如何解决可比性问题、怎样才能找到比较对象的可比性等课题的探讨一直没有停止过，并得出了不同的结论。陈惇认为，"从某种意义上说，比较文学就是专门研究文学关系的学问。因此要解决好可比性问题，首先应该从理论上阐明这些文学关系是否存在，它们又为什么具有比较研究的可能和比较研究的价值，从而也就阐明了比较文学可比性的客观基础"，"只要我们能树立从客观实际出发而不是从主观印象出发的实事求是

　　① 孙景尧. 比较文学的研究之道：可比性——重读比较文学理论名著的札记 [J]. 中国比较文学，2003（4）：23～24.

的态度，而且要善于透过表面现象，从事物的本质方面来提出问题，联系民族的根底来考察文学现象之间的各种关系，精心地加以选择，必能切实捕捉到可比性"。① 陈惇教授是从被比较的文学现象的关系入手寻找可比性，我曾经提出从"比较者视界"的角度探寻解决可比性问题的途径，② 与陈惇教授的路径有所不同。然而无论结论如何，都还只是停留在理论层面，具体到实际的研究中是否可行，仍然是个未知数。只有极少数学者通过具体的研究实践，给我们提供了解决可比性问题的典型范例，钱钟书无疑是其中最为突出的一位。

钱钟书自认他的方法不是通常意义上的比较文学，而是"打通而拈出新意"③。这种"打通"（通化之学）是从具体的鉴赏活动中获得问题意识，并以这一问题为中心，聚集不同语言、学科、文类的材料进行连类比较，从而获得新的认识（"拈出新意"）。在这个过程中，被连类的各种材料因鉴赏中的问题而获得了比较的合法性，即具有了可比性。从这里，陈惇教授可以认为，他所提出的"透过表面现象，从事物的本质方面来提出问题，联系民族的根底来考察文学现象之间的各种关系，精心地加以选择"来捕捉可比性的观点得到了印证：钱钟书在《管锥编》《谈艺录》等著作中的每一则内容都是由阅读经典著作所得到的问题出发，是真正的"从事物的本质方面来提出问题"。但是钱钟书的做法不是从预先设定的两个系统框架中找出现存的两两对应的材料予以比较，他的出发点不是被比较的材料，而是从一方材料（中国古代典籍）中发现问题，再以此为焦点来连类聚集各种材料。其出发点是鉴赏所获得的问题，所连类的多种材料是因为问题而被发现、运用和阐释的。所以钱钟书的方法更符合我所提出的"解决'可比性'问题应该从'比较者视界'出发"的观点：当比较者的研究指向一个真正的问题，与问题相关的不同现象材料就具有了可比性；而这"真正的问题"，更多地来自于"比较者视界"，较少直接来自于两个被比较的对象。同样的经典著作，钱钟书去阅读就能够发现问题，其他人却不一定能够；即使其他人发现了同样的问题，也很难像钱钟书那样旁征博引各种资料予以"打通而拈出新意"。《管锥编》"征引古代作家数千人，著作三千多种"，"征引西文作家近千人，西文典籍一千几百种"，被钱先生当作"外篇"'收入的有"英、法、德、意、拉丁、西班牙六种文字的译文和脚注"。④ 所以，提出一个真正的问题并拈出新意，与

① 陈惇. 论可比性——比较文学的一个重要理论问题 [J]. 北京师范大学学报，2000（3）.

② 何明星. 可比性问题的解决途径 [N]. 文艺报，2001 - 03 - 06（03）.

③ 罗厚. 钱钟书书札书钞 [A]. 钱钟书研究（第3辑）[M]. 北京：文化艺术出版社，1992. 299.

④ 蔡田明.《管锥编》述说 [M]. 北京：中国友谊出版公司，1991. 14～15.

研究者自身的学术趣味、价值取向以及学力深浅等多方面因素有关。由此我非常赞同这样一个观点：比较文学研究不是什么人都可以做的，必须在某一领域甚至两个以上领域有了较深造诣，并至少精通一门外语的人才能涉足。总之，在《管锥编》《谈艺录》等著作这里，可比性问题得到了解决，我们所要做的，是从中总结出解决可比性问题的理论性方法。

（原载《文艺研究》2010 年第 8 期，略有改动）

乔叟《公爵夫人之书》中的"自然"

李　安

　　杰弗里·乔叟（Geoffrey Chaucer，于约1343—1400年）约1368年创作的《公爵夫人之书》（*Book of the Duchesse*）是为他的庇护人兰开斯特公爵的妻子患黑死病去世这一事件而作，它采用中世纪常见的梦幻框架，其内容是叙述者在梦中遇见一位忧郁的黑衣骑士，骑士描述他的美丽高贵的意中人以及和她相爱的经历，但她已经去世，骑士只有悲伤。

　　这部作品向来较少为国内研究者关注，作为诗人第一部长篇英语诗作，它的探索性和试验性色彩很重，但仍旧显示出了诗人独有的创作风格，理解这首诗对于认识他后来更为成熟的作品很有帮助。本文将从作品中的"自然"一词入手，探讨由这个词折射出的乔叟的神学观念和人生追求。

　　单词"自然"（nature）在诗中共出现七次（18，467，631，715，871，908，1195），其中四处的首写字母是大写（467，871，908，1195），指由概念"nature"拟人化和神圣化而成的"自然之神"。还有一个与"nature"相近的词"kynde"（kind），一共出现四次（16，56，494，512），首写字母都是小写，此外，其衍生词"kindely"出现了两次（761，778）。①

一、作为创造者的"自然"

　　"nature"在诗中最首要的功能是创造生命（715，1195）。第1195行的"自然"是大写，意指自然之神，而且从第871行"the goddesse，dame Nature"的用法来看，应指女性的神。第715行提到的"自然"用的是小写字母，但此处的"是它创造了你的生命"（716）用的是与第1195行的"自

---

　　① 乔叟作品中"kinde"和"kindely"两词的词义参见 A Chaucer Glossary（Oxford：Clarendon Press，1979.）第83页的相关词条。与乔叟同时代的威廉·兰格伦（William Langland，约1330—约1400年）在他的中古英语长诗《农夫皮尔斯》（*Piers Plowman*）中也频频使用"kinde/kynde"一词，意指 nature（参见 William Langland. *Piers Plowman*［M］. New York：W. W. Norton，2006.630.），由此可以认为，这两个词在乔叟生活的时代基本上是通用的。本文中《公爵夫人之书》的引文来自 *The Works of Geoffrey Chaucer*（2 vols. F. N. Robinson. London：Oxford University Press，1957.），并参考方重先生的散文体译文（［英］乔叟. 乔叟文集［M］. 方重译. 上海：上海译文出版社，1979.）译出。本文中凡引用原诗处，都只标出诗的行数，不另注明。

然"完全相同的术语"form"和"creature",因此应当也是指自然女神。

从骑士向诗中的叙述者夸耀他的意中人的部分中,指出其美丽的容颜和良好的德性都来自于自然女神的打造。容颜的好坏体现了神对此人喜爱的程度,骑士的意中人是"自然女神创造的美丽的首要的模本/和她的所有杰作的首要的典范/以及原型……"(910~912),可谓世间最美丽的女子。这位女性除了外表极为美丽之外,待人接物平等慷慨,举手投足中处处可见其端庄、真诚:

> (她的眼睛里)没有丝毫虚假,
> 她的纯真的眼神,
> 是那位自然女神
> 使她的双眸适度张开,
> 再适度闭合。她也从不快乐得过头,
> 她的眼神既不愚笨,
> 也不轻率,即使是在游戏时;
> 我想,她的双眼似乎总是在说,
> "上帝知道,我的罪过将得到宽恕!"(869~877)

眼睛是了解人物内心之美的一个窗口,可见她的外在形貌和内在灵魂的和谐状态是完全一致的。这种适度的模式折射出自然女神创造万物时采纳的方式。诗人在大约创作于1380年的长诗《百鸟议会》中,更明确地显示了这一创造理念:

> 自然女神,全能上帝的(人间)代理(vicaire),
> 把热与冷、重与轻、湿与干
> 按照和谐的韵律结合在一起。①

把不同性质的东西按照和谐的原则调制出节制、适中的道德品行,这种创造方式使自然女神的创造物的性质复杂起来,而能够成为万物的"典范"或"原型"的骑士的意中人的形象也有着丰富的生命内涵。乔叟在其他作品中赞美的女性形象基本上都与她类似,如《百鸟议会》中的雌鹰、《特洛勒斯与克丽西德》中的克丽西德、《贞女记》序言中的女王阿尔赛丝、"医生的故

---

① F. N. Robinson. *The Works of Geoffrey Chaucer* (2vols.)[M]. London: Oxford University Press, 1957. p. 314.

事"中贞洁的维吉尼娅、"学士的故事"中的侯爵夫人格里泽尔达、"平民地主的故事"中骑士的妻子道丽甘等。由此可知，自然女神认为完美的女性应当具备这样美丽的形貌和适中的德性。同时，《百鸟议会》中自然女神拥有的"代理人"的称号直接与创世的上帝产生关联，并且在诗人最后的作品《坎特伯雷故事集》中有更具体的解说：

> 因为创造了万物的至高之神
> 把他总代表（vicaire general）之职派给我担任，
> 让我对世上的大小万物负责，
> 按我的心意给他们赋形、着色，
> 因为月亮下［引者注：地球世界］的一切归我照料。
> 我干这工作并不求任何回报。
> 我主的看法与我的完全一致，
> 我使她［引者注：维吉尼娅］美，为了对我主表敬意。
> 其他的万物，无论形象或色彩，
> 也全都出自我的手，无一例外。①

自然女神的"代理"的头衔在里尔的阿兰（约 1116—1202 年）的《自然怨》（453，476）和中世纪叙事诗《玫瑰传奇》（16872，19507）中都出现过。② 这里显示出自然女神与上帝之间的主从关系。骑士意中人的心语"上帝知道，我的罪过将得到宽恕"说明上帝认同和赞许自然女神的创造活动。"我干这工作并不求任何回报／我主的看法与我的完全一致"可见上帝与自然女神两者功绩的同一性。"对我主表敬意"强调了自然女神对上帝的从属地位。"全都出自我的手，无一例外"这句似乎是指上帝退居幕后，不再亲自受理人间事务了，但自然女神来自于抽象概念"自然"的拟人化，这个寓言式的形象只是上帝的理念在尘世中的一种具体表现而已，③ 也就是说，自然女神的行为，就是上帝的行为。

但自然女神的创造活动遇到一个强劲的对手——命运女神，在关于她的诗行中也有一个"nature"："她最大的荣誉和最出色的表现／是撒谎，因为这正是她的本性（nature）。"（630～631）撒谎的命运女神没有信念、行为准

---

① ［英］乔叟. 坎特伯雷故事［M］. 黄杲炘译. 南京：译林出版社，1998. 428.

② 参见 *The Works of Geoffrey Chaucer* 第 727、796 页注释。

③ C. S. 路易斯认为，自然女神在中世纪的诗歌作品中一向都是作为"至高之神的总代表"出现的，而且是一个非常重要和活跃的角色，但它只是自然概念的拟人化的形象。参见 C. S. Lewis. *Studies in Words*［M］. Cambridge：Cambridge University Press，1960. 41.

则、节制（632～634），所以她给人带来的只能是厄运。① 黑衣骑士用自己与命运女神进行的一次对弈比喻他痛失意中人的事件，因为命运女神是用欺诈的方式取胜的，所以招来骑士的痛恨和咒骂。这是自身无过错的人类与采用卑鄙手段的神祇的交锋。诗人对命运的成熟的思考应该是在翻译波依修斯（480～524）的《哲学的慰藉》（约1381—1386年翻译）后才形成的，在差不多同一时期创作的《特洛勒斯与克丽西德》以及短诗《命运》中，他和波依修斯一样把命运置于上帝更为宏大的计划之中，使它与宇宙的内在必然性联系起来。与之相比，本诗中骑士遇到的命运女神是一种更加偶然外在的侵犯力量，命运女神作为一种邪恶势力来自何方，在宇宙的必然世界中处于什么位置，上帝对这位神祇的所作所为的态度，在这次交锋中人类自身是否也存在过失等等，诗人没有谈及。可以确认的内容是，骑士知道在与命运女神的博弈中他必输无疑，但他从不认为与之抗争是在浪费时间，而只是希望能让他的正大光明的抗争更有力量些，并坦率地承认如果和她交换角色，他也会同样吃掉对手的棋子。这显示出骑士相当冷静现实的一面，也从另一个角度展现了他不屈不挠、积极进取的精神。叙述者还用苏格拉底的典故进行点评："他〔引者注：苏格拉底〕认为命运女神所做的一切／都不值一文。"（718～719）在谴责了命运女神之后，骑士紧接着又赞美自己的意中人，感谢自然女神的恩惠，可见自然女神作为上帝的代理人的统治地位并未受到影响。

命运女神的本质是虚假，所以她的外表丑陋，行为邪恶。赐予万物生命、创造一切美和善的自然女神执行上帝的旨意，真实是她的本质。在很大程度上，这是抽象的真善美与假恶丑的对立。诗人在赞美自然女神的同时，也赞美了人类世界。

二、呵护生命的自然

前文已述，自然女神越喜爱、越悉心打造的生命，就越是美丽动人、品德高贵，并使之成为其他被造物的原型和仿效对象，她必然希望这种美善能够被延续下去。

在这首诗一开始，叙述者便抱怨自己忍受了八年失眠的痛苦，肉体与精神都备受煎熬，以至于自然女神警告他有丧失生命之忧（16～21）。而叙述者在梦中遇到黑衣骑士时，发现他独自远离人群，吟诵一首哀怨的诗歌，神情极为悲痛，叙述者很是诧异，想到"自然之神"不可能容忍一个人如此悲伤

---

① 黑衣骑士在提到与他的意中人第一次相遇的情景时，也自问过这次相遇是否为命运的一次恩赐，他接下来马上否定了。参见第805至816行。

（467～469）。从自然女神按照和谐的原则创造万物的模式来看，她并非仅仅提倡欣喜、欢乐而完全排斥愤怒、悲哀等负面的情感，对于人体的生理机能也是如此，重要的是不同的情感和元素调配得宜。① 诗人强调超越了适中的自然原则的失眠和悲伤可能会导致死亡，而自然女神出于善的动机在尘世间创造美好的生命，她期望这种美善能够被表现出来并延续下去。

虽然乔叟在诗中三次提到了死亡，骑士表示希望和意中人一样死去，感叹自己命中注定遭受不幸，把蒙受的损失归咎于命运女神对他的幸福生活的妒忌和背叛，这些是传统悼亡诗中常见的主题。但这首诗与传统的悼亡诗相比有明显的不同，"其中首先令我们印象深刻的是诗中没有已经成为悼亡诗的'传统主题'的某些不变的特征，例如对尘世万物的短暂、死亡的无情，以及最重要的对来世的沉思"。② 甚至骑士在悲叹自己幸福生活的结束时，也没有否定经历过的幸福生活的意思，可以说，越是死亡带走了他曾经拥有的幸福的爱情生活，他越是强烈地回顾和讴歌这种生活，由此使得"《公爵夫人之书》成为一首关于死亡的诗，它歌颂了生活"。③ 参照乔叟后期重要的诗作《特洛勒斯与克丽西德》的结尾，不遗余力地追随爱情的特洛勒斯在失去爱情、战斗身亡后，他的灵魂在天国俯瞰地球，否定了自己生前付出的全部努力，"对比天国那完美的幸福／尘世只是虚空和徒然"。④ 由此来看，《公爵夫人之书》的确可以说是"完全世俗的"。⑤ 在这个基础上又可以推理出自然女神与死亡的对立关系。

自然女神除了亲力亲为地创造和保护她的创造物之外，还为她的创造物们设置了一定的延续生命、自我救治的功能。在诗中，叙述者目睹了骑士过度悲痛的情绪影响到他的心脏，他从生理学的角度解释这一现象，认为人体内部各个器官之间能相互感应，血液察觉到心脏受到的威胁后，马上促使全身的血液都涌过去予以保护，诗人还引用脸部因此而缺血、脸色苍白这一症状来佐证血液的流向（490～494）。此处的"自然"一词没有使用大写字母，但"自然（kynde）感到担忧""使它（自然）宽慰"这样拟人化的语言表明了它应该与神性自然存在某种关联，而以下引文能显示出"kynde"和"nature"两个术语之间的关系：

① Hugh White 认为，467～469 行诗说明黑衣骑士如此悲痛得到了自然女神的许可（Hugh White. Chaucer Compromising Nature [J]. *The Review of English Studies*, 1989 (40)：p. 165.）。本文认为，更准确地说，乔叟在这里暗示自然女神反对无节制的悲痛。

② Wolfgang Clemen. *Chaucer's Early Poetry* [M]. London：Longman, 1984. p. 45.

③ Derek Pearsall. *The Life of Geoffrey Chaucer*：*A Critical Biography* [M]. Oxford：Blackwell, 1992. p. 89.

④ ［英］乔叟. 特洛勒斯与克丽西德 [M]. 吴芬译. 北京：中国对外翻译出版公司, 1999. 374.

⑤ Derek Brewer. *An Introduction to Chaucer* [M]. London：Longman, 1984. p. 58.

> 你们知道，（这样的生活是）违反自然（kynde）的
> 而只有依照自然的方式（我们）才能生活；
> 自然（nature）不会允许
> 地上的生命
> 长时间忍受着
> 没有睡眠且深陷痛苦（而没有死掉）。（16~21）

前文已述，"kynde / kinde" 一词在本诗中出现四次，除了前面引文中的两次之外，另两处是指古典时期的自然法则（56）和把古典异教神话中的牧神潘（Pan）称为"自然之神"（512）。除了异教神一处之外，其他三处都是指世俗世界中存在的某些功能、规律或法则。在基督教世界中，异教神当然是被排斥或贬抑的，所以诗中在提到牧神潘时，还要用不确定的口气说是"人们称之为自然之神"。此外，诗中两次出现的副词"kyndely"（761，778）指的是人的天性中的自然情感倾向。但"nature"在诗中没有相应的副词。前文已述，大写的"Nature"是在基督教神学语境下抽象的"自然"概念的神性化表达，而小写的"nature"在诗中还指同样由抽象概念神化而来的命运女神的本性。而命运女神在诗中具有与自然女神相同的威力，随时可能带给人类灭顶之灾，这灾难即使是人类的保护者自然女神也阻止不了。相比而言，牧神潘在诗中仅仅起到一种装饰性的作用，"kynde"活动的领域不可能超出尘世的范围。在这个意义上，第16至21行诗中"kynde"和"nature"两词各有所指，其中"kynde"是自然之神为人类安排的生活模式，用神的命令确定下来要求人类遵守，目的在于保护生命安全。第490至499行诗所描述的人类生理上的自我救治功能，也是神意的结果。

从人类生理上的自我救治功能能察觉到自然女神对人类福祉的善意呵护，除此之外，还能发现自然女神借此给人类自由意志的发挥留下了足够的空间。从她的和谐的自然法则来看，她不是暴君式地命令人类奴隶式地服从于她。能否享受到她赐予的幸福，还在于人类自己的选择。而人类独立自存的能力能够保障这种选择的权力得到实施，无论善恶、贵贱、成败、喜悲，人类都可争取到充分的回旋余地。所以，人类不但是自然女神温顺的臣民，也可以成为积极进取的自由人。

三、爱的天性

作为副词的"kindly"在诗中的运用也是对"自然"内涵的补充。这个词集中出现于黑衣骑士向叙述者介绍自己对爱神的服侍：

"先生，"他说，"自从我年轻时

开始有一点头脑，

或者自然形成的（kyndely）看法，

在自己的脑子里多多少少地了解一些

爱情的知识，

毫无疑问，我就从不间断地

服从和供奉着

爱神，完全出于虔诚的意图，

并以作他的仆从为乐

以虔诚的意志、躯体、内心，和所有的一切……"（759~768）

　　服侍爱神、作爱神的侍从是典雅爱情诗歌中不可缺少的传统主题，副词"kyndely"在这里修饰骑士服侍爱神的行为，它的意义应当从这一部分内容产生的背景和源头追寻。基特里奇在20世纪初就指出第759至776行诗模仿纪尧姆·德·马肖（1300~1377年）的法文诗《波希米亚王的公断》，①第777行至804行模仿马肖的《命运的治疗》。②但基特里奇同样指出这些内容也不是马肖的原创，更准确地说事实上是"马肖熟知《玫瑰传奇》，乔叟也是"，③两人共同的源头都应该在《玫瑰传奇》那里。

　　乔叟在14世纪60年代后期翻译了13世纪的法语诗歌《玫瑰传奇》，现存于苏格兰城市格拉斯哥的亨特列尔博物馆的译稿分A、B、C三组共7696行英文诗，其中A组（1~1705）和B组（1706~5810）分别译自原诗第1至5154行，C组译自原诗第10679至12360行，一般学者都确认A组译稿的确为乔叟所译，但德里克·皮尔索坚持认为乔叟已经译出全文，只是它们没有完整地留存后世而已。④虽然今人只看到断片，应该可以肯定乔叟熟知《玫瑰传奇》的全部内容。《公爵夫人之书》写于乔叟1368年10月底由欧洲大陆返回英国之后，兰开斯特公爵的夫人布兰茜是当年9月12日去世的，所以一般学者认为此诗完成于1368年年底或1369年年初，⑤此时《玫瑰传奇》在诗人头脑中仍旧占据很重的分量。而C.S.路易斯更是肯定地认为，"在这首诗

---

　　① G. L. Kittredge. Chauceriana [J]. *Modern Philology*, 1910 (4)：p. 467.

　　② G. L. Kittredge. Guillaume de Machaut and *the Book of the Duchess* [J]. *PMLA*, 1915 (1)：pp. 16 – 17.

　　③ G. L. Kittredge. Guillaume de Machaut and *the Book of the Duchess* [J]. *PMLA*, 1915 (1)：p. 14.

　　④ Derek Pearsall. *The Life of Geoffrey Chaucer：A Critical Biography* [M]. Oxford：Blackwell, 1992. pp. 81 – 82.

　　⑤ 肖明翰. 英国文学之父：杰弗里·乔叟 [M]. 北京：社会科学文献出版社，2005. 95.

[引者注：《公爵夫人之书》] 中，痛失爱人的情人 [引者注：骑士] 经历了与《玫瑰传奇》中的做梦人经历的完全相同的所有阶段"①。即服侍爱神，遇见意中人，求爱，被拒，始终如一地继续追求，被接受。路易斯亦举第 775 至 778 行诗为例证明两人的相似之处。

诗中骑士服侍爱神的这一段描写主要受到《玫瑰传奇》第 1881 至 2022 行的影响。② 在它的作者纪尧姆·德·洛利斯（？—约 1235 年）笔下，做梦人通过爱之泉内的水晶石看到了玫瑰花丛中的一朵玫瑰花苞，觉得异常美丽动人，已经跟踪良久的爱神举弓向做梦人的心脏射了五箭，然后又为他的伤口涂上油膏，伤口虽然愈合，箭头却留在体内，所以做梦人既深感痛楚又饱尝甜蜜。这是第 1881 行之前的内容。紧接着爱神告诉他，他已经不可能逃走，不如心服口服地做他的囚徒。做梦人表示投降，并说："我听到过太多关于你的美德的事迹，所以我交出我的心灵和身体为你效劳，完全听从你任意支配，因为如果是按照你的意愿行动，我不可能产生任何抱怨。我还相信，因为我心甘情愿地跪倒在你面前，终有一天我将得到我等待的恩惠。"③ 爱神很满意他的服从，告诉他虽然做他的仆人会很痛苦和繁累，但他的仆人会从这服务中远离邪恶，变得高雅，获得巨大的声誉。经过亲吻和握手，臣服仪式完成，接下来爱神要求做梦人立誓永不背叛，做梦人回答说自己的心已经受爱神捆绑，再无他人能够支配，如果主人（爱神）不放心，就为它配制一把钥匙好了。爱神认为有理，取出一把金钥锁住他的心。最后，做梦人再次表示将尽忠于爱神，因为"一个战士如果不能让他的领主感到满意，他所有的努力都是徒劳，他的服务没有任何价值"④。

骑士与做梦人的相同之处在于服侍爱神的方式：像《圣经》中基督宣示的诫命"你要尽心、尽性、尽力爱主你的神"一样，⑤ 交出自己的全部肉体、灵魂、意志效劳于神，毫不以之为苦，但求得到神的喜悦和回馈。但《玫瑰传奇》中的爱神借助于箭和锁的手段才降服、教育、约束和命令他的臣服者，并对臣服者的忠诚表示过怀疑。在乔叟这里，箭和锁变成了"自然而然"的方式。黑衣骑士作下侍奉爱神的决定时，自己并不知道其中的原因，"我相信这（决定）是自然而然地（kindely）来到我心里的"（778）。他还解释说，

---

① C. S. Lewis. *The Allegory of Love：A Study in Medieval Tradition* [M]. Oxford：Oxford University Press，1985. p. 168.

② 参见 The Works of Geoffrey Chaucer 第 776 页注释。

③ Guillaume de Lorris, Jean de Meun. *The Romance of Rose* [M]. Charles Dahlberg, trans. Princeton：Princeton University Press，1995. p. 57.

④ Guillaume de Lorris, Jean de Meun. *The Romance of Rose* [M]. Charles Dahlberg, trans. Princeton：Princeton University Press，1995. p. 58.

⑤ 《新约·马太福音》22：37，《新约·路加福音》10：27。

这一举动是由于自己无知轻率，容易接受其他事物，而爱情刚好最先占据了他的心灵，虽然他也有可能会去学习其他技艺或者研究一门学问。所以，没有伟大的神亲自出面引导，没有高尚耀眼的动机，没有深邃的关于爱的知识——他虔诚地供奉爱神的行为不需要原因。这不仅仅是一种乔叟式的谦虚，也是诗人对如何提升人的世俗生活价值这个问题的一种看法：通过发自内心的对爱的追寻，人生变得高贵和幸福。

前文介绍的"nature"和"kind"都直接涉及自然女神，而诗中副词"kyndely"则指向爱神。在乔叟看来，人对爱神的臣服是指全心接受爱神的引导，而爱神对人的妥善引导能使此人变得高贵。[①] 当臣服者的行为达到足够的正确和高尚时，爱神会感到喜悦，赐以美好的典雅爱情。人类变得高贵、获得世间最美好的爱情，是自然女神乐于看到的。也就是说，自然女神创造生命、予人各种天性（包括爱的天性）、执行自然法则，而爱神则激活爱的天性，以其爱的法则敦促人达到言行举止优雅有礼，精神因虔诚向神而高贵，基督教的爱的诫命在人世间开花结果。因此，本诗中的"kindly"是自然女神制定的自然法则的一种扩展。

四、欢愉的大自然

《公爵夫人之书》中还有一个涉及古典异教时代典故的"kynde"。在作品开篇处，叙述者饱受失眠之苦，晚上无法入睡，只好用阅读的方式消磨漫漫长夜。他读的书是古代的学者用诗歌的形式记载下来的神话和传说。诗人在此特意补充了一句："那时的人热爱自然（kinde）法则。"（56）由这一处"自然法则"可以追寻到诗人对古典思想和现实生活两块领域的态度。

他从这本书中读到的是国王塞克司和王后亚克安娜的悲剧故事：塞克司出海遇难，尸骨无存，王后见丈夫音讯全无，极为忧伤，向女神朱诺祷告。朱诺施展法术使她入睡，差遣睡神莫菲斯以塞克司的形象出现在王后梦中，告知国王已死的真相，王后几天后也伤心而逝。这个故事来自于奥维德的《变形记》第二章第411至748行，马肖在他的《爱之源》中转述过（第544至698行）。[②] 乔叟称这个故事为浪漫故事（romance）。在乔叟的时代，浪漫

---

① 乔叟在《特洛勒斯与克丽西德》中称颂了爱神维纳斯的功德：你［引者注：维纳斯］使凶悍的战神息怒，你使人心变得高贵可敬；你点燃人们心中的火焰，他们便畏惧羞耻，放弃恶行；你使他们慷慨、仁慈、生气勃勃；你的威力把欢乐送给祈求的人们，不管他们有高贵或低微的区分。（［英］乔叟. 特洛勒斯与克丽西德［M］. 吴芬译. 北京：中国对外翻译出版公司，1999. 136.）

② Kathryn L. Lynch. *Geoffrey Chaucer*：*Dream Visions and Other Poems*；*Authoritative Texts*，*Contexts*，*Criticism*［M］. New York：W. W. Norton & Co.，2007. p. 7.

故事（或浪漫文学）一般涉及两个题材，其一是骑士游侠冒险故事，其二是骑士和他所爱慕的女士之间的典雅爱情。故事两个题材也可结合在一部作品中，常采用的表现手段是寓言或神话。擅长典雅爱情题材的马肖在他的作品中写入奥维德的这个故事时，已经把它归入中世纪浪漫文学的范畴了。无论乔叟是取材于《变形记》还是《爱之源》，他对塞克司和亚克安娜的故事的看法与马肖无疑是相同的，所以他的改写专注于突出国王与王后之间深厚的爱情。

　　贯穿整个基督教历史的是对异端邪说的打压，在征讨异教徒名义下进行的十字军东征，以及从 13 世纪开始建立起来的宗教裁判所等等，在这种宗教背景下的乔叟对古典异教时代典故的推崇容易让现代人心生疑惑。实际上，中世纪的人们以基督诞生为分界线划分信仰时代，古代的人没有受洗，因此被划入异教徒范围，没有永生的机会，这一点，他们是很清楚的。但那个时代的人同时也缺少历史感，他们笔下的古人言谈举止与他们自己时代的人毫无分别，如《特洛勒斯与克丽西德》中的特洛伊王子的所思所行完全是一名 14 世纪骑士的特征，似乎古代与中世纪之间的区别仅仅是神学方面的，即是否受过基督教的洗礼，信仰的是一神还是多神，能否在基督教的意识形态下获得永生等，除此之外，世俗领域里基本上难分彼此，所以这又是一种"基督教的中世纪与异教的古代之间含糊其辞的关系"。①

　　在这个意义上，应该把乔叟夸赞的古典时代的"自然法则"放在中世纪来理解。具体来说，诗人在这个"自然法则"下介绍了一个悲剧故事，它的男主人公身亡，女主人公殉情。同样写过这个故事的奥维德和马肖都提到的两人变形为飞鸟继续相爱的情节，② 乔叟却没有写进去，因为他写这首诗的目的是安慰现实生活中刚丧妻的公爵，除了不需要这一个神话的结局之外，还有其他更为现实的动机。故事中死去的塞克司劝告亚克安娜，虽然两人曾经拥有过短暂的幸福时光，但他如今确实已经死了，所以她应当接受这个现实，"不要再过着这样忧伤的生活/因为你的忧伤于事无补"（202～203）。"确切地说，死亡就是'自然法则'，正如塞克司与亚克安娜的故事所证明的。"③在这个"自然法则"之下，骑士口中的命运女神成为一个可以接纳的神祇或理念，而亚克安娜没有听从劝告以至于悲伤身亡，又成为一个拒绝接受"自然法则"的例子。天人永隔，忧伤无益，这是乔叟间接地向丧妻的公爵传达的信息。

　　在诗中，叙述者读完塞克司和亚克安娜的故事之后，也模仿亚克安娜向

---

　　①　Brown Peter. A Companion to Chaucer [M]. Oxford: Blackwell Publishers, 2002. p. 349.

　　②　Kathryn L. Lynch. *Geoffrey Chaucer: Dream Visions and Other Poems: Authoritative Texts, Contexts, Criticism* [M]. New York: W. W. Norton & Co. , 2007. pp. 257, 291.

　　③　［意］Piero Boitani, Jill Mann. 乔叟研究 [M]. 上海：上海外语教育出版社，2000. 46.

睡神祈求，没想到马上就入睡了，他的失眠症得到治疗。这应该是"自然法则"的功效之一：顺其自然，就可以恢复健康。随后的诗行里，叙述者在睡梦中来到一处非常美丽的树林，在五月的天气里鲜花盛开，绿草如茵：

> 它［引者注：大地］忘记了冬天
> 通过寒冷的清晨带来的贫瘠，
> 那让它忍受痛苦，也忘记了那些悲伤，
> 很明显，这一切都已抛诸脑后。
> 整片树林都变成了绿色；
> 是甜美的露珠使这绿色蔓延。（410～415）

这几行诗描绘出一幅冬去春来、万物复苏并欣欣向荣的景象。万物随着季节变化而由活跃转向沉寂，再转向热闹，这是自然世界每年都在上演着的剧本。值得注意的是，诗中虽然用了不少富于想象力的语言来描绘大地，但诗人却没有把它变成一个神话故事，拟人化的大地只能用"忘记"痛苦的方式来解决它的悲伤，不是补偿，更不是复原。随着时光流逝，春天来临，冬天遭受到所有的痛苦和悲伤都宣告结束，欢乐重新充溢整个世界。在这片浓郁的诗情画意中蕴藏着令人惊讶的现实主义精神。

接下来，出现于这片美景之中忧伤的骑士受到批评：

> 尽管牧神潘，人们称之为自然之神，
> 认为他完全不必如此忧伤。（512～513）

牧神潘在这里的位置一向受到研究者关注，有的学者认为他统治的"自然"是指人类之外的自然世界，或者是指"人类与动物分享相同的本质（kynde）"的那个"自然"（kynde），或者"特定地与自然（kynde）相关的植物生长变化过程"，① 总之可以肯定的是，自然女神与上帝头脑中抽象的自然理念相关，而古典的异教神潘则完全是尘世性的，二者都不允许黑衣骑士有伤害自己身体的行为。诗人与其说引用一位古典神来呆板地劝诫黑衣骑士停止悲伤，不如说是在充满欢愉的自然世界中再加入一位活泼的神祇，并希望这种生机勃勃的气氛能感染黑衣骑士，把他从悲伤的情绪中拉出来。

乔叟作品中的第一人称叙述者向来以木讷著称，在本文分析的这首诗中，得知骑士的意中人的死讯后，叙述者只说了两句话："不！这是你所指的损

---

① Hugh White. Chaucer Compromising Nature［J］. *The Review of English Studies*, 1989. p. 162.

失？天啊，这真是一件伤心事！"（1309～1310）表面上看起来，叙述者完全没有安慰这位伤心人，实际上，他在对古典故事、美丽春色的介绍中说出的那些内容，就已经比写一堆廉价而不切实际的宽慰有价值得多。

作为上帝在尘世世界的代理人，自然女神创造万物，给予万物美与善的本质和独立自存能力，通过建立自然法则来保障人类自由选择的权利，让人类充分发挥爱的天性而使人性变得高贵，获得美好的爱情，人生的价值得到提升，最后，自然的法则还劝诫人类在痛苦的打击下恢复平静，继续自己高贵的人生。在这里，神性的自然指引着人类向美和善的方向发展，受到神庇佑的人类则积极进取，在现实世界中展示了美和善的真谛。

因此，在这首悼亡诗中，叙述者、古典故事里的国王夫妇、骑士和他的意中人都忍受着忧伤或死亡的伤害，但诗人却一再地挖掘着人性的高贵和美好、对尘世的讴歌和眷恋。虽然他在其后创作的《声誉之宫》中对此进行质疑，到了《百鸟议会》时再次坚持了这种理想主义精神，尽管其中的现实主义色彩加重了很多，而此后的《特洛勒斯与克丽西德》和压轴之作《坎特伯雷故事》仍旧扩展和加深了这曲赞歌。

（原载《外国文学研究》2009 年第 4 期，略有改动）

诠释的策略与立场

——理雅各《诗经》1871 年译本研究

左 岩

理雅各（James Legge，1815—1897 年），19 世纪苏格兰的新教传教士，西方著名汉学家。他倾注几十年心血，从 1861 年到 1886 年翻译并出版了"四书""五经"等中国经典。其中，理氏《诗经》1871 年译本是第一部也是至今在注释方面资料最齐备的一部《诗经》英语全译本。本文拟以该译本为中心，考察译文、译文注释与原文本意、历代解释在诗旨、礼仪制度、名物训诂等方面意义诠释的渊源与差异以及相关表达方式，以揭示理氏如何将《诗经》原文及历代解释重组和重构这样一个基础性的文本生成过程。

一、底本与资料来源

理氏 1871 年译本的正文体例为首列原文，次列译文，页下列注释。注释的篇幅远超译文，理氏解释说："可能一百个读者当中，九十九个丝毫不会对长长的评论性的注释在意；但是，可能会有第一百个读者，他会发现这些所谓长长的注释其实一点也不长。就只为了这第一百个读者，我也应该将这些注释写出来。"① 理注的主要资料来源，大致有三类：

（一）以《钦定诗经传说汇纂》为底本

1861 年《中国经典》第一卷《论语·大学·中庸》出版，理雅各即认为《御制周易折中》《钦定书经传说汇纂》《钦定诗经传说汇纂》《钦定礼记义疏》《钦定春秋传说汇纂》等经籍分别是《易》《书》《诗》《礼》《春秋》的最好版本。② 1871 年《中国经典》第四卷《诗经》出版，理氏谈及《钦定诗经传说汇纂》时说道："我对它的评价与我在《中国经典》第三卷中对《钦

---

① ［英］海伦·蔼蒂丝·理雅各. 理雅各：传教士与学者［A］. ［美］吉瑞德. 朝觐东方：理雅各评传［M］. 段怀清，周俐玲译. 桂林：广西师范大学出版社，2011.520.

② ［英］理雅各. 绪论［A］. 中国经典（第 1 卷）［M］. 上海：华东师范大学出版社，2011. 130～131.

定书经传说汇纂》的评价相同。"① 1865 年，理氏曾在《中国经典》第三卷中盛赞《钦定书经传说汇纂》："许多大学者都参与其整理与出版。该著共收录了从秦代至清代共计 380 家传注……览此一本，可知其他传注。这是勤奋向学、有意研究的标志性著作——无论怎样称赞都不为过。"② 由此可见，理氏将《钦定诗经传说汇纂》视为最佳参考书目。另外，理氏称："我经常参考《钦定春秋传说汇纂》《钦定礼记义疏》《钦定周礼义疏》 《钦定仪礼义疏》。"③ 说明"诸经传说汇纂"其他书目也是理氏翻译《诗经》时重要的参考文献。

　　《钦定诗经传说汇纂》是有关《诗集传》集大成性的权威资料，理氏重新按自定体例将《钦定诗经传说汇纂》另作编排，资料征引的情况不一：①全部引自《钦定诗经传说汇纂》的资料。理氏翻译《诗经》以朱熹《诗集传》为主要参考依据，在作法、诗旨和训诂上首重《诗集传》，再参考《毛传》《郑笺》和其他诸家之说。理氏大量袭用朱注，一般不再标明引自《诗集传》，力求注释文字简明。理氏译本的参考书目未列《诗集传》而特重《钦定诗经传说汇纂》，所引朱注显然采自《钦定诗经传说汇纂》。除朱熹外，理注所辑各家说解完全同于《钦定诗经传说汇纂》的，还有李巡、王肃、杜预、陆机、葛洪、欧阳修、刘彝、王安石、苏辙、曹粹中、项安世、王质、吕祖谦、钱文子、范处义、罗原、段昌武、章甫、彭执中、李阀祖、黄震、王应麟、胡一桂、陈澔、许谦、辅广、朱公迁、李樗、刘瑾、朱善、黄佐、章潢、邓元锡、黄櫄、姚舜牧、顾起元、王志长、何楷、黄一正、朱道行、陈推、邹泉。此外，理氏译本颇采《钦定诗经传说汇纂》编者（"The imperial editors""The K'ang-he editors"）的按语。②部分引自《钦定诗经传说汇纂》的资料，包括《四书五经》《尔雅》《毛传》《郑笺》《毛诗注疏》《诗缉》。理注所引以上书目的资料与《钦定诗经传说汇纂》有较高契合度，但也有许多内容是《钦定诗经传说汇纂》中所没有涉及的。③根据《钦定诗经说汇纂》编译的资料，如《周南·樛木》"福履成之"，理注："St. 3. 成 = 就，'complete'. The songers wish the happiness of T'ae-sz, 'from first to last, form the smallest things to the greatest', to be complete."④《钦定诗经传说汇纂》释云："《集传》：'兴也。萦，旋。成，就也。'……顾氏起元曰：'成，言自

　　① ［英］理雅各. 绪论［A］. 中国经典（第 4 卷）［M］. 上海：华东师范大学出版社，2011. 172.

　　② ［英］理雅各. 绪论［A］. 中国经典（第 3 卷）［M］. 上海：华东师范大学出版社，2011. 201.

　　③ ［英］理雅各. 绪论［A］. 中国经典（第 4 卷）［M］. 上海：华东师范大学出版社，2011. 173.

　　④ ［英］理雅各. 中国经典（第 4 卷）［M］. 上海：华东师范大学出版社，2011. 11.

始至终，自大至小，其福无不成就。'"① 可见理注是在《钦定诗经传说汇纂》基础上编译而成，诸如此类，不胜枚举。粗略统计，采自《钦定诗经传说汇纂》的理注至少占总数的六成以上，据此判定《钦定诗经传说汇纂》为理氏1871年译本的底本。

（二）主要依据《毛诗注疏》进行补充

理氏译本之"参考书目"将《十三经注疏·毛诗注疏》列为第一种。《毛诗注疏》又名《毛诗正义》，四十卷，是唐贞观十六年（642年）孔颖达奉唐太宗诏所编的《五经正义》之一，该书全部保留《毛传》《郑笺》的注文，并给这些注文再作疏解，坚持"疏不破注"的原则，并附有陆德明的《毛诗释文》。理注取材于《毛诗注疏》之《毛传》《郑笺》《孔疏》者尤多，陆德明的观点也有征引，在朱注基础上进一步详加解释，或补其略，或证其说，或补另说，或案断异说。凡于毛、朱义有异同，遂多左毛右朱，具体详后。

（三）辅以其他文献

理注还间有引及其他典籍，不及《钦定诗经传说汇纂》与《毛诗注疏》的什之一二。其中频率较高的有《尔雅》《说文解字》《四书五经》《韩诗外传》《诗序广义》《诗缉》《诗述闻》《诗所》《毛诗集释》等；频率较低的有《史记》《本草纲目》《毛诗六帖讲意》等。此外，理氏还述及西方汉学家的见解及翻译家的译文，皆可供参证，包括 P. Lacharme, Julius Mohl, J. M. Callery, Sir John Francis Davis, A. Wylie Esq, Le Marquis D'Hervey Saint-Denys, Frederick Porter Smith, N. B. Dennys, C. J. Baron Bunsen, George Bentham 等。

就理氏注释的性质而言，介于翻译与研究之间，旨在于众多解说之中择取允当的观点，故罕有发明。着重依赖者，在于收集文献要尽量全面。鉴于眼见有限，理氏1871年译本基本囿于《钦定诗经传说汇纂》及《毛诗注疏》的学术水平。清代是古文献学研究最为发达的时期，"诗经清学"发轫于康熙中期，大盛于乾嘉之际。然而，理氏1871年译本仅涉及毛奇龄、戴震、段玉裁、焦循四人的作品，其他像被称为"清代诗经学三大名著"的马瑞辰《毛诗传笺通释》、胡承珙《毛诗后笺》、陈奂《诗毛氏传疏》均未论及，不免令人遗憾。必须指出的是，作为最早的《诗经》英语全译本，理氏1871年译本

---

① 王鸿绪. 钦定诗经传说汇纂（第1卷）［M］. 文渊阁四库全书本（第83册）. 上海：上海古籍出版社，1987.29.

以宗朱为本的清代官书《钦定诗经传说汇纂》为底本，参以汉学集大成的权威著作《毛诗注疏》，着眼点是在有限的篇幅之内尽可能全面地介绍中国社会普遍认可的《诗经》解释，所以具有牺牲新颖性以获取稳定性的特征。

二、诗旨：“以意逆志”与诠释合法性

对于《诗经》的意义诠释而言，题旨的解读至关重要。理氏专门在《中国经典》开篇题记中引《孟子·万章上》道：“不以文害辞，不以辞害志，以意逆志，是为得之。”以此作为其翻译《中国经典》的宗旨。这段诗论是孟子与弟子咸丘蒙谈论儒家“君君臣臣父父子子”之道时所说，并非专门讨论解诗，但对后世文论和美学有着深远的影响。理氏的译文是：“…may not insist on one term so as to do violence to a sentence, nor on a sentence so as to do violence to the general scope. They must try with their thoughts to meet that scope, and then we shall apprehend it.”① 也就是说，既不要拘泥于个别术语而误解句意，也不要拘泥于句意而误解原作大意，努力以作者的想法去推测原作大意，这样才能领会原作。理氏明确提出：“可以说，只有作者对诗本身具有权威性，或者是他们同时代前后的可靠史料。”② 基于这一理念，理氏对《毛诗序》穿凿索引的解诗方法感到大惑不解，如《郑风·将仲子》，理氏释为：“女士恳求她的情人能让她独自安处，以免引起她父母及其他人的疑心和议论”③，并指出这一解释取自朱熹；接着，下文详述《毛诗序》的“刺庄公”说，认为这是根据《左传》隐公元年的记载而附会出来的。对此，理氏评论说：“我不明白为什么诗篇的运用要遵循将近200年后左氏所保存的方式，而使我们拒绝自然、简单地说明诗篇的唯一看法。”④ “然而，这首和其他诗篇所面临的困境在于，如何协调摆在我们面前的文字与毛公的解释。诗人们为了传达他们心中的想法，而必须使用离他们遥不可及、被指定好的语言。”⑤

---

① ［英］理雅各. 孟子［A］. 中国经典（第2卷）［M］. 上海：华东师范大学出版社，2011. 353.
② ［英］理雅各. 绪论［A］. 中国经典（第4卷）［M］. 上海：华东师范大学出版社，2011. 28.
③ ［英］理雅各. 诗经·郑风·将仲子［A］. 中国经典（第4卷）［M］. 上海：华东师范大学出版社，2011. 126.
④ ［英］理雅各. 诗经·郑风·将仲子［A］. 中国经典（第4卷）［M］. 上海：华东师范大学出版社，2011. 126~127.
⑤ ［英］理雅各. 诗经·王风·丘中有麻［A］. 中国经典（第4卷）［M］. 上海：华东师范大学出版社，2011. 122.

在理氏看来，《毛诗序》的弊病在于其"远离原文的本意"①"过度诠释"②，"同样的困境发生在《毛诗序》其他诸多解释中，这使得诗义坠入谜团中，而我们被迫按照指定的答案去胡编乱造"③。理氏对《毛诗序》严加分辨，参照相关史实逐一指出其穿凿附会之处。

为了减少偏差和误读，理氏采取的诗旨诠释策略主要有以下三点：第一，以诗篇本意为本。鉴于历史久远，理氏已无法寻绎作者的创作初衷，只能追求诗篇客观内容所表达出的文本本意。忠实准确地传达诗的语言文字之中的客观内容，是理氏诠释诗旨的基本方法，如自称"除了如我所述的从诗篇本身概括出的题旨外，再别无的东西"④等等。第二，措辞简约而内涵丰富。最明显的例子是《郑风·扬之水》。对于这首诗，理氏认为《诗集传》《毛诗序》"这两种解释都存在理解困难，最好不要认可其中任何一种，而是将问题留给不明作者的意图"⑤；他给出的解释是："一方宣称忠于另一方，并抗议那些挑拨离间的人。"⑥措辞既确知，又模糊，使得意义的客观性与开放性得到辩证统一。第三，保持客观中性的立场。一方面，理氏反对中国学者把诗歌与政教联系在一起，"诗歌的研究者和译者只能单纯地就诗论诗，无须对一些诗中的淫言秽行比另一些诗中的懿行嘉言更感到惊异"⑦。另一方面，他又恪守译者本分，极力站在中性的立场上，抑制个人成见、好恶和民族倾向。作为基督教传教士的理氏对中国古代的妻妾制度充满强烈的反感，但是在注释中仍极力保持中性立场，较少掺杂自身的价值判断和道德判断。理氏对三百篇诗旨的诠释在突破中国经学的诗教传统上具有开拓意义。

关于《诗经》的意义诠释，并非任何解读都可以被民族文化所认同，需要经过社会、历史与信仰的抉择并最终获得公认为的权威诠释才具有合法性定位。理氏为避免理解和解读诗旨的随意性，参阅、斟酌中国经学诸家见解，尽量择善而从之。在理氏看来，《诗集传》比《毛诗序》更自然，如《王风·君子于役》"以上是朱熹的解释，甚至《钦定诗经传说汇纂》的编者都

---

① ［英］理雅各. 诗经·陈风·衡门 ［A］. 中国经典（第4卷）［M］. 上海：华东师范大学出版社，2011.207.

② ［英］理雅各. 诗经·陈风·东门之地 ［A］. 中国经典（第4卷）［M］. 上海：华东师范大学出版社，2011.209.

③ ［英］理雅各. 诗经·郑风·山有扶苏 ［A］. 中国经典（第4卷）［M］. 上海：华东师范大学出版社，2011. 137～138.

④ ［英］理雅各. 诗经·王风·葛藟 ［A］. 中国经典（第4卷）［M］. 上海：华东师范大学出版社，2011.119.

⑤ ［英］理雅各. 中国经典（第4卷）［M］. 上海：华东师范大学出版社，2011.145.

⑥ ［英］理雅各. 中国经典（第4卷）［M］. 上海：华东师范大学出版社，2011.145.

⑦ ［英］理雅各. 绪论 ［A］. 中国经典（第4卷）［M］. 上海：华东师范大学出版社，2011.28.

称许这一观点比《毛诗序》更加自然"① 等。理氏盛赞"朱熹在真正的批判性上远超前人,在这方面中国无人能够与之比肩"②。"在我看来,大多数西方汉学家会同我一样友好地赞同朱熹的理论,就是必须就诗论诗,而不是接受那些并非从诗本身出发,而是将许多诗降格为荒唐谜语的解释。"③ 正是基于这一考虑,理氏解诗时主要依据朱熹的观点。可以说,理氏选择集朱学之大成的《钦定诗经传说汇纂》为底本,固然有借助其御制的特殊地位的考虑,更重要的是朱熹的学术理念与其最为相近。

对于朱熹的解释,理氏并非全盘接受。在《周南》之《关雎》至《螽斯》5 首诗袭用《诗集传》的"大姒"说,但《关雎》和《卷耳》篇末予以纠正,如"诗中并未提到文王和姒女士"④;"我必须一并放弃大姒的观点"⑤。事实上,理氏对《诗集传》所论的大部分诗篇的诗旨做了一些整饰工作。对于朱氏所定的 21 篇"淫诗",理氏的说法与之类似,但态度更为平实宽容。如《邶风·静女》释为:"绅士因一位女士没有赴约而深感失望,并且赞美她的礼物和美丽。"⑥ 在谈到如何看待《王风·丘中有麻》时,理氏称:"我认为他(引者按:指孔子)不需要对这首诗感到恶心。"⑦ 其实对《诗经》中是否存在"淫诗",理氏与朱熹的见解迥异。孔子有言:"《诗》三百篇,一言以蔽之,曰'思无邪'。"朱熹把"思无邪"看成是圣人对读者的道德要求,通过"惩创人之逸志"⑧ 的作用,达到"得其性情之正"⑨ 的目的。理氏理解的"思无邪"是孔子不带感情的事实陈述,"答案是圣人在介绍这首诗时,并未表现出指责时代邪恶之意,就像他记述《春秋》的那些史实一样,并不担心他的读者产生他们自己的看法"⑩。对于朱氏无端指责"郑卫之乐,皆为淫声"⑪,理氏并未像对《毛诗序》那样逐一辩驳,而是有意回护。例如,孔子的"郑声淫"是朱熹"淫诗说"的重要依据。理氏指出,《诗集传》中强调

---

①　[英] 理雅各. 中国经典(第 4 卷)[M]. 上海:华东师范大学出版社,2011. 112.
②　[英] 理雅各. 诗经·周南·关雎 [A]. 中国经典(第 4 卷)[M]. 上海:华东师范大学出版社,2011. 5.
③　[英] 理雅各. 绪论 [A]. 中国经典(第 4 卷)[M]. 上海:华东师范大学出版社,2011. 5.
④　[英] 理雅各. 诗经·周南·关雎 [A]. 中国经典(第 4 卷)[M]. 上海:华东师范大学出版社,2011. 5.
⑤　[英] 理雅各. 诗经 [M]. 上海:华东师范大学出版社,2011. 9.
⑥　[英] 理雅各. 诗经 [M]. 上海:华东师范大学出版社,2011. 68.
⑦　[英] 理雅各. 诗经·王风·丘中有麻 [A]. 中国经典(第 4 卷)[M]. 上海:华东师范大学出版社,2011. 122.
⑧　(宋) 朱熹. 四书章句集注 [M]. 北京:中华书局,1983. 53.
⑨　(宋) 朱熹. 四书章句集注 [M]. 北京:中华书局,1983. 53.
⑩　[英] 理雅各. 中国经典(第 4 卷)[M]. 上海:华东师范大学出版社,2011. 80.
⑪　(宋) 朱熹. 诗集传 [M]. 北京:中华书局,1958. 56.

"夫子论为邦，独以郑声为戒而不及卫"①，这是朱氏在解释《郑风》时反对《毛诗序》及尊《序》派解释的有力依据。② 也就是说，理氏看重的是朱熹借重孔子废《序》言《诗》，自成宗派的进步意义，至于"淫诗说"是否客观并未深究。

理氏一方面发挥译者主体性，坚守自身判断，不轻易认可《毛诗序》，但另一方面对作为源语文化的权威诠释《毛诗序》仍保持充分尊重。虽然理氏解诗大抵采用朱熹的解释，但对于《毛诗序》的观点也多有所引述，甚至征引史料详加说明；即使批评《毛诗序》，语气也较为客观与克制。对此，理氏曾多次表白："接下来会看到《毛诗序》被置于本章附录的第一部分，因为它被刊刻在中国每部自以为是的《诗经》版本中，并作为权威文献为大量学者所推崇。"③ "可以说，从诗篇语言来看，朱熹的解释在各个方面都是最自然的结论；然而他的观点被认为稍显肤浅，而且我们发掘得越深就会发现支持毛说的越多。这里和别的地方我都努力去理解毛公和他的支持者们的研究；但是，通常来说，如果不是完全放弃个人判断的话，是不可能赞同他们的结论的。"④ "我们认为，《诗经》的传统解释是由毛公所作，这种解释是不容忽视的，且有史料的支撑，颇有助益。在诗篇中我们必须大力收集他们的诠释。"⑤ 理氏以反《序》尊朱为主，可是朱熹并不彻底废《序》，很多地方还有意无意地因袭《毛诗序》。每当遇到这种情况，理氏的态度比较小心谨慎，尽管《毛诗序》旧说仍无从考证，但理氏一般不敢冒险抛弃权威解释，故姑且有限度地接受《毛诗序》说。如《大雅·云汉》《毛诗序》和《诗集传》，朱熹皆认为是赞美周宣王的诗。理氏也采用此说，但补充道："虽然第一句中提到一位天子，但宣王的名字并没有出现在诗中，所有的学者都接受《毛诗序》的说法，认为是仍叔赞美宣王——我们可以推测，这是周朝的一位大夫。"⑥ 少数情况下，理氏的解释与《诗集传》《毛诗序》皆相左时也大都信而有征。如《卫风·芄兰》，理氏释为："一个自大又有地位的青年"⑦，这与《毛诗序》的"刺惠公"说、《诗集传》的"此诗不知所谓，不难强解"颇有

① （宋）朱熹. 诗集传 [M]. 北京：中华书局，1958.56.
② ［英］理雅各. 中国经典（第4卷）[M]. 上海：华东师范大学出版社，2011.149.
③ ［英］理雅各. 绪论 [A]. 中国经典（第4卷）[M]. 上海：华东师范大学出版社，2011.29.
④ ［英］理雅各. 诗经·邶风·静女 [A]. 中国经典（第4卷）[M]. 上海：华东师范大学出版社，2011.68.
⑤ ［英］理雅各. 诗经·周南·关雎 [A]. 中国经典（第4卷）[M]. 上海：华东师范大学出版社，2011.5.
⑥ ［英］理雅各. 中国经典（第4卷）[M]. 上海：华东师范大学出版社，2011.528.
⑦ ［英］理雅各. 中国经典（第4卷）[M]. 上海：华东师范大学出版社，2011.103.

不同，自称："没有什么超出我从这两章语言中所推导出的题旨。"① 检阅《钦定诗经传说汇纂》，便会发现黄佐、许谦已提出与理氏相同的说法，说明理氏并未脱离传统自立新说。所以，尽管理氏在恢复《诗经》本来面目上透露出一些新意，但整体上始终离不开传统诗经学话语的限制。

传统诗经学忽视"诗本义"而以解经为主流，《诗经》被解读为伦理教化文本、政治教化文本和历史文本。理氏推崇《钦定诗经传说汇纂》《毛诗注疏》，但解诗中几乎不涉及对其中有关政治伦理、文化伦理的引申发挥。理氏多次表达过类似看法："对于一个外国人来说，很难从诗的字义之外发现其他什么。"② 另外，《诗经》之微言大义，主要不是直露激切的，而是用隐曲委婉的比兴手法来表现，此即儒家"温柔敦厚"之诗教。朱熹在《诗集传》中"分章系以赋比兴之名"，共标诗1 141章，第一次对《诗经》中的章句作了全面标定。理氏仅是将《诗集传》每章所标赋、比、兴作法在篇首合项标示，至于其中寓意没有太多兴趣去分辨。如中国学者对《召南·野有死麇》的作法争论不休，而在理氏看来："这是一个不值得讨论的问题。"③ 对于比兴手法如此不以为然，很难说理氏对传统诗经学有深入研究。由于理氏1871年译本缺少对儒家义理的有效诠释，本身也就失去了经和经学的精神和生命活力。

三、训诂："六经皆史"与诠释度

依循"以意逆志"的思路，理氏主张把《诗经》当作史料来看，"《诗经》采集和保存是为了表彰德政和善行。这样做的好处是导致《诗经》为我们展现出国家政治和风俗之治乱盛衰的真实图景"④。也就是说，《诗经》是保留着中国先人生活和思想信息的宝贵材料。理氏在《小雅·鼓钟》中提到："我同意严粲的观点，经即史也；但这一观点不适于这首诗，因为其中未提到周幽王。"⑤ 可见理氏赞同"六经皆史"的说法，但反对不顾诗义的恣意发挥。因此，理氏是站在史的立场审视《诗经》的，其称："译者最大的困难是去确定他将要引入译文中的心境和时态。"⑥ 理氏努力以体验的方式重构《诗

---

① ［英］理雅各. 中国经典（第4卷）［M］. 上海：华东师范大学出版社，2011. 103.

② ［英］理雅各. 诗经·召南·摽有梅［A］. 中国经典（第4卷）［M］. 上海：华东师范大学出版社，2011. 31.

③ ［英］理雅各. 中国经典（第4卷）［M］. 上海：华东师范大学出版社，2011. 34.

④ ［英］理雅各. 绪论［A］. 中国经典（第4卷）［M］. 上海：华东师范大学出版社，2011. 28.

⑤ ［英］理雅各. 中国经典（第4卷）［M］. 上海：华东师范大学出版社，2011. 367.

⑥ ［英］理雅各. 诗经·小雅·采薇［A］. 中国经典（第4卷）［M］. 上海：华东师范大学出版社，2011. 258.

经》产生的历史语境，把握其原初功用。他强调《诗经》的史料性，故其解诗以考据训诂为根基。

理氏 1871 年译本关于训诂方面的注释数量最多，尤重于词义、句意的解释，兼及辨用字、明语法、显修辞、校勘文字等。理氏训诂仍以《诗集传》为主，参以《毛传》《郑笺》等。理氏大抵从《诗集传》中录出，一般不标明。遇《诗集传》与《毛传》完全歧异之处，经过比较分析，理氏基本依从朱说；同时也纠正《诗集传》的一些误释，皆必言之有据，如《大雅·文王》："陈锡哉周，侯文王孙子。"《诗集传》："哉，语辞。"理注："这句诗曾在《左传》和《国语》中引用，'哉' 皆为 '载'。毛公释 '哉' 为 '载'，这比 '哉' 的叹词的常用用法以及郑玄的 '始' 更恰当。"① 《毛传》与《诗集传》相近之处，理氏不墨守一家，采取调和朱毛的策略，如《卫风·硕人》："庶姜孽孽，庶士有朅。"《毛传》："庶士，谓媵臣。"《诗集传》："庶士，齐大夫送女者。"理注："庶士是护送庄姜的官员，也是她从齐国来的随从。"② 《诗集传》存疑之处，多姑从毛说，如《邶风·静女》"彤管" 等。偶有《诗集传》《毛传》皆不可取之处，转而引用别家解说。参酌西方翻译家、汉学家的释义也是理注的一大特色。如《周南·螽斯》，理氏参综 "螽斯" 的中西各家之说，无疑为《诗经》研究提供了新的研究方法和视角。理氏训诂不只编译前人的成果，因为《诗经》中某些不言而喻的名物，西方人很可能无法理解，还要另辟新注。如《王风·黍离》："悠悠苍天，此何人哉！"理注：" '苍' 指高远天空的蔚蓝色"。'苍天' 被看作是天命的转喻，一种高居于天上的力量。"③ 尽管理氏限于眼见较少，主要参考明清学者的训诂成就，甚至以往汉学研究的合理见解也不足，但其对所释义项，广泛地搜寻材料，每事必穷根源，所言必求依据，讲究旁参互证，反对空谈臆度，在知识层面上达到了当时西方译者所能达到的最具科学性的诠释。

由于译者视域与源语文化视域之间不可避免地存在差异，因此如何把握两者之间的诠释度是忠实传达原词意义的重要环节。一般说来，在名物方面理氏尽可能最大限度地表达了源语文化的语言信息和所隐含的文化内涵。除力求理解的客观性外，理氏还采用异化的手段，如对诗题、人名、地名、拟声词、富有中国文化内涵的动植物往往采用音译法。而对于《诗经》中的重言式形容词则以注释代替翻译，如《卫风·有狐》："有狐绥绥" 译为 "There is a fox, solitary and suspicious"④。上述概念都是中国语言文化所独有的，在英

① ［英］理雅各. 中国经典（第 4 卷）［M］. 上海：华东师范大学出版社，2011. 428.
② ［英］理雅各. 中国经典（第 4 卷）［M］. 上海：华东师范大学出版社，2011. 97.
③ ［英］理雅各. 中国经典（第 4 卷）［M］. 上海：华东师范大学出版社，2011. 112.
④ ［英］理雅各. 中国经典（第 4 卷）［M］. 上海：华东师范大学出版社，2011. 106.

语中找不到对应语，理氏坚持异化，很大程度上保留了《诗经》作为中国经典的异域性，却也造成了译文的质木无文。

理氏并非一味采用异化法，对于政治制度和信仰的术语则采用归化翻译法。中西政治制度和信仰的巨大差异以及系统化特性，致使此类术语翻译比一般名物翻译更加困难。政治制度概念上，为避免译文过分晦涩难懂，使西方读者保持阅读兴趣，理氏以西方的概念比附中国的概念，如将"诸侯"译为"feudal princes"；"这些诸侯国的国君分为公、侯、伯、子、男，为方便起见译作 duke, marquis, earl, count or viscount, and baron，他们大部分是周王室姬氏的分支"①。更重要的是，理氏在绪论中全面说明了中国社会政治制度的独特风貌，不致造成读者的误解。应该说，这不失为一种科学且有效的翻译策略。信仰概念上，理氏把"帝"或"上帝"译为基督教的最高神"God"，并试图证明中国的宗教信仰与西方基督教信仰之间彼此暗合。如《大雅·文王》："有周不显，帝命不时。"理释："Illustrious was the House of Chow, And the appointment of God came at the proper season."② 又如《大雅·大明》和《鲁颂·閟宫》中的"上帝临女"一句，本意为"上帝亲自照临"，理氏则译为："God is with you"③④，直接以《圣经》比附《诗经》，极力夸大中西宗教信仰的共同之处。对于中国人宗教观的看法，理氏主要受到法国汉学家毕瓯（M. Edouard Biot, 1803—1850 年）的影响。他在绪论中附录毕瓯《从〈诗经〉看古代中国人的生活方式》一文，其中指出："《诗经》中的六首诗以不容否认的方式证明，中国人信仰一神教——上帝，最高的主。"⑤ 紧接着，引《大雅·大明》《周颂·丰年》《大雅·皇矣》《商颂·玄鸟》《商颂·长发》，证明商周的天子承上帝之命；引《大雅》"荡之什"，证明周朝无道，发生旱灾，周宣王称不再受到最高存在（the Supreme Being）——"上天""天"，也就是"上帝"的眷顾。毕瓯又指出最近有许多传教士一再表示中国人并无明确的一神教信仰，理由是中国的卫道士倾向于说"天"而不是"上帝"。依据以上所引例证，毕瓯认为古代中国人更偏爱"上帝"，然后引《国语》《左传》的相关史料证明天子具有祭祀上帝的唯一合法权。毕瓯还断

---

① ［英］理雅各. 绪论 ［A］. 中国经典（第 4 卷）［M］. 上海：华东师范大学出版社，2011. 130～131.

② ［英］理雅各. 中国经典（第 4 卷）［M］. 上海：华东师范大学出版社，2011. 427.

③ ［英］理雅各. 中国经典（第 4 卷）［M］. 上海：华东师范大学出版社，2011. 428.

④ ［英］理雅各. 中国经典（第 4 卷）［M］. 上海：华东师范大学出版社，2011. 436，623.

⑤ ［英］理雅各. 绪论 ［A］. 中国经典（第 4 卷）［M］. 上海：华东师范大学出版社，2011. 159～160.

言："诸神在上帝周围形成一个天上的等级系统，就像天子周围的众官。"①
并引《小雅·楚茨》《大雅·云汉》《大雅·卷阿》《小雅·伐木》《大雅·崧高》《周南·麟之趾》为证。关于中国是否有一神崇拜乃至神祇系统大可商榷，毕瓯以断章取义的论证方法得出结论，未免过于轻率。肩负传教使命的理氏抱定毕瓯的观点，翻译中存在过度诠释之处，将中国人的信仰置于基督教诠释框架与神学信仰之下，力图借助基督教冲击、改造中国人的宗教信仰。从中不难见出 19 世纪中国典籍翻译者从传教士向职业汉学家过渡的历史印记。

综上，理氏 1871 年译本虽有失误，但是瑕不掩瑜，终不失为翔实严谨、客观中性的具有示范意义的奠基之作，对于《诗经》的海外传播功不可没。

（原载《暨南学报》2015 年第 8 期，略有改动）

---

① ［英］理雅各. 绪论 ［A］. 中国经典（第 4 卷）［M］. 上海：华东师范大学出版社，2011. 160.

"女性书写"的主体（性）悖论

刘　岩

　　20 世纪中叶，随着女性解放运动在世界范围内的发展，女性研究正式进入学科体制。到 70 年代初，仅在美国就已经形成了以"六百三十个左右的女性研究专业、八十个以大学校园为中心的研究机构、数十个职业委员会以及上百个女性主义杂志和出版社"为架构的完整学科局面①。女性主义文学批评作为女性研究的重要组成部分，在理论话语和运动实践两个层面上引导着女性研究不断向前推进，在持续理论化、系统化的过程中，它同其他文学批评方法一起构成了文学批评理论的中心内涵，成为大部分文学理论教科书和工具书中不可或缺的重要一章。女性主义文学批评的核心理念源于女性解放运动发展进程中提出的关键术语和政治主张，在重新解读经典文学作品、撰写女性文学史、梳理女性文学特点等方面为研究者提供了新的阐释空间和认知视角，对传统的文学史编写、文学教学以及文学研究都起到了一定程度的匡正作用。无论对于社会观念形态还是文化的外在表象，其批判性、挑战性、颠覆性的姿态都为人们认识变化中的社会生活和发展传统的文学批评方法树立了新的合法性和有效性以及跨学科、跨文化的研究视野。

　　在诸多女性主义文学批评的核心概念之中，"女性书写"的理论尤为引人注目，它是女性主义批评者寻找到的新的批评话语，并成为支撑女性主义文学批评学理性的唯一重要前提。如果回溯人类历史，人们会发现女性的书写经历一直伴随文明的进程，即使在男性规范并记录的文学史中也有记载和体现。西方文学史载最早的女诗人是古希腊的萨福，其抒情诗作虽然绝大部分仅剩残篇断语，但仍被公认为可以同荷马的文学成就相媲美；在东方，根据阿拉伯民间传说改编发展而成的《天方夜谭》，则讲述的是一名叫作山鲁佐德的女孩如何凭借高超的讲故事能力感动了国王，并因此拯救了千万女子的生命，这是人类最早对女性言说能力的称颂。但我们也应该认识到，历史在很大程度上讲仍然是男人的历史（his story），女性在其中发挥的作用由于父权体制和观念的规约变得有限、隐性而边缘。伍尔夫（Virginia Woolf）曾质疑，

---

　　①　Michael Groden, Martin Kreiswirth & Imre Szeman. *The Johns Hopkins Guide to Literary Theory and Criticism* [M]. 2nd ed. Baltimore：The Johns Hopkins University Press, 2005. p. 299.

如果莎士比亚有一个妹妹，她的写作才华是否会有同样的机会展示①；波伏娃（Simone de Beauvoir）也曾询问，如果梵·高是一位女性，她的艺术天分是否会赢得同样的认可②。人类文明史上为什么没有女艺术家的疑惑曾引发学界热议，对于女人的历史（her story）所做的构想则要到 20 世纪 70 年代才全面展开③。而直到十年之后，第一部较为完整的女性文学史才首次被权威学术出版社出版：吉尔伯特（Sandra M. Gilbert）和格巴（Susan Gubar）合作编著的《诺顿女性文学选集：英语的传统》（*Norton Anthology of Literature by Women*：*The Traditions of English*，1985 年）汇集了一百五十余位用英语创作的女作家及其作品，迅速荣列高校女性研究课程的必读书目和研究资料。虽然这部著作使众多未被传统文学史记载的女作家及作品正式进入文学经典的行列，首次系统、全面地梳理了女性英语文学创作的发展轨迹，其重构经典的历史意义显而易见，但在当时仍然招致许多男性批评家的嘲笑④。两位编著者在2007 年出版的第三版中把该文选扩展为两卷本，共收录 219 位女作家及其作品。在 21 世纪，又出现了三部由权威学术机构出版的女性文学选集：由霍尔斯坦（Deborah H. Holdstein）主编的《普伦蒂斯·霍尔女性文学选集》（*The Prentice Hall Anthology of Women's Literature*，2000 年）、由德席泽（Mary K. DeShazer）主编的《朗曼女性文学选集》（*The Longman Anthology of Women's Literature*，2000 年）和沃霍尔—唐（Robyn Warhol-Down）等主编的《女性的世界：麦格劳—希尔全球女性英语作品选》（*Women's Worlds*：*The McGraw-Hill Anthology of Women's Writing in English Across the Globe*，2007 年）。前者侧重 20世纪女作家作品，后两部文集则以所选作家和作品覆盖的地域、时间、文化的跨度见长。以上几部令人叹为观止的女性文学选集，外加数十部以国别、区域、文学类别等标准分别选编的女性文学选集，已经囊括了女性文学创作历史上几乎所有标志性人物和代表性作品，至此，女性的书写史已经全面体系化、学科化、主流化，女性作家和作品已经成为不可忽视的文学经典和文化遗产。

　　然而，这样规模宏大的修正经典的态势并不能彻底掩盖女性书写过程的局促和限制，文学批评仍然需要开发出合适的术语为女性创作正名。当伍尔夫坐在书桌旁撰写那些脍炙人口的散文和小说作品时，她曾经受到双重观念

---

① 　Virginia Woolf. *A Room of One's Own*［M］. London：Penguin Books，2004. pp. 54 – 57.

② 　［法］西蒙娜·德·波伏娃. 第二性（第 2 卷）［M］. 郑克鲁译. 上海：上海译文出版社，2011. 577 ~ 578.

③ 　对于历史上为什么没有女艺术家的讨论，参见［美］琳达·诺克林等. 失落与寻回：为什么没有伟大的女艺术家［M］. 李建群等译. 北京：中国人民大学出版社，2004；对于女性进化史的构想，参见［英］伊莲·摩根. 女人的起源［M］. 刘筠译. 上海：上海译文出版社，2007.

④ 　参见［英］伊莱恩·肖沃尔特. 女性主义与文学［J］. 戴阿宝译. 外国文学，1996（2）：71.

的困扰:其一,她受制于当时社会对于女性角色的主流定位;其二,她无法真实描写身为女性的生活经验。前者塑造的"家中的天使"(the Angel in the House)应该被杀戮,后者构建的篱墙则很难逾越。伍尔夫明白,女性必须同很多幽灵作战,必须克服许多偏见,才能同男性一样自由地写作①。为克服这些幽灵的桎梏,文学批评家必须发明一种理论话语简约地阐释女性创作的独特经历,浓缩地概括女性创作的独到特色,"女性书写"的概念因此应运而生。但是,这一力图为女性创作正名的女性主义文学批评核心概念,从诞生起就蕴含着根深蒂固的悖论,使女性主义文学批评处于从未停歇的争议之中。笔者认为,正是此种悖论构成了女性主义理论生产的内在矛盾和持续困惑,同时也导致该理论在旅行中的误读②,因此有必要将其呈现并加以论述,以便为学界提供一种致思的论域。

一、女性书写的命名与翻译对接

美国女性主义理论家肖瓦尔特(Elaine Showalter)在《迈向女性主义的诗学》(Towards a Feminist Poetics,1979 年)一文中提出"女性批评学"(Gynocritics)的概念,这一概念既假定了女性书写的合理存在,也试图把女性主义文学批评学理化。她认为,女性主义文学批评必须同女性作者相关,其研究对象应该包括"女性创造力的精神动力学;女性语言的语言学特征及问题;女性个体或集体的文学职业发展轨迹;文学史;当然还包括对特定作家与作品的研究"③。她主张生产文本意义的女性应该得到批评的关注,女性文学的历史、主题、题材和结构应当成为批评的内容。两年后,她在《荒原中的女权主义批评》(Feminist Criticism in the Wilderness,1981 年)中继续发展了这一理论,认为法国女性主义理论家倡导的女性书写有助于讨论女性写作、重塑女性价值以及构建差异的批评模式④。

肖瓦尔特文中所谈的法国女性主义理论家——西克苏(Hélène Cixous)、克里斯蒂瓦(Julia Kristeva)和伊里加蕾(Luce Irigaray)——是"女性书写"的坚决倡导者和实践者,这一术语在法语中的最初表述是 l'écriture féminine,

---

① 参见 Virginia Woolf. Professions for Women [A]. *The Death of the Moth and Other Essays* [M]. London:The Hogarth Press,1942. pp. 149 – 153.

② 赛义德认为,经过旅行之后的理论必然遭遇移植、迁移、循环和交易。参见 Edward W. Said. *The World, the Text, and the Critic* [M]. Cambridge:Harvard University Press,1983. pp. 226 – 227.

③ Elaine Showalter [M]. Towards a Feminist Poetics [A]. In K. M. Newton. *Twentieth-Century Literary Theory:A Reader* [M]. New York:St. Martin's Press,1997. p. 216.

④ [英]伊莱恩·肖沃尔特. 荒原中的女权主义批评 [A]. 韩敏中译. 王逢振等. 最新西方文论选 [C]. 桂林:漓江出版社,1991. 262 ~ 263.

集中讨论其内涵的文章是西克苏的《美杜莎的笑声》（Le Rire de la Méduse，1975 年）。西克苏把女性书写同女性身体的再现相联系，主张女性作家应该感受自己的身体，书写自己的身体："女性必须通过身体来写作，她们必须创造出蕴意丰富的语言，摧毁隔阂、等级、修辞话语、法规条文……"① 在创作传统上，西克苏提倡女性从母亲的馈赠汲取灵感，用白色墨水书写；在创作类型上，她认为诗歌最适合女性写作，这不仅由于诗歌通过潜意识获取力量，而且由于潜意识这个无限的异域空间正是被压迫的女性得以生存的地方②。克里斯蒂瓦则把语言的意指过程划分为两种模式："符号的"（the Semiotic）和"象征的"（the Symbolic），前者代表话语主体的欲望动力和身体能量，后者代表通过符号系统（象征、语法、语义）再现的语言逻辑。这两种模式并不是对立分离的，而是辩证地相互交织在一起③。事实上，情感的宣泄和欲望的表达往往最终投射到象征语言的秩序中，而承载意义的逻辑语言又常常受到欲望的牵制。她运用双栏排的排版方式——左侧代表身体的言说和欲望的宣泄，右侧代表运用象征等符号系统的语言逻辑——试图让读者明白她对语言特征所做的上述区分以及两种语言模式之间的制约和互动。像西克苏和克里斯蒂瓦一样，伊里加蕾也主张女性应该彻底摆脱父权文化施加在女性身体上的禁忌，在传统女性角色之外寻找意义和价值，挑战和打破哲学话语，"只要这种话语为所有的他者制定律法，只要它构成话语之上的话语"④："女性的'解放'要求改革经济体制，因此也有必要改革文化以及文化的运作机制——语言。没有这样一个对于文化一般性规则的解读，女性就永远不会出现在历史中。"⑤ 同西克苏一样，伊里加蕾也把注意力聚焦在女性的身体上：如果说男性的快感主要来自视觉，女性的快感则更多来自触觉⑥，她倡导"作为女性言说"（parler-femme，亦译"女人腔"），女性首先要成为言说的主体，然后才能表达欲望和需要。

如果说西克苏关于女性用身体书写思想的主张回应了伍尔夫当年提出的

---

① Hélène Cixous. The Laugh of the Medusa [J]. Keith Cohen, Paula Cohen, trans. *Journal of Women in Culture and Society*, 1976, 1（4）: p. 886.

② Hélène Cixous. The Laugh of the Medusa [J]. Keith Cohen, Paula Cohen, trans. *Journal of Women in Culture and Society*, 1976, 1（4）: pp. 879 – 880.

③ Julia Kristeva. Revolution in Poetic Language [A]. In Toril Moi. *The Kristeva Reader* [M]. New York: Columbia University Press, 1986. pp. 92 – 93.

④ Luce Irigaray. *This Sex Which Is Not One* [M]. Catherine Porter, Carolyn Burke, trans. Ithaca, NY: Cornell University Press, 1985. p. 74.

⑤ Luce Irigaray. *This Sex Which Is Not One* [M]. Catherine Porter, Carolyn Burke, trans. Ithaca, NY: Cornell University Press, 1985. p. 155.

⑥ Luce Irigaray. *This Sex Which Is Not One* [M]. Catherine Porter, Carolyn Burke, trans. Ithaca, NY: Cornell University Press, 1985. p. 24.

如何书写女性生活经验的困惑，克里斯蒂瓦的符号语言因其同母性的联系而更准确描述了女性书写的特点，伊里加蕾的女性书写学说则更突出强调了女性书写者的主体地位。但是，三位理论家视域中的女性书写完全不似肖瓦尔特所言，描绘的是"乌托邦式的可能性，而非文学实践"①；相反，她们都以不同方式践行着女性书写原则：西克苏和伊里加蕾创作的诗歌作品以及她们理论文本中突出的诗化语言，本身就树立了女性书写的典范，而克里斯蒂瓦的著作名称就确定为《诗歌语言的革命》（Revolution in Poetic Language），她们对于女性书写的共识由此可见一斑。尤为值得注意的是，法国女性主义理论家界定的"女性书写"概念与肖瓦尔特后来的倡导之间存在内涵的差异，这种差异来自于理论术语在翻译过程中不可避免的迁移错位。法语的"l'écriture feminine"在英语中的常见表述是"feminine writing"，其关注点在作品的属性，而忽视作者的性别。在西克苏看来，女性书写并不等于女性所做的书写，因为"署上女性的名字并不一定保证这部作品就是具有女性特征的……一部署名男性的作品也并不一定排除女性特征"②，因此，作品的属性同作者的性别之间并非一一对应的关系。但肖瓦尔特倡导女性书写的两篇文章均突出了女性主义的政治立场，假定了书写者的女性身份，她诠释之下的女性书写实际上综合了女性的写作（women's writing）和女性主义的写作（feminist writing），即由女性创作的、反映女性主义思想观点或表现女性独特经历/经验的作品，这不仅限定了书写者的生理性别，而且强化了作品的意识形态功能，同法语表述中对于作品属性的定位发生偏差。这一偏差与其说源于英、法两种语言之间的不对等，不如说是以肖瓦尔特为代表的美国女性主义理论家为适应美国当时的女性主义理论的发展需要而采纳的政治策略。有学者指出，这一术语在英语中的误译因其本质主义的指涉而曾被美国学界诟病和误解，翻译西克苏的难点不仅仅是语言之间的对应关系，甚至也不仅仅是语言之外的跨文化差异，更重要的还在于英美女性主义学界同法国女性主义学界之间的交流障碍，"英美读者尚未准备好接受（法国女性主义所做的）哲学追问"③。

刘禾在讨论翻译作为意识形态斗争场所时曾说："当概念从客方语言走向主方语言时，意义与其说是发生了'改变'，不如说是在主方语言的本土环境

① ［英］伊莱恩·肖沃尔特.荒原中的女权主义批评［A］.韩敏中译.王逢振等.最新西方文论选［M］.桂林：漓江出版社，1991. 262.

② Hélène Cixous. Castration or Decapitation？［J］. Annette Kuhn, *trans. Journal of Women in Culture and Society*, 1981, 7（1）：p. 52.

③ Lynn K. Penrod. Translating Hélène Cixous：French Feminism（s）and Anglo-American Feminist Theory［J］. *TTR：Traduction，Terminologie，Rédaction*, 1993, 6（2）：p. 51.

中发明创造出来的。"① 她反对博尔赫斯提出的"所有语言都是由对等的同义词构成的"主张，认为语言之间的对等构想只不过是翻译者的幻觉。她因此提倡跨语际实践（translingual practice），探讨语言在东西方文化之间进行跨文化诠释过程中担当的中介作用。由于人们在使用某一术语时不会再去还原术语的原初语境，那么，主方语言所处的文化环境和政治环境在很大程度上改变了术语的内涵和范畴，并决定了该术语的使用语域和走向。上文谈到的法语 l'écriture féminine 在英语中发生的错位也同样出现在汉语的译名中，曾先后出现如下译法："女性写作""妇女写作""阴性写作""女性书写"。其中，"妇女写作"和"阴性写作"两个译法并没有得到持续而广泛的使用，主要是因为前者的"妇女"② 一词带有强烈的中国特色的复杂政治文化指涉，后者的"阴性"因其附带的"阴柔""柔弱""阴暗"等元素而同女性主义的目标相左。相比之下，"女性写作"和"女性书写"两种译法不仅限定了作者的性别，而且突出了书写者的主体（性）地位，因此得到国内学界的普遍接受。与此同时，法国女性主义理论中把身体作为文化铭刻符号的核心观点也被过度地阐释为要突出对于女性身体的书写，身体书写于是简单地被等同于书写身体。这些指涉意义的迁移体现了中国文化语境中女性主义理论的发展需要，在重新建构性别意识的话语体系和知识体系的过程中起到了推波助澜的重要作用。理论术语在迻译过程中的偏差和错位致使其同异域文化语境中原有的知识结构发生整合，再由生发出的新的意义介入新一轮的知识重组，不仅参与理论发展和学科建设，而且指导女性主义的社会和文化实践，这其中复杂的因果关系和互动牵制是我们在使用外来理论术语时应该谨慎留意的③。

二、书写者的他者身份与主体诉求

女性主义拥有最为复杂多元的政治主张，其内部的分裂、冲突常引发研究者的困惑。当女性主义变成复数时，它不仅意味着世界范围的女性为争取平等权利而进行的不同形式的政治斗争，而且包含着女性主义兼收并蓄的多

---

① 刘禾. 跨语际实践——文学，民族文化与被译介的现代性（中国，1900—1937）［M］. 宋伟杰等译. 北京：生活·读书·新知三联书店，2002. 36 ~ 37.

② 黄兴涛认为，"妇女"一词作为群体符号同现代女性意识的觉醒密切相关，但目前国内学界的研究相对有限。参见黄兴涛. "她"字的文化史——女性新代词的发明与认同研究［M］. 福州：福建教育出版社，2009. 175.

③ 王晓路在谈到文化研究在中国大陆的学科对接时，也曾指出理论术语的翻译常引发理解的错位。参见王晓路. 学科复制与问题类型——文化研究在中国大陆的对接［A］. 陶东风，周宪. 文化研究（第8辑）［M］. 桂林：广西师范大学出版社，2009. 45 ~ 53.

样的研究方法和分析手段。作为运动的女性主义为女性主义批评提供了学术
研究的命题和实践基础，作为学术研究的女性主义又反过来指导女性主义运
动和实践，并把社会变革视为实践目标①。作为运动的女性主义以及作为学术
的女性主义分享一个共同的理念，那就是：父权社会以男性的利益为基础建
构了父权文化，忽视女性的权利，制造了普遍存在的性别不平等。这是世界
范围的女性主义理论和女性主义实践着力批判和颠覆的哲学命题，其鲜明的
政治立场和革命精神贯穿女性主义的发展历程。

　　女性主义理论家对父权文化的批判极其犀利。波伏娃说："女人是由男人
决定的，除此之外，她什么也不是……女人相较男人而言，而不是男人相较
女人而言确定下来并且区别开来……男人是主体，是绝对：女人是他者。"②
伊里加蕾也指出，女性在弗洛伊德的精神分析理论框架中被定义为"非男"，
性征被等同于"乌有"，缺乏独立的性别身份，不得不"生活在黑暗之中，隐
藏在面纱背后，躲避在房间里"③。如果说弗洛伊德定义的男性性征以"一"
为标志：一个性器官、一种性愉悦、一个象征秩序、一套文化标准，那么，
相对于男性性征而被定义的女性自然成为"非'一'之性"④。无论是波伏娃
敏锐指出的女性作为第二性的他者地位，还是伊里加蕾定义的非"一"之性，
都谴责父权文化对女性的漠视性消音，父权文化把女性置于边缘化地位的观
点被众多女性主义理论家不断强调和发展，并作为为女性争取政治权利、建
设女性文化的重要出发点。在 20 世纪 60 年代以后，女性主义获得极大繁荣
和发展，女性作家以张扬的姿态走到历史的前台，女性主义理论也从对女性
书写传统的追溯过渡到学理建构，无论创作数量还是理论深度，都呈现出前
所未有的强大态势，对父权文化形成猛烈的冲击。女性的声音众多而宏大，
对父权文化消解女性主体构成群体性、颠覆性反叛。那么，人们不禁要问：
这些声音是谁发出的？这些作家和理论家本人是否也遭到父权文化的边缘化
境遇，抑或她们是少数幸运的处于权力中心的人？既然女性处于边缘化的被
消音地位，她们是否还能发出声音？她们将运用何种语言、何种逻辑、何种
符号和象征体系来表达自己的生活经验和政治诉求？发出声音者是否拥有主
体性，抑或发出声音之后自然而然地拥有了主体地位，她们是否因此拥有了

　　① Michael Groden, Martin Kreiswirthe & Imre Szeman. *The Johns Hopkins Guide to Literary Theory and Criticism* [M]. 2nd ed. Baltimore：The Johns Hopkins University Press, 2005. p. 305.

　　② ［法］西蒙娜·德·波伏娃. 第二性（第 1 卷）［M］. 郑克鲁译. 上海：上海译文出版社，2011.9.

　　③ Luce Irigaray. *Je, Tu, Nous：Toward a Culture of Difference* [M]. Alison Martin, trans. New York：Routledge, 1993. p. 46.

　　④ Luce Irigaray. *This Sex Which Is Not One* [M]. Catherine Porter, Carolyn Burke, trans. Ithaca, NY：Cornell University Press, 1985. pp. 23-33.

与男性一样的平等地位和权利？她们言说或书写的方式是否迥异于男性的言说和书写，是否构成法国女性主义理论家倡导的女性书写模式？这些疑问构成女性主义书写理论中最为根本的矛盾，增加了女性主义理论的内在张力。

伍尔夫主张，女性的主体地位只有在她们经济上获得独立、空间上拥有"一间自己的屋子"的时候才能确立①；到了 20 世纪 60 年代，美国的中产阶级女性在经济富足、生活优越的条件下，仍然在探索女性的奥秘，回答关于女性的"无名的问题"②；伊里加蕾则主张，女性必须抛弃所有父权文化赋予她的社会角色而寻找身为女性的存在价值才能真正获得独立，"她需要属于自己的语言、宗教和政治价值，需要定位其作为'她'在相对于她自己时的价值"③。女性的主体性，其范畴涵盖政治、经济、文化、心理、空间等多个领域的独立身份，可以自由言说欲望和诉求，不再依赖中间代理的转述。然而，女性言说或书写的矛盾之处在于以下几个方面：其一，女性不得不依靠现有的象征秩序、逻辑关系和符号系统，甚至需要使用同一种语言表征，问题是这同一种表征系统曾经造成了女性普遍拥有的边缘化社会地位，现在却不得不被用来表达女性持有的颠覆性诉求，那么，现有象征符号体系中已经形成刻板印象的意义生产模式很难同时生产另一套（相反的）意义资源，更遑论指导全新的社会实践。其二，女性言说者和书写者，其声称的边缘地位与其群体性的斗争姿态形成反差，她们要么并没有沦落为文化他者，因此可以发出强大的主体诉求，要么以他者身份的言说无法真实而充分地诉说女性的经验和需要。前者同女性主义的整体目标相冲突，消解了女性运动的根本哲学命题；后者则对女性言说和书写的价值实施了自我放逐，贬低了女性主义实践的学理意义。其三，如果女性书写指涉的是写作的风格或文本的属性，女性所书写的并不一定都具有女性特征，男性也可以创造出女性书写，那么，何种因素促使同一父权文化培养下的男性采纳不同的书写策略、形成差异性的书写属性，其中的运作机理和文化规约仍有待深入探索。而如果不同性别的作者均可以创造出不同属性的作品，那么，对于女性书写的描述和定义就违背了为女性建构表达生活经验独特渠道的原初构想。

文化他者面临相似的言说境遇，当斯皮瓦克（G. C. Spivak）质疑贱民（the subaltern，亦译"庶民"）是否能说话的时候，巴特勒（Judith Butler）也

---

① Virginia Woolf. *A Room of One's Own* ［M］. London：Penguin Books, 2004. p. 97.

② ［美］贝蒂·弗里丹. 女性的奥秘 ［M］. 程锡麟，朱徽，王晓路译. 哈尔滨：北方文艺出版社，1999. 6.

③ Luce Irigaray. *Elemental Passions* ［M］. Joanne Collie, Judith Still, trans. London：The Athlone Press，1992. p. 3.

在询问："哲学的'他者'能否发言。"① 巴特勒援引众多女性主义哲学家在学术研究和学科归属上遭遇的迷惑，表明大多数女性学者不得不借助其他人文社会科学分支间接地研讨哲学问题。她以伊里加蕾为例，展现女性主义对他者问题的关注如何对很多哲学术语进行重新定义，反对将与女性相关的一切排斥在外，但不得不面对其著作无法被列入哲学正典的命运。以他者的身份表达主体的诉求，这其中蕴含的并不是简单的话语权力的角力，而是文化经验模式和语言符号系统被复制和改写的可能。

三、书写主体内部的多元文化身份

书写者的主体身份问题由于后结构主义的理论语境而变得更加错综复杂。美国精神分析女性主义理论家乔德罗（Nancy Chodorow）认为："差异以及性别差异并不是独立存在的，而是在相对关系（即人与人的关系）中创建的。抛开相对关系就无法理解差异。"② 她认为，只有当本者不被感知的需要和排他性的主体性所控制的时候，把他者视为主体才成为可能③。显然，如果男性的主体性如女性主义批判的那样具有排他性，女性的存在是为了满足男性的各种需要，女性存在的意义仅仅是性，那么，女性根本无法获得独立的主体地位，也因此无法发出主体的声音。主体性伴随身份的相对性，其确立依赖于差异性的对比关系，这无疑增加了确定女性主体性的难度。此外，巴特勒告诉人们，在后现代语境里，性别已经出现麻烦：

> 如果一个人"是"女人，这当然不是这个人的全部；这个词不能尽揽一切，不是因为有一个尚未性别化的"人"，超越他/她的性别的各种具体属性，而是因为在不同历史语境里，性别的建构并不都是前后一贯或一致的，它与话语在种族、阶级、族群、性和地域等范畴所建构的身份形态交相作用。④

---

① 参见 G. C. Spivak. Can the Subaltern Speak？［A］. In Cary Nelson, Lawrence Grossberg. *Marxism and the Interpretation of Culture*［M］. Champaign, IL：University of Illinois Press, 1988. pp. 271 – 315；［美］朱迪斯·巴特勒. 消解性别［M］. 郭劼译. 上海：上海三联书店, 2009. 238 ~ 254.

② Nancy J. Chodorow. *Feminism and Psychoanalytical Theory*［M］. New Haven：Yale University Press, 1989. p. 100.

③ Nancy J. Chodorow. *Feminism and Psychoanalytical Theory*［M］. New Haven：Yale University Press, 1989. p. 103.

④ ［美］朱迪斯·巴特勒. 性别麻烦：女性主义与身份的颠覆［M］. 宋素凤译. 上海：上海三联书店, 2009. 4.

由此看来，"女人"已经很难定义，它无法概括描述某一类人的共同特点，其内部的复杂组成以及性别与其他文化属性的结合而形成的复合身份，使单一的性别定义无法实现，女性主体不再是同质的、整齐划一的，而是流动的、多元的、不断重塑的。有色人种的、第三世界的、女同性恋的，原本具有边缘性的女性群体内部仍然存在可以细分的、更为边缘的女性群体。尤为复杂的是，女性主体身份的流动特点使主体一直处于不断建构的过程，永远不会呈现完成状态。克里斯蒂瓦提出"过程中的主体"（le sujet en procès）概念，用来描述主体的流动意指过程①，固定的身份概念已不再存在。文化批评学者霍尔（Stuart Hall）也主张，身份的重要特征是"成为"（becoming），而不仅仅是"是"（being），不会"永远固定于某个本质化的过去"，而是处于不断形成与塑造的动态过程之中②。

文化身份的不断建构特征，促使女性书写的主体身份遭遇危机，这主要体现在以下几个方面：其一，女性群体内部的多元特性使"女性"这一概念承载了复杂的内涵，具有异质性的"女性"是否拥有同质的主体性，不同地域、国家、民族、宗教和文化背景的女性是否拥有共同的长期政治诉求和短期运动目标，这是女性主义理论在发展普遍性言说模式时必须加以考量的。"严格地讲，女人并不构成一个阶级，她们分散在若干阶级里面，这使她们的政治斗争变得复杂，使她们的需求有时出现矛盾。"③ 因此，要使女性主体达成具普遍概括效力的范畴是很难的。其二，包括女性在内的各类边缘人群，长期受到父权文化的教育和规约，大多数人已经内化了父权文化的认知方式和思维呈现方式，因此很难发展出全新的知识建构体系。正如胡克斯（bell hooks）所观察到的，黑人女性在白色优越主义之下内化了白人文化④，那么，内化了白人文化的黑人女性，其言说的内容是否还能代表黑人女性的利益，其书写模式是否能够实现创新，这也是女性主义理论家在建构女性书写理论时必须加以甄别的。其三，主体身份的流动性使"女性"这一概念更加难以定义，这不仅由于主体已经演变成为过程中的主体，更由于定义"女性"的努力很容易陷入本质主义的哲学立场，强化女性主义致力反对的二元思维模式，从而造成新的性别对立，也因此同女性主义倡导的性别平等的理念相违

① Julia Kristeva. Revolution in Poetic Language [A]. In Toril Moi. *The Kristeva Reader* [M]. New York：Columbia University Press，1986. p. 96.

② Stuart Hall. Cultural Identity and Diaspora [A]. In Jana Evans Braziel，Anita Mannur. *Theorizing Diaspora：A Reader* [M]. Malden，MA：Blackwell Publishing Ltd.，2003. p. 236.

③ Luce Irigaray. *This Sex Which Is Not One* [M]. Catherine Porter，Carolyn Burke，trans. Ithaca，NY：Cornell University Press，1985. p. 32.

④ bell hooks. *Talking Back：Thinking Feminist，Thinking Black* [M]. Cambridge，MA：South End Press，1989. pp. 112 – 113.

背。女性主义理论家以不同方式拒绝为"女性"下定义，其顾虑大多源于此。但托瑞·莫伊（Toril Moi）也尖锐地指出："要定义'女人'就必须把她本质化。"① 由于书写主体都无法准确定义，对于书写实践的定义也变得非常艰难。西克苏拒绝定义"女性书写"，她说："我们无法定义书写上的女性实践，这种定义的不可能性还将延续，因为这样一种书写实践无法被理论化，无法被封闭起来，也无法被编码，但这并非意味着它根本不存在。"② 她于是描述了女性书写可能的呈现方式，甚至用自己富于文学典故的诗化语言形象地呈现女性书写的范例，但她自始至终无法准确定义"女性书写"。

应该看到，女性书写的理论主张是在女性主义理论家为确立女性文学传统、修正传统文学经典的背景下提出的，其质疑男性书写规范和传统文学史、为女性书写正名的政治立场非常鲜明，打破了文学创作的固有禁忌，极大地促进了女性表达女性经验、女性欲望和女性诉求，为女性创作进行了话语模式和言说方式的理论化构建，其学理和实践两个层面的积极意义不容否认。这一术语的提出迎合了女性主义理论发展过程中建设女性文化的需要，引导人们重新认识父权文化的象征体系和逻辑秩序，在理性、思辨为要素的认知和致思方式之外认同以感性、情绪为要素的具有女性特质的言说方式和书写模式，重新发现女性身体，大胆书写女性生活经验，颠覆了菲勒斯中心主义的同一性原则，倡导多元的认知维度，从而建构以差异为基础的两性文化，其意义在于"从文化上层结构中最深层、最精微之处，对一直以来主宰着人类意识结构的菲勒斯逻格斯中心话语，从根本上进行颠覆"③。在父权文化内部运用现有的语言系统和逻辑系统，提出颠覆性的观点，这首先要求女性主义理论家认同父权文化的符号表征模式，强化使自己区别于男性的属性（无论这些属性是生理的、心理的，还是社会的或文化的），而这样做就有重新陷入二元对立关系的风险。在理论旅行途中，术语翻译遭遇的意义上的迁移和使用上的挪用突出了主体（性）元素，把原有对于文本属性的范畴描述变成对于书写者的主体身份确定，以独立、平等的姿态更好地彰显了女性主义的斗争目标。但是，女性书写假定了女性叙事者具有主体身份，但这一身份不仅是相对于男性主体而存在的他者，而且处于不断建构的过程之中，其内部的阶级、种族、民族、地域的多元性使得"女性"无法表示一个共同的性别身份，其异质性内涵直接导致关于"女性书写"无法克服的命名悖论。

（原载《文艺研究》2012 年第 5 期，略有改动）

① Toril Moi. *Sexual/Textual Politics*：*Feminist Literary Theory* ［M］. New York：Methuen & Co. Ltd.，1985. p. 139.

② Hélène Cixous. The Laugh of the Medusa ［J］. Keith Cohen，Paula Cohen，trans. *Journal of Women in Culture and Society*，1976，1（4）：p. 883.

③ 宋素凤. 法国女性主义对书写理论的探讨［J］. 文史哲，1999（5）：104.

论物质性诗学

张　进

"物质"在哲学上指独立存在于意识之外的客观实在。"任何社会变革都会通过其中人与物关系的变化而昭显出来。"人们对数字化世界的反应，使"物在 20 世纪末的几十年里变成了迫切的新话题"①，引发了"物质性诗学"的勃兴，开拓出一个从物质性维度思考文学理论批评问题的新空间，对这一空间的研究已然成为新世纪的批评趋势之一。

传统上的"物质性"让人联想到具体的、实在的、先于语言喻说体系的"事物"。在柏拉图式的精神/物质、思想/身体、意识/存在等二元对立之中，"物质"预示着一种非人的、超语言学的"沉默事实"。在中世纪，西方主流观点认为人类同时生活在物质和精神两个空间之中。15 世纪以来，物质/灵魂的二元性观念开始变化并归于消失，灵魂空间的存在被否认；现代以来空间范畴主要指物理物质的空间，居主导地位的自然科学使这一概念成为所有科学试验台的核心价值；当代"比特"世界和赛博空间的出现，"开启了一个新景观，它基本上与物理空间不同，但又不是一个全新的维度。相反，它使得我们更加接近生活在两个空间的中世纪实践"②。

与此同时，迅速崛起的通信科技"总机"将历史事件和物质事实概念进行了路径变更，改写了人、记忆、事件以及表征的定义，导致一系列新空间的涌现，如录音电话、电视录像、个人电脑、电子邮箱、互联网络、虚拟现实、基因工程、微型技术、多维空间等等。在此过程中，"日益被追加生产的，不是物质客体，而是符号……这不仅发生于包含实在审美成分的非物质客体（例如流行音乐、电影、杂志、录像等等）的激增之中，而且发生于物质客体里符号价值或形象成分的不断扩大之中"③。"符号"的楔入，将"物质/精神"二元对立的传统模式改写为"物质/符号/精神"三元结构。重思想而轻物质的文化史家也开始从物质性维度审视文化的"符号性方面"，"一些

---

① 孟悦，罗钢. 物质文化读本［M］. 北京：北京大学出版社，2008. 80.

② ［加］文森特·莫斯. 数字化崇拜：迷思、权力与赛博空间［M］. 黄典标译. 北京：北京大学出版社，2010. 88.

③ ［英］斯科特·拉什，约翰·厄里. 符号经济与空间经济［M］. 王之光，高正译. 北京：商务印书馆，2006. 22.

文化史家在 20 世纪 80 年代和 90 年代毅然转向了物质文化的研究。于是，他们发现自己与考古学家、博物馆馆长和长期以来以服饰与家具等为研究领域的专家发生了联系"①。

各派理论批评争相从物质性维度命名这些新兴空间，如"文化唯物主义""后物质主义""（超）物质性""铭写物质性""幽灵物质性""非物质社会"等等。其中，所谓的"非物质社会"指的是数字化或信息化社会，即从"硬件形式"转变为"软件形式"的社会。但这一命名"出于一种误解……去赞美'虚幻形象'与机械（或'形式'与'物质支持物'）的对立"②。事实上，任何非物质文明都将会物质化，其非物质产品必须与生产、固定和支配它们的"下部"机械结构联结在一起；影像或符号背后潜藏着其物质和机械的支持物。在"物质/符号/精神"三元结构中，若立足于"精神"并站在与"物质"对立相视的立场上来阐发符号的特性，则有可能放逐符号的物质实在性。因此，当代思想试图立足"物质"来阐释符号，从而将"物质性"概念推到了理论批评的前台，使其获得了前所未有的复杂含义，对人类生活现实的解释潜力也被充分释放出来；与此同时，文学理论也与日益流行、无所不在的物质文化和技术幽灵纠缠在一起，"如何描写、吸收或思考文化中日益增长的幽灵性质，当代文学面临诸多新的挑战"③。而从物质性维度探索新物质技术空间所蕴含的诗学思想和批评契机，不仅成了文学理论研究的课题，而且已然成为新世纪理论批评的趋势之一④。

本文旨在梳理考察 20 世纪以来文学研究领域不同于传统物质观念的物质性批评的脉络，以及与文本、互文本和超文本概念相关合的符号物质性、社会物质性和历史物质性观念演替过程，阐述和反思物质性观念在文学理论批评中的表现形式和诗学价值。

一、文本的符号物质性

文本（Text）是文学系统的核心要素，也是不同文学理论学说的试金石。20 世纪以前的文学理论多认为，文学文本要么是对外在物质现实的反映再现，要么是作家心灵或宇宙精神的体现表达，无论喻之以"镜"或"灯"，文本

---

① ［莫］彼得·伯克. 什么是文化史［M］. 蔡玉辉译. 北京：北京大学出版社，2009. 79.

② ［法］马克·第亚尼. 非物质社会——后工业世界的设计、文化与技术［M］. 滕守尧译. 成都：四川人民出版社，1998. 45.

③ Andrew Bennett, Nicholas Royle. *An Introduction to Literature, Criticism and Theory*［M］. 3rd ed. Harlow：Pearson Education Limited，2004. p. 139.

④ ［英］朱利安·沃尔弗雷斯. 21 世纪批评述介［M］. 张琼，张冲译. 南京：南京大学出版社，2009. 385.

自身都不具备独立的物质性和物质价值。将文本的物质性还原为文本中的词汇和符号的结构系统，承认文学文本符号自身的物质性，这是经历漫长的理论探索过程才确认下来的。在此过程中，索绪尔的语言学、俄苏形式主义和英美新批评都发挥了重要的作用。这些理论学说所确立的文本的物质性，主要是文本的语言符号的物质性；换言之，它们将文本置于朴素物质观念之下，以传统上对待自然物理物质的方式解释文本，从而使文本拥有了传统文本所反映或表达的物质对象的实在性特征。

索绪尔语言学为文学理论批评提供了若干重要观念，"语言是一个符号系统"即是其中之一。这个听起来不过如此的论点有着深远的影响。它把语言仅仅具有描述性的思想，提升到另一个层面，进而认为"语言是事物的一个组成部分"①。如果说语言是事物的组成部分，那么其存在就必然会改变事物间的秩序，"打造"事物而不只是"反映"或"表达"事物，从而使语言自身实质性地成为特殊事物，具备了传统上专属于"物"的物质性。

传统文学批评将文学作品缩减为外部世界或作家心理的透明窗户，而文本自身的物质性以及文本的具体语言程序则处于被抛弃的危险之中。如果作品是其隐在"深度"的顺从反映或表达，那么作品外在特征就可缩减为一个"内在本质"。俄苏形式主义改变了这一传统，它以实践的科学精神，将注意力转向文学作品自身的"物质现实"，转向文本的实际运作和语言的特定组织，研究文本的法则、结构和技法，认为文学作品既非观念的传声筒，也不是社会现实的反映或超验真理的体现：它是一种物质现实，人们可以像检查一部机器一样分析其功能。它是由词语而不是由对象或情感构成的，将它看成作家心灵的表现或外部世界的再现都是一种"错误"②。作品以及其中的语言、文字、技法和组织就是作品的物质性，就是使文学成为文学的"文学性"，应该作为拥有自身价值的东西得到凸显和揭示。

新批评将诗歌转变为"物恋"的对象。瑞恰兹将文本缩减为诗人心理的透明窗户，把文本"去物质化"（dematerialized）。美国新批评则将诗歌"再物质化"（rematerialized），把人物、进程和体制再度转化为"物"，坚持作品的"客观"身份，提倡对它的客观分析。典型的新批评严格调查作品的"张力""悖论"和"暧昧"，展示它们如何被作品的固定结构决定和激发的过

---

① Kate McGowan. *Key Issues in Critical and Cultural Theory* [M]. Berkshire：Open University Press，2007. p. 15.

② Terry Eagleton. *Literary Theory：An Introduction* [M]. 2nd ed. Oxford：Blackwell Publishing，1996. p. 3.

程①。它将传统上视为外在现实的反映或内在心灵的表现的作品，看成是作品自身物质性结构的体现，是物质化的"肌质"（texture）；它在物质性方面是自足的，其自身便具有真实性，就像其他物质一样。

如上理论批评在与传统抗衡时主要强调了文本符号的物理物质性，赋予这种物质性以真实性和自足性。以这种观点看待文本的物质性，就将物质性主要理解成了"作品"（work）的物质性，而"文本"（text）的物质性则包含着更大的空间、更广的时间和更复杂的抗拒性。"作品"是某种自足的、固定的、坚实的东西，同时也是某种封闭的东西，一旦达到作品的终点，这种物质性也就随之完结终止。索绪尔"语言是事物"、俄苏形式主义"形式即内容"和英美新批评"作品即物质"的观念，将传统上视为"非物质"的文学作品、作品话语或文本组织等统统看成物质性的，它们是符号媒介但不只是手段，这种媒介即是信息，是目的本身，具有独立的物质真实性。这种理论观点一直回响在其后有关文学物质性问题的当代思想之中，成为进一步考察文学物质性的条件和起点。

然而，在此基础上人们如何进一步思考文本的物质性呢？一种可选择的方式即是：在承认语言、作品、媒介的物质性的前提下，将此前排除出去的社会性再次吸纳进来。比如，通过收音机倾听文学作品时人们意识到了听觉进程的物理物质性，也注意到了由技术支持、激活并模糊化了的社会物质性，包括主体与客体、宣示者与聆听者、生产者与接受者之间的关系；如何参与的问题；潜在的社会影响；公众话语的规约等等。进而言之，就连思考这些问题的方法和语言，也受制于特定时代的物质性，"恰当描述资本主义文化的批评方法和语言都参与到它们所描述的经济之中"②。仅仅强调语言文本的物理物质性的理论，本质上只是机械唯物主义"颠倒了的影像"。文本的物质性必须向社会性开放，才能使其自身具有合理性。

二、互文本的社会物质性

文本包含社会内容，文本的符号物质性与其社会物质性难解难分。但在承认文本的符号物质性的前提下思考其社会物质性，并不意味着回归机械唯物主义和决定论，而是将社会物质性吸纳到符号物质性之内，从而使"互文本"（intertext）的社会物质性凸显出来。

20 世纪中期以来，随着"文学性"观念的蔓延，文本概念的内涵进一步

① Terry Eagleton. *Literary Theory*：*An Introduction* ［M］. 2nd ed. Oxford：Blackwell Publishing，1996. p. 42.

② Aram Veeser. *The New Historicism* ［M］. London and New York：Routledge，1989. p. 10.

扩容，不仅包括书写的文本，更包含了视觉文本，即电影、摄影、广告、有声品（例如音乐、广播等），同时还包括其他各类符号人工产品（如时尚）。巴尔特的《神话学》将文本的概念扩展到诸如摔跤竞赛等活动，以及像汽车、儿童玩具等消费商品，还有广告影像与语言上，彰显意识形态的本质，吸纳了广阔的社会物质内容。这类文本与物质之间的联系更为明显和紧密。"文本与实践两者都是社会世界的产物，也是构成社会世界的主要成分。……因此，任何试图了解文化与文化过程的努力，都必须仔细思考这些复杂的物质条件"①。

文本概念范围的无限扩大，从文本层面将文学与人类社会活动联系起来，将不同社会文化文本之间的交互关联即"互文本"问题推到了前台。在一般文化研究中，"互文本"所指的是一个文本通过其他文本建构而成，承受了其他文本的符号，也译作"文本间性"。"文本间性可以指一个文本从一个或多个其他文本中吸取材料，把它们当作前文本，也可以表示一个文本是如何作为前文本而被其他文本利用的。"② 沿着符号的物质性向度推进，"透过交互—文本性（inter-textuality）的概念，我们所要指称的是，在特定的阅读关系条件中，文本之间关系的社会组织"③。"社会组织"的卷入，表明文本的物质性是向社会性开放的，不仅在作者创制的文本的符号性意义上，而且在阅读实践中与社会物质领域相关联，在"再语境化"过程中体现出其社会物质性。

巴赫金认为，一切符号都是物质的——正如躯体或汽车一样，没有它们就不会有人类意识。他的语言理论为意识自身确立了一个唯物主义基础。人类意识是主体与其他人之间主动的、物质的和符号的交流，而不是与这些交流隔离的内在封闭王国。意识就像语言，是同时既内在又外在于主体自身的。语言不能被看成"反映"或"表现"或抽象系统，"而毋宁是一种物质生产手段，借助这些手段，符号的物质躯体通过社会矛盾和对话的进程而转化为意义"④。符号必然通过话语运作而发挥作用，而话语又必然是社会矛盾和斗争的焦点；实际存在的语言必然是对话的，而对话不仅包含了说话者，也潜在地包含听话者，因此无可避免地将主体的社会物质性带入了语言符号。但

① ［英］安·格雷. 文化研究：民族志方法与生活文化 ［M］. 许梦云译. 重庆：重庆大学出版社，2009. 17.

② ［美］伯克霍福. 超越伟大的故事：作为文本和话语的历史 ［M］. 邢立军译. 北京：北京师范大学出版社，2008. 39.

③ ［美］约翰·史都瑞. 文化消费与日常生活 ［M］. 张君玫译. 台北：巨流图书有限公司，2001. 97.

④ Terry Eagleton. *Literary Theory：An Introduction* ［M］. 2nd ed. Oxford：Blackwell Publishing，1996. p. 102.

是，这些社会物质性因素的存在，与其说是否定或决定语言符号的物理物质性，毋宁说是符号的社会物质性存在于符号的物理物质性之内。文本因此保存了社会物质性，同时又摆脱了"被决定"的命运。

在马克思主义传统中，文学被归入"意识形态"领域。威廉斯发现，"意识形态"这个概念在马克思、恩格斯那里是介乎两种意思之间的：一是"一种某个阶级所特有的信仰体系"；一是"一种可能与真实的或科学的知识相矛盾的虚幻的信仰体系，即伪思想或伪意识"①。阿尔都塞赋予这个重要概念以物质性内涵，认为意识形态不仅仅是一个观念或表征机理的事情，而是一个物质实践问题。意识形态具有物质性存在，通常存在于国家机器以及国家机器的实践之中，它以装置或体制的形式存在着，如学校、教堂等。文学不只是一个文本，而且是法律、教育和文化体制的生产②。研究意识形态就是要研究意识形态国家机器的物质性实践，以及主体通过哪些程序被构筑在意识形态之中。与之相应，对文本意识形态内容的阅读应是"症候阅读"，批评家应该使文本中那些"沉默"的事物说话，并获得关于意识形态的知识；从文本中的矛盾、省略、裂隙和不充分中读出其意识形态局限来。这样，文本在物质性方面的特征恰恰就成为意识形态的表征，成为与社会物质性内涵联袂而行的语言符号躯体。

文化唯物主义不是将文化视为孤立的艺术丰碑，而是将其视为"物质形式"（material formation），包括其自身的生产方式、权力效应、社会关系、可确认的受众、历史条件下的思想形式。面对正统批评视为"物质"之对立面的"文化"，它旨在将文化作为总是在根柢上已然是社会的和物质的东西来考察，而不是仅仅将文化与社会联系起来。它可以视为既是经典马克思主义的"强化"，又是对它的"淡化"："强化"，是因为它勇敢地将唯物主义注入"精神"本身（这事实上承继了"语言论转向"的新传统）；"淡化"，是因为它模糊了在传统马克思主义那里至关重要的经济与文化之间的界限。在此意义上，可以说"文化唯物主义在马克思主义与后现代主义之间架起了桥梁"③。与此同气相求的文化研究强调，文化的表述和意义具有某种物质性；它们植根于声音、铭写、客体、意象、书本、杂志和电视节目，在具体的社会和物质语境中被生产、制定、使用和理解。因此文化研究的主流是研究处

---

① Raymond William. *Marxism and Literature* ［M］. Oxford：Oxford University Press，1977. p. 55.

② Julian Wolfreys，Ruth Robbins & Kenneth Womack. *Key Concept in Literary Theory* ［M］. 2nd ed. Edinburgh：Edinburgh University Press，2006. p. 53.

③ Terry Eagleton. *Literary Theory：An Introduction* ［M］. 2nd ed. Oxford：Blackwell Publishing，1996. p. 199.

于生产、流通和阐连的社会物质语境中的表述的指意实践活动①。作为表述的文化和话语总是与物质性无法分离，它们在根本上就是自然物质性与社会物质性的结合。

从共时性上说，文本的符号物质性与社会物质性同气相求、彼此构成，共同彰显了文本的物质性。这使文本成为一个不协调的空间，它自相矛盾、不可化约，与例证、引文、回响和文化语言复杂交织，汇集成一个巨大的立体声音，携带着密集的"社会能量"的负荷，在文本的空间里"秘响旁通"。

三、超文本的历史物质性

在文本中，符号物质性与社会物质性的结合使文本的物质性包含了更大的空间、更广的时间，也更具有抗拒性。文本作为一个方法论的场域，其空间不再属于其自身，确切地说，视其在特定时间内所处的关系网络，文本的空间具有了开放性、多样性和变换性；文本的意义、阅读文本时产生的理解，不完全受文本自身的物质性即书页上印刷词汇的束缚，即文本最终是未完成的，它向时间性敞开了大门。由于文本本身的未完成性和不完整性，它就开辟了另外一种空间，即抗拒性的空间。要想阅读它，就必须把那些与之相吻合和相牴牾的因素都考虑在内②。这事实上使文本成为一种"超文本"（hypertext），即用超链接的方法将各种不同空间的文字信息组织在一起的网状文本。

"超文本"的出现与计算机技术的快速发展密切相关，科学家对网络的研究为其提供了技术支持。超文本主要由节点、链接和网络三种基本要素组成，它使用的并不是与"实物"一一对应的索引和图像，而是使用图标。它不仅集合了不同的文档，也集合了不同的阅读方式，每一种阅读方法都通过与之相关的特定产品（如小说、图书、杂志摊子）与历史和地理相联系。超文本似乎是超越文字而存在的，但它又需要文字来实现它的传播功能。"文本与它借以流传的某个版本或某本书的分离使文本非物质化……脱离了物质的束缚，文本就具有了无限的可能，带上了一种半神圣的魔力。存在于网络空间的正是这种无限文本的神学概念；对阅读进行唯物主义阐释必须揭开这个神学概

---

① Chris Barker. *The SAGE Dictionary of Cultural Studties* [M]. London：SAGE Publtcations Ltd.，2004. p. 45.

② Kate McGowan. *Key Issues in Critical and Cultural Theory* [M]. Berkshire：Open University Press，2007. p. 13.

念的秘密。"① 超文本在其开放性、多声部、非中心化、根茎隐喻等多种维度上成为当代人理解文学物质性的一个隐喻。

"超文本"是在去指涉化和去自然化的基础上理解和解释文本的，不仅人类行为和社会交往产生文本，而且人类及其所处的社会也被理解为人类生产的关于自己的"文化文本"。这就将文本概念无限放大，使其无远弗届无所不包，并最终将一切人类历史都吸纳进来，将人类历史解释为一个超文本。"在历史实践中，所有过去的行为都被当作文本来阐释，这是因为它们只是通过文本化证据而建构出来的。"② 因此，只要人们依然承认文本的符号物质性，也就无法排除历史解释和历史铭写过程的物质性。这似乎要把文本的语境理解为传统史学家所追求的"实际的过去"，但事实上，这种观点的反实证主义、反本质主义前提把这种观点引向了别处，即某种"（超）物质性"。

这种意义上的文本，并不是要否定自身的物质性，因为文本自身作为文本话语的物质性，以及包含其中的其他文本话语"踪迹"都具有基本的物质性地位；而是在坚持自身物质性的基础之上开放文本的物质性，尤其是向时间性和历史性开放，并将这种物质性推向"述行性"的广阔领域。因为，文学语言述行行为的物质性也"创造"了它所指事态的物质性。"文学言语像述行语一样并不指先前事态，也不存在真伪。从几个不同方面来说，文学语言也是创造它所指的事态的。"③

这种物质性概念或可命名为"（超）物质性，即幽灵物质性"。"这样的（超）物质性并不将具有参考价值的真实或经济的过程设为本体论的证明前提，而是将自身置于语言行为与历史事件、前在程序与记忆投射、书写与'体验'的中间环节。"④ 说其是物质性的，是因为它坚持了文本的符号物质性和社会物质性的基本观念；说其是"超"物质性的，是因为这种物质性并不存在于物质性文本之内，而是作为话语"踪迹"穿行回响于古往来来的各种物质性文本之间。就像"幽灵物质性"这个悖论性的术语所暗示的，它是一种中介性、居间性的"述行"功能。

尽管这种（超）物质性在共时维度上的社会物质性领域也同样显现出来，但最能体现其特征的无疑是历时维度上的历史物质性领域。因为"历史"通

---

① ［新西兰］肖恩·库比特. 数字美学［M］. 赵文书，王玉括译. 北京：商务印书馆，2007. 19.

② ［美］伯克霍福. 超越伟大的故事：作为文本和话语的历史［M］. 邢立军译. 北京：北京师范大学出版社，2008. 400.

③ Jonathan Guller. *Literary Theory：A very Short Introduction*［M］. Oxford and New York：Oxford University Press，1997. p. 16.

④ ［英］朱利安·沃尔弗雷斯. 21 世纪批评述介［M］. 张琼，张冲译. 南京：南京大学出版社，2009. 381.

常被认为属于"过去",是今天的人们无法直接接近的领域,除非借助文本或将其"再文本化";当"过去"萦绕在今天的文本或文本之间的时候,就更具有"(超)物质性"或幽灵性质,成为所谓的"历史幽灵"。这种历史物质性的基本理论来本雅明。他认为,"唯物主义历史书写"是这样一门科学,其结构不是建筑在匀质的、空洞的时间之上,而是建筑在充满着"当下"的时间之上。当下时间"倒着跃向过去","现在"包含着整个人类的历史,是整个人类历史的一个巨大的缩略物。这种历史书写承担"爆破"连续统一的历史过程的任务,与之相区别的一般历史则没有理论武器:它收集一堆资料,填注到匀质的、空洞的时间中。唯物主义历史书写者"把握的是他自己的时代和一个明确的、早先的时代所形成的结合体"①。他摒弃了匀质空洞的时间观、连续统一的历史观、因果关系的线性系列、堆集资料的历史主义方法。"他似乎预示着要回归这样一种观念,即物质事件受控于书写记录、记忆、暂时性及政治干预。……(这些因素)改变了被认为已然设定的铭写场所。"在他这里,"(超)物质性可被认为处在一种预示性铭写场或非场"②。如果历史不是一串被编成神话和记录下来的事件,而是一种(在某种档案中)被"制造"出来的效果,那么要采取什么样的策略,才能在某些似乎是记忆体系所处或被安置的前初始场中实施干涉,并使之相互断开呢?

"唯物主义历史书写"就像一种具有重写历史潜力的"述行性"阅读或铭写,抗衡着储存并使更旧的系统程序合法化的档案机构。"这种书写是实质性的历史干预手段,对抗着历史决定论的符咒,批判地、述行地反作用于档案机器上,从而产生另一套可能的未来,这样的实践有时被称作寓言、电影或翻译,即唯物主义历史书写的具体形式。"从其实质性地干预和重塑过去与未来的述行效果上说,这种历史书写行为本身具有物质性。但它又绝不只是物理学意义上"记述"(constative)其他物质之物质性,而是在时间意义上对其他历史物质存在进行"施事"行为(performative)的物质性。一方面,语言是描述性的,表示某事与某事有关。另一方面,语言是述行的,不仅表示某种意义,同时还要实施或执行这一意义。后者是指"一种使用述行语言的陈述不仅要描述一个动作,而且还要执行这个动作"③。历史书写使用"述行言语","实施它所指的行为","改变我们的认识,使我们看到语言在多大程

---

① 〔德〕瓦尔特·本雅明. 本雅明文选〔M〕. 陈永国,马海良译. 北京:中国社会科学出版社,1999.415.

② 〔英〕朱利安·沃尔弗雷斯. 21 世纪批评述介〔M〕. 张琼,张冲译. 南京:南京大学出版社,2009.385.

③ Andrew Bennett, Nicholas Royle. *An Introduction to Literature, Criticism and Theory*〔M〕. 3rd ed. Harlow:Pearson Education Limited,2004. p. 233.

度上可以完成行为，而不仅仅是报道那些行为"①。它不仅在"报道"历史事件的意义上具有物质性，其述行行为本身构成一种历史"事件"。这是一种铭写的"物质性"，它并不命名"沉默的事实"，也不确保能不受限制地接近它，而是将它看成一种（超）物质。一方面，我们可以指向粗野的物质网络，如所谓的"物质"能指字母、声音、文字记载等，它们维持着语言记忆和程序感受（或阐释）；另一方面，这个反身性回转似乎是先行的，其自身又产生各种指涉、价值或相关体系。

德·曼主要以"铭写的物质性"概念发挥扩充了本雅明的历史物质性思想，在历史书写领域内，即是铭写作为"物质事件"的物质性和历史性，有三层含义：一是指一切铭写活动都具有物质性，是特定的历史、文化、社会、政治、体制、阶级立场等物质存在的产物；二是指任何一种对作为铭写成果的文本的解读活动，都不是纯客观的，而带有其社会的、历史的物质性，都不仅必然在物质性的社会历史中发生，而且只有通过社会历史的物质性才能发生；三是指任何一个被铭写的文本都不仅是对历史的"反映"或"表达"，文本本身即是一种社会历史的物质性"事件"，是塑造历史的能动力量，也是历史的重要组成部分。

我们必须再次回到索绪尔有关语言"反映"现实与"打造"现实的悖论上来；回到皮尔士的古典符号学："借由'记号'（semiosis）而进行的指涉反映事物，而借由'模拟'（mimesis）来进行的指涉则促发冲动。推动和促动在一个世界里的欲望之汇聚里通过一种激情的符号学来运作。"② 正是语言"打造"和"促动"现实的这一功能，构成了20世纪有关文学物质性思想的基础。奥斯丁的"述行语言"与之呼应，将语言"打造"现实的功能推向极致。然而，两种功能之间的悖论并未得到解决。从语言的记述功能看，所谓"铭写的物质性"，是一种"没有物质的物质性"，因为在历史书写过程中历史话语讲述的年代的物质性事实只是一段不可复活的"踪迹"，显出物质实在性的只是（超）物质性的声音、字母、书写、媒介网络，这其实只是"作为符号的物质性"。从语言的述行功能看，这种缺乏物质性的符号的物质性，却使历史传统变成事件和体验的其他模式，被历史理论研究者津津乐道的"过去"，只有借助文本形式——不是事实，而是文献、档案、言论、手稿——才能为我们所了解，它们与构成我们今日的文本密不可分。历史是建构，是叙事，这叙事既展现了现在又展现了过去。历史文本是文学的组成部分。"历史的客观性或超验性不过是镜花水月罢了，因为史学家必须进入话语，用话语

---

① Jonathan Culler. *Literary Theory*：*A very Short Introduction* ［M］. Oxford and New York：Oxford University Press，1997. p. 95.

② ［英］斯各特·拉什. 信息批判［M］. 杨德睿译. 北京：北京大学出版社，2009. 292.

来建构历史对象。"①

德·曼无疑看出了语言的述行功能与记述功能之间的脱节，以及二者无法并存的事实。"任何言语行为都产生过度认知，但它永不可能知道自己产生的过程（这是唯一值得知道之物）……施行的修辞与认知的修辞（比喻的修辞），无法吻合。"② 从述行角度看，文学作品"打开了一个超现实"，德·曼以"铭写的物质性"观念全面释放了"述行功能"。对他来说，述行行为可以大量增加，它可以意指实际的历史事件（这是不可逆转的），也可以意指处于突变正面和"话语行为"表现的方位感的述行行为。对（超）物质性的追溯导向不稳定的场所，因为它并没有向我们展现有关前提，而是企图展现档案自行管理和产生的途径。"带着这样的问题去进行'物质性'阅读，意味着使阅读涉及并抵抗铭写及铭写模式，寻找这种模式开始进入另一参考、中介、理解、即时性等体系的踪迹。它探究在塑造全球记忆的书本传统中总是存在的区域，并意识到，所有这些都发生在一种朝着远程—技术档案发展的变形中，这种档案就是一种在文化档案中广泛的（超）物质记忆的重印。"③

如果不仅将历史铭写本身看成物质性的"事件"（event），而且将历史铭写的材料对象看成一个"事件"，那么历史铭写就是一种特殊的"事件化"（eventualization）。"Event"是发生之中、时间之中的"fact"（事实）。从视艺术作品为"fact"走向视其为"event"，也就将作品放置在时间和发生之中。"事件"也不同于"客体"（object），视作品为"客体"即是将其设定为"静态"对象，而视其为"事件"则是将其视为创作和阅读行为一道造就的潜在可读的文本，它从来不与其所自出和所指向的历史偶然性完全隔绝④。看待一个事件不是凭其内在意义和重要性，而是凭外在的、它与各种社会历史物质力量之间的关系。事件的意义不是永恒的，它随时有可能遭到偶然性的逆转。"事件观念"使文学文本向社会历史的物质性无限开放。

四、小结

20 世纪以来试图从物质性角度阐释文学活动的各种理论流派，汇聚成一个物质性诗学的批评趋势，广泛涉及了文学的符号物质性、社会物质性、历

---

① ［法］安托尼·孔帕尼翁. 理论的幽灵：文学与常识 ［M］. 吴泓渺，汪捷宇译. 南京：南京大学出版社，2011. 211.

② J. Hillis Miller. *On Literature* ［M］. London and New York：Routledge，2002. p. 111.

③ Tom Cohen，et al. *Material Events：Paul de Man and the Afterlife of Theory* ［M］. Minneapolis：Unirersity of Minnesota Press，2001. p. viii.

④ Derek Attridge. *The Singularity of Literature* ［M］. New York and London：Routledge，2004. p. 59.

史物质性、述行物质性和事件物质性等诗学问题，其中也融汇了语言学、哲学和史学发展的深刻洞见。研究者指出，近来理论工作的研究内容发生了转换，从一种语言的、话语的、文化的内容转向"另外一种内容"，即"物质性的、生物学的和特别政治性的内容"①。文学的物质体系通过其内在运作开启一个超出自身之外的世界，意义与物质性并肩运作是诗性观念的真正内核。"诗歌语言越是密集编织，它就愈能成为拥有自身权力的物，也就愈能指向自身之外。"② 因此，从"语言运作"来考察"物质经验"的来龙去脉，依然是理解和解释文学的物质性的基本途径。

　　然而，在 20 世纪以来文学理论批评的流变过程中，"物质性"概念在日益丰富化和理论化的同时也愈加神秘化和问题化，其中越来越多地包含了传统上归入"非物质"的成分。"在过去，技术被定义为'物质性的'而科学则为'符号性的'，而如今科学却成为'符号—物质性的'。科学曾经在意义的界域里运行，而技术则在物质性利益的世界里运行，如今科学去自主化而进入了技术的领域，然而技术则在与此同时可以说被符号化了，以至于它不再能被认作是一种纯粹的物质性界域。"③ 人类生活方式的基础部分已经转换为"科学与技术"紧密结合渗透的内容，使传统上的"非物质"切实地进入了人们的实际生活空间，引发了理论研究和批评探索的热潮。但是，相关研究往往忽视物质性与意义之间的区别，"虽然一个文本的物质性，确实出自一个生产的过程，意义却总是在文化消费中被创制出来的。文化批评家往往混淆了意义与物质性；把一个文本的特定（但可多重释意的）物质性与其意义混淆——以一系列不同'腔调'，可以演出不一样的样貌。比如，以一本小说为例：作者以特定的方式创制了文本的物质性（把这些字眼这样安排等），但仍必须透过小说的读者（包括作家本身），在实际的文化消费实践中创造出意义，这当然也开启了差异与争论的可能性"④。尽管"在实际的文化消费中创造出意义"的过程本身不失为一种物质性活动，但消费活动的物质性与消费中创造的意义之间存在着基本的差异；一概名之为"物质性"，就会将"物质性"概念神秘化。"语言符号被组合成诸如'可直接感知的客观实在'和

---

① Jane Elliott, Derek Attridge. *Theory After "Theory"* ［M］. London and New York：Routledge, 2011. p. 2.

② Terry Eagleton. *The Event of Literature* ［M］. New Haven and London：Yale University Press, 2012. p. 205.

③ ［英］斯各特·拉什. 信息批判［M］. 杨德睿译. 北京：北京大学出版社, 2009. 298.

④ ［英］约翰·史都瑞. 文化消费与日常生活［M］. 张君玫译. 台北：巨流图书有限公司, 2001. 213.

'与上帝的直接相遇'这样的混合体，这不可能不自相矛盾。"①"物质性"正如这里的"上帝"，铭写活动的客观实在性并不能成为它与铭写活动对象的"物质性"相遇的保障，但后现代神秘主义的种种书写却将二者视为同一回事。"祭如在，祭神如神在。"（《论语·八佾》）"祭"的物质性和虔诚性，真的能在述行的意义上使"神"在物质意义上如约而至吗？反过来看，"神"的物质性缺失必然会使"祭"的活动丧失其全部物质性含义吗？这个悖论中可能包含着当代物质性诗学的辩证法胚芽。

（原载《文艺理论研究》2013 年第 4 期，略有改动）

---

①［新西兰］肖恩·库比特. 数字美学［M］. 赵文书，王玉括译. 北京：商务印书馆，2007. 55.

穷究词义为了跨文化的沟通

——论西方哲学核心词汇 "ὄν（on）" 的中译问题

张　弛

据说，人类出自同一祖先，使用着同一种语言。但在古早的某一个时候，语言被变乱，他们也往各个方向分散开来。① 从此，不同人群之间的沟通，就不仅仅受到空间和时间的限制，而且特别遭受着框架（encadrer / to frame）、结构（structurer / to structure）和传递（véhiculer / convey）其思想的不同语言之限制。但是，不同的语言人群（communauté linguistique / linguistic community）之间的交流却是完全可能的，因为"人们可以用多种语言自我表达的事实，凸显了语言之于思想的偶然性（contingence）和思想之于语言的超验性（transcendance / transcendence）"②。钱钟书先生在《谈艺录·序》中指出："东海西海，心理攸同；南学北学，道术未裂。"③

虽然有一些人能够通过掌握其他人群的语言而进到别的文化世界中去，但是绝大多数的人却要仰赖翻译之功，才可以逾越语言的壕堑。如果说在同属于印欧语系的语言之间的翻译已非易事，那么在属于汉藏语系的汉语和印欧语系的西方语言之间的翻译则更加困难。

1987 年，二十世纪西方哲学的两部重要著作——海德格尔的 *Sein und Zeit*（1927 年初版，法译名为 *Etre et Temps*，英译名为 *Being and Time*）和萨特的 *L'Etre et le Néant*（1943 年初版，英译为 *Being and Nothingness*）的完整汉译本，终于呈献在中国读者面前。然而，令人遗憾的是，硕学的译者们不约而同地将形而上层面的 "Sein" 和 "Etre" 译成了形而下层面的 "存在"。

巧合的是，从这一年开始，当代西方文学大家米兰·昆德拉（Milan Kundera，1929—　）的作品陆续和中国读者见面，造就了许多"昆德拉迷"。

---

① 此即著名的巴别塔故事，见《旧约·创世纪》第 11 章 1—9 节。

② Denis Huisman, André Vergez. *La Connaissance*［M］. Paris：Fernand Nathan, 1961. p. 59.

③ 钱先生识见令人景仰，其名言为众人讽诵。然此语似乎其来有自。与耶稣会传教士关系密切的清初西蜀士人胡世安在《〈超性学要〉序》中即有类似判断："语曰：'东西海有圣人出焉，此心此理同也；南北海有圣人出焉，此心此理同也。'"见圣多马斯（S. Thomae Aquinatis, 今译托马斯·阿奎那）《超性学要》（Summa Theologica, 今译《神学大全》），耶稣会士利类思（R. P. Ludovico Buglio, S. J.）译，清顺治十一年（1655 年）初版，上海土山湾印书馆民国十九年（1930 年）再版。参见第 2 页。

从他的 *L'art du roman*（《小说的艺术》）一书中，我们知道他的思想深受胡塞尔和海德格尔的影响。遗憾的是，他的哲学意味极深的 *L'Insoutenable légèreté de l'être*，被译成了意思平庸的《生命中不能承受之轻》，从而将这个题目中的关键字"être"指向终极的意思完全屏蔽掉了。而根据这部小说拍成的电影，竟然被香港的不知名译者弄成了轻佻感伤的《沉重浮生》！

精确的翻译是一个基本不可能实现的理想，因为每一种文化都有其专属的词汇和语法，而属于一种传统的语言，不可能产生出能与属于另一种语言传统的独创见解精确对应的词汇。但是，对于西方语言中既是系动词又是哲学核心术语的"όν（on/Sein/Etre/Being/…）"① 的误译，不仅没有在横亘于中西文化交流之间的语言壕堑上架设起使天堑变通途的桥梁，反而增加了依赖翻译的汉语读者深入理解西方文化的难度。正如钱钟书先生指出的那样，翻译在文化交流中应该起的是居间者或联络员的作用，"介绍大家去认识外国作品，引诱大家去爱好外国作品"②。然而，"坏翻译会发生一种消灭原作的功效。……这类翻译不是居间，而是离间，摧毁了读者进一步和原作直接联系的可能性，扫尽读者的兴趣，同时也破坏原作的名誉"③。

"研究语言有助于观察精神活动的方法，可作为对思想的结构分析之引论。"④ 下面我们先来探究一下"όν（on/sein/etre/being/…）"在西方哲学中究竟指的是什么，再看一下经常被汉译者翻译成"存在"的希腊词"όν"和各种西方语言的"存在"到底有什么区别，然后提出我们的解决办法。由于手边参考资料多为法文，在引文时我们根据情况加注英文。在以法文资料为依据进行辨析时，我们只采用其法文形式"etre"（源自于拉丁文系动词"esse"）。在一般表述时，我们用"όν"的拉丁文转写形式"on"。需要给出它的汉语对应词的语境中，我们将直译为"是"。

一、什么是西方哲学意义上的"on"

正如"道"的问题贯穿了中国哲学史一样，"on"的问题贯穿了整个西方哲学史。有些人甚至认为它是西方哲学史的主题和动机（motif），而各种哲学思想之间的差异，在最深的层面，都是对于这个问题给出的答案之间的差

---

① "on"是希腊文系动词"einai"的现在分词中性形式。

② 钱钟书. 钱钟书散文·林纾的翻译 [M]. 杭州：浙江文艺出版社，1997. 272.

③ 钱钟书. 钱钟书散文·林纾的翻译 [M]. 杭州：浙江文艺出版社，1997. 273.

④ Brice Parain. *Histoire de la philosophie I* [M]. Paris：Gallimard，2000，1. p. 248.

异。因此，西方哲学史就与"on"的意义史搅在一起。① 西方意义的哲学就是关于"on"的学问。② 海德格尔说："我们不妨带些夸张、但也带着同样的真理性的分量断言：西方的命运就系于对 eon 一词的翻译。"③

在希腊文化进入理性化（rationalization）的过程以后，人们不再满足于以神话来解释世界的起源和运作法则。古希腊哲学家探寻"绝对者"（l'Absolu/ the Absolute）——一个适用于一切并永恒延续的价值。希腊哲学建立在对所"显现"（ce qui apparaît / that appears）的与所"是"（ce qui est / that is）的④——不显现但可被"意识到"（être conçu / be conceived）——进行根本区分的基础上。所显现的，就是落入我们的感觉的。那只能被意识到的，可能是一个物质因素，但不能被感官捕捉得到，或者是一个法则（Principe / Principle），它如同在现象的相对静止背后的不间断的涌流，或者如同现象的相对流动性背后的永恒静止。

希腊哲学被认为是开始于泰勒斯（Thales，约公元前 624 ~ 约公元前 547）。他认为水是万物的始基（original substance）。毕达哥拉斯（Pythagoras）以"数"为本原的看法，是希腊思想的一大飞跃。"这种学说让当时的人们看到了这样一种新的可能，即形式符号的含义及其关系，其实业就是一种特殊的'约定'（nomos）语言和技艺，居然可以表达或'说出'（logos）似乎更确定和精巧的'对立'与'和谐'，以及由它们体现出的'本原'。"⑤ 塞诺芬（Xenophanes）针对荷马和赫希俄德的多神观，主张一神论，论证"神不是发生出来的"，以便为其哲学思考打下坚固的根基和可靠的出发点。⑥ 巴曼尼德（Parmenides）对于以数学语言来解释世界不以为然。"他要寻找的是一种有自然语言根基的，但又能进行必然的'数学'推算的'思想语言'。"⑦ 他认为以系动词"ειναι（拉丁化写法为 einai）"为中心的一套语言更能满足哲思的要求："einai"及其各种变式能做出更适合探索终极真理的语言游戏。

"赫拉克里特（Heraclitus）主张说万物皆变动不居（everything changes），

① Giulio Giorello. Etre（Philosophie）[A/OL]. In *Encyclopædia Universalis*（DVD）[M/OL]. version 8. Paris：Encyclopædia Universalis France S. A., 2002.

② 萧诗美. 是的哲学研究 [M]. 武汉：武汉大学出版社，2003. 2.

③ [德]海德格尔. 海德格尔选集 [M]. 孙周兴. 上海：上海三联书店，1996. 556. 按："eon"是柏拉图以前"on"的写法。

④ 不能说成所"显现"之物和所"是"之物。"物"字会误导中文读者忘记希腊哲学的根本追求是认识超然于物的"绝对"。"绝对"如同老子的"道"，它可以透过万物自我彰显，但它绝不能被粘滞在万物上。

⑤ 张祥龙. 从现象学到孔夫子 [M]. 北京：商务印书馆，2001. 96.

⑥ Brice Parain. *Histoire de la philosophie I* [M]. Paris：Gallimard, 2000, 1. p. 423.

⑦ 张祥龙. 从现象学到孔夫子 [M]. 北京：商务印书馆，2001. 97.

巴曼尼德（Parmenides）反驳说无物在变（nothing changes）。"① 对于赫拉克里特来说，实在（réalité / reality）是一个涌流，唯一不变永驻的，是那个决定着永恒变动的法则本身。变动包括两个时刻——降生和毁灭。一切都从不存在（inexistence）到存在（existence），然后由存在到不存在；"不是"成为"是"（le non-être devient l'être），"是"又成为"不是"。②

针对赫拉克里特的观点，巴曼尼德指出有两条寻求真理的路径："第一种认为'是'是，且它不可能不是（que l'Etre est et qu'il n'est pas possible qu'il ne soit pas / that IT IS, and it is not possible for IT NOT TO BE）。这是确定无疑的路径（le chemin de la certitude / the way of certitude），因为它伴随着真理（la Vérité / the Truth）。另一种就是：'是'不是，且'不是'应该是（l'Etre n'est pas et nécessairement le non-Etre est / that IT IS NOT, and that IT is bound NOT TO BE）。这是一条旁门左道（étroit sentier），走下去什么也学不到。"③ 他强调说人不可能以精神（esprit / spirit）捕捉到"不是"，也不可能以言语来表述它。寻求真理的人一定要远避第二条路经，不仅因为它会导致一种不确定精神（esprit incertain），而且这种宣称本身就自相矛盾。只有能被思维的才是存在的。"思维和'是'是同一事物。"（"c'est la même chose que penser et être。"）④ 巴曼尼德常被称为逻辑学的发明者，但罗素认为应该确切地说巴氏发明了以逻辑为基础的形而上学（metaphysics based on logic）。⑤

巴氏赋予了"是"（on/Etre/Being/Sein）以诸如"非被生出的"（non-né / no-born）、"非可消亡的"（non périssable / imperishable）、"唯一一团的"（d'une seule masse / in only one mass）而且"不可动摇的"（inébranlable / immovable, unshakable）、"在其外无终结的"（sans fin hors de soi-même / without end beside itself）、"整体全然呈现的"（tout entier tout à la fois présent / all the whole present at same time）、"独一的"（unique）且"连在一起的"（d'un seul tenant / in only one piece）。⑥ "是"不可能也是"不是"。所以，既无降生，也无毁灭。实在是一（Un / One），不变，永恒。它从未被生，它也从不会被毁灭。我们所见的出现了又消失了的，并不是世界的实在，而只是感官给我们看到的表象。这不是真正的绝对，而是各种幻相（illusions）。

巴曼尼德对后来的哲学家具有支配性的影响。然而对于"on"的定义却

---

① Bertrand Russell. *A History of Western Philosophy*［M］. London：Unwin Paperbacks, 1984. p. 66.

② 这样彼此转化的转念，令人想到老子的观点："祸兮福之所倚；福兮祸之所伏。"（《老子》第58章）

③ Nayla Farouki. *La métaphysique*［M］. Paris：Flammarion, 1995. p. 103.

④ Nayla Farouki. *La métaphysique*［M］. Paris：Flammarion, 1995. p. 105.

⑤ Bertrand Russell. *A History of Western Philosophy*［M］. London：Unwin Paperbacks, 1984. p. 66.

⑥ Brice Parain. *Histoire de la philosophie I*［M］. Paris：Gallimard, 2000, 1. pp. 424 – 425.

因人而异，莫衷一是。"人们说'是'是最普遍最空洞的概念。如此，它抵制一切为它下定义的企图。另外，既然它是最普遍的概念，不可定义，它就不需要被定义。每个人都常用它，并且很清楚它对他意味着什么。"①　"是"的这种似乎人人明白但却无人能给出定义的状况，使得它既高深莫测又被滥用。②

　　德谟克里特以为，"是"（on/être/being）在万物（choses / things）之外，它是永恒的，但又在物质（matière / material）的范围之内。对于柏拉图来说，"是"在物质之外，它是非物质的，他称之为"意得"（"Idée / Idea"）③。柏拉图认为在"诸是"（êtres / beings）之间，存在着一个等级秩序。在最下面，是浑沌状态的"无是"（néant / nothingness④），它还不能到达可被感觉的层次，那里是完全的黑暗状态。在"无是"之上，是感觉得到的世界，它囊括了感知（perception）的内容。它不是"是"，它处在永远的"成为"（devenir / becoming）之中，总是流动的、相对的、不确定的。这里不再是完全的黑暗，是比混沌高级的状态。在第三等级，是智力（intelligence），尤其是数理思维（pensée mathématique / mathematic thought）把握得到的混合世界。这个世界只有在它参与（participe）到"idées（ideas）"的情况下，才有其实在性、稳定性和牢靠性。这个世界也是在"成为"状态中，但这个"成为"是一个"趋向于本质的成为"（un devenir vers l'essence / a becoming towards the essence）。它被"idées"照亮，因而，在价值上它高出了第二级世界。在混合界之上，是"idées"，它们有绝对的存在（existence absolue / absolute existence），它们自我存在并自为存在：它们是本质（essences）。它们只参与绝对和价值，它们就是绝对和价值。但它们仍要向上进升到某种超越它们，比本质更本质、比价值更有价值的完美里面。柏拉图称之为"善"

---

① Martin Heidegger. *Etre et Temps*［M］. François Vezin, trans. Paris：Gallimard, 1964. p. 17.

② 如同中国哲学中的"道"字。20世纪90年代的"文化热"导致了"文化"一词的广泛滥用。

③ 柏拉图哲学的这个核心术语，在汉语中至今无最确切的对应词。文艺复兴后逐渐定型的各主要西方语言，都简单直接地采用了这个希腊词的拉丁化形式（idea），有的根据自己的语言要求对词形略作改动：idea（英语、意大利语和西班牙语）、idée（法语）、Idee（德语）。也许我们可以采用这种方法来为这个希腊词造一个新的汉语词，比如"意得""意的""意底"，因其陌生化而避免读者望词生意，造成对本意的忽视。常用的译名"理念""概念""理型""观念"等不能完全传达其深意，陈康先生早有非议。见柏拉图. 巴曼尼德斯篇［M］. 陈康译著. 北京：商务印书馆，1982. 39～41. 但陈先生建议以"相"字对译，似乎也难于传意，而且会导致中国读者在理解时先入为主地受到佛教"相"（"诸法无相"）之观念的误导。将由"Idea"构造的词语"idealism"译成"唯心主义"，已经屏蔽了原意。再加上中国几十年官学对于"唯心主义"的丑化，使得一般读者望文生义，想当然地去理解和批判那些"唯心主义"哲学家和他们的思想。这种情况影响了我们对西方思想的真正理解。

④ 严格说来，英文"nothingness"并非法文"néant"的准确对应词，因为"néant"与"是"（Etre/Being）相对而言，而"nothingness"与"物"（chose/thing）相对而言。可见在英国经验哲学和法国思辨哲学之间，也存在着传译的难以达意问题。对"néant"含义的辨正见本节末尾。

（bien／good）①。善是对生命的绝对肯定：这是主体和客体世界的首要基础。善是"idées"的来源。接下来"idées"又是智性世界即混合世界的创化法则。这个混合的智性世界挽救了感性因素。因此，善之现实性自我彰显直到万物的最细微部分。②

亚里士多德假设有一个"是"作为其他一切之因，而它本身绝不是另一个因的结果。它引起运动，但又不将自己暴露（s'exposer／to expose itself）给后者。它是永恒的、不改变的，是万物趋向的目标（因而是运动的创始者），具有非物质性，是理性（raison／reason）。亚里士多德用它作为解释世界的基本原理，他称之为"神"（Dieu／God）。和基督教的神不同，亚里士多德的"神"（即"是"）没有创造世界，也不引导它，而且也不参与到它的进程中去。③

一个法国哲学学者用简明的语言如此描述（不是给定义）道：独一的、大写的"是"（Etre／Being）不是具体个别的"化生是"（étants／beings，或译为"显在"），它是一切道之道（le Verbe de tous les Verbes／the Verb of all the Verbs）④，是隐藏在一切"化生是"后面的本源。⑤

由"όν（on）"衍生出的"ontologie／ontology"（即"研究'是'的一门学问"）一词，对于西方人是很清楚的，但中文却不可思议地译作"本体论"。须知，"on"有"本"之意，但它却根本没有"体"（substance，body，corps）！

顺便提一下，"néant"并不是"non-être／no-being"。"néant"（"无是"）指的是"être／being"缺失、缺乏，而"non-être／no-being"（"非是""不是"）指的是在实在中存在的否定面，或者是属于精神（esprit）的否定能力。⑥ 将"néant"译为"虚无"实在是大谬不然。

---

① ［古希腊］柏拉图. 理想国［M］. 顾寿观译. 吴天岳. 长沙：岳麓书社，2010. 313.

② Constantin Tsatsos. *La philosophie sociales des Grecs anciens*［M］. Fernand Duisit, trans. Paris：Nagel，1971. p. 123.

③ Christophe Delius. *Histoire de la philosophie de l'antiquité à nos jours*［M］. Cologne：Könemann，2000. p. 15.

④ 这让我们联想到《老子》一开篇即作的区别："道可道，非常道。"

⑤ Jacqueline Russ. *Histoire de la philosophie：de Socrate à Foucault*［M］. Paris：Hatier，1985. p. 138.

⑥ Henry Duméry. Non-Etre［A/OL］. In *Encyclopædia Universalis*（DVD）［M/OL］. version 8. Paris：Encyclopædia Universalis France S. A.，2002.

二、"Etre / Being"与"être / being"和"êtres / beings"之区别和关联

在实际使用中，形而上意义上的"être / being"又常常被使用来描述性而下意义上的实在物。在柏拉图的等级性诸世界的划分中，已经有了纯粹的"être / being"，被关联的"êtres / beings"（即是说那些在混合界的参与到、趋向于纯粹的"être / beings"），和缺失"être"的"néant"。他把除了"néant"以外的，统称为"être"（"诸是"）。这样的区分和统称，使人想到老子对"常道""可道之道"和"无"的区分。"常道"的层次和纯粹的"être / being"（因此在现代常常以大写表明）相当。"êtres / beings"使人可以透过混合界的万物，部分地认识那个纯粹的"être"，但它们本身不是"être"，因此它们与"可道之道"在同一层面。"néant"与"无"在同一个层面，但是它们却有各自的特殊内涵。亚里士多德可能是第一个直接将具体事物（choses / things）称为"诸是"（êtres / beings）并给出了充足的理由的大哲学家："这样的事物，实际上被称为'诸是'，因为它们是（含有'是'的）实体的限定性（复数形式）（des déterminations de la substance）。另一些事物也可如此称呼，因为它们是趋向于实体的运行（un acheminement / a taking of the way），或者相反，是实体的变质（corruptions）；或者因为它们体现了实体的丧失（privations）或者体现了实体的一些特质（qualités / qualities）；或者因为它们是一个实体或者被相对性地称为实体的动力因（causes efficientes / efficient causes）或者生发因（causes génératrices / generative causes）；最后，或者它们是一实体的某一特质的否定（性表现），或者就是对实体的否定。这就是为什么我们可以说：'非是'是（le Non-Être est / the No-Being is）——它是'非是'。"① 为了避免混淆，有些认真的法国学者将"être"留在它的超然绝对位置，用"être"的动名词形式"étant"（相当于英文"be"的动名词"being"）来指称相对性的、与"être"有关联或趋向于"être"的实在（chose / thing），用这个动名词的复数形式"étants"（things）来指代"万物"。这样的做法对于在实际使用中趋向于语言的简洁化的公众来说，虽有示范性，但却没有强制力。因此，在法语中，大家仍然习惯于用"être"及其复数来代替本来应该用的"étant"及其复数。"être"就有了"活物""有生命的东西"之意："un être"（a being，一个生物，一个人），"les être vivants"（the living beings，生物、有生命物体），"les êtres

---

① Aristote. *La Métaphysique*, 1003a 5－10［M］. Paris：Librairie Philosophique J.，1974，1. p. 168.

humains"（the human beings，人类）。本来表示形而上的绝对概念的"être"被原封不动地用来表示形而下的实体，对于我们这些以法语为外语的人可能造成理解上的困惑。所以要特别注意上下文关系来确认其意义。

关于将"绝对是"（Être）和"普通是"（être）等同考察的原因，亚里士多德也给出了很充分的理由："因为我们探寻那些第一位的原理（les principes premiers / the first principles）和最高层次的原因（les causes les plus élevées / the highest causes），很明显地应该存在着某种实在（réalité / reality），而这些原理和原因作为它的特性（nature propre / own nature）属于它。如果那些探寻'诸是'之要素（les éléments des êtres / the elements of the beings）的人，实际上寻找的是那些绝对第一位的原理，那么他们寻求的要素也应该是作为'普通是'（être / being）的'绝对是'（Être / Being）之要素，而不是去偶然地寻求'绝对是'（Être）之要素。这就是为什么我们也应该学习作为'普通是'　（être）　的'绝对是'　　（Être）之诸种第一因（les causes premières）。"① 因此，我们知道在实际的语言使用中，"绝对是"（Être）和"普通是"（être）具有互通性。

三、"existence"与"être/being"之区别和关联

"existence"也是一个源自古希腊的哲学概念。柏拉图用"οὐσία"（拉丁文转写为"ousia"）一词，既指"本质"（essence）又指"存在"（existence），但偏向于前者。亚里士多德却偏向于以之指称以形式和材料造成的"存在"。② 然而，属于不同层次概念的"existence"和"être"的区别却是极为清楚的。

法文动词"exister"和英文的"exist"，都源于拉丁文词"existere"，意为"来自，出自，起源于，来源于"。它包含了在中世纪神学和哲学中占主导地位的一个观念：存在依赖于是（l'existence dépend de l'être / the existence depends to the being）。"按照古典观念，存在（existence）指的是那些实在的（réel / real），而不是仅仅有可能的（possible）。对于一切从本质状态过渡到实存状态的，比如说石头，比如说人，我们可以说它/他（们）存在。"③

但在存在主义的哲学语汇里，"是"（être）不是和"存在"（exister）可

---

① Aristote. *La Métaphysique*，1003a 25 – 30 ［M］. Paris：Librairie Philosophique J.，1974，1. pp. 174 – 175.

② Jean Wahl. Existence（Philosophie de l'）［A/OL］. In *Encyclopædia Universalis*（DVD）［M/OL］. version 8. Paris：Encyclopædia Universalis France S. A.，2002.

③ Paul Foulquié. *L'existentialisme*［M］. Paris：PUF，1963. p. 40.

以互相替代的同义词，因为"存在"意味着"出离于"（être hors de / be out of）。那些石头是（sont/are），但不存在于唯一可让它们存在的脑力活动（acte mental / mental act）之外。实际上，存在不是一种状态（état / state），而是一种行动（acte / act）①，是从可能性向实在的过渡（passage）。"② "存在"是现实的（已经越过了可能性）和偶然的，因而和"本质"相区分。③

　　我们知道尽管包括萨特、考夫曼（Walter Kaufmann）在内的众多存在主义哲学家和研究者都将海德格尔视为存在主义哲学家，海德格尔自己却一直坚辞不受。这实在不是没有理由。在 Sein und Zeit 正文一开始，海德格尔就很遗憾地指出："今天，尽管我们这个时代进步到重新接纳了'形而上学'，'是'（Etre / Sein）的问题仍然落到了被遗忘的境地。"④ 他关注的是属于形而上学的"是"的问题，存在主义更关心的人的具体存在问题。二者虽有关联，但不属于同一个层面。存在主义哲学讨论的是"存在"（existence）和"本质"（essence）的问题，关联的是"是"的诸"化生是"（étants / beings）而不是"是"本身。⑤ "是"的一个"化生是"（étant）之"是"，其本身不是一个"化生是"⑥。海德格尔将"化生是"命名为"在"或"在那儿"（Dasein / être-là / being there）。⑦ 海德格尔特别声明，要想对"是"之意义问题进行适宜、清醒地定位，首先就要对于相对于"是"的"化生是"或者说"在"作适当的解说。⑧ "'是'在每一种情形中都是一个'化生是'之'是'。"⑨ 他强调说："对'是'的理解本身就是对'是'之于'在'的一个确定。"⑩

---

　　① 如此，才能真正理解安德烈·马尔罗（André Malraux）的小说《人的境遇》（*La condition humaine*）中的名言："死亡不是一种状态，而是一种行动。"（《La mort n'est pas un état, mais un acte.》）以"革命"的名义，马尔罗所讴歌的实际上是一种荒诞英雄主义，面对"人都是要死"的必然结局，不是消极等死，而是通过决然反抗来勇敢地迎接并拥抱死亡。也正因为如此，尽管这部小说的英雄们是 1927 年举行武装起义的上海共产党人、国际主义者和劳苦工人，但中国人并不欣赏这部小说，因为他们不能接受马尔罗把共产党人描写成为荒诞英雄。

　　② Paul Foulquié. *L'existentialisme* [M]. Paris：PUF, 1963. p.41.

　　③ 在日常语言中，人们常将表示动态的"存在"和表示静态的"有"（il y a / there is, are）字混用，甚至将系动词和名词"être"当作"存在"来用。权威的 *Le Nouveau petit Robert*（*Dictionnaires Robert*, 1995.）和至今通行的《法汉词典》（《法汉词典》编写组，上海译文出版社 1982 年第 1 版）都在"être"的释义部分将"exister""existence"和"存在"看作"être"的一个意思。

　　④ Martin Heidegger. *Etre et Temps* [M]. François Vezin, trans. Paris：Gallimard, 1964. p.17.

　　⑤ Martin Heidegger. *Etre et Temps* [M]. François Vezin, trans. Paris：Gallimard, 1964. p.20.

　　⑥ Martin Heidegger. *Etre et Temps* [M]. François Vezin, trans. Paris：Gallimard, 1964. p.21.

　　⑦ Martin Heidegger. *Etre et Temps* [M]. François Vezin, trans. Paris：Gallimard, 1964. p.23.

　　⑧ Martin Heidegger. *Etre et Temps* [M]. François Vezin, trans. Paris：Gallimard, 1964. p.23.

　　⑨ Martin Heidegger. *Etre et Temps* [M]. François Vezin, trans. Paris：Gallimard, 1964. p.23.

　　⑩ Martin Heidegger. *Etre et Temps* [M]. François Vezin, trans. Paris：Gallimard, 1964. p.28.

对于一物（chose / thing）或者一是（être / being）来说，思想它存在，对它本身没有任何增加。但是，当一个单数主体（un sujet singulier / a single subject）想到自己被一个至高力量（神或者大写的"是"）扔在存在里，遗弃在众受造者（créatures / creatures）或"众化生是"（étants / beings）的世界之中，同时他持续地处在焦虑、不安之中，不能自已地喊叫着自己之于神或者绝对"是"的道德孤独感（精神和心理上的无依无靠感），① 他的这种自我意识必然会负面地影响他对存在的思想。因此，在"存在"（动词 exister / exist）的事实（像它加诸主体的意识那样）和"思想"（动词 penser / think）的事实（思想触及存在就像触及一个不能理解、不能缩减的材料）之间，存在着一个固有的二元性。每一个个别的存在——被作为同时是有限的、不稳定的和根本上是偶然的来经历——都是主观的实在，因此，它在一切的客观科学的范围之外。存在不能被推理演绎。

在发现了人类存在的独特性（singularité / singularity），并将他们的哲学建立在存在引起的感情反应（人类境遇的悲剧方面）② 以后，存在主义思想家去除了哲学的传统色彩。我们可以在诸种存在哲学③那里看到这一点：人被看作"被抛（est projeté dans le monde / is thrown into the world）到世界上"，被赋予了一个计划（projet / project）、一个时间意识④，使他可以参与并清楚自己是"向死之是"（être-pour-la-mort / being-for-the-death）。"对于胡塞尔和存在主义者们来说，人对于他是在世界上这一事实的意识，是最基本的东西：存在，不仅仅是'是'（être），而是'是在那里'（dasein / être là）；在雅斯贝斯（Karl Jaspers）之后，加百列·马塞尔（Gabriel Marcel）说，是'在境遇中'（être en situation / being in situation），就是说在与世界以及其他有意识之是（êtres conscients / consciouss beings）⑤ 的各种确定关系之中。"⑥

在绝对、永恒、非被生成的"是"（Etre / Being）与相对、暂时和"被

---

① 挪威画家蒙克（Edvard Munch，1863—1944 年）的《呐喊》（1893 年）对这种精神状态做了令人震撼的描绘。加缪有一段话也经常为人引用："一个哪怕可以用最不像样的理由解释的世界也是人们感到熟悉的世界。然而，一旦世界失去幻想与光明，人就会觉得自己是陌路人。他就会成为无所依托的流放者，因为他被剥夺了对失去的家乡的记忆，而且丧失了对未来世界的希望。"见［法］阿尔贝·加缪. 西西弗神话［M］. 杜小真译，北京：生活·读书·新知三联书店，1987. 6.

② 由于海德格尔对"是"的研究为存在主义提供了思想基础，所以萨特才不顾他的抗议，而将他视为存在主义者。

③ 不存在一个统一的、连贯的存在主义。法国哲学家穆尼埃的名作《存在主义概论》（Introduction aux existentialismes，1966.）将"存在主义"做复数用，意谓有多种存在主义。

④ 超现实主义大师萨尔瓦多·达利画作中有名的如同面团一样柔软耷拉的时钟，是这种时间意识的最佳图解。

⑤ 即我之外的一切人。

⑥ Paul Foulquié. L'existentialisme［M］. Paris：PUF, 1963. p. 43.

扔在世界上"的"是"(即"化生是"étant / beings)之间的紧张,使得作为思想之是(être pensant / thinking being)的人的存在具有悲剧性。存在主义者们认为,尽管人是"向死之是",但这不应该是他成为虚无主义者和悲观主义者的理由。萨特的戏剧主人公们是悲剧英雄,加缪的西西弗是荒诞英雄。[①] 他们意识到世界的荒诞性,但他们以异常的勇气来对抗荒诞。对于萨特来说,没有别的学说比他宣传的存在主义更乐观的:"因为人的命运在他手中……而且唯一使人活着的,就是行动。"[②] 虽然萨特的存在主义强调人的绝对自由,但这绝对自由是针对一切超验的、预设的、神圣的理由而言的,所以他有一个有名的断言:"存在先于本质。"(L'existence précède l'essence.)他要说的是:人是他自己的主人。[③] 但人的自由并不意味着他可以为所欲为,这是几乎所有哲学家都强调的常识。康德特别指出:自由并不是想干什么就干什么,而是不想干什么就不干什么。萨特则将自由与责任融为一体,他强调:用每一个完全自由的行为来自我定义甚至就是人的责任。[④] 因为萨特认为没有神,他就赋予了每一个人以其每一个自由行动来创造大写的人(Homme / Man)的新形象的重任。通过这样的关联,本来可以像佛教那样使信仰者产生虚无心态和宿命观念的存在主义,[⑤] 在让人明白他置身于其中的世界之荒诞性的同时,将荒诞感转化为人对于世界的无法推卸的责任,并鼓励他积极地介入其中,来与荒诞抗争,从而改变荒诞的世界,而在改变世界的过程中,更新了人类的形象。

四、以"是"对译"on (sein/etre/being/…)"的必要性和可行性

佛教初入中国时,外来的经师和中国的僧人向道家和儒家借用了不少词汇,以便于中国人对这一新宗教的理解。但在随后的几百年中,中国的僧人为汉语创造了许多新词和新字,以避免一般人对于佛教教义和道教及儒教的混淆。

---

① Albert Camus. *Le Mythe de Sisyphe* [M]. Paris:Gallimard, 1995. p. 164.

② Jean – Paul Sartre. *L' existentialisme est un humanisme* [M]. Paris:Gallimard, 1996. p. 56.

③ 古希腊人和古罗马人极为看重"自由民"这个身份,肯为捍卫这个宝贵身份而牺牲性命。影响所及,西方人才会有"不自由,毋宁死"的观念。我国古代虽有"大丈夫"的观念,有"舍生取义"的豪气,有"宁为玉碎,不为瓦全"的价值观,但大多数人遵循的却是"好死不如赖活着"的苟且的人生观。所以,我国古代文学没有产生完全符合建立在亚里士多德在《诗学》的文学观念基础上的西方悲剧要素的作品。

④ 美国心理学家马斯洛将正常人定义为"自我实现的人",意思相近。

⑤ 有不少人单单看到存在主义哲学和文学作品对于世界之荒诞性的阐述和描述,就得出结论说存在主义是一种悲观消极思想。这样的理解实在是误解。

当亚里士多德和托马斯·阿奎纳的哲学在十六世纪末被传教士介绍到中国时，中国哲学和西方哲学都已经按照各自的路径发展了两千多年，各自都有其术语，只有一部分可以找到对应词。19 世纪末，当中国人开始积极地翻译西方哲学著作，以便了解现代西方文化的根基时，术语的翻译成了一个不得不思考和寻求解决的问题。近代汉译西学第一人严复先生，讲述自己翻译《天演论》的辛苦时说道："一名之立，旬日踟蹰。"这应不是夸张之语。

1949 年以前，中国翻译者用了不同的汉语词来翻译希腊词"on"及其在西方各语言中的现代形式："有""是""存有""实存""存在""在"等等。毛泽东时代，马克思主义取得了唯我独尊的地位，官方的马恩著作汉译本对西方哲学名词的译法基本上取代了 1949 年以前的各种译法。随着恩格斯的《反杜林论》《路德维希·费尔巴哈和德国古典哲学的终结》汉译本的颁行，"存在"成了"是"的通行译名，尽管还有些异议。和许多现代汉语词一样，"存在"由两个同义词构成，所以，为了简短（因为它的西文对应词只有一个词），人们有时候就只用一个"在"字。

用"在"或"存在"来翻译西方哲学的"Etre/Sein/Being/…"，我们将西文转写为汉语，但我们也将附着于这些词的哲学深意遗漏了。笛卡尔的拉丁文名言"Cogito, ergo sum."无论是转写成法文的"Je pense donc je suis."，还是英文的"I think, therefore I am."，意思丝毫没有损伤。汉语翻译成"我思故我在。"笛卡尔思想的革命性却被这个普通的"在"字屏蔽掉了。① 对于熟悉基督教教义和圣经的人来说，这个宣告的渎神性是极为惊人的：每一个思想的人都是独立自在的人。笛卡尔的"我思故我是"公式表明：存在只有在存在着一个意识到存在的思想之是（être pensant / thinking being）的条件下，才向思维显露自己。② "在方法性地将存在、世界、人和他的身体各自之整体性置于可疑境地以后，笛卡尔发现和他在一起的只有他的思想。思想恰恰让他怀疑一切，思想因而是他作为大写的、独一的思想之是（Etre

---

① 从七十士译《圣经》希腊文本发行以来，"我是"（系词"是"后边不带任何补充、修饰、限制和说明的词语）这个表示自足圆满的语式在《圣经》中是属于上帝专用的。在《圣经·出埃及纪》第 3 章第 14 节，上帝如此回答摩西的提问："我是'我是'。你如此回答以色列人：'我是'派我来到你们中间。"（中文和合本将"我是"译成"自有永有"，意思正确，但使得中文《圣经》读者不易体会这个语式的超绝意味）此节英文新国际版文句如下：God said to Moses, "I AM WHO I AM. This is what you are to say to the Israelites：'I AM has sent me to you.'"法文瑟恭新修订版的基本意思与英文新国际版相同：Dieu dit à Mo ïï se：Je suis celui qui suis. Et il ajouta：c'est ainsi que tu répondras aux Israëlites：（Celui qui s'appelle）《Je suis》m'a envoyé vers vous.

② 一个笛卡尔研究专家如此解释笛卡尔的公式："由于我怀疑，我就思想了：……从那里我认识到我的一个全部的本质就是思想（动词）的实体，是既不需要任何场合（lieu），也不需要任何物质性事物的就可以'是'。"Cf. Alexis Philonenko. *Relire Descartes* [M]. Paris：éditions Jacques Grancher, 1994. p. 144.

pensant / thinking Being）存在的唯一证据。"① 笛卡尔是个虔诚的天主教徒，但他的革命性的思想方式，恰恰为无神论提供了逻辑需要：一直以来都作为人的思想源头和绝对参照的独一的神（Dieu / God），在这种思想方式里没有了位置。笛卡尔之后的哲学家，比如法国的马勒布朗什（Malebranche）和英国的伯克莱（Berkeley）走得更远。前者将人视为他所认识的宇宙的创造者，并宣称："在人的理解力之上一无所有。"（Il n'y a rien au-dessus de l'humaine compréhension.）伯克莱的拉丁文名言"Esse est percepi"，英译为"To be is to be perceived"，法译为"Être est d'être perçu"。二者的意义完全同一。但在"存在就是被感知"这个通行的汉译中，核心词语"be"被置换成了与其能指（signifiant）不在同一层次，所指（signfié）也不同一（identique）的"exist"了。对伯克莱来说，强调客观性、物质性世界的存在是没有意义的，只有与人的知觉发生了关联（即被感知）之后，才能是"是"。他继承了笛卡尔的思想，将具有思想认知能力作为"to be"的条件。正是沿着这一思路，创立了现象学的胡塞尔，将哲学对于纯粹意识的关注转变为对被意识到之事物的关注。海德格尔和萨特二人的哲学思想都深受胡塞尔启发和影响。不明白自笛卡尔以来西方哲学演进的这一线索，就不容易理解现当代西方哲学家们关注的问题和解题的思路。

将笛卡尔的"être"和伯克莱的"be"译成"存在"或者"在"，对于中文读者对各种存在哲学的理解造成了极大的误导作用。许多中国学者都弄不懂为什么在二十世纪的西方，存在成了一个大问题。实际上，是"是"成了问题，才导致了"存在"发生了根本基础的动摇。

莎士比亚笔下的哈姆雷特的有名的问题"To be or not to be"，朱生豪先生译为"生存还是毁灭"，卞之琳先生译成"活还是不活"。存在主义的研究权威 Walter Kaufmann 在其著作 From Shakespeare to Existentialism：An Original Study 里，是将莎士比亚看作存在主义的一个源头的。如果令哈姆雷特苦恼至极的仅仅是现实和具体层面的要不要活下去的问题，那么他根本就不可能和三百年后萨特的洛根丁（《厌恶》）和加缪的墨尔索（《局外人》）遥相呼应，他的问题就不可能持续触动历代的读者和观众。

其实，作为西方哲学核心术语的"être"及其他词汇诸如"idée""non-être""néant"等等，其对于中国人来说翻译之难度，一点儿都不下于西方人翻译中国哲学和文化的特殊词汇时的难度。作为中国哲学和宗教，尤其是道家和道教的核心术语，"道"的意思与西方的"是"和"逻格斯"（Logos）的意思有相通之处，但却不能完全对等。几百年来的西方翻译家们都是将这

---

① Nayla Farouki, Nayla Farouki. *La métaphysique* ［M］. Paris：Flammarion, 1995. p. 19.

个汉字按照发音转写为拉丁化的"Tao",这样,在非中国文化的地区,既保全了"道"的意思,也为西方文化增加了一个重要词汇,扩大了文化视野。虽然将"阴"(femelle, féminin, féminité / female, femine, feminity)、"阳"(mâle, masculin, masculinité / male, masculine, masculinity)翻成英语和法语远比翻译"道"字要容易,但这些普通的、现成的英法文词,却不能将作为一种中国哲学概念和思维方式的"阴""阳"的深意完整呈现给西方人。于是,这两个汉字的拼音("yin"和"yang")就被直接引入学者的著作,进入日常使用并被收入辞典。近年来,介绍中国"风水"观念和实践的法文书籍纷纷出版,风行一时。值得注意的是,法国作者们并没有将"风水"直接译为"eaux et vents"这样明白易懂的词语。如果这样做,其负面效果是不言而喻的:对于法语文化圈的读者来说,"eaux et vents"只是字面上对等于"风水",这种译法会造成"风水"观念对于法语文化圈读者的意思屏蔽。所以,他们选择了有意使之陌生化的处理方式,直接采用了汉语拼音"feng shui",而这一词语也迅速地被大众接受并被作为新词收入法语辞典。另外,由于是日本人首先将禅学推介到西方,日文"禅"字的拉丁化形式"zen"便进入了西方人的专著、辞典和日常语言。但是,当越来越多的西方学者由研究禅而进到禅学的历史中去以后,"zen"大有被"chan"取代之势。①

1944 年,研究希腊哲学的陈康先生在翻译巴曼尼德斯残篇时,首次用现代汉语系动词"是"来对译希腊文的"on"。他希望:"这样也许不但为中国哲学界创造一个新的术语,而且还给读者一个机会,练习一种新的思想方式。"② 由于学术的和非学术的种种原因,这个建议没有引起太多的反响。半个世纪以后,陈太庆、汪子嵩等学者力陈将古希腊哲学的关键术语"on"译成"存在"之弊,多次向学界发出呼吁,要求用汉语的"是"来翻译及其在西方各语言的对应词(be/being, être, sein)。

"是"字确实是最理想的单字来传译"on"(及 etre/sein/being/…)。

在成书于战国时期的第一部汉语词典《尔雅》中,"是"被定义为"则也",具有明显的形而上学意味。它可以对应于西方语言中表示"原理、原则、法度"的"principe"(法语)、"principle"(英语)、"Prinzip"(德语)等。西晋郭璞对"则"字作了更详细的解释:"事可法则也。"这个补充定义,将具体的、形而下的"事"和抽象的、形而上的"则"区别开来(即二者不在同一层次)。在二者的关系中,"事"要依照、效法"则","则"是"事"的存在条件,因此它不是自足的;而"则"不需要依赖于"事",它是

---

① *Encyclopædia Universalis*(《环宇百科全书》)是非常权威的法语大百科全书。2002 年修订完成的第 8 版中,词条"禅"即使用了汉语拼音"chan"。

② 汪子嵩. 介绍外来文化要原汁原味 [M]. 读书, 2000 (9):102.

自足的，但它又具有外化自己的自然趋向（成为"事"之"则"）。郭璞很明显受到当时流行的玄学的影响。但"是"字始终没有被发展为哲学术语。

汉语发展到今天，作为名词的"是"字的意思得到扩展①，又增加了代词、形容词、副词、动词的功能。近代以来，随着白话的发展需要，它又具有了作系动词的功能。在这一功能状态下，它成了西方语言中的系动词的最恰当对应词。而且，在现代汉语中，后起的系动词功能反而成了"是"字的最常用意义。②

五、结语

虽然一般中国人不能够马上将最常用的"是"字接受为意义高深的哲学术语，但我们可以首先在学术领域里使用它，因其陌生性，恰好可以避免望文生义，从而保全它所负载的"on"（及 Being, Etre, Sein 等）的意义。我们有理由相信，不可译之"on"（及 Being, Etre, Sein 等）终于可译了，我们终于以造桥的形式逾越了语言的壕堑。一字之立，不仅会丰富中国哲学的语汇，而且可以忠实地将西方思想引入中国文化中来，开阔我们的思想世界和方式。

（原载《中国翻译》2005 年第 6 期，略有改动）

---

　　① "是"字本意"法则""原理"得到保留（如"国是"），增加了"真""真理"（比如"是与非"）等义项。

　　② 许多人都以为"是"是在近代随着白话文的发展而演变为汉语的系动词。实际上它很早就在汉语口语中增加了这个功能，并且进入文学作品中。如《西京杂记》卷一："力士是东郭门外官奴。""太液池边，皆是雕胡紫萚绿节之类。""窗扉多是绿琉璃。""积草池中有珊瑚树……是南越王赵佗所献。"《世说新语》卷一第 12 则："王之学华，皆是形骸之外，去之所以更远。"卷二第 3 则："文举至门，谓吏曰：'我是李府君亲。'"《全唐诗》第一部卷一《出猎》（李世民）："所为除民瘼，非是悦林丛。"同卷《咏烛二首》（李世民）："镇下千行泪，非是为思人。"

从批判迈向未来：西方马克思主义与女性主义文论

张向荣

一、引言

　　随着西方工业文明的高度发展，人对物质的需求获得了极大的满足。人们已经从"迫切的生存"转入对"快乐生活"的追求，社会秩序已然进入"福利国家"（马尔库塞语）的水准。但是，繁荣的表象背后却隐藏着潜在的危机，这种危机既不是社会的安全隐患，也不是经济发展后可能产生的危机，而恰恰是在物质丰富、人们安居乐业的背景下所产生的不断增长的生产力和富足物质对个体意识乃至族群思想、社会意志的征服和控制。这种控制力不是暴力和强制，而是在一种"合理的局限性"中成为悄然闯入的"统治者"。它左右着人的日常生活、思维方式，消磨了人的自由意识、个性发展及反抗念头，看似科学合理的社会发展和技术进步已经操纵了人们的灵魂。因此，对人的命运的关注成为哲学踏进 20 世纪门槛的第一声重锤。而西方马克思主义流派则在其中担任了重要的角色。

　　西方马克思主义作为在工业文明时代兴起的思想潮流，其标志是 1923 年乔治·卢卡奇（Ceorg Lukacs）的《历史和阶级意识——马克思主义辩证法研究》的问世。卢卡奇在著作中主张的"打破技术理性对人和自然的破坏，建立起一种新的自然概念"①，成为西方马克思主义者"发现"和"创造"的根本前提。此后的霍克海默（M. Max Horkheimer）、阿多诺（Theodor Wiesengrund Adorno）、马尔库塞（Herbert Marcuse）、弗洛姆（Erich Fromm）、本雅明（Walter Benjamin）、哈贝马斯（Jürgen Habermas）、施密特（Carl Schmitt）等承前启后。虽然他们学术背景不尽相同，观点各异，但是在关注人的命运基础上的"批判"这个问题上，却拥有共同的心愿。借西方马克思主义这股"批判"思潮在后工业"解构"时代的劲健，女性主义文论的批判之风借势起航，让支离零散的女性批判比以往任何一个时代都团结一致，她们

---

　　① ［匈］乔治·卢卡奇. 历史和阶级意识——马克思主义辩证法研究［M］. 重庆：重庆出版社，1993. 5.

在"学习"与"批判"的双重行动中为女性主义文论的未来开启了新的航程。

二、女性主义的"性"批判

"自法兰克福学派以来，文化研究延续的是一个批判的传统，从赫伯特·马尔库塞的技术理性极权主义批判到让波德里亚的消费社会批判，从后殖民主义者对种族主义心态和文化帝国主义的分析到鲍曼的关于废弃物文化的讨论，更不用说女性主义的社会性别研究。"[①] 女性主义文论作为文化组成的一部分，在"批判"的旗帜下一问世，就将矛头指向了两性关系及女性生存的境况，对旧有的女性生存价值与女性观念进行了毫不留情的批判。在地域分布上，欧美女性主义文论走在了学界前沿，一是西方马克思主义流派的学者基本都出自欧洲和美国，影响较大，因此对"批判"有比较深刻的认识和解读；二是欧美地区涌现出一大批从事女性主义文论的女学者，如伊莱恩·肖尔瓦特（Elaine Showalter）、凯特·米利特（Kate Millet）、玛丽·埃尔曼（Mary Ellmann）、帕特里夏·迈耶·斯帕克斯（P. M. Spacks）、埃莱娜·西苏（Hélène Cixous）、露丝·伊利格瑞（Luce Irigaray）、南茜·乔道罗（Nancy Chodorow）、桑德拉·吉尔伯特（Sandra Gilbert）、苏珊·格巴（Susan Gubar），以及后来的朱迪斯·巴特勒（Judith Butler）、贝尔·胡克斯（Bell Hooks）、琼·凯丽（Joan Kelly）、美籍华人汤婷婷等。欧美女性主义文论在世界范围内迅速传播，第三世界国家也陆陆续续出现了一些有影响力的女批评家。虽然女性主义文论在不同时期有不同的关注点，但她们对性别的批判则是持续的。就她们批判的焦点来说，主要集中于对女性的"性"价值的认识、对女性的过度消费以及女性在消费社会中的自我迷失。这几个方面在女性的现代生活状态中具有典型意义。

首先批判被庸俗化的"性"内涵。"性"的内涵包括人生理"欲望"的"性欲"和升华后情感相悦的"爱欲"。"经过马尔库塞的解释，爱欲活动已不停留于两性间的性欲活动，而扩大到人的其他各种活动……；不再局限为创造生命的力量，而扩展为创造文明、创造新的社会关系的力量。"[②] 然而，马尔库塞又指出："技术现实减弱了爱欲的能量并增强了性欲的能量，它限制了升华的范围，它还减弱了对升华的需要。"[③] 在高度发达的工业文明时代，当缺乏人文关怀的技术理性大行其道之时，其实证主义的特点压抑了其升华，"性"只成为形而下的肉体交媾。在父权系统之内，"性"一旦失去升华的意

---

① 魏天真，梅兰. 女性主义文学批评导论［M］. 武汉：华中师范大学出版社，2011. 264.
② 欧力同，张伟. 法兰克福研究［M］. 重庆：重庆出版社，1993. 238.
③ ［美］赫伯特·马尔库塞. 单向度的人［M］. 重庆：重庆出版社，1993. 63.

义，就会被公认为"淫秽"与"不堪"的意象，"性"便成了"不能说的秘密"。因此，女之"性"成为世人的禁区，无论是谈论还是窥视都会被视为不道德的行为。对女人自身来说，不仅要懂得羞于表达爱欲，而且还要隐藏所有属于身体一部分的生理现象，以示纯洁高尚。相对于女性主义文论来说，这个封闭的系统是男性在社会意识形态所体现出的父权特征。伊莱恩·肖尔瓦特在《她们自己的文学》中指出："对于英国妇女来说，女性亚文化群首先产生于一种共同的、不断变得羞答答的和仪式化了的身体体验。发身、来月经、性欲的萌动、怀孕、生育和绝经——整个女性性生活系统——形成一种必须隐瞒起来的生活习惯"①，这种隐瞒既是"羞于启齿"的成分，更是在高度"被计算"的"合理的机械化"② 下，社会对人自然性的遮蔽。主流文化否认"女性具有不同于男性的独特的自然特征，有其特有的社会文化特征"③。父权社会有意无意地忽略了女性的"性"特征具有的独特的文化内涵，他们把女性作为一种活着的工具。"然而，如果社会允许和鼓励力比多发泄是部分定点的性发泄的话，它将等于实际压缩爱欲能量，而且这种贬黜将同非升华的和升华的侵略形式的增长是相容的。后者在当代工业社会中极为盛行。"④

弗洛伊德和拉康是父权主义文化的支持者，他们的核心观点是：阐释超越历史和跨文化的男权文化是人存在的核心，而女性则是"菲勒斯中心主义"的嫉妒者，她们缺少主体的本质特性。这种观点被女学者激烈批评。露丝·伊利格瑞针对弗洛伊德做出了激烈的反驳，她指出，女性的"欲望"完全被曲解为"阳具崇拜"的被动"性欲"，却忽略了女性"欲望"背后独特的"爱欲"象征。女性在"爱欲"中重新发现自我，塑造自我，从而成就自我⑤。伊利格瑞摒弃先验的定论，而是致力于从女性身体的文化意义上挖掘女性的特质，拓展了女性主义文论的视角，她的观点与法国学者埃莱娜·西苏的"身体写作"相应和。西苏著名的理论"女性身体写作"提倡女性内在经验的外化，通过"写作"呼唤身体的回归，回归到人类文化主体中去，进一步否定"男性的菲勒斯中心主义"。而肖沃尔特则从女性文学的视角阐释女性文化所具有的独立特质，她综合众多的女性文学作品后在《她们自己的文学》一文中得出结论："妇女们自己已经在一个更大的社会圈子内建构了一个亚文

① 参见乔以钢，林丹娅. 女性文学教程［M］. 石家庄：河北教育出版社，2012.246.
② ［匈］乔治·卢卡奇. 历史和阶级意识——马克思主义辩证法研究［M］. 重庆：重庆出版社，1993.98.
③ 魏国英. 女性学概念［M］. 北京：北京大学出版社，2012.17.
④ ［美］赫伯特·马尔库塞. 单向度的人［M］. 重庆：重庆出版社，1993.66.
⑤ 魏天真，梅兰. 女性主义文学批评导论［M］. 武汉：华中师范大学出版社，2011.204.

化群，以价值、常规、经历及与每个人紧密接触时的行为准则组成了一个统一体。"① 美国学者玛丽·麦克丽昂（Mary Mcleon）更是直接，她揭露了将女性以"性"载体放置在与男性二元对立位置上的社会迫害："女性被看作男性的性客体来谈论。"② 她们批判的焦点在于"技术的专门化破坏了每一整体形象"③。在批判的语境内，女性已经意识到被"专门化"的父权制社会的"合理文化"遮蔽的独立个性。无怪乎美国女学者凯特·米利特在《性的政治》中用"政治"视角来解读性别权利关系的社会属性，揭示了男性为主体的社会以"政治"力量对女性在经济、教育以及性方面进行全面统治和压制。这早在波伏娃的《第二性》已经做了充分论述："女人是由男人决定的，除此之外，她什么也不是；因此人们把女人称为'le sexe'④，意思是说，在男性看来，女性本质上是有性别的、生殖的人：对男性而言，女人是 sexe，因此，女人绝对如此。女人相较男人而言，而不是男人相较女人而言确定下来并且区别开来；女人面对本质是非本质。男人是主体，是绝对：女人是他者。"⑤连男性学者徐真华也借波伏娃的观点支持对这种压制的批判："波伏娃认为两性之间没有先天的区别。从她的观点看，既不是生理、心理，也不是职业或者天性决定了女人，而是男性对第二性的看法。"⑥

"专门化"无非是男性的性别话语霸权使然，男人需要女人满足自己的欲望，然而当欲望得到满足以后，男人便暴露出对纯粹的肉体"性"的厌恶，比如社会对妓女的态度；但当女性有了自主意识后，则更加令他们讨厌，比如社会将那些独立自主的女性称为"女强人"，实则是借古代指称强盗的"强人"来称呼女性，显然是对女性能够摆脱男性支配的某种蔑视或不满。总之，女性因"性"而被需要，更因"性"而"被厌恶"。他们不愿看到女性获得"爱欲"升华后的文化意义超越主体文化，他们只希望社会按照既定的"被结合到机械体系中的一个机械部分"⑦ 中运转。所以，就出现了这样的情景："市场经济一统天下，全球资本主义化，不是由政府而是由全球化公司掌握着

---

① 参见魏天真，梅兰. 女性主义文学批评导论 [M]. 武汉：华中师范大学出版社，2011. 30.

② Mary Maleon. "Other" Spaces and "Other" [A]. In Diana Agrest. Patricia Conway, Leslie kans weisman. *The Sex of Architecture* [M]. New York：Harry N. Abrams, Inc., 1996. pp. 20 – 21.

③ [匈] 乔治·卢卡奇. 历史和阶级意识——马克思主义辩证法研究 [M]. 重庆：重庆出版社，1993. 115.

④ 法文，有"女性、性、性器官、性欲"等意。参见 [法] 西蒙娜·德·波伏娃. 第二性（第1卷）[M]. 上海：上海译文出版社，2013. 9.

⑤ [法] 西蒙娜·德·波伏娃. 第二性（第1卷）[M]. 上海：上海译文出版社，2013. 9.

⑥ 徐真华，黄建华. 20世纪法国文学回顾：文学与哲学的双重品格 [M]. 上海：上海外语教育出版社，2008. 95.

⑦ [匈] 乔治·卢卡奇. 历史和阶级意识——马克思主义辩证法研究 [M]. 重庆：重庆出版社，1993. 99.

大权，技术理性实现对人的全面控制，在这个情景中，将没有进步、升华或人文主义的余地。"① 一旦具有人文精神的文化内涵被雪藏，具体到女性身上真的只剩下工具这一社会"效用"了。

三、"消费身体"的女性批判

"性"被工具化的危害实质是其背后潜藏着对女性"身体"过度开发和消费的畸形"政治规律"。作为"政治规律"的支持者，米歇尔·福柯在《规训与惩罚》（*Discipline and Punish*）中强调："身体的概念和对身体的描述是在具体的文化话语和社会建构中产生的，尤其是在医学、心理分析学、宗教、时装、广告、文学、媒介和艺术等领域和机制的话语中建构的。"② 他以"身体主义"强化男性权力论。阳具崇拜理论的推崇者拉康认为女性是没有自我的，女性所体现的价值只是附庸。"在拉康的符号秩序中，女性是男性借以巩固与其他男性之间的关系的交换物，是被动的，因为女性没有阳具。"③ 女性主义学者凯特·米利特撰文《性的政治》批判这种男权至上的傲慢。她的《性的政治》是"一部充满激情的政治论争的著述"④。凯特·米利特在该书中指出"男性政治"被无限合理化，而女性在社会生活中的教育、家庭、政治、文化等领域的权益则被无限压缩，最后，留给女性的活动只有对自己身体的"出卖"这唯一的价值体现。

在大众场所，我们随处可见女性被作为具有诱惑性暗示的招牌使用，从纯粹的商业营销、以商业利益为目的的文化模式到作为学术理论的女性研究，都出现了色情化或"身体暗示"的倾向。在非大众的隐秘空间，性骚扰、猥亵、强暴，几乎成为威胁女性安全的最大杀手。而处于家庭这一相对安全区域，主妇在婚姻、养儿育女、家务等琐屑事务的挤压下，女性的内在潜质则被碎片化、单面化。借用法兰克福学派学者霍克海默著名的"肯定的文化"（Affirmative Culture）批判论断，这种将女性单面化的罪魁祸首就是所谓的"肯定的文化"。霍克海默指出，"肯定文化的基本社会功能既是提供一种辩护，充当现实的装饰品，美化和证明现存秩序，引导人们同现存实现相调和；又可使人在幻想中得到满足，平息人们的反叛欲望"⑤。因此，当我们以女性

---

① 魏天真，梅兰. 女性主义文学批评导论［M］. 武汉：华中师范大学出版社，2011. 146.
② 苏红军. 在相互质疑中探索女权主义关于身体的理论［A］. 苏红军，柏棣. 西方后学语境中的女权主义［M］. 桂林：广西师范大学出版社，2006. 90.
③ 苏红军. 在相互质疑中探索女权主义关于身体的理论［A］. 苏红军，柏棣. 西方后学语境中的女权主义［M］. 桂林：广西师范大学出版社，2006. 87.
④ 乔以钢，林丹娅. 女性文学教程［M］. 石家庄：河北教育出版社，2012. 245.
⑤ 欧力同，张伟. 法兰克福学派研究［M］. 重庆：重庆出版社，1990. 283.

在商业中的地位为例："从商业角来看，女性被化妆品、时尚服饰、家居形象装扮出来的身体成为商业符号，她们的身体在不经意中充当起商品代言和宣传的角色，成为'被看'的角色。……女人们在'肯定文化'这座金丝笼中失去了个性特征，已经被商品驯化为无意识的'消费品'。"① 我们似乎看到，在父权特征的"肯定的文化"的制约下，无论女性表现得如何独立自主或者卓越不凡，紧身衣、丝袜、化妆品、假睫毛依然是女性不可缺少的装饰，女性躯体更像被用来供观赏的物品。而以婚姻为载体的"性"更是将女性锁在了繁复琐屑的家庭关系中。女性成为性别地盘上的流放者、他者，而非主体。从传说中引发特洛伊战争的海伦、埃及艳后克里奥帕特拉到《战争与和平》中的安娜，无论是传说、文本还是现实，女性始终是交换、谈判和交易的筹码。中国的武则天在历史上实属空前绝后，少之又少。

乔治·卢卡奇谈到过物质的泛化对人的主体意识产生的影响，"如果我们遵循着劳动在它的发展过程中所采取的从手工业经过合作生产和工厂手工业到机器生产的道路加以考察，我们就会发现存在着一种不断地向着高度理性发展，逐步地清除工人在特性、人性和个人性格上的倾向"② 。藉卢卡奇的批判态势，女学者们西蒙娜·德·波伏娃、贝蒂·弗里丹、肖尔瓦特、露丝·伊利格瑞、朱迪斯·巴特勒、琼·凯丽等纷纷撰文批判女性身体被"物化"为商品的现象。她们竭力呼吁关注女性的超越身体以外的文化贡献。朱迪斯·巴特勒在《性别麻烦：女性主义与身份的颠覆》中指出："如果生理性别本身就是一个社会性别化的范畴，那么把社会性别定义为文化对生理性别的诠释就失去了意义。"③ 贝蒂·弗里丹借《女性的奥秘》为女性所完成的家庭义务正名。1977 年琼·凯丽在《妇女有文艺复兴时期吗？》中指出，"男性和女性的历史既不相同又是密切相连的。妇女的历史是人类历史的一部分，不应将其看成是位于男性的历史之外的"④ 。这些女学者们在贯彻西方马克思主义批判思维过程中不断为传统女性认识进行着不懈地矫正、调整和创新。尽管偶尔出现矫枉过正的言论，但就整体来说，她们为女性走出"商品"语境做出了努力的姿态。

———————————

　　① 张向荣. 女性主义文论：后学语境及其主体意识——20 世纪 80 年代以来学界的前沿进展 [J]. 马克思主义与现实，2013（3）.

　　② ［匈］乔治·卢卡奇. 历史和阶级意识—马克思主义辩证法研究 [M]. 重庆：重庆出版社，1993. 97～98.

　　③ ［美］朱迪斯·巴特勒. 性别麻烦：女性主义与身份颠覆 [M]. 上海：上海三联书店，2009. 10.

　　④ 参见苏红军. 时空观：西方女权主义的一个新领域 [A]. 苏红军，柏棣. 西方后学语境中的女权主义 [M]. 桂林：广西师范大学出版社，2006. 42.

四、批判"消费权力"误区

在讨论女性"被消费化"的同时，我们回避不掉另一个话题——消费的"女性化"。卢卡奇在《历史和阶级意识——马克思主义辩证法研究》中通过对"物化和无产阶级"的分析，指出："当资本主义的体系本身不断地在越来越高的经济水平上生产和再生产的时候，物化的结构逐步地、越来越深入地、更加致命地、更加明确地沉浸到人的意识当中。……所以，就生息资本来说，这个自动的拜物教就纯粹地呈现出来了。"① 除去对阶级意识的考量，卢卡奇是在揭示一个普遍存在的社会问题，就是当物质极大丰富以后，人的商品消费理念发生巨大变化，商品本身被赋予了符号意义，不但为满足日常基本生活，而且成为追求名牌、时髦和身份的象征。这种象征赋予人以崇高社会地位的表象，拥有者会获得暂时的虚荣感。法国学者让·鲍德里亚于1970年出版的《消费社会》将马克思主义的批判理论从生产领域引入消费领域，借此西方社会掀起了对后工业时代无节制消费的批判。而女性作为社会消费主体，其成败利钝自然成为女性主义文论探讨的焦点。

乔安·霍洛斯（Joann Hollos）的《消费与物质文化》揭示了家庭妇女与消费的关系。"'家庭妇女'被建构成'家庭经理'或'家务科学家'，家务劳动和女性特征都理性化了。"② 家庭的日常生活大部分是围绕家人的消费而进行的，而女性则要负责他们的全部物品用度。她们积极实践着"快乐的家庭妇女英雄"③ 的角色，在消费中失去了"抵制"的意志，因为消费本身就是一种"好玩"和"休闲"的快乐体验，而且，消费也是女性增加个人价值、引起重视、成为关注中心的行为。但是，当消费行为过度后，女性就会被物质所左右，她们就会迷失于物质造成的繁盛假象，无形之中陷入了"拜物教"的生活方式。历史上女性一直走在消费的前面，而且，百货商店的奢华内景及售货员细致周到的服务，让消费者有一种"尊贵"的感觉。通过购买商品，既使女性的"欲望"合法化，又让她们获得了"主权意识"的满足感，露蒂·莱尔曼（Rudi Laermans）认为，百货商店成了"女性休闲中

---

① ［匈］乔治·卢卡奇. 历史和阶级意识——马克思主义辩证法研究［M］. 重庆：重庆出版社，1993.104.
② ［法］乔安·霍洛斯. 消费与物质文化［A］. 马元曦，康宏锦. 西方女性主义文学文化译文集［C］. 桂林：广西师范大学出版社，2008.143.
③ ［法］乔安·霍洛斯. 消费与物质文化［A］. 马元曦，康宏锦. 西方女性主义文学文化译文集［C］. 桂林：广西师范大学出版社，2008.149.

心"①。她们需要借助外在物质来增强自己的自信心和安全感,戴名贵饰品、开玛莎拉蒂、住豪宅别墅才从容,穿布衣、住茅屋就自卑到尘埃里。

1973 年希勒·柔波森(Sheila Rowbotham)在《女人的意识 男人的世界》中谈到了如果摈弃化妆,对女性以至于女性主义者都注定成为异常艰难的历程,究其原因是"我们的思想意识的形成离不开我们所处的环境"②,而"我们的处境"就是一个被众多"合理的局限"所规约的境遇。对女性来说,这个"合理的局限"是"新型的,合乎时尚的,科学地,合理地控制的环境"③,是在消费驱赶下的无限趋近"成为贵妇人"理想的语境。然而,无论是"贵妇人"还是"快乐的家庭妇女",都在无形之中强化了父权文化的特征,而这一特征"在相当程度上是围绕着社会性别/自然性别的不同构建起来的"④。这是一种"集体无意识"状态,这种无意识造就了"虚假的社会秩序"。"它阻碍任何不同于现存合理性的东西。就思想和行为与既定现实相符合而言,它们表达着一种虚假意识,同事实的虚假秩序相呼应并有助于保存这一虚假秩序。"⑤ 就像女性在消费中获得的并不是物品、地位和财富的占有一样,女性也不会成为消费行为本身的主人,而是无形中被消费所束缚,在消费的过程中越来越失去个性和想象力,而成为消费享乐主义机器。也正是在这个意义上,消费其实是操控女性的一种"虚假意识"。不要小看这种非人性化的、普遍化了的"虚假意识",它不但控制了女性的日常行为,从某种程度上来说,它还能将人变成物,变成可能被反复出售的物体。如那些妓女,她们在物化的过程中可能把自己的身体商品化,将自己出卖给金钱。有部分妓女是被生活所迫,然而大部分则纯粹出于自愿、好玩、赚取金钱等目的。所以如果不是对虚荣感的无限攀附,不是对"讨好男人的青睐"的追慕,不是为了获取一些"被尊重"的资本,女性还会流连于百货商场、往返于穿衣镜前吗? 答案是否定的。她们对物质的沉迷无可救药,"当现代社会的女性企图走出被边缘化的境遇,希望营造满足个人化欲望的语境时,却使女性陷入另一个吊诡的境地——女性通过消费实现权力,却被所谓的'权力'束缚在

① [法]乔安·霍洛斯. 消费与物质文化 [A]. 马元曦,康宏锦. 西方女性主义文学文化译文集 [C]. 桂林:广西师范大学出版社,2008.141.

② 转引自柏棣. 读凯西威克斯的《女性主义立场观的主体》[A]. 苏红军,柏棣. 西方后学语境中的女权主义 [M]. 桂林:广西师范大学出版社,2006.77.

③ [法]乔安·霍洛斯. 消费与物质文化 [A]. 马元曦,康宏锦. 西方女性主义文学文化译文集 [C]. 桂林:广西师范大学出版社,2008.143.

④ 蓝佩嘉. 销售女体,女体劳动——百货专柜化妆品女售货员的身体劳动 [A]. 马元曦,康宏锦. 西方女性主义文学文化译文集 [C]. 桂林:广西师范大学出版社,2008.184.

⑤ [美]赫伯特·马尔库塞. 单向度的人 [M]. 重庆:重庆出版社,1993.123.

'自我消耗'的欲望化困境中"①。就像卢卡奇对商品的评价那样："它要在人的所有意识上打上商品的烙印。"② 无形中造成了日常生活中的"古拉格"状态。

无论是"性"的异化、"被消费"，还是"消费的性别化"，女性在政治、经济、文化、教育、两性关系等的"他者"处境是毫无疑问的。但也有一些女性主义文论家，如美国学者卡米尔·帕利阿（Camille Paglia）、卡蒂·洛依弗（Kate Roiphe）、内奥米·沃尔夫（Wolf）等的观点却反其道而行之，她们不但否定女性目前的处境，还猛烈攻击波伏娃、埃莱娜·西苏、露丝·伊利格瑞、贝蒂·弗里丹等著名学者的思想。她们首先认为女性一受到委屈就大叫自己是牺牲品，尤其是那些中产阶级的女孩，从小娇生惯养，却"想干什么就干什么"；卡米尔·帕利阿认为"女性主义"是胡乱拼凑起来的东西，毫无章法，只是一些女性自虐的无病呻吟之作，而且她指责美国女性学术界对法国毫无原则的推崇，指责这是"跪在地上，亲吻法国人的自我"。③

篇幅所限，我们不打算在此就这些学者的观点进行长篇大论，我们既不赞成女权主义那种过于男性化的做法，也不鼓励女人想当男人的女权运动，因为在追求独立过程中偏离了女性特质的轨道不是真正的女性主义。当然，我们也不会肯定攻讦女性主义的行为。但有一点我们要清楚：女性主义，从来就不是一种"无聊主义"，更不是借以攻击男性的武器，而是女性主义文论家们期望从种族、阶级、文化的视角揭示女性与男性、女性与女性之间的性别歧视、种族主义和阶级偏见，让更多的人知道，世界上还有这样一群人，那样一种生存状态。

五、女性主义文论发展之一——跨文化探索意识

批判的同时，作为一种问题意识，学者们一直没有停止过探索与争论："如何能在性别关系之间构建一种互为主体间性的和谐共处原则？"哈贝马斯认为可以通过解释学为主体间性提供一种符号学基础，也可以提供一种认识他人所经验的意义的复杂结构的工具，为协同工作奠定了基础④。解释学是哈贝马斯批判经验主义对人的非人性化控制的有力武器，它囊括了道德的、人

---

① 张向荣. 女性主义文论：后学语境及其主体意识——20世纪80年代以来西方学界的前沿进展 [J]. 马克思主义与现实，2013（3）.

② ［匈］乔治·卢卡奇. 历史和阶级意识——马克思主义辩证法研究 [M]. 重庆：重庆出版社，1993. 111.

③ Camille Paglia. Ninnies, Pedants, Tyrants, and Other Academics [J]. *Times Book Review*, 1991.

④ ［美］罗伯特·戈尔曼. "新马克思主义"传记词典 [M]. 重庆：重庆出版社，1993. 387.

性的，甚至美学方面的意义，哈贝马斯称其为"进步的个体性"和"解放的人类利益"。马克思在现实和空想之间进行了精辟的对比解释与分析，后继者们也都以批判思维为阐释的根本特性，它们对既往现象的解释，以及揭示未来生活的自由本质、真正的实践价值等问题成为对女性主义文论的有效启迪。或许女学者们能够借助西方马克思主义"批判"和"创新"的武器进行一番有益的理论尝试。

美国女性主义文论家苏珊·斯坦福·弗里德曼（Susan Standford Friedman）以"超越"为基点提出了女性主义文论的未来之路，她将之称为"社会身份新疆界说"（New Geographics Identity），意思是"把女性作为打破西方文化主流权威叙事话语表现的效果，从理论上解读"①。此说一方面来自于跨学科的"社会身份疆界说"，另一方面是弗里德曼总结女性主义文学研究者们的思想和观点，如伊莱恩·肖尔瓦特的女性主义批评方法而得出的。"社会身份疆界说"旨在验证来自不同个体不同族群所共同关注的领域及他们所拥有的共同语言，弗里德曼的"新疆界说"则在此基础上对性别之间存在差异前提下所共有的某种共性、某种共同源头进行阐发。它不是界限分明的黑与白、此岸与彼岸、你与我的隔阂，而是"不同与相同，停滞与运行、肯定对疑惑、纯粹对混杂：社会身份的疆界说就在差异的边界和模糊的边境地带之间流动"②。它强调女性主义文论在各个时期的流动性和互为转化的机制。弗里德曼即反对一些文论将男性压迫论绝对化，也不赞同抵抗男权的思维，而是强调文论的发展要以"双重与多重""主体与异体""矛盾与同一"的重叠交合为基准。这样使女性主义文论不再一味把性别差异论当作批判的唯一对象，而是从阶级、种族、性别、宗教、群体、心智身体等诸多方面综合考量性别之间发生矛盾的因素。为了证明自己的观点，弗里德曼特别在她的论著《超越女作家批评和女性文学批评》中列举了两位男作家詹姆斯·乔伊斯（James Joyce）、劳伦斯（D. H. Lawrence）和两位女作家弗吉尼亚·伍尔芙（Virginia Woolf）、琼·里斯（Jean Rhys）的不同生活状态进行阐释。四人地位、背景经历、性取向的不同，使得他们在创作的同时对文本的处理带有明显的阶级意识、性兴趣的烙印，而非仅仅是性别意识的痕迹。苏珊·斯坦福·弗里德曼的"社会身份疆界说"即为认识性别差异指出新的论证思路，也为第三世界的女性主义文论打开了批判的大门，这是对"白人中心主义"的反诘，也是对"多重身份机制"的呼吁。

---

① ［美］苏珊·斯坦福·弗里德曼. 超越女作家批评和女性文学批评 ［A］. 马元曦，康宏锦. 西方女性主义文学文化译文集 ［C］. 桂林：广西师范大学出版社，2008.84.

② ［美］苏珊·斯坦福·弗里德曼. 超越女作家批评和女性文学批评 ［A］. 马元曦，康宏锦. 西方女性主义文学文化译文集 ［C］. 桂林：广西师范大学出版社，2008.86.

　　美国少数族裔学者桑德拉·塔儿佩德·默罕悌的《在西方的眼光下》(*Under Western eye*)，最直接的目的就是"指出跨文化女性主义活动必须注意环境、主体性与斗争的微观政治以及全球经济、政治制度和过程的宏观政治"①。在"全球化"日趋流行和成为时髦象征的时代，桑德拉却直指全球化的弊端——被西方殖民化，尤其是在女性学领域，它面临的挑战已不仅仅是男性的目光，而且还可能面临种族、民族、区域等复杂因素的干扰。因此，桑德拉从学科视角出发，以跨文化为基础，提出了"国际化"的女性学课程模式，它的定位是在欧美之外的"地区化"空间，关注第三世界、有色人种等文化范畴中的女性。"这些模式的视角都是以有关地方与全球妇女的力量、国家的认同的特定的概念为根据，每一个教学模式将体现不同的跨越疆界和搭桥的故事、方法。……正是这种模式，提供了把复杂的理解经验、场合和历史的关系理论化的方法，使女性主义跨文化工作通过这样的背景，建造一个真正的普遍的民主观念，而不是殖民化。"② 桑德拉的女性学教学模式在一定程度上与"社会身份新疆界说"互补互证。苏珊·斯坦福·弗里德曼提出了一个研究女性主义文论的"种"概念，而桑德拉则在"种"概念的基础上进行文论"属"的实践。

　　英国著名的马克思主义女权主义者罗博特姆（Rowbotham）一生致力于社会主义女权主义研究，其著述颇多，如《妇女、反抗和革命》《在历史的背后》《妇女与激进的政治》《妇女运动与社会主义组织》等等。她主张，"可以从社会主义出发，运用近来反等级制的、经验的和个人形式的女权主义组织来达到这一革命传统"③。罗博特姆不同于苏珊·斯坦福·弗里德曼等的跨文化的女性主义文论研究，她以政治意识来倡导女权主义的研究方式，以"转换女权主义与社会主义之间的关系"的形式，倡导创立一种人类的真正的平等关系。但是，她提倡的个人自由和性解放的绝对理论，却让性别问题陷入弗洛姆所言的"自由"与"责任"的无休止的纠缠之中。

　　不管怎样，女学者们为女性主义理论走向多元化不懈地努力着。虽然是学理上的一小步，却为性别文论研究迈开了一大步，为程式化的性别已然关系做了多维度的注脚。其他如当代学者安吉拉·戴维斯（Angela Davis）、吉娜·丹特（Gina Dent）、玛丽安·马婵德（Marianne Marchand）、安·伦彦

　　① ［美］桑德拉·塔儿佩德·默罕悌. 再访《在西方的眼光下》：通过反资本主义的斗争赢得女性主义的团结一致［A］. 马元曦，康宏锦. 西方女性主义文学文化译文集［C］. 桂林：广西师范大学出版社，2008.3.

　　② ［美］桑德拉·塔儿佩德·默罕悌. 再访《在西方的眼光下》：通过反资本主义的斗争赢得女性主义的团结一致［A］. 马元曦，康宏锦. 西方女性主义文学文化译文集［C］. 桂林：广西师范大学出版社，2008.17.

　　③ ［美］罗伯特·戈尔曼主. "新马克思主义"传记词典［M］. 重庆：重庆出版社，1993.723.

（Ann Runyan）、夏洛特·胡珀（Charlotte Hooper）都在反全球化女性主义及"西方白人中心主义"的女性主义中做出了很多贡献。这也正是桑德拉所欣慰的事。"恰恰是这些妇女群体潜在的认识优势，打开了破除资本主义神秘化和展现跨边界经济与社会正义的空间。"① 不囿于既定关系的束缚，不盲目追随各种"中心主义"，而是回到自我，向内追问，探索内在的本质，在自我剖析中寻找问题的答案，这是现当代女性主义文论重要的实践宗旨。就如西方马克思主义学说后期代表人物、现代解构主义大师米歇尔·福柯所阐述的那样："出现这种意义上的'自我'是西方社会权力重新组合的一部分……到了现代，权力广泛地分散到社会成员手里，直至关怀的细节和最具私人秘密生存空间的使用。"② 性别权力在女性的"自我"追问中获得了超越，"不现实的沟通"（性别、种族对话）与"现实的沟通"（从属关系的确立）合理对接，在一个公共领域得到了趋向主体间性的和谐发展。

六、女性主义文论发展之二——改造历史思维

一种真正的理论必须对问题做出符合历史和现实的回答，而不是对某种乌托邦的畅想。无论是"社会身份新疆界说"，还是"社会主义转换理论"，都具有开拓意义，但它们只是解决问题的途径之一，绝不是答案。答案在哪里？从西方马克思主义中的存在马克思主义流派代表人物让·保罗·萨特（Jean-Paul Sartre）的《辩证理性批判》的辩证理性来看，"辩证理性，当它通过男人和女人的活动而起作用时，它具有总体化的能力，这个总体化是创造和理解历史的过程"③。萨特所说的"辩证理性"与传统意义上的"分析理性"相对，辩证理性脱离了虚假的实证主义思维，力图从"历史的结构人类学"④ 出发来发现人、构造人，它源于人的实践活动。

借用萨特的辩证理性来分析女性主义文论，就会发现历史叙事与性别话语之间存在着对立统一关系。如果我们能利用其性别视角与社会历史方法契合的方法进行建构，则可能超越任何单一的思维方式和批评理论所产生的理想效果。如对女性身份的认同，不仅是对时代风格的考证，而且需要对所处环境、历史线索、主导意识形态话语进行统一分析。因此，将历史与女性发

---

① ［美］桑德拉·塔儿佩德·默罕悌. 再访《在西方的眼光下》：通过反资本主义的斗争赢得女性主义的团结一致 ［A］. 马元曦，康宏锦. 西方女性主义文学文化译文集 ［C］. 桂林：广西师范大学出版社，2008. 27.

② ［美］周蕾. 社会性别与表现 ［A］. 马元曦，康宏锦. 西方女性主义文学文化译文集 ［C］. 桂林：广西师范大学出版社，2008. 34.

③ ［美］罗伯特·戈尔曼. "新马克思主义"传记词典 ［M］. 重庆：重庆出版社，1993. 742.

④ ［美］罗伯特·戈尔曼. "新马克思主义"传记词典 ［M］. 重庆：重庆出版社，1993. 742.

展结合的形式分析策略不失为一种发展女性主义文论批评的新思考。女学者们在这方面进行了不懈的尝试。

首先，她们批判的焦点集中在"时间"是造成性别二元对立的根源上。自西方文艺复兴以来，普遍的看法是时间是线性发展的，是历史进步的标志。然而，现代女性主义文论家对女性历史研究后指出，所谓线性的历史，只是男性的历史，女性的历史则被忽略。美国女权主义史学者格达·勒娜（Gerda Lerner）指出所谓的历史都是男性的，女性被男性书写排斥在历史之外。玛丽·帕特里夏·玛菲（Mary Patricia Murphy）以英国维多利亚时代主流话语的偏见为例，分析了僵化的性别界限，她认为，"时间成了权力的工具"，是以男性的特权为基础的。茱莉亚·克里斯蒂娃批评道："男性的时间表述线性的发展代表进步和秩序，而女性的时间则是循环和动乱的。"①线性时间观是男性为历史做的注解，几乎没有女性的声音。但无论文艺复兴还是工业革命，表面看是男性在主导历史进步，没有女性的历史作为背后的支撑，没有女性付出的沉重代价，男性是难以完成历史转折任务的。"妇女是创造历史的重要主体力量"②，是传统历史观背后的隐性发展线索。

因此，女学者们更希望建立起历史与女性、历史与女性文学批评的方法论。就像施密特在总结马克思的《资本论》后所指出的那样，"《资本论》中结构性表述方式与历史的研究方式之间的差异并没有使结构在认识论上超越历史之上"③。对女性历史的关注，终究会成为探索人类历史的必要过程。除了对女性文学、女性权益斗争的历史追溯，学者们还通过对女性日常生活历史的考察，细致梳理出现在性别、种族和阶级之间的社会差别的新挑战和重新调整。美国女学者凯西·佩斯在《化妆，翻新：化妆品、消费文化、妇女的身份特征》中通过描述女性使用化妆品的历史，通过化妆品如何成为女性生活中的必备品为主线，探讨了女性身份特征与外貌关系的历史文化，以及在消费文化面前女性身份的主客体关系不断演变的过程，她认为化妆品的作用之一是把"女人"变成商品或物化，但是打破了女性中的文化等级，让文化合理性更加凸显。乔安·霍洛斯则将时装、美容与女性的生态发展紧密联系起来，更立体更鲜明地表现在消费主义"合理规范"下的女性身份的历史演变。

历史始终对人、事物、自然的进程负责。所以，马克思、恩格斯、西方马克思主义学者、结构主义人类学家、后现代主义解构主义者们都试图打破

① 苏红军. 时空观：西方女权主义的一个新领域［A］. 苏红军，柏棣. 西方后学语境中的女权主义［M］. 桂林：广西师范大学出版社，2006.40.

② 苏红军. 时空观：西方女权主义的一个新领域［A］. 苏红军，柏棣. 西方后学语境中的女权主义［M］. 桂林：广西师范大学出版社，2006.42.

③ ［美］罗伯特·戈尔曼. "新马克思主义"传记词典［M］. 重庆：重庆出版社，1993.756.

正统历史的线性思维，力争开拓历史的全貌，女性主义文论也在坚韧实践着对历史中女性价值的全面改造。卢卡奇的观点代表了这种愿望，或许对女性主义文论的未来有借鉴意义："把历史作为一个侧面去描写与把历史作为一个统一过程去描写，这两者的区别不像部分的历史和普遍的历史的区别那样，仅仅是一个范畴不同的问题，而是一个方法、态度的对立。"①

七、结语

写到这里，突然想起美国著名的电影《肖申克的救赎》中老黑人的一段台词："监狱里的高墙实在是很有趣。刚入狱的时候，你痛恨周围的高墙；慢慢地，你习惯了生活在其中；最终你会发现自己不得不依靠它而生存。这就是体制化。"的确，当一种语境固化为制度，那么身在其中的人们生活方式也在集体无意识的状态中依此行进，甚至产生乐在其中的"惰性"。当西方马克思主义流派的批判劲风吹开这层面纱时，打破技术理性社会壁垒的呼声此起彼伏。女性主义文论被裹挟着从最初向父权制度看齐到批判传统的女性状态，再从激烈的攻讦到理性的构建。显而易见，无论是超越种族、民族界限，还是还原历史本来面目，女性主义文论已经从"缺席"文化构建到积极参与迈出了勇敢的步伐。女性的思想原动力正是从文化批判的发现和觉醒中生发出来的。女性主义在发展过程中的迷惘和不成熟，关于女性文化的文论都会对女性文化的"性别意识""女性思维"等都会通过"批判"和"超越"加以凸显，并把女性的事实世界和可能的价值世界在现代人文理想的目标下统一起来，进而为女性的文化维度增加激情的原动力，也为女性提供异质借鉴。

（原载《马克思主义与现实》2015 年第 3 期，略有改动）

---

① ［匈］乔治·卢卡奇. 历史和阶级意识——马克思主义辩证法研究［M］. 重庆：重庆出版社，1993. 15.

◉ 中国诗学

从出土文献看七十子后学
在先秦散文史上的地位

陈桐生

　　《郭店楚墓竹简》与《上海博物馆藏战国楚竹书》在世纪之交相继面世，为先秦文学研究提供了许多新资料。郭店简和上博简第一册中都有《缁衣》，这是《礼记》中原有的文章。上博简第二册中的《民之父母》，内容与《礼记·孔子闲居》大体相同。第四册中的《内礼》与《大戴礼记·曾子立孝》内容相近。上博简中还有一批在内容和形式上与大小戴《礼记》相近的作品，如第二册中的《鲁邦大旱》、第四册中的《相邦之道》，都与大小戴《礼记》中那些记载孔子应对弟子及时人的文章相近。特别是上博简中出现了以孔门弟子名字命名的文章，如第二册中的《子羔》、第三册中的《中弓》。虽然这些出土竹书的数量与大小戴《礼记》现有文章相比，还只占较小的比例，但它们已经足够说明问题了。这些文献的出土对某些学术定论——诸如认为大小戴《礼记》作于秦汉时代——提出了挑战，它们表明，像大小戴《礼记》之类的文章完全有可能作于春秋战国之际七十子后学之手。新的资料引发我们提出"七十子后学散文研究"论题。

一、"七十二子散文"释名

　　"七十子后学散文"这个概念能否成立？这是首先要解决的问题。因为此前只有"七十二子""七十子""七十七子"之说，而从来没有"七十子后学散文"的概念。

　　"名者，实之宾也。"（《庄子·逍遥游》）要论证"七十子后学散文"概念能否成立，关键是看有没有七十子后学散文这一史实。汉代文献记载了一些七十子后学著作：《史记·仲尼弟子列传》载曾参作《孝经》。《汉书·景十三王传》载："献王所得书皆古文先秦旧书：《周官》《尚书》《礼》《礼记》《孟子》《老子》之属，皆经传说记，七十子之徒所论。"《汉书·艺文志》六艺略礼类载《记》百三十一篇，班固自注："七十子后学者所记也。"又载《王史氏》二十一篇，班固自注："七十子后学者。"《汉书·艺文志》诸子略儒家类著录《曾子》十三篇、《漆雕子》十三篇、《宓子》十六篇、

《子思》二十三篇。《郭店楚墓竹简》中的《缁衣》《五行》《成之闻之》《尊德义》《性自命出》《六德》《鲁穆公问子思》《穷达以时》《唐虞之道》《忠信之道》《语丛》，被专家断为子思学派之作。上博简中也有一些七十子后学文章，如《性情论》《民之父母》《子羔》《鲁邦大旱》《从政》《昔者君老》《中弓》《内礼》《相邦之道》等等。据《汉书·艺文志》记载，《论语》的"记""辑""纂"都与七十子后学有关。据《礼记·杂记下》载，孺悲从孔子而书《士丧礼》，以此推测，《仪礼》是孔子所述、七十子所记。《孔子家语》《孔丛子》中可能也有一些七十子后学文章。据此，"七十子后学散文"是指七十子后学著述的以《论语》、大小戴《礼记》、《孝经》、《仪礼》以及郭店简、上博简中儒家文献为代表的文章。

"七十子后学散文"的外延很难确定，这是因为战国文章往往不是一次写定，它是由宗师口述，弟子作笔录，然后在传习过程中不断地被后学增删，这个增删的过程可能长达两三百年，大小戴《礼记》中有些文章的最后写定可能已到秦汉时代。因此，"七十子后学"既指七十子本人，也包括七十子弟子及其向下延伸数辈的战国秦汉之际所有儒家后学。但"七十子后学散文"的主体，则是由孔子口述而为七十子笔录以及由七十子口授而为他们弟子笔录的文章，说理散文的创新主要是由这两代人完成的。我们可为七十子后学散文设定一个大致的下限——子思及其弟子作品。

并非所有七十子后学文献都有文学研究价值，像《仪礼》和大小戴《礼记》中那些专载礼仪制度的文章基本上没有文学意味，至多只能作为先秦诸子散文研究的背景资料。具有文学研究价值的主要是以下几类：

（1）片断语录体：《论语》中的语录部分、《礼记·坊记》、《表记》、《中庸》、《缁衣》。郭店简中几篇《语丛》也可归入这一类。

（2）问答记事体：《论语》中的记事问答部分、上博简《子羔》、《中弓》、《鲁邦大旱》、《民之父母》、《相邦之道》、郭店简《鲁穆公问子思》、《礼记·檀弓上》、《檀弓下》、《曾子问》、《礼运》、《经解》、《哀公问》、《仲尼燕居》、《儒行》、《孝经》、《大戴礼记·主言》、《哀公问五义》、《礼察》、《卫将军文子》、《五帝德》、《子张问入官》、《千乘》、《四代》、《虞戴德》、《诰志》、《小辨》、《用兵》、《少闲》。

（3）专题论文：此类文章又可分四种情形：①《大戴礼记·曾子立事》《曾子本孝》《曾子立孝》《曾子大孝》《曾子事父母》《曾子制言上》《曾子制言中》《曾子制言下》《曾子疾病》《曾子天圆》《礼记·大学》。这些文章大都是曾参的讲学纪录，它们是最早的专题论文。②《礼记·祭义》《冠义》《昏义》《乡饮酒义》《射义》《燕义》《聘义》《丧服四制》《大传》。这些文章都是典型的《仪礼》传记。③《学记》《乐记》《大戴礼记·礼三本》。这些文章讨论教育、音乐和礼义，可以视为广义上的礼学传记。④郭店简《五行》、《穷达以时》、《唐虞之道》、《忠信之道》、《成之闻之》、《性自命出》、《六德》、《尊德义》、上博简《从政》甲乙篇。这一组文章都是近年出土竹书。

上述文章除《论语》外，此前大都不在文学史家的学术视野之内。其所以如此，一是因为此前人们将大小戴《礼记》等文章断为秦汉之作，二是以为这些礼学文章属于典章制度，不在文学研究之列。这两大认识障碍，前一个已被扫除；至于第二个误解，只要将我们将上述论列的文章与《孟子》《荀子》进行比较，就会发现它们在内容和形式上有诸多相似之处，既然《孟子》《荀子》可以作为文学史研究对象，为什么七十子后学文章就不能呢？

二、"先进"与"后进"，"述"与"作"

孔子 34 岁开门授徒，72 岁去世，从教 38 年，他的弟子年龄跨度很大。据《史记·仲尼弟子列传》记载，七十子之中年龄最大的是子路，小孔子 9 岁；年龄最小的是公孙龙，小孔子 53 岁，最大与最小之间相差 46 岁。《论语·先进》载孔子曰："先进于礼乐，野人也；后进于礼乐，君子也。"清人刘逢禄在《论语述何》中认为，"先进"与"后进"指的是弟子及孔门之次第。钱穆在《先秦诸子系年》中进一步指出，孔门弟子有前辈与后辈之分，像子路、冉有、宰我、子贡、颜渊、闵子骞、冉伯牛、仲弓、原宪、子羔、公西华，都是孔门弟子中的前辈，他们多问学于孔子去鲁之前；而子游、子夏、子张、曾参、樊迟、漆雕开、澹台灭明，则是孔门弟子中的后辈，他们多从游于孔子返鲁之后。而前辈与后辈的风气大不相同："由、求、予、赐，志在从政；游、夏、有、曾，乃攻文学；前辈则致力于事功，后辈则精研于礼乐。……大抵先进浑厚，后进则有棱角；先进朴实，后进则务声华；先进极之为具体而微，后进则别立宗派；先进之淡于仕进者，蕴而为德行；后进之不博文学者，矫而为玮奇。"① 为什么同出孔门，"先进"与"后进"的风气竟有如此大的变化？这其中的原因是多方面的。春秋战国之际，伴随着宗教、政治、文化、风气和社会心理的巨变，士风逐渐由实趋华，尤其是魏文侯所开创的尊士养士之风，直接引导着社会心理和士风的深刻转变，士林阶层竞相向社会展示自己的创造个性，以吸引社会的注意力。如果将春秋战国之交的社会变革比做一个门槛，那么"先进"尚处于这个门槛之内，他们更多地接受了春秋士风的影响，所谓朴实深厚、志在从政、蕴为德行等等，无

---

① 钱穆. 先秦诸子系年（上）［M］. 北京：中华书局，1985. 81～82.

不深深地打上了春秋士风的烙印，"先进"是春秋士风的殿军。"后进"则处于这个门槛之外，他们重视文学，精研礼乐，务求声华，别立宗派，是战国士风的开启者。

　　"先进"长篇文章可以辨识的有：宰予 1 篇：《大戴礼记·五帝德》；子贡 1 篇：《大戴礼记·卫将军文子》；仲弓 1 篇：上博简《中弓》；子羔 1 篇：上博简《子羔》。"先进"中的一些著名人物如子路、冉有、闵子骞、冉伯牛、原宪、公西华、曾点都没有长篇文章传世，尤其是孔子最得意的高足颜回，竟无一篇独立的长篇文章留下来。"先进"是中国第一批私学弟子，他们在中国文学史上的最大功绩，就是模仿史官记言记事，首开记述其师言行之风。孔子本人述而不作，他仅在口头发表言论，弟子将老师言行载于简帛。"先进"可能没有意识到，他们这一模仿不亚于一场文学革命，因为那支笔伴随着官学下移而从史官转移到诸子手上，这是从先秦历史散文向先秦诸子说理散文嬗变的枢机所在。如果说孔子开门办学是中国文化发展的一个转折点，标志着史官文化向士文化的嬗变，那么七十子记述孔子言行就意味着散文写作在作家、内容、形式各方面都在产生深刻的变革。《论语·卫灵公》载子张问行，孔子告以"言忠信，行笃敬"，"子张书诸绅"。这条语录是孔门弟子记述其师言论的一个缩影，只不过子张属于"后进"，而记录孔子言行肇端于"先进"。由论载孔子言行，而派生出孔门另一个"弟子规"，这就是七十子应该在孔子名义下发表学术见解。所以，七十子笔下的"子曰"，有时是记载孔子的真言论，有时则是七十子借乃师名义表达思想观点。只是由于弟子以孔子名义发表见解，这给后人辨析先秦文献中哪些是孔子真言论、哪些是孔子后学思想带来了难度。"先进"具有极高的从政热情，他们渴望从孔子那里学会从政之道，对传说中的"五帝""三王"充满向往之情，这一点可从宰予、子羔、仲弓之文见出。"先进"文章大都是"述"，在记事问答框架之下安排说理内容，与《尚书》《国语》记言文形式相近，这是战国诸子散文的最早形态。

　　"后进"的著述热情要远远高出于"先进"，仅曾子这一系可辨识的文章就有 14 篇：《礼记·曾子问》《大学》《大戴礼记·主言》《曾子立事》《曾子本孝》《曾子立孝》《曾子大孝》《曾子事父母》《曾子制言上》《曾子制言中》《曾子制言下》《曾子疾病》《曾子天圆》《孝经》。此外有子夏 1 篇：《礼记·孔子闲居》（上博简《民之父母》与此内容略同）；子张 1 篇：《大戴礼记·子张问入官》；子游 1 篇：《礼记·礼运》。"后进"中的宓子贱与漆雕开都有专著传到汉代，可惜均已亡佚。大小戴《礼记》和上博简中有十几篇专记孔子答鲁哀公问的文章，记录者可能是"后进"弟子。《檀弓》上下篇涉及的人物颇多，其中时间最晚的是曾参弟子乐正子春、子思，以此推测，这两篇文章的素材是七十子提供，编者似是曾参一系弟子。为什么"后进"中文章最多的并不是以文学著称的子游、子夏而是曾参？曾参并不在孔门"十哲"之内，他何以成为七十子中最大的作家？须知"十哲"只是孔子或时人在某一时期对孔门高足的评价，其时曾参尚未崭露头角。《论语·先进》有"参也鲁"之说，"鲁"意为迟钝，这表明曾参反应慢，在孔门一开始并不出众。他成功的奥秘在于情商高，寿命长，弟子多且能，所以最终他超轶游、夏而成为七十子中的巨擘。与"先进"相比，"后进"著述呈现出一些新的动向，他们的文章从形式上看都是"述"孔子之言，似乎与"先进"文章没有什么区别，其实不然。他们尝试在孔子名义之下提出自己的新思想，如《礼运》记载孔子对子游讲述"大同"和"小康"，前者的特点是"天下为公"，而后者的特点是"天下为家"。文中的"孔子"尊"大同"而贬"小康"，这一情感态度与《论语》中矢志"从周"的孔子相距甚大，可以说是把《论语》中孔子毕生追求的价值都贬低了，难道孔子倾注一生心血为之奋斗的目标全都是不得已而求其次吗？依笔者个人的看法，《礼运》可能是子游氏之儒借孔子之名来发表自己的社会理想，即寓"作"于"述"，用庄子的话说，就是"重言"。曾参创新倾向更为明显，他的 14 篇文章分为两种情形：《礼记·曾子问》《大戴礼记·主言》《孝经》三篇是以问学孔子的形式出现；另外 11 篇则是曾参自己的演讲，这些文章间或偶尔提及孔子，如《曾子天圆》中有"参尝闻之夫子曰"的字眼，但从总体上说都是以"曾子曰"形式发表见解。这些文章的记录者当为曾子门生，门人之称述曾子，就像曾参称述孔子一样。极有意味的是，曾参曾经指责子夏不称其师，他自己却有过之而无不及。这其中的原因是在曾参弟子身上，弟子们客观地记下曾参的演讲词，结果就成了曾参的独立作品。"作"的出现可能还与孔子师徒讲学形式变化有关：从《论语》和其他七十子文献来看，孔子的教学方式，一是随机应答弟子问，这相当于今天的个别辅导；二是有意识地组织小范围座谈（即所谓"侍坐"）。而曾子之"作"则是以一个"曾子曰"领起全文，这表明曾参是在向全体弟子发表专题演讲，是"大班授课"，这样师徒对话的机会就少了，记录稿就是一篇独立的演讲词。如果说"称其师"是"述"，那么不称其师就是"作"。曾参是"述"与"作"兼而有之，而"作"多于"述"，他是七十子中第一个可考的"作"者。从说理散文写作角度看，"作"的意义比"述"要大得多，因为"作"不仅抛弃了对史官记言的形式依傍，而且要摆脱"称其师"的形式束缚，独立地发表自己的思想见解，体现在文章上就是去掉了叙事框架，剩下的完全是说理内容，这就是中国最早的专题说理论文，它是诸子说理散文走向独立发展的最为关键的一步。

　　无论是七十子的"述"还是"作"，似乎一切都是雁过无痕出于无意，其实不然。第一个执笔记述孔子言行的弟子，就是一位具有原始创新精神的作家；第一个改变孔子教学方式的弟子，更是一位勇于开拓的先行者。就是在他们手中，先秦散文完成了意义深远的巨变。没有人发薪金，没有人付稿费，甚至连著作权都没有，他们所凭的是一种真诚的信仰。七十子从"述"到"作"，所花不过三四十年的时间，这就是一往无前、锐意创新的七十子！

"先进"与"后进"的文章都有一个共同主题——阐述礼学。七十子后学散文被后人视为礼学传记，郭店简、上博简中的儒家文献，如能传到汉代，或有可能收入大小戴《礼记》之中。为什么七十子后学散文都是礼学文献？这是因为，如何对待周礼，是从平王东迁到战国初年这几百年间意识形态的焦点。孔子代表了那个时代一部分人对西周礼制秩序社会的强烈怀旧情绪，他一生的政治目标就是恢复周礼。七十子所继承的就是孔子毕生为之奋斗的礼学事业，他们以空前的紧迫感和巨大的热情从事礼学著述，记载礼仪，阐述礼义，借此深入探讨宗教、哲学、伦理、政治、教育、艺术乃至历法等一系列问题，继承并发展了孔子的思想学说，就是在他们手中，先秦礼学完成了由重视礼仪到崇尚礼义的重大转变。他们的著作为中国整个封建社会的上层建筑奠定了坚实的根基。

三、七十子后学散文的文学成就

在讨论七十子后学散文文学成就之前，先要确立一个评价尺度。这是因为此前对先秦诸子散文的评价标准有些混乱：有人以形象化作为评价标准，这样他们就较多地关注诸子散文中的取象譬喻和人物事件的描写；有人则以文章的情感气势作为批评尺度；也有的人是两者兼而有之。本文认为，说理，是诸子散文质的规定性，所以不能拿形象是否生动之类的记叙文尺度评价诸子散文，否则，最优秀的诸子散文中的艺术形象也无法与最差的历史散文相比。评价先秦诸子散文的尺度，就是这些文章所体现的情感气势之美，这种情感气势一方面来自于战国士文化所激发的作者的人格力量和情感意志，另一方面则是通过论证过程中的严密逻辑安排和各种表现手法的成功运用而产生出来的。

让我们从片断语录体、问答记事体和专题论文几类，来讨论七十子后学散文的文学成就。

《论语》和《礼记》中的孔子片断语录，是孔门弟子从记录的诸多孔子言论中精选出来的。此前论者或以为先秦说理散文是从零开始，《论语》的片断语录正代表了说理散文刚起步时的幼稚形态，其实这是一种误解。我们从《尚书》《国语》《左传》的记言文看到，早在七十子之前，人们就已经具备了相当高的理性思维水平和书面表达能力。《论语》语录体制的短小，绝不意味着当时说理散文只能达到这样的水平，而是语录编纂者刻意从原始记述材料中节选出来的。对此，上博简提供了强有力的证据。《论语·子路》载："仲弓为季氏宰，问政。子曰：'先有司，赦小过，举贤才。'曰：'焉知贤才而举之？'曰：'举尔所知，尔所不知，人其舍诸？'"这一章语录在刚刚面世的上博简《中弓》中有所体现，分别见于第一简："季桓子使仲弓为宰，仲弓以告孔子，孔子曰：'季氏……'"第七简："……老老慈幼，先有司，举贤才，赦过与罪。"第九简："'……有成，是故有司不可不先也。'仲弓曰：'雍也不敏，虽有贤才，弗知举也。敢问举贤才……'"第十简："'……如之何？'仲尼曰：'夫贤才不可弇也。举尔所知，而所不知，人其舍之者？'仲弓曰：'赦过与罪，则民可要？'"虽然两者在文字和孔子称谓上存在某些差异，但主要内容是相同的。以此推测，《论语》"仲弓为季氏宰章"与《中弓》所记应为同一件事，前者是仲弓一系的弟子从当年仲弓原始笔录材料中节取的。经过七十子选择提炼后的《论语》片断语录，言约意丰，高度凝练，于深沉含蓄之中见出隽永的意味，透发出一种理趣美，体现出口述者的深刻睿智和执着的信念。像"学而时习之，不亦说乎"（《学而》），"三军可夺帅也，匹夫不可夺志也"（《子罕》）等等，片语之中凝聚着丰富的人生经验，耐人久久地涵咏，不少语录可以作为格言来读。特别是语气词的运用，疏宕有致，读之回肠荡气。某些语录通过如诗如画般的意境，传达出某种深刻的哲理，如"岁寒，然后知松柏之后凋也"（《子罕》）。《礼记·坊记》《表记》《中庸》《缁衣》四篇据说是辑自子思之手，这些语录的篇幅较《论语》要长一些，感性成分大为减少，精警程度不及《论语》，编辑者子思虽曾亲聆乃祖音旨，但这毕竟是幼年的事情，他所收集的都是经过儒家后学辗转相传的孔子语录。郭店简三篇《语丛》没有"子曰"字眼，可能是孔子某几位后学的学术短札。《论语》《礼记》《语丛》片断语录的文学价值，不在于它们代表了说理文起步时期的风貌——它们其实并不能真实反映春秋战国之交说理文的水平，而在于它们确立了中国哲理散文的一种体裁——语录体，从战国的《孟子》到汉代的《法言》，从隋代的《文中子》到宋代的《朱子语类》，再到明代的《传习录》，各个时代的思想家们都乐于采用先哲曾经运用过的凝练含蓄、睿智圆通的语录体形式。推而广之，中国古代汗牛充栋的诗话、词话、赋话，在形式上也未必没有受到《论语》《礼记》语录体的影响。

　　七十子后学散文中问答记事体的最大艺术价值，就在于它们体现了先秦历史散文与诸子散文之间的密切联系，展示了先秦历史散文向诸子散文嬗变的轨迹。它告诉人们，诸子说理散文并非从零开始，而是从先秦历史记言散文转变而来的。理解此类文章的关键，在于了解七十子对史官记言的模仿。

在七十子之前，史官记载了很多王侯卿士大夫的治国言论，它们被保存在《尚书》和《国语》之中。这些记言文的常见结构是在叙事框架之下记载人物言论，如《国语·周语上》"邵公谏弥谤"一文，就是此类记言文结构的典型代表。如果将这些文章的叙事框架去掉，那么剩下的就是一篇说理文。从《尚书》《国语》可以看出，早在商周时代，人们就表现出了相当高的说理才能。如《尚书·洪范》载殷朝遗老箕子向武王陈述"洪范九畴"，先综括全文大意，以下各段具体论述九畴内容，这种结构方式对七十子后学阐发师说具有启示意义。有些文章是以君臣对答形式出现的，如《尚书·西伯戡黎》《微子》《洛诰》等篇就有简单的人物对话。《国语》中记载人物对话尤多，像《周语上》"内史过论神"，《齐语》"管仲对桓公以霸术""管仲教桓公亲邻国""管仲教桓公足甲兵"，《郑语》"史伯为桓公论兴衰"，《楚语下》"观射父论祀牲"等，都是以君臣问答形式结构全篇，问者多为君主，而对答者为卿士大夫，重点落在答语之上。尤其是《国语·鲁语下》所载"孔丘论大骨""孔子论楛矢""孔丘非难季康子以田赋"几篇，与《论语》、大小戴《礼记》以及上博简《鲁邦大旱》等记载孔子答时人问的文章几乎没有什么区别。孔子师徒虽然是一个"民间学术团体"，但孔子曾经担任鲁国大夫，卸职后仍自称"从大夫之后"（《论语·宪问》），孔门不少弟子也都在各诸侯国或大夫门下出任宰臣等要职，孔子师徒都以从政作为人生第一目标，因此孔门之下官场做派很浓。史官是"君举必书"（《汉书·艺文志》），七十子就来一个"师举必书"。当然，七十子在继承中有新变：史官记言文大都是针对现实政治问题，一事一议，而从七十子开始，务虚性的学术探讨增多了，学理意味增强了。

问答记事体兼有记事、说理因素而以说理为主。从说理文发展角度看，记事描写的感性因素越少，论述逻辑性越强，文章价值就越高。因此像《论语·乡党》对孔子形象的素描，像《先进》"子路、曾皙、冉有、公西华侍坐章"、《微子》"长沮、桀溺耦而耕章"等，虽然将人物事件写得具体可感，但对推动说理文写作意义不大。《礼记·檀弓》上下篇记载了几十个礼学故事，这是七十子后学以具体事例宣传礼学的尝试，它对寓言文体的产生可能有直接的启示，尤其是对战国后期韩非子《说林》上下、内外《储说》、《喻老》、《解老》诸文影响甚深，但对说理文的发展同样没有多少借鉴价值。问答记事体的一些文章是多主题的漫谈。如上博简《子羔》有14支残简，一至八简讨论尧、舜禅让，孔子告诉子羔，上古时代"善与善相受"（第一简），"尧见舜之德贤，故让之"（第六简）；九至十四简主题变为"三王者之乍（作）"。又如上博简《中弓》现存28支简，主题变换了三次：一至十简是孔子回答仲弓"为政何先"问题，孔子提出"老老慈幼，先有司，举贤才，赦过与罪"的为政四纲领；十一至十九简是孔子解答仲弓关于如何"导民兴德"问题，其核心观点是"刑政不缓，德教不倦"；后九支简内容是孔子告诉仲弓如何与季桓子相处，关键在于"以忠与敬"。《礼记·曾子问》《哀公问》以及被称为"孔子三朝记"的七篇文章，文中的论题也经常转换。说理文应该主题集中，像这种多主题的漫谈，还不能说是上乘的说理文。《礼记·孔子闲居》在统一主题方面有所进展，文章以子夏问"何如斯可谓民之父母"提出论题，而以孔子回答"必达于礼乐之原，以致五至，而行三无"总领全篇，接下来分别讨论"五至""三无""五起"和"三无私"，层层递进，极有章法。《大戴礼记·哀公问五义》以论士开题，然后逐一论述"庸人""士""贤人""君子"和"圣人"，文脉清楚，而论士主题一以贯之。文中虽然还有宾主问答的叙事框架，但这些问答的叙事功能已经弱化，它是通过提问而将论述引向深入。同类文章还有《礼记·礼运》《经解》《仲尼燕居》《儒行》《孝经》《大戴礼记·主言》《五帝德》《子张问入官》等等。出现篇名是问答记事体的又一进展。上博简《子羔》第六简背书有"子羔"，《中弓》第十六简背书有"中弓"，整理者认为这两个字就是文章篇题。这种命名方式虽然不能点出文章宗旨，只有标识意义（相当于今天的代码），但它毕竟是给文章设立篇名的开始，标志着说理文的新进展。有些文章在表现手法上积极创新，如《礼记·儒行》载孔子纵论儒行，"其自立有如此者""其容貌有如此者""其备豫有如此者""其近人有如此者""其特立有如此者""其刚毅有如此者""其自立有如此者""其仕有如此者""其忧思有如此者""其宽裕有如此者""其举贤援能有如此者""其任举有如此者""其独立特行有如此者""其规为有如此者""其交友有如此者""其尊让有如此者"，一共 16 个"其……有如此者"排比而下，壮浪纵恣，气势浩然，开后来战国策士铺张扬厉之风，只不过此类文章在七十子后学散文中尚不多见。从总体上看，这些问答记事散文还脱离不了史官记言文的格局，它们还处于由历史记言文向典范的诸子说理散文过渡的形态。

　　从说理散文角度来看，七十子后学的专题论文意义最大，因为这些文章不再有叙述、描写的因素，而纯粹是说理文字。在前文列举的七十子后学四类专题论文中，郭店简中的儒家文献被专家视为子思学派之作，写作时代可能偏晚，而《乐记》受到后学增益的可能性较大，成书年代一直存在争议，所以具有研究价值的是前两类文章。《大戴礼记》收录的曾参一系 11 篇文章，可以视为七十子后学之"作"的代表。以《曾子本孝》为例，文章一开头就揭示中心论点："忠者，其孝之本与！"以下从五个层次来进行论证：第一要全身远祸，既要远离自然的祸患，又要避免人事的是非；第二要居于平安容易之地，不以危险行为谋求非望之福；第三是以内敛的方式与人相处，无论是在父母生前生后，都要以恭敬态度待人；第四是要求卿大夫、士、庶人各个阶层都要履行自己的伦理义务；第五要求孝子应该从父母的生、死、祭三个方面来实践"敬"的伦理。全文以"忠"开篇，以"敬"作结，层层铺开，首尾呼应，已是一篇比较完整的专题论文。《礼记·大学》开篇以极有逻辑性的语言概括了大学之道，即所谓三纲领八条目。作者论述的方法是，先设定一个逻辑起点，由此生发，从小到大，由浅入深，前一项是后一项的必要条件，后一项是前一项的逻辑提升。以下几段，重点论证诚意、正心、齐家、治国，最后说明仁义道德是治国的根本。朱熹在《四书集注》中将第一章定为孔子所论的经，而以下几章为曾子所述的传。此说是否属实，还可以讨论，但《大学》第一章确实是全文的论纲，它的艺术结构明显受到《尚书·洪范》的影响，而在逻辑严谨方面超过了《洪范》。我们可以说，中国典型的专题说理散文，是在曾参时代出现的。

《礼记》中专释礼仪意义的论文共有七篇，它们应该是七十子后学为宣传礼学而专门写作的。这些文章是按照"总—分—总"的思路结构全文，前有概述，后有呼应，中间层层展开，义脉文理俱可圈点。以《冠义》为例，全文分为四层：一论冠礼之大义就在于它是成人之礼的开始；二论冠礼各项细则所包含的意义："故冠于阼，以著代也；醮于客位，三加弥尊，加有成也；已冠而字之，成人之道也；见于母，母拜之，见于兄弟，兄弟拜之，成人而与为礼也；玄冠玄端奠挚于君，遂以挚见于乡大夫、乡先生，以成人见也。"三论举行冠礼意味着成人要肩负起为人子、为人弟、为人臣、为人少者的伦理责任；四呼应前文，并从成人而升华到"治人"高度，由此深化了"冠义"的主题。其他几篇文章大体上都能围绕一个礼义主题展开论述，说理充分，结构严谨，已是规范的说理散文。

一部先秦散文的发展史，从历史散文到诸子散文，就如同一条长河，其间虽有曲折，有改道变迁，但却从来没有中断过。先秦历史散文与先秦诸子散文绝不是互不关联的两大河流，它们在内脉上是互相打通的。七十子后学散文是先秦散文发展史上的一个重要环节，是一个转折点，它处于上承历史记言散文、下启诸子百家说理文的枢纽地位。事实表明，先秦诸子说理散文在七十子及其第二代后学手中就已基本成型，此后诸子百家散文只不过是在篇幅、风格、技巧、手法、逻辑结构上有所发展而已。因此，不仅对此前关于先秦诸子散文三段论发展模式——《论语》《老子》《墨子》为第一阶段，《孟子》《庄子》为第二阶段，《荀子》《韩非子》代表第三阶段——应该重新审视，而且对《尚书》《国语》的艺术成就也要进行再认识，要充分关注《尚书》《国语》记言文的说理成就，因为这些记言文积累了丰富的说理经验，它们是七十子后学散文和诸子说理散文的先驱。

由于七十子后学散文尚处于先秦散文发展的历史转折点上，他们所写的差不多都是礼学文章，而他们所生活的春秋战国之交尚未进入激情燃烧的岁月，这些因素使七十子后学散文显得有些沉闷枯燥，在情感气势上无法与战国中后期散文相比。这是时代所造成的局限。

本文的结论是：第一，郭店简、上博简出土文献表明，大小戴《礼记》、《孝经》等大部分礼学文章作于春秋战国之际七十子后学之手，而不是写于秦汉，"七十子后学散文"概念完全能够成立。第二，七十子中的"先进"仿照史官记言记事传统，首开记述孔子言行之风，由此实现了从先秦历史记言散文向诸子说理散文的过渡。先秦诸子说理散文并非从零开始，此前史官的历史记言文是它的直接源头。第三，七十子中的"后进"突破了言必"称其师"的惯例和对史官记言的形式依傍，以个人名义独立地发表学术见解，这些文章已经具备了说理文的基本要素，是中国文学史上最早的专题说理论文，说理散文在七十子及其弟子手中就已基本成熟。第四，七十子后学散文牵一发而动全身，它涉及先秦历史散文、先秦诸子散文以及两者之间的关联，因此对此前关于先秦散文的整个知识体系要重新予以审视。

参考文献

[1] 马承源. 上海博物馆藏战国楚竹书 [M]. 上海：上海古籍出版社，2001—2006.

[2] 荆门市博物馆. 郭店楚墓竹简 [M]. 北京：文物出版社，1998.

[3] 李学勤. 十三经注疏 [M]. 北京：北京大学出版社，1999.

[4] 中华书局. 诸子集成 [M]. 北京：中华书局，1954.

[5] 中华书局. 新编诸子集成 [M]. 北京：中华书局，2010.

[6] 顾颉刚，刘起釪. 尚书校释译论 [M]. 北京：中华书局，2005.

[7] 王聘珍. 大戴礼记集释 [M]. 北京：中华书局，1983.

[8] 四川大学古籍整理研究所. 诸子集成续编 [M]. 成都：四川人民出版社，1998.

[9] 四川大学古籍整理研究所. 诸子集成续编 [M]. 成都：四川人民出版社，1997.

（原载《文学遗产》2005 年第 6 期，略有改动）

先秦名家的智慧

郭德茂

一

先秦百家争鸣的良好氛围中，有一支以"控名责实"为标志，专门研究逻辑、语言、思维现象的学派，这就是名家，或者被人称之为"辩者"。随着"六国灭，天下一"，秦始皇焚书坑儒，百家争鸣结束了，名家也被历史的烟尘湮没了。几千年来，人们对名家或不理解或曲解，甚至认为他们完全是无意义的诡辩。但在今天，随着现代学术的发展，名家学说的意义和价值正在被人们重新发现。它在逻辑学、语言学、现象学等领域卓有成就，对思维科学尤其文学艺术都有着实际的方法论意义。面对两千年前的名家学派，我们不能不感叹中国哲人的智慧，感叹他们在生产力低下的时代依然可以在哲学领域"演奏第一小提琴"，同时也感叹他们的思维与现代人相接，诚如苏轼《赤壁赋》所言："自其变者而观之，则天地曾不能以一瞬，自其不变者而观之，则物与我皆无尽也。"先秦名家的思维与我们现代人同在。

人们要认识世界，展开思维活动和语言交流，就必然要对客观世界和思维对象进行"命名"。"形（客观事物、思维对象）名（名称、概念、语言）关系"，就必然会进入我们的认识视野。《庄子·天道篇》说："形名者，古人有之。"《荀子·正名篇》也说："刑名从商，爵名从周，文名从《礼》，散名之加于万物者，则从诸夏之成俗曲期。"可见，形名关系或曰名实关系是人类生活和认识活动的必然产物，是古已有之的命题。

儒家学派的代表人物孔子很重视"正名"。《论语·子路篇》载：

子曰："必也正名乎！"子路曰："有是哉，子之迂也！奚其正？"子曰："野哉由也！君子于其所不知，盖阙如也。名不正，则言不顺；言不顺，则事不成。"

《论语·雍也篇》还记载了孔子曾感叹"觚不觚，觚哉！觚哉！"我们知道，觚是一种用青铜做的有棱角的酒器，那么当它失去了觚的形制，它还能叫作觚吗？古时的酒器很多，如觥、卣、角、斗等等。如果觚失去了它的个性特征，只剩下共性，那么，觚不就可以说成觥或卣或角了吗？如同今天，我们将杯子和缸子的个性抛开，只剩下共性，岂不是会相互混淆而失去确定性了吗？孔子正是从"正名"出发，作《春秋》，以"春秋笔法"评述历史事件，其准确运用征、伐、袭、弑等词汇，据说"使乱臣贼子惧"。尽管孔子的落脚点不在思维科学方面，而在社会政治方面，但他对尚待深透了解的知识的谨慎态度，对"名实"之学的重视，是十分鲜明的。

孟子对名实关系的掌握和运用就更加娴熟。《孟子·梁惠王下》载：

> 齐宣王问曰："汤放桀，武王伐纣，有诸？"孟子对曰："于传有之。"曰："臣弑其君可乎？"曰："贼仁者谓之贼，贼义者谓之残，残贼之人，谓之一夫。闻诛一夫纣矣，未闻弑君也。"

这里，纣本是君，但纣失去了"君之性"，纣是残贼之人，独夫民贼，所以"诛一夫纣"，而非"弑君"。孟子的逻辑正是"君纣因残贼而非君"。《孟子·梁惠王上》记载了齐宣王以羊易牛的故事：

> "臣闻之胡龁曰，王坐于堂上，有牵牛而过堂下者，王见之，曰：'牛何之？'对曰'将以衅钟。'王曰：'舍之！吾不忍其觳觫，若无罪而就死地。'对曰：'然则废衅钟与？'曰：'何可废也？以羊易之！'不识有诸？"曰："有之。"曰："是心足以王矣。……王若隐其无罪而就死地，则牛羊何择焉？"王笑曰："是诚何心哉？……"曰："无伤也，是乃仁术也，见牛未见羊也……今恩足以及禽兽，而功不至于百姓，独何与？"

很明显，孟子的逻辑是，在前提相同的条件下，牛可以为羊，牛羊一焉。当然孟子的目的也不在名实之辩，而在由此及彼，推行他的仁政王道。

道家学派的代表人物老子也很重视名实关系。《老子》说："道可道，非常道；名可名，非常名。"在老子看来，"可言之道"与"恒常之道"是两码事。人们言说的"道"是人们认识了的道，它只是道的局部或曰的一部分，是"属人的"道。而万事万物的总根源和总规律这种恒常之道是人们取之不尽的，并且不只是"属人的"。因此，对于人类来说，道是有限与无限的统一，是可知与不可知的统一。"可言说之道"当然也就不能等同于"恒常之道"。同理，事物可以被言说者，可以被命名者，也不同于事物的常名，或曰"本名"或"本然状态"。当人们用名来称说某个事物时，只是就某种角度或者局部来称说的，它与事物本身的无限丰富性是难以等同的。说"这只苹果好"可以采取多种角度，如个头、色彩、形状、水分、口感、营养等。我们往往从一两个角度，从自我认识出发局部地称说，而它真正的"好"则是综合的甚至是无限可分析的不可穷尽的。我们说"它是红的"，而事实上红色可分为粉红、淡红、桃红、橘红、洋红、玫瑰红、紫红、深红等甚至我们说不上的红来。我们的"可名之红"和"常名之红"显然不是一回事。更何况我们称它红，它只是"属人的"红，蝙蝠看它也是红的吗？蚯蚓看它也是红的吗？蜻蜓的复眼看它也是红的吗？所以"名可名，非常名"。

这种"可名"与"常名"的区别在《庄子》那里表现得更为生动具体：

> "天之苍苍，其正色邪？"（《逍遥游》）
>
> "民湿寝则腰疾偏死，鳅然乎哉？木处则惴栗恂惧，猨猴然乎哉？三者孰知正处？民食刍豢，麋鹿食荐，蝍蛆甘带，鸱鸦嗜鼠，四者孰知正味？"（《齐物论》）

我们说蓝天，那么蓝色是天的正色吗？处与正处，味与正味，名与常名看起来的确不同。所以《德充符》中庄子的结论是，万物"自其异者视之，肝胆楚越也。自其同者视之，万物皆一也"。《秋水篇》也说："以道观之，物无贵贱。以物观之，自贵而相贱。以俗观之，贵贱不在己。以差观之，因其所大而大之，则万物莫不大；因其所小而小之，则万物莫不小。知天地之为稊米也，知毫末之为丘山也，则差数睹矣。"

可以看出，道家代表人物很重视名实关系，但他们也只是以此作为认识工具，来求得对道的体认，求得君人南面之术或行己存世之术。

墨家代表人物墨子有《墨辩》六篇，专门研讨名实逻辑问题。墨家的主导思想是兼爱非攻、尚贤节用、明鬼非命，名实问题是墨家关注的问题之一，但非主流。诚如《韩非子·显学篇》所说"孔子墨子，俱道尧舜，而取舍不同"。此外，《管子》《列子》《荀子》《韩非子》《吕氏春秋》都或多或少地论及名实关系或名家论题，但大都是局部的片断的，有些甚至是片面的。

梁启超、胡适认为名家出于墨家。梁启超说："惠施公孙龙，皆所谓名家者流也，而其学实出于墨。《墨经》言名学过半，而施、龙辩辞，亦多与经出入。"[①] 胡适说："……公孙龙的前辈，大概也是'别墨'一派。……后来公孙龙便从这些学说上生出他自己的学说来。"[②] 不错，墨子曾论坚白同异，但

① 梁启超. 墨子（学案附录一）[M]. 上海：商务印书馆，1923.
② 胡适. 中国哲学史大纲 [M]. 北京：商务印书馆，2011. 2，2，6.

其观点多与名家不合。如论马，《墨子·小取》曰："白马，马也，乘白马，乘马也。"这就完全不同于公孙龙"白马非马"之说。墨子死后，墨离为三，如《韩非子·显学篇》所说："自墨子之死也，有相里氏之墨，有相夫氏之墨，有邓陵氏之墨。"《庄子·天下篇》也说他们"俱诵《墨经》而倍谲不同，相谓'别墨'"。但是他们都没有成为名家人物，或许他们背叛了墨子，投降于别家。那么，他已不能称为"墨家"了。墨家可能对名家有所启发，但名家不能等同于墨家。他们的理论视野不同，关注的重点不同，对同一问题认识的观点相反，这些都足以说明他们属于不同的学派。

郭沫若则认为惠施、公孙龙这样的名家人物属于道家。他说："惠施是道家别派，公孙龙应该也是属于道家的。……单就现存的《公孙》书看来，他的思想也分明是黄老学派的系统。他是把黄老学派的观念论发展到了极端的一个人。"[①] 按照上述思维方法，人们还不妨可以说，名家属于儒家或出于儒家，因为孔子就强调"正名"。名家也不妨看作"别儒"，因为儒分为八，其中或许会有人（如荀子）研讨过名实问题，并且从儒家名家穿戴行止方面看，也有些相似的。《庄子》逸文中言辩士"其口穷踦，其鼻空大，其服博戏，其睫流伪，其举足也高，其践地也深，鹿舆而牛舍"。[②]《荀子·非十二子》言子张氏之儒、子夏氏之儒"弟佗其冠，神襌其辞，禹行而舜趋，是子张氏之贱儒也"。二者举止大略相似。

但是，名家既不属于墨家，也不属于道家或儒家，名家就是名家。我们可以从多种角度论证，但着重点有二：

（一）名家自古有之

名家自古有之。不仅《庄子·天道篇》《荀子·正名篇》言名家古已有之，《庄子》逸文中载"孔子舍于沙丘，见主人，曰：'辩士'也"。而且名家的论题，古有记载。《论语·阳货》中有"不曰坚乎，磨而不磷；不曰白乎，涅而不淄"。《庄子·天地篇》引孔子问老聃："辩者有言曰，离坚白若悬寓，可以为圣人乎？"《骈拇篇》有"游心于坚白同异之间，杨墨是已"。孔子言"正名"，言"君子于其所不知，盖阙如也"，老子言"名可名，非常名"都表明名家的论题远在老子孔子的时代已客观存在。《墨子·小取》中"白马是马"的论述也表明，"白马非马"说先于墨子，否则墨子的议论不就毫无来由了吗？《墨子·经下篇》引用公孙龙子的论点如"杀狗非杀犬""影不徙"等并加以否定，都表明名家论点在前，而墨子论辩在后。再说，《说

① 郭沫若. 十批判书［M］. 北京：中国华侨出版社，2008.

② （宋）李昉等. 太平御览［M］. 北京：中华书局，1960；（宋）王应麟. 困学纪闻［M］. 北京：商务印书馆，1959.

文》释"士"曰"士，从一从十，孔子曰'推十合一为士'"。《玉篇》云："传曰，通古今，辩然不，谓之士。"推十即演绎，合一即归纳，这么说来，名家当是最古老的正宗的"士""知识分子"。

尽管名家人物古已有之，但没有形成完整统一的思想流派，没有强有力的代表人物，没有将其思想系统地留传下来。《晋书·隐逸传》载《鲁胜〈墨辩注叙〉》言"自邓析至秦时名家者，世有篇籍，率颇难知，后学莫传习，于今百余岁，遂亡绝"。只是到了惠施，尤其到了公孙龙，把先前名家的思想加以总结、升华，才形成了足以和儒、道、墨等并列的名家学派。

（二）名家以"名实关系"为务

儒、道、墨等学派虽然也谈论"名实"，但他们并不以此为宗，而名家则专门或着重以"名实关系"为务，在思维、语言、逻辑、现象的层面上进行纯学理的探讨。连《荀子·非十二子》也不得不承认"其持之有故，其言之成理"。所以司马迁言名家虽然"苛察缴绕"，但"若控名责实，参伍不失，此不可不察也"。司马谈《论六家要旨》将名家与阴阳、儒、墨、法、道家并列，盖因其门径有别。（《史记·太史公自序》）吕思勉《经子解题·公孙龙子》一节说："正名之学遂分为二派。（一）但言正名之可以为治，而其所谓名实者，则不越乎常识之所知。此可称应用派，儒法诸家是也。（二）则深求乎名实之原，以求吾之所谓名实者之不误。是为纯理一派，则名家之学是也。天下事语其浅者，恒为人人所共知；语其深者，则又为人人所共骇；……夫学术至高深处，诚若不能直接应用；然真理必自此而明；真理既明，而一切措施，乃无缪误；此故不容以常人之浅见相难矣。"诚哉斯言！名家与其他学派的区别在这里，名家的学术价值亦在此处。

名家的思想东鳞西爪，散见于诸子之书，概括而言，其代表人物有邓析、惠施、尹文、公孙龙，尤以惠施和公孙龙为著。

二

尽管在《吕氏春秋》的《淫辞篇》《应言篇》《审应览篇》《史记·平原君列传》等文章中记载有一些公孙龙从事政治活动社会活动的故事，但我们会发现，他的哲学思想是一个相对独立的完整系统，他的政治社会活动只是其哲学思想方法论的具体操作和应用而已。名家的学术视野在于"控名责实"，在于进行纯学理的探讨，中心问题是"名实关系"。

《尹文子》说："大道无形，称器有名。名也者，正形者也，形正由名，则名不可差。"这是说，世间万物本无名。道昏昏没没，道何言哉？但人们由于认识的需要，必须对万物进行命名。名是用来指实或认形的，形（物）由名来称说，故名不可有差错。《尹文子》又说："名者，名形者也；形者，应名也。然形非正名也，名非正形也，则形之与名居然别矣。"如果说《尹文子》前一段话强调应当名实相符，这一段话则客观地指出事实上名实难以相符的必然性。名是称形称实的，形（实）是应名的。但名只是一个个符号、一个个概念，形或实是具有无限丰富性的实体，名与形、形与名的非同质和非等量关系是十分明显的。

名实关系两者之间既同一又矛盾的关系是一种客观存在。《墨子·贵义》中有子墨子曰："今瞽曰：'钜者白也，黔者黑也'，虽明目者无以易之。兼白黑，使瞽取焉，不能知也。故我曰瞽不知白黑者，非以其名也，以其取。"盲人即使知道白和黑这两个名词，他仍然不知道白与黑是什么色彩。由此可见，名与实的确存在客观差异，知白黑之名不等于知白黑之实。

名家正是从名实关系既同一又矛盾的角度来探讨人们认识和思维的规律，在探讨过程中，名家力求名与实的同一，但他们的深入研究表明，名与实的同一是相对的，而名与实的矛盾则是绝对的，所以他们更多地揭示了名实矛盾的真相，揭示出语言学、逻辑学、现象学、认识论中一些具有根本性意义的问题。

《公孙龙子·名实论》指出："夫名，实谓也。"天地所生为"物"，物之客观属性为"实"，"名"是对实的称呼。实体相区别的界限叫"位"，位于界限内的名是正名，混淆了"位"的界限则名即不正。名正与不正的区别在于"其名正则唯乎其彼此焉"，即以不同的名来区别此事物与彼事物。事物的质的规定性有了区别，名亦应随之区别，否则就无法认识事物。公孙龙强调要"审其名实，慎其所谓"，所以才有了"白马非马"等一系列独到的见解。

名家能够独立于世，说到底在于它发现了"名实"关系既同一又矛盾的必然性，从认识论的角度为人类的矛盾找到了一个解释和说明的根据。正如鲁胜《墨辩注叙》所说："名必有形。察形莫如别色，故有坚白之辩。名必有分明，分明莫如有无，故有无序之辩。是有不是，可有不可，是名两可。同而有异，异而有同，是之谓辩同异。至同无不同，至异无不异，是谓辩同辩异。同异生是非，是非生吉凶，取辩于一物而原极天下之污隆，名之至也。"

三

我们对名家代表人物的思想意义和价值做简要分析。

《汉书·艺文志》把邓析列为名家之首，并著录《邓析子》二篇，刘向叙云校雠为五篇。钱穆《先秦诸子系年考辨》云："《邓析子》乃战国晚世桓团辩者之徒所伪托。"但从《荀子》、《吕氏春秋》、唐人李善《文选注》多次引用《邓析子》来看,说它完全是伪造论据不足。今本《邓析子》两篇。其《无厚篇》强调"实"的客观必然性:

> 天于人无厚也,君于民无厚也,父于子无厚也,兄于弟无厚也。何以言之? 天不能屏勃厉之气,全夭折之人,使为善之民必寿,此于民无厚也。……尧舜位为天子,而丹朱、商均为布衣,此于子无厚也。周公诛管蔡,此于弟无厚也。

从"无厚"出发,邓析最早提出"循名责实",并且指出"名不可以外务",也就是说名不能到名之外的事物中求得,名必须和它所反映的对象的内涵一致。在已知名家中,邓析最早提出"名实"问题,并且昭示出名实的内在矛盾。

其《转辞篇》已明显揭示出言辞的可转换、变化的特点。诚如《转辞篇》所说,"一言而急,驷马不能及"。"故之与先,诺之与已,相去千里也。夫言之术,与智者言依于博,与博者言依于辩,与辩者言依于要。"同一言辞可做不同的理解,同一言辞在不同条件下可以表达完全不同含义的指向,从而揭示出言辞对立统一的矛盾性。《列子·力命篇》说:"邓析操两可之说,设无穷之辞",盖由此也。

什么是"两可之说,无穷之辞"呢?《吕氏春秋·淫辞篇》记载了邓析的故事:

> 洧水其大,郑之富人有溺者。人得其死者,富人请赎之;其人求金甚多,以告邓析。邓析曰:"安之,人必莫之卖矣。"得死者患之,以告邓析。邓析又答之曰:"安之,此必无所更买矣。"

邓析对买方和卖方都用"放心吧"的同一言辞应对,而买卖双方的立场又是截然相反的,买者只要安于不买,卖者就无法脱手;卖者只要安于不卖,买者也就无法赎得。对不同的双方可以用同一的言辞,这就是"两可之说",同一的言辞可以表达不同的指向,这就是"无穷之辞"。这一故事既能说明同一律、矛盾律等问题,也能说明语言的"转辞"问题,即表达与被表达之间相互转换增值的复杂问题。

语言符号是概念性的,而概念所表达的"实物"是活生生的具有丰富内涵的生命体。以机械的单一的概念去笼套生动的复杂的现象,就好比用一个小小的网去捕捉一条鲜活的大鱼。被表达者的丰富性使得人们可以从多种角度加以表达，比如文学作品中出现"牛"这个概念。它可以是褒义的，可以是贬义的，它可以是"顽强的""勤劳的""忍辱负重的""可怜的""倔强的""固执的""顽固的""财大气粗的"等。同理，象"熊""风""狼""水"，哪一个不能构成内涵丰富而又可褒可贬的象征呢？可见"转辞"是邓析的重大发现。

四

《汉书·艺文志》名家类有《尹文子》一篇。今本《尹文子》分《大道上》《大道下》两篇，《尹文子》的主导思想是"以名稽虚实，以法定治乱"。尹文是战国时齐国人，曾在稷下讲学，是名家代表人物之一。《尹文子》指出：

> "有形者必有名，有名者未必有形。形而不名，未必失其方圆白黑之实，名而不可不寻名以检其差。"

客观事物必然有名称，但抽象的概念也有名，可未必有形。这表明名不仅是对实物的命名，而且包括对抽象概念如"感觉""思维"的命名。

客观事物不加以命名也不会改变它的真实状态，已经命名了的就应当名实相符，循名检实。可是名与实的差距是客观存在的，所以不能不检验名实之差。《尹文子》明确指出名实之差的所在：

> 名者，名形者也；形者，应名者也。然形非正名也，名非正形也，则形之与名居然别矣。不可相乱，亦不可相无。无名，则大道无称；有名，故名以正形。

在尹文看来，名只是形（物）的一个替代符号，以表明物的指称。然而事物的内涵和外延并不是名所能完全指称的，名无法完整地表达事物本身的内在丰富性，所以名与形有着明显的区别。名与形不能淆乱等同，又不能不以名代形。因为没有名，人们就无法认识和区别事物，所以人们姑且用名来指称事物。尹文还指出"名有三科"，即命名可分三类：

> 一曰命物之名，方圆白黑是也；二曰毁誉之名，善恶贵贱是也；三曰况谓之名，贤愚爱憎是也。

这三类命名表现出尹文逻辑分类的准确和深入。第一类是"本名"，即对客观事物的命名。第二类是"评价名"，它取决于事物客观属性与评价者主观属性的统一。第三类是"态度名"，它取决于主观的好恶，个人的趣味。不仅如此，尹文还在实践中发现了名实之间更为深刻的矛盾。《尹文子》载：

> 郑人谓玉未理者为璞，周人谓鼠未腊者为璞。周人怀璞，谓郑贾曰："欲买璞乎？"郑贾曰："欲之。"出其璞视之，乃鼠也，因谢不取。
>
> 庄里丈人字长子曰"盗"，少子曰"殴"。盗出行，其父在后追呼之曰："盗！盗！"吏闻，因缚之。其父呼殴喻吏，遽而声不转，但言："殴！殴！"吏因殴之，几殪。

这里蕴含着这样一种思想，即命名具有任意性。"鼠未腊者"可以称为璞，"玉未理者"亦可称为璞。命名强盗可以曰"盗"，命名儿子亦可以为"盗"；打这一动作可以为"殴"，人的名字亦可以为"殴"。其次，名与所名（实），指与所指之间并不对等。同一的名表达不同的实，同一的指表达不同的所指，盗之"名"相同，但其"实"强盗和人名不同。璞之"指"相同，但其"所指"玉石和老鼠不同。与之相当，公孙龙亦有"指非指"的命题。

不仅如此，尹文还发现了更为深层的问题，《尹文子》载：

> 康衢长字童曰"善搏"，字犬曰"善噬"，宾客不过其门者三年。长者怪而问之，乃实对。于是改之，宾客复往。

康衢长的童仆和狗也许都不凶恶，其"实"是善良的，"善良之搏""善良之噬"其名虽不同，但表达的共同性质"善"却是相同的。这表明不同的"名"可以表示相同的"实"。另一方面，善又可以表示"擅长"，一方面名它为"擅长搏斗""擅长噬咬"，一方面"实对"并非如此，所以名与实皆非，指与所指错位。

把尹文的思想运用在文学语言的分析中，我们会发现诗性语言正是建立在文字的多义性模糊性基础之上。同一的名可以指代不同的实。如"头"，可表示首级、首领、开端、第一次等等。"熊"可以是一种动物，可以是力大无比的人、蠢笨的人、踏实肯干的人、膀大腰圆的人、一个巨大的拦路的障碍等等。不同的名也可以指代同一的实。如"笑"，可以用笑、解颐、一粲、莞尔等来表示，至于具体的笑的方式更是姿态万千。名与实的错位更能造成转喻、反讽、倒错、幽默等艺术效果。诗性语言正是在此基础上显示出隐喻的模糊的象征的发散的特征，才具有了文学语言的丰富性，才使"言有尽而意无穷""不着一字，尽得风流"有了语言表达的可能性。

五

惠施是名家的又一位代表人物。《庄子·天下篇》载他有《万物说》，但今已不存，还说他很有知识，所谓"惠施多方，其书五车"。惠施是庄子的论友，《庄子·徐无鬼》记载惠施死，庄子叹曰："自夫子之死也，吾无以为质矣，吾无与言之矣"，表达了庄子对惠施的钦敬之情。惠施的学说保留在《庄子·天下篇》中，即"历物十事"：

（1）"至大无外，谓之大一；至小无内，谓之小一。"这是说最大的大是无边无沿的，最小的小是无穷无尽的。"大一"是惠施对时空观的朴素认识，"小一"则是对原子论的朴素认识。宇宙的无穷大，物质的无限可分，在今天已被人们广泛接受。

（2）"无厚不可积也，其大千里。"几何学中点和面都是无厚的。积点和线无以成面，积面无以成体，即使面大如千里，它依然是面积而不可能成为立体的体积。这已被几何学证明是客观真理。作为一个具有普遍性的原理，它的意义甚至可以扩大到政治学的层面。如果你"无厚"，你的立足点不对，理想目标是错的，即使你为了那错误目标的实现做了多少表面的好事，都不能说明你的"政治正确"！反而只能证明你的狡猾和阴险。

（3）"天与地卑，山与泽平。"前人常说天尊地卑，但惠施已揣测到地球是悬浮在宇宙间的球体，天与地相对而存在，从地面往上看，则天在上，地在下；假如往地球的下端来看，岂不是地在上，天在下？故天与地卑。这种思想对于打破天尊地卑、上尊下卑、神尊人卑具有积极的启发意义。"山与泽平"是讲高与低只有以一定的平面为参照系才能确定，如果脱离了这个参照系，从宇宙的某一点看，则山与泽无所谓高与低。山高泽低是以地面为基点的常识，但若以天为基点，把图画倒过来，则山与泽平。它表明认识问题时立足点和参照系的重要性。

（4）"日方中方睨，物方生方死。"睨，侧也。太阳逼近正中时侧中有正，正中有侧。看它接近正中了，它侧于此；看它正于此了，它已侧于彼。正中恰是侧向正的发展和正向侧的开始。绝对的正中只是无穷小的一刹那。侧中有正，正中有侧，所以说"日方中方睨"。同样，物生的过程也是物走向死亡的过程。在统一体中，一些事物不断产生，一些事物不断死亡；新的事物产生了，旧的事物死亡了；新事物产生的过程也是它将发展成为旧事物从而死亡的过程。它深刻地揭示了事物发展运动变化的属性，揭示了事物新旧转化的过程。

（5）"大同而与小同异，此之谓小同异；万物毕同毕异，此之谓大同异。"同指共同性，异指差异性。在一定范围内，不同的事物之间相同或相异，是小同异。在整个宇宙的范围里所有事物之间的同和异，才是大同异。同时，事物之间不突破质的规定性的同或异是小同异，突破质的规定性的同或异是大同异。惠施已经发现了质与量的区别，但它没有发现"度"的重要性，所以只看见毕同毕异，大同小异，而没有能把握事物性质变化的临界点。这也正表明人类认识有一个发展过程。

（6）"南方无穷而有穷。"这也是讲事物的相对性和看问题的立足点。以此为基点则南方是不可穷尽的，但在有限范围内南方是可以穷尽的。以彼为基点则原来属南方的可以成北方。南方北方是相对而言的。"南方"这一概念正是有限与无限的统一体，相对与绝对的统一体。

（7）"今日适越而昔来。"越，是南方之国。由于时差关系，在此地时间是今日到越国，而在彼地却是昨日。一说客观上人是今日到越国，而主观上的心思是昨日已想到越国，表示出主客观的差异，存在与思维的差异。庄子在《齐物论》中也讲到了这一条，"夫随其成心而师之，谁独且无师乎？奚必知代？而心自取者有之，愚者与有焉。未成乎心，而有是非，是今日适越而昔至也"。庄子指出，这是在认识事物之前，就已经有了主观成见，不可能正确认识可观事物。

（8）"连环可解也。"这一句是说看起来无法解开的连环，有成必有毁，有始必有终，连环能为人所造，则必能为人所解。这是从事物的生成到结束的必然性角度来论述矛盾运动的规律性。

（9）"我知天下之中央，燕之北，越之南是也。"地球是圆的，从燕向北走可以到达天下的中央，从越向南也可以到达同一个地方，正如同"条条大路通罗马"。它包含着思维的归一性，在最高的逻辑层面上各种知识和学问具有同一性。

（10）"泛爱万物，天下一体也。"这是说在最高的逻辑层面上看，万物同一，天下一体，所以要"泛爱万物"，不能轻视万物。此思想正如庄子所说，以道观之，物无差别。道无所不在，道甚至在糠秕矢溺。从任何具体事物出发都可以发现规律，见天道，因此"天地与我并生，而万物与我为一"。我在道中，我识道而非道宏我。每个人都是通过独特的人生道路来认识真理，只是有些人见了真理也不识得真理罢了。

在惠施"历物十事"中，最重要的思想是万事万物都是相对的，相对中有绝对，绝对中有相对。从不同的观点看事物，得出的结论不同。事物是可以认识的，但认识是无法穷尽的。用惠施的思想方法观察语言和文学现象，我们会发现，语言中的名实关系是相对的，如同南方北方的指称。文学语言所派生的意蕴是"方生方死",不断变迁、消减、衍生、增值的。文学作品的意义是可以从多种角度加以解说以至于无穷的。人们所认识的作品意义只能是"此在"的意义,而不可能是"永恒"的意义。作品中的一个词语甚至可以映照出它的七色光彩。词汇的丰富意蕴是可解与不可解和不必解的统一。文学的想象不受时空的阻隔而可以升天入地,文学世界与现实世界是两个不同的世界,存在着"时空差异"。文学体裁的相区别只是小同异,在大境界上它将消弭界限,此为大同异。从更高的层次上讲,文学将在一定意义上消弭纯文学与人类学、文化学、社会学、哲学、历史学、经济学等专门学科的界线,在感性现象学即美学的层面上达到多种学科的综合和统一。

六

公孙龙是名家集大成式的代表人物。《汉书·艺文志》著录《公孙龙子》十四篇,今存并《迹府》共六篇。黄云眉《古今伪书考补正》云:"第二至第六五篇,每篇就题申绎,累变不穷,无愧博辩;然公孙龙之重要学说,几尽括于五篇之中,则第七以下等篇又何言耶?"其实作为集大成者,前人的很多命题公孙龙都有整理、重述、出新的可能。像《墨辩》中的"杀盗非杀人""获(奴仆)事其亲,非事人",《庄子·天下篇》载"辩者二十一事"等等,公孙龙都有可能论及。《列子》就明确记载"辩者二十一事"中数事属公孙龙。我们看二十一事:

(1)"卵有毛。"卵孵出的鸡鸭有毛,那么卵就有毛的种子。没有内在的根据就不可能有外在的现象。这表明事物的内因是根据,是根本。

(2)"鸡三足。"《公孙龙子·通变论》:"谓鸡足一,数足二,二而一故三。"鸡足一说的是同一性,一百只鸡足也只是鸡足。鸡足二,说的是现实客观性,因为鸡都是两只足。鸡足三,说的正是二者之间的差异性。同一性、客观性、差异性,正可谓三。"藏三耳",与之同类。"藏,羘,古字通用,谓羊也。"一说两耳为形,又有一"君形者",故为三。

(3)"郢有天下。"郢是楚国国都,麻雀虽小但五脏俱全。由小可以知大,由郢可知天下。共性存在于个性之中,而人们的认识往往是先由个别到一般。

(4)"犬可以为羊。"第一,以名称物时,名具有任意性、偶然性。在命名之初,犬可以叫作"羊"。第二,在同一条件下,犬羊互等。如《孟子·梁惠王下》以羊易牛,又如《墨子·经说下》:"当牛数牛数马,则牛马二。数牛马,则牛马一。"第三,物质不灭,物质相互转换。如《列子·天瑞篇》所说,由蛙到鹑,到乌足,到蝴蝶、到虫、到鸟、到田鼠,以至无穷。

（5）"马有卵。"马为胎生，但母马有卵子。胎生和卵生现象有别，而本质同一。

（6）"丁子有尾。"楚人呼蛤蟆为丁子。蝌蚪有尾，蝌蚪变而为蛤蟆则无尾，但从蛤蟆一生的全过程看，说它无尾是片面的，说它有尾才是全面的。它说明事物是变化的，考察事物要看它的全过程。

（7）"火不热。"火热与否必须由对象感知，只有在对象化的过程中才能显示事物的性质。火热，必须是触觉才能感知，而视觉和听觉是无法感知火热的。火自身不会感知热，只有对象化的感知能力才能感知对象。无生命的事物不能感知热，有生命的事物才能感知。有音乐感的耳朵才能感知音乐，有形式美感的眼睛才能感知美，否则就可能"对牛弹琴"。它表明事物的属性只有对象化的过程中才能确认。

（8）"山出口。"山再高也源于拔地而起，如竹笋一样经过地面的口子从地底突起，这是说事物的高级形态都是由低级形态发展而成。

（9）"轮不碾地。"轮与地面相接处只是一个平面，一条线段。从数学逻辑上讲，平面和线段是没有厚度的，所以说轮不碾地。甚至轮的一条线和地的一条线并行排列，不是一条线压倒另一条线，如果那样就是一条线而不是两条线了。

（10）"目不见。"眼睛看东西必须有光线的反射条件。眼睛看物是必要条件但不是充分条件，否则在黑夜里将会"伸手不见五指"。这说明事物的确认有赖于客观的条件，有赖于必要的充分的条件。

（11）"指不至，至不绝。"一指无法穷尽万事万物。语言是思维的工具，指作为语言，只能表达被我们认识了的事物，而我们未认识的事物，恰是我们的语言之指无法表达的。万事万物中有多少仍未被我们认识和表达的事物啊，所以从人的认识无法穷尽世界万物来说，指不至，至不绝。二指与所指（至）的关系不是对等的。不同的指可表达相同的所指，如荷花、莲花、菡萏、芙蓉表达同一物。一个指也可以表达不同的所指，如"打""打架""打字""打开窗儿""打扮""打油"，"打"的含义各不相同。在这个意义上所谓"至不绝"只是一种夸张，它说明指与所指之时具有明显的差异性。三指只是抽象概念，所指则是客观实体。指只能是局部的片面的符号化的，所指则是无限丰富生动的，指与所指之间的变量关系有如龟兔赛跑。

（12）"龟长于蛇。"大的海龟比小的蛇长。即使从空间角度比，蛇比龟长，但从时间角度比，龟的寿命比蛇长。这是说比较要有可比性，要有一个同一的基点。否则比较将是无序的、混乱的、准的无依的，当然也就是无意义的。正如《墨子·经说下》所说，"若耳目异，木与夜孰长？知与粟孰多？"比较要有可比性，要遵循比量的同一质性。

（13）"矩不方，规不可以为圆。"从数学角度讲，现象的方和圆不同于几何定义的方和圆。画出的方和圆必然是有着粗细（厚度）的线段，而在几何原理中方和圆的抽象概念里，"边"则是没有粗细厚度的。有厚度就变成了另一个"面"。它说明了现象与本质的相关性，也说明质的稳定性的重要以及无限逼近，而"尺有所短，寸有所长"的道理。

（14）"凿不围枘。"木匠把榫子打入凿内，即使再紧，依然隔着一个面。即使这个面无厚度，也使二者相区别。这说明不同的事物哪怕再相似，关系再紧密，也总有区别，总有矛盾。

（15）"飞鸟之影，未尝动也。"影子是由光线被遮蔽而形成的。如果光源固定，则影子不动。《墨子·经下篇》有"景不徙"，《列子·仲尼篇》有"影不移"，当与此同。若无光源，则无影，此时若有影，当与鸟保持固定角度。光源的变化使影子角度变化，正如日影三竿的变化。由于地球与太阳运动的结果，使飞鸟之影的角度产生了变化。这表明事物自身并非孤立的存在物，它处于一个系统中，此一因素的性质取决于系统中各种因素的交互作用，其他因素的改变将影响到此一因素的改变。

（16）"镞矢之疾，而若不行不止之时。"事物的运动，既有"不止"的变化的一面，又有"不行"的静止的一面。疾矢的运动过程，乃至一切事物的运动过程，都是静中有动、动中有静，充满对立统一的矛盾过程。

（17）"狗非犬。"第一，《尔雅》释犬云："未成毫，狗。"是说同物而大小异名，即小狗不同于大狗，树苗不同于大树。这表明了事物大与小、始与终性质不同的差异性。第二，《尔雅》又云"熊虎丑，其子狗"。可知古代熊虎一类动物的幼崽都可称狗。这表明同一之指可以表达不同的所指，名同而实异。第三，狗与犬在语言的领域也具有差异性。称自己的儿子为"犬子"是谦称，称他人的儿子"狗崽子"是骂人，不能称他人的儿子为"犬子"，却又能称自己的孩子是"狗儿"。它表明语言是一个符号系统，具体符号的意义有赖于系统中相关符号之间的关系。符号的静态意义不同于符号的动态意义，它的动态意义只有在具体的语境中才能确定。

（18）"黄马骊牛三。"马和牛虽不同但作为家畜的共性是一，从个性看，黄马、骊牛为二。二而一，合为三。它与"鸡三足"的命题相似但不同，逻辑上更深入一层。它表明看问题的角度不同，对问题的看法就会有不同。从语言的角度讲，语言是一只万花筒，具有无限的可能性，表达和阐释都是如此。我们可以说马和牛在某一点以至于无数点上看是一样的，马和牛是二，是三，是四，以至于无数点上看是不一样的。同与异都将至于无穷。

（19）"白狗黑。"第一，没有绝对的白，白与黑只是相对的。十只白狗在一起，有黑有白。第二，白又具有质的规定性。白狗可以变黑，如泼上墨汁，但即使这样也并不改变它作为白狗的性质。第三，量变到质变，质的标准或曰出发点决定了质的规定性。黑眼睛的白狗是白狗，白狗是由毛色这一标准确定的。比如"好狗"，可从皮毛、重量、机敏、听话等多种不同标准评定。

（20）"孤驹未尝有母。"孤驹就是无母之驹，它未成孤驹时是有母之驹而不是孤驹，它没有了母亲才使它成为孤驹，所以说孤驹未尝有母。它强调了质的规定性和性质改变的临界点。从语言的角度讲，它强调语言逻辑的准确性，同时又从"悖论""吊诡"的角度揭露了语言现象的内在矛盾性，即"无母何以有驹，孤驹又何以能称有母之驹"。

（21）"一尺之棰，日取其半，万世不竭。"它表明事物无限可分，永无止境。

在"名家二十一事"之外，我们再看《公孙龙子》的其他一些命题：

（1）"白马非马。"《白马论》云：

> 马者，所以命形也；白者，所以命色也。命色者非命形也。故曰：白马非马。
>
> 求马，黄、黑马皆可致；求白马，黄、黑马不可致。

这些话包括几方面内容：第一，马是一个事物的概念，色是一个事物的概念，马与色是不同的两个事物、两个概念。第二，马是一个概念的事物，白马是两个概念的事物，两个概念的事物不同于一个概念的事物。第三，马是一个抽象的概念，白马是一个具象的概念，抽象的概念不同于具象的概念。第四，马是一个类的概念，白马是一个属的概念，类涵盖属，类不等同于属。很明显，"白马非马"不是说白马不是马，白马不属于马，而是说白马不等同于马，白马的概念有别于马的概念。

（2）"物莫非指，而指非指。"《指物论》中这个关键句的意思是，认识事物要依赖语言之指，但指不同于所指之物。我们认知的事物都是加以命名了的，但是我们的语言命名并不等同于原物。

（3）"通变论。"变化了的事物不同于未变化的事物，新旧事物有质的规定性，故曰"二无一""二无左""二无右"。但左与右又构成了一个新的范畴，故可以说左右为二。

（4）"离坚白。"坚白石中的坚与白不能独自抽象存在，它必须依赖石而表现出坚白的属性。所以说坚白石为二而非三。它强调的是事物不是抽象的孤立的、绝对的存在，事物的属性是从事物的本质特点中显示的，并且是通过不同的对象来感知的，所谓"视不得其所坚而得其所白者，无坚也；拊不得其所白而得其所坚者，无白也"。精神具有认识"坚"与"白"的抽象能力，抽象的"坚、白"是精神的认知对象，"离"正是表现了精神的作用。

除《公孙龙子》之外，在《墨辩》《列子》等书中也有一些可能属于或可以归属于名家的论题，如《墨辩·小取》中的"获事其亲非事人""杀盗非杀人""目大非为马大"：

> 获，人也，爱获，爱人也。臧，人也，爱臧，爱人也。此乃是而然者也。获之亲，人也，获事其亲，非事人也。其弟，美人也，爱弟，非爱美人也。车，木也，乘车非乘木也；船，木也，入船，非入木也。欲无盗，非欲无人也。
>
> 爱盗，非爱人也；不爱盗，非不爱人也。杀盗人非杀人也。
>
> 问人之病，问人也；恶人之病，非恶人也。
>
> 之马之目盼，则谓之马盼；之马之目大，而不谓之马大。之牛之毛黄，则谓之牛黄；之牛之毛众，而不谓之牛众。

它们表明，个别属于一般，但个别不等于一般。古人骂奴曰臧，骂婢曰获。臧获都是人，这是部分之于整体。获事其亲，则是部分之于部分，其若爱人，当也爱他人，爱其亲而非爱他人，则是"事其亲，非事人也"。统一体中的矛盾因其性质不同而构成了新的关系。美与亲性质不同，所以"爱弟，非爱美人也"。木与车、船已发生了性质的变化，所以"乘车，非乘木也"，"入船，非入木也"。同理，盗属人，但盗的性质与人的性质不同，所以"杀盗人非杀人也"。整体可以涵盖局部，局部不能涵盖整体，局部更不可以跨越自己所在的统一体而去说明大的统一体，所以"厌恶病"不同于"厌恶人"，"毛黄"可以称"黄牛"，"毛多"不能称"牛多"。

从以上公孙龙"白马非马"所代表的名家论题中，我们可以看出名家在现象学的名与实、现象与思维方面，在逻辑学的概念、范畴、推导方面，在语言学的指与所指、符号与符号系统、静态与动态方面，在人类的认识论领域进行了深入的难能可贵的探索，能给我们多方面的思考和启发。仅从文学语言的角度讲，它至少能让我们认识到，文学语言的表达与被表达双方，都处于模糊的、多义的互动状态。诗性语言是定向与不定向，清晰与模糊、单一与复杂、感性与理性的统一体。作品是一个丰富的、完整的虚拟世界，它对应于人们的客观世界，但不同于客观世界，正如名与实一样。在这个虚拟的世界中，题材、主题、语言、结构都具有独立的价值和综合的效应。它构成一个系统。系统中的每个成分，比如意象，甚至词汇都可能牵一发而动全身。系统如人体是一个有机体，每个细胞都有作用，如果细菌侵入细胞，甚至会危及生命。正如千里之堤,可毁于蚁穴,从而使有机体发生根本变化。从另一角度讲,它又是"一花一世界,一叶一菩提",变化无穷,丰富多彩。文学世界的丰富性和可感性是批评语言的局部性抽象性无法匹敌的。"生命之树常青,而理论总是灰色的",所以有说不尽的"哈姆雷特",说不完的"《红楼梦》"。文学批评自有其价值,它在现实的而非永恒的、相对的而非绝对的意义上获得了把握对象的客观真理性。文学作品与批评的共同点在于,都是可知与不可知、可解与不必解、可说尽与说不尽的统一。

名家是否纯属诡辩,已无须争论。但名家为什么被人误解呢?大概是认为人人尽知之理无须重复言说,故专门发人所未发,言人所未言,超以象外,得其环中,超出常见,发言惊挺,所以不被人理解,反遭人误会。

名家两千年前的智慧让人赞叹,与现代学术相比,明显表现出不同的时代特点。一般说来,它在感性具体和知性抽象的环节中占有优长,它用具体来说明一般,用经验来表述理论。现代学术则以鲜明的理性抽象和理性具体为特征。名家理论的经验概括和知性分析的特点突出,但还具有揣测的性质,它的全面性、概括性、深入性还不足。从历史的角度看,我们为它两千年前的思维水平而击节,从现实的角度看,它的"生命之树"的表达方式,直截根源、以具象表现抽象的特征依然有独特的不可替代的价值。我们对它的深刻性的认识,对它所蕴含的真理可能性的认识,也许还只是"此时"的一知半解。

参考文献

[1] 梁启超. 诸子集成 [M]. 上海:上海书店出版社影印本,1986.

[2] (春秋)邓析. 邓析子 [M]. 北京:中华书局四库备要本,1936.

[3] 厉时熙. 尹文子简注 [M]. 上海:上海人民出版社,1977.

[4] 谭业谦. 公孙龙子译注 [M]. 北京:中华书局,1997.

[5] 胡适. 中国哲学史大纲 [M]. 上海:上海古籍出版社,1997.

[6] 胡适. 先秦名学史(第2版)[M]. 合肥:安徽教育出版社,2006.

[7] 钱穆. 先秦诸子系年 [M]. 北京:中华书局,1985.

[8] 吕思勉. 经子解题 [M]. 上海:华东师范大学出版社,1995.

[9] 庞朴. 公孙龙子研究 [M]. 北京:中华书局,1979.

[10] 谭戒甫. 公孙龙子形名发微 [M]. 北京:中华书局,1963.

[11] 温公颐. 先秦逻辑史 [M]. 上海:上海人民出版社,1983.

商周青铜铭文文体论

陈彦辉

　　商周社会的青铜铭文是在中国青铜时代的文化背景下出现的一种重要的文化现象。殷商社会中期以后铭文才开始在青铜器上出现，并在祭祀活动中承担着重要的功能。西周是青铜铭文大发展的时代，铸刻铭文的活动庄重且频繁的出现，西周社会中"铭者自名"的思想和人们对铭文意义的重视，导致上层社会的人士把铸铭作为个人和家族的荣耀，积极从事铸铭以纪颂功德，青铜铭文在社会上大量出现，在商周社会逐步形成铸铭的风气。青铜铭文因记载社会生活内容的不同而呈现出不同的文体特征，这些不同类型的铭文文体，其歌功颂德的价值取向与语言简练等特点直接为秦以后铭文所继承，对后世铭文文体发展与流变产生重要影响。

一、"铭者自名"与商周社会的铸铭风气

　　商周社会铭文的发生和文体的形成与青铜器制作技术的成熟和铸铭风气的形成密切相关。殷商时期铭文的发生以青铜器制作技术的成熟为前提，随着青铜冶炼技术的出现，约从公元前 2000 年开始，中国古代文化进入了"青铜时代"。这个处于中国文明形成期的时代，延续了 1 500 多年，直到公元前 500 年左右才结束①，即从夏王朝到战国时代。偃师二里头遗址中发现的小型的青铜工具、装饰品、青铜武器和青铜容器，从形制与制法上看，工具仍具有某些原始特点，但武器、容器与装饰品形制比较进步②，"这些都证明当时青铜冶铸技术与规模均已发展到一定程度"③。商周时代，青铜器制作技术更加成熟，特别是在当时青铜器已不是简单的工具，而是"政治权力"的体现④，是国之重器。"国之大事，在祀与戎"⑤，在庄严的祭祀场合使用的礼器与在关乎国家安危的战争中使用的兵器都需要高超的制作技术，因此，在商

---

①　张光直. 中国青铜时代 [M]. 北京：生活・读书・新知三联书店，1999. 2.
②　安志敏. 中国早期铜器的几个问题 [J]. 考古学报，1981 (3)：281.
③　朱凤瀚. 古代中国青铜器 [M]. 天津：南开大学出版社，1995. 16.
④　张光直. 中国青铜时代 [M]. 北京：生活・读书・新知三联书店，1999. 22.
⑤　杨伯峻. 春秋左传注 [M]. 北京：中华书局，1990. 861.

周时代强有力的政治威权下，伴随着大量精美青铜器的制作，青铜器制作技术日趋精湛。

铭文的产生必须以青铜器制作者的主观需求为动因。青铜器制作技术的成熟，为铭文的出现提供了可能。青铜器的制作并非以生活工具为目的，其承载着非常重要的祭祀功能，因此其作为祭器的象征意义远远超过其作为生活器具的实用性。青铜器的象征意义主要是通过器物上的纹饰和铭文来体现，这也是中国古代青铜文化的重要特征。纹饰在表现商周共同信仰的神灵世界方面发挥了重要作用，青铜器在当时主要用于祭祀神灵和祖先的仪式中。这些铜器上"铸刻着作为人的世界与祖先及神的世界之沟通的媒介的神话性的动物花纹"①，它们或抽象或写实，是对现实的描绘和对神界的想象，这些纹饰是"远方图物""铸鼎象物"的"物"，是用来"协于上下以承天休"②，是沟通人神世界的桥梁。巫觋正是在它们的协助下，才能够沟通天人。因此，纹饰是为"表现某种意义的目的"而制作，要"表现制作者的宗旨"③，青铜器制作者的意义和宗旨就是表达对祖先神灵的崇拜，纹饰是表现他们共同信仰的世界的媒介。

与纹饰相比，铭文在青铜器上出现得较晚。现存的殷商早期和中期青铜器上，几乎没有铭文，即使现在考古发现的几件有铭铜器，也只有族徽或父祖名号。铭文在青铜器上大量出现是在商代晚期，此时字数较少，一般为三五字，仅有少数铜器有几十字。从现存甲骨刻辞看，殷商末期以前已经有字数较多的甲骨文出现，在青铜器上铸刻铭文的条件已经具备，为什么直到殷末才出现铭文？白川静认为较长铭文的出现，意味着"在祖灵与祭祀其祖灵的氏族之间，开始加强媒介的作用来促进土室与氏族间的政治关系。祭祖，变成是依王室与氏族之关系而在其政治秩序之下进行。彝器铭文所以记录这种事情，乃直接显示政治的关系已强力地支配了氏族生活"④。政治对氏族与王室关系的影响，周代殷之后体现得更为明显，殷商时期基本是政教合一，而周则以征服者的身份强化了王权政治，"统治的原则，是根据政治性的服属关系，君臣关系。在祖祭之性格上，也就无非在强化这种政治性的要素。这些氏族既须靠他们与王室的关系始能维持其生活，所以也就把与王室之关系

---

① 张光直. 中国青铜时代 [M]. 北京：生活·读书·新知三联书店，1999. 420～421.
② 杨伯峻. 春秋左传注 [M]. 北京：中华书局，1990. 671.
③ ［日］白川静. 金文的世界：殷周社会史 [M]. 温天河，蔡哲茂译. 台北：联经出版事业公司，1980. 3.
④ ［日］白川静. 金文的世界：殷周社会史 [M]. 温天河，蔡哲茂译. 台北：联经出版事业公司，1980. 11.

施铭于彝器而享祀其祖灵"①。随着铭文的出现，殷周人祈求神灵、拜祭祖先又增加了一个重要的媒介，青铜器的象征意义中也融进了政治秩序的内涵。

最初作为祭器出现的青铜器，所要表现的任何意义都可以通过器物纹饰和铭文来完成。纹饰在铭文没有出现之前发挥着至关重要的作用，铭文与纹饰相比传递信息更为直接，因此，在铭文出现后，青铜器所要表达的象征意义和要传达的信息主要通过铭文来实现。在殷商，社会铭文主要承担着祭祀先祖的原始功能，但是到了西周社会，铭文承载的社会功能开始逐渐增多，在继承殷商社会祭祀祖先的基本功能之外，铭文还记载训诰、律令、讼辞、盟誓、出使以及乐律等诸多内容，铸铭受到天子、诸侯、大夫等的高度重视，铸铭的行为也盛行于上层社会，直接促使周代产生大量铭文，形成铸铭的社会风气。

周代铸铭风气的发生的直接原因是铭文具有"铭者自名"的意义，其背景则是人们对礼制的认同与遵守。《礼记·祭统》："夫鼎有铭，铭者自名也，自名以称扬其先祖之美，而明著之后世者也。"郑注："自名，谓称扬其先祖之德，著己名于下。"孔疏："'铭者自名也'者，言为先祖之铭者，自著己之功名于下。"②"铭者自名"的实质是铸铭者借铭记先祖功德达到显扬自身功名的目的。"铭之义，称美而不称恶，此孝子孝孙之心也，唯贤者能之。"对于先祖，要扬美抑恶，这既是体现子孙孝顺之义，也是成为"贤者"的要求。铸铭者显扬自身是通过颂扬先祖来实现的，把先祖的功烈、勋劳、庆赏、声名，用经过斟酌的文字铸刻于祭器，祖先自可扬名于天下；铸铭者把自己名字列于祖先之后，毫无疑问在享受祖先的恩泽，达到扬名目的。铸铭可以有"壹称，而上下皆得焉"的效果，即铭文唯称祖先之德善，上可以光耀先祖，下可以成就自身孝顺之行，又可以垂教后人。不仅如此，铸铭还可以收到君子称美，获得"贤""恭"的评价，即"为之者，明足以见之，仁足以与之，知足以利之，可谓贤矣。贤而勿伐，可谓恭矣"。此时，铭的意义已经从祭祀祖先上升为铸铭者的荣誉和道德评价，成为遵守礼制的要求，成为上层社会树立自身道德形象、家族地位的重要手段，正是在此背景下，周代社会铸铭风气才得以形成。

西周时期人们十分重视铭文，在使用过程中逐渐形成一定的规范，在礼制的要求下，铸刻铭文十分慎重，必须符合礼制的规定。周代铭文纪功的标准为"天子令德，诸侯言时计功，大夫称伐"③。人们认为只有符合这个条件

---

① ［日］白川静. 金文的世界：殷周社会史［M］. 温天河，蔡哲茂译. 台北：联经出版事业公司，1980.12.

② （清）阮元. 十三经注疏　附校勘记［M］. 北京：中华书局，1980.1606.

③ 杨伯峻. 春秋左传注［M］. 北京：中华书局，1990.1047.

才符合礼制。刘勰对此解释说"夏铸九牧之金鼎，周勒肃慎之楛矢，令德之事也；吕望铭功于昆吾，仲山镂绩于庸器，计功之义也；魏颗纪勋于景钟，孔悝表勤于卫鼎，称伐之类也"①，刘勰所举诸例皆为符合礼制的典范。以孔悝之鼎铭为例，《礼记·祭统》载：

> 故卫孔悝之鼎铭曰："六月丁亥，公假于大庙。公曰：'叔舅！乃祖庄叔，左右成公。……公曰：'叔舅！予女铭，若纂乃考服。'悝拜稽首曰：'对扬以辟之，勤大命施于烝彝鼎。'"此卫孔悝之鼎铭也。②

春秋卫国大夫孔悝鼎铭为人称道的原因在于其合礼，按照礼的规定，"古之君子，论撰其先祖之美，而明著之后世者也。以比其身，以重其国家，如此。子孙之守宗庙社稷者，其先祖无美而称之，是诬也；有善而弗知，不明也；知而弗传，不仁也。此三者，君子之所耻也"③。孔悝有拥立卫庄公之功，按照《周礼·司勋》："凡有功者，铭书于王之大常，祭于大烝，司勋诏之。"④ 孔悝之鼎铭是受卫庄公之命为纪录先祖功业而作，这是符合"以称扬其先祖之美，而明著之后世"的铸铭原则，是合礼的行为，因此受到称赞。

在西周礼乐文化背景下，铸铭已经成为一种礼制，被赋予了礼乐文化的内涵。当铸铭成为荣耀之时，一些过于急切的人就会做出为了铸铭而违反礼制的行为，这种情况在礼崩乐坏的春秋时代尤为明显，如鲁大夫臧武仲之所以对季武子征伐和铭钟行为提出严厉批评。从时人对孔悝与季武子的评价中可以看出，铸铭是非常严肃的事情，对于铸铭者来说是一种荣誉，既可以荣耀祖先，又能够传之后世。正因如此，在殷商时期承担着宗教和政治功能的铭文，在西周时代被赋予了新的礼乐文化内涵。在周代礼乐文化背景下，"铭"作为一种行为，已经成为社会的重要礼制，铭文在西周时代的繁盛，春秋战国时代的衰落，正是其承担礼乐文化功能的最好注解。

二、商周青铜铭文的文体特征

现存商周青铜铭文的数量非常多，仅《殷周金文集成》和《近出殷周金文集录》两部铭文总集中所收的商周铭文就有13 400多篇，此外近年各地也陆续出土不少青铜铭文。商周青铜器根据功用分为礼器、食器、兵器、乐器

---

① （梁）刘勰著，周振甫注. 文心雕龙注释 [M]. 北京：人民文学出版社，1981. 116.
② （清）阮元. 十三经注疏　附校勘记 [M]. 北京：中华书局，1980. 1607.
③ （清）阮元. 十三经注疏　附校勘记 [M]. 北京：中华书局，1980. 1607.
④ （清）阮元. 十三经注疏　附校勘记 [M]. 北京：中华书局，1980. 841.

等类别，所载铭文的内容相当丰富，涉及社会的方方面面。商周的青铜铭文按照内容和格式大致可以分为：祭祀、册命、训诰、记事等四种。①

"国之大事，在祀与戎"②，祭祀是商周社会非常重视的大事，商周青铜彝器很多是祭器，用于祭祀是其重要的功能。铭文中有关祭祀的内容主要包括记载祭祀对象或典礼、颂扬祖先功德，目的是透过铭文告慰祖灵。因此记录祭祀对象的铭文一般都很简短，如"戈父丁"③是戈氏为父丁作器，"戈"为族氏名；"小子作父己鼎"④是"小子"为"父己"作鼎；"册作父癸宝尊彝"⑤是"册"为"父癸"作祭器。略复杂一些的如成王时"保卣"："乙卯，王令保及殷东国五侯，诞荒六品，蔑历于保，易宾，用乍文父癸宗宝尊彝，遘于四方会王大祀，祐于周，才二月既望。"⑥包括时间、地点、人物、赏赐、祭祀对象等内容，是记载祭祀典礼的铭文，对祭祀仪式进行简明扼要的概括。祭祀的目的是让神灵祖先护佑自己，所以作为与神灵进行沟通主要媒介的铭文，必须要包含称美祖先功德、显扬先祖等内容。此类铭文主要存在于西周时期，西周后期尤多，一般篇幅较长。比较有代表性的有"史墙盘""大克鼎""番生簋""师望鼎"等。以"师望鼎"铭文为例：

> 大师小子师望曰，丕显皇考宫公，穆穆克盟厥心，哲厥德，用辟于先王，得纯亡闷。望肇帅型皇考，虔夙夜出入王命，不敢不遂不父，王用弗忘圣人之后，多蔑历易休。望敢对扬天子丕显鲁休，用乍朕皇考宫公尊鼎。师望其万年子子孙孙永宝用。⑦

文中"师望"夸耀先父"宫公"品德、功绩，并说明自己以祖先为榜样，执行王命，并让子孙后代永远记住祖先功德。铭文主要内容是"称扬其先祖之美"，体现的是"孝子孝孙之心"，语言简洁，突出做器者的目的。商周时期祭祀类铭文形式大都如此，区别之处在于篇幅长短和称美的内容不同。

"册命"是指封官授职，是西周社会非常重要的典礼。天子任命百官封建诸侯、诸侯封卿大夫、卿大夫封臣宰，都需要举行此礼。《说文》："册，符命

①　马承源. 中国青铜器［M］. 上海：上海古籍出版社，2003. 350～362.
②　杨伯峻. 春秋左传注［M］. 北京：中华书局，1990. 861.
③　陈佩芬. 夏商周青铜器研究［M］. 上海：上海古籍出版社，2003. 166.
④　中国社会科学院考古研究所. 殷周金文集成　修订增补本［M］. 北京：中华书局，2007. 1087.
⑤　中国社会科学院考古研究所. 殷周金文集成　修订增补本［M］. 北京：中华书局，2007. 1166.
⑥　马承源. 商周青铜器铭文选（三）［M］. 北京：文物出版社，1988. 22.
⑦　马承源. 商周青铜器铭文选（三）［M］. 北京：文物出版社，1988. 146.

也。诸侯进受于王也。"① 西周册命铭文是当时王室、公室或诸侯册命的真实
记载，册命文字原书于简册，册命时由专人当廷宣读，受命者接受册命后铸
器铭记。② 在体制上比较完整的西周册命铭文一般包括册命的时间、地点、册
命仪式、授职、赐物、受命仪式、作器铭识等七个部分，也有部分册命铭文
省略部分内容。如"师虎簋"载：

> 唯元年六月既望甲戌，王在杜居，格于大室。邢伯入右师虎，即立
> 中廷，北向。王呼内史吴曰："册令虎。"王若曰："虎，载先王既令乃祖
> 考事，适官司左右戏繁荆。今余唯帅型先王令，令汝更乃祖考，适官司
> 左右戏繁荆。敬夙夜勿废朕令。赐汝赤舄，用事。"虎敢拜稽首，对扬天
> 子丕鲁休，用作朕烈考日更尊簋。子子孙孙其永宝用。③

师虎簋铭文是形式上比较完整的册命铭文，可以作为西周册命铭文代表。
"唯元年六月既望甲戌"是此次册命的时间，"王在杜居，格于大室"是册命
的地点，"邢伯入右师虎，即立中廷，北向"为册命仪式，"王呼内史吴
曰……'适官司左右戏繁荆。敬夙夜勿废朕令'"为册命授职，"赐汝赤舄，
用事"为赐物，"虎敢拜稽首，对扬天子丕鲁休"是受命仪式，"用作朕烈考
日更尊簋。子子孙孙其永宝用"为作器铭识。

有的青铜铭文关于册命的典礼仪式记载较为详细，可以与传世文献相互
印证。《礼记·祭统》有关册命所言甚略④。《左传》中记载较详⑤，与"师虎
簋""颂簋"等记载的册命内容和文体格式大致相同。

训诰铭文在西周时期出现较多，春秋战国甚为少见。训诰记载周天子训
导告诫臣子之辞，如"何尊"：

> 唯王初壅宅于成周，复称武王礼福自天，在四月丙戌，王诰宗小子
> 于京室曰："昔在尔考公氏克弼文王……唯武王既克大邑商，则廷告于
> 天，曰：'余其宅兹中国，自之乂民。'乌乎！尔有唯小子亡识，视于公
> 氏有恪于天，彻命，敬享哉！"唯王恭德裕天，训我不敏。王咸诰。何锡
> 贝卅朋，用作□公宝尊彝。唯王五祀。⑥

---

① （汉）许慎. 说文解字　附检字 [M]. 北京：中华书局1963.48.
② 陈汉平. 西周册命制度研究 [M]. 上海：学林出版社，1986.2~3.
③ 马承源. 商周青铜器铭文选（三）[M]. 北京：文物出版社，1988.167.
④ （清）阮元. 十三经注疏　附校勘记 [M]. 北京：中华书局，1980.1605.
⑤ 杨伯峻. 春秋左传注 [M]. 北京：中华书局，1990.463~465.
⑥ 马承源. 商周青铜器铭文选（三）[M]. 北京：文物出版社，1988.20.

　　何尊是西周成王时器，内容是周成王对"何"继承祖先功业的训示，成王先称赞何的父亲辅助文王的功绩，希望"何"能够像父亲一样忠于职守，敬奉王命。铭文中也有"何"对周王的德行称颂祝愿。从"何尊"可以看出，训诰铭文的格式包括时间、地点、受诰者、诰辞、赏赐、作器等几个部分。训诰铭文的主体是诰辞，"何尊"中诰辞的内容较少，西周训诰铭文中诰辞最多、内容最丰富的是"毛公鼎"，铭文字数共计 497 字，其中诰辞有 470 多字。文中周王做五次发言，追述周文王、武王的丰功伟绩，感慨时局不宁。接着，记叙宣王为振兴周室，册命毛公，兴德爱民、忠心辅佐宣王，同时赐物以示鼓励。毛公为答谢周王，特铸鼎记事颂德，传之后世子孙以资纪念。在文体格式上毛公鼎缺少诰命的时间、地点，但是包含对周王的称扬赞颂和祝愿辞。

　　记事类铭文在商周铭文中数量较多，包含的内容也很丰富，如征伐、赏赐、律令、盟誓、纪功、出使、约剂等等。在文体格式上，包括繁式和简式两种，简式的仅有所记事项，如"王易德贝廿朋，用乍宝尊彝"[1]。记周成王赏赐大臣德贝之事。简式铭文记事简单直接，没有时间、地点以及当时举行的大事作为参照，更无修饰之语。

　　繁式的记事铭文在格式上较简式复杂，并且从商至周，文体格式经历了逐渐丰富的过程。如殷商时期"小臣邑斝"："癸巳，王赐小臣邑贝十朋，用作母癸尊彝，唯王六祀，肜日，在四月。"[2] 该铭记载帝辛赏赐小臣邑十朋贝，小臣邑因此为母癸作祭器。文中包含时间、赏赐物品、作器等内容，虽然字数较少，内容略显简单，但作为殷商时期记事铭发展初期的文体，已经为西周时期记事铭文的发展奠定了基础。康王时期记事铭已经有所发展，文体格式更加丰富，如康王时期的"庚嬴卣"："唯王十月既望，辰在己丑，王各于庚嬴宫，王蔑庚嬴历，赐贝十朋，又丹一管，庚嬴对扬王休，用作厥文姑宝尊彝，其子子孙孙万年，永宝用。"[3] 该铭记载周王对庚嬴赏赐的时间、地点、赞扬、赏赐物品内容，庚嬴对周王的称扬、作器以及祝愿辞等，体制上已经很全面，属于很成熟的记事铭文文体。在此后西周中晚期的记事铭文在文体格式上没有新的变化，只是在记事内容上更加详细具体，铭文的篇幅也大大增加。

　　战国时期，青铜记事铭文发生新的变化，即"物勒工名"的出现，并成为战国时期铭文的主要内容。所谓"物勒工名"，就是在器物上铸刻制造机构、职官名称和制作者名字。如：

①　马承源. 商周青铜器铭文选（三）[M]. 北京：文物出版社，1988.27.
②　马承源. 商周青铜器铭文选（三）[M]. 北京：文物出版社，1988.7.
③　马承源. 商周青铜器铭文选（三）[M]. 北京：文物出版社，1988.37.

十三年，繁阳令繁戏，工师北宫垒，冶黄。①
四年，吕不韦造，高工龠，丞申，工地。②

上面两则铭文都属兵器，以矛的铭文为例，"四年"指秦王嬴政四年，是铸器时间；"吕不韦造"指吕不韦任相职督造，"高工"为秦县名，"丞申"指工师的助手为申，"丞"为副职官吏，这里指工师助手，"申"为人名。"工地"指名字为"地"的工匠，也是此器制作者。这些兵器上的铭文主要是标明作器时间和负责者，铭文格式比较一致。战国时代物勒工名的目的，《吕氏春秋·孟冬》云："物勒工名，以考其诚。"③ 在器物上刻上制作者名字，是为了监督制作者，保证器物质量，这种方法一直沿用到唐代。战国时期"物勒工名"类铭文虽在格式上同属记事铭文，但在内容上却独具特色。

青铜铭文记载了商周社会生活的多个方面，丰富的铭文类别是对商周社会各项事务有序记录的结果。商周铭文根据内容和格式还可以详细划分为更多类别④，但很多内容差异很大的铭文在文体上的界限并不严格，有很多相同之处。从殷商到西周，铭文体制上最大的变化在于篇幅增大和文体结构的丰富，这种明显的变化与西周礼制的建立和完善有着直接的联系，也为"器以藏礼"提供了有力的事实论据。

三、商周青铜铭文的发展流变及其文体启蒙意义

商周之后，铭文的写作为历代士人所重视，创作出大量的铭文。《昭明文选》卷五十六收录汉晋铭文5篇，宋代《文苑英华》卷七百八十五至七百九十收录铭文126篇，明贺复征《文章辨体汇选》收录铭文近200篇，清姚鼐《古文辞类纂》卷六十收录崔瑗、张载、苏轼等人铭文5篇，其他历代诗文总集也都收录了数量可观的铭文。这些铭文的作者包括李斯、班固、蔡邕、张载、王粲、傅玄、鲍照、韩愈、柳宗元、刘禹锡、白居易、苏轼、黄庭坚、宋濂等历代文学名家。随着社会历史的发展，青铜铭文在战国之后出现了一些新的变化：一是铭文载体由青铜器扩大到碑石、器物；二是铭文类别更加丰富；三是铭文表现内容扩大，纯文学性质的铭文出现。

从秦代开始，铭文的载体由商周时期青铜器扩展到碑石、日常器物、建筑等。明徐师曾《文体明辨序说·铭》："考诸夏商鼎彝尊卣盘匜之属，莫不

① 汤馀惠. 战国铭文选 [M]. 长春：吉林大学出版社，1993. 62.
② 汤馀惠. 战国铭文选 [M]. 长春：吉林大学出版社，1993. 70.
③ 陈奇猷. 吕氏春秋新校释 [M]. 上海：上海古籍出版社，2002. 523.
④ 马承源. 中国青铜器 [M]. 上海：上海古籍出版社，2003. 352～362.

有铭而文多残缺，独《汤盘》见于《大学》，而《大戴礼》备载武王诸铭，使后人有所取法。是以其后作者浸繁，凡山川、宫室、门井之类皆有铭词，盖不但施之器物而已。"① 如碑石，现存李斯石刻七种皆为名篇，为后世兴起的山川铭的奠基之作。这些石刻主要是对秦始皇"天子令德"的歌颂，如"威动四极，武义直方。戎臣奉诏，经时不久，灭六暴强"等②。秦代对刻石价值的认识与西周青铜铭文相近，主要是歌功颂德的目的。李斯、王绾、王离等秦朝大臣认为古代帝王、诸侯"犹刻金石"，目的是"以自为纪"，而始皇帝功绩德行非古代帝王可比，因此更应该"刻于金石，以为表经"③。可见，青铜器与碑石在铭记功德方面，发挥着相同的功用。秦代以后刻石铭文不断出现，如汉武帝《泰山刻石文》、李尤《函谷关铭》、庾信《望美人山铭》、李白《天门山铭》等。其他在日常生活器物、庙观、亭台楼阁上撰写铭文也为历代文人所喜爱，如张载《剑阁铭》、苏轼《九成台铭》、王安石《伍子胥庙铭》、苏辙《六祖卓锡泉铭》等。

随着载体的变化、表现内容和题材的扩大，铭文的种类逐渐增多，有的已自成一体。宋代的《文苑英华》中把铭文分为纪德、塔庙、山川、楼观、器用、杂铭六类，明贺复征《文章辨体汇选》对部分铭文进行归类，分为赞美、杂铭、器皿、志感等四类。这些分类或形式、或载体，或内容，还有的是内容和形式综合考虑作为分类的标准。在这些类别中，碑铭经过长期的发展，逐步形成独立的体裁。历代诗文总集、文章总集中，碑文和墓志铭一直没有作为铭文的次生文体纳入分类的视野，墓志铭始终独立于铭文分类体系之外。刘勰认为商周以后碑铭盛行的原因在于青铜器的缺乏，所以后世以石代金，同样出于不朽的目的。虽然碑、铭同源，但是在后世文体分类中仍然把墓志铭单独作为一类文体。徐师曾"然其体不过有二：一曰警戒，二曰祝颂……此外，又有碑铭、墓碑铭、墓志铭，则各为类"④。从本质上来说，碑铭、墓志铭和墓碑铭还是属于铭文的范畴。

商周青铜铭文承载着宗教和政治功能，其内容包括祭祀、纪功、册命等。秦汉以后，铭文的内容已经不再局限于此，开始自由表现广阔的世界，原来以实用为主的应用文开始出现文学化的倾向，部分铭文已经演化为书面的纯文学作品，如鲍照《石帆铭》"应风剖流，息石横波，下潯地轴，上猎星罗。吐湘引汉，歇蠡吞沱，西历岷、冢，北泻淮河"⑤。用大量的骈俪词句描绘自

---

① （明）徐师曾著，罗根泽校点. 文体明辨序说［M］. 北京：人民文学出版社，1998. 142.
② （清）严可均. 全上古三代秦汉三国六朝文［M］. 北京：中华书局，1958. 121.
③ （清）严可均. 全上古三代秦汉三国六朝文［M］. 北京：中华书局，1958. 121.
④ （明）徐师曾著，罗根泽校点. 文体明辨序说［M］. 北京：人民文学出版社，1998. 142.
⑤ （清）严可均. 全上古三代秦汉三国六朝文［M］. 北京：中华书局，1958. 2695.

然景色，恰如一篇咏物小赋。其他如崔骃《袜铭》、庾信《思旧铭》、傅玄《口铭》、《飞白书势铭》、刘禹锡《佛衣铭》、陆龟蒙《书铭》、钟惺《断香铭》等，或摹写生活器物之功用，或形容友情之难忘，或表现书法之美，或呈现佛理之哲思，这些铭文已经成为作者用优美并富有韵律的词句表现自身情感与思考的方式，除却以"铭"名文之外，与当时的纯文学作品无异，铭文创作已经进入了纯文学领域。

商周铭文对后世文体具有重要的启蒙意义，可以视之为历代文章之祖。清代龚自珍《商周彝器文录序》："三代以上，无文章之士，而有群史之官。群史之官之职，以文字刻之宗彝，大抵为有土之孝孙，使祝嘏告孝慈之言，文章亦莫大乎是，是又宜为文章家祖。"① 商周铭文在语言、思想、内容、形式、文体等方面对后世文体影响巨大，特别是对后世铭文的发展演变起到重要作用，将其视为历代文章家之祖确不为过。

商周铭文内容的开放性和广博性为后世铭文提供了有益借鉴。商周铭文的内容包括铭记功德、赏赐、战争、祭祀、册命、诉讼、土地制度、誓词等许许多多当时认为有必要铸刻在铜器的大事，涉及当时社会生活的方方面面。后世铭文在发展过程中继承了商周青铜铭文的这一特性，内容上具有较强的开放性，在记载传统的对祖先、自身以及帝王将相的歌功颂德之外，秦代以后出现了大量对自然山川景色的描绘、对名人名家的赞美，甚至对日常生活常见器物功用刻画的各类铭文，如刘向《杖铭》、崔骃《袜铭》、李尤《漏刻铭》、《函谷关铭》等，这些铭文与商周铭文相比少了一些宗教祭祀的严肃，而多了一些灵动自然。

周代铭文以令德纪功为主兼及警戒的特点也为后世铭文所继承，如秦代李斯《琅琊台刻石》以"功盖五帝，泽及牛马。莫不受德，各安其宇"② 颂扬始皇、汉班固《十八侯铭》赞颂张良、樊哙、陈平、曹参等汉代开过功臣③、王粲《无射钟铭》以"有魏匡国，成功允章。格于上下，光于四方"④ 赞美国君等。后世铭文并不局限于对祖先天子诸侯大臣的歌颂，扩展到对作者喜爱事物赞扬，其中既有汉李尤《漏刻铭》、魏王粲《刀铭》、宋鲍照《药奁铭》、梁陆倕《新刻漏铭》、唐欧阳詹《陶器铭》等对生活器物赞美，也有如鲍照《飞白书势铭》、唐独孤及《大云寺钟铭》对书法、音律之美的歌颂。刘勰用"铭兼褒赞，故体贵弘润"⑤ 总结铭文颂扬的特点十分准确，并且其

①　（清）龚自珍. 龚自珍全集［M］. 上海：上海人民出版社，1975. 267.

②　（清）严可均. 全上古三代秦汉三国六朝文［M］. 北京：中华书局，1958. 122.

③　（清）严可均. 全上古三代秦汉三国六朝文［M］. 北京：中华书局，1958. 613.

④　（清）严可均. 全上古三代秦汉三国六朝文［M］. 北京：中华书局，1958. 965.

⑤　（梁）刘勰著，周振甫注. 文心雕龙注释［M］. 北京：人民文学出版社，1981. 117.

后铭文的发展也体现出了这个特性。

铭文的警戒功用起源很早，刘勰云："昔帝轩刻舆几以弼违，大禹勒笋虡而招谏。成汤盘盂，著日新之规；武王户席，题必诫之训。周公慎言于金人，仲尼革容于欹器，则先圣鉴戒，其来久矣。"① 商周青铜铭文蕴含警戒之意者甚多，一般见于册命、训诰铭文，如"汝某不有昏，毋敢不善"② "善效乃友正，毋敢湎于酒"③ 等，见于传世文献的如商汤盘铭"苟日新，日日新，又日新"④，《国语》所载商之衰铭："嗛嗛之德，不足就也，不可以矜，而祇取忧也。嗛嗛之食，不足狃也，不能为膏，而祇罹咎也。"《左传》"一命而偻，再命而伛，三命而俯。循墙而走，亦莫余敢侮"都有警戒之意⑤，所以汉代扬雄《法言》认为"铭哉！铭哉！有意于慎也"⑥。商周之后出现很多蕴含警诫之意的铭文，其中发展得最快并自成一体的是座右铭，如汉崔瑗"无道人之短，无说己之长。施人慎勿念，受施慎勿忘"⑦ 等都是以自我警诫为目的。

明代徐师曾总结铭文文体时说："然要其体不过有二：一曰警戒，二曰祝颂。"⑧ 准确地概括出了明代以前铭文内容及功用特点。吴纳《文章辨体序说》对戒警作用铭文与颂扬作用铭文发生次序进行梳理，"按铭者，名也，名其器物以自警也。汉《艺文志》称道家有《黄帝铭》六篇，然亡其辞，独《大学》所载成汤盘铭九字，发明日新之义甚切。迨周武王，则凡几席觞豆之属，无不勒铭以至戒警。厥后又有称述先人之德善劳烈为铭者，如春秋时孔悝鼎铭是也"⑨。他认为铭文最初主要用于自警，祝颂之类铭文在其后出现。

商周青铜铭文蕴含的不朽观念为后世铭文所继承。把青铜器作为载体重要原因在于其可以永远保存。墨子认为"古者圣王必以鬼神为，其务鬼神厚矣，又恐后世子孙不能知也，故书之竹帛，传遗后世子孙。咸恐其腐蠹绝灭，后世子孙不得而记，故琢之盘盂镂之金石以重之"⑩。青铜器上铸刻铭文可以使祖先功德传之后世，子孙后代在继承先祖留传下来的彝器时，上面铸刻的先祖美德也就随之永世流传，可以使祖先之美"明著之后世"。作器者的这种思想在铭文中表现得十分明显，商周大部分铭文的末尾都有"子子孙孙永宝

① （梁）刘勰著，周振甫注. 文心雕龙注释 ［M］. 北京：人民文学出版社，1981. 116.
② 马承源. 商周青铜器铭文选（三）［M］. 北京：文物出版社，1998. 207.
③ （清）严可均. 全上古三代秦汉三国六朝文 ［M］. 北京：中华书局，1958. 316.
④ （清）阮元. 十三经注疏　附校勘记 ［M］. 北京：中华书局，1980. 1673.
⑤ 来可泓. 国语直解 ［M］. 上海：复旦大学出版社，2000. 355.
⑥ 杨伯峻. 春秋左传注 ［M］. 北京：中华书局，1990. 1295.
⑦ 扬雄. 传言 ［M］. 诸子集成. 上海：上海书店出版社，1986. 7.
⑧ 扬雄. 传言 ［M］. 诸子集成. 上海：上海书店出版社，1986. 718
⑨ （明）徐师曾著，罗根泽标点. 文体明辨序说 ［M］. 北京：人民文学出版社，1988. 142.
⑩ （明）吴纳著，于北山标点. 文章辨体序说 ［M］. 北京：人民文学出版社，1998. 142.

用""子孙永宝用"等词语,"永宝用"的目的是最终实现"先祖之德善、功烈、勋劳、庆赏、声名"万世流传。商周时期这种永世流传的观念实质是春秋时出现的"三不朽"思想。通过铸刻金石使功绩永久流传的观念在秦及以后的铭文中不断被继承。秦代李斯刻石中《泰山刻石》的"遵奉遗诏,永承重戒"、《碣石门刻石》"群臣诵烈,请刻此石,垂著仪矩"①等,都是希望始皇的功业能够不朽,为后世子孙及大臣之轨则。班固《高祖沛泗水亭碑铭》"承天之福佑,万年是兴"②、梁陆倕《石阙铭》"地久天长,神哉华观,永配无疆"③、唐皇甫湜《假石铭》"刻词假石,炯戒千秋"④ 等铭辞也都表达永世不朽之意。

内容丰富、形式多样的商周铭文蕴含着多种文体的雏形,后世蔚为大观的诸多文体都与其有着深刻的渊源。以册为例,在体制和内容上汉代册命文都保留了周代册命文的文体特征。商周铭文不仅成为后世册命文体的渊源,对盟誓、诏、诰、颂、赞、诫、箴、哀祭等诸多文体也有深远影响,这些后世发展迅速、运用广泛的文体,在思想、语言、内容、句式等方面都从商周铜器铭文中汲取了丰富的营养,为自身的成熟发展奠定了基础。虽然商周时期这些处于萌芽时期的文体还不规范,以后世的文体标准衡量,显得有些粗糙,却为后世的众多文体提供了启示,具有重要的示范意义。

(原载《文学评论》2009 年第 4 期,略有改动)

---

① (明)吴纳著,于北山校点. 文章辨体序说 [M]. 北京:人民文学出版社,1998.46.

② 孙诒让. 墨子间诂 [M] 诸子集成. 上海:上海书店出版社,1986.147.

③ (清)严可均. 全上古三代秦汉三国六朝文 [M]. 北京:中华书局,1958.122.

④ (清)严可均. 全上古三代秦汉三国六朝文 [M]. 北京:中华书局,1958.613.

家国之间

—— 文学人类学视野下对《诗经》的整体性叙述研究

朱志刚

20 世纪 80 年代以来，《诗经》研究进入了一个多元化的繁荣时期，其中人类学的研究取向以其整体研究和比较研究的方法优势逐渐成为潮流。笔者以为，《诗经》作为文学文本的样式，纳入人类学的研究实际上是一种"文本田野"方法，而对其从整体上加以探讨，实际上是一种"民族志"的研究方法。或许诚如叶舒宪所言的"第三重证据法"，即"文献和考古材料之外的以异文化为参照材料的民俗学、人类学的田野观察和跨文化的文献材料"①。本文拟在文学人类学的跨学科视野之下审视释读《诗经》，以一种现代整体叙述的研究方式，梳理《诗经》作品中关于周朝的诗歌，试图重新发现其潜在的社会形态下的文化内涵。

一、家的诞生：血缘地缘之组合

从现代意义而言，家是社会结构的最基本形式，是中国社会的基层组织。"家庭是最小的单位，家有家长，积若干家而成户，户有户长，积若干户而成支，支有支长，积若干支而成房，房有房长，积若干房而成族，族有族长。"②人的诞生，同时也是"家"的开始。家是个人、社会和文化的需要，使个人获得一定的能力和社会认同，是社会依靠稳定其伦理和结构秩序的基层单位，它能够使得个人服从社会的基本规范和道德法则。家"是一种文化的魅力，一种文化网络。且构成中国社会中最基本的两种关系即血亲关系和地缘关系的基础"③。家的诞生，首先应从何为家长和家居何处说起。既然为家，就会有一家之长。家是必须有相对固定的居所，才能具备社会活动场景的。那么周朝之家长的演迁以及家定居在哪里？《诗经》中的《生民》《公刘》《绵》《皇矣》《大明》被称为周朝的史诗，尽管其大多篇幅短小，不似古希腊荷马

---

① 叶舒宪. 文学与人类学——知识全球化时代的文学研究 [M]. 北京：中国社会科学出版社，2003. 224.

② 林耀华. 义序的宗族研究 [M]. 北京：生活·读书·新知三联书店，2000. 73.

③ 麻国庆. 走进他者的世界 [M]. 北京：学苑出版社，2001. 86~88.

史诗那般规模宏大，但仍然较为明晰地勾勒了周族之家在家长带领下的迁徙路线，叙述了周朝族人不断发展壮大的历史足迹。《诗经》中周族史诗记录了周族始祖为姜嫄女神履帝足迹所生的后稷，此后是第四代公刘、第十三代古公亶父、王季、文王姬昌、武王姬发等六个对周族发展具有极大影响力的重要家长。周族史诗中重点描述了六个主要家长如何率领家族从一个古老的氏族部落发展壮大为一个文明时代的大国。这六个家长又被分为四种类型：半神半人的后稷、既是族长又是君主的公刘和古公亶父、有天命之称的大伯季礼、有"文治武功"的开国君王文王和武王。

"后稷之穑，有相之道"，半神半人的后稷发明了谷物种植，周族开始了农业生产。"弓矢斯张，干戈戚扬"，"维玉及瑶，鞞琫容刀"，"其军三单，度其隰原"，作为族长的公刘拥有了军队、弓矢、干戈和刀等武器，并建立了初步的军事组织。"爰始爰谋，爰契我龟"，"乃召乃空，乃召司徒，俾立室家。其绳则直，缩版以载，作庙翼翼"，"乃立冢土，戎丑攸行"，"混夷駾矣，维其喙矣"，古公亶父在建筑工匠、占卜祭祀、宗庙建设、战争攻掠等方面有了更进一步的发展，具备初期的国家形式。"帝作邦作对，自大伯王季"，大伯王季开始了周王国的经营，诗中以上天的名义言说创立大邦等，实际上是为自己的家长制度化、合法化、神圣化暗设了依据。"密人不恭，敢距大邦，侵阮徂共。王赫斯怒，爰整其旅，以按徂旅。以笃于周祜，以对于天下"，"临冲闲闲，崇墉言言。执讯连连，攸馘安安。是类是禡，是致是附，四方无以侮"，"有命自天，命此文王，于周于京"记录了周文王伐密伐崇之事，并再次以上天的名义命令文王于周地建都兴家邦，从此周王朝正式开始。"殷商之旅，其会如林。矢于牧野，维予侯兴"，"牧野洋洋，檀车煌煌，驷騵彭彭。维师尚父，时维鹰扬。凉彼武王，肆伐大商，会朝清明"，周族史诗最后一篇写了周武王伐纣，气势如虹，牧野决战中取得胜利，此诗反映了周灭殷这一重大历史事件。至此，周王朝的势力进入鼎盛时期。

《诗经》中的周族史诗正是通过一系列个性鲜明生动的类型化家长构建国家的英雄事迹不断告知族民和反复传颂，由民间流至朝廷，或由朝廷向民间传播，乃至强化祖先的业绩为一种集体记忆。而家族的集体记忆在不断强化的过程中，家族的凝聚力得以加强，从而推动家族群体的团结。自此，中国树立了家传天下的范式榜样。从周朝起，中国才开始正式进入一个长期以来以"家国理想"或"家天下"为治理传统的较为稳固的历史时期。①

---

① 根据许倬云先生的论述，夏代的国家刚刚踏入父子继承王位的政治组织。但仅限于传说。而商代政治制度中的王位继承方式，由卜辞中可知些许细节，却也争议不少，至今尚不能有明确的解释，如张光直先生就认为商王王位可能由三组十个亲属团体的成员分二群或三群轮流担任。（见于许倬云. 西周史［M］. 北京：生活·读书·新知三联书店，2001.23.）

中国社会大多以先祖、地域论家族作为自身的文化谱系。而先祖和地域往往又是互相关联的。祖先是谁？家居何处？周族的家史实际上是一部人与地的共同迁徙史。尽管《诗经》中的周族史诗《生民》记载了其始祖是姜嫄女神"履帝武敏歆"，即帝之足迹所生的后稷及其之后的几位先祖，但是后稷之前的"帝"是谁？"帝"之前又是谁？追溯最远始祖，构建自身的文化谱系，是一个家族维系家之文化认同的必要。

从《诗经》中所记载的后稷到周文王，经历了 1 200 年左右时间的迁徙。周族史诗于某种意义上而言，是一部部落迁徙的史诗。《诗经·公刘》中说"于京斯依""于豳斯馆"，《史记》中亦有记"国于豳"，皆得名于汾水。《水经注》中有"汾水注"，汾阴有稷山，山上有稷祠，山下有稷亭，应与后稷相关。且境内的万泉县有井泉百余，恰合乎《诗经·公刘》所说的"逝彼百泉"之景观。后来古公亶父受到戎狄的威胁，逾越吕梁山，止于岐下。另外，从殷商武丁一代的占卜记载来看商周冲突的记录，周人祖先应以原在汾水流域较有可能。上述说法存有争议。① 但自古公亶父以后周人定居于渭河流域一带始终是无疑的。黄河被称为中华文明的发祥地，中华文明在此得以延续壮大。周人终定居于渭河一带实际上是有其原因的，因为"三代之始"的夏人也恰好居于该地。

周人与夏人关系非常密切，从周人有记载的始祖后稷娶妻"有邰"，即"有娰"，文王娶大姒（见《诗经·大明》），周幽王娶褒姒（见《诗经·正月》），此记载三女子皆为夏之女。这种亲密关系还体现在两族的生子原始迷信之中，如《诗经·斯干》所记："维熊维罴，男子之祥；维虺维蛇，女子之祥"，即是说梦见熊就能生儿子，梦见蛇就要生姑娘。熊乃周人之图腾，夏人以龙蛇为图腾。夏人的龙蛇崇拜渊源在夏的祖先鲧和禹就有之，如"鲧死三岁不腐，剖之以吴刀，化为黄龙""夏道将兴，草木畅茂，青龙止于郊，祝融之神降于崇山，乃受舜禅，即天子之位""禹治洪水时，有神龙以尾画导水径所决者；因而治之"，夏后氏"蛇身人面"等神话传说中有颇多记载。甚至于到后来周人有时会自称为夏人，到了两族你我不分的地步，如《诗经·时迈》："我求懿德，肆于时夏，允王保之。"周、夏两家居住在一个区域范围内，时常通婚，可以通过联姻，实现政治上的理想，扩展周人的势力范围，如后来灭崇国。可以说皆与迁徙和联姻相关，周人借此顺利成为华夏文明的传承和缔造者。

姓氏本为符号，在原始社会本用来避免血亲婚姻关系，但逐渐成为一种

---

① 国学大师饶宗颐先生根据其田野经历，并不同意周人之祖居于山西一说，见许倬云. 西周史[M]. 北京：生活·读书·新知三联书店，2001.45～73. 书中有收入与饶宗颐先生的书信。

社会认同方式，历来成为追祖溯源的手段之一。周族为姬姓，《说文·女部》曰："姬，黄帝居姬水，因水为姓，从女从臣声"，晋皇甫谧《帝王本纪》有云："黄帝有熊氏，少典之子，姬姓也。"（孔颖达《周易正义·系辞》）《国语·晋语》四说："昔少典娶有乔氏，生黄帝炎帝。黄帝以姬水成，炎帝以姜水成，成而异德，故黄帝为姬，炎帝为姜"，"少典"或为姬姜两族联盟后，加上去的"共祖"。① 由此可见，黄帝为姬姓之祖。《史记·五帝本纪》以及班固的《白虎通义》中均有记载，黄帝号有熊氏，即以熊为图腾崇拜。而后世出于对先祖图腾的避讳，故皆不言"熊"。②《史记·周本纪》中亦有记载："姜嫄出野，践巨人迹，身动如孕者，居期而生"，《太平御览》卷九五五引《元命苞》曰："姜嫄游……履大人迹而生稷"，如此看来，姜嫄女神"履帝武敏歆"即帝之足迹所生的后稷之先祖为黄帝之一脉，炎黄子孙的后裔。

　　无论是地域迁徙，还是族群互动，抑或是血缘传承、姓氏由来，我们都可以获知实际上周族人乃中国华夏文明或炎黄子孙之大构成者。而事实上周人也为达到此目的，做了种种努力，犹如《诗经·皇矣》中所叙述古公亶父的嫡长子太伯让位于王季，必须假借上天的名义使之名正言顺一样，从而达到家之血脉正统、文明之正传，并以此完成了家之文化认同。

二、族的结构：宗法精神之维系

　　《诗经·小雅·北山》中说："溥天之下，莫非王土，率土之滨，莫非王臣"，意思就是普天之下，没有不是周王的土地，四海之内，没有不是周王的臣民。西周灭殷商建国后，父系继嗣的原则作为意识形态已在国家上层中占有相当重要的地位，周王自称天子，王位由嫡长子继承，称为天下的大宗，是同姓贵族的最高族长，又是拥有统治天下的最高权力者。但周王朝的"家天下"统治，却并非是真正仅能依靠一家而执掌广阔邦土的，而是需要姬姓整个族人的力量。王国维说："周人制度之大异于商者，一曰立子立嫡制，由是而生宗法及丧服之制，并由是而生封建子弟制，君天下臣诸侯制，二曰庙之制，三曰同姓不婚制。此数者，皆周之所以纲纪天下者，其旨则在纳上下于道德，而合天子、诸侯、卿、大夫、庶民以成一道德团体，周公制作之本意，实在于此。"③

---

① 杨向奎. 宗周社会与礼乐文明 [M]. 北京：人民出版社，1997.4.
② 关于周先祖以熊为图腾，孙作云先生曾专门作文详细论述，他主要是通过新解《诗经·大雅》中的《生民》和《斯干》以考证之。可供参考。（见孙作云. 孙作云文集 [M]. 郑州：河南大学出版社，2003.87.）
③ 王国维. 殷周制度论 [A]. 观堂集林（第10卷）[M]. 北京：中国文史出版社，2002.45.

　　周族人利用物质上的分封制，既扩展了自己的疆土和统治势力，又获得了族人的归顺和拥戴。早在文王时期，他就特别重用本族的三个行辈的人，"八虞"是文王的父一辈，"二虢"是文王的同一辈，"二蔡"是文王的子一辈。而在武王伐商成功之后，所封王侯多为姬姓者，除了分封同母的六个弟弟为王之外，还封了自己同父异母的八个兄弟，所封之地大多属于战略要地或丰饶肥沃之地，甚至是周的祖先曾经活动开发过的地方，且实行世袭制。当然，周族人也分封了领地给功臣之后和殷的后人，但为了分散迁移，其大多是偏远之国，目的是在安抚笼络，防止其叛乱的同时，加以钳制，进行监督控制管理。周族人采取这种类似于殖民式的分封制，宗周贵族是所封国的统治者，是征服者，称为诸侯，其下是宗周的小宗成员——士和没落的殷商贵族。《诗经·板》中说："大邦维屏，大宗维翰，怀德维宁，宗子维城。"也就是说，在宗法制度下，大宗有维护小宗的责任，而小宗有支持和听命于大宗的义务。这样，大宗和宗子对宗族组织起到了支柱的作用。"分封制下的诸侯，保持了宗族族群的性格。"①

　　更为重要的是，周人从精神上力求族的思想统一，主要通过建设宗庙、加强祭祀、制定礼乐等手段达到目的。族，是家的集团化、扩大化组织。通过祖先业绩的集体记忆、地缘血缘关系的文化认同等，周人最终由家族向宗族演变。"宗法制度是中国古代维护贵族统治的一种制度，它由原始的父系家长制血缘组织，经过变质和扩大而成"，"它不仅制定了贵族的组织关系，还由此确立了政治的组织关系，确定了各级族长的统治权力和相互关系"。② 宗族执政，宗法就是国法，这体现在周族身上，故谓之"宗周"，也有人称之为"宗法封建制"。周朝宗法制度的确立，有效地维护了由家族集团演变而来的宗族集团利益，还防止了争夺和内乱的发生，从而进一步延续和巩固宗族组织及其统治力量。

　　《说文解字》中说道："宗，尊，宗庙也。"宗庙之用，在于祭祀祖先和上天。周族不同于前代之殷，殷人是一种万物皆有灵的鬼神信仰，自周人始祖便将信仰放在首位。周族"将封建与宗法关系结为一体，每个诸侯的疆域内，必有宗庙，它成为地区上神圣之殿宇，其始祖被全疆域人众供奉，保持着一种准亲属的关系"③。祖先崇拜和宗族信仰是"坚持血缘组织流传下来的虔诚"，"对祖先的神化，特别是对先辈中精英人物的神化，可以说准确表达出了个体对于前世集体生活的依赖，由于有了这种恭顺，信徒对神感恩戴德，并从神身上找到了其本质和力量的源泉——完全转化到个体与集体之间的关

---

　　① 许倬云. 西周史 ［M］. 北京：生活·读书·新知三联书店，2001. 155.

　　② 杨宽. 西周史 ［M］. 上海：上海人民出版社，1999. 426.

　　③ 黄仁宇. 中国大历史 ［M］. 北京：生活·读书·新知三联书店，1997. 14.

系上去"。① 实际上是把祖先和神人格化，通过人格化的神传达人性的诉求或是说宗族的目的。《诗经》里很早就记载了周人开始建造宗庙进行祭祀活动的情况，《诗经·生民》中写道："其香始升，上帝居歆。胡臭亶时，后稷肇祀"，可见从周人的始祖后稷时候起就开始了祭祀活动。而在《诗经·绵》中则记录了古公亶父建造宗庙的情况，"其绳则直，缩版以载，作庙翼翼"，其建造的宗庙像鸟的翅膀一样飞翘，很庄严的样子。后来，在《诗经·周颂》第一篇《清庙》中这样说道："於穆清庙，肃雝显相。济济多士，秉文之德。对越在天，骏奔走在庙"，该诗则是周天子祭祀祖先文王的乐歌。据查考，《诗经》中的祭祀诗共 17 首，其中以祭祀祖先为最多，计 13 首，祭祀天 1 首，祭祀山河 3 首。而以祭祀文王、武王者最多，有《清庙》《维天之命》《维清》《烈文》《我将》《执竞》《雍》《载见》《赉》等。祭祀和祈祷常常是联系在一起的。《说文解字》中说："祈，求福也，从示斤声。"今《辞海》中亦释"祈，为向神求祷"，可见"祈"之本义来自于宗教性术语。据统计，"祈"字大量使用于《诗经》中，计有 48 个。而同时"福"字的使用达到了53 个之多，"禄"字计 27 个。这种祭祀祈祷活动，一方面是为了缅怀先祖，祈求上天降之福禄，另一方面还强调了周宗是上天、神所授予的权力，同时宗庙中的典礼和仪节也多为亲族联欢，收纳同族之谊，达到强化宗族王朝的统治目的。

宗族的统治必有与祭祀相应的一套礼乐制度，诸如君臣之礼，父子之礼，男女之礼等相将约束。但周朝初期的"礼"还仅仅处于一种原始的物物交换的状态。后来周人才"对于原始礼仪有过加工"，"以为这种待人敬天的礼以及行礼中的仪容，应当充实德的内容，礼不应当仅是物品的交换，仪也不应当仅是外表的仪容，而把它们伦理化、美化"，"即以德代礼，以乐舞代仪"。② 在《诗经·民劳》中写道："敬慎威仪，以近有德"，即是礼、德和威仪的含义是相同的；同样在《诗经·抑》中也多有仪与德之说，如"抑抑威仪，维德之隅""有觉德行，四国顺之""敬慎威仪，维民之则""告之话言，维德之行"等等。而且周朝的音乐演奏大多以《诗》为乐章，通过祭祀中歌舞的形式演绎礼乐。如武王克商作《颂》，又作《武》，周公南征作《三象》以嘉其德，诗、礼合在一起便是各种礼制的组成部分。《春秋传》云："《大明》《绵》，两君相见之乐也；两君相见，得歌《大雅》，则士大夫相见，得歌《小雅》，差之宜之。"南宋朱熹以为《大武》为乐之歌词，且分为六章，分别是《武》《时迈》《赉》《酌》《般》《桓》。顾颉刚甚至通过分析诗中的

---

① ［德］格奥尔格·西美尔. 宗教社会学 ［M］. 曹卫东译. 上海：上海人民出版社，2003. 89.
② 杨向奎. 宗周社会与礼乐文明 ［M］. 北京：人民出版社，1997. 338.

章节所体现的回旋旋律和节奏，认为诗经中所录之诗全为乐歌。礼乐成为人际交往中的仪式和行为，加上春秋后期孔子提出的"仁"，从此一起奠定了中国两千多年传统社会的礼乐文明基础。

《礼记·乐记》认为，"乐也者，圣人之所乐也，而可以善民心。其感人深，其移风俗，故先王著其教焉"。"宗法伦理关系首先在制度上获得保证，但是，这还远远不够，宗法制度还需要其精神形态在最大限度上为其服务"，"社会政治的力量会以自身的权力修正文艺的功能，使之符合特定社会机制的运作，文艺的教化功能必然被纳入了意识形态领域，被强化为中国文艺的主要功能"。① 周族的祭祀礼乐制还兼有对民众礼教宣化的作用，使之成为一种人文关系的规范。这种民间化的宗法制度，一方面是国家有意识的宣颂推行，另一方面主要是长期以来民间对此种宗法制度的景慕与模仿，其最后的结果是达到了"王化"的效果，把原来仅对于行王之道、贵族之礼的"敬宗收族"意识形态，转换成为适用于社会各个阶层的行为规范。当然，这种正式允许平民设庙敬祖的法定做法，由于宋明理学的宣扬，直到明清以来才真正成为可能，并普遍流行于乡村田野间，成为稳定和控制基层社会的手段之一。所谓中国社会的"大传统"和"小传统"，在《诗经》的风雅之间已经开始形成早期雏形状态。"周朝统治中国达 800 年，不可能没有留下永久的影响"，"周之性格抑是中国人之性格"。② 黄仁宇之所以这样说，应该正是由于中国宗法制度源于周族人。

三、国的本质：农耕社会之端始

从《诗经》开篇的《关雎》到末章的《殷武》，几乎都述及农业劳动或其相关之事。其中关于农作物的名称记载就有 21 个。"风""小雅"多为耕夫歌其食其事，"颂""大雅"多为歌颂祖先、祈求丰收、感谢神灵之诗，反映了周朝的生产情况和基本国情。甚至《诗经》大量采用以一物起兴见于诗之首的"兴"的文学写作手法，即"先言他物以引起所咏之词也"，将自然物赋予感情表达出来，也充分体现了农业社会人与自然物之间的亲密感情。商代的农业文明程度并不高，但从周族始祖后稷为农官起，到后代的以农为本的立国之策，周朝历来都是非常重视农业生产的，且其精耕细作程度达到了相当高的水平，可以说周朝是中国走向传统农业社会之端始。

周朝作为传统农业社会的开始是与其地理环境相关的。《诗经》中周族史

① 苏桂宁. 宗法伦理精神与中国诗学 [M]. 上海：上海三联书店，2002. 262.
② 黄仁宇. 中国大历史 [M]. 北京：生活·读书·新知三联书店，1997. 16.

诗里有诸多描述。《公刘》《绵》等篇讲述了先祖公刘、古公亶父组织族人反复跋涉进行大迁徙的英雄事迹，其主要目的是寻找更好的土地生活。其中多处描述了当时的田地状况，如"于胥斯原，即庶即繁""周原膴膴，堇荼如饴"，都是对新生活环境地域广阔、土地肥沃的赞美。周族世代主要生活在黄土高原和黄河流域附近，这种地理环境势必影响周人的生产生活情况。当时青铜器和铁器尚不发达，在这种生产工具落后的情况下，细腻的黄土和黄河中大量的泥沙为农业发展提供了便利条件。黄仁宇认为，周朝的开国与推广农业互为表里，显然是得到黄土这种土壤特性的裨益。①

中国古代称国家为"社稷"，《说文解字》解释为"社，地主也"，"稷，五谷之长也"。周族史诗中的第一篇《生民》篇，叙述了周人的始祖后稷诞生的传说。其中描述的后稷之母姜嫄实际是暗指姜地平原，稷，是中国最古老的栽培作物，后稷暗指五谷，相传为尧舜时代掌管农事的官，整个传说实际上是暗指田地生庄稼。《生民》中有三个章节专门描述了农业的相关情况，如"诞后稷之穑，有相之道。绒厥丰草，种之黄茂。实方实苞，实种实褒。实发实秀，实坚实好，实颖实栗"等，该诗借追述周人始祖神奇的由来，歌颂后稷对农业生产的贡献，实际上也描述了周人农业生产发达的情况，反映了周人的农业生产经验和耕种技术，描绘了当时农作物的种类和农业丰收的喜人景象。

周朝兴起之开始，就有"藉田礼"的制度，这种制度就是在每年春天开始耕种的时候，要求周天子要到郊外农田进行一次开始春耕的典礼。《诗经·载芟》是《周颂》中最长的一篇，其中记载："侯主侯伯，侯亚侯旅，侯疆侯以"，《毛诗序》曰："《载芟》，春藉田而祈社稷也"，载芟，就是卅始删除杂草。该诗即是说在举行藉田典礼的时候，上至天子、诸侯，下至公卿大夫以及监管农业的大小官员都需前往参加典礼，以祈求土地长庄稼、农业丰收。而且该诗还描述了大规模从事垦荒、耕地、播种、除草以及秋收、祭祀等涉及一整年农事的场面，这充分表明了周朝对农业的重视。"噫嘻成王，既昭假尔。率时农夫，播厥百谷。骏发尔私，终三十里。亦服尔耕，十千维耦"，这是《诗经·噫嘻》中关于成王行藉田礼的记载。周朝关于农事典礼的记载还有很多，据《国语·周语》中载，鲧文公对周宣王说"缛、获亦如之"，就是说在锄草、收割时候，也一样要举行典礼。如《诗经·臣工》是讲述周王亲自到农田锄草行礼时的诗，又如《诗经·丰年》是秋收收割后祭祀祖先的典礼乐歌，这些诗都歌颂了周王身体力行，率群臣，祈丰年，重农业，一心为农业生产劳心劳力的精神，说明了周朝对农业一贯重视的态度。周朝关于

---

① 黄仁宇. 中国大历史［M］. 北京：生活·读书·新知三联书店，1997.22.

农事典礼的一系列制度，例如"亲耕藉田"等，对后世各朝各代都有影响，且多有仿效者。

《诗经》中还记载了周人对农事的诸多崇拜祭祀活动，也充分反映了周人把农业作为国之第一要务的原则。周人不仅把自己的祖先后稷作为农业神来崇拜，而且把谷物、田地等与农业相关事物也神话化，通过对物的崇拜、祭祀等仪式手段来表达对农业丰收的期盼和喜悦。例如《谷风》《园有桃》等，都是对谷物的礼敬崇拜，其中含有"忧""恐"的诗句，是对收割谷物的时候割掉的作物的一部分表示"歉意"。又如《甫田》和《大田》中都讲到了周人对田祖的崇拜。前者讲的是祭祀田祖，报以介福，祈求天降甘雨，农业得以丰收；后者讲的是有各种各样的害虫，要靠有灵的田祖之神把害虫全部烧死。所谓田祖就是稷神，通过祭祀田祖来祈求丰年和消灭虫害。

周朝的农业土地制度采取的是井田制，是为了适应水利灌溉的地势和水势，故田亩分有"东田"和"南田"。《诗经·周颂》的《载芟》和《良耜》，《诗经·小雅》中的《甫田》和《大田》，都曾说到"南亩"，《信南山》还说道"我疆我埋，南东其亩"，南亩即是行列南向的田亩，东亩即是行列东向的田亩。《诗经》中对土地的耕作进行了记载，生产规模有大规模的集体劳作，即集体耕作"公田"，也称"大田""甫田"或"藉田"。同时也有个人的生产劳动，如《诗经·大田》中说"雨我公田，遂及我私"。《诗经》中记载大田上农民集体耕作的诗歌有《小雅》中的《大田》《甫田》和《周颂》中的《臣工》《噫嘻》《载芟》《良耜》等篇，其中的数量词如"十千""千耦""百室""千仓""万箱"等形容耕耘的场面之大和收获数量之多。

《诗经·豳风》中的《七月》是《国风》中最长的一首诗歌，共 8 章，88 句，细致地刻画了农民一年四季的农业生产生活场景，其中运用了大量的农谚，写出了每个月的劳动项目和季节气候，总结了周朝社会宝贵的农事经验。但是，该诗又并非完全意义上的农谚格言表达，诗歌还充分表现了人适应生存和生活的艰辛劳作，如诗之开篇从"无衣无褐"的反问句，到"盍彼南亩"的记忆叙述，都说明了衣食保暖是最主要的主题。诗的前半部分重点写"衣"，后半部分重点写"食"。诗中表现时间的词语在 88 句诗中竟多达 45 句，其所刻画的诸多天象，与其说是时令节气，不如说是对农耕活动的时间尺度的把握，展现了一个以十二个月为周期岁时的时间环状，突出了农耕劳作的本来意义，通过农桑稼穑达到了人与天之间的自然和谐。由该诗还可知当时农民除了集体耕作贵族的"公田"之外，还有随时对贵族主人贡献和服役的责任。农民有妻儿和自己的家室，各自有其经营，耕作自己的私田，以所获的粮食和蔬菜作为收入，维持一家人的生活。

　　恩格斯说："农业是整个古代世界的决定性生产部门。"①《诗经》中所叙述出来的中国传统农业社会之形成，由此为始，延续了几千年，作为国之本质，这种农耕经济情状最终又决定了中国的社会结构、生活方式、价值观念、伦理道德、思维特点和文化模式。农业为本的民族，因为生产生活的需要，所以常定居于一个地方，导致家族繁衍，而成为大家族制度，乃至宗族，国族主义。费孝通先生曾说，中国社会的基层是乡土性的，我们的民族是和泥土分不开的。他还特别指出，乡土中国"并不是具体的中国社会的素描，而是包含在具体的中国基层传统社会里的一种特具的体系，支配着社会生活的各个方面"②。

　　本文研究《诗经》从家族的诞生叙述为起，论及血缘地缘之组合乃维系家族之根本；而宗法精神之骨髓恰恰在于构建其宗族制度和礼乐传统，通过分封制、礼乐规范等手段，从物质和精神上的双重统治最终达到其目的，由族及民相互演化从而促成中华文明社会国人的性格特征；而国族的本质似乎数千年前便已经注定了中国的命运，农耕传统竟生生不息，农业文明至今仍在言说之中。这一切或许如孙中山先生所言，国民与国家结构的关系，先有家族，再推到宗族，再然后才是国族，这种一级一级的放大，有条不紊，大小结构的关系当中是很实在的。③ 我们通过对《诗经》文本的层层剖析可发现其表现诚如是。

（原载《东南大学学报》2013 年第 4 期，略有改动）

---

①　［德］恩格斯. 马克思恩格斯全集（第 23 卷）［M］. 北京：人民出版社，1972.8.
②　费孝通. 乡土中国　生育制度［M］. 北京：北京大学出版社，1998.4～7.
③　孙中山. 孙中山全集（第 9 卷）［M］. 北京：中华书局，1986.238.

老庄的"庸"道

——兼及西方思想与老庄思想的互训

何光顺

　　《庄子》的关键词"庸"和《老子》的近似概念"恒""常",都是指向和描述"道"之特性的重要线索。然而,这几个词很大程度上却被学界忽略了。某种程度上,"恒""常"是指向"庸",而"庸"又含藏"恒""常"。为方便故,我们统而名之为"庸道"。无独有偶,西方学者海德格尔(Martin Heidegger)、弗朗索瓦·于连(Francois Jullien)是对老庄思想有着浓厚兴趣的哲学家,他们都从不同角度阐述了有关"庸""恒""常"的思想,这些海外研究也逐渐引起中国学界关注。但单就"庸"这个关键词来看,目前却未见有系统深入的研究成果。基于此,本文将在中西思想互训的基础上,阐明老庄"庸道"思想在比较视野下的丰富意蕴及其现实意义。

一、道缘:中西方思想的交汇

　　海德格尔和老庄"道"论的渊源颇深,海德格尔与中国学者萧师毅曾合作翻译《老子》,在1930年后的学术会议及著作中多次援引老庄的"道"或化用庄子"寓言"①,在《同一的原理》(1957年)中又将"中国的主导词'道'(Tao)"与古希腊的"逻各斯"以及他自己思想中的主导词"Ereignis"相提并论,认为它们所显示的是思想最源发的体验境域,因而是"难于(被现成的概念词汇)翻译"的。在《语言的本质》(1957年12月和1958年2月在弗莱堡大学的演讲)中,海德格尔直接讨论了"老子的诗化思想"中"道"的含义,认为这个词的原意是"道路";与绝大多数的注解者不同,他不认为这个"道路"可以被抽象化为更"高"的什么东西,而就应该在"道路"(Weg)的原初意义上理解它。

　　在既有海德格尔将Ereignis和"道"互训的基础上,中国学者孙周兴更将其直译为"道",张祥龙则将其训为"自身的缘构发生"。但相较于这三位

---

　　①　张祥龙. 海德格尔思想与中国天道:终极视域的开启与交融[M]. 北京:生活·读书·新知三联书店,1996. 15~16.

思想者，姚志华将"Ereignis"训为庄子"庸"的思路却显得别具一格。庄子"庸"的思想在《齐物论》中首次提出："为是不用而寓诸庸。庸也者，用也；用也者，通也；通也者，得也，适得而几矣。"姚志华以为，得、适、通、用、不用和以明（庄子在另一句话中谈到它）共同阐明了一个重要概念：庸。与此类似，海德格尔也以 Eigen（得）、Eignen（适）、Ereignen（通）、Ereignen（用）、Enteignis（不用）和 Ereugen（以明）阐明 Ereignis，因此，Ereignis 可相应训作中文的"庸"，也可译作"庸"。①

姚志华将 Ereignis 译为"庸"确实极具创意，这很大程度上纠正了孙周兴将"Ereignis"等同于"道"的危险。因为老庄的"道"远非海德格尔的 Ereignis 可以穷尽，笔者在已发表的《老庄的"损"道》②《老庄的"反"道》③ 两篇文章中已论述了庄子的"道"包含的"损"（去欲、减知、得道）、"反"（生成、对反、回归）两个层次，认为"损"和"反"是对各家学派只重视"益"和"正"的思想的纠偏，论述的是非日常状态的事物深层关系，而本文所论"庸"（得、适、通、用、不用和以明）则属于第三个层次，是属于更为日常生活化的实践关系，可以很好地训释海德格尔的 Ereignis，表达一种生存状态的隐蔽和澄明的双重运作，也即正/反、损/益相辅相成，无过无不及的智慧的生存哲学。

对于这种不偏倚、不离世、似近还远、既远又近、不即不离的"庸"的思想，法国汉学家于连在《圣人无意：或哲学的他者》中有着更为直接和新颖的诠释，颇为值得我们关注：

> "圣人'为是不用''而寓诸庸'。"寓"是临时寄寓的意思；这个'寓'没有被看作是生而有之、原本就有的，也没有被看成是最终的；但同时又的确是个'寓寄'之处，是此时此刻现成的，最为方便的所在；每个存在物自有其位置，但是这个位置是灵活的，是变化的。将'此''寓诸庸'的意思，并不是将'此'禁闭在庸常小事中：我们不认为它表示了什么原则，我们不以为它是必须遵守的圭臬。圣人不固执于什么，也不完全脱离开来，正所谓不'即'不'离'，所以就更能够顺应常道，也让别人顺应常道，常道是'可矣'之道（所以才谓之'庸'），可通之

---

① 孙周兴. 说不可说之神秘——海德格尔后期思想研究 [M]. 上海：生活·读书·新知三联书店上海分店，1994. 328 ~ 329.
② 何光顺. 老庄的"损"道 [J]. 中国文化研究，2012（4）：120 ~ 125.
③ 何光顺. 老庄的"反"道 [J]. 中国文化研究，2012（2）：115 ~ 118.

道，可行之道，'可'能之道。"①

　　显然，于连看到了"常道"就是"寓诸庸"的"庸道"，是可矣、可通、可行、可能之道，是寓藏无限可能性于现实性的极高明而入庸常的至妙之道，看到了中国思想和智慧并没有停留在黑格尔所说的"哲学的童年时代"或"前哲学的思想"。于连认为，欧洲还未形成关于"智慧"的概念。智慧不指向任何目标，没有真理，没有启示和迷雾之后的朗朗晴天作为"道"的终点。从"智慧"的角度看，道之所以为道，是因为它通畅。德勒兹认为，哲学家设立了内在性的层面，"作为伸向混沌的一面筛子"，从这种意义上说，哲学家与"圣人"是对立的，圣人"是宗教上的人物"，是"教士"。② 而老庄的"常""庸"就是"道"的神圣与凡俗的不即不离，就是神圣寓托的居所，就是不追求本质主义的彼岸真理，而注重一种非现成、变化、模糊、随顺不偏的智慧的道路。

二、寓诸庸："在世界之中存在"

　　庄子的"寓诸庸"和海德格尔的"在世界中存在"也同样可以进行互训。"为是不用而寓诸庸"中的"寓诸"就是"寓于……之中"，是圣人领悟"世界""通为一"的整体性，从而让自己依寓于、逗留于世界之中，这"于……之中"不是某处具体的空间居所，而是"心所安处"。海德格尔讲的"在世界之中存在"的"存在之中"（In-sein）③ 就有"寓诸"的含义，首先，"之中"（In）源自 innan-，居住，habitare，逗留。"an（于）"意味着：我已住下，我熟悉、我习惯、我照料。"存在"（sein）的第一格"bin"（我是）同"bei"（寓于）联在一起，于是"我是"或"我在"复又等于：我居住于世界，我把世界作为如此这般熟悉之所而依寓之、逗留之。④ 于是，"寓诸"和"存在之中"（in-sein）就具有了可以互训的含义，即"同……相亲熟"⑤（Vertrautseins-mit）。

　　① ［法］弗朗索瓦·于连. 圣人无意：或哲学的他者［M］. 闫素伟译. 北京：商务印书馆，2004. 143～144.
　　② ［法］弗朗索瓦·于连. 圣人无意：或哲学的他者［M］. 闫素伟译. 北京：商务印书馆，2004. 75.
　　③ ［德］海德格尔. 存在与时间［M］. 陈嘉庆，王庆节译. 北京：生活·读书·新知三联书店，1987. 152.
　　④ ［德］海德格尔. 存在与时间［M］. 陈嘉庆，王庆节译. 北京：生活·读书·新知三联书店，1987. 63～64.
　　⑤ 孙周兴：说不可说之神秘——海德格尔后期思想研究［M］. 上海：生活·读书·新知三联书店上海分店，1994. 22～23.

庄子的"寓诸"或海德格尔的"存在之中"都挑明了此在与世界的源始一体性，此在源始地与世界相"亲熟"，"依寓于"世界存在。这正如海德格尔所说："并非人'存在'而且此外还有一种对'世界'的存在关系。……此在决非'首先'是一个仿佛无需乎'存在之中'的存在者，仿佛它有时心血来潮才接受某种对世界的关系。只因为此在如其所在地就在世界之中，所以它才能接受对世界的关系。"① 传统形而上学看不到这样一种源始的"存在之中"，而是把"人"与"世界"（自然）的关系理解为一种现成性的空间存在关系。"世界"被当作一个"容器"，而人就在这个"容器"之中。海氏没有否认作为存在者的此在"在空间之中存在"，但他认为，这种空间存在只有基于源始的"在世界之中存在"才是可能的。

"寓诸"和"存在之中"还揭示出"达者"或此在的源始方式。"达者"或"此在"就是"依寓……存在"，这就是海氏说的"照料"（besorgen）。孙周兴认为，最能传达这种"依寓……存在"意思的，还是海氏所讲的"悟"（Verstehen，或译领会、理解），而"悟"也是庄子式的。"悟"不是诸种心智活动的方式之一种，而是人类的诸种心智方式之"先"的一种整体性的存在方式。这正如伽达默尔所指出的，海德格尔的"悟"（理解）是"在世的此在的源始的实行方式"，"是人类生活本身的源始的存在特性"。② 人类所有的片面化的活动和分化的精神向度，都源出于"悟"这源始的存在特性。在"知"的关系中，我和世界是对立的，只是把认识当作主体与客体间的一种关系，而"悟"却是人之此在的依寓于世界的根本性存在方式。"知"只是"悟"的分流和异化。

通过"寓诸"和"存在之中"的揭示，我们总是已经"依寓丁"世内存在者而存在，总是已经与我们以各种"烦忙"方式所交道的存在者相"亲熟"，从而可能具有"认识"（erkennen）这种特殊方式，有"知识"。"知"（认识）无非是"依寓……存在"（"照料"）的一种方式，是"悟"的一种样式。"悟"与"知"可以说有一种"源"与"流"的关系。源始整一的"悟"包涵了"知"，而"知"却是"悟"的分化。虽然"知"从出于"悟"，但西方精神中却一任这种"知"占尽上风，"知"作为"悟"的变体反过来又与"悟"相抵触。那只能"悟"的是作为"寂静之音"的"大道之说"，就是"道说"，而作为"有声可闻"的"人说"，即"人言"，是有限的，归属于"道说"，"道说"之"不可说"和"人言"之"可说"相对，

---

① ［德］海德格尔. 存在与时间［M］. 陈嘉庆，王庆节译. 北京：生活·读书·新知三联书店，1987. 67.

② 孙周兴：说不可说之神秘——海德格尔后期思想研究［M］. 上海：生活·读书·新知三联书店上海分店，1994. 24.

但这不可说又在可说中展开运作。

"为是不用而寓诸庸"中的"庸"就是通达者将其所当"悟"的"不可说"的本真存在寓托在"知"的"可说"的生活世界，按《尔雅》释"庸，常也"，"庸"即作为此在的人将自己的本真存在寓托在日常生活世界中。而庄子的阐释还更深一层："庸也者，用也"，即大道的"无所可用""不可知""不可说"又寄寓在日常生活的"现世之用""可知""可说"中。于是，"我"和"世界"不再是"对象"的认知关系，而是"我""如何在世界之中"相处，"如何"的世界才是亲缘的，这样，只有当此在在世与世内存在者打交道，自然世界或认知世界才可能得到揭示。在海德格尔看来，此在在世，此在对自身的领悟，就总是已经"依寓于"世内存在者而存在。此在总是已经"照料"（besorgen）着"周围世界"。这种"照料"就不是对象化的认知关系，而是人如何与器具打交道却又不被器化或工具化，是在领悟世界如何"发生"为世界中的完全进入而又得其自由的游戏。

三、庸、恒、常："道"的强名，此在的本真存在

在海德格尔的此在生存结构中，此在存在的诸种基础性质有三个部分："在先行于自身中，生存；在已经在某某之中的存在中，实际性；在寓于某某的存在中，沉沦。"[①] 海德格尔为自己的哲学探索工作做出"定性"："哲学是普遍的现象学存在论；它从此在的诠释学出发，而此在的诠释学作为生存论分析工作则把一切哲学发问的主导线索的端点固定在这种发问所从之出且所向之归的地方上了。"[②] 海德格尔所说的"所从之出""所向之归"的"地方"，在老子和庄子那里就是"道"，而海德格尔的"此在本质上对它自身是展开的"就可对应庄子的"圣人之生也天行，其死也物化"。这"天行"和"物化"就是作为此在的"圣人"的"能在"。圣人源于道、随顺道、回归道，领悟死亡先行于自身，在实际性中去存在，并可能进入沉沦。人相异于常人处就在于，觉悟、领会，让圣人从现实性的沉沦中摆脱，进入即圣即凡，即体即用的"庸""恒""常"，就是孕育一切未发生又即将发生的"道"境，就是含括起源性、终极性和过程性的存在，是无所遗漏的"全"和"一"，我们先来看"道"最初的字形：

---

① ［德］海德格尔. 存在与时间［M］. 陈嘉庆，王庆节译. 北京：生活·读书·新知三联书店，1987. 287.

② ［德］海德格尔. 存在与时间［M］. 陈嘉庆，王庆节译. 北京：生活·读书·新知三联书店，1987. 45.

　　从曾伯簠和石鼓文的"道"的构形看，老子和庄子以"道"作为思想的起点和归宿，很可能是因为"道"所具有的形上与形下统一的丰富意蕴。在"道"的构形中，两边合起来像一个"十字路口"，而中间是一个"首"字。许慎《说文》："道，所行道也，从辵从首。一达谓之道。"《郭店楚墓竹简》中的"道"亦写作""，从行从人。罗振玉在解释"行"字时说"象四达之衢，人之所行也"，因此，"道"就有了人在十字路口的彷徨和观望的含义①。"人在十字路口"是一极富意味的生命情境的象征，意味着可南可北，可东可西的无限可能，一切既在孕育却又尚未发生，既有从时空而来的因缘聚集，又有向四方而去的发散，这因缘聚集和发散就是生命的缘构，这种即将选择而又未选择的缘构之域就是"道"，而已经选择和确定的发生就是"路"。

　　因此，"道"不同于"路"，"道"是若干条"路"在交叉和分叉处的聚集和发散，是人在这聚集发散之地的未选择和将选择，是有所限定的现实之路和具有无限可能的缘构之道的形会和神会。一切"路"所从出所聚集的"道"，就是老子和庄子所向往而终难言的"恒""常""庸"，它们就是对"道"的非限定之限定的强名，就是寓短暂于恒久、寓非常于日常、寓无用于有用、寓变易于不易。道就是混沌、整全、无所遗漏，就是王弼《老子道德经注》的"指事造形，非其常也"②，朱谦之《老子校释》的"盖'道'者，变化之总名。与时迁移，应物变化，虽有变易，而有不易者在，此之谓常"。"恒常"寓于"变"，如朱谦之所云"老聃所谓道，乃变动不居，周流六虚，既无永久不变之道，亦无永久不变之名。故以此处世，则无常心……以此应物，则'建之以常无有'……言能常无、常有，不主故常也。不主故常，故曰非常"③。

　　老子和庄子对寓"变"于"恒""常""庸"的思想有着深刻体证。据统计，通行本《老子》"常"有 17 处；帛书本《老子》"常"4 处，"恒"19处，其约有三层义：一是形容词性，即"恒常的"，如"道可道，非常道"（通行本一章），"道可道也，非恒道也"（帛书本一章）；二是副词，即"经

① 刘翔. 中国传统价值观诠释学［M］. 上海：上海三联书店，1996. 244.

② 王弼. 老子道德经注［M］. 北京：中华书局，2011. 2.

③ 朱谦之. 老子校释［M］. 北京：中华书局，1984. 4.

常"恒常"，如"故常无，欲以观其妙；常有，欲以观其徼"（通行本一章），"故恒无欲也，以观其妙。恒有欲也，以观其所徼"（帛书本一章），"道恒无名"（帛书本三十七章）；三是名词义，即"恒常之道"，如"有无之相生也，难易之相成也，长短之相形也，高下之相盈也，音声之相和也，先后之相随也，恒也"（帛书本二章），"知常，明也。不知常，芒芒作凶"（帛书本十六章）。"庸"在《庄子》中有 14 处，也约有三层义：一是"日常""恒常"，如谓"唯达者知通为一，为是不用而寓诸庸"（《齐物论》）。"彼兀者也，而王先生。其与庸亦远矣。若然者，其用心也独若之何？"（《德充符》）二是"有用""用处"，如谓"庸也者，用也"（《齐物论》）。"由天地之道观惠施之能，其犹一蚊一虻之劳者也。其于物也何庸！"（《天下篇》）三是作反问语气词"哪里"，如谓"庸讵知吾所谓天之非人乎？所谓人之非天乎"（《大宗师》），"而今也以天下惑，予虽有祈向，其庸可得邪！"（《天地》）

　　从某种程度上说，"恒""常""庸"都是老子、庄子式的现象学的"还原""建构"和"解构"。"还原"使老子和庄子得以"面向事情本身"，即大道本身；"建构"在老庄的思想世界展开为"人的解释学"，即至人、真人的非工具化的生存论分析；"解构"就构成了对于传统、历史和现实的批判分析维度，构成了对各家学说以及俗人从大道遗落的非本真状态的否定。老庄的"道"不可以因"物事形名"的限制而割裂其整全和变化的生命过程，然而，我们却又确实应当在"物事形名"中体悟。因此，老子和庄子都以别样的言说来表达这混沌整全的无遗之道，如譬喻为"环中""天钧"，以描述"道"所寓藏的"四达之地"的无限可能："道则无遗者也"（《天下》），"得其环中，以应无穷"（《齐物论》）。这正如有学者指出："在'对应'的意义上，'点'是无遗之'全'，在数学中，零向量的方向是不确定的，包含着全部的可能性。"①

四、"庸"即"两行""以明""物化"：道的非概念展开和日常践行

　　从海德格尔"存在"与"存在者"的区分来看，以"恒""常""庸"去阐释"道"，是"存在"的源发层次，以"两行""以明""物化"去阐释"道"，是"存在者"的实践论和方法论层次。而"恒""常""庸"和"两行""以明""物化"又具有互为阐释的可能。"两行"，"圣人和之以是非而休乎天钧，是之谓两行"（《齐物论》），"天钧"，《释文》："本又作均，崔

---

　　① 兰喜并. 老子解读 [M]. 北京：中华书局，2000.5.

云:'钧,陶钧也。'"陶钧就是制陶器的旋转轮。《墨子·非命上》:"言而毋仪,譬犹运钧之上,而立朝夕者也。"因为陶钧静止,方可作为记录时间的标准和尺度。[①] 但庄子却乐于看到这种静态标准的消失,正所谓"始卒若环,莫得其伦,是谓天均。天均者,天倪也"。(《寓言》)一切静态的标准、次序,在动态的运转中都止息了。"两行",就是指世俗的是非、彼此的区隔在运转不息始卒若环的大道观照下都止息了其纷争,而各得其自在。所谓"天无为以之清,地无为以之宁,故两无为相合,万物皆化"(《至乐》);"趣物而不两:不顾于虑,不谋于知"(《天下》)故"两行"即意为"是也可行,非也可行"。《集解》:"物与我各得其所,是两行也。"圣人所能做的就是打破那种束缚事物的静态标准,而进入对于世界变化的观照。

"以明","欲是其所非而非其所是,则莫若以明""是亦一无穷,非亦一无穷也。故曰:莫若"以明""为是不用而寓诸庸,此之谓以明"(《齐物论》),《老子》竹简本《甲·五·一》:"和曰常,知和曰明,益生曰祥。"今本:"知和曰常,知常曰明。"在《老子》中,尽管有竹简本和今本的文字差异,但"和"即"常",却是相通的,而"常""恒",即"道",因而"知和"就是以慧觉进入道的运化周流,就是"明",庄子也称为"大明",是摒弃小知小慧的本明,即"不用""世俗知"而得"真知",就是"不用中之用,乃为妙用;不用明之明,乃为本明也"[②]。故"以明"就是"寓诸庸"在实践论层面的诠释,就是"无用之用"的"不知之知""不明之明"。无用、不知、不明都是对世俗的用、知、明的否定,而后才得大用、真知、本明。正因如此,那世俗的是非就不讨是表象的差异,却在真知、大用、本明的照耀下与道同源。

"物化",最早出自"庄周梦蝶"的寓言,"不知周之梦为胡蝶与,胡蝶之梦为周与?周与胡蝶必有分也,此之谓物化"(《齐物论》),此后,在外杂篇也多有出现,如"其生也天行,其死也物化"(《天道》),"工倕旋而盖规矩,指与物化而不以心稽,故其灵台一而不桎"(《达生》),"古之人外化而内不化。……与物化者,一不化者也。安化安不化?安与之相靡?必与之莫多"(《知北游》),这些引文中的"物化"都说的是从世俗的观点看,庄周与蝴蝶,此是与彼非,似乎都截然分明,但如摒弃这世俗标准和尺度,进入大道的本明、真知、大用时,那纷然中的"一"就涌现和澄显出来了,生与死、物与我、是与非之间的界限也就消失了,所谓"知忘是非,心之适也"(《达生》),这和老子说的"知和""知常"同样是相通的,"始乎适而未尝不适

---

①　沈善增. 还吾庄子 《逍遥游》《齐物论》新解［M］. 上海:学林出版社,2001. 390~391.
②　(清)刘凤苞. 南华雪心编［M］. 北京:中华书局,2013.42.

者，忘适之适也"（《达生》），这也就是"不用而寓诸庸"，就是道的化为物和物的化而入道，也即物从道的生成和物向道的回归。

庄子以"庸"阐述"恒""常"，既在实践论层次上发挥了老子的道学，又在方法论层次上显示出和儒家"中庸"思想的歧异。相较而言，儒家探讨"庸"的用世之学，却是对世俗的"中"和"明"的"用"，而这就是所谓的"中庸"，就是以"中"去整合"庸"，这种整合就是要寻找"彼/此""我/他"之间的"居中点"，然而，这种以"中"为标准的不偏倚却可能成为以一己标准去"齐"天下之"不齐"，从而陷入求善而行恶的尴尬境地。实际上，儒者也认识到这种"中庸"思想在实践中的困难，如《论语·雍也》："中庸之为德矣，其至矣乎！民鲜久矣。"于是，朱熹说："中庸者，不偏不倚，无过不及，而平常之理，乃天命所当然，精微之极致也。"① 程颢说："不偏之谓中，不易之谓庸。中者，天下之正道；庸者，天下之定理。"② 这种将"中庸"或"庸"释为"天命所当然""天下之定理"既仅仅呈现为一种理想，且又离日常生活远矣！

可以说，整部《庄子》就是在"用无用"的"庸道"中重构着关于"此在的解释学"，而"体道入无"和"致用入有"就构成了此"解释学"的双重维度，致用是为了体道，体道重在感性之悟，故可名为"体道感性学"。这寓恒道于日用的"体道感性学"就是觉悟"道"当属于个人化的体证感悟的灵性领域，就是海德格尔意义上的"基础存在论"，即以"人"的"此在"为基础重建被历史所遗忘的"道学"统绪，破斥"成/毁""是/非""有用/无用"等现成偏限，追求恒常、混沌、整全的生命之道，所谓"夫物，或此以为散，而彼以为成。我之所谓成，而彼或谓之毁。夫成毁者，生于自见而不见彼也。故无成与毁，犹无是与非也"，"唯当达道之夫，凝神玄鉴，故能去彼二偏，通而为一。为是义故，成功不处，用而忘用，寄用群材也"。③ 郭象所云"去彼二偏""通而为一""寄用群材"就是庸道的寓于日常的生命化实践。

"庸"的思想就是寻求非现成标准的本末体用之贯通，就是"有用""无用""用无用"的正题、反题、合题，就是"人道致用"和"天道体无"的双向贯通，就是"地籁""人籁"各有偏失，而"天籁"寄诸"地籁""人籁"中。这有近于阿多尔诺的否定辩证法④，即突破现成定式的非概念化、反体系化，实现观念的革命和思维方法的创新。这种否定辩证法在近代以来常

---

① （宋）朱熹. 四书章句集注［M］. 北京：中华书局，1982. 18～19.
② （宋）朱熹. 四书章句集注［M］. 北京：中华书局，1982. 19.
③ （晋）郭象注，（唐）成玄英疏. 庄子注疏［M］. 北京：中华书局. 2011. 38～39.
④ ［德］阿多尔诺. 否定辩证法：导论（上）［J］. 王凤才译. 学习与探索，2013（7）：2～13.

被学者看作"极端主观主义"或"极端相对主义"①，但究其实，这种所谓极端却是在消解"物/我""彼/此"界限所获得的"道通为一"的体道经验中，既有着海德格尔式的建构"此在的形而上学"的意图，又有着对当下、有限、经验、生活的进入，即在"相对论"和"主体性"中开启了"反形而上学"和"非相对主义"维度。二者融合就是"庸"的智慧，就是对本真生命的养护，故《养生主》在批判知识论中，便提出了"庸"（即"用"）的养生哲学："为善无近名，为恶无近刑，缘督以为经。可以保身，可以全生，可以养亲，可以尽年。"

五、守中致用：从理想到现实

于连在诠释"中"时谈道：圣人无意（无"观念"），是因为他并不固守于任何观念。孔子的"中庸"是这样，道家学者的"虚"也是这样。② 从存在论角度看，老子和庄子的"庸""恒""常"就是"道"，是"无遗之全"，儒家视此"全"为"未发之谓中"（《中庸》），庄子谓其为"环中"。从实践论角度看，于连却未曾细致辨析老庄和儒家的差异，如儒家多讲"用中"，而道家多讲"守中"。老子："多言数穷，不如守中。"（第五章）庄子："圣人之静也，非曰静也善，故静也。万物无足以铙心者，故静也。水静则明烛须眉，平中准，大匠取法焉。"（《庄子·天道》）"守中"，"万物无足铙心"，就是打落俗事的干扰；"平中准"，就是平静守中，回归大道。

相较于老子和庄子"守中致用"的"庸道"，儒家却重在"用中得正"的"中庸"。如《易传》释《乾》卦"九二"："子曰：'龙德而正中者也。庸言之信，庸行之谨；闲邪存其诚，善世而不伐，德博而化。'"庸言，即日常言语。庸行，即日常行为。"九二"虽未有"君主"之位，却有"用中"的"君德"，能在日常言行中保有美好品德，即程颢所说"不偏之谓中"。这种"用中"思想同样是非形而上学的，是实践的，如孔子很少给弟子界定"中庸"概念，而只是在弟子们的日常行事中对于过者抑之，不足者励之。因此，当子路问："闻斯行诸？"子曰："有父兄在，如之何其闻斯行之？"当冉有问："闻斯行诸？"子曰："闻斯行之。"朱熹《集注》引张敬夫说："圣人一进之，一退之，所以约之于义理之中，而使之无过不及之患也。"③

① ［美］爱莲心. 向往心灵转化的庄子：内篇分析［M］. 周炽成译. 南京：江苏人民出版社，2004. 123.

② ［法］弗朗索瓦·于连. 圣人无意：或哲学的他者［M］. 闫索伟译. 北京：商务印书馆，2004. 33.

③ （宋）朱熹. 四书章句集注［M］. 北京：中华书局，1982. 128.

然而，问题在于，"恒道"是理想的境界，"现实"却充满着"分延"的差异。在儒家看来，作为存在论层面的"中道""恒道"是可以被"圣人"把握并制定出标准的，如能符合这标准，就是善。所谓"发而皆中节谓之和"或"不易之谓庸"，"节"就是圣人"以神道设教"，"不易"就是有不可改易的标准。但问题在于，在儒家谋求的政教合一中隐藏着危险，即圣人虽能因时变化又持守道，但专制者只将道固化成为己所用的定式，"和"不但未能真正达成，反而往往造成一方压倒另一方，从而沦入"以同裨同"的同质社会。儒家《易传》作者清醒地认识到这个问题，即认为"中庸"在"日常"中很难被把握，"仁者见之谓之仁，智者见之谓之智，百姓日用而不知，故君子之道鲜矣"（《易·系辞上》），程颐《经说·易说》："故君子之道，人鲜克知也。""君子之道"是"显诸仁，藏诸用，鼓万物而不与圣人同忧"（《易·系辞上》），按《正义》"谓潜藏功用、不使物知，是'藏诸用'也"，"道则虚无为用，无事无为"，部分儒家智者已在会通儒道中探索出路。

老子和庄子认识到理想和现实的距离，警惕以存在论的"恒道"整合现实的"差异"，避免生命的道被现实的政所用，保护世界的多样性。因此，道家虽多讲"庸道"智慧，却基本不讲"用中"，而是讲"守中""得中"。因"用中"易于将"中"视作工具，老子、庄子讲的"守中"或"得中"却是摒弃工具化之用，以回到作为目的与终极的"中"的圆满。"为是不用而寓诸庸。庸也者，用也"里的"庸"就不仅是工具论的，而是手段与目的、过程与结果、起源与终极的统一，是在自我的否定中不断达到肯定的圆融。唯有"达者""圣人"能理解这"一"的圆融，知道这"一"是无法被为政者"用"作工具的，故只能任其天机自然，但这种远离政治的"无所可用"却成就了真正的"用"，那就是生命之用，就是通于至善的生命之德，"德也者，得也"，"适得而几矣"。

六、得其环中：自行涌现以成其圆环游戏

于连这样论庄子的"中"："庄子认为，最好还是从观点的对立，从'彼此'的对立，从'别人'和'我'的对立中摆脱出来，并称其为'道枢'（'彼是莫得其偶，谓之道枢'）：而只要'枢'位于环中，便能应对形势的无穷要求（'枢始得其环中，以应无穷'）。"① 庄子这种"中"的思想我们也可称为"圆环游戏"或"环视思维"②：

---

① ［法］弗朗索瓦·于连. 圣人无意：或哲学的他者［M］. 闫索伟译. 北京：商务印书馆，2004. 126.

② 何光顺. 环视中的他者与文学权力的让渡［J］. 文艺理论研究，2011（3）：20～26.

彼亦一是非，此亦一是非，果且有彼是乎哉？果且无彼是乎哉？彼是莫得其偶，谓之道枢。枢始得其环中，以应无穷。是亦一无穷，非亦一无穷也。故曰：莫若以明。（《齐物论》）

庄子批评了传统的注重是非、彼此分别的对立（"偶"）思维，提出了新型的消除是非分别的环视（"环"）思维，让万物在一个大道涵容周流的宇宙境域中出场显现，并成为和我交流的说话主体。"彼/此""我/他"等都在道的澄明显现中同时被照亮，天地万物都在道的缘域中循环往复，没有止境。

这种对立（"偶"）思维和环视（"环"）思维在《秋水》篇中得到进一步阐说，如论对立："以物观之，自贵而相贱；以俗观之，贵贱不在己。以差观之，因其所大而大之，则万物莫不大；因其所小而小之，则万物莫不小……"论环视："以道观之，物无贵贱。"这种"环视"就是能贯通并着落于日常生活的"庸"，就是正反合的上升完成，"为是不用而寓诸庸"，是正；"庸也者，用也"，是反；"用也者，通也"，"正"和"反"相互否定，又相互肯定。"通天下一气"而终始贯通的"庸"就是"大道若环"，"道通为一"的"天钧"，"万物皆种也，以不同形相禅，始卒若环，莫得其伦"（《寓言》），在为大道所用中，万物得以聚集贯通，大道也得以澄明彰显。

于连指出，我们从"衡"（天平）的形象到"枢"的形象可以看出，儒家和道家在根本上的选择是一样的，两家都注重"中"的立场（"中"是没有立场的立场，因为它能够包罗所有可能的立场），都把因循时势作为一种特殊的适应方式。道家的阴阳鱼图案强调的便是这种要求：是非的判断处在互相颠倒的位置上，互相接引，以至无穷（形成了辩论的恶性循环），圆环的中间是空的，再也不能有是非之分化，差别也消除了①，如下图为阴阳对子互化：

比如，在《易》的阴阳对子思维上，把《易》表达的主体、自性、自我

---

① ［法］弗朗索瓦·于连. 圣人无意：或哲学的他者［M］. 闫素伟译. 北京：商务印书馆，2004. 126～127.

"兑换"为实线、连号：（阳爻），称为"自我线"；而把客体、他者、他在"兑换"为虚线、断号：（阴爻），称为"他者线"。① 于是，二者便共同、形象、直观地表达了对立、关系及其变易之可能性：即他者线同时也是自我线，是表征阳与阴、主与客、天与地、强与弱、彼与此转换的中轴线和边缘线，同时具有自我与他者的特征，既是变易，又是稳定，从而获得相反相成的居中的动态关系和能量。在这种往两头牵扯又往中间施压的合力作用下，其中任何一方都获得其余各方的内在特性，从而环环相扣，生成错综复杂的环形关系。"道"就是"得其环中"的恒、常、庸，是"人在十字路口面临无限选择的可能"，是"万物"从"道"中涌现，又向"道"聚集。

"庸"的思想的提出，是具有突破性的，因为"庸"不仅有"恒常"义，更有"日用"义，既指向"道"的解蔽和聚集以及"物"的绽放和归藏，又指明任何现成的知识都具有双边性，都是有用和无用的合观，"为是不用而寓诸庸"就是关于生命通于大道的实践论。寓，是临时寄居，是无所偏执的"游世"，而非"离世""避世""遁世"。这种"不即""不离"便成就了庄子的"庸"的智慧。这种生命智慧在《庄子》著作及后世庄禅合流的思想中都得到普遍应用。道无所不假，所在皆寄，这种寄寓可以是蝼蚁、稊稗等最平常的物事，"道无所不在"，"道通为一"，圣人不"入"人间，但"在"人间世，"游"于人间世，他"与道翱翔"，不被物役，是老子的"大智若愚"，是庄子的"自埋于民，自藏于畔"，"被褐怀玉"，是禅宗的"担水砍柴无非妙道"。

七、与时俱化：乖道德而浮游

无论是海德格尔的"Ereignis"、于连的"无意"、老子的"恒道"、庄子的"寓诸庸"，其根本和终极都在让作为此在的人赢获"自由"。于连说道："海德格尔称为'自由'的，正是此在的'让存在'，作为如其所是（如其'然'）的此在而任由揭示。……但是，在西方传统的内部，除了把开放的态度称之为自由之外，海德格尔还能怎么样呢？……中国的思想是通过'自然'来阐明自由的。中国的思想不断地深入自然，而我们在这里也在不断地追寻它。圣人主要是根据自然，才将一切相对化，自己却又不落入相对论当中。"② 老子和庄子的高妙处就在于不以主观的"自由意志"去主宰物，而是专注于

---

① 于奇智. 易、他者与自我——循于连、德勒兹与伽塔利而道［J］. 哲学研究，2008（3）：94~95.

② ［法］弗朗索瓦·于连. 圣人无意：或哲学的他者［M］. 闫索伟译. 北京：商务印书馆，2004. 158~159.

物"敞开"的同时，而一任"让存在"，或说任随其"然"，由此，圣人的智慧是开放的，圣人的"心"变得虚空，并不让别的东西去占领那地方，圣人的心保持着"未被占领""轻松""空缺"的状态。

这种保持着心灵的"未被占领"和"空缺"状态，在庄子《山木篇》针对弟子的发问"昨日山中之木，以不材得终其天年；今主人之雁，以不材死；先生将何处"所做的回答中得到了更透彻的思考和极致的发挥。

庄子笑曰："周将处乎材与不材之间。材与不材之间，似之而非也，故未免乎累。若夫乘道德而浮游则不然。无誉无訾，一龙一蛇，与时俱化，而无肯专为；一上一下，以和为量，浮游乎万物之祖；物物而不物于物，则胡可得而累邪！……"

于连指出，圣人对"自我的放弃"必然会成为向着"神秘的超越"。[①] 圣人没有欧洲人的单子式"自由意志"，而是以别样的方式实现了自由。这正如布雷蒙神父（H. Bremond）引述托勒的话："圣灵之所以倒空我们的思想"，那是为了"填充它造成的空白"[②]，也如海德格尔那样回到符合论的真理之前，达到"非遮蔽"的、其原始驻留不在判断中的存在，这样才可能走在一条属于智慧的路上。于是，山木"无用"享天年，大雁"无用"却被杀，圣人不以任何现成之物的"用"或"无用"占领他的心，而是保持其"虚"，随"时"跟随事物之"然"，跟随"时间性"的因缘际会，"不是与两端等距离的中间，因为那也会变成一种个别的立场"，因为"一旦停留在中间，他所能够推动的，只能是一种可能性，却忽视了一百种其他的可能性"。[③] 不执于彼此，不执于有用无用，而是在任何极端里都找到变化的平衡点，以让"寓诸庸"的"逍遥"成为可能。

值得注意的是，从"时间性"的地平线上来观照圣人的游世，这无疑和海德格尔同样以时间性作为探讨此在的在世界中存在，有着殊途同归之妙。老子和庄子的"寓诸庸"的生活智慧因着"时间性"维度的开显，是和孔子的"执中无权，犹执一也"的"用中"思想一脉相通的，却是和一般儒者将"中庸"视作两端之中点的固化思维有区别的。即真正智慧的"中"是变化的，"中"不会僵化，而会随着现实不断运动，"中"永远是新的。为避免常人固执地寻找"中"的定势思维，庄子寻找一种随物宛转的"化"的流动性

----

① ［法］弗朗索瓦·于连. 圣人无意：或哲学的他者［M］. 闫素伟译. 北京：商务印书馆，2004. 158.

② ［法］弗朗索瓦·于连. 圣人无意：或哲学的他者［M］. 闫素伟译. 北京：商务印书馆，2004. 158.

③ ［法］弗朗索瓦·于连. 圣人无意：或哲学的他者［M］. 闫素伟译. 北京：商务印书馆，2004. 103.

来表达"庸"的思想，如《刻意》"圣人之生也天行，其死也物化。……去知与故，循天之理"，《达生》"工倕旋而盖规矩，指与物化，而不以心稽"，"循天之理"，"指与物化"都是《山木篇》"乘道德而浮游"的最好诠释，因时顺世，如水，随山石宛转；如龙蛇，与时俱化，知进退，识方圆，用舍行藏，全因于各种变化中的偶然性和缘起性。

八、结语

从逻辑上说，老庄的"庸道"思想包括了三个环节："用"为正题；"无用"为反题；"用无用"（寓诸庸），是合题。这种跳出是非不争论的原则曾遭到墨家反驳："非诽者悖"，"不非己之诽也，不非诽"。亚里士多德也曾道出这种危险：否定矛盾的原则导致否定之否定。[①] 为避免因拒绝是非而重入是非，庄子的"庸道"思想认为我们既不要关注"是非"，也不要关注"非是非"，以不让自己陷入这两种立场中的任何一种，也就对两种立场都保持着开放姿态，两种立场也就不再相互排斥，这正如郭象的解庄："既遣是非，又遣其遣，遣之又遣以至于无遣，然后无遣无不遣而是非自去矣。"[②] 这种庄子式的"庸道"不是消极地什么都不做，而是既有内心的守中持道，又积极地参与事物的运化，承认人生有一种"不得已"，人应当"知其不可奈何而安之若命"，"不得已而为之"，积极"顺化"，因顺应而得自由。

当然，老子、庄子的思想都难免其局限和盲点，比如关注重心永远在于个人如何获得自由，而对社会制度的设计和思考是缺乏的。正如荀子《解蔽》篇批评的"庄子蔽于天而不知人"。在个人化自由方面，只有圣人可能得到这种消解现实的心灵式自由，"知天之所为者，天而生也；知人之所为者，以其知之所知以养其知之所不知，终其天年而不中道夭者，是知之盛也"，"天"和"人"的分限在哪里，如何去觉知这种分限？在实践中如何操作？是否可以进行价值转化？存在尺度和价值尺度是否等同？庄子未给出确定回答，而是继续问难："庸讵知吾所谓天之非人乎？所谓人之非天乎？"（《大宗师》）老子和庄子所做的，只能是不断损去偏见、悬置判断、减少欲望，发现事物既显现又隐蔽，生成又回归的对反运动，寻找各种观点论争及现实存在的平衡的"庸"的方法。

综而言之，庄子继承老子提出的"庸道"不是一种教条化的理论，而是一种生活化的实践；不是一种形上的玄思，而是关系场域的拓展；不是"用"

---

① ［法］弗朗索瓦·于连. 圣人无意：或哲学的他者［M］. 闫素伟译. 北京：商务印书馆，2004.127.

② （晋）郭象注，（唐）成玄英疏. 庄子注疏［M］. 北京：中华书局，2011.43.

或"无用"的正反偏至，而是"道通为一"的和合运演。在本文中，我们借助老子、庄子和儒家的对比，借助于连的诠说、海德格尔思想的训释、现代学者的阐发，从而指明了"庸道"的要义：是非的判断一正一反，或者一真一伪，便形成了一个圆环，处在圆环的正中间时便摆脱了是非正反，"任天下之是非"①。圣人的态度并不是"没有理性的"，也没有局限在理性中，他只利用是非的价值，只从是非分别中得到便利，这就是"庸道"的智慧，也是生活的智慧。

（原载《哲学研究》2014 年第 4 期，略有改动）

---

① （晋）郭象注，（唐）成玄英疏. 庄子注疏［M］. 北京：中华书局，2011.40.

庄子道境中的物

——以庄书中的两段对话为切入点

王　焱

"物"在庄书中是一个意义非常复杂的概念，大而言之，可把"物"分为自然之物与身外之物。自然之物，即大道流行的产物，也就是庄子所说的"万物"，它包括人、动植物乃至山石河流等一切自然存在物，如"无物不然，无物不可"（《齐物论》）、"乘物以游心"（《人间世》）等。身外之物，即抽象意义上的人为之物，包括名、利、道德等内容，如"孰肯以物为事"（《逍遥游》）、"丧己于物"（《缮性》）等。对自然之物，庄子是亲近的；而对身外之物，庄子则持排斥态度。本文所探讨的，是庄子对自然之物的态度。因此，本文所言之"物"，特指自然之物。

在庄子道的视域下，对于主体而言，物的意义究竟何在？庄子对物的理解与世俗对物的理解有何不同？庄子的物论，对后世产生了怎样的影响，对我们今天的生活又有哪些启示？我们不妨从庄子与惠子有关大树的一段对话说起。

一、"无所可用"之物

思想史上一些深刻的见解，不一定都通过长篇大论、正襟危坐的形式得以表现。有时，一些对话背后的隐喻，更能显现出见解的独特与光芒所在。这类情形常见于先秦诸子文本。在《逍遥游》篇中，庄子与惠子围绕着一棵大树——樗，展开了如下一段对话：

> 惠子谓庄子曰："吾有大树，人谓之樗。其大本臃肿而不中绳墨，其小枝卷曲而不中规矩。立之涂，匠者不顾。今子之言，大而无用，众所同去也。"庄子曰："……今子有大树，患其无用，何不树之于无何有之乡，广莫之野，彷徨乎无为其侧，逍遥乎寝卧其下。不夭斤斧，物无害者，无所可用，安所困苦哉！"

对话中，不中绳墨规矩的大树，其实就是物的隐喻；而庄子和惠子的对话, 则代表了对于物的两种截然不同的态度。

惠子的态度, 是世俗匠者的态度。匠人看待物, 是从世俗的有用性视角出发的。我们知道, 匠人之为匠人的基本任务, 就在于其要将物由原材料制造成有用的器具, 从而以器具为手段服务于人。而大树却恰恰因为不中绳墨规矩, 缺乏这种有用性。故此, 大树即使立在路旁, 也丝毫不能引起匠人的兴趣。在匠者看来, 匠者是物的尺度, 依据物的有用性衡量物的价值, 物的存在没有任何自身的价值意义。从这个意义上说, 匠者与物之间是一种利用与被利用的关系, 充满了紧张与对立。

与惠子根本不同, 庄子对大树所持的则是逍遥者的态度。对于庄子的这段言说, 海德格尔有如下一段评论:

> 人对于无用者无须担忧。无用性的力量使他具有了不受侵犯和长存的能力。因此, 以有用性来衡量无用者是错误的。此无用者正是通过不让自己依从于人 (的标准) 而获得了它自身之大和决定性的力量。以这种方式, 无用乃是物或事情的意义。①

物的意义就是其无用性, 且人无须对无用性担忧。海氏的解读, 对于我们理解庄子心目中物的意义极具启发性, 我们不妨沿着他的思路深入下去。

在庄子的道境中, 大树生长在远离世俗喧嚣之处, 人逍遥自得地与大树照面相处, 对大树的无用性泰然任之。此时, 人不再依据树的有用或无用, 对其进行价值判断, 树也因而远离了人类功利性思维的威胁, 完全以自在本真的方式存在于世。在逍遥者看来, 物的存在有其自身的意义, 这种意义不依赖于物之外的他者的赋予, 物存在的本身就是缘由和目的, 因为道就蕴含在每一个自然之物当中。这表明逍遥者与物之间是一种彼此尊重的平等关系, 没有丝毫功利性。

不难看出, 惠子所代表的, 是一种人类文明所建立起来的实用功利主义的态度。这种态度认为, 物的存在必须是有用的, 即符合主体的物质利益, 并具有外在可见的物质效果, 否则就无意义。施彭勒曾用非常犀利的笔触, 对实用功利主义的本质进行了刻画: "看到瀑布时, 人们无不联想电力; 无论在何地, 一见众多吃草的牧群, 就会想到利用其供食用的肉。"② 在实用功利主义的观照下, 物只是用来满足主体功用性需求的工具。而我们知道, 工具

---

① [德] 海德格尔. 传统的语言和技术的语言 [A]. 张祥龙. 海德格尔与中国天道 [M]. 北京: 生活·读书·新知三联书店, 1996.448~449.

② 施彭勒. 西方的没落 [A]. 转引自 [德] 狄特富尔特. 哲言集: 人与自然 [M]. 周美琪译. 北京: 生活·读书·新知三联书店, 1993.206.

存在的意义就是为目的服务，目的实现的过程，总是伴随着工具的损耗甚至牺牲，目的实现之后，工具也就丧失了其自身的意义。这意味着物作为工具，在其使用者看来没有任何独立的价值。

而庄子对物的理解，所映照的则是一种道的境界。在庄子看来，世俗生活中的人与物处于异化状态，不仅物远离了物自身，人也远离了人自身。一方面，人用功利主义的思维主宰了他物，人成了他物的尺度，物不能以其本真面目存在于世。正如《马蹄》篇中所描绘的，马要被伯乐"整之齐之"，木要被匠人"曲者中钩，直者应绳"，白玉要被毁坏造成"珪璋"，人要被"圣人""屈折礼乐以匡天下之形，县跂仁义以慰天下之心"。另一方面，人也因功利主义思维的支配，遗忘了自然本性，远离了生存的终极根据，受名利、道德、情欲等蛊惑，从而迷失了自己。就像《齐物论》篇所说："与物相刃相靡，其行尽如驰而莫之能止，不亦悲乎！终身役役而不见其成功，苶然疲役而不知其所归，可不哀邪！"

而当主体回归于道时，不仅物回归于物自身，人也回归于人自身。彭锋曾指出，道的最大特征之一，就是"不做任何限制，让宇宙万物能够充分地如其所是地存在，让宇宙万物各自充分展现其自身"[1]。诚如其言。所谓道境，就是让人与万物如其本然地存在。一方面，人将物从有用性的枷锁中解放出来，让物不再作为手段而服务于人，让物以其自身为目的，本真地涌现其存在的意义；另一方面，人也将人自身从功利主义的囚牢中解放出来，不再为身外之物所累、所烦恼，让人重归生命之源，倾听生命深处的内在呼唤，以本真性情自在地居留于世。这样，人不仅给予万物以自由，而且给予自身以自由。由此可见，道的境界，所揭示的乃是一种物成其物、人成其人的境域。在此境域中，不仅物以物自身的面目呈现，与物照面相处的人，也以人自身的面目呈现。

二、万物与我为一

《达生》篇中，有一则孔子与吕梁丈夫的对话，能够进一步帮助我们领会道境中，人与物之间的关联：

> 孔子观于吕梁，县水三十仞，流沫四十里，鼋鼍鱼鳖之所不能游也。见一丈夫游之，以为有苦而欲死也。使弟子并流而拯之。数百步而出，被发行歌而游于塘下。孔子从而问焉，曰："吾以子为鬼，察子则人也。

---

① 彭锋. 完美的自然［M］. 北京：北京大学出版社，2005. 245.

请问：蹈水有道乎？"曰："亡，吾无道。吾始乎故，长乎性，成乎命。与齐俱入，与汩偕出，从水之道而不为私焉。此吾所以蹈之也。"孔子曰："何谓始乎故，长乎性，成乎命？"曰："吾生于陵而安于陵，故也；长于水而安于水，性也；不知吾所以然而然，命也。"

在这则寓言中，作为物的隐喻的是"水"；而孔子与吕梁丈夫对蹈水之道的不同理解，同样代表了对人物关系截然不同的两种认识。对于吕梁丈夫高超的游泳本领，孔子不免急切地想知道练就此本领的方法，于是有此一问："蹈水有道乎？"此处所言之"道"，显然不是万物本原之道，而是《养生主》篇所说"臣之所好者道也，进乎技矣"中的"技"。据李壮鹰考证，以"道"指称技巧，"是中国人对'道'的比较早的用法"。① 否则，作为得道之人的吕梁丈夫不会回答"吾无道"。孔子此问的潜台词实际是：怎样解析水的流向、漩涡等物理特征，怎样学习划水、蹬腿等游泳技术，才能练就如此高超的蹈水本领。

而吕梁丈夫的回答，则是"吾无道"，意思是说，他蹈水没有任何技术可言。依据吕梁丈夫的解释，他之所以具备如此高超的游泳本领，原因就在于他一直维系着与水与生俱来的亲密关系，所谓"始乎故，长乎性，成乎命"。也正是因为他与水如此之亲近，深谙水的脾性，所以他才能做到"从水之道而不为私焉"，顺着水势，而不是利用自己的力量去驾驭水。

不难看出，孔子所代表的乃是知性立场：人要掌握蹈水本领，就必须利用知性，把水当作一种外在异己的认知对象，通过解析水的物理特征，通过学习游泳技术，去探询驾驭水的方法。这也就意味着，在知性的观照下，人与物之关系，乃是一种认知与被认知、驾驭与被驾驭的主客分化、对立的关系。

在今天看来，知性，作为一种科学思维，是我们认识世界的一个最重要的能力。而庄子却对知性保持着高度的警惕，主张"去知"（《大宗师》）、"黜聪明"（《大宗师》）、"掊击而知"（《知北游》）。正如《天地》篇中那个"知"索"玄珠"而不得的寓言所揭示的：要认识道，就必须放弃知性的运用。此外，从庄子假托孔子之口所说的"去小知而大知明"（《外物》），与庖丁所说的"臣之所好者道也，进乎技矣"，以及汉阴丈人拒绝用机械灌水（《天地》）的寓言当中亦可看出：知性会对人们体悟道的真义构成妨碍，知性不仅遮蔽而且扭曲了人与物的本然关系。因此，只有打破知性对心灵的蔽障，清除知性对直觉的羁绊，才能拾回生命深处对天地之道与万物之美的先

---

① 李壮鹰. 谈谈庄子的"道进乎技"［J］. 学术月刊，2003（3）：65～69.

验感悟能力，从而与道合一。冯友兰曾将庄子这种特有的悟道方式，与詹姆斯的"纯粹经验"关联起来，称"在有纯粹经验之际，经验者，对于所经验，只觉其是'如此'（詹姆斯所谓'that'）而不知其是'什么,（詹姆斯所谓'what'）"①，这也就是就体道境界的无性特征而言的。

与孔子不同，吕梁丈夫所代表的则是道的立场。"生于陵而安于陵""长于水而安于水""不知吾所以然而然"，所揭示的正是人与水的本然相契，这种契合是与生俱来的，属于"命"的一部分，不需要任何理由。在这种本然的契合当中，水会将自身的全部秘密向人显现，人无须思考，亦无须作为，就能领会。人应和着水，水应和着人，人与水之间有一种绝对的内在默契。这也就意味着，在道的境域中，人与物的关系是一种基于生存之上的互相应和、浑然一体的亲缘关系，即《齐物论》篇中所讲的"万物与我为一"。

我们可以通过引入海德格尔"在世界之中存在"（简称"在之中"）的概念，来理解知性立场与道的立场在人物关系上的本质区别。海德格尔之所以提出"在之中"的问题，实际上是在探讨人和世界的关系。根据海德格尔的说法，"在之中"有两种含义。第一种是指空间关系，即两个现成的东西，其中一个在另一个之中。按照这种意义来理解，那么，人似乎本来是独立于世界的，而世界似乎是碰巧附加给人的。简言之，人与世界处于外在关系之中。海德格尔认为，西方传统哲学中的主客关系就是这样的"之中"关系：客体是现成的、外在的被认识者；主体是现成的、内在的认识者，两者彼此外在。

而另一种意义的"在之中"，则是生存关系，海德格尔称之为"此在和世界"的关系。按照这种意义来理解，"我"居住于世界，"我"把世界作为如此这般熟悉之所而依寓之、逗留之。这也就意味着人"居住"或"融身"在世界之中，世界由于人的"此在"而对人揭示自己。海德格尔还说：存在者在世界之中，就是指存在者"能够领会到自己在它的'天命'中已经同那些在它自己的世界之内向它照面的存在者的存在缚在一起了"。② 这表明人生在世，注定了人首先是同世界万物打交道，而不是首先对物进行认识。人在认识万物之先，早已与万物融合在一起，早已沉浸在他所活动的世界之中了。

在海德格尔看来，第一种人与世界彼此外在的"在之中"，必须以第二种人与万物相融的"在之中"为基础才能产生。这意味着第二种"在之中"才是人生在世的原初形态。由海德格尔的第二种"在之中"，很容易会联想到中国古代天人合一的哲学。因为，从把人与世界看成息息相通、融为一体而言，两者在本质上是一致的。而庄子"万物与我为一"的学说，正是天人合一思

---

① 冯友兰. 中国哲学史（上册）[M]. 上海：华东师范大学出版社，2005. 182.

② [德]海德格尔. 存在与时间 [M]. 陈嘉映，王庆节译. 上海：上海三联书店，1986. 66.

想最集中的体现。

　　不难发现，海德格尔所说的两种"在之中"，恰好对应了前文所说的知性立场与道的立场。空间关系的"在之中"，所对应的是知性立场，即把人与万物的关系看成是彼此外在的认识关系；而生存关系的"在之中"，所对应的则是道的立场，即从彼此相融的生存角度来理解人与万物的关系。

三、物论的意义

　　可见，庄子道境中的物，乃是脱离了功利主义观照的物；而道境中的物我关系，则是一种"万物与我为一"的境域。庄子主张人与物都以其本真面目呈现于世，人与物亲融无间；反对以人作为物的尺度，反对用知性立场去理解物。庄子的物论，深远地影响了古代中国人的生存态度与艺术理念。

　　庄子物论最显著的影响，表现为后世文人对自然物象态度的巨大转变，即从仅将物视为知性或道德的附庸，转变为将物视为独立的审美对象，这种转变直接促成了真正意义上的山水文学的产生。山水审美意识的自觉，始于魏晋。这一时期，山水游风兴盛，文人们常处丘园养素，乐于泉石啸傲，适于渔樵隐逸，亲于猿鹤飞鸣（郭熙《林泉高致》）。更重要的是，他们在观照山水时，超越了功利主义的心态，摆脱了以山水论玄的知性桎梏与以山水比德的道德桎梏，善于欣赏并传达山水自身的意义与价值，这与庄子对物的理解一脉相承。魏晋时期的山水文学中，丘山林野、皋流大川、芳菊木兰等自然万象，无不"质有而趣灵"，"以形媚道"（宗炳《画山水序》）。田园诗人陶渊明脍炙人口的"采菊东篱下，悠然见南山"（《饮酒》其五），就是庄子物论艺术化的直接表达。在物我两忘的境界中，自然物象本真呈现。王国维在《人间词话》中将此句赞为"无我之境"——"以物观物，故不知何者为我，何者为物"，乃中的之言。正如邵雍所言："不我物，故能物物。以我观物，物我皆遁；以物观物，便可臻大道。"（《伊川击壤集序》）只有当主体（我）虚位，从宰制的位置退却，方能玄同物我，让天机回复其活泼泼的兴现。不难发现，"以物观物"的"无我之境"，其实就是庄子所理解的道境。

　　进一步说，庄子的物论亦引导了中国美学史上的一个重要审美原则的形成，即倡导物象本真传达，反对用知性或道德去经营物象。这一美学原则几乎贯穿了从钟嵘到司空图到王夫之再到王国维的整个文艺批评史，直接影响了中国古代艺术的创作方式。从谢灵运的"池塘生春草，园柳变鸣禽"（《登池上楼》），到温庭筠的"鸡声茅店月，人迹板桥霜"（《商山早行》），再到元好问的"寒波澹澹起，白鸟悠悠下"（《颖亭留别》），物象自身的生命气韵如在眼前，绝无人工经营的痕迹，这就是中国艺术特有的天籁之美。当然，庄子物论的意义绝非止于文学艺术。因为文学艺术所创造的其实就是艺术化的生活。艺术本身，其实是古代中国人生存理念、生存状态的一种折射。那么，从这个意义上而言，庄子的物论给后世带来的并不仅仅是一件件美轮美奂的艺术瑰宝，同时也成就了一种诗情画意、天人合一、物我和谐的生存态度。

在禅宗思想中，同样可以见证其与庄子物论的汇通。五祖弘忍曾为验弟子禅解浅深，命各人作偈呈验。神秀作一偈云："身是菩提树，心如明镜台。时时勤拂拭，莫使有尘埃。"惠能亦作一首："菩提本无树，明镜亦非台。本来无一物，何处惹尘埃。"神秀所持的是一种身心二分、物我彼此外在的二元认识论，他对物心怀执着、紧张与对立，因此害怕外在的物会引发心灵的妄念。而慧能则以负的否定方法，视身心为一如，视物我为一体，不做任何分别计较，既然物我冥同，佛性普存，那么无所谓断恶去染。弘忍认为，偈诗立判高下，故而密召慧能传与衣钵。不难发现，惠能这首偈诗中所揭示的世界观以及修行方法，与庄子的物我同一论有着高度的契合。另外，无论是禅宗重要的理论命题"青青翠竹，总是法身；郁郁黄花，无非般若"（《神会语录残卷》），还是《五灯会元》中所载禅宗公案——"庭前柏树子""春来草自青"等，都传达了这样一种思考，即佛法大意就内存于物自身，物自身就是一个意义圆融的世界，这与庄子对物的认识显然一以贯之。范文澜曾说："禅宗是披着天竺式架装的魏晋玄学，释迦其表，老庄（尤其是庄周思想）其实。"[1] 可谓切中肯綮。

庄子的物论思想，曾对中国传统社会产生了深远而广阔的影响，对于我们今天的生活而言，仍不失其重要意义。自从进入文明时代，特别是工业时代以来，人类与世界的关系持续恶化，并在当代呈现出空前的危机。一方面，是"物—人"关系的恶化。人以"灵长""尺度"的尊贵身份，从自然万物中分离出来，破坏了与自然界本有的和谐，贪婪地向大自然索取掠夺，给自然和自身带来了毁灭性的灾难：生态平衡惨遭破坏、生存环境日趋恶劣、自然资源日益枯竭，不一而足。另一方面，是"人—人"关系的危机。当下我们的物欲极大膨胀，而利益空间却十分有限，这势必造成自我与他人之间利害关系的紧张和对立，人际关系的隔膜、矛盾、冲突乃至战争便往往在所难免。而如果我们一再听任这些问题存在，继续对自然无所顾忌地豪夺践踏，与他人相刃相靡，那么我们与世界的未来，极有可能被庄子"混沌之死"的寓言不幸言中。

究其根源，破坏自我与世界间和谐的祸首，是一种实用功利主义的意识形态。在功利主义的观照下，任何事物只是用来满足主体功利需求的工具，

① 范文澜. 中国通史［M］. 北京：人民出版社，1994.208.

而没有独立的尊严，因而人与自然、自我与他人间的关系，不过是利用与被利用的关系。这种急功近利的态度，势必促成人向自然界疯狂索取、自我与他人争名夺利的短视行为。而庄子在文明病兆出现之初有关物的睿智思考，正有助于将人从功利主义的泥淖中解脱出来，回归生命的单纯，实现诗意地栖居；同时也有助于保护物不受人为力量与对象性思维的侵害。在庄子的道境中，人与物的关联是非功利性的，人从来不会用功利的尺度去衡量物的意义，更无须为物的无用性担忧，人与物和谐相处，其乐融融。显然，庄子对于自然与他人所持的这种超功利的亲融态度，对实用功利主义的僭妄和流弊有着巨大的纠偏作用，无论从生态学还是从伦理学意义上，对我们构筑与世界的和谐关系都大有裨益。

（原载《浙江社会科学》2009 年第 1 期，略有改动）

中国古代咏物传统的早期确立

路成文

　　咏物文学吟咏、表现的对象是外在于人的自然万物、无"情"之物，传达出来的却是创作主体的兴趣、情志和精神。中国古代咏物文学附载着丰厚的情志内涵，作为"咏物之祖"的《橘颂》即为明证。中国古代咏物文学在构建和体现富有民族特色的主客体（物我）关系方面发挥着重要作用。观物穷理、体物悟道、咏物抒情、托物言志、写景状物、穷形尽相，这些耳熟能详的传统哲学、文学术语在显示出"物"与"理""道""情""志"之间存在的紧密联系。咏物文学，正是把这种紧密关系形象而鲜明地呈现出来的重要载体。咏物文学滥觞于先秦而蔚然兴盛于文体渐备之后，并在长期的酝酿发展过程中，形成了深厚的传统。

一、物、咏物、咏物文学和咏物传统

　　咏物文学，顾名思义，就是咏"物"的文学。然所谓"物"，其范围至大至广，包罗万象，宇宙间无一而非"物"，《荀子·正名》尝作辨析云：

　　　　故万物虽众，有时而欲遍举之，故谓之物，物也者，大共名也。推而共之，共则有共，至于无共然后止；有时而欲偏举之，故谓之鸟兽，鸟兽也者，大别名也。推而别之，别则有别，至于无别然后止。①

　　"物"作为宇宙万物之本体及具体构成，不仅对于人类社会具有本原性意义，而且对于我国古代思想文化和文学传统的建构具有重要的意义。首先，宇宙万物作为人类赖以生存的客观外部环境和物质形态，是人类观察、探索、认识、解释和呈现的对象，古今中外，概莫能外。其次，中国古代从一开始就表现出"天人合一""心物相感""物我相参"的文化精神和思维特点，《周易·系辞》云："古者包牺氏之王天下也，仰则观象于天，俯则观法于地，观鸟兽之文，与地之宜，近取诸身，远取诸物，于是始作八卦，以通神明之

---

① （清）王先谦. 荀子集解［M］. 北京：中华书局，1988. 419.

德，以类万物之情。"① 即阐述原始先民通过观"物"来体察和把握人类社会及其规律和特点。与此同时，形成于先秦并贯穿整个中国古代诗歌史的"比兴"传统，在诗歌"言志"传统中，或托物起兴，或以物为比，在人情事理与物"情"物"理"之间建立起同构关系，从而建构富于民族特征的审美方式和诗学精神。

先秦典籍中少数独立成篇的咏物之作，以及大量带有咏物性质的篇章或段落，作为中国古代咏物文学的早期形态，对于"物"的题咏与表现从三个层面展开，并进而确立了相应的咏物传统。其中《山海经》在总览地理山川形势的基础上，广纪方物，表现出浓厚的博物学兴趣，从某种意义来看，是原始先民朴素"科学"精神的体现，中国古代"博物纪异"的咏物传统因而确立；《周易》、"诸子"、一部分先秦器物铭，以"物"为人类社会的参照物来观察和体认，从而取物为譬，藉物阐理，体现中国古代先哲观物穷理，体物悟道的思维方式和表达特点，奠定了中国古代"阐理明道"的咏物传统；《诗经》之"比兴"、屈原《橘颂》、先秦古歌中的部分篇章，则以"物"为"人"的参照物来观察、感受和体认，从而感物兴情，以物为比，咏物抒情，托物言志，体现古代诗人独特的审美方式和咏物兴趣，在促进咏物诗形成的同时，确立了中国古代咏物文学"抒情言志"传统。

二、《山海经》与古代"博物纪异"咏物传统

人类对于所生存的环境具有与生俱来的好奇心和求知欲，观察自然万物，认识世界和解释世界因而成为人的一种本能。与此相应地，记录、描述甚至解释、咏赞自然万物，成为人类语言文学活动的重要方面。先秦重要典籍《山海经》，便体现了这种精神。《山海经》内容极为广博，包括《南山经》等十八经，每经又分若干次经，共记录 100 余国、550 余山、300 余水，数以千计的禽兽虫鱼草木神异之物，不啻为一部以上古地理为纲，以纪录自然万物为主的百科全书。

《山海经》既以纪地纪物为主，则免不了要对所纪之物作或略或详的描写。其首章云：

> 《南山经》之首曰䧿山。其首曰招摇之山，临于西海之上，多桂，多金、玉。有草焉，其状如韭而青花，其名曰祝余，食之不饥。有木焉，其状如谷而黑理，其花四照，其名曰迷谷，佩之不迷。有兽焉，其状如

---

① 《十三经注疏》整理委员会．周易正义［M］．北京：北京大学出版社，1999.298.

禺而白耳，伏行人走，其名曰狌狌，食之善走。丽䴢之水出焉，而流注于海，其中多育沛，佩之无瘕疾。①

此章首记山名，次叙形势，次叙物产，次述山中的奇异之物，最后记域内河流及河中之物。这是《山海经》的一般记叙模式。值得注意的是，《山海经》对居处各方的动植物乃至神异之物都有单独的记录和描写，如此章较全面地记录了招摇之山中动植物的种属、形状、名称、功效等，有些描写还颇为形象，如祝余"状如韭而青花"、迷谷"状如谷而黑理，其花四照"、狌狌"状如禺而白耳，伏行人走"。这种对于动植物的记录或描写，略具咏物雏形。

《山海经》对神异之物尤感兴趣，因而常常进行比较细致的描写，如"（丹穴之山）有鸟焉，其状如鸡，五采而文，名曰凤皇，首文曰德，翼文曰义，背文曰礼，膺文曰仁，腹文曰信。是鸟也，饮食自然，自歌自舞，见则天下安宁"②"（发鸠之山）有鸟焉，其状如乌，文首，白喙，赤足，名曰精卫，其鸣自詨，是炎帝之少女，名曰女娃，女娃游于东海，溺而不返，故为精卫，常衔西山之木石以堙于东海"③，不仅分别对凤凰、精卫进行了细致的描绘，还热情讴歌了它们的精神，使两种神鸟的形象跃然纸上。这两段文字虽不无神话色彩和政治附会的成分，单就文章而论，则俨然两篇初具规模的咏物之作。

《山海经》对于地理形势及奇物异产的记录描写，应非凭空想象，而是原始先民长期观察的结果。它以自然万物本身为观察、记录和描写的对象，体现了原始先民对于生存环境的强烈兴趣，在源远流长的中国古代文化文学发展进程中发挥着相当大的影响力。这主要表现在两个方面：其一，历代山经、地志、本草、方物、谱录、搜神、纪异等博物学著作，在记载内容和叙述模式等方面深受《山海经》影响；其二，这种导源于《山海经》的"博物纪异"创作传统，也渗透于赋、诗、词等经典文学文体中。

"博物纪异"作为一种创作传统，植根于人类观察、认识、描述和解释世界的共同文化心理，体现出来的是一种近乎"科学"的精神。《山海经》以及承其流而出现的大量博物纪异类著作，鲜明地体现了这一点。这些著作以纪物而非咏物为主，因而并非咏物文学研究的重点。不过，它们为咏物文学的研究提供了极其丰富的资料，值得关注。至于那些主要体现"博物纪异"之旨的咏物诗词，往往以体物为主，与"诗言志"文学传统不太吻合，故评价不高，如刘勰谓南朝诗"俪采百字之偶，争价一句之奇，情必极貌以写物，

---

① 袁珂. 山海经校注［M］. 成都：巴蜀书社，1993.1.

② 袁珂. 山海经校注［M］. 成都：巴蜀书社，1993.19.

③ 袁珂. 山海经校注［M］. 成都：巴蜀书社，1993.111.

辞必穷力而追新"①。"自近代以来，文贵形似；窥情风景之上，钻貌草木之中。吟咏所发，志惟深远；体物为妙，功在密附。故巧言切状，如印之印泥，不加雕削，而曲写毫芥。故能瞻言而见貌，即字而知时也。"② 王夫之亦指出，齐梁咏物诗"征故实，写色泽，广比譬，虽极镂绘之工，皆匠气也。又其卑者，饾凑成篇，谜也，非诗也"。③ 这些批评意见，无疑点出了此类作品的弱点。尽管四库馆臣尝云："夫鸟兽草木，学诗者资其多识，孔门之训也。郭璞作《山海经赞》，戴凯之作《竹谱》，宋祁作《益部方物略记》，并以韵语叙物产，岂非以谐诸声律，易于记诵欤？学者坐讽一编，而周知万品，是以擒文而兼博物之功也。"④ 试图为此类作品进行回护，但并不能掩盖其不为人所重的尴尬。

三、《周易》、诸子及商周器物铭与古代"阐理明道"咏物传统

"博物纪异"咏物传统所体现的主要是人类对于宇宙自然世界万物之本然的好奇心，其宗旨在将"物"描述和表现出来，因而是一种近乎"科学"的境界，且具有人类的共通性。中国古人对于"物"的关注并没有止于这一层次，而是主要以"物"为参照，通过观察和体认自然万物来反观人类自身的活动，并进而构建"天人合一""心物相感""物我相参"的文化精神、思维特点和审美方式。这主要体现在两个方面：寻绎"物"与"人（类）"之间共同或相通之"理"；体察"物"与"（具体的）人"在情感、品质、性格等方面的共同或相通之处。前者是一种近乎"哲学"的境界；后者则贯彻于中国古代文学审美活动之中，从古至今，一直发挥着重要的影响力。基于前者，中国古代形成了"阐理明道"的咏物传统；基于后者，则形成了"抒情言志"的咏物传统。兹先就前者略作申述。

我国古代前圣往哲对于以"物"为参照从而观照、体察、诠释人类社会之"理"尤其注目且体悟极深。先秦时期《周易》《老子》等富于思辨、论辩色彩的经典著作，以及商周时代的若干器物铭，深刻体现了这一点。兹举数例。

　　　井：改邑不改井，无丧无得，往来井井。汔至亦未繘井，羸其瓶，

---

① （梁）刘勰著，范文澜注. 文心雕龙注 [M]. 北京：人民文学出版社，1958. 67.
② （梁）刘勰著，范文澜注. 文心雕龙注 [M]. 北京：人民文学出版社，1958. 694.
③ （清）王夫之. 姜斋诗话 [A].（清）丁福保. 清诗话 [M]. 上海：上海古籍出版社，1999. 22.
④ （清）永瑢. 四库全书总目 [M]. 北京：中华书局，1965. 1726.

凶。初六：井泥不食，旧井无禽。九二：井谷射鲋，瓮敝漏。九三：井
渫不食，为我心恻，可用汲。王明，并受其福。六四：井甃，无咎。九
五：井冽寒泉，食。上六：井收。勿幕有孚，元吉。

"改邑不改井"，王弼注云："井，以不变为德者也。"孔颖达正义曰："井者，
物象之名也。古者穿地取水，以瓶引汲，谓之为井。此卦明君子修德养民。
有养不变，终始无改，养物不穷，莫过乎井。故以修德之卦取譬名之井焉。"
"无得无丧"，王弼注云："得有常也。"正义曰："此明井用有常德，终日引
汲，未尝言损；终日泉注，未尝言益，故曰'无得无丧'也。"① 根据王弼、
孔颖达的解释，"井"卦主要阐述君子修德养民之道。"井"是供人汲水饮
用、盥洗之"物"，此卦之所以命名为"井"，乃在于"井"具有"不变"之
德，"终日引汲，未尝言损；终日泉注，未尝言益"；且"有养不变，终始无
改，养民不穷"。这些性质和特点，与"君子修德养民"之道相合，故命名为
"井"。"井"之德何以合于"君子修德养民"之道呢？盖原始先民在日常生
活实践中已经观察体认到"井"具有"不变"之德，而作为人类社会重要方
面的"君子修德养民"，恰好须"有养不变，终始无改，养民不穷"，二者之
间形成同构关系，于是此卦遂以井"德"譬"君子修德养民"之道。这段卦
辞和爻辞虽言治道，而全藉"井"阐发。类似的例子在《周易》中俯拾皆
是，如《乾》卦取象于"龙"以譬"天"之道，《渐》卦取象于"鸿"以形
"渐"之义等。事实上，《周易》最根本的思维方式和表达特点即是孔子所云
"立象以尽意"②，"取象、立象、释象"是《周易》确立其象征系统的三个基
本原则。"《周易》对自然、社会、人类、哲学现象的种种论证，总是立足于
具体的意象表达，因而形成了从具象性事物向抽象性哲学演化的表达特点。"③
　　体现这一思维方式和表达特点的篇章或段落，在《老子》《论语》《孟
子》《荀子》中多有存在。以"水"为例。《老子》第八章云："上善若水。
水善利万物而不争，处众人之所恶，故几于道。居善地，心善渊，与善仁，
言善信，正善治，事善能，动善时。夫唯不争，故无尤。"④ 与《周易》"井"
卦相似，此章以水之性譬"上善"之人之"德"，这种相似性首先源于老子
对水"性"的观察与体认，在观察、体认水"性"的同时，以此为参照以衡
其心目中所确立的"上善"之人之"德"。《论语·子罕》云："子在川上曰：

　① 《十三经注疏》整理委员会. 周易正义 [M]. 北京：北京大学出版社，1999. 198～199.
　② 《十三经注疏》整理委员会. 周易正义 [M]. 北京：北京大学出版社，1999. 291.
　③ 傅道彬. 诗可以观　礼乐文化与周代诗学精神 [M]. 北京：中华书局，2010. 43～45.
　④ 陈鼓应. 老子注译及评介 [M]. 北京：中华书局，1981. 89.

'逝者如斯夫！不舍昼夜'"①，由河水之迅疾奔流一去不返，以喻示时光之飞逝，年华之不复。《孟子·离娄下》云："徐子曰：'仲尼亟称于水，曰：水哉，水哉！何取于水也？'孟子曰：'源泉混混，不舍昼夜，盈科而后进，放乎四海。有本者如是，是之取尔。苟为无本，七八月之间雨集，沟浍皆盈；其涸也，可立而待也。故声闻过情，君子耻之。'"② 以有源之水与无本之"沟浍"相较，阐发孔子取譬于水的理由。《荀子·宥坐篇》云："孔子观于东流之水，子贡问于孔子曰：'君子之所以见大水必观焉者是何？'孔子曰：'夫水，大遍与诸生而无为也，似德。其流也埠下，裾拘必循其理，似义。其洸洸乎不淈尽，似道。若有决行之，其应佚若声响，其赴百仞之谷不惧，似勇。主量必平，似法。盈不求概，似正。淖约微达，似察。以出以入，以就鲜洁，似善化。其万折也必东，似志。'是故君子见大水必观焉。"③ 更藉孔子之口从"似德""似义""似道""似勇""似法""似正""似察""似善化""似志"九个方面阐述水之"性"。

类似的情形也频频出现在《庄子》《韩非子》，以及许多先秦器物铭中，如：

> 《盥盘铭》：与其溺于人也，宁溺于渊。溺于渊，犹可游也，溺于人，不可救也。
> 《剑铭》：带之以为服，动之行德。行德则兴，倍德则崩。
> 《弓铭》：屈伸之义，废兴之行，无忘自过。
> 《镜铭》：以镜自照者见形容，以人自照者见吉凶。
> 《书井》：源泉滑滑，连旱则绝。取事有常，赋敛有节。④

这些镌刻在金石上的铭文，零星记录了商周时代政治生活的一些片段，是"王者"用以自诫或诫人的、形象而精炼的表达，寓含着深刻的哲理内涵。这些内涵，往往由器物的形状、性质及某些方面的特点、功用等引申而来。这类即物以阐理的铭文，宛如一则则短小精悍的咏物小品。故清代乔亿云："咏物诗原于盘、盂、户、席诸古铭辞。"⑤

这些具有咏物性质的篇章或段落，对于咏物文学的发生及其创作传统的

---

① 杨伯峻. 论语译注 [M]. 北京：中华书局，1980. 92.
② （宋）朱熹. 四书章句集注 [M]. 北京：中华书局，1983. 293.
③ （清）王先谦. 荀子集解 [M]. 北京：中华书局，1988. 524～526.
④ （清）严可均. 全上古三代秦汉魏晋南北朝文 [M]. 北京：中华书局，1958. 19～20.
⑤ 乔亿. 剑溪说诗 [A]. 郭绍虞，富寿荪. 清诗话续编 [M]. 上海：上海古籍出版社，1983. 1102.

形成，产生了深远的影响。这首先表现在，最早严格意义的咏物赋——荀子《赋篇》即直接建基于诸子论辩之藉物以阐理。受其影响，西汉贾谊、孔臧等人咏物赋，亦带有鲜明藉物阐理的色彩。其次，这种藉物以"阐理明道"的表达方式，对后世咏物诗词也产生了显著的影响。中国古代诗歌"言志""缘情"的传统决定诗歌并不以阐理为长。故早期诗歌，殊少阐理之作。然至魏晋，玄风大盛，于是有玄言诗以"铺演玄理""立象尽意"；至宋明，理学昌明，于是有理学诗以体物悟道，阐义析理，这两类诗中不乏体现他们谈玄说理的咏物篇章，甚至在以兴象著称的唐诗和以抒情见长的宋词中，也不乏阐理明道的咏物佳什。如李白《日出入行》、辛弃疾《木兰花慢》（可怜今夕月），效仿屈原《天问》，对日、月运行规律、特点及相关传说质疑发问，体现出诗人词人追问、反思自然、宇宙现象的理性精神。其中，李诗阐发日月"终古不息""万物兴歇皆自然"的哲思；辛词虽然没有阐发什么具体的哲理，但在对于月亮运行规律及月缺月圆现象的追问中，包含了通过观察获得的朴素真理。张若虚的《春江花月夜》、李白的《把酒问月》（青天有月来几时）、苏轼的《水调歌头》（明月几时有）等，也具有相似的性质。再比如虞世南《蝉》"居高声自远，非是藉秋风"，字面上是咏蝉，实则借以表达身处高位的悠然，流露出对于人生境界的哲思与感悟；韦应物的《听嘉陵江水声寄深上人》写一次观物悟道的经历，"水性自云静，石中本无声。如何两相激，雷转空山惊"四句，既是追问，又寓含"心物相激波澜起"的深义，故诗的结句云："贻之道门旧，了此物我情。"这无疑是一首即物阐理的优秀咏物诗。他的另外几首诗，如《咏玉》《咏露珠》《咏声》等，更是直接即物阐理，带有玄言诗的意味。

　　"阐理明道"本为人类精神生活之一端，从上古以来，前圣往哲们即将物作为人类社会生活的参照物，在不断的观察、体认中观物以穷理。体物以明道，取物以为譬，借物以阐理。这种思维模式和表达方式，对于中国古代咏物文学形成"阐理明道"的创作传统，无疑具有重要意义。后世咏物文学中的"阐理明道"，虽然在具体表现形态上有变化和发展，但归根到底仍与前者的影响有关。需要指出的是，"阐理明道"作为一种咏物传统，应以不坠"理窟"为高，玄言诗、理学诗中的咏物诗，全以"体物悟道""观物穷理"为旨归，以至于钟嵘讥前者"理过其辞，淡乎寡味"，"诗皆平典，似《道德论》"，[①] 刘克庄讥后者"率是语录讲义之押韵者"。[②] 语虽稍涉尖刻，但从文学的角度来看，这些批评都有其合理性。

---

① 王叔岷. 钟嵘诗品笺证稿［M］. 北京：中华书局，2007.62.

② 吴文治. 宋诗话全编［M］. 南京：江苏古籍出版社，1998.8618.

四、先秦诗歌之咏物与古代"抒情言志"咏物传统

博物纪异,近于科学;阐理明道,近乎哲学。二者作为中国古代咏物文学的两种创作传统,虽然客观存在,并各有数量可观的作品,但却不是主流,甚至屡受疵议。究其原因,还是在于这两种传统与中国古代文学(尤其是诗歌)的主要创作传统不相协谐。事实上,中国古代很早就确立的"诗言志"观念,以及富于民族特征的审美方式和表达习惯(如"比兴""感物""联类""比德"等),对于咏物文学的发展演进起到极强的引导和规范作用,在促进咏物诗形成的同时,最终奠定中国古代咏物文学中最重要的"抒情言志"创作传统。

先秦时代,除《橘颂》外,严格意义上的咏物诗并不多见。不过,在《诗经》中,有大量"咏物"的诗句,在探讨咏物诗之生成及咏物传统时不容忽视。俞琰《咏物诗选》自序云:

> 诗感于物,而其体物者不可以不工,状物者不可以不切。于是诗有咏物一体,以穷物之情,尽物之态。而诗学之要,莫先于咏物矣。古之咏物,其见于经,则灼灼写桃花之鲜,依依极杨柳之貌,杲杲为日出之容,凄凄拟雨雪之状。此咏物之祖也,而其体犹未全。①

这段表述,实由《文心雕龙》"物色"篇演化而来:"是以诗人感物,联类不穷。……故灼灼状桃花之鲜,依依尽杨柳之貌,杲杲为出日之容,瀌瀌拟雨雪之状;喈喈逐黄鸟之声,喓喓学草虫之韵。皎日嘒星,一言穷理;参差沃若,两字连形。并以少总多,情貌无遗矣。②"虽然刘勰和俞琰都注意到了《诗经》中描写物象的成分,俞琰并将其视为"咏物之祖"。不过,俞琰特别强调这些诗句的体物之工,状物之切,从而显示他讨论《诗经》写物与咏物诗之关系的问题上,并未抓往要领。事实上,这些描写物象的成分,最紧要的并不是"体物之工,状物之切",而是它们的性质以及在全诗中的作用。我们不妨以《诗经·周南·桃夭》为例详加说明:

> 桃之夭夭,灼灼其华。之子于归,宜其室家。
> 桃之夭夭,有蕡其实。之子于归,宜其家室。

---

① (清)俞琰,长仁. 咏物诗选 [M]. 成都:成都古籍书店,1987. 2.
② (梁)刘勰著,范文澜注. 文心雕龙注 [M]. 北京:人民文学出版社,1958. 693.

桃之夭夭，其叶蓁蓁。之子于归，宜其家人。

刘勰、俞琰均言及此诗，而尤其注目于"灼灼"二字，认为此二字刻画出桃花之鲜丽，精妙之极。然而，这首诗描写物象的部分，并非止于"花"，而是对桃树、桃花、果实、枝叶等进行了比较全面的描写。事实上，刘勰所论，最重要的是"诗人感物，联类不穷"。而《桃夭》这首诗之描写桃（树、花、实、叶），除具有起兴的作用外，更重要的恐怕是显而易见的类比的性质，即以少壮的桃树、繁艳的花朵、沉甸甸的果实、茂盛的枝叶等丰美之质，来类比"之子"之"正当时"，且具有"宜"室、"宜"家、"宜"人之德。①

在这首诗中，古人何以如此描写桃树等，并进而与年轻貌美的女子进行类比呢？这与深刻体现中国古代审美方式和特点的"比兴""感物""联类"等有密切关系。②《诗经》中以"兴"句或兴诗为主体的着力描写物象的诗句，都带有明显的抒情性。而这种抒情性，则植根于"感物"（主客体情感相契，同构共鸣）和"观物"（对于物的观察、体认）。由这些带有抒情性的物象描写，向严格意义的咏物诗演进，则有赖于"比"。

"比"是传统诗学中与"物"及"咏物"高度相关的另一范畴。比的本义是"密也"，刘怀荣认为，"比字的象形取义于原始舞蹈，其本义包含了两方面的内容：其一，它可能是原始舞集体舞的象形，造字的本义在以二人表示多人；其二，它表示的就是一种双人并舞，或男女双人并舞。两个方面在实质上都有'密''亲密'的意思"③。这很好地解释了"比"的本义。他更在此基础上，考察原始舞蹈与原始部落联会盟传统之间的关系，以及《易》"比卦"所包含的"先王以建万国亲诸侯"的政治文化智慧，最后指出"比"法思维经由一系列演化，"从孕育于感性生活到抽象为一种认识、思维方法"，"由此再进一步，专指人人之间或政治集团之间的亲和关系的比，又可以泛指

---

① 此诗小序云："《桃夭》，后妃之所致也。不妒忌，则男女以正，婚姻以成，国无鳏民也。"首章毛传标"兴"，郑笺云："兴者，喻时妇人皆得以年盛时行也。宜者，谓男女年时俱当。""孔疏"云："毛以为少壮之桃夭夭然，复有灼灼然，此桃之盛华，以兴有十五至十九少壮之女亦夭夭然，复有灼灼之美色，正于秋冬行嫁然。是此行嫁之子，往归嫁其夫，正得善时，宜其为宜家矣。"（毛诗正义［M］. 北京：北京大学出版社，1999.45～47.）今人认为"这是一首祝贺年青姑娘出嫁的诗"，首章以花起兴，兼以花喻姑娘之美艳；次章以实起兴，兼以实喻子，谓祝福姑娘早生贵子；三章以枝叶起兴，兼以枝叶之繁藏喻家庭之兴旺发达，亦是祝福之辞。（姜亮夫. 先秦诗鉴赏辞典［M］. 上海：上海辞书出版社，1998.14～15.）尽管古人、今人在一些细节问题上持论不同，但对于诗意及诗中物象描写的作用的理解，则并无二致。

② 成复旺. 神与物游：中国传统审美之路［M］. 济南：山东人民出版社，2007. 该著第二、三章将这些范畴作为中国传统审美方式的重要环节进行了比较细致的解析，可参。

③ 刘怀荣. 赋比兴与中国诗学研究［M］. 北京：人民出版社，2007.65.

人或事之相近、相类者之间的关系"①。这无疑为"比者，比方于物也"，"比，见今之失，不敢斥言，取比类以言之"②、"比者，以彼物比此物也"③等经典解释提供了很好的理论支撑。

从前人对于"比"的讨论来看，它似乎比"兴"要简单一些。由于"兴"必须具备"发端""譬喻"二义，这使得它必须且只能是诗歌（或诗章）的"发端"部分，因而处于从属地位，失去独立发展成为诗体的可能性。而"比"则不同，它可以出现在诗歌的任何位置，甚至可以发展成独立、完整的诗篇，从而使诗歌之"咏"物摆脱了"兴"的羁束，向严格意义的咏物诗迈进。

值得注意的是，譬喻、打比方或"以彼物比此物"的"比"，早在先秦时代即已派生出"以物比德"的思维模式。上节所引《老子》"上善若水"章、《荀子·坐宥篇》"孔子观于东流之水"章，都包含了以水之"性"比"上善之人""君子之人"之德的意味，是"比德"说的实践。《法行篇》更有"以物比德"的显例："夫玉者，君子比德焉。温润而泽，仁也。栗而理，知也。坚刚而不屈，义也。廉而不刿，行也。折而不挠，勇也。瑕适并见，情也。扣之，其声清扬而远闻，其止辍然，辞也。故虽有珉之雕雕，不若玉之章章。诗曰：言念君子，温其如玉。此之谓也。"④ 这段文字与《坐宥篇》运思程式完全一致，通过对"玉"性的体认，解释了《诗经》中以玉喻君子的缘由。"比德"说的成立及"比德"之切当与否，无疑建立在对于所比之"物（或人、事）"与所用以为比之"物"的观察、体认、比照的基础之上。

这些频繁出现于诸子论辩与哲思的思维方式和表现手法，在进入文学（特别是诗歌）领域之后，遂演化为以物为比，以物比人，咏物抒情，托物言志的典型创作方式。屈原的《橘颂》堪称《诗经》中通篇为比的做法与先秦"以物比德"思维方式的完美结合：

> 后皇嘉树，橘徕服兮。受命不迁，生南国兮。深固难徙，更壹志兮。
> 绿叶素荣，纷其可喜兮。曾枝剡棘，圆果抟兮。青黄杂糅，文章烂兮。
> 精色内白，类任道兮。纷蕴宜修，姱而不丑兮。嗟尔幼志，有以异兮。
> 独立不迁，岂不可喜兮。深固难徙，廓其无求兮。苏世独立，横而不流
> 兮。闭心自慎，不终过失兮。秉德无私，参天地兮。愿岁并谢，与长友
> 兮。淑离不淫，梗其有理兮。年岁虽少，可师长兮。行比伯夷，置以为

① 刘怀荣. 赋比兴与中国诗学研究 [M]. 北京：人民出版社，2007. 85～86.
② 《十三经注疏》整理委员会. 毛诗正义 [M]. 北京：北京大学出版社，1999. 12～13.
③ （宋）朱熹. 诗集传 [M]. 上海：上海古籍出版社，1987. 3.
④ （宋）王先谦. 荀子集解 [M]. 北京：中华书局，1988. 535.

像兮。①

　　《橘颂》在作法上通篇皆是比辞，这一点非常清楚，陈本礼引林云铭《楚辞灯》即云：“一篇小小物赞，说出许多大道理。且以为有志有德，可师可友，而尊之以颂，可谓备极称扬。看来句句颂橘，又句句不是颂橘。但见原与橘分不得，是一是二，彼此互映，有镜花水月之妙。”② 它又是一篇体现“以物比德”思维的作品，如王夫之云：“橘者，南方之嘉木也。……原偶植之，因比物类志为之颂，以自旌焉。”③ 这篇作品以橘为颂美对象，在体察橘之物形、物性的基础上，赋橘之形，美橘之质，赞橘之性，颂橘之志，并进而师之、友之、效之、像之，在颂橘的同时，屈原之禀赋、内美、修能、志行、节操一一映照而出。此赋宗旨，正如前人所言，“比物类志”，颂橘“自旌”，咏物以明志。屈原创作这篇被视为“赋物之祖”④，恐怕正是比兴意识、观物实践、感物传统、比德思维综合作用的结果。

　　综上所述，在严格意义的咏物诗出现之前，诗歌中带有咏物性质的景物或物象描写，从一开始就带有很强的抒情性。先秦时期为数不多的通篇咏物之作，更是以抒情言志为主。抒情言志的咏物诗，可以说是在观察、体认“物”的基础上，通过比兴、感物、比德等多种传统、观念或思维方式共同作用下逐步确立的。

　　秦汉以后，文体渐备，各体之中，咏物皆为大端。除一批作品侧重于博物纪异、阐理明道之外，其余作品多以“抒情”“言志”为主。这些作品就创作动因和运思程式来看，不外乎“触物兴感，咏物以抒情”和“以物为比，咏物以抒情、言志”。

五、余论

　　源远流长的中国古代咏物文学形成了许多重要的创作传统。先秦作为咏物文学滥觞期，尽管极少通篇咏物的文学作品，但不乏记录、描写或咏赞“物”的篇章或段落。这些篇章或段落，虽不皆属咏物，却为中国古代咏物文学主要创作传统的形成奠定了基础。其中，“博物纪异”咏物传统导源于《山

　　① （宋）朱熹. 楚辞集注 ［M］. 上海：上海古籍出版社；合肥：安徽教育出版社，2001. 96.

　　② （清）陈本礼. 屈辞精义 ［M］. 续修四库全书　1302 集部·楚辞类 ［M］. 上海：上海古籍出版社，2002. 525.

　　③ （清）王夫之. 楚辞通释 ［M］. 上海：上海人民出版社，1975. 94.

　　④ （清）胡文英. 屈骚指掌 ［A］. 续修四库全书　1302 集部·楚辞类 ［M］. 上海：上海古籍出版社，2002. 598.

海经》之广纪异物；"阐理明道"咏物传统植根于《周易》之"立象以尽意"，发扬于诸子论说文、先秦器物铭之藉物以阐理；"抒情言志"咏物传统，酝酿于"诗三百"之"比兴"，而确立于屈原之《橘颂》。此后，中国古代文人以"物"为中心，用赋、诗、词等不同文体创作了数量极其庞大的咏物之作。它们或记录描述自然万物本体，或通过观察体认自然万物以阐理明道，或通过比兴思维、"感物"、"比德"传统建构主体（人）与客体（物）之间的同构类比关系，从而借咏物以抒情言志。这些旨趣各异的咏物之作，共同构成了蔚然可观的中国古代咏物文学。

当然，必须指出，尽管"博物纪异""阐理明道""抒情言志"三种咏物传统各有其价值，且并非截然分开，不少作品既兼博物纪异之功，又具阐理明道和抒情言志之效，但从文学创作与研究的角度来看，它们并非处于同一层面。基于"诗言志"的文学传统和对于文学审美属性的强调，无论是中国古代咏物文学创作的实况，还是古今学者的研究与评论，无不以"抒情言志"咏物传统为最重要。围绕这一传统，古今学者发表了大量深刻而精辟的评论（如评论历代名家名作），创造了许多有益于理解咏物文学的理论范畴（如感物、观物、体物、比兴、寄托、咏物抒情、托物言志等等），从而建构了丰富而有效的咏物文学研究理论体系。除此之外，中国古代咏物文学中尚有另一比较重要的创作传统——体物炼艺，由于主要与文体的发展演进和作家文学技能的训练提升有关，与创作旨趣关涉不大，故本文姑且从略。

（原载《中国社会科学》2013 年第 10 期，略有改动）

晚明"山人"与晚明士风

——以陈眉公为主线

李　斌

"山人"作为晚明社会的一个特殊群体，其形迹、生存方式已与传统山人大相径庭，文化品格具有鲜明的时代特色，在一定程度上，代表了士人尤其是在野士人的心态、人格，是晚明士风的生动体现。正因为此，明清人在检讨晚明社会风气时，山人便难辞其咎，而被视作山人领袖的陈眉公（1558—1639 年，名继儒，字仲醇，松江华亭人，一生历嘉靖至崇祯六朝。年二十九即焚弃儒衣冠，绝意仕进。隐于小昆山，后移居东佘山，辞谢征召，杜门著述，以诗文书画终老）往往就成了箭靶子。比如《四库全书总目》说晚明的社会风气是"道学侈称卓老，务讲禅宗。山人竞述眉公，矫言幽尚"，将"言幽尚"的社会风气直接归责于山人的"竞述眉公"。尽管晚明山人在明清人心目中是个不光彩的角色，但陈眉公的"山人"身份是毋庸讳言的，他与"山人"这一称谓本身也多有纠缠之处。本文以山人作为切入点，以四库馆臣为代表的正统文化批评为参照坐标，试图通过探讨作为个体的陈眉公与作为群体的晚明山人间复杂而微妙的关系，进一步认识晚明士风。

一

山人作为一种社会角色，本指山中隐逸之士。明代钱希言说："夫所谓山人高士者，必餐芝茹薇，盟鸥狎鹿之俦，而后可以称其名耳。"① 《新唐书》卷一三九《李泌传》载，唐肃宗"欲授（李泌）以官，固辞，愿以客从。入议国事，出陪舆辇，众指曰：'著黄者圣人，著白者山人'"。明代沈德符认为："山人之名号本重，如李邺侯（泌）仅得此称。"② 由此看来，山人这一雅号，仅适合于李泌那样的不为官但具备一定才学的士人。这类山人，跟一般意义上的隐士相近。但历史发展到了晚明，所谓山人已是另外一种类型。钱谦益曾说："本朝布衣以诗名者，多封己自好，不轻出游人间。其挟诗卷、

---

① （明）钱希言. 戏瑕·山人高士［A］. 四库全书存目丛书编纂委员会. 四库全书存目丛书·子部九七［M］. 济南：齐鲁书社，1995.
② （明）沈德符. 山人·山人名号［A］. 万历野获编［M］. 北京：中华书局，1959. 585.

携竿牍，遨游缙绅，如晚宋所谓山人者，嘉靖间自子充始。在北方则谢茂秦、郑若庸等。此后接迹如市人矣。"① 沈德符亦说："数十年来出游无籍辈，以诗卷遍贽达官，亦谓之山人。"② 不难看出，晚明山人与传统山人已有了本质区别：一者，就形迹而言，传统山人，隐居岩穴，晚明山人，活跃于朝市。所谓"昔之山人，山中之人，今之山人，山外之人"③ 者也。二者，就生存方式而言，传统山人，躬耕以自给；晚明山人，"挟薄技"，"问舟车于四方"。④

晚明山人不居山，成了被人诟病的重要口实。王世贞就曾责难："山人不山，而时时尘间，何以称山人？"⑤ 据载，陈眉公一日在王锡爵家遇一宦，宦因问之，陈眉公自谦曰山人，宦即讥曰："既是山人，何不到山里去？"⑥ 此说未必可信，但可以肯定，山人遨游缙绅的行为方式，在正统文人眼里，自然是可鄙的。但明清人对山人进行讥刺的时候，更多的实际上是针对山人身上所具有的"山人习气"，兹略举几例：

> 近世一种山人，目不识丁而剽窃时誉，傲岸于王公贵人之门，使酒骂座，贪财好色，武断健讼，反噬负恩，使人望而畏之。⑦

> 仲良曰：……此辈（山人）率多儇巧，善迎意旨。其曲体善承，有倚门断袖所不逮者。⑧

> 世之为山人者，岁月老于车马名刺之间，案无怏书，时时落笔，吟啸自得，而好弹射他人，有本之语，口舌眉睫，若天生是属啖哎儿者。⑨

这些批评着眼于山人的恃才负气、使酒骂座、追名逐利、曲体逢迎等习气。在民间甚至还出现了专门讽刺山人的民歌《山人》，于晚明山人极尽奚落之能事："做诗咦弗会嘲风弄月，写字咦弗会带草连真。……做买卖咦吃个本

---

① （清）钱谦益. 吴山人扩 [A]. 列朝诗集小传 [M]. 上海：上海古籍出版社，1983. 454.

② （明）沈德符. 山人·山人名号 [A]. 万历野获编 [M]. 北京：中华书局，1959. 585.

③ （清）谷应泰. 东林党议 [A]. 明史纪事本末 [M]. 北京：中华书局，1997. 2392.

④ （明）谭元春著，陈杏珍标校. 女山人说 [A]. 谭元春集 [M]. 上海：上海古籍出版社，1998. 789.

⑤ （明）王世贞等. 昆仑山人传 [A]. 弇州山人续稿 [M].《四库全书》本.

⑥ （清）梁绍壬. 陈眉公 [A]. 两般秋雨盦随笔 [M]. 上海：上海古籍出版社，1982. 137.

⑦ （明）谢肇淛. 五杂俎 [M]. 上海：上海书店出版社，2001. 257.

⑧ （明）沈德符. 山人·山人名号 [A]. 万历野获编 [M]. 北京：中华书局，1959. 585.

⑨ （明）谭元春著，陈杏珍标校. 女山人说 [A]. 谭元春集 [M]. 上海：上海古籍出版社，1998. 789.

钱缺少，要教书咦吃个学堂难寻。要算命咦弗晓得个五行生克，要行医咦弗明白个六脉浮沉"，最后万般无奈之下，"只得投靠子个有名目个山人"①。平心而论，上述批评、嘲讽言辞过于刻薄，难免偏激，况且所谓"恃才负气""使酒骂座"等，在晚明并非山人所专有，至于"追名逐利"，更是晚明普遍的社会风气了。

晚明山人携薄技以遨游，其中得意者有如相门山人吴扩、沈明臣、王稚登、陆应阳等，分别得到了严嵩、徐阶、袁文荣、申时行等的接纳，② 而朝中官员似乎也乐于与山人结交，如万历帝爱姬郑妃的父亲郑承宪"广结山人、术士、缁黄之流"③。同情东林党派的李朴抨击奸党："或就饮商贾之家，流连山人之室。身则鬼蜮，反诬他人。"④ 后来山人之势越来越巨，以至于触动了统治阶级内部的神经，万历帝不得不下诏"尽逐在京山人"⑤！

从民间的山歌，再到万历帝的"恩诏"，我们可以看到，晚明山人从民间到庙堂，都不是个受欢迎的角色。

二

正因为"山人"在晚明就颇受物议，明末清初的大多数文人都不直称负有清望的陈眉公为"山人"：董其昌、李流芳、胡应麟、熊剑化、吴伟业、邹漪、陈贞慧、黄嗣艾等称陈眉公为"征君"；钱谦益称陈眉公为"征士"等等。事实上，陈眉公自己也是以"山人"为戒，"耻作山人游客态"⑥ 的。但颇具讽刺意味的是，到了清乾隆年间，四库馆臣在编纂《四库全书》时，明确地把陈眉公当作山人，且视之为晚明山人的典型。如《梅墟先生别录》提要说，周履靖"亦赵宧光、陈继儒之流，明季所谓山人者也"⑦。《雪庵清史》提要说该书"大抵明季山人潦倒恣肆之言，拾屠隆陈继儒之余慧，自以为雅人深致者也"⑧。《续说郛》提要说："隆、万以后，运趋末造，风气日偷。道

① （明）冯梦龙. 山歌［M］. 南京：江苏古籍出版社，2000. 105.

② （明）沈德符. 恩诏逐山人·山人名号［A］. 万历野获编［M］. 北京：中华书局，1959. 584.

③ （清）张廷玉. 陈登云传［A］. 明史［M］. 北京：中华书局，1974. 6072.

④ （清）张廷玉. 李朴传［A］. 明史［M］. 北京：中华书局，1974. 6159.

⑤ （明）沈德符. 恩诏逐山人·山人名号［A］. 万历野获编［M］. 北京：中华书局，1959. 584.

⑥ （明）陈梦莲. 眉公府君年谱·谱末识语［A］. （明）陈继儒. 陈眉公先生全集［M］. 明末刻本.

⑦ （清）永瑢，纪昀等. 史部·传记类存目二［A］. 四库全书总目［M］. 北京：中华书局影印本，1965. 543.

⑧ （清）永瑢，纪昀等. 子部·杂家类存目五［A］. 四库全书总目［M］. 北京：中华书局影印本，1965. 1105.

学侈称卓老，务讲禅宗。山人竞述眉公，矫言幽尚。"① 此后陈眉公在士林中的声誉急剧下降，至蒋士铨《临川梦》则直斥陈眉公为欺世盗名的假山人，"隐奸""云间鹤"成了陈眉公的代名词，"飞来飞去宰相衙"成了陈眉公行径的戏剧性概括。

就形迹、生存方式而言，视陈眉公为晚明山人，一点儿也不为过，也毋庸讳言。陈眉公捐弃诸生后，过着隐居生活，但他并未离群索居、弃绝尘世，而是上"交游显贵"，下"接引穷约"②，"所知交遍天下"③。而且，其生计来源，"自少垂老，取资于秃管残煤（墨）"④。这跟"挟薄技""问舟车于四方"在本质上是相同的。万历三十年（1602 年）陈眉公曾以"太白骑鲸，采石江边捞夜月"为上联，面试年仅六岁的张岱，张岱对曰"眉公跨鹿，钱塘县里打秋风"⑤。这一年，陈眉公已四十五岁。虽然张岱的应对有戏谑的成分，但可以肯定的是，陈眉公也偶曾有过打秋风（山人游于名门富室以求取生计之需的行为）的经历，而这一点正是山人最为基本的特征。与陈眉公同时的沈德符，在《万历野获编》卷二十三有专门的《山人》一节，对山人的讥评不遗余力。他也明确地把陈眉公归为山人，但对陈眉公却是一幅褒赞的口吻，"山人对联"条说陈眉公的对联"天为补贫偏与健，人因见懒误称高""胜王钱用杜句十倍"；"别号有所本"条称"近日陈仲醇品格略与元镇伯仲"，将陈眉公视作与元末著名画家倪瓒（字元镇）同一品格的人物。沈德符不讳言陈眉公的山人身份，但又显然把陈眉公跟沾染山人习气的一般山人区别开来。这种对陈眉公的定位，是既客观又通融的。

既已明确了陈眉公的"山人"身份，进一步把陈眉公视作晚明山人的领袖，便是自然而然的了。晚明山人赖以"问舟车于四方"的资本，是其所挟有的薄技：或诗文，或书画，或兵法，或医卜等等。钱希言《戏瑕》说："地形、日者、医、相、讼师亦称山人"，⑥ 可见，山人不单指诗文之士。日本汉学家金文京《晚明山人之活动及其来源》一文，列举了山人除诗文外所从事的十种职业：相术、风水、医术、书法、音乐、绘画、制墨、篆刻、武术、

---

① （清）永瑢，纪昀等. 子部·杂家类存目九 [A]. 四库全书总目 [M]. 北京：中华书局影印本，1965. 1124.

② （清）钱谦益. 陈征士继儒 [A]. 列朝诗集小传 [M]. 北京：中华书局，1965. 638.

③ （清）邹漪. 启祯野乘 [M].《明代传记丛刊》本. 台北：明文书局，1991.

④ （明）陈梦莲. 眉公府君年谱·谱末识语 [A]. （明）陈继儒. 陈眉公先生全集 [M]. 明末刻本.

⑤ （明）张岱. 自为墓志铭 [A]. 琅嬛文集 [M]. 长沙：岳麓书社，1985. 201.

⑥ （明）钱希言. 戏瑕·山人高士 [A]. 四库全书存目丛书编纂委员会. 四库全书存目丛书·子部九七 [M]. 济南：齐鲁书社，1995.

刻书。① 普通山人擅一艺而糊口，而负有才学的山人往往兼通诸艺，技压群雄，为一时之冠，这其中的典型代表有徐渭、陈鹤、陈眉公等。青藤山人徐渭，诗文曲书画诸艺兼擅，还通兵法；海樵山人陈鹤，早年"郁郁负奇疾，自学医，为诊药七年，而病愈……其所作为古诗文，若骚赋词曲、草书图画，能尽效诸名家。……其所自娱戏，璨至吴歈越曲、绿章释梵、巫史祝咒、棹歌菱唱、伐木挽石、薤词傩逐、侏儒伶倡、象舞偶剧、投壶博戏、酒政阄筹、稗官小说与一切四方语言、乐师蒙瞍，口诵而手奏者，一遇兴至，靡不穷态极调"②。徐渭生前声名不显，穷困潦倒，影响是身后的事情。陈鹤所好尚，虽广博，却有低俗之嫌，而陈眉公，却是既"博学多通"，又"志尚高雅"（黄道周语），他多才多艺，工诗善文，兼能书画之学，③ 懂得清赏清玩，而且博闻强识，大凡经、史、诸子，儒、道、释诸家，无不了然。经史子集，无所不通，琴棋书画，又无所不晓，所以陈眉公特别受到人们的欢迎。宋代以后，文人的文化素养更为全面。而作为名士，更是要求如此。大凡诗文之外，琴棋书画，花草虫鱼，都应该懂得。这就是不但会正襟危坐，还要善于清赏；不仅会写，还要会"玩"。④ 显然，陈眉公的知识结构是足以让他成为名动朝野的大山人、大名士的。

在晚明山人中，声名显赫有如陈眉公者，要算相门山人王稚登（字百谷）了。嘉道年间（1796—1850 年）梁绍壬《两般秋雨盦随笔》说"明季士大夫多重山人，如陈眉公、王百谷，皆名噪一时"。清末丁传靖在提及"女山人"时，也视二人为山人之代表，其《明事杂咏》诗曰："山人一派起嘉隆，末造红裙慕此风。黄伴柳姬吴伴顾，宛然百谷又眉公。"王稚登乃长洲人，弱冠即补弟子员，后入太学，未几赴京闱，以父讣不终试，后归家，始弃博士家言。嘉靖末，游京师，客大学士袁炜家。《明史》称："嘉、隆、万历间，布衣、山人以诗名者十数，俞允文、王叔承、沈明臣辈尤为世所称，然声华烜赫，稚登为最。"⑤ 然王稚登在晚明就颇受讥弹。袁炜曾试诸吉士作"紫牡丹诗"，王稚登有"色借相君袍上紫，香分太极殿中烟"之句，袁炜赏叹击节，二人因成知己。据传王稚登同邑周幼海长王稚登十岁，素憎王，因改王稚登前诗句"袍"为"脬"、"殿"为"屁"以谑之。⑥ 上述民歌《山人》，亦传为张

---

① 金文京. 晚明山人之活动及其来源 [J]. 中国典籍与文化, 1997（1）：39~40.
② （清）钱谦益. 海樵山人陈鹤 [A]. 列朝诗集小传 [M]. 北京：中华书局, 1965. 509.
③ 在绘画上陈眉公与董其昌并称为"董陈"，共创了"画分南北二宗"说，并影响了松江画派。
④ 吴承学. 汤若士诸家小品 [A]. 晚明小品研究 [M]. 南京：江苏古籍出版社, 1999. 95.
⑤ （清）张廷玉. 王稚登传 [A]. 明史 [M]. 北京：中华书局, 1974. 7389.
⑥ （明）沈德符. 王百谷诗·山人名号 [A]. 万历野获编 [M]. 北京：中华书局, 1959. 585~586.

凤翼因痛恶王稚登之为人而作①。周幼海改诗与张凤翼作民歌以刺王稚登，未必尽有其事，但他人对王稚登的讥弹想必并不是空穴来风。其依附于宰辅袁炜的行径自然引起一些人的嘲讽和嫉妒。相对而言，陈眉公则幸运得多，他在晚明直至清初都还是颇受人敬重的，其名声的跌落，是乾隆朝以后的事情。另外，王稚登在晚明山人中以诗名家，陈眉公以小品名家，相对于晚明诗歌而言，小品更能代表晚明文学的面目，所以相对于王稚登而言，陈眉公显然更符合"晚明山人领袖"的身份，同时也更便于我们认识晚明士风和文风。

晚明山人群体的出现，有一个地域上的特点，即多数山人的籍贯在东南一带，而吴越间山人尤夥。邹迪光曾说："今之为山人者林林矣，然皆三吴两越，而他方殊少，粤东西绝无一二。"② 有一流传在苏州、松江的谚语，说："一清趓，圆头扇骨揩得光浪荡，二清趓，荡口汗巾折子挡，三清趓，回青碟子无肉放，四清趓，宜兴茶壶藤扎当，五清趓，不出夜钱沿门跄，六清趓，见了小官递帖望，七清趓，剥鸡骨董会摊浪。八清趓，绵紬直裰盖在脚面上，九清趓，不知腔板再学魏良辅唱。十清趓，老兄小弟乱口降。"晚明何良俊说此谚语"盖指年来风俗之薄，大率起于苏州，波及松江。二郡接壤，习气近也"③。谚语所讥讽的对象没有确指，但大多确系山人所为，至于"见了小官递帖望""剥鸡骨董会摊浪"等则是典型的山人行径了。苏州、松江接壤，士人习气相近，盛产山人，故有此谚语。吴越盛产山人，跟吴越一带商业、城市经济发展较快、文化起点较高有关，另外恐怕也跟陈眉公的影响不无关系。陈眉公产于松江华亭，早有文名，后来名倾东南，其为人、为文多被人称扬、效法，其对吴越的社会文化、商业经济包括民众生活都产生了巨大影响，非常人所能及。《明史》说"三吴名下士争欲得（眉公）为师友"④，熊剑化《陈征君行略》说"三吴诸先达家，……四壁惟有盆松勃郁，屏间落落仲醇数语"⑤。更有甚者，"吴绫越布，皆被其名，灶妾饼师，争呼其字"⑥。陈眉公还是一位出版家，曾经"延招吴越间穷儒老宿隐约饥寒者"，⑦ 让他们寻章摘句，诠次成书，以取得生活之需。所谓"穷儒老宿隐约饥寒者"，大多正是山

---

① 沈德符《万历野获编》卷二十三《山人》"山人歌"条说："张伯起孝廉（凤翼）长王百谷八岁，亦痛恶王为人，因作《山人歌》骂之，其描写丑态，可谓曲尽。初直书王姓名，友人规之，改作沈嘉则（明臣），复有谏止者，并沈去之。张以母老，至庚辰科即绝意公车，足迹不入公府，与王行径迥别，故有此歌，然亦褊矣。"参见第 585 页。

② （明）邹迪光．与陈小翮 ［A］．石语斋集 ［M］．《四库全书存目丛书》集部（第159册）。

③ （明）何良俊．四友斋丛说 ［M］．北京：中华书局，1959．323．

④ （清）张廷玉．陈继儒传 ［A］．明史 ［M］．北京：中华书局，1974．7631．

⑤ （明）熊剑化．陈征君行略 ［A］．（明）陈继儒．陈眉公先生全集 ［M］．明代刻本．

⑥ （清）朱彝尊．静志居诗话 ［M］．北京：人民文学出版社，1990．601．

⑦ 钱谦益．陈征士继儒 ［A］．列朝诗集小传 ［M］．上海：上海古籍出版社，1983．637．

人身份。当然，陈眉公对晚明社会的影响不限于山人，地域也不局限于吴越，但山人正是晚明士风的代表，而吴越又是山人之渊薮，从这个意义上说，松江陈眉公于晚明士风，其影响可谓著矣。

三

山人本身是一个相对散漫的群体，其角色称谓也具有不确定性，许多山人还可能兼有其他诸如清客、幕僚、商人等身份，所以其组成成员的品格、习性显得非常复杂，难以定于一端。山人陈眉公兼有大名士、隐士、征君等多重角色，与沾染上山人习气的普通山人又有诸多不同之处，这是需要作具体分析的。

首先，陈眉公的生活方式虽然亦游亦隐，但以"隐"为主，其"游"也非主动出游。陈眉公声名显赫，交游显贵，蒋士铨将之漫画为"飞来飞去宰相衙"。具体而言，与陈眉公交游的显贵，主要有首辅徐阶、礼部尚书陆树声、刑部尚书王世贞、首辅王锡爵及其子编修王衡、礼部尚书董其昌等等。其所交结，不亚于前文述及的相门山人，但与相门山人不同的是，陈眉公并非主动游于豪门富室，更没有（也不必要）寄食别家。陈眉公少颖异，有文名，徐阶、陆树声、王世贞等看重其才华，降礼与之交，引为小友。王锡爵则因而招之，与其子王衡共读。董其昌少即与陈眉公同学，后一同学画，二人在诗文书画上多有相契。陈眉公之交游显贵，显然不是出于求售一己之长，大多却是因受人赏识、敬重，致使造访者无虚日，门庭若市，宾客如云。事实上，对于山人之奔竞好游，陈眉公是颇为不齿的。他曾说"一切游大人者，落落如飞鸟投兔，心窃羞之"①，在为王衡作的《纪游稿叙》中，陈眉公开宗明义指出，昔游有二品，今加三焉："贾之装游也，客之舌游也，而又有操其边幅之技，左挈贾，右挈客，阳吹其舌于风骚，而阴实其装于稛囊，施于今而游道辱矣。"② 当时另一位大山人赵宦光（1559—1625 年）与陈眉公颇有几分相似之处。赵宦光与妻陆卿子隐于寒山，足不至城市，但也是虽然号称隐居，而声气交通，当事者多造门求见。朱彝尊《静志居诗话》称他"饶于财，卜筑城西寒山之麓，淘洗泥沙，俾山骨毕露，高下泉流，凡游于吴者，靡不造庐谈燕，广为乐方"③。不难看出，陈眉公、赵宦光虽亦游亦隐，但以"隐"为主。《明史》说陈眉公"足迹罕入城市"，正说明他们坐在家中即能安享荣华与富贵。就此而言，他们的"游"，与一般山人挟诗文游走四方以求

---

① （明）陈眉公. 与陆公［A］. 白石樵真稿·尺牍［M］.《四库禁毁书丛刊》集部（第 66 册）.

② （明）陈眉公. 纪游稿叙［A］. 眉公先生晚香堂小品［M］. 明末刻本.

③ （清）朱彝尊. 静志居诗话［M］. 北京：人民文学出版社，1990. 566.

售的生活方式有很大的不同。相反，其门庭大多时候还成为普通山人打秋风之所。如陈眉公曾经"延招吴越间穷儒老宿隐约饥寒者，使之寻章摘句，族分部居，刺取其琐言僻事，荟蕞成书，流传远迩"①。而成名后的吴扩，晚年在秦淮河畔造长吟阁，接纳山人与四方之士。这种山人间微妙的关系，正显示出晚明山人以品行、学问、艺术造诣等又可分为若干品类。

其次，陈眉公主动捐弃诸生而为山人，与一般诸生被迫放弃举业而成为山人略有不同。捐弃诸生后而著山人服，是晚明的社会风气，② 如山人王翘"为吴嘉定之罗溪人，名翘，字时羽，一字叔楚，幼嬉戏图绘，兼解唐人韵语，已弃诸生，为山人。诗宗孟郊，山水宗米芾，间出新意，尤工草虫与竹"③。汪禹乂"为诸生业，而其俗已窃笑之，已弃诸生，已又弃太学生，而被山人服。而家益贫，然时时手一编诗"④。类似的还有昆山俞允文，字仲蔚，年未四十，谢去诸生，专力于诗文书法。⑤ 又如吴江王叔承，字承父，少孤，治经生业，以好古谢去，后客大学士李春芳所。⑥

晚明生员捐弃诸生，最主要的原因是畏于科场之路的曲折、艰辛。正德嘉靖年间，朝纲废弛，随着读书人数量的激增，真正能提供给士人的"官位"相对减少，"僧多粥少"的现象越来越严重。归有光在《曹子见墓志铭》中指出："天下士岁试南宫者，无虑数千人，而得者十不能一。"⑦ 时至晚明，万历怠政，缺官多不补，科举一途，遂更为艰辛。如袁中道久困场屋，"一生心血，半为举子业耗尽"⑧。汤显祖也是久试不第，直到三十四岁第五次上京应试才得中进士。而竟陵谭元春一生都奔波在科举路上，为举业奉献了青春乃至生命。他久困诸生，屡试不利。后逢恩选入太学，天启四年（1624 年），以恩贡上京，却未能登第。天启七年（1627 年），谭元春已四十一岁，始被主司李明睿拔置楚闱第一。崇祯十年（1637 年），谭元春再次公车赴京应考，行至长店，离京三十里，因病猝死于旅店，年仅五十一岁。如果说袁中道等人还在科举路上苦苦挣扎的话，那么另外一些士人就干脆放弃举业，另寻他路了。如归子慕"万历辛卯，举于乡，一再试不第，不赴公车，屏居江

---

①　（清）朱彝尊. 静志居诗话［M］. 北京：人民文学出版社，1990. 601.

②　陈宝良《晚明生员的弃巾之风及其山人化》（史学集刊，2000（5）：34～39.）一文对此做了专门论述，可参看。

③　《四库总目提要》《牒草》提要说："山人墨客，标榜成风。稍能书画诗文者，下则厕食客之班，上则饰隐君之号，借士大夫以为利，士大夫亦借以为名。"参见卷一八〇，第 1626 页。

④　（明）沈德符. 山人·山人愚妄［A］. 万历野获编［M］. 北京：中华书局，1959. 586.

⑤　李贽. 焚书·又与焦若侯［M］. 北京：中华书局，1975. 49.

⑥　陈眉公家训著作《安得长者言》中有"名利坏人，三尺童子皆知之"等语。

⑦　（明）卢洪澜. 陈眉翁先生行迹识略［A］.（明）陈梦莲. 眉公府君年谱［M］. 明代刻本.

⑧　（明）卢洪澜. 陈眉翁先生行迹识略［A］.（明）陈梦莲. 眉公府君年谱［M］. 明代刻本.

村"①。陈遁，字鸿节，"少为诸生，忽忽不得志。一日，尽发篋衍中应举文字及所著衣巾，燔之而儳其灰。逃入越王山中，以钓弋自娱者二年。出为村夫子教授，三年复弃去"②。纪青，为诸生，"好为诗古文，谭言颖绝，不得志于有司，入天台国清寺投耆宿雪堂为僧"③。金坛于嘉，本来家世仕宦，但"以高才困于锁院，遂弃去，肆力为诗"④。

由此，我们也就不难理解，颇有才名，在科场之路上本有美好前途（受到徐阶、王锡爵、王世贞等人的赏识）的陈眉公主动捐弃诸生后，为何一郡皆惊，诧为异事了。陈眉公未及而立之年即捐弃诸生，终生不易其志，这是他获高蹈之美誉的前提。

再次，陈眉公的名利观在晚明也是颇有独特性的。山人游走四方，以诗文干谒权贵，求售自己所长，大多不是为了谋求一官半职，而是为了取得维持生计的银子，"借士大夫以为利"⑤。沈德符说山人陆应阳借申时行的权势"攫金不少"，⑥李贽也骂晚明山人"展转反复，以欺世获利"⑦。陈眉公弃诸生后，甘于清贫，以"名利坏人"⑧为家训。名声大振后，征请诗文者无虚日，拜谒者"往往缨弁之彦，轻肥之子，间有投赠"，而陈眉公"四壁萧萧，不为动"⑨。后来陈眉公家境较为殷实，但他并不积贮钱财为子孙计，以为"人各有天，吾不为青草忧春雨也"⑩。但另外，他又乐善好施，"弟之子，姊之孤，赖仲醇得存"，⑪"至族党故旧及闾里之孤子无告者，辄多方赈恤，垂橐无厌"⑫。每当"寒夜途行，闻驿夫挽舟声，必停桡煮糜以济饥寒僵仆者"⑬。成名后的陈眉公利用自己的声名和影响，屡屡为民请愿（这正是他"飞来飞去宰相衙"的主要目的），使赋税得减，灾情得赈，饥民得救，故深受百姓爱戴，当地有一桥，人们便称之"眉公桥"，⑭以为纪念。陈眉公安贫乐道的处世态度、淡泊名利的价值观、心系黎民的救世婆心，使得他负有清

①　（明）熊剑化. 陈征君行略［A］.（明）陈梦莲. 眉公府君年谱［M］. 明代刻本.

②　（明）卢洪澜. 陈眉翁先生行迹识略［A］.（明）陈梦莲. 眉公府君年谱［M］. 明代刻本.

③　（明）陈梦莲. 眉公府君年谱［A］.（明）陈梦莲. 眉公府君年谱［M］. 明代刻本.

④　《眉公府君年谱》"万历四十一年癸丑五十六岁"条载，是年眉公"募翁氏，请藏经建阁以镇兹山，山壑界石梁，后人往来，称'眉公桥'"。

⑤　（明）卢洪澜. 陈眉翁先生行迹识略［A］.（明）陈梦莲. 眉公府君年谱［M］. 明代刻本.

⑥　（明）卢洪澜. 陈眉翁先生行迹识略［A］.（明）陈梦莲. 眉公府君年谱［M］. 明代刻本.

⑦　（明）陈眉公. 读书镜［M］. 丛书集成初编本.

⑧　（清）王士禛. 居易录［M］.《四库全书》本.

⑨　（清）王世贞. 弇州四部稿续稿［M］.《四库全书》本.

⑩　（清）张廷玉. 王稚登传［A］. 明史［M］. 北京：中华书局，1974. 7390.

⑪　（清）张廷玉. 王稚登传［A］. 明史［M］. 北京：中华书局，1974. 7390.

⑫　（明）归有光. 震川先生集［M］. 上海：上海古籍出版社，1981. 467.

⑬　（明）袁中道. 答秦中罗解元［A］. 珂雪斋集［M］. 上海：上海古籍出版社，1989. 1053.

⑭　（清）钱谦益. 归待诏子慕［A］. 列朝诗集小传［M］. 上海：上海古籍出版社，1983. 582.

望。这在晚明众多的以攀附权贵为主要目的的山人中是很难得的。

另外，所谓"使酒骂座""恃才负气"等山人习气，显然也不是陈眉公所为。陈眉公与人交，"朗月和风，穆然无竞""荐绅布素以及当路造谒者，俱以真率，无异同"。① 他很少轻易褒贬人物，素不露才。少负盛名，有欲以笔墨攻之者，陈眉公淡然处之，"不喋喋洗发；俄而论定，亦未尝沾沾色喜"②。相反，对于一些山人习气，陈眉公颇引以为戒。他说："余闻之师曰，未读尽天下书，不可轻议古人，然余谓真能读尽天下书者，益知古人不可轻议。"③ 这是针对山人肆意臧否人物而发的。又如《读书镜》卷八写道："自来山人词客，与达官贵人，出文示客，动称之曰：此咸阳东西京；出诗示客，客亦称之曰：此开元大历。……嘻！岂其书果不可以损益乎哉？故词赋家去盈气远誉人则可，不然，其不为吕贾之书者几希。"这是针对山人与王公贵族相互矜夸的风气而言的。

陈眉公生活的晚明，世风日下，士风不振，忧时济世的陈眉公屡屡发言纠之砭之，俨然一幅卫道者的口吻。令人唏嘘的是，一个多世纪以后，陈眉公反而被当作了引导、败坏世风的典型。作为个体的陈眉公，与作为群体的晚明山人，同而不同，"不同"正是陈眉公在当时享高名的根由，而"同"则使他在乾隆朝后备遭恶谥。清人对晚明士风、晚明山人持讥刺、批判的态度，故着眼于"同"，且偏执于"同"。殊不知，面对晚明士风的现状，陈眉公除了讥刺、批判外，更有针砭、救弊之努力。陈眉公生前曾感叹："甚矣，名之可畏也！名盛则责望备，实不副则訾咎深，甚且无疾而早衰，非罪而得谤，角摧齿缺，骨竭翠销，孰非名为的而招之射哉！故咴名不如逃名，逃名不如无名。"④ 不曾想，这儿句痛切的话竟成了陈眉公的自谶。

（原载《学术月刊》2006 年第 6 期，略有改动）

---

① （清）钱谦益. 陈鸿节诗集叙 ［A］. 列朝诗集小传 ［M］. 上海：上海古籍出版社，1983. 940.

② （清）钱谦益. 纪居士青 ［A］. 列朝诗集小传 ［M］. 上海：上海古籍出版社，1983. 663～664.

③ （清）钱谦益. 于太学嘉 ［A］. 列朝诗集小传 ［M］. 上海：上海古籍出版社，1983. 659.

④ （明）陈眉公. 读书镜 ［M］. 丛书集成初编本.

现代性：跨世纪中国文学展望的一个文化视角

伍方斐

对跨世纪中国文学的展望，是以 20 世纪末以至整个 20 世纪中国文学的文化语境为背景展开的。把握这一文化语境对新世纪文学的潜在意义及其可能的规定性，尤其是以影响世界现代进程至深的"现代性"概念为参照，在分析近代以来中国社会与文化的总体的"现代性"特征及其缺失的基础上，探究 20 世纪特别是当前中国文学的文化意蕴和艺术与审美趋向，无疑对跨世纪文学发展具有一定的认知价值。

一、"现代性"概念和 20 世纪中国社会与文化的"现代性"特征

"现代性"一词在中国的首先使用，据考证，源自周作人发表于 1918 年 1 月《新青年》9 卷 1 期的文章。但对"现代性"概念本身的真正系统的思考，在中国思想界则迟至 20 世纪 80 年代末才开始。[①]"现代性"（Modernity）这一概念，在它的诞生地西方起源甚早，它与"现代""现代化""现代主义"等流行词汇有明显的词源学和语义学联系。[②]尤其是在 20 世纪下半叶"现代"与"后现代"之间激烈的文化论争发生之后，"现代性"作为一种文化标尺，更成为西方学术界的核心术语和概念之一。

在西方理论界，"现代性"通常被认为包括两层含义，即所谓"现代性的两重性"：一是"社会现代性"，又称"世俗现代性"或"资产阶级现代性"，它表现为和社会的现代化与工业化进程相关的占主流地位的价值观念和社会规范，如启蒙主义、工具理性与科技万能观念等等；二是"审美现代性"或"美学现代性"，它以主体性和个体性为内核，对工业主义和资产阶级市侩主义及其观念进行批判，文学上的现代主义是这种富于批判性的美学精神的集

---

① 参见汪晖. 韦伯与中国的现代性问题 [A]. 汪晖等. 学人（第 6 辑）[C]. 南京：江苏文艺出版社，1994；[美] 李欧梵. 现代性及其问题：五四文化意识的再探讨 [A]. 陈平原等. 学人（第 4 辑）[C]. 南京：江苏文艺出版社，1993；[美] 李欧梵，单正平. 知识源考：中国人的"现代"观 [J]. 天涯，1996（3）；张颐武. 现代性的终结：一个无法回避的课题 [J]. 战略与管理，1994（3）.
② 参阅柯林达. 现代性概念 [J]. 知识分子，1993（夏季号）.

中体现。① 在西方，"审美现代性"以其对"现代化"和"社会现代性"的疏离构成与后者的分裂，从而本质上具有反现代的一面。这是"现代性"自身发展中意义深刻的悖论。

20 世纪以至近代以来的中国社会与文化，尽管在现代化进程中历尽曲折，但其对"现代性"与社会现代化的追求始终是一条主线，只不过表现形式与文化特征在各阶段有所侧重。近代至清末，以洋务运动和维新运动为代表，"现代性"的表达通过中西、新旧之争确立其在工具理性与科技主义等方面的"现代性"品格。严复对洋务派的"中体西用"观和在传统文化中寻找现代化的合法性的思路的否定，② 是这一阶段有关"现代性"的最高的思维成果。他创立了以差异性和异质性为基础的中西文化比较模式，把西方的现代化理解为一个具有普遍性和完美性的内在逻辑结构的人类文明，从而以中与西、个别与一般的矛盾置换传统与现代的矛盾，指出现代化乃中国的必由之路。这与辜鸿铭把"中国人的精神"当作某种区别于"动物性"的"人类性"，③ 构成了有意味的对照。

由新文化运动发端的中国现代文化，在日益高涨的"救亡图存"的民族主义主旋律中，以启蒙、理性、主体性等观念为内核，大大丰富了"现代性"的具体的历史内涵和现代化的民族内涵。从"五四"前后的东西文化论战，到 20 世纪 20 年代科学与玄学的论争，再到三四十年代的大众化与民族化运动及民族解放运动，"现代性"从不乏从冲突的多方面得到的新的确认：陈独秀、鲁迅、胡适等倡导的民主与科学，陈序经文化激进主义的"全盘西化论"，国粹派、学衡派文化保守主义的"国故新知论"，张东荪文化自由主义的"多元文化论"，梁漱溟、张君劢等标举中国文化主体性的现代新儒学，毛泽东强调民族化的"新民主主义"……其趋势是由确立个人主体性的"启蒙"，逐渐转向确立民族主体性的"救亡"。④ 这是"现代性"在现代中国的逻辑主线。

沿着这一轨迹，随着主权国家的建立和强化，民族主义、工具理性和民粹主义（大众化）成为 20 世纪中期中国占主流地位的文化意识，成为"现代性"在当代极具中国特色的表现形式。到了 80 年代初，"现代性"以对主体

---

① 有关"现代性的两重性"，参见卡林内斯库《现代性的五副面孔》（1977）、哈贝马斯《论现代性》（1980），后者收入王岳川，尚水. 后现代主义文化与美学［M］. 北京：北京大学出版社，1992；另可参阅李陀，戴锦华. 漫谈文化研究中的现代性问题［J］. 钟山，1996（5）.

② 参见韩毓海. 中国现代性修辞方式的建立及其批判［J］. 战略与管理，1997（2）.

③ 参阅辜鸿铭. 中国人的精神［M］. 黄兴涛，宋小庆译. 海口：海南出版社，1996.29～77.

④ 参阅李泽厚. 启蒙与救亡的双重变奏："五四"回想之一［J］. 走向未来，1986（1）；汪晖对此有不同看法，见预言与危机（下篇）——中国现代历史中的"五四"启蒙运动［J］. 文学评论，1989（4）.

性的重新发现进入了人们的视野。此后，在改革开放与市场经济的背景下，科技理性和可持续发展观成为"现代性"与现代化运动的核心观念。进入 90 年代，经济现代化的稳健发展和各种文化热与文化论争的出现，使这一时期"现代性"的突出特征，不仅表现为对 20 世纪中国社会与文化发展的两大主题即科技主义与民族主义的概括，更表现为多元文化景观的渐露端倪。20 世纪中国"现代性"的发展进入其总结时期。

二、"现代性的两重性"与 20 世纪中国文学的文化母题

文学史界对"20 世纪中国文学"的整体观照和这一总体文学概念的提出，是在 20 世纪 80 年代中期，它对后来的"重写文学史"思潮和各种文化重估思潮有开风气之先的作用。当时倡导者的理论根据是"对 20 世纪整个中国文学的发展来说，许多根本的规定性是一致的"①。这种对中国近代、现代、当代文学一体性的把握，表面看来似乎是文学史界早已有之的"新文学整体观"思想的延续，实际上有其"现代性"根源。它与同一时期的另一本风行一时的著作《走向世界文学——中国现代作家与外国文学》意味相似。该书的编者强调现代中国文学与世界文学的一体性，认为"人类未来的一体化世界文学时代将是人在审美方式上的个体化时代，将是文学在世界结构上的一体化时代"②。由此看来，"20 世纪中国文学"和"走向世界文学"这两个重要概念，都是以对一体化和文化普遍性的认同为前提的。此外，前一个概念暗示了"社会现代性"对 20 世纪中国文学的规定性；后一个概念进而意识到"审美现代性"的个体性原则。它们既是对中国人百余年来追求"现代性"的总体历程的揭示，又体现了论者本身对"现代性"的相同信念。

"现代性的两重性"，尤其是"审美现代性"在现代中国文化构成中的地位如何，是一个有争议的问题。李欧梵认为，在现代中国基本上找不到前述两种现代性的区别，因为现代中国的大部分诗人"确实将艺术不仅看作目的本身，而且经常同时（或主要）将它看作一种将中国（中国文化、中国文学、中国诗歌）从黑暗的过去导致光明的未来的集体工程的一部分"③。尽管这一说法及其结论有待商榷，但论者至少把握了一个重要方面，即现代中国文学或中国的现代主义文学，与 20 世纪中国的现代化进程具有一体化和同质性的

---

① 陈平原，钱理群，黄子平. 二十世纪中国文学三人谈［M］. 北京：人民文学出版社，1988. 29.

② 曾小逸. 论世界文学时代［A］. 走向世界文学——中国现代作家与外国文学［M］. 长沙：湖南人民出版社，1985. 70.

③ 见贺麦晓. 中国早期现代诗歌中的现代性［J］. 诗探索，1996（4）.

一面，也就是说，这一时期中国文学的本质，不在其"审美现代性"，而是以对现代化主流话语即"社会现代性"的表述为中心内容，后者很大程度上规定了现代中国文学的文化母题以至于形式抉择。

这种规定性对"审美现代性"的抑制及其对整个 20 世纪中国文学的正面和负面影响，情形自然要复杂得多。但有一点可以肯定，"现代性的两重性"不仅存在，而且二者之间的盘根错节的关联及其不可调和的矛盾，时至今日仍是不少文学与文化论争的重要渊源。20 世纪中国文学的文化母题在几组构成悖论的"现代性"主题之间的剧烈摇摆和宿命般循环，就是这种两重性持续冲突的多样化表征。

1. 启蒙主题与民粹主义主题

从梁启超强调小说与"群治"和"改良社会"的密切关联，到鲁迅试图以小说"改造国民性"的创作实践，以知识分子为主体的自上而下的启蒙（"化大众"），成为 20 世纪上叶最突出的文学与文化主题。此后，随着文化语境的政治化和知识分子的边缘化，启蒙话语的"权威性"与"合法性"逐渐发生动摇，以解放区文艺和新中国文化为标志，"大众化"观念从形式（通俗性）到内容（民粹主义精神）渗透并主宰文坛，这一倾向在"文革"时期达到顶点。"文革"后的新时期文学首先以重返"五四"启蒙传统自我定位，在 20 世纪 80 年代更是出现了声势颇巨的"新启蒙"运动，启蒙主题的回归一度成为文学界与思想界的盛事。抛开与鲁迅《狂人日记》美学上的不可比性不谈，刘心武的《班主任》发出的仍是"救救孩子"的呐喊，二者的相似之处在于他们对大众"童稚"状态的揭示，这和康德以使人摆脱不成熟状态界定"启蒙"的含义①是相通的。问题是与"五四"时期相比，文学界对大众的状态和知识分子的心态已有不同理解。于是 80 年代末以来的中国文学，"第三代诗歌"（包括海子）、"新写实主义"、"新市民小说"等基本上恪守的是一条民间路线、一种民粹主义态度。实际上，在西方，民粹主义的"现代性"非常有限，它主要表现在现代之初对世俗化运动的推动作用。② 在中国，除此之外，在当前它还具有一定的对主流文化与精英文化的消解作用。因此，20 世纪中国文学中的上述两种启蒙主义和两种民粹主义，其"现代性"的性质与作用又各有不同，前一种启蒙主义和后一种民粹主义，由于其个人主体性立场，因而较具"审美现代性"。

2. 个性主义主题与民族主义主题

个人主体性最突出的体现是个性主义。在文学中，个性主义或个体化是

---

① 参阅［德］康德. 答复这个问题："什么是启蒙运动？"［A］. 历史理性批判文集［M］. 何兆武译. 北京：商务印书馆，1990. 22.

② 参阅俞可平. 现代化进程中的民粹主义［J］. 战略与管理，1997（1）.

"审美现代性"对传统或现代中的一体化倾向的抵抗。与西方文学相比，20世纪中国文学的个性主义主题极度匮乏，这也是它被认为缺少"审美现代性"的重要原因。从"五四"时期郭沫若追求"绝端的自由，绝端的自主"的《女神》和郁达夫发现自我、固守自我的《沉沦》，到40年代路翎在与环境和自我的搏斗中"举起整个生命的呼唤"和穆旦以"带电的肉体"在民族苦难的背景上对自我的拷问，中国现代个性主义的道路及其归宿，可以用郭沫若告别个性主义时的一段话来做解释："在大众未得发展其个性，未得生活于自由之时，少数先觉者，无宁牺牲自己的个性，牺牲自己的自由，以为大众人请命，以争回大众人的个性与自由。……这儿是新思想的出发点，这儿是新文艺的生命。"① 这就是人们常说的从个性解放到社会解放、从个人解放到民族解放。此后，个性主义主题在中国文学中基本被抑制，70年代末的朦胧诗和80年代中期的荒诞派小说（徐星、刘索拉等），算是其遥远的不合时宜的微弱回声。个性主义主题先后让位于两种大相径庭的民族主义：一种在20世纪中叶达到顶峰，以政治为本位；另一种诞生在20世纪下叶，以文化为本位。政治民族主义以殖民时代西方列强（包括日本）的军事威胁为背景，各种张扬"民族性"的文学创作，如抗战文艺、"十七年"文学以至于"样板戏"等，都以其鲜明的政治倾向和民族主义情绪，在本质上发挥着广义的"国防文学"的作用。这或许也表明，"现代化同现代社会中的民族国家之兴起的所谓新国家主义有着不可分割的千丝万缕的联系"②。文化民族主义则以"后殖民"时代西方的文化渗透为语境，韩少功、阿城等的寻根文学和文化小说，张承志、张炜等的基于地缘政治和文化批判的一系列长篇作品，甚至王蒙等的文化反思小说……他们第一次通过文学作品对"民族"概念与"民族"神话进行反思，但无论他们对民族文化的态度如何，是激进主义还是保守主义、自由主义，他们大抵都恪守着民族主义的文化决定论立场，个人主体性在文本中只是对民族主体性的一种富于个性的叙述。在目前的后殖民文化语境中，文化民族主义极大地丰富了"民族""本土"等概念，算是对各种文化热与文化论争的文学发言。

3．线性进步主题与反现代化主题

对线性发展观与进步的信仰，是20世纪中国社会发展的动力之一。它以现代化为目标，主要表现为对科技主义（或唯科学主义）、工具理性和统一市场化的无条件肯定。20世纪的中国文学，科学精神的弘扬是一大起点。陈独秀肯定科学是"一种武器、一种瓦解传统社会的腐蚀剂"，胡适强调"科学方

---

① 郭沫若. 文艺论集·序［J］. 洪水，1925，1（7）.

② ［美］艾恺. 世界范围内的反现代化思潮——论文化守成主义［M］. 贵阳：贵州人民出版社，1991. 2～3.

法"的普适性和"以科学为基础的人生观"，① 郭沫若礼赞轮船烟筒"开着了朵黑色的牡丹"，是"20 世纪的名花，近代文明的严母"，连戴望舒、施蛰存等现代主义者也鼓吹文学应着力表现"汇集着大船舶的港湾，轰响着噪音的工场，深入地下的矿坑，奏着 Jazz 乐的舞场，摩天大楼的百货店，飞机的空中战，广大的竞马场"之类的"现代生活"。② 20 世纪中叶之后，这种唯科学主义进步观由科技理性普及为对工具理性的倡导，科学与人，一切都是促成进步的工具。文学的工具与武器作用得到强化。文学为政治（进步阶级的政治）服务的时代如此，文学为社会（社会进步）服务的时代亦如此。从伤痕文学到反思文学再到改革文学，到 80 年代中后期的报告文学热，线性进步的主题被以线性进步的形式空前充分地展示出来。进入 90 年代，在市场经济大潮的冲击下，有关"进步"的信念与对"统一市场化"的信念结为一体，从王朔到何顿，从池莉到方方，向市场认同被评论界誉为带有"后现代"色彩的"先锋"行为，为 20 世纪中国文学对以线性进步为核心的现代化主题的"宏大叙述"（Grand Narrative），涂下了浓墨重彩、画龙点睛的一笔。与此同时，文坛的各种论战也趋于鼎沸。这些论争的实质，不是人们惯常所解释的现代与后现代之争，而是"社会现代性"与"审美现代性"之间的冲突。中国的反现代化思潮，在思想界主要盛行于现代时期，辜鸿铭、晚期梁启超、梁漱溟、张君劢等是著名代表，他们采取的是对现代化、对"社会现代性"进行直接批判的方式。在文学界，反现代化主题的表达则要隐晦婉曲得多，它借助于艺术化的"审美现代性"，往往以极富诗意的形式，通过对城/乡、社会/自然、现代/原始、理性/非理性等二元对立关系的隐秘内涵的揭示，肯定人性中自然、温情、淳朴、野性和富于生机的一面，彰显现代文明本质上的非人性。沈从文、汪曾祺、贾平凹、张承志、莫言、刘毅然等的作品，把中国文学的"审美现代性"对现代化与"社会现代性"的负面效应的诗性批判，发挥到他们处身的时代所能达到的高度，从而促进了 20 世纪中国文化的"现代性的两重性"格局及现代文化的自我批判机制的形成。

中国文学的"审美现代性"，除通过上述文化母题在深刻的悖论中展开其丰富性和局限性之外，还表现在对传统艺术规范的反叛和现代美学形式的不断创新，而且在当代，这一艺术自觉和"形式革命"的倾向正具有越来越重要的精神意味。"五四"白话文运动确立了"现代性"的语言文体与符号体系，但由于它的形式自觉主要是基于语言上的大众化、口语化目标，加上对形式以至于整个文学的工具化理解和日益紧张的环境因素，新文学的形式革

---

① 参阅郭颖颐. 中国现代思想中的唯科学主义（1900—1950）［M］. 南京：江苏人民出版社，1998.

② 见施蛰存. 又关于本刊中的诗［J］. 现代，1934，4（1）.

新和形式完善问题一直未能得到基本解决。直到 20 世纪 80 年代中后期，新一轮的文体革命才以"先锋派"文学的面目展开：先锋派小说（从马原、残雪到余华、林白），先锋派诗歌（从韩东、于坚到翟永明、西川），先锋派戏剧（从高行健到牟森）……"先锋"以对传统形式、读者习惯、社会趣味的全面挑战，把对语言和文体的个人化创造，同对生命的独特体验和个性表述融为一体，从而发挥了"审美现代性"的主体性、个体性与实验性精神。中国先锋派文学，也因此较其他文学潮流，具备了更多的艺术上的"后现代"气质。这是 21 世纪中国文学将要面临的一个崭新课题。

三、现代性及其他：跨世纪中国文学发展的几点思考

面对人类文明空前世界化的图景，21 世纪，毫无疑问，将是中国社会与文化发生深刻变革和转型的时代。跨世纪中国文学，同样面临着机遇和挑战、危机与生机，这不仅是因为它肩上扛着 20 世纪中国文学的负担和遗产，而且还因为它眼前是 21 世纪既一体化又多元化的"全球化"的未知世界。以此为背景，围绕"现代性"观念，我们主要从三个方面，提出对跨世纪中国文学发展的几点思考。

1. 现代性与现代化：跨世纪文学的社会立场与文化立场

如前所述，20 世纪中国文学对"现代性"文化母题的表达，其分裂性一面，在世纪末演变为各种文学论争，其潜在的主题，即现代化与反现代化之争。跨世纪文学必须超越这种混淆社会文化层面与文学审美层面的二元论争模式，恪守社会文化层面的现代化立场。因为世界性的、不以人或地区的意志为转移的现代化运动，已成为不争的事实，即使是激进的反现代化论者，也已经认识到"现代化一旦在某一国家或地区出现，其他国家或地区为了生存和自保，必须采用现代化之道。……现代化本身具有一种侵略能力，而针对这一侵略力量所能作的最有效的自卫，则是以其矛攻其盾，即尽快地实现现代化"①。这是一切批判所必须接受的前提。因为现代化不是个人的选择，而是社会的选择，对于中国这样的欠发达国家尤其如此。在此基础上，跨世纪文学才能以客观的精神和主体的个性，更好地发挥其"审美现代性"，全面揭示和深刻批判现代化所带来的弊端。

2. 现代性与世界性：跨世纪文学的世界文学意识

对于跨世纪中国文学，有关文学的民族性与世界性关系的传统命题，应

---

① ［美］艾恺. 世界范围内的反现代化思潮——论文化守成主义 ［M］. 贵阳：贵州人民出版社，1991：2～3.

放在"现代性"的背景上重新审视。从前文对20世纪中国社会与文化的"现代性"和中国文学的文化母题的分析,可以看出20世纪中国极为突出的民族主义特征,它实际上已成为中国"现代性"中主宰或抑制其他因素的核心要素。这种状况在"救亡"的时代,自然有其迫不得已的苦衷和客观上的积极作用,但在民族主权国家建立近半个世纪的今日,"现代化"这一世界性的主题已成为各民族的共同主题,倘仍然以"民族的就是世界的"为借口,无异于漠视或逃避世界的一体化进程。因此,调整传统的"现代性"结构,已成为我们的当务之急。跨世纪中国文学,应具有世界主义的视野和雅量,尤其是"走向世界文学"的追求和自信。只有当我们敢说"世界的就是民族的",大胆汲取世界文化与世界文学的优秀成果,我们才能真正了解和发挥本土文化和民族文学的优势,把我们的创造贡献给世界,说"民族的就是世界的"。

3. 现代性与后现代性:跨世纪文学的宽容品格与多元格局

世纪之交中国社会与文学面临的一个新的课题是世界范围内的后现代文化的兴起。"后现代性"(Postmodernity)以它对"现代性"的解构,以它对多元性、差异性、消解中心、不确定性等概念的强调,被西方现代主义者视为洪水猛兽。① 在中国,人们对后现代主义的误解,主要源于一种哈贝马斯式的线性化理解。实际上,"后现代"与"现代",不只是简单的时间关系,更不是现代与反现代的关系,而是二元对立和多元共生两种思维模式及其文化的并峙。因此,对于世纪之交的中国文学,后现代主义,如同现实主义和现代主义,同是一种重要的文化资源和值得借鉴的、富于个性的美学形式。

（原载《文艺研究》1998 年第 1 期,略有改动）

---

① 参阅［美］哈桑. 后现代主义转折［A］. 王岳川,尚水. 后现代主义文化与美学［M］. 北京:北京大学出版社,1992.

论鲁迅的"政治学"

张　宁

　　鲁迅"政治学"是一个新命题，指鲁迅的政治思想（显性鲁迅）和鲁迅著作、行迹中体现出的政治学趋向（隐性鲁迅）的综合体。这一命题将克服以往研究中"启蒙鲁迅"和"左翼鲁迅"的二元对立，使鲁迅精神的综合性研究成为可能。

　　鲁迅"政治学"首先藏身于鲁迅文学，故此鲁迅被称为"政治性作家"。但他既非"为政治而文学"（如瞿秋白、冯雪峰、周扬等），也非"为文学而政治"（如丁玲、周文等），而是唯一（如竹内好所言）以文学为政治，又恪守文学而拒绝把自己交付于政治的人。①

　　但如此概括，势必遭遇如何界定"政治"的问题。这并不是一个简单的、可通过引经据典加以解决的学理问题，而是逼迫我们去寻找在通常"政治"概念之外的另一种政治的内涵。于是，本文一方面不得不继续沿用通常的"政治"概念，即"实际政治"或作为社会科学学科之一的政治学中的"政治"；另一方面，在触及鲁迅"政治学"的核心时，探索并赋予"政治"以新的含义。

一、鲁迅与政治

　　如果说鲁迅"政治学"一直是鲁迅研究中亟待扩展出的空间，那么它首先和鲁迅与实际政治的关系密切相关。

　　20 世纪 20 年代末，鲁迅在一场与"左派"文学家的著名论争中，出人意料地转向了对立一方所代表的政治方向，并成为中共领导的左翼作家联盟的标志性人物。所以，在"鲁迅与政治"这一话题中，长期以来，人们总是聚焦于鲁迅与中国共产党的关系。这种"聚焦"虽然主要发生在鲁迅去世以后，但追溯其源头，则来自 1928—1930 年间鲁迅在政治上"向左转"时上海

---

　　① ［日］竹内好. 鲁迅［A］. 近代的超克［M］. 孙歌等译. 北京：生活·读书·新知三联书店，2005. 6，11，19.

滩的舆论①；经瞿秋白的有效阐释，到了 20 世纪 30 年代后期的延安，则被热烈而有选择地吸收进中国共产党自己的政治资源中。中华人民共和国成立后，鲁迅则逐渐被完全政治符号化，"文革"中更成为打击政治异己的工具。进入 20 世纪 80 年代以降的开放时代后，鲁迅一方面被作为启蒙主义的资源而得到发掘和肯定（即"祛左翼化"）；另一方面，由于前 30 年的反作用力，又不断被质疑、批判或潜在批判（更为激进的"祛左翼化"）。新的意识形态之争，互联网的草根效应，加之启蒙主义研究框架自身的不足，使"鲁迅与政治"这一命题日益泡沫化。而泡沫化的背后，则是一种追究原罪的冲动。

那么，鲁迅的"向左转"究竟是怎么发生的？又是以什么方式完成的？这恐怕需要放置在"鲁迅与政治"的结构性考察中，才能触摸到某些"本质性"内容。

资料显示，鲁迅在南京决定"弃科举而读学堂"的时候，虽像当时所有求新知的人们一样，受到严复所译《天演论》的影响，更加坚定了"走异路，逃异地，去寻求别样的人们"②的决心，但并无政治考虑。

1902 年，鲁迅抵达日本，开始了为期 7 年的留学生涯，而他的政治生活也开始于这里。这里说的"政治生活"，是仅就鲁迅本人而言的，而相比于当时或后来的许多中国留日学生，鲁迅与政治的距离并没有更近。在那个大厦将倾的时代里，关心民族命运的青年学子很少有不被卷进政治中去的。鲁迅自己在《朝花夕拾》中便曾记述道：

> 在东京的客店里，我们大抵一起来就看报。……一天早晨，劈头就看见一条从中国来的电报，大概是：
> "安徽巡抚恩铭被 Jo Shiki Rin 刺杀，刺客就擒。"
> 大家一怔之后，便容光焕发地互相告语，并且研究这刺客……
> 大家接着就预测他将被极刑，家族将被连累。不久，秋瑾姑娘在绍兴被杀的消息也传来了，徐锡麟是被挖了心，给恩铭的亲兵炒食净尽。人心很愤怒。有几个人便秘密地开一个会，筹集川资……
> 照例还有一个同乡会，吊烈士，骂满洲；此后便有人主张打电报到北京，痛斥满政府的无人道。会众即刻分成两派：
> 一派要发电，一派不要发。我是主张发电的……（《朝花夕拾·范爱农》）

---

① 氓（李一氓）. 游击·鲁迅投降我了 [J]. 流沙, 1928（6）；尚文. 鲁迅与北新书局决裂 [N]. 真报, 1929 - 08 - 19；男儿. 文坛上的贰臣传 [N]. 民国日报, 1930 - 05 - 07.

② 鲁迅. 呐喊·自序 [A]. 鲁迅全集（第 1 卷）[M]. 北京：人民文学出版社, 2005.437.（本文引用《鲁迅全集》全部来自此版本）

但在这篇记述留学生热血沸腾的政治生活的文字中，会心的读者也会感到某种轻微的嘲讽。在另一篇记述文字中，他则让自己的情绪跃然纸上：

> 凡留学生一到日本，急于寻求的大抵是新知识。除学习日文，准备进专门的学校之外，就赴会馆，跑书店，往集会，听讲演。我第一次所经历的是在一个忘了名目的会场上，看见一位头包白纱布，用无锡腔讲演排满的英勇的青年，不觉肃然起敬。但听下去，到得他说"我在这里骂老太婆，老太婆一定也在那里骂吴稚晖"，听讲者一阵大笑的时候，就感到没趣，觉得留学生好像也不外乎嬉皮笑脸。（《且介亭杂文末编·因太炎先生而想起的二三事》）

在那个动荡不安的时代里，有慷慨赴死，有热血沸腾，但也有慷慨赴死中的"嬉皮笑脸"和热血沸腾中的意气用事，还有种种并不能判断效果的断然行动。鲁迅自己就曾被留学生政治集会抽签选中回国从事暗杀活动，他以"家中老娘谁养"而婉拒①。此事在经历了鲁迅被偶像化而又破偶像化的今天，曾被一些厌恶鲁迅的人反复诟病，以为先驱者就应该视自己的生命如草芥，"砍头如当风吹帽"。而这种思路若纳入鲁迅之视野，则和他当时所嘲讽的人并无二致。在后来痛悼"三一八"惨案中的牺牲者时，他曾用明确的文字阐述了革命与流血的问题：

> 改革自然常不免于流血，但流血非即等于改革。血的应用，正如金钱一般，吝啬固然是不行的，浪费也大大的失算。（《华盖集续编·空调》）

他同时也提供了一幅烈士之于大众的惨淡的社会背景：

> 有限的几个生命，在中国是不算什么的，至多，不过供无恶意的闲人以饭后的谈资……（《华盖集续编·记念刘和珍君》）

尽管鲁迅属于东京留学生中热血的那一群，但他显然对革命别有一种思路，与实际政治之间也处于不即不离的状态。他曾加入光复会，但此事连曾与他一同留学的弟弟周作人也不知道②；他当时的同学、终生的好友许寿裳曾名列浙江同学会的暗杀团名单，但这个名单上却没有他。他后来对许广平说：

---

① ［日］增田涉. 鲁迅与"光复会"［A］. 鲁迅研究资料（2）［M］. 北京：文物出版社，1977.340.

② 周作人. 关于鲁迅之二［A］. 瓜豆集［M］. 石家庄：河北教育出版社，2002.168.

"革命者叫你去做，你只得遵命，不许问的，我却要问，要估量这事的价值，所以我不能做革命者。"①

他是 1909 年回国的。此后到 1911 年 10 月辛亥革命爆发的两年之间，他虽不安于与周围文化环境的冲突，却也安于在故乡做一名中学教员。他甚至不鼓励学生像他一样剪辫子，直到"忽然是武昌起义，接着是绍兴光复……我们便到街上去走了一通"（《朝花夕拾·范爱农》）。据史料记载，鲁迅在绍兴光复时着实忙碌了一阵，他组织学生上街游行，维持秩序，还配备了木枪。接收绍兴的都督是光复会骨干，也是他的旧识，但他仅仅接受了师范学校校长的职务，并未参与地方新政权的建设，反而支持、参与了青年学生创办的一份地方报纸（担任发起人之一），以此监督新政权，并受到新政府的威胁。

在记述这一事件时，鲁迅再次触及了革命者内部关于"爱惜生命"与否的冲突：

> 报纸上骂了几天之后，王金发便叫人送去了五百元。于是乎我们的少年们便开起会议来，第一个问题是：收不收？决议曰：收。第二个问题是：收了之后骂不骂？决议曰：骂。理由是：收钱之后，他是股东；股东不好，自然要骂。
>
> 我即刻到报馆去问这事的真假。都是真的。略说了几句不该收他钱的话，一个名为会计的便不高兴了，质问我道：
> "报馆为什么不收股本？"
> "这不是股本……"
> "不是股本是什么？"
> 我就不再说下去了，这一点世故是早已知道的，倘我再说出连累我们的话来，他就会面斥我太爱惜不值钱的生命，不肯为社会牺牲，或者明天在报上就可以看见我怎样怕死发抖的记载。（《朝花夕拾·范爱农》）

革命之后，鲁迅并没有在故乡盘桓久留，他受邀赴南京新政府教育部任职，又随部转去北京，在这个他"很快失望了"的政府里一待就是 14 年。其间经历了袁世凯复辟、张勋复辟、五四运动、女师大风潮和"三一八"惨案，直到他离京南下才辞去公职。这也曾为时人和后人所诟病，因为他仅在张勋复辟时有过为道义而辞职的行为②，他从来没有对袁世凯或北洋政府的任何领袖抱过幻想，相反，他一直视孙中山为革命的领袖，于在野的国民党那里还

---

① 景宋. 民元前的鲁迅先生［A］. 鲁迅回忆录（上册）［M］. 北京：北京出版社，1999. 97.
② 鲁迅. 鲁迅全集（第 15 卷）［M］. 北京：人民文学出版社，2005. 289，291.

存着对未来的希望。

他曾试图开始一种专职教授的生涯，和他心爱的女友约定两年后见，但很快就发现他与新就职的那所海滨大学格格不入，不到半年，他就辞职转往广州。广州，这个南方的大都市，不久前还是国民革命的大本营，此时，虽然军政要员大半已经离开，正在北伐的征途中，但大本营的形式仍然保留着。他进入了这里最著名的大学，并担任了文科主任，也接受各种政治倾向的青年崇拜者的拜访。

但好景不长，革命力量内部针对另一党派的"大清洗"发生了，他最欣赏的学生遭到抓捕，而且很快被杀害了。他在刚刚得知消息时，曾联合教授们向校长交涉，让校方出面力保，但遭到拒绝后便愤然辞职了。①

这次发生的，不同于在北京时的"三一八"惨案，而是半个中国范围内的大屠杀。他自身也感到了危险。虽然一向离党派政治甚远，但南方一直有他留恋的民国的希望，如今这个希望也破灭了。他称其为"血的教训"，后来又在某处写道："我是在二七年被血吓得目瞪口呆，离开广东的。"②

他最后的落脚点是上海，但不久就陷入了一场与"革命文学家"的大论争。起初攻击矛头并非单单指向他，但只有他应战了，而且不屈不挠，遂成众矢之的。这些"革命文学家"有些是中共党员，有些则不是，但无论是与不是，他对他们均持有一种既亲和又厌恶的矛盾态度——"亲和"对方和他一样都是旧社会的反抗者，"厌恶"对方在反抗时就暴露出做主子的心态。一年多后，中共政治高层出面说服"革命文学家"（这期间那些不是党员的作家已加入了中共），结束了围攻他的局面。随着前者对他的接受，他也后退一步，进而实现了左翼文学家的大联合。

此事在当时就被鲁迅的反对者解读为中共对他的利用，而他则是自甘"堕落"；1949年后在海外，1980年后在大陆，"利用"说和"堕落"说也一直不绝于耳（起初是人们私下里闲谈，进入21世纪后便频频出现在互联网上）。但也有学者很轻易地找出他在北京时就想与不同的反抗者结成联盟的线索③，也有辩护者认为反抗者与反抗者的联合不应受历史后果的制约，反抗本身就是价值。④饶有兴味的是，上述反对者和辩护者在当今的中国，可能出自同一个自由主义阵营。相比于对其他历史人物几乎一边倒的评价，如几乎一

① 鲁迅. 鲁迅全集（第16卷）[M]. 北京：人民文学出版社，2005.18，20.
② 鲁迅. 三闲集·序言 [A]. 鲁迅全集（第4卷）[M]. 北京：人民文学出版社，2005.4.
③ 鲁迅. 两地书·厦门（十一月七日）[A]. 鲁迅全集（第11卷）[M] 北京：人民文学出版社，1951.
④ 钱理群，王富仁.《读书》杂志讨论林贤治《人间鲁迅》纪要 [A]. 谢泳. 胡适还是鲁迅 [M]. 北京：中国工人出版社，2003.9～17.

边倒的对胡适的肯定和几乎一边倒的对郭沫若的否定，鲁迅使中国自由主义者趋向分裂。这也从另一个方面显示，这个已经去世70多年的作家，怎样评价他对今天的人们来说仍然是一个难题。

上述问题后面还会论及。这里需要指出的是，中共与鲁迅的关系始终是同路人关系，在鲁迅生前，双方都是这么想的。鲁迅自己对"同路人"曾定义道：

> 盖"同路人"者，乃是"决然的同情革命……"而自己究不是战斗到底的一员……（《竖琴·后记》）

瞿秋白则热情地将他称誉为"无产阶级和劳动群众的真正的友人"，只是在热情之余，又以有待确定的语调，犹豫地加了个"以至于战士"。① 鲁迅与中共的合作，显然比1927年"清党"前他与国民党的合作要实质和密切得多，但仔细考察，也是肇因于空间（首都/租界）、历史条件（社会高压强度和政党与文学家关系）及他自己境遇的变化（游离于制度之外的著名作家）。

鲁迅与中共的合作主要表现在文艺方面，其显现形式和实质内容均集中于左翼作家联盟。他也曾在其他方面帮助过中共，最著名的就是收转中共烈士方志敏的遗稿，类似的还有收留躲避危险的中共朋友（如逃难的瞿秋白夫妇和中共从陕北派往上海的冯雪峰）、介绍断线的中共熟人找到同志（如从鄂豫皖红区到上海找组织的成仿吾）。但对于过分的要求，他则予以拒绝。与他来往亲密的学生冯雪峰，就曾背后抱怨过"鲁迅还是不行，不如高尔基"，党叫干啥就干啥；② 一位后来被指责犯了"左倾"错误的中共领导人在主政时也曾约见鲁迅，让他写文章配合党的中心工作公开发一个宣言，鲁迅以此后"在上海就无法住下去"而婉拒，对方则以"黄浦江里停泊着很多轮船……你跳上去就可以到莫斯科去了"作答。③ 不知此刻鲁迅是否想起20多年前在东京抽签回国行刺的那一幕？

另外一个广为人知的事件，是他与后期"左联"领导人的尖锐冲突。这种冲突和他当年与创造社、太阳社那些优越的"革命作家"的冲突不同，充满了对他"客客气气"的权谋。而他从这些"权谋"中却窥得了一幅新统治

---

① 何凝（瞿秋白）. 鲁迅杂感选集序言［A］. 鲁迅杂感选集［M］. 贵阳：贵州教育出版社，2001. 120. 除了瞿秋白外，夏衍在晚年解释1935年底解散"左联"为何不先告诉鲁迅而引起后者极大"误解"时，就曾写道："解散'左联'，必须先在党内取得一致的意见，这花了约半个月的时间。"（夏衍. 懒寻旧梦录［M］. 北京：生活·读书·新知三联书店，2000. 205.）可见，在很多党员作家的想象里，鲁迅始终是外人——友人或统战对象。

② 胡风. 鲁迅先生［J］. 新文学史料，1993（1）.

③ 周建人. 回忆大哥鲁迅［M］. 上海：上海教育出版社，2001. 119.

的图景：在尚未摆脱奴隶地位时，便已在自己的秘密系统中行使着"奴隶总管"的职能，并充满了"奴隶总管"的意识，① 这连带着他对还在长途跋涉中的中共整体的疑虑。在一位中共密使、他昔日的学生与合作者从陕北来上海见他时，他冷若冰霜地听着对方的热情介绍，冷不丁地打断对方："你们打回来，会不会杀掉我？"这话令对方大为惊骇。②

如果不避简陋，从鲁迅生平中可以大致画出一幅他与现实政治的关系图③：

时期	执政者	与之关系	反对者	与之关系
青年	清廷	坚决反对	革命党	加入，但未见政治行动
青年	绍兴都督	由支持到反对	《越铎日报》	政治支持、行动介入
中青年	北洋政府	失望、淡漠、反对	国民党	同情、支持
中晚年	国民政府	绝望、反对	共产党	同情、支持，介入左翼文化活动

如果加上他与后期"左联"领导人冲突的内容，这个关系图还可再延展如下：

时期	执政者	与之关系	反对者	与之关系
晚年	"左联"官僚阶层	抵抗、决裂	自己	"我是左联之一员"④

虽然很多人猜测，也有理由相信，鲁迅进入 1949 年之后，命运并不乐观⑤，但"假设"并不能构成历史真实。不过，有一点是可以断定的，即鲁迅在亲和革命时，始终不偏离目的与手段的一致性，始终赋予他所亲和的革命以绝对的伦理性，这种逻辑是与他离世后十几年到来的新时代格格不入的。他与后期"左联"领导人的冲突，正是这种逻辑与提前到来的斯大林模式的

① 鲁迅. 且介亭杂文末编·答徐懋庸并关于抗日统一战线问题［A］. 鲁迅全集（第6卷）［M］. 北京：人民文学出版社，2005. 558.

② 李霁野晚年回忆说：1936 年 4 月冯雪峰在上海会晤鲁迅时，"先生谈到有一天同雪峰开玩笑说：'你们到上海时，首先就要杀我吧！'雪峰很认真地连忙摇头摆手说：'那弗会！那弗会！'"（李霁野. 回忆冯雪峰［A］. 回忆雪峰［M］. 北京：中国文史出版社，1986. ）

③ 表中的"执政者"之项的设立，因南京临时政府存在时间短暂而忽略不计。

④ 林贤治. 人间鲁迅（下）［M］. 广州：花城出版社，1998. 1075.

⑤ 周海婴. 我与鲁迅七十年［M］. 海口：南海出版公司，2001. 370 ~ 371.

第一次短兵相接。

正如一些研究者所指出的，以及从以上简略图中看到的那样，鲁迅一生拒绝与执政者的政治合作。究其原因，至少有两点是明确的：一是历史的，即中国革命始终未能"毕其功于一役"，反而形成一个长期的持续过程；二是主体的，即他 1927 年在一次演讲中所说的：

> 真的知识阶级……感受的永远是痛苦，所看到的永远是缺点。（《集外集拾遗补编·关于知识阶级》）

而鲁迅作为一个并不张扬的始终的革命者，却又与革命，即实际政治保持着既介入又疏离（或对抗）的关系。他虽为自己的第一部小说集定名为《呐喊》，但他始终不是邹容或陈独秀式的革命呐喊者，甚至在思想革命中，他也将自己定位成"听将令"者①。一位日本思想家曾指出，"作为思想家的鲁迅总是落后于时代半步"②；而我们也看到，他从没有先入为主地陷入任何以"主义"形态出现的政治思想，成为"主义"的信徒。那么，鲁迅究竟持有何种政治思想呢？换言之，依照习惯做法，我们应把鲁迅归为什么主义者呢？

二、鲁迅是个什么主义者

早在鲁迅去世前，富有才华的青年学者李长之就曾提出："鲁迅并不是思想家，他是一位战士。"③ 他是在系统、规范的意义上做出这种界定的。经过近半个世纪的意识形态化后，尤其是到了 20 世纪 90 年代，一些有关中国现代思想史的著作，已不再把鲁迅列入其中④。至于鲁迅的政治思想，更是很少有人问津，唯一的例外，大概就是在 20 世纪 90 年代后期"自由主义浮出水面"后，关于鲁迅是否是自由主义者的争论。这种将鲁迅"去思想史"化的情形，自然不排除潜在的另一种意识形态的考量，但主要原因，则仍然是李长之所说的，即鲁迅不是系统、规范意义上的思想家。按照系统、规范的标准探讨鲁迅的各种思想，包括政治思想是很难的。

---

① 鲁迅. 呐喊·自序 [A]. 鲁迅全集（第 1 卷）[M]. 北京：人民文学出版社，2005.441.

② [日] 竹内好. 鲁迅 [A]. 近代的超克 [M]. 孙歌等译. 北京：生活·读书·新知三联书店，2005.12.

③ 李长之. 鲁迅批判 [M]. 北京：北京出版社，2003.136，160.

④ 郜元宝. 鲁迅与中国现代自由主义 [A]. 谢泳. 胡适还是鲁迅 [M]. 北京：中国工人出版社，2003.306.

但我们仍然希望在规范意义上梳理出鲁迅的政治思想，尽管这么做会有些勉强。比如我们可从政治学角度将他归为民权主义者和社会主义者。当然，如此称谓，也是从丈量他与各种"主义"（政治思想）的距离后得出的。

与热情绘制未来中国的政治蓝图和构筑制度架构的其他先驱者不同，鲁迅在日本留学时就把"救国""立国"的根本定位在"立人"上。但这并未发展出一种有效的政治哲学或政治思想，甚至若不是他后来将体现这种主张的早期文章收入自己的作品集中，这种主张也早已湮没在历史的尘埃之中。

"立人说"不仅仅针对"立宪国会"等流行的救国、立国主张，也是依据鲁迅所描述的从纪元初开始的一幅欧洲进化史图景而提出的，其中18世纪风靡欧美的"平等自由之念，社会民主之思"，是作为历史进化的一个中间环节而存在的。相比之下，作为"20世纪之新精神"的"神思新宗"则为鲁迅所推重，而后者由于强调"极端之主我"，间有拒斥庸众的"反社会民主之倾向"，甚至据古希腊、古罗马民主专断之政治学经典事例，推导出"是非不可公于众，公之则果不诚；政事不可公于众，公之则治不到"① 的结论，因而鲁迅后来也曾被认为具有反民主倾向。②

此种看法单就逻辑而言并没有错，但揆之鲁迅"立人说"的整体主张和其言说的历史维度，认为鲁迅反民主未必恰当。他不过是以"偏至"的方式展示了一种历史可能性，是一种"为将来立计"的理论准备，而转入当下，"仅图救今日之阽危"，则迅速施之一种并不"偏至"的文化取舍战略：

> 此所为明哲之士，必洞达世界之大势，权衡校量，去其偏颇，得其神明，施之国中，翕合无间。外之既不后于世界之思潮，内之仍弗失固有之血脉，取今复古，别立新宗……（《坟·文化偏至论》）

显然，他只是痛心于"中国在昔，本尚物质""今者翻然思变……皇皇焉欲进欧西之物而代之，而于适所言十九世纪末之思潮，乃漠然不一措意"，而让时人意识到：

> 欧美之强，莫不以是炫天下者，则根柢在人，而此特现象之末，本原深而难见，荣华昭而易识也。是故将生存两间，角逐列国是务，其首在立人，人立而后凡事举……（《坟·文化偏至论》）

---

① 鲁迅. 坟·文化偏至论 [A]. 鲁迅全集（第1卷）[M]. 北京：人民文学出版社，2005.53.
② 汪晖. 鲁迅研究的历史批判 [M]. 石家庄：河北教育出版社，2002.326.

鲁迅在"武事""商估""立宪国会"等当时的流行主张之外，另辟"立人"为"国家首事"，也显示出他在器物、制度和精神三者之间，更偏重于从精神而非器物或制度层面来看待历史的进化和社会的变迁。这构成了鲁迅在现代中国时空中所把握的世界的主体特征。这种主体特征与他强烈的社会现实关怀，形成了一种精神"对极"（人们常用"浪漫主义"和"现实主义"来形容它），也使他在理论上选择作为"20 世纪文化始基"个人主义的同时，也在政治上选择了民权主义立场。

"民权"曾被孙中山一言以蔽之曰"就是人民的政治力量"①，但在不同的语境和不同的运用中，其政治学含义却并不那么精确。晚清时，"民权"与"民主"在君主立宪派那里曾被分开使用，"民权"仅指人民的议政及其他权力或权利，属于政体范围；而"民主"则是以"民"取代"君"，成为"国之主"，属于国体范围。但在社会和革命党那里，"民权"与"民主"常被混用，"民主"有时候指 democracy，有时候又指 republic（共和）。连孙中山使用这些术语时也不够稳定和规范，他经常在使用"民主""共和"二词时共指 republic，但有时又仅将"民主"对立于"君主"（国体），将"共和"对立于"专制"（政体）；只是在使用"民权"时，则一般对应于 democracy。但在孙中山及其同时代人那里，"民权"一词在对应 democracy 外，有时也包含了"自由"（liberty）、"权利"（right）等概念。② 只是民权主义（以及整个三民主义）在成为国家意识形态之后，在不少方面烙印上党国权力的痕迹。

鲁迅是在原始意义（democracy，liberty，right）上接近民权主义的。他几乎没有关于民权主义的正面论述，他接近民权主义，是通过与民国的内在关系体现的。1927 年"四一五"事件之前，他始终是民国和民国价值的肯定者，即便在那之后，他也没有放弃民国价值。但这一关系，除了少数实际事例，如民国成立之前在君主立宪派和革命派之间选择后者，民国成立之初在故乡为地方报纸写发刊词直接讴歌共和（"共和之治，人仔于肩，同为主人，有殊台隶"）及努力"纾自由之言议，尽个人之天权，促共和之进行，尺政治之得失"③，以及在国民政府时期加入中国民权保障同盟外，更多是在他笔下以哀伤或反讽的调子呈现的：

> 我觉得仿佛久没有所谓中华民国。
> 我觉得革命以前，我是做奴隶；革命以后不多久，就受了奴隶的骗，

---

① 孙中山. 三民主义 [M]. 北京：东方出版社，2014. 1.

② 桂宏诚. 孙中山的民权民主及共和之涵义 [J]. 近代中国，2005（162）：78.

③ 鲁迅. 集外集拾遗补编·《越铎》出世辞 [A]. 鲁迅全集（第 8 卷）[M]. 北京：人民文学出版社，2005. 41～42.

变成他们的奴隶了。

我觉得有许多民国国民而是民国的敌人。(《华盖集·忽然想到》)

如果仅仅依据政治学原理直观地来看,此时的中华民国既有国会,也有法定的平等国民资格,有言论、信仰、出版自由等,这应该是亚洲有限的几个好国家之一,而鲁迅仍然有"奴隶的奴隶"的感觉,这让今天的人们感到不可思议。当然,从"革命先行者"孙中山的角度来看,临时政府之后的大总统和"执政"者们是背叛了共和,走向了专制,而鲁迅在政治立场上始终倾向于孙中山,也"觉得什么都要从新做过"(包括"再造共和"),但鲁迅的侧重点则显然不在"政体",而在"国民"——"我觉得有许多民国国民而是民国的敌人"。这是一个骤然而来、不得不来的时代,也是一个将新不新、以旧充新的时代。

中国社会上的状态,简直是将几十世纪缩在一时:自油松片以至电灯,自独轮车以至飞机,自镖枪以至机关炮,自不许"妄谈法理"以至护法,自"食肉寝皮"的吃人思想以至人道主义,自迎尸拜蛇以至美育代宗教,都摩肩挨背的存在。

这许多事物挤在一处,正如我辈约了燧人氏以前的古人,拼开饭店一般,即使竭力调和,也只能煮个半熟;伙计们既不会同心,生意也自然不能兴旺——店铺总要倒闭。(《热风·五十四》)

对民国命运的焦虑总是和鲁迅早年"首在立人"的思想纠结在一起。"立人"和"立国"的关系,以西洋文明改造中国旧魂,缔造新的国民性格,一直是他五四前后写作的主题之一。其实,忧心于国民性之不适于共和,在近现代中国还有另外一个思考方向(这也成为20世纪80年代以降一些思想史学者反思近代的一个视角),那就是相对保守的"虚君共和"和"君主立宪"。梁启超直到辛亥革命爆发后,仍主张"行虚君共和制之道",建议新君选自"孔子之裔衍圣公","若不得已,而熏丹穴以求君,则将公爵加二级,即为皇帝"①。严复在袁世凯复辟帝制失败后,也仍坚持认为:"项城之失人心……固别有在,非帝制也……夫共和之万万无当于中国。中外人士,人同此言……"②

相比之下,鲁迅在目睹民国乱象的相当长时间里,一直是"原始民国"

---

① 梁启超. 新中国建设问题 [A]. 饮冰室合集(第4册)[M]. 北京:中华书局,1989. 47～48.

② 严复. 与熊纯如书·三十一 [A]. 严复集 [M]. 北京:中华书局,1986. 635.

的守护者：

> 我希望有人好好地做一部民国的建国史给少年看，因为我觉得民国的来源，实在已经失传了，虽然还只有十四年！（《坟·忽然想到》）

> ……民元革命这些大事件，一直到现在，我们可有一部像样的著作？民国以来，也还是谁也不作声。反而在外国，倒常有说起中国的，但那都不是中国人自己的声音，是别人的声音。（《三闲集·无声的中国》）

他没有在任何一处标明过自己是一位民权主义者，但民权主义的基本精神是内在于他的，他的不少社会批评就出自民权主义的基准：

> 清朝的变成民国，虽然已经二十二年，但宪法草案的民族民权两篇，日前这才草成，尚未颁布。上月杭州曾将西湖抢犯当众斩决，据说奔往赏鉴者有"万人空巷"之概。可见这虽与"民权篇"第一项的"提高民族地位"稍有出入，却很合于"民族篇"第二项的"发扬民族精神"。南北统一，业已八年，天津也来挂一颗小小的头颅，以示全国一致，原也不必大惊小怪的。（《伪自由书·保留》）

可以说，鲁迅的民权主义思想是破碎在他的日常感觉中的。1927 年国民党发起血腥的"清党"运动之后，鲁迅对民国的幻想骤然破灭，他当然没有、也不会就此放弃民权主义的政治和伦理价值，但他的政治同情已逐渐移向另一种政治力量。通过一场与马克思主义教条主义文艺家的论争，他开始接触一种新的社会理论学说，也因此开始了对苏联，尤其是苏联文艺的积极了解。一般认为，鲁迅成为一个社会主义者就是在这个时候，并将其称为一种"转变"（"飞跃"），或曰"向左转"。

鲁迅"向左转"的标志，除了同情、声援和帮助中国共产党外，通常认为主要表现在以下三个方面：①接受了马克思主义的历史唯物论和阶级论学说；②倡导无产阶级文学，并身体力行地从事翻译工作；③肯定苏联的方向是人类未来发展的方向。

而支持上述看法的材料，也可以随时从鲁迅后期的言论中抽出。比如最常被引用的是在《三闲集·序言》中回顾那场与马克思主义教条主义文艺家争论时的一段话，鲁迅说他感谢创造社"'挤'我看了几种科学底文艺论，明白了先前的文学史家们说了一大堆，还是纠缠不清的疑问。并且因此译了一本蒲力汗诺夫的《艺术论》，以纠正我——还因我而及于别人——的只信进化论的偏颇"①。这段话经瞿秋白阐释，便有了"从进化论到阶级论"的说法。

而在"革命文学"的论争后期，由于被认为属于右翼的自由主义批评家梁实秋的介入，鲁迅又和他展开论战，其中一段话也被广为引用：

> 　　文学不借人，也无以表示"性"，一用人，而且还在阶级社会里，即断不能免掉所属的阶级性，无需加以"束缚"，实乃出于必然。自然，"喜怒哀乐，人之情也"，然而穷人决无开交易所折本的懊恼，煤油大王那会知道北京检煤渣老婆子身受的酸辛，饥区的灾民，大约总不去种兰花，像阔人的老太爷一样，贾府上的焦大，也不爱林妹妹的。（《二心集·"硬译"与"文学的阶级性"》）

这些确实都是明证，说明鲁迅后期又有了一套与马克思主义相一致的新的语汇和方法，但他似乎也没有放弃他在以往经历中已经形成的语汇和方法，包括人类社会的进化观②。日本学者丸山升和我国学者王富仁都注意到，鲁迅后期虽然接受了阶级论，却将这一理论融进他一贯所用的"主子—奴才/奴隶"分析模式里③。他一直擅长使用的语汇是"穷人"和"阔人"、"主子"和"奴才"④，直到临死前，他仍然固执地用"奴隶总管"来分析他在左翼内部遇到的"新罗马城"现象。丸山升曾提醒人们注意，鲁迅"对于马克思主义，不是将自己整个投入其中，也不是相反地全部拒绝"⑤，那么，他"把马克思主义的什么方面容纳"⑥ 了？这的确是我们今天需要重新深入探讨的问题。

鲁迅在那场长达两年的"革命文学论争"中，既反感对手，也被对手吸引。他发现，这些在主体状态上与他迥然有别的年轻批评者，却拥有他可以认同的社会、文化和文学主张。"'挤'我看"的故事就是这么发生的，事实

---

　　① 鲁迅. 三闲集·序言［A］. 鲁迅全集（第4卷）［M］. 北京：人民文学出版社，2005.6.

　　② 鲁迅的原话正如上引的《三闲集·序言》，但后世把其中的"只信"理解成"不信""不再信"，显失公正，也不符合鲁迅作为启蒙者的进步观。

　　③ 参见丸山升的《鲁迅·革命·历史》，王富仁曾多次在演讲中谈过这个问题。

　　④ 即便他与梁实秋论战时使用了新的阶级论语汇，基本方法仍然是他一贯的，如"想讨主子的欢心因而得到一点恩惠"（鲁迅. 三闲集·"丧家的""资本家的乏走狗"［A］. 鲁迅全集（第4卷）［M］. 北京：人民文学出版社，2005.251.）。

　　⑤ ［日］丸山升. 鲁迅·革命·历史［M］. 王俊文译. 北京：北京大学出版社，2005.44.

　　⑥ ［日］丸山升. 通过鲁迅的眼睛回顾20世纪的"革命文学"和"社会主义"［J］. 鲁迅研究月刊，2006（2）：4～11.

上,所看的不只是"文艺论"①,但他仍然恪守文学者的本位,在此后两年间,随着其研读普列汉诺夫、卢那卡尔斯基等人的著作(这和他的论战对手——后期创造社成员的方向显然大异其趣)及对苏联文艺现状的了解,他越来越认可"无产阶级文学"的概念。他把这看作未来社会的文学,在眼前昏昧和黑暗的中国,则是一种属于农工大众的新兴艺术。

但他并不认为自己就是"普罗列塔利亚作家"②,他只是在展开一种新的思考方向,那就是在现有条件下,如何使"农工阶级"拥有文化和文学读物。这除了他准备翻译的苏联作家的作品,还包括他日后一再提倡的简易美术,如具有大众性的木刻,这也使他成为中国木刻最早的倡导者,并不惜在一旁做辅助性工作③。他所谓"扎实的工作",指的便是致力于创造为"农工阶级"所需要的艺术。相反,对于某些所谓普罗文学作品简陋而做作的虚张声势,他却非常反感。他常常不能忍受的是,把某种眼前的现象抽象为一种永固的原理性的东西,或将某种观念演绎为一种符号性的姿态。

还在北京的时候,鲁迅对苏俄革命的想象就是正面的,但热情远不如20世纪30年代后。这里边显然包含着一定的观察成分,这区别于《新青年》的同仁陈独秀和李大钊,也区别于一开始就把苏俄当作对立面的右翼知识分子。在某种程度上,倒与1926年胡适路过莫斯科时曾有的"三天赤化"④ 有些相像,即乐观其成。但与胡适也有明显不同,胡适是从人类制度的可能性上着眼的,鲁迅则着眼于国内政治力量的可能性⑤。但到了1927年他对现实中的民国已经彻底绝望,他身边出现了身为共产党员的优秀的年轻人,而自己也被"挤"看了"史的唯物论"之后,他才开始正面考虑苏联道路在中国的可能性。

---

① 从鲁迅当时的"书账"记载可知,他购买的马克思主义书籍范围广泛,如仅1928年2月的购书单中,"社会科学"类除日记本身所记外,另有:《阶级意识卜八何ノャ》(1日)、《空想ゎう科学へ》(5日)、《史的唯物论》(7日)、《ロシア劳动党史》(10日)、《支那革命の诸问题》、《唯物论と辩证法の根本概念》、《辩证法と其方法》、《新反对派》(13日)、"辩证法杂书四本"(19日)、《唯物史观解说》(21日)、《文学と革命》(23日)、《露国の文艺政策》、《农民文艺十六讲》(27日)、《マキシズムの谬论》(29日)。(见鲁迅. 鲁迅全集(第16卷)[M]. 北京:人民文学出版社,2005. 108~109.)

② 他在一次左翼作家集会时,便称自己"若真装做一个普罗作家的话,那将是非常幼稚可笑的事"([美]史沫特莱. 忆鲁迅[A]. 鲁迅回忆录(散篇)(下册)[M]. 北京:北京出版社,1999. 1590,1601.)。

③ 一次偶然的机会,当得知一位来华探亲的日本小学美术教师擅长木刻艺术时,他便立即邀请对方为上海美术青年教授木刻制作,他在一旁做翻译,而不避工作的"低级"。([日]内山嘉吉. 鲁迅和中国版画与我[A]. 鲁迅回忆录(散篇)(下册)[M]. 北京:北京出版社,1999. 1530~1546.)

④ 胡适. 欧游道中寄书[A]. 胡适文集(第4卷)[M]. 北京:北京大学出版社,1998. 41~50.

⑤ 鲁迅当时更乐见国民党恢复孙中山的"三民主义"。

在鲁迅的文字中，对苏联的充分肯定和热情讴歌集中发生在 1932—1934 年。他称苏联为"工农大众的模范"（《南腔北调集·林克多〈苏联闻见录〉序》）："现在苏联的存在和成功，使我确切的相信无阶级社会一定要出现，不但完全扫除了怀疑，而且增加许多勇气了。"（《且介亭杂文·答国际文学社问》）并断言："帝国主义是一定要进攻苏联的。苏联愈弄得好，它们愈急于要进攻，因为它们愈要趋于灭亡。"① 单从这些文字，并以我们"后来者"的眼光去看，鲁迅的确轻率得可以！有学者曾以纪德、罗曼·罗兰和萧伯纳访苏后的三种不同态度，推断未曾亲眼观察苏联，也未活到苏联更糟糕局面发生的鲁迅，一定会像纪德一样抛弃先前的看法；② 也有学者提供了 20 世纪 20—30 年代之交，西方经济陷入危机而苏联经济一枝独秀，从而促发形成了西方国家的"计划经济热"和"红色 30 年代"历史背景的史实，用以解释向往苏联的左翼思潮何以在中国汹涌澎湃。③ 这些自然不失为我们理解历史、理解鲁迅的可贵角度，但却尚难解释何以单单是这个人，对"无阶级社会"投射得那么深。

这恐怕只能从鲁迅自身寻找原因。从留学日本时期的"人国"主张，到"新青年"时期的"真的人"（《狂人日记》），鲁迅内心深处是有一个乌托邦存在的。这个"乌托邦"与政治学中的任何乌托邦都无关，却与人对自身的终极道德设想有关。这显然受到了进化论的影响，却不是斯宾塞式丛林法则的自然进化论，而是赫胥黎意义上的道德进化论④，也就是相信人类社会最终会进化到以道德立本，完成从"兽"到"人"的进化。这更像是哲学式的展望，而非社会性或政治性的规范，与传统中国"以德立国"及其任何现代型的替代式也均无关。正是这种道德确信，使鲁迅"从小康人家而坠入困顿"后，再也不想返回"上流社会"，再也不想"人往高处走"，哪怕他后来实际上已经是社会上的教授名流。

这样一种特殊的乌托邦情结和眼光，才使他在"呐喊"之前的长时间里对世事人情总是冷眼相向，在"呐喊"之际也远比他人深刻，在"呐喊"之后则恪守着坚定中的彷徨。而其中也并无"人间天国"的任何冲动，倒是有

① 鲁迅. 南腔北调集·我们不再受骗了 [A]. 鲁迅全集（第4卷），[M]. 北京：人民文学出版社，2005.439.

② 吴蓉晖. 假如鲁迅去过苏联 [A]. 谢泳. 胡适还是鲁迅 [M]. 北京：中国工人出版社，2003.300~303.

③ 李今. 苏共文艺政策、理论的译介及其对中国左翼文学运动的影响 [J]. 中国现代文学研究丛刊，2002（2）：35~60.

④ 参见 [日] 伊藤虎丸. 鲁迅、创造社与日本文学 [M]. 北京：北京大学出版社，1995.92~98.

一种拒绝"将来的黄金世界"① 和否定世界会"止于至善"② 的意识。上述乌托邦情结很容易使他与"无阶级社会"发生共鸣，但他同时具有的上述有限的意识，又保障了他最终不可能认同任何"人间天国"。这是一个特殊的乌托邦主义者，但又是一个能以理性审视历史的"现实主义者"。在一个遥远的地方对苏联方向的肯定，在 20 世纪 30 年代上半期并不是一件了不起的事情，反而以此为基点构成了对自己当下社会的批判。认为是件了不起的事情，恰恰是历史之后的事情，而且多半来自一种严格区别"天使"和"魔鬼"的政治清洁症，一种因袭于"文革"的"政审式"③ 心态。

应该说，将鲁迅界定为一个社会主义者是没错的。但这种社会主义与我们从现实社会主义经历中感知的历史内容又截然不同，它既有个人方面的主体基础，又未抛却先前所承继的民权主义，尤其是当事者对"黄金世界"及随之而来的对"流放""充军"的警觉。

但对于自由主义学说，鲁迅则表示他比较生疏。(《〈思想·山水·人物〉题记》) 这与其说是因为他留学日本而非欧美，或者对自由的渴望不够，倒不如说在他那个时代，自由主义并不具备生长的土壤，因为作为严格意义上的自由主义要落地生根并被践行，至少需要两个条件："自由"和"秩序"。但古老帝国崩溃所带来的现代中国的艰难历程，不仅摧毁了中国社会的上层秩序，也摧毁了中国社会的下层秩序，加之从晚清到民国，中国始终面临被全面殖民的威胁，自由主义之于今天所显示的重要意义，在当时却宛如锦上添花，而非雪中送炭。"锦"之不存，"花"将焉附？

可鲁迅也并非漠视自由主义的 ABC④。在一段谈论自由主义的文字中，他也触及"自由"和"平等"的悖论问题："我自己，倒以为瞿提（歌德）所说，自由和平等不能并求，也不能并得的话，更有见地，所以人们只得先取其一的。"⑤ 虽然鲁迅并未亮出自己的观点，但在这种自由和平等的排序中，人们倾向于认为他会选择后者。这当然可以成为把鲁迅从当今盛行的自由主义队伍里驱除出去的可靠根据，但与其这么处理，倒不如从中看出社会主义

---

① "有我所不乐意的在你们将来的黄金世界里，我不愿去。"(《野草·影的告别》)

② "所谓'革命成功'，是指暂时的事而言；其实是'革命尚未成功'的。革命无止境，倘使世上真有什么'止于至善'，这人间世便同时变了凝固的东西了。"(《而已集·黄花节的杂感》)

③ "政审"是"文革"进行政治迫害的一种形式，即以一种绝对正确/"清洁"的标准，审查所有人的历史，一旦某人在历史中有了"污点"（如少不更事时由老师宣布集体加入三清团），便成为携带终生的耻辱的"红字"。"文革"结束后，"政审"制度公开废除，但类似的心理逻辑，却被不少普通人，包括批判、否定"文革"的人因袭下来，形成一种以绝对主义衡量他人的道德态度。

④ "自由主义么，我们连发表思想都要犯罪，讲几句话也为难。"(《热风·五十六"来了"》)

⑤ 鲁迅. 思想·山水·人物题记 [A]. 鲁迅译文集（第 3 卷）[M]. 北京：人民文学出版社，1958. 290.

所包含的问题意识更内在于鲁迅时代的那种历史悖论。至于对鲁迅个人，则很难得出一个终身抗拒奴役的人会主张将自由和个人意志交付出去的结论，只有如鹤见祐辅引用米尔所批评的将那种自由主义视为信仰教条而非"心的形"（mind form）、"心的习惯"（mind habit）的人①，才会在自己主张自由主义时铲除本可吸纳的历史资源。尽管这么说，仍然无法、也没必要趋时趋势地认定鲁迅就是一个自由主义者，倒是认为鲁迅"自由"而不"主义"的判断②更接近鲁迅本身，更何况他还是一位民权主义者。

此外，鲁迅还是一位民族主义者。但与面临亡国灭种而激起中国社会普遍的民族主义意识相比，他又显得有些特殊——他是在挣扎着更新了内在自我之后，重新确认民族主义身份的。他拥有的是一种内省的、开放的民族主义。这在当时不仅仅是他一个，而是获得了世界性眼光的五四先驱们共有的特征，只是他在"更新"自我方面做得更为艰苦卓绝。直到晚年，他作为资深的、具有代表性的左翼文化人时，仍然坚守着这一立场，也充盈着那种内省、开放的民族主义感，以致遭遇到左翼文化内部另一种民族主义的狙击，而后者恰恰是那种社会普遍存在的单向的、封闭的民族主义者。这种民族主义只在民族危亡的危急时刻发挥过巨大的历史作用，却在外患并不急迫的时期，常常成为国人重新获得主体地位并谋取民族最大利益的障碍。③

然而，在大致确认鲁迅是个民权主义者、社会主义者和自省、开放的民族主义者后，鲁迅之政治思想仍然不能被我们所真正把握，或者说，我们把握到的仍然是一个被概念撕裂的鲁迅政治学。那么，鲁迅真正的政治意识，或曰鲁迅自己的政治学究竟是什么呢？

三、鲁迅的政治学

鲁迅的"政治学"并不存在于论述，而是存在于感觉；他没有一套关于政治的系统思想，却有一个完备的感觉结构。这是一种内在的政治学。

1927年底，一批留学日本的青年马克思主义者回国，企图在中国发起一场全面的马克思主义思想运动，以提高中国思想界和中国共产党的理论水平。他们受邀于日益"左倾"的著名文学团体创造社，获得了充分的出版资源，虽然最终全盘计划并没有实现，却在提倡无产阶级文学方面获得了巨大成功。

①　[日] 鹤见祐辅. 思想·山水·人物·说自由主义 [A]. 鲁迅译文集（第3卷）[M]. 北京：人民文学出版社，1958. 450～451.

②　郜元宝. 鲁迅与中国现代自由主义 [A]. 谢泳. 胡适还是鲁迅 [M]. 北京：中国工人出版社，2003.

③　参见张宁. "花边文学"事件与两种民族主义 [J]. 郑州大学学报，2005（6）：17～21.

当然，这种成功并不是依赖于他们自身的论述，而是来自一场由他们引发的大论战。正如人们已知的，鲁迅不仅卷入了这场论战，也因持续而坚韧地迎战而成为论战的焦点。但与其他争论者不同，鲁迅基本上未在对方的议题和水平线上与之交汇，而是仅仅抓住对方鲜为人们所注意的一个方面，即反抗的被压迫者身上的"统治者要素"。

后期创造社发起马克思主义思想运动，倡导"普罗列塔利亚文学"的目的，是将真理引入中国，用于指导中国革命的实践。但一个关键的问题却未被发起者和倡导者所意识到，那就是发起者和倡导者自己在这个"革命"中的位置。也许在他们看来，这根本不是一个问题，更没必要去注意，因为真理传播者本身就等于真理，拥有对真理和未来的双重权力①。但这一未被意识到之处，却成为鲁迅批判的切入点：这些宣扬真理的人们，虽然自己顾忌于统治者的"指挥刀"，却不忌讳以他们所宣称占有的"未来"，号召和恫吓潜在的追随者（也是被压迫者），许以"最后的胜利"；为了自己"得民"，不惜"拉'大众'来作'给与'和'维持'的材料"②，而肆意排斥基于个人好恶而不喜欢的人。在这种"不革命便是反革命"的逻辑之中，鲁迅看到了一幅未来社会的恐怖图景：

> 倘使那时……给人家扫地也还可以得到半块面包吃，我便将于八时间工作之暇，坐在黑房里，续钞我的《小说旧闻钞》，有几国的文艺也还是要谈的，因为我喜欢。所怕的只是成仿吾们真像符拉特弥尔·伊力支一般，居然"获得大众"；那么，他们大约更要飞跃又飞跃，连我也会升到贵族或皇帝阶级里，至少也总得充军到北极圈内去了。译者的书都禁止，自然不待言。（《三闲集·"醉眼"中的朦胧》）

许多年之后，鲁迅又再次描述了类似的图景。不过，这回面对的不是仅有革命欲望和一点理论的浪漫文人，而是精于权术的"笑哈哈一团和气"的文化政治组织者。

事因"左联"一位年轻作家的一封来信而起，信中批评鲁迅在"左联"

---

① 参见成仿吾《从文学革命到革命文学》："谁也不许站在中间。你到这边来。或者到那边去！……克服自己的小资产阶级的根性，把你的背对向那将被奥伏赫变的阶级，开步走，向那龌龊的农工大众！……这样，你可以保障最后的胜利；你将建立特勋，你将不愧为一个战士。"李初梨《请看我们中国的 Don-Quixote 的乱舞》："不管他是第一第二……第百第千阶级的人，他都可以参加无产阶级文学运动；不过我们先要审查他的动机。"（见中国社会科学院研究所现代文学研究室."革命文学"论争资料选编（上）［M］.北京：人民文学出版社，1981.35.）

② 鲁迅.三闲集·"醉眼"中的朦胧［A］.鲁迅全集（第4卷）［M］.北京：人民文学出版社，2005.63.

的实际领导人支持"国防文学"口号后，不该再支持同一阵营的另外一个口号"民族革命战争的大众文学"。今天看来，"两个口号"之争并无根本的原则性分歧，但当时却引发了左翼文化阵营的分裂。表面上看起来，分裂的责任在于"大众文学"的提出者，其中也包括鲁迅本人，但根源却在于"左联"的实际领导人。后者在向全社会"开门"之后，却在左翼阵营内部实行了变相的"关门主义"——认同"国防文学"口号与否，成为区分"自己人"和"非自己人"的标准。

于是，一个意欲容纳异质、寻求共识、共御外敌的"大团结"局面，便被建为基于内部的"认同"结构之上，从而将一个合作性组织"行帮"化（鲁迅语）。那位"左联"年轻作家的信，特别表达了"清理门户"之意：倘若不是"有先生作着他们的盾牌"，无论是"实际解决"还是"文字斗争上"，"打击本极易"。[①]鲁迅非常敏感于这样的字句，在随后的公开信中质问：

　　　　什么是"实际解决"？是充军，还是杀头呢？（《且介亭杂文末编·答徐懋庸并关于抗日统一战线问题》）

与1928年稍有不同的是，鲁迅这次不是单单从对方的话语逻辑，更是从一个文化团体的行为——严格说来，只是行为的一些蛛丝马迹中，嗅到了一幅未来的恐怖图景。他照字面严词批判了前台人物，也直接把幕后人物推了出来，描述了其捕风捉影的清洗行为，并把他们形容为从奴隶中自发生成的"奴隶总管"。

从民国初期的"奴隶的奴隶"，到晚年遭遇"奴隶总管"，鲁迅一生都有一种挥之不去的做"奴隶"的感觉。假如"自恋"是人的普遍本性[②]，而社会又自觉不自觉地根据这一普遍本性而组织起来，形成一种被俗语称为"人往高处走"的存在性格局的话，那么，鲁迅在内在价值领域则走着一条逆本性的背离之路：拒绝往上走！

他可能有着一种被常人视作孤高的个性，却几乎没有依托权力、荣誉或社会等级而获得的那种自信和底气；或者相反，因丧失对权力、荣誉或社会

---

　　① 鲁迅. 且介亭杂文末编·答徐懋庸并关于抗日统一战线问题［A］. 鲁迅全集（第6卷）［M］. 北京：人民文学出版社，2005.546.

　　② 沿用弗洛伊德之说。弗氏把"那耳喀索斯"（希腊文：Νάρκισσοs，希腊美少年，因自恋而投水，变成水仙花）由一种人的心理情结发展成所有人的心理情结。参见［美］诺尔曼·布朗. 生与死的对抗［M］. 冯川等译. 贵阳：贵州人民出版社，1994；［美］贝克特. 反抗死亡［M］. 林和生译. 贵阳：贵州人民出版社，1988.

等级的依赖而丧失那种自信和底气。也就是说,他拒绝在任何社会等级安排中安身立命,并从中汲取意义感、独特感和出类拔萃感。这看起来更像一个存在心理学和个人伦理学的问题,但在鲁迅眼里,同时也具有一种隐秘的政治性。因为正是这种内在价值的"逆本性"之路,使他在意识到自己(与每个国人一样)身为"奴隶"、受到"奴役"之后,便不再寻求个人的"向上走",也不再产生"个人解放"(其实是个人解脱)的幻觉,从而成功地摆脱了几乎制约着每个国人的"主子/奴隶"(以下简称"主/奴")结构。而国人的"主/奴"结构正是鲁迅一生念念不忘的问题,也是他作品悉心表现的重要主题之一。

鲁迅小说一般只表现农民、乡绅和城市知识者,其触角从没有延伸到上流社会,但这些作品能让中国几乎所有阶层的读者从中窥见自己的影子。奥秘便在于,即使是对一个下层人物的描写,也能浓缩整个国人的灵魂,这灵魂充满了奴性,却一心一意地追求"阔",差别只在于表露方面的或隐或显。而在一些人物(如阿Q)身上,其整个存在的时空观都被"阔"字所笼罩("我们先前——比你阔得多啦!""我的儿子会阔得多啦!"),甚至在自己的仇人身上,也会因"阔"而巫术般地黏合进自己的想望(如和赵太爷的那种奇特关系)。[①] 在一些寓言体的精致短章里,他拿"阔"的两个具体方面——"富/贵"来描画国人的灵魂:

> 一个说:"这孩子将来要发财的。"他于是得到一番感谢。
> 一个说:"这孩子将来要做官的。"他于是收回几句恭维。
> 一个说:"这孩子将来是要死的。"他于是得到一顿大家合力的痛打。
>
> (《野草·立论》)

曾在前期与他共享对国民性思考的周作人,也表达过类似的看法,只不过指称更为明确:"中国有'有产'与'无产'这两类,而其思想感情实无差别,有产者在升官发财中而希望更升更发者也,无产者希望将来升官发财者也,故生活上有两阶级,思想上只一阶级,即为升官发财之思想。"[②]

而"阔"的更精致、更高级的表达,则是被镶嵌在"主/奴"结构中的"向上走",它通常是以(在"正常"年代)"成功"或(在"革命"时代)"胜利"的单纯形式而显现的,因而最不为人所注意。而"成功"或"胜利"之追求的普遍性和这种追求得到满足后的得意或喜悦,也会让人在幻觉中淡

---

① 参见张宁. 阐释:后精神分析视野中的阿Q [J]. 文史哲, 2000 (1): 53~59.
② 启明(周作人). 随感九七·爆竹 [A]. "革命文学"论争资料选编(上)[M]. 北京:人民文学出版社, 1981. 170.

化、消融隐藏其中的"主/奴"结构，让人感觉"向上走"更像是天地对人生的纯粹加冕，而不会带来任何道德压力。但在鲁迅那里，这种"主/奴"结构就密布在他周围的空气中，并随空气一起被呼吸着。在这种空气一样密布四周的"主/奴"结构中，不存在"向上走＝天地对人生加冕"的单纯形式，它必然包含着奴役，包含对奴役的认同乃至参与。在与"正人君子"和"新月派"的论战中，正是这种近乎严酷苛刻的伦理感觉，使他写出了一篇篇犀利的文章，为不自觉地"向上走"的社会精英们留下了一幅幅"帮忙""帮闲"、参与奴役的精神肖像。

对此，今天的人们站在（"正常"年代）同样"向上走"的不自觉位置上，并在一个错位的历史语境中，已完全陌生于这种拒绝奴役的伦理性，反而只看到他喋喋不休地"骂人"，以及"尖酸"与"刻薄"，并不自觉地将自己降低为喜于评判"家长里短"的妇姑。不过，即使在鲁迅那个时代，这种敏感于"奴役"的严酷苛刻的伦理性，也很少为知识分子所具有。这使鲁迅比他人更多地感受到那箍身的枷锁和烙印在身体上的红字。他甚至从未生发过"身的奴役"和"心的自由"这类二元对立的个人解放幻觉，尽管他也曾做过"奴隶"与"奴才"的区分，以描述"奴役"中的不满与满足。了解这一点，也就明白了鲁迅为什么一生都显得比他人痛苦得多，明白他说"发表一点，酷爱温暖的人物已经觉得冷酷了，如果全露出我的血肉来，末路正不知要到怎样"[①]　的根源。

不用说，正是意识到自己无法逃出历史中的"主/奴"结构，他才做出了最富有伦理性的抉择：永远和奴隶在一起！换言之，只要身边发生奴役，他自己就是被奴役者之一。这是一种令人称奇的感觉，也很容易被人从实际政治上来解释，所以一直以来，人们都是在狭义的政治视域里来理解的，并将其归咎于统治者集团及其"主宰"的社会制度。至于被狭义"政治"视域承载不下的"剩余物"，则归于"启蒙"视域的国民性批判。但这种归类法是不会让感受到鲁迅那种独特感觉的读者满意的，因为它把那种感觉的整体性和内在结构破坏了，也因而把与之对应的、像空气一样密布四周的"主/奴"结构拒之门外。正是这种感觉的整体性和内在结构，以及所包含的伦理抉择，使鲁迅发展出最基本的政治行为——放弃加入任何统治者集团，拒绝"从上面看"，坚持"奴隶"的视角，并以自己的血肉之躯，测量着每个新到来的时代：

　　　　我觉得革命以前，我是做奴隶；革命以后不多久，就受了奴隶的骗，

----

① 鲁迅. 坟·写在《坟》后面［A］. 鲁迅全集（第1卷）［M］. 北京：人民文学出版社，2005.284.

变成他们的奴隶了。(《华盖集·忽然想到》)

　　中国人向来就没有争到过"人"的价格，至多不过是奴隶，到现在还如此……任凭你爱排场的学者们怎样铺张……但措辞太绕湾子了。有更其直捷了当的说法在这里——

　　一，想做奴隶而不得的时代；

　　二，暂时做稳了奴隶的时代。(《坟·灯下漫笔》)

　　自己明知道是奴隶，打熬着，并且不平着，挣扎着……即使暂时失败……他却不过是单单的奴隶。如果从奴隶生活中寻出"美"来，赞叹，抚摩，陶醉，那可简直是万劫不复的奴才了……(《南腔北调集·漫与》)

　　抓到一面旗帜，就自以为出人头地，摆出奴隶总管的架子，以鸣鞭为唯一的业绩……(《且介亭杂文末编·答徐懋庸并关于抗日统一战线问题》)

　　20世纪70年代末以降，很多人都在谈论鲁迅早期的"立人"思想，认为那是早期觉醒的中国人诸种"救国"方案中最别开生面的一种；鲁迅自己在提出这一"方案"时也罗列于种种"救国"方案之中，从社会功能学("凡事举")的角度证明其根本作用。但笔者怀疑，从那时起，他就有了上述近乎本体论的"做奴隶感"和"站在奴隶一边"的决心。当时的他，除了作为弱国子民的普遍的感同身受，还痛苦于同胞中普遍存在的"主/奴"情结。他虽然和其他"志士"一样，强烈感受到"物竞天择"、祖国沦亡的危机，却拒绝学习"执进化留良之言，攻小弱以逞欲，非混一寰宇，异种悉为其臣仆不慊也"①（着重号为笔者所加），他感到了一种身为弱国国民却欲奴役他人的"惭愧"，并沉痛地批评道：

　　而吾志士弗念也，举世滔滔，颂美侵略，暴俄强德，向往之如慕乐园，至受厄无告如印度波兰之民，则以冰寒之言嘲其陨落。夫吾华土之苦于强暴，亦已久矣，未至陈尸，鸷鸟先集，丧地不足，益以金资，而人亦为之寒饿野死。(《集外集拾遗补编·破恶声论》)

---

　　①　鲁迅. 集外集拾遗补编·破恶声论［A］. 鲁迅全集（第8卷）［M］. 北京：人民文学出版社，2005. 35.

与这种充斥着"主/奴"结构的强国梦不同，鲁迅提出了一种在当时看来匪夷所思的"国际观"——"凡有危邦，咸与扶掖，先起友国，次及其他，令人间世，自繇具足，眈眈皙种，失其臣奴。"（《集外集拾遗补编·破恶声论》，着重号为笔者所加）

从以上蛛丝马迹中可见，鲁迅在最初"睁眼看世界"时，也就同时有了把一种新伦理带给世界的自觉。如果这一点成立，那么，"立人"思想就不仅是一种救国方案，同时也是一种在挣扎和煎熬中逐渐发展起来的终极伦理主张，其目标竟是毫无现实依据的"人国"（"国人之自觉至，个性张，沙聚之邦，由是转为人国"①）。换言之，"立人"作为"救国"方案，是扎根于一种根本的伦理意识和终极的伦理主张之中，而非历史条件之上的。这就难怪"立人"思想在发表之时，毫不为人所注意；也难怪后来的研究者，要么把它错解为实施教育、培养人才（20世纪50—60年代），要么把它简单地与个人主义和启蒙思想相联系（20世纪80年代以降）。但从传记批评的角度，它也提供了鲁迅晚年何以"向左转"的精神线索，从中可以看出，他晚年亲和于"无阶级社会"是有着早期的"人国"作为底色的。或者说，从早期的"人国"到晚年的"无阶级社会"，在鲁迅那里是有着一种特殊的内在逻辑关联的。而其中的"特殊"正在于，这仅仅是一种精神和终极伦理的内在关联，并无任何人的"安排"和"设计"（包括制度的安排和设计）之冲动。换言之，鲁迅从来没有以"解放者"的姿态，企图将自己那包含着终极伦理性质的"乌托邦"推行于天下；相反，这种包含着终极伦理性质的"乌托邦"，却仅仅是作为自己以"有限"面对"无限"时的那种至高存在，那种始终让自己感受到"奴隶"身份的道德维度。

这当然是一种自觉的"主体"建设，但建设之结果，却不是获得"个人自由和解放"的意识，而是一种"奴隶—人"意识②，一种时刻意识到人之权利、尊严和"应然"状态，又时刻意识到人之奴役处境的内在结构。而这，正好适宜于、匹配于、对应于那充斥历史的"主/奴"结构。也就是说，不是一种"自由和解放"意识，而是一种"奴隶—人"意识，才是"主/奴"结构的真正对手。而后者，即"奴隶—人"意识的建立，则堵死了在充斥着

---

　①　鲁迅. 坟·文化偏至论［A］. 鲁迅全集（第1卷）［M］. 北京：人民文学出版社，2005. 57.

　②　"奴隶—人"意识，本应专文论述，这里先简述如下：已觉醒为"人"，却又意识到始终受奴役的历史处境。觉醒为"人"，即超出奴隶状态（或静思，或呐喊，或战斗，或自视为社会主人），但又继续感觉为"奴隶"（阶级位置或非阶级位置）者，中国现代思想史上仅此一例。这个被打开的"政治学"面向，使鲁迅既以"人"通向了"启蒙"，也以"奴隶"通向了"左翼"；避免了"自由"的幻觉（以为可登高一呼），也避免了"解放"的幻觉（以为可一次性完成）。鲁迅性格中的所谓"阴郁"，其自谓的"内心寒冷"，以及绝望/希望之辩，似都出自这里。

"主/奴"结构的历史中寻求真正"解放"的可能①。鲁迅在"向左转"后，与许多左翼作家和共产主义者扞格抵牾，而又令对方不得其解，原因盖出于此。对此，曾讽刺鲁迅为"学阀"的瞿秋白，在与他近距离接触后，曾用一则隐喻表达了令人惊讶的洞悉：

> 鲁迅是谁？我们先来说一通神话罢。
>
> 神话里有这么一段故事：亚尔霸·龙迦的公主莱亚·西尔维亚被战神马尔斯强奸了，生下一胎双生儿子：一个是罗谟鲁斯，一个是莱谟斯；他们俩兄弟一出娘胎就丢在荒山里，如果不是一只母狼喂他们奶吃，也许早就饿死了；后来罗谟鲁斯居然创造了罗马城，并且乘着大雷雨飞上了天，做了军神；而莱谟斯却被他的兄弟杀了，因为他敢于蔑视那庄严的罗马城，他只一脚就跨过那可笑的城墙。
>
> ……虽然现代的罗谟鲁斯也曾经做过一些这类的傻事情，可是，他终于屈服在"时代精神"的面前，而同着莱谟斯双双的回到狼的怀抱里来。（《鲁迅杂感选集·序言》）

这里出现的一系列意象：狼、荒野、庄严的罗马城、筑城者、森林的流浪者、天神的宝座、"时代精神""双双的回到狼的怀抱里"，构成了一个隐喻之网，让我们看到了一位左翼政治家兼批评家感觉层面上的左翼阵营生态图。其中最为关键的是两类左翼知识者和实践者：一类追求新罗马城，追求权力、荣耀、等级秩序、神圣感、宝座，以及伴随之的杀戮和血腥；一类则放弃城堡、荣耀、权力、宝座，继续在森林里流浪。尽管瞿秋白做了一种意识形态的调和，寄望于罗谟鲁斯"同着莱谟斯双双的回到狼的怀抱里"，但历史所做出的分野却令人触目惊心。

蔑视"旧罗马城"，也拒绝"新罗马城"，始终"找寻着那回到'故乡'的道路"——"狼的怀抱"，也许，没有什么能比这更好地隐喻鲁迅的了；也没有什么能比这更恰切地区分狭义政治和广义政治，并从中定义鲁迅的政治性的了。在他早期所列举的诸种"救国"方案中，无论是"制造商佶"，还是"立宪国会"，都是成就"罗马城"的事业，带着天然的"从上面看"的视角，也自然隐藏着"从上面的"的姿态；唯有"立人"来自"从下面看"的视角，隐含着"在下面的"的体味和挣扎。

而在遭遇"革命文学家"并加盟左翼阵营后，那些号称以追求"无阶级

---

① 对于鲁迅终生挥之不去的受奴役感，竹内好早在 1943 年分析说："他几乎不怀疑人是要被解放的，不怀疑人终究是会被解放的，但他却关闭了通向解放的道路，把所有的解放都看作幻想。"

社会"为宗旨的"左派"战友们，却又同样心仪着"新罗马城"，心仪着"建立特勋"和"最后的胜利"（1928年），并以"解放"的名义操"鸣鞭"之业，行"奴隶总管"之实（1936年）；唯有他苦苦追寻着"无阶级社会"的本意，用一种严酷苛刻的伦理尺寸审度着历史中发生的一切。这自然会让人感到困惑和费解，因为无论是作为"立人"终极目标的"人国"，还是作为原始意义上的"无阶级社会"，都只能是一种思想，一种人类存在的"乌托邦"参照，而无法成为某种一劳永逸的实践或某种可操作的政治方案。换言之，它完全是"反政治"或"非政治"的，但问题恰恰在于，鲁迅将它发展出了一种政治性。这种政治性非关"治邦安国"的统治术，非关新旧"罗马城"的兴铸或毁灭，也不着眼于合理社会的"顶层设计"，而是事关或着眼于如何"把民众……从政治的客体变成政治的主体"①，用他自己更为文学化的说法就是："惟有民魂……发扬起来，中国才有真进步。"②

　　而与此相关的问题，也都在一系列悖论中呈现或消隐：这是一种反政治的政治性，一如竹内好所言"其政治性……是因拒绝政治而被赋予的政治性"③；但这种"拒绝政治"和"非政治"的特征，又恰恰能够轻易地遮蔽其政治性，使之看起来更像是一种仅仅诉诸观念的思想启蒙。只有将"政治"从"实际政治"领域里挪移到我们每个人自身的生活中，唤起我们不计大小、不求荣耀的参与意识，从此不再成为"看客"（这是鲁迅许多作品的主题），这种政治性才显现出其"政治性"。

　　这是一种民众的政治学，它属于民众，但矛盾的是，它又很少能为民众所拥有。因为在一个充斥着"主/奴"结构的历史中，被统治者心理上总是黏合着统治者或"统治者法则"，一如阿Q巫术般地黏合着赵太爷；即便上升到阶级、集群、种族的层面，也不过是通过整体复兴和"换了人间"而擢升自己，一如《圣经》中的犹太复国主义者起初寄望于耶稣，继而抛弃之，任其被钉在十字架上。只有在意识到历史被限定于"主/奴"结构中，且觉醒的奴隶不是寻求"个人自由和解放"的幻觉，而是建立一种"奴隶—人"意识时，这种政治学才能为民众所拥有。

　　这也是一种非同寻常的政治视野，其特征就是"从下面看"。与"实际政治"总是"从上面看"不同，"从下面看"则是一种无关权力的视野。它扎根于最本源的生活中，拒绝任何官僚制度的区隔，保持着与普通人的息息相

---

①　[日]伊藤虎丸. 鲁迅与日本人[M]. 李冬木译. 石家庄：河北教育出版社，2000. 114.

②　鲁迅. 华盖集续编·学界的三魂[A]. 鲁迅全集（第3卷）[M]. 北京：人民文学出版社，2005. 222.

③　[日]竹内好. 鲁迅[A]. 近代的超克[M]. 外歌等译. 北京：生活·读书·新知三联书店，2005. 19.

通。这种视野本身就属于普通人，只不过在一个"主/奴"结构的历史中，人被分裂为"不普通的人"和"尚未不普通的人"（一如"做稳了奴隶"和"想做奴隶而不得"），因而剥离了人本应具有的"普通性"（真正的"主体性"）。狂人之"狂"，至少有一半来自于他从"吃人"的梦魇中惊醒后，继续以无辜者的姿态站在"历史的制高点"上（"不普通的人"）；直到意识到自己的"原罪"（"吃人"），他才从审判者的高位上跌落下来，获得治愈，"赴某地候补"，消失于日常人群中。① 因而，所谓"从下面看"之"下面"，不仅指社会空间中的下端（底层），也指一个人和他的生活之间的那种关系方式：是扎根于活生生的生活经验之中，还是升腾到具体生活经验之上，把自己绑缚在某种可供放大自己的抽象之物或幻想之域。民众政治学和普通人的政治性，均来自于这一视野。

让民众成为"政治主体"而非统治的对象或"得民"的材料，是贯穿鲁迅一生的主题，也成就了他独特的"政治"生涯。这种政治，有时候看起来却不那么像政治，只不过是给"正常"的社会和秩序"捣捣乱"而已②；有时候又具有极为严肃的面孔，看起来像是与旧世界的决战③，只不过转瞬之间，又把可能隐藏其间的"权力"中心主义，转换为民众"权利"的网络主义。后者正如他临死前与同仁签署《中国文艺工作者宣言》时解释的那样："《文艺工作者宣言》不过是发表意见，并无组织或团体，宣言登出，事情就完，此后是各人自己的实践。有人赞成，自然很以为幸，不过并不用联络手段，有什么招揽扩大的野心，有人反对，那当然也是他们的自由，不问它怎么一回事。"④

当我们把鲁迅的感觉政治学当作原理（学）来概括时，我们也就犯了当初告诫自己的错误：把不该分割的东西分割化，不该抽象的东西抽象化了，以致不仅损害了原本的血肉，也使丰富的存在趋于简单，乃至挂一漏万。不过，好在有鲁迅的著作在，那里跳动着他不息的脉搏，连临终前病榻上的渴求与呼吸，以及隐含在渴求与呼吸中的情怀，也一一铺展在我们面前：

----

① 参见［日］伊藤虎丸. 鲁迅与日本人［M］. 李冬木译. 石家庄：河北教育出版社，2000. 120～122.

② 如鲁迅常表达的那样："偏要使所谓正人君子也者之流多不舒服几天……给他们的世界上多有一点缺陷。"而明确提出"从下面看"（from below）概念的捷克作家 Vaclav Havel，其英文自传便取名为 *Disturbing the Peace*（意为捣捣乱）。

③ 如他写过的宣言般的文字："中国的无产阶级革命文学在今天和明天之交发生，在诬蔑和压迫之中滋长，终于在最黑暗里，用我们的同志的鲜血写了第一篇文章。"（鲁迅. 二心集·中国无产阶级革命文学和前驱的血［A］. 鲁迅全集（第4卷）［M］. 北京：人民文学出版社，2005. 282～284.）

④ 鲁迅. 360806 致时玳［A］. 鲁迅书信集（下卷）［M］. 北京：人民文学出版社，1976. 1018.

"给我喝一点水。并且去开开电灯，给我看来看去的看一下。"

"为什么？……"她的声音有些惊慌，大约是以为我在讲昏话。

"因为我要过活。你懂得么？这也是生活呀。我要看来看去的看一下。"

"哦……"她走起来，给我喝了几口茶，徘徊了一下，又轻轻的躺下了，不去开电灯。

我知道她没有懂得我的话。

街灯的光穿窗而入，屋子里显出微明，我大略一看，熟识的墙壁，壁端的棱线，熟识的书堆，堆边的未订的画集，外面的进行着的夜，无穷的远方，无数的人们，都和我有关。我存在着，我在生活，我将生活下去，我开始觉得自己更切实了，我有动作的欲望——但不久我又坠入了睡眠。（《且介亭杂文末编·"这也是生活"……》）

（原载《文史哲》2015 年第 2 期，略有改动）

"鄢烈山现象"的形成及其意义

刘小平

鄢烈山以《一个人的经典》获得第三届（2001—2003）鲁迅文学奖散文杂文奖。该奖项评委会副主任高洪波为鄢烈山授奖时说："社会责任感造就他犀利的文风，在杂文界人望相当高。"① 终审评委张守仁认为鄢烈山的作品集获奖的理由是："针砭时弊，指斥腐败；讽刺辛辣，爱憎分明；关心民生疾苦，充满人文精神。"② 这些都是对鄢烈山及其杂文的高度肯定。一直以来，各类人士对鄢烈山杂文存在着不同的看法和评价，这次获得国内文学界的最高奖项，显示了权威机构对鄢烈山杂文创作的认可和接受，也表明了他的杂文具有一定的思想艺术魅力。

不过，如果把鄢烈山的杂文写作仅仅看作是一种文学行为，那就大大低估了它的实际意义，应该说，鄢烈山的杂文写作已经形成一种"鄢烈山现象"。这种现象的形成有一个较长的过程，是由多种条件和原因促成的，而且包含着独特的思想内涵，在当代呈现出不可忽视的社会意义。

一、在多元评价中形成的"鄢烈山现象"

鄢烈山从 1984 年开始写杂文，至今已有 20 多年的时间。20 世纪 90 年代，当一个个文人下海经商或由文入仕的时候，鄢烈山坚守住自己热爱的文化阵地，愈加爆发出旺盛的创作力，不断向现实发出质询和拷问。目前已出版 17 本杂文集：《假辫子·真辫子》（1989）、《冷门话题》（1995）、《正义的激情》（1997）、《中国的个案》（1997）、《此情只可成追忆》（1998）、《追问的权利》（2001）、《中国的羞愧》（2001）、《一个人的经典》（2003）、《丢脸》（2004）、《年龄的魔力》（2005）等。这些散见于各大报刊，后又结集为书的杂文正是"鄢烈山现象"形成的前提条件之一。不过，著述时间长，作品丰硕，并不是"鄢烈山现象"的主要成因。因为创作数量更多的作家并不鲜见，一个作家也不会因为出书比别人多就必然成为社会关注和饱受争议的对象。

---

① 张思超. 鄢烈山：杂文应是银针手术刀 [N]. 南方周末，2005 – 07 – 07.
② 张思超. 鄢烈山：杂文应是银针手术刀 [N]. 南方周末，2005 – 07 – 07.

鄢烈山杂文的名声远播海内外，这种名声也是"鄢烈山现象"形成的前提条件之一，但它同样不是"鄢烈山现象"的主要成因。在当今传媒发达的后工业社会，要想赢得一点名声并不难，如果想被社会所认可，并被人民由衷感佩，那难度就很大。鄢烈山以其文章兼备思想穿透力和艺术感染力而名扬于世，出的是后面这种有难度的名。尤其是在 1996 年至 2001 年 4 月这 6 年间，他曾用本名或笔名为《南方周末》开设时评专栏，更是引起大家的热切关注，他的名声因此达到了顶点。鄢烈山的杂文创作还被写进文学史教材，《二十世纪中国杂文史》（姚春树，袁勇麟著）就辟专节介绍鄢烈山杂文，《中国当代文学发展史》（金汉主编）也把鄢烈山作为新生代杂文的代表作家来介绍。这些是学术界对鄢烈山及其杂文创作的肯定和认可，鄢烈山由此而进入了当代文学史的叙述之中。

既然创作数量和名声都不是"鄢烈山现象"的主要成因，那么是什么使"鄢烈山现象"得以形成呢？就像"王朔现象"和"张艺谋现象"是由社会文化原因造成的一样，"鄢烈山现象"的主要成因同样需要从社会文化层面去寻找。通观"鄢烈山现象"，我们可以看出其主要成因在于当今社会对鄢烈山杂文的阅读和接受态度上。

在阅读和接受鄢烈山杂文这个问题上，当今社会一直存在着一种多元矛盾现象：鄢烈山的杂文一方面被很多读者喜爱着，认为其读起来痛快，有启迪性，有思想冲击力；另一方面也被某些权威人士批评，认为其不宜在某些场合露面。但是，鄢烈山杂文所宣扬的现代思想、价值、精神以及其中透露出的满腔正气又是无法否定的，他在文章中倡言人权、民主与法治，反腐倡廉，针砭时弊等做法，显然又都是与我国现行法律政策等主流意识形态相一致的。正如他自己所言："我没有写过一篇犯什么严重政治错误的文章，也没有写过一篇让领导做检讨的东西。"① 因此，第三届鲁迅文学奖散文杂文奖授予鄢烈山也是情理中事。这个奖项由文学界有影响力的作家、批评家、专家学者联合评出，同时又以中国作协这个权威文学机构的名义颁发，由此可以看出文学界、知识界和权威机构对鄢烈山的认可。

鄢烈山一直坚持着边缘化写作，曾被《南方人物周刊》评为"影响中国的公共知识分子 50 人"之一。这次人物评选的标准：一是具有学术背景和专业素质的知识者；二是对社会进言并参与公共事务的行动者；三是具有批判精神和道义担当的理想者。这种评选具有民间性质，体现的是正在成长的民间力量的价值取向和目标追求。于是我们又看到，鄢烈山的领奖行为又引起

---

① 李深明. 思想与情感的激荡——访全国第三届"鲁迅文学奖"获得者杨黎光和鄢烈山 [N]. 新世纪文坛，2005 – 02 – 18.

了很大的争议：赞扬、肯定并感到欣慰者有之；批评者亦有之。有人著文称这是向"体制内"投降，是被"招安"。真是众说纷纭，莫衷一是。

正是以上阅读和接受上的多元矛盾，才最终导致鄢烈山的杂文写作形成一种"鄢烈山现象"。

二、鄢烈山的写作立场转向

"鄢烈山现象"的具体内涵首先表现在创作转型方面。鄢烈山曾表明，他在 1996 年以前写杂文较多，之后就开始写时评。对于"杂文"和"时评"，鄢烈山认为它们之间有共性，同时又做了明确的区分，认为前者不必非要具有后者的民间性、新闻性和当下性不可。鄢烈山把时评从鲁迅的那种杂文论述中独立出来，实际上表明了他在文学创作及其理论上开始转型（为了让一般人理解，我们暂且把时评归为杂文这个大类进行讨论）。通观鄢烈山的杂文创作，我们可以以 1996 年为界，把其写作分成前后两个阶段：前一个阶段是以"平民写作"为创作追求；后一个阶段则转而追求"公民写作"。虽然"公民"与"平民"只是一字之差，在思想精神上也有不少承继，但作品的思想倾向发生了一种转换，可以说它们之间有着很大的价值分野。

从一开始写杂文，鄢烈山就着力避免使杂文沦落为一般短论，不像某些人那样满足于对现实、社会发表一些人云亦云的比较肤浅的看法，或是发一通牢骚解气了事。因而，鄢烈山杂文一直以来就表现出一些与众不同的地方，其可贵之处在于："关心人民疾苦，又善于思考和敢于思考，突破了一些思维定式，从一些人们习见的世态、现象、问题中，进行挖掘和探究，说出了自己的看法和见解。"① 在 20 世纪 80 年代，"同一般同龄的杂文家比，鄢烈山的优势确实表现在他勤奋读书带来的较为深厚的学识根底。他读历史，读野史，对当代的东西也不生疏"。② 这些因素使得鄢烈山的早期杂文形成了自己的特色：雄辩而又深沉，明快而又含蓄，热情而又隽永，既具有说服力又具有感染力，因而能给读者带来审美愉悦和思想艺术上的冲击力。

鄢烈山 1995 年出版的《冷门话题》在"内容提要"里这样写道："该书杂文随笔'以平民百姓的视角观察中国的现状，表达了普通民众的喜怒哀乐，涉及社会生活的方方面面，有相当的广度和深度；以渴望民族进步的文化人心态，审视五千年文化传统及其在今日中国的表现，洞幽烛微，时有独到见

---

① 曾桌. 冷门话题·序 [A]. 鄢烈山. 冷门话题 [M]. 成都：成都出版社，1995.2.
② 牧惠. 假辫子·真辫子·序 [A]. 鄢烈山. 假辫子·真辫子 [M]. 北京：光明日报出版社，1989.2.

解.'"① 不难看出，这个阶段的鄢烈山杂文在价值倾向上明显带有 20 世纪 80 年代思想启蒙的风气。作者是"文化人"，是知识分子，却采用"平民百姓"的立场和视角去观察问题，体现了对某种社会观、历史观的自觉坚守。

在维护人民大众利益、为人民大众说话这一点上，鄢烈山杂文一直以来并没有改变，但其 1996 年以后的写作立场有了调整，即从"平民写作"转向了"公民写作"。一般来说，在专制社会里，对现实持激烈批判姿态的知识分子常以"平民"身份自居，为区别于有权有势的统治者，常作为批判者、反抗者自觉地站在人民大众一边。而在现代社会里就不同了，"公民"成为每个人的第一身份，且在这一身份上是人人平等的，作为"公民"的每一个人其实就是国家的共同主人。对于"公民写作"与"平民写作"，以及与"知识分子写作"之间的关系，鄢烈山认为它们在现阶段并不是对立的，三种类型的写作都"不过是一种观点，一种说法，不妨并存"②。可以看出，鄢烈山以一种非常宽容的态度扬弃了"平民写作"，转而扛起"公民写作"的旗帜。

鄢烈山 1996 年前的不少杂文里也表现出一种公民意识。在 1997 年出版的《中国的个案》的"自序"里，鄢烈山肯定了卫人新妇难能可贵的地方正是"一种当家主事人的心理、气概和责任感"，认为"咱们的杂文家本来就是中国公民"，③ 以卫人新妇那样的心态和口吻讲话就更是当仁不让了。从那以后，鄢烈山对"公民写作"立场的选择更加自觉，与之前的"平民写作"拉开了距离，渐行渐远，并向 20 世纪 80 年代那种启蒙主义做了最终告别。鄢烈山宣称杂文家不比谁高尚，不比谁卑贱，不是当权者，也不是反对派，这种自我定位显然与 20 世纪 80 年代启蒙主义的知识分子是不一样的，与 20 世纪 90 年代以来市场经济时代的知识分子在思想精神、价值取向上则趋向一致。

三、鄢烈山的"公民写作"内涵

"鄢烈山现象"的具体内涵也表现在他对创作理论的阐发和选择上。在创作理论上，鄢烈山虽然不是"公民写作"概念的首创者，但对"公民写作"的倡导不遗余力，并做出了很大的贡献。有关"公民写作"，鄢烈山发表了三篇文章对其进行阐述，分别是《杂文新概念：公民写作》《一个公民的杂文写作》和《告别"翻身"观——论"公民"与"战士"的分别》。

鄢烈山认为，"公民写作"中的"公民"是杂文作者的自我定位，并认

① 鄢烈山. 冷门话题 [M]. 成都：成都出版社，1995. 封二.
② 鄢烈山. 告别"翻身"观——论"公民"与"战士"的分别 [J]. 作品，2005 (5)：72.
③ 鄢烈山. 中国的个案·自序 [A]. 中国的个案 [M]. 青岛：青岛出版社，1997.2~4.

为与"公民"相对立的有四种人：一是奴才与驯服工具；二是蛊惑人心的阴谋家和只为发泄仇恨的暴民；三是自以为高明的"王者师"与"传教士"；四是不甘心做奴隶的反抗者。这四种人的写作都不是"公民写作"。因为"公民写作"要求作者有自由的心态、平等的观念以及法治、人权等现代意识，清醒地体认到自己作为共和国的一个公民，依法享有思想自由、言论自由，有参与国家与公共事务管理的权利，可以是我所是，非我所非，又有强烈的社会责任感与使命感。① 此外，"公民写作"还是一种"个人化写作"，也是一种"社会性写作"，因为它不仅关心私生活领域的个人权利，而且更多地关心公共生活领域的公民权利，即关心社会问题，关注公共利益，自觉地为沉默的弱势群体讲话。可以说，秉持"公民写作"立场的人，是不甘受人压制的"个人主义者"，也是路见不平拔刀相助的"独行侠"。

"公民写作"与"平民写作""知识分子写作"是有显著区别的。它没有"平民写作"的自我标榜意味和民粹主义嫌疑，也没有"启蒙""知识分子写作"的自命不凡和小圈子嫌疑，它是一面鲜艳又朴素、人人扛得动、狂风吹不倒的旗帜。②

"公民写作"也与"战士"的写作不同。"公民写作"这种自觉的精神追求，不是"投枪""匕首"之类的杂文旧概念所能涵盖的。在对杂文写作的理解上，鄢烈山不隐藏自己"先胡后鲁"的倾向，认为鲁迅是"不甘心做奴隶的反抗者"，用现代理念来审视，鲁迅并没有现代公民的自我定位，而是精神界、文化界、思想界的"战士"。与鲁迅不同的是，胡适的写作则更接近今天所说的"公民写作"。

这种价值判断和立场选择引起了文化界、学术界的很大争议。有人认为，现在提倡"公民写作"是"压制'鲁迅风'"，是"向杂文套绞索"，是"顺应既得利益"，甚至是"投降"。有人甚至认为，一些人之所以贬低鲁迅，是因为当今社会学胡适容易，学鲁迅艰难。目前中国还没有进入公民社会，因而缺少"真正的公民"，所以"公民写作"实际上并不存在。"公民写作"只是一种"犬儒化"主张。对此，鄢烈山则声称，中国的现代化尚在建设中，公民社会不可能一蹴而就，但我们可以这样自我期许，循名责实去努力，逐步走向公民社会。今天所说的"公民写作"，对现实虽然持批判态度，却不认同"翻身"闹革命，而持改良、改革、改造现实的立场。

相关争论其实有简单化之嫌。因为单一地否定鲁迅或否定胡适，和单一地肯定鲁迅或肯定胡适，都是不恰当的，在鄢烈山看来也正是这样，所以他

---

① 鄢烈山. 一个公民的杂文写作［J］. 杂文选刊（下半月版），2005（2）：39.

② 鄢烈山. 杂文新概念：公民写作［J］. 当代文坛，2002（4）：87～88.

表明自己有"先胡后鲁"的倾向，而不是说"扬胡抑鲁"。为什么会出现"先胡后鲁"，而不是一些人在争论的"扬胡抑鲁"的倾向？这与鄢烈山坚持的"公民写作"立场有关，还与他对杂文写作的理解有关。一方面，鄢烈山认为民主理念已经渐入人心，也在现实中逐步构建，现在杂文家要做的是用"公民"立场的杂文写作来推进中国的公民社会实现。他不赞成袭用"匕首""投枪"这类暴力喻体，以为用"治病救人的银针手术刀"比喻杂文更合适。另一方面，鄢烈山认为，杂文最重要的是有风骨、不媚权、不媚俗，是我所是，非我所非，心忧天下，为民请命，匡扶正义，寻求公道。① 正因为这样，鄢烈山才做出了"先胡后鲁"的价值选择，这里是先后之分，而不是扬抑之别，进一步说，鄢烈山是从时代背景和社会需求的角度出发，来判定当下更需要哪一种文化策略和写作立场的。

四、鄢烈山杂文的基本主题

"鄢烈山现象"的具体内涵更突出地表现在他杂文的思想主题方面，这是鄢烈山杂文最为重要的价值所在，也是"鄢烈山现象"内涵的基本依托。通观《一个人的经典》以及鄢烈山的其他杂文，我们发现鄢烈山的杂文谈的都是关于"人"的经典话题，具体地说，又可以分成三种基本主题：一是关于人权，二是关于改造国民性，三是关于民主、法治和反腐倡廉。

鄢烈山写杂文最关心的就是"人权"。"谈到关于人权的话题，一是要勇气，二是要智慧，这里面有良知与胆识，也有表达技巧。"② 几十年以来，"人权"一度成了西方发达国家的专利和社会主义国家的忌讳，一谈人权，似乎就是向资本主义意识形态投降。如今，"尊重和保障人权"已经被写进了《中华人民共和国宪法》，中国不再讳言人权，不再拒绝"人权对话"，尊重和保障人权终于成了光明正大的话语。在鄢烈山一直以来的杂文写作中，他不断地呼吁尊重和保障人权。在《人权：人的权利》一文中，他把"人权"解释为"人的权利"，这种理解的精髓就是表明人权是固有的，是普遍的，体现着人应有的尊严。而在《人为贵》中，鄢烈山则批判了流行甚广的"职责是保护国家财产，而没有义务对个人负责"的物贵人轻思想。在《谁的"大局"》中，则批判了一些人借维护大局之名，谋一己之私，侵犯公民的合法权益的遮羞言行。在《"明目张胆"何罪》中，鄢烈山让人耳目一新地了解到，"明目张胆"原来不过是人之所以为人的自然状态，是人的天赋权利，而现实

---

① 吴小攀. 在别人思想止步的地方——鄢烈山访谈录［N］. 羊城晚报，2005-01-15.

② 李深明. 思想与情感的激荡——访全国第三届"鲁迅文学奖"获得者杨黎光和鄢烈山［N］. 新世纪文坛，2005-02-18.

生活中人们却用"驯良"作为人的道德标准来压制人性。在《"国家"之名》中，鄢烈山指出，作为国民"有权利要求国家提供安全、秩序、公正等'公共物品'，但切莫指望'国家'和'公仆'们会自动兑现承诺"。在《向谁要真相》中，鄢烈山指出，在寻求真相和知情权的过程中要做到"程序公正"，调查工作肯定不能完全由官方或有官方背景的人暗箱操作，否则会南辕北辙。

与倡导"人权"密切相关的是改造国民性，是对国民奴性意识的批判。这个主题是 20 世纪以来中国启蒙主义的基本主题，由鲁迅等人极力提倡，后人积极响应，取得了很多思想成果。鄢烈山的很多杂文都有所涉猎，而且做出了许多精彩的论述。在人们习以为常的"二狗""狗娃"之类随处可见的名字中，鄢烈山发现了取名背后的文化密码："人只有轻贱自己，才能获得保全；人只要轻贱自己，就可能全身远祸。"这种苟且偷生，以活命为第一追求的求生哲学就是"二狗哲学"。鄢烈山申言，这种哲学不彻底清除，"中国人民站起来了"就是一句空话。(《二狗哲学》) 对于广为传颂的忠臣讽谏的故事，鄢烈山则认为讽谏是"一门该诅咒的学问"，因为讽谏是臣下对主上进言必以效忠为基础，它不过是奴才"参政"的方式，与现代民主精神格格不入。(《一门该诅咒的学问》) 而在《陈奂生主义》中，鄢烈山则指出这种主义的核心观念是"只要不是欺我一个人的事，就不算是欺我"，这种被普遍奉行的处世哲学实质上是一种"缩头乌龟哲学"。在《砍头还要谢恩》中，鄢烈山则批判了封建统治者向来施行的"恩威并用"的牧民手段，致使人民饱受专制压迫，习染封建观念，久而久之就形成了奴性的社会心态和扭曲的思维逻辑。诸如此类的分析与批判，还有"太监学""敬官传统""造假本能""独夫民贼的政治哲学"等等。这种批判是一个"公民"、一个"主人"对奴隶意识及其深层原因的清算，发人深省。

民主、法治和反腐倡廉同样与"人权"有关。前者的实践就是为了更好地建设一种保护人权、激励人性之善的社会制度，鄢烈山的很多杂文对此都做出了精彩的论述。"专制""人治""腐败"这些东西在现代已经失去了合法性，但它们并不会自动退出历史舞台，而是乔装成人民的意志、民主的形态或合理的利益享有者。鄢烈山指出，在高度专权的社会里，人们都戴着防护面具，都会演戏，所谓"一致通过"其实是虚假的，是把"民主"作为遮羞布而已。(《论"一致通过"》) 为了遏制权力成为资本，有人提出首先要从体制上挖权力寻租的基础，同时要扩大民主，加强对各级权力的监督。这种说法固然不错，但长时间以来没有取得现实效果，为此鄢烈山一语中的地指出，所有问题的关键"在于怎么做"，而不能停留于理论设计。(《"权力资本"》) 在江西省查禁中央政策汇编《减轻农民负担工作手册》的事件中，鄢烈山发现了一种比远华案更为严重的政治信号，即一些地方已经形成了与普通民众，特别是农民的利益尖锐对立的权势利益集团，这种腐败集团是非常可怕的，因为他们掌管的国家公共权力已被异化为谋取特殊利益的私器。（《比远华案更严重的信号》）其他杂文，像《孩子，你为什么会这样想》批评了"萨达姆崇拜"，《"一人化"领导》批评了"一把手"破坏民主集中制，《论段小楼的被驯服》《哀陈伯达》等则透露着对个人命运与时代、制度之间关系的深入思考。

通观而言，鄢烈山对现实生活高度关注，思考和写作都非常勤奋，一旦新闻事件出现，他必能以敏锐的目光穿透事件表层而抵达内核，发出独特而富有见解的声音。他站在"公民写作"的立场上，对现实生活中的人、事、理进行剖析，写的题材哪怕在有些人看来是一桩小事，其实都是重大题材，因为它攸关人权和公民权利，攸关民主和法治，攸关我们的未来社会如何建设和发展。这种争权利、尽责任的"公民写作"，要顶住诱惑和压力，坚持独立立场、坚守知识分子的良知而不逢迎统治者，确实难能可贵。一直以来，鄢烈山坚持以公民的姿态现身于这个世界，批判奴性毫不留情，秉公直言绝不含糊，为民请命从不推托。《一个人的经典》等杂文集，正是他做"人"的记录，也是立"人"的记录，还是他为"人"鼓而呼的记录。

五、"鄢烈山现象"的意义

鄢烈山通过杂文写作，即由一种文学行为而形成了"鄢烈山现象"，它产生意义的场所可以说已经越出了文学的边界，更多地介入到广阔的社会现实生活之中，这就是鄢烈山现象的价值、意义之真正所系。说鄢烈山杂文喜欢唱反调也好，说它总在惹是非，引起相当广泛而热烈的争论也好，这些都表明他的杂文因其现实介入性，而成为我们思考和理解这个变革时代的一种有效媒介。"每一位严肃的杂文家的每一篇杂文都在对现实进行历史拷问。而他自己，也被历史拷问着。"[1] 鄢烈山杂文所做的除了对现实和自我进行拷问之外，也是在对每一个世人的灵魂进行拷问。这些拷问使人反省、醒悟和得到慰藉，有时也令人痛苦和尴尬，同时使其得到某种疗救。

"鄢烈山现象"在当代社会的根本意义在于，它实际上是多个社会阶层思想交锋和利益博弈的一种场所，是我们这个时代思想精神的晴雨表，是当代中国政治、社会、文化转型和现代性追求的一种踪迹。在这里，各个社会阶层的声音并不都是整齐划一的，而是多元化、有差异的，而且各个阶层本身的声音也存在着诸多矛盾、冲突的一面。在这个新旧交替、破坏与建设并行的时代，各个社会阶层都争相行使自己发言的权利，或者依托代言人来表达自己的心声。这种多元共生、众声喧哗的话语实践，是我们这个时代和社会

---

① 鄢烈山. 一个人的经典·前言［A］. 一个人的经典［M］. 武汉：长江文艺出版社，2003.1.

的巨大进步，是改革开放的成果之一，其中伴随着激情、进取、满足，也包含着痛苦、迷茫和徘徊。我们只有把"鄢烈山现象"放回到这样的时代社会背景中去讨论并发掘其具体内涵，才是恰当不过的。概而言之，鄢烈山作为知识分子，他的杂文创作更多地代表着当代社会的现代性追求倾向，它以"公民社会"建设为旨归，体现的是民主、法治、人权、自由、平等等现代价值精神。这些价值精神在我们长期而艰难的努力过程中正一步步地变为现实的组成部分。

（原载《学术研究》2006 年第 10 期，略有改动）

论新移民小说中的民族想象

申霞艳

在安德森看来，小说与报纸为"重现"兴起于 18 世纪欧洲的想象形式——民族想象——提供了技术上的手段，因为小说以"同质的，空洞的时间"① 表现同时性的设计，这恰与民族想象同源。本文将以此考察当代新移民小说，因为移民首先就会遇到身份问题，文化认同的尴尬已成为当代海外移民小说中最突出的特点。本文撷取严歌苓、张翎的移民题材小说分析文本是如何表达民族想象的。

一、全球化时代与民族想象

面对西方的强势文化，我们正站在民族文化重新想象的风口，如何发扬民族文化的优势，激活传统中最珍贵的遗产，从传统的火焰中汲取热量和叙事资源，这不仅成为当今文化建设的重任，也成了当今新移民小说的重要主题。

中国在西方的刺激下进入"近代社会"，从洋务运动、戊戌变法到辛亥革命，显示了我们向西方学习的轨迹，在现代性追求的道路上，"西方"一直是中国发展的参照。中国新小说的发展同样接受了"域外小说的刺激与启迪"②，1902 年，梁启超发表了《论小说与群治之关系》，开宗明义地宣言："欲新一国之民，不可不先新一国之小说。"③ 从此，小说的地位被提高，并承担起整个民族的启蒙功能。五四新文学对于中华民族国民性的沉疴的勾勒无以复加，游学海外的诗人们的乡愁咏叹、夹杂着苦涩的呼告叹息也盘旋在我们的脑海中。无论是个人主义话语主导的五四时期还是阶级话语占上风的"革命文学"时期，民族国家想象都是小说叙事最基本的底色。杰姆逊以民族国家的"寓言"来解读第三世界国家的文艺，他在《处于跨国资本主义时代

① ［美］安德森. 想象的共同体：民族主义的起源与散文集 ［M］. 上海：上海人民出版社，2005. 23.

② 陈平原，中国现代小说的起点——清末民初小说研究 ［M］. 北京：北京大学出版社，2005. 24.

③ 梁启超. 论小说与群治之关系 ［J］. 新小说，1902 (1).

的第三世界文学》一文中指出："第三世界的本文，甚至那些看起来好像关于是个人和利比多趋力的本文，总是以民族寓言的形式来投射一种政治：关于个人命运的故事包含着第三世界的大众文化和社会受到冲击的寓言。""民族寓言"是指"讲述一个人和个人经验的故事最终包含了对整个集体本身经验的艰难叙述"①。在现代性追求的文化语境中，第三世界的文艺作品无时无刻不与民族国家及其意识形态纠结在一起。

随着全球化程度的加剧，新移民小说创作日益兴盛，引起了国内文学界的高度关注，《人民文学》《收获》等主流文学杂志近年来将移民小说放在显要的位置并提供较大的版面。李敬泽谓之为"中国当代文学在全球化背景下的有力扩展"②。从文学生产来说，海外的生活在情感和思想等多方面给了作家以不同的启示，跨文化生活使其更适合全球化时代，"他们是多重文化，至少也是双重文化的代表，他们更适合于在接纳了他们的两种文化间航行。受到两种文化的共同滋润可成为一种资产，凭此可观察世界的南北两极，进行比较。他们掌握了各种技术手段所提供的知识、原则、训练以及思想框架，正是这些激发研究和促进理解。应该说，在同多元文化思想和文化多元主义研究打交道中，他们装备精良"③。从文学流通、传播和消费来说，"全球化"使得消费者不满足于疆域的局限，网络技术也使向"外"看变得便捷，我国移民现象正在变得普遍和流行，读者对域外（主要是北美、欧洲）的生活和文学越来越关注，大众文化工业的强势传播使得"西方"的生活方式和价值观成为效仿对象。新移民小说在近几年的勃兴是内因和外因共同作用的结果。

关于移民，陈瑞琳曾予以定义："所谓'移民'，本质上就是一种生命的移植。移植的痛苦首先来自根与土壤的冲突。在新的土壤中，敏感的根才会全然裸露。与此同时，在时空的切换中，根的自然伸展也必然对新鲜的土壤进行吐故纳新。"④ 她将移民与文化的关系比喻成根与土壤的关系，海外生活激活了意识之根——身体中潜藏的"自我意识"和民族意识。严歌苓很早就用了根与土壤的比喻："像一个生命的移植——将自己连根拔起，再往一片新土上栽植，而在新土上扎根之前，这个生命的全部根须是裸露的，像是裸露着的全部神经，因此我自然是惊人地敏感。伤痛也好，慰藉也好，都在这敏感中夸张了，都在夸张中形成强烈的形象和故事。于是便出来一个又一个小

---

① ［美］杰姆逊. 处于跨国资本主义时代的第三世界文学［J］. 张京媛译. 当代电影，1986（6）.

② 李敬泽. 09年海外华人作家占据重要位置［DB/OL］. 中国新闻网，2010－01－08.

③ ［埃及］谢里夫·海塔塔. 美元化、解体和上帝［A］. ［美］杰姆逊，三好将夫. 全球化的文化. 马丁译. 南京：南京大学出版社，2002.243.

④ 陈瑞琳. 横看成岭侧成峰——北美新移民文学散论［M］. 成都：成都时代出版社，2006.30.

说。"① 西方文化的刺激、触痛乃是严歌苓创作历程的一个里程碑。当想象中的西方迎面而来，她得以从另一个角度理解自己的本族文化并反思自己的民族情感："把一个不爱国的人放到国外，数年后他可能变成一个民族主义分子。"② 生活环境的巨大反差加剧了我们对"故乡"的感情，也刺激我们重新认识"故乡"，认识民族国家。张翎在《阿喜上学》的创作谈——《隐忍的力量》中提到她创造"阿喜"的诱因：种族壁垒的最初一丝松动并没有发生在政客的谈判桌上，而是发生在学校的操场上两个不同肤色的孩子为抢一个球而发生肢体碰触的时候。③ 肢体碰触比政客谈判带来更切身、更及物的影响，对于每位主体而言，个体经验往往具有优先性。就像 20 世纪中国文学中绝大部分关于"故乡""乡土"的叙述发生在城市一样，严歌苓和张翎的写作围绕着"肢体碰触"展开，同时也突显了生活在第一世界中的作家对于第三世界血缘民族的再想象，距离成为有效的中介，"他者"的文化视角使边缘化的移民拥有多维反思的可能。

二、扶桑：民族文化的认同

在《少女小渔》《花儿与少年》《无出路咖啡馆》这些书写新移民处境的作品中，严歌苓细致地挖掘了中国女性移民的仁慈、柔韧与善良，这既是古老的中华文化对女性的要求，也是普世的美德，是欲望与之博弈却无法彻底征服的领域。少女小渔陪伴在"假丈夫"身边给他人生最后的慰藉；徐晚江在两个家庭间奔跑，在两种文化之间穿梭；曾为军人身份的女主角"我"为了外交官安德烈·戴维斯的前程而主动舍弃了自己的爱情。这几位女性在两种截然不同的生活境遇中经受着剧烈的冲突，但在她们的精神世界里存留的依然是中华民族的特点，在现实和世故的下面藏着天真和洁白。

扶桑虽然和小渔生活的时代不一样，但在精神的纯粹性上是一致的。《扶桑》将笔触伸向历史深处——19 世纪 60 年代。故事时间并非一个随意确定的时间，而是中国第一代移民到海外生活的时间，当时有一个苦难的历史背景。第二次鸦片战争结束后签署的《北京条约》，其内容之一是"准许英、法招募华工出国"，而中国最早的移民就是这个不平等条约的结果。在西方，此时的中国已经由《马可·波罗游记》等文本确立的富丽堂皇、整齐有序的正面形象变成一个落后、老朽、专制的形象。根据黑格尔的观点，在清朝之前相当长的那段时间里，中国形象并未发生太大的变化。但西方变了，经过地理大

---

① 严歌苓. 少女小鱼·后记 ［A］. 严歌苓文集（5）［M］. 北京：当代世界出版社，2006. 30.

② 严歌苓. 金陵十三钗 ［J］. 当代长篇小说选刊，2011（4）：4～46.

③ 张翎. 隐忍的力量 ［J］. 中篇小说选刊，2010（3）.

发现、光荣革命、法国大革命和工业革命之后，欧洲的观念发生了翻天覆地的变化，愚昧、专制、保守成为"文明、民主、自由"的对立面。所以，原先充满魅力的中国黯然失色。生活在西方的第一代华人也因为自己的容貌和背后弱势的祖国受到歧视，"不幸的是，在历史上，人们最常用肤色的深浅来划分社会阶级，而且通常肤色较浅者拥有较高的社会地位。……从外观上'看得到'的民族差异，往往都带有负面的味道，是用来区别'他们'和'我们'的不同。……比方说黄皮肤，吊梢眼"①。肤色是宿命的一部分；祖国的"沉沦"同样是宿命。在当时宗主国大部分地区，华人被歧视，且异族通婚被法律禁止。扶桑的被骗"寻夫"既是华工出国的副产品，也是中国落后挨打带来的历史后果。

《扶桑》中的叙事人"我"是"第五代中国移民，一位真实的写书匠"。小说开篇就以第二人称叙事以"这就是你"拉近历史镜头，然后女主角扶桑被旋转、放大、聚焦，一个多世纪的光阴被想象抹平了。"你"从历史的深海中浮出水面：

> 你的平实和真切让人在触碰你的刹那就感到了。你能让每个男人感受洞房的热烈以及消灭童贞的隆重。
>
> 因此，你是个天生的妓女，旧不掉的新娘。
>
> 这时你看着二十世纪末的我——我这个写书匠。你想知道是不是同一缘由使我也来到这个叫'金山'的异国码头。我从来不知道使我跨过太平洋的缘由是什么。我们口头上嚷到这里来寻找自由、学问、财富，实际上我们并不知道究竟想找什么。
>
> 有人把我们叫作第五代中国移民。②（第3页）

这是《扶桑》开篇确立的叙事人和叙述对象，是"自由"驱使"我"隔着128年的时间和160部史书与"你"对话，通过深入叙事世界中央，"自由"这个圆心才变得敞亮：

> 因为她心里实际上有一片自由，绝不是解放和拯救所能给予的。绝不是任何人能收回或给予的。
>
> 四十多岁的克里斯认定，正是那秘密的一片自由使跪下这姿态完全变了意味。它使那个跪着的形象美丽起来。就那样，她在那个充满敌意

---

① ［英］埃里克·霍布斯鲍姆. 民族与民族主义［M］. 李金梅译. 上海：上海人民出版社，2006. 190.

② 严歌苓. 扶桑［M］. 西安：陕西师范大学出版社，2012. 3.

的异国城市给自己找到一片自由，一种远超出宿命的自由。（第 175 页）

或许她意识到爱情是唯一的痛苦，是所有痛苦的源起。爱情是真正使她失去自由的东西。她肉体上那片无限的自由是被爱情侵扰了，于是她剪开了它，自己解放了自己。（第 243 页）

在文本字里行间反复出现的"自由"是东方式的自由，是藏在妓女扶桑心灵深处的魅力之源，是深邃而简单的中华文化赋予卑贱女性源源不断的精神财富，也是叙事展开的基础，"我"这个第五代移民来西方寻找"自由"，却发现它一直潜藏在东方妓女的身体里面，自由从抽象的观念变成具体的可感受的事物。自由是"西方"现代启蒙思想的遗产，是现代性的组成部分，是对内在自我的观照以及对限制的确认。当我们把"自由"二字安放在彻底丧失了人身自由的妓女身上时就形成了一种张力：灵魂与躯体的不同取向。当身体受到禁锢乃至侮辱的时候，灵魂依然可以自由飞翔，我们由此慢慢接近自由的本质，自由作为一种被追逐的符号和价值被祛魅。男性，无论何种肤色、何种族群，当他们以金钱这种抽象、无个性的媒介与妓女发生身体交易的时候，他只呈现动物性的一面；只有当他动情的时候，人性才得以表达。扶桑并不洞悉买卖与爱欲，她超越交易、超越爱欲，东方古老的、认命的哲学滋养着她内心的自由，使她对一切男人等量齐观并对苦难的境遇浑然不觉，这让她脱离了妓女既定的悲苦、低贱的形象，同时成为西方白人男孩克里斯想象古老东方的媒介。在中国，扶桑是非常古老的意象，与神性相关。屈原在《离骚》中写道："饮余马于咸池兮，总余辔乎扶桑。"扶桑的注解为"神话中的树，长在崦嵫山的太阳入口处"[1]。作者将如此古老的充满神性的意象赋予一位远渡重洋的妓女不是没有用意的，扶桑内心的自由就是从这种古老强大的文化传统深处生长出来的，她散发着中华传统的魅力，"东西方的差距常被喻为阴阳之差，男女之别。东方代表了传统的女性特点：被动、安静、精神化"[2]。"精神化"的扶桑成了西方少年克里斯永远也解不开的谜——"这个东方女人每个举止都使他出其不意，她就是他心目中魔一般的东方，东方产生的古老的母性的意义在这女人身上如此血淋淋地鲜活，这个东方女人把他征服了。"此时，扶桑和东方是可以互相置换的，她的"古老的母性的意义"恰又接近"地母"的形象，张爱玲在《谈女人》中写道："超人是男性的，神却带有女性的成分，超人与神不同。超人是进取的，是一种生存的目标。神是广大的同情，慈悲，了解，安息。奥涅尔以印象派笔法勾出的'地

---

[1]　刘桢祥，李方晨. 历代辞赋选［M］. 长沙：湖南人民出版社，1948. 22.

[2]　钱满素. 爱默生和中国——对个人主义的反思［M］. 北京：生活·读书·新知三联书店，1996. 79.

母'是一个妓女，'一个强壮、安静、肉感，黄头发的女人，二十岁左右，皮肤鲜洁健康，乳房丰满，胯骨宽大。她的动作迟慢，踏实，懒洋洋地像一头兽。她的大眼睛像做梦一般反映出深沉的天性的骚动。她嚼着口香糖，像一条神圣的牛，忘却了时间，有它自身的永生的目的。'……女人的精神有'地母'的根芽。"扶桑的魅力与此相似：原始、混沌、踏实，"像一条神圣的牛"。"扶桑是个真正的最原本的女性。那泥土般的真诚的女性。"扶桑具有泥土的情怀，她是自在物，承受一切、包孕一切，以其宽广面对整个世界，即便爱她的克里斯参与对她的轮奸，她也只是扯颗纽扣藏在发髻中，她承受生命中所有不能承担之重。当她以"地母"的姿态对待男性时，蹂躏便无法入侵她的灵魂，苦难则转化为意义。在爱和自由之间，她皈依了内心那片秘密的自由，最终选择了作为已故的大勇的妻子而不是克里斯的情人，这是扶桑对东方文化的认同，是对民族国家的认同；是受过无数劫难、凌辱和践踏之后产生的灵魂上的抉择。

克里斯的内心始终拯救他人、征服他人的英雄气概，他单薄的人生不足以理解人性的丰富和文化的复杂。扶桑无法被西方化，当她穿上白衣服（白象征着纯洁，东方妓女被"西方"拯救）的时候，她的魅力也随之荡然无存。也就是说，如果东方完全被西方化，东方所包含的古老和惊奇也消失了。就像东方必须与西方保有距离一样，扶桑永远是本民族的，她只能在她污秽的红衣裳里才能对西方少年重生诱惑：

> 她使那透不过气的洁白红了一片。红色晕开在平板的白光中，晕出
> 一摊。……红衫子又使她
> 圆熟
> 欲滴……
> 红衫子使她周围的空气也微红起来。（第 122，123 页）

在中国，"红"具有其他颜色所不具备的优越性和特殊性，甚至其中一种红被命名为"中国红"。红是喜庆的颜色，也是鲜血的颜色。血不仅有生理意义，更有文化意义，血是一种典型的隐喻，血缘（家—国）、初潮初夜、革命……相逢于新大陆的扶桑和克里斯血管里流着不同的血，文化和历史也在这种民族的血液中汩汩流淌，这是小说中哪怕最个人的叙事也可以成为"民族国家寓言"的缘由。

在美国新大陆生长的克里斯，其德国国籍还暗示了他血缘上的优越性和欧洲中心主义情结，黑格尔在《历史哲学》中阐述道："日耳曼精神是新世界的精神。它的目标是以自由——自由其本身的绝对形式就是其主旨——的无

限自主来实现的绝对真理。"① 克里斯的德国血统显示了以欧洲为中心的文化优越性，当它与边缘东方在新大陆相遇时，却产生了理性不能制服的情感，并为之倾倒。东方的红绸包裹的扶桑对白人少年克里斯产生了无比丰富的启示，蕴含着令生命惊奇的血肉之躯激发出的无限的想象，因为激动人心的灵魂栖居其中。18 世纪浪漫主义诗人诺瓦利斯认为："世界上只有一座神庙，那就是人的肉体。没有什么比这崇高的形象更神圣。俯首于人就是崇奉这个寓于肉身的启示。触摸到人的肉体就触及天堂。"② 克里斯触到了"天堂"，拜倒在她的刺绣红绸长袍下，他曾经对她的凌辱也不能改写这个内心的事实，就像新生的"西方"对待古老的"东方"，"西方"的后发优势不能改变它对"东方"的倾倒。美貌混沌的妓女扶桑身体内部蕴含着伟大的单纯，这种单纯使她拥有一颗真正纯洁的心灵，这在 20 世纪 80 年代的新移民叙述中成为东方文化理想的象征。

民族想象是《扶桑》中"我"与主人公对话的基础，还是严歌苓移民题材小说的共同特点，也是作家参与历史、建构历史的重要方式。从具象的小渔、徐晚江到抽象的"扶桑"，她们的精神世界之间有一条隐蔽的通道，这是作家对于本民族情怀——伟大的单纯性的确认。隔着一个多世纪的时光，她们都跨越太平洋来到"西方"，接受域外的新的生活方式，接受真实的"西方"的熏染，当下的"西方"突显了古老的东方文明的异质性。严歌苓曾谈道："对我们这种大龄留学生和生命成熟后出国的人，'迁移'不仅是地理上的，更是心理和感情上的……我们不可能被别族的文化彻底认同，也无法彻底归属祖国的文化，因为我们错过了她的一大段发展和演变，我们已被别国文化所感染和离间。"无论对于中国还是美国，作家都是游离的"他者"，是文化上的"异乡人"。对扶桑的想象就是离家去国的"我"对中华民族和悠久传统的想象：由伟大的单纯产生出混沌的魅力、无边无际的善良与包容、无限的忍耐，低到尘埃中开出花朵，在污秽中重生和绽放。

严歌苓在文化的相互影响、渗融中更关心本民族文化在"他乡"的曲折变形，尤其是语言根深蒂固的制约作用。她将对民族文化的想象落实到具体的妓女身上，这与中国漫长封建社会形态形成特殊的国情相关，只有妓女的身体享有某种程度的自由，妓女身体的包容性与文化的碰撞性异曲同工。在严歌苓的近作《金陵十三钗》中，妓女的语言对唱诗班女孩产生了持久的影响，甚至被叙述人书娟讲述为"解放"。在《小姨多鹤》中，多鹤与男人的

---

① 转引自［西］恩里克·笛塞尔. 起越欧洲会议中心主义：世界体系与现代性的局限［A］.［美］杰姆逊，三好将夫. 全球化的文化. 南京：南京大学出版社，2002.1.
② ［德］诺瓦利斯，刘小枫编. 夜颂中的革命和宗教［M］. 林克等译. 北京：华夏出版社，2007.38.

大老婆小环在语言和行为上互相影响，多鹤与孩子们秘密的日语交流使他们确认日本母亲的血缘，多鹤将小环"凑合"的口头禅带回了日本，"语言，以及它们所蕴含的价值标准和态度，与我们认为是独立于语言的事物其实是不可分的；语言就在事物之中，事物我们始终是从这一或那一视点来体验的①"。当作家下意识地关注语言的时候，其实也在凸显语言背后的事物，语言和文化往往难分彼此。

三、芙洛："西方"的刺激与文化融合

张翎则突出西方文化的刺激作用。在她的新作《睡吧，芙洛，睡吧》（《人民文学》2011 年第 6 期）中，芙洛的命运同扶桑一样可被解读为民族冲突与融合的隐喻。芙洛与扶桑具有某种精神上的相通性，但与扶桑对待苦难的态度不一样，芙洛是东方的小河来到西方之后重生的，反抗就是她的命运。芙洛的反抗和自立是在男权文化限度内一步一步争取而来的，而且她最彻底的反抗是得益于西方女权文化的刺激和启蒙文化遗产的帮助。在小河身上，我们见证了父权文化的压迫、愚昧的东方文化及天灾人祸的迫害。"民族的远离家园，也许是 19 世纪最重要的一个现象，它瓦解了深厚、古老而且地方化的传统主义。"② 如果没有被卖，中国乡村的小河永远不能成为加拿大小镇上的芙洛，也就不可能安息在"上帝"的怀中。

《睡吧，芙洛，睡吧》非常讲究叙事技巧，开篇关于 1861 年的叙述打开了全球化的视野：

> 这一年，一个叫卡尔·马克思的德国人……这本书名字叫《资本论》。
> 这一年，德川幕府兵败，天皇成为日本最高统治者，改年号为"明治"……
> 这一年，一个叫林肯的人在华盛顿发表宣言……
> 这一年，大清帝国的紫禁城里，一位新丧了丈夫的贵妃，手捏着一枚"同道堂"的御印……
> 这一年，距离加拿大自治领的成立，还有整整六年……

这五个句子拉开了全球化叙事的帷幕。《资本论》是典型的全球化文本和文化符号，全球化的本质是资本的流动。新兴的美国在为黑奴争取人权，终

---

① ［美］华莱士·马丁. 当代叙事学［M］. 任晓明译. 北京：北京大学出版社，1990. 184.
② ［英］艾瑞克·霍布斯鲍姆. 革命的年代［M］. 王章辉译. 南京：江苏人民出版社，1999. 180.

于顺应历史潮流成为下一个世纪霸权的象征，日本正在跨入资本主义道路的入口，昔日出现在马可·波罗笔下的富丽堂皇的中国反而成了世袭的专制政权，加拿大尚未自治……世界格局的踊跃变动正在孕育。

芙洛，一位中国封建时代的女性，她的命运在时代大格局中缓缓展开。叙事双向进行，视点在大西洋两岸跳跃，东方和西方源远流长的文化精神在"小河"与"芙洛"的故事中展现、对比和强化。《睡吧，芙洛，睡吧》中芙洛代替了小河，改变的不只是一个人的姓名而是一种命运，符号能指的改变最终带来所指的内在变化，导致新的主体性的生成，这个变化貌似偶然实则必然，是西方的文化催孕了小河的新生。

芙洛对自由的追求变成了行动并得以实现，这是她比扶桑进步的地方。芙洛在她家乡还被叫作"小河"的时候，某种反抗的因素就在体内萌芽，她承担起作为长女的责任，不愿意裹足，自作主张地放开裹了一半的足。放足是一种文化象征，实质是放弃了另一种生活方式——传统的、第二性的生活方式。裹足是男权文化对女性最直接的身体干预，女性的足和男性的发一样具有政治意味，男权文化通过一种巧妙的美学方式将"男主外，女主内"的生活方式内化，使其对女性的压迫与统治委婉化。裹足使女性顺当地成为男性的附属物，成为男权文化的牺牲品，通过对"天足"的暴力压制改变了女性的人生道路。小河放掉一双可供异性观看的"三寸金莲"，也就放弃了"坛子"的人生道路，放弃了相夫教子的正常命运，放弃了"被看"的未来。

小河使出浑身解数帮父亲干农活，留下终生的病根；她曾被作为求雨的"贡品"，烧红的镰刀在她的肩上盖印，因而晕死过去；她完全将自己当成一个男子汉，可是父亲及男权世界并不容纳她。小河的自由选择被局限在父权的意志内部，最终在饥馑年月她被换成土豆，而她只能哀求却无法反抗，"在家从父"仍是她内心深处的绝对命令。"卖"使她醒悟，在"物"的处境中她生出决绝的勇气、不屈不挠的活力，她要像芙洛花一样开放。

从"小河"到"芙洛"，既是一位女性的生命成长史，也是两种文化的碰撞与融合，是前现代初次遭遇现代。小河依循的是中国漫长如河流般绵延的道德伦理，依从父亲的意愿。当她到达西方被叫作"芙洛"之后，异域的生存意志取代了小河的律令。芙洛与扶桑同中有异，扶桑的"三寸金莲"使她成为西方想象东方的依据，芙洛半裹半放的畸形的脚是对古老东方父权文化的背叛和挑衅。这双畸形的脚简直是她人生的象征：小河是"裹"着的芙洛；芙洛是放开后的小河，确切地说芙洛是小河的新生，是东方文化经受西方洗礼后的凤凰涅槃。

叙述人从小河/芙洛身上发掘出一种原始的生存意志，这种力量使她放弃裹了一半的脚，放弃走传统女性嫁夫生子的人生道路；被卖到国外之后，则表现为对人身自由、爱情与人生价值的追求。当她被中国男人吉姆花钱买去做老婆时，她宁愿像妓女一样要求每次发生关系后给钱。此外，她还拼命劳动以攒够钱来赎身。为自己赎身，这是受西方文化刺激的念想。即便成了美国人丹尼的老婆，她也不愿依赖男人，仍然是整个镇上最早起来的人，细心地料理她的"芙洛的厨房"，并将之推到了公共领域，让厨房从一个家庭内部的附属物变成了整个巴克维尔镇的公共空间，这为她带来了收入，也为西方男性认识中国女性、认识东方文化提供了交流场域。

芙洛自身内部的反叛到达西方后发生质变，西方男性对她的爱、拯救和尊重使她进一步觉醒，她的自我实现也包括她对整个族类的帮助：既用自己所学的古老的中国医术为吉姆的老婆接生，又用中国医术为丹尼治疗枪伤，让他起死回生。古老的中医接生术使华人在西方大地后继有人，也拯救了芙洛的西方爱人。无论何种灾难降临，哪怕整个镇遇到火灾一无所有的时候，芙洛也没有放弃生存意志，直到生命的最后一刻她仍在劳动。反抗、劳动、勇气和智慧构成了芙洛的人生价值，她用人格魅力征服了丹尼，征服了整个巴克维尔镇。

作者将自己想象的触须伸到历史的内部，探触最早的民族交往及文化融合。从反抗男权压迫到反抗民族歧视，小河/芙洛不仅通过反叛完成了女性的主体性建构，而且无心插柳地承担起民族融合的使命。在与民族想象相关的叙事中，女性总是充当被动方的中介。从古老的和亲制度开始，女性就被男权当成"礼物"来交换和平。在全球化时代，女性身体深处的某种被动性与弱势文化的被动性形成呼应，女性身体的柔韧、包容成为以柔克刚的文化象征。小河/芙洛的故事成为民族文化融合的隐喻："送葬的队伍很长，在山路上蜿蜒成一条头尾各不相见的黑蛇。有镇头的人，也有镇尾的人。这么多年来，巴克维尔的镇头和镇尾第一回排在一条队列里，中间没有缝隙。"芙洛多年的辛劳和努力促进了民族交流，成为民族融合的象征，换来了两个民族的认同。

《睡吧，芙洛，睡吧》的叙述视角游刃有余地在东、西方之间切换，在生成更广大的叙事空间的同时形成鲜明的对比和叙事的张力，西方文化刺激所产生的互动得以放大。在《阿喜上学》中阿喜能够摆脱既定的女性人生道路进入西方的学堂也得益于西方文化的眷顾。"上学"乃典型的启蒙意象。宏大的文化碰撞落实于具体的女性命运之中，而这种个体的命运变化又意外地成为民族想象的隐喻。

四、结论

扶桑、芙洛的命运截然不同，但她们有个共同的身份——妓女。为什么恰恰是在她们身上蕴藏了传统文化的光辉？在传统的中国文化中，女性被囿于家庭内部。裹足是通过控制身体迫使女性对家庭伦理就范。而妓女差不多是唯一被动地进入公共空间的"职业"，妓院是男性从朝廷到家庭途中的半公共空间，妓女往往成为男性的倾诉对象乃至精神上的"知音"，因而漫长的中国历史留下了不少妓女、名士的故事。即便名垂青史，作为群体的妓女未能完成主体性的构建，她们的价值往往与名士的"名"息息相关，妓女无法单独进入历史，她们的价值寄寓在爱情乌托邦中。这是男权文化的规约和宰制。

扶桑和芙洛进入西方都带有偶然性，这种偶然性背后是全球化历史的必然，就像中国近代被迫向西方开放一样，扶桑的被骗和芙洛的被卖是由其第二性的身份注定的。扶桑和芙洛是当代作家对 18 世纪 60 年代第一代移民女性的想象结果，但扶桑和芙洛的叙述本身隔着时间差，叙事时间比故事时间更为重要，它传导了叙事者的当代意识。19 世纪与 20 世纪之交，全球化程度日益加剧，这必定影响身在异域的作者，所以，在扶桑身上，严歌苓放大的是那种如西方圣母一般的受难精神和如东方地母般伟大的单纯；而在芙洛身上，我们看到了叛逆与忍耐的纠葛，看到了抗争与新生。在扶桑身上，我们看到了文化浸润后对本族文化的再度确认和皈依；而在芙洛身上，我们看到了文化的刺激与融合、超越与升华以及新文化的方向。扶桑与芙洛是颇具代表性的两种民族想象，成为全球化时代中国文化命运的隐喻。

（原载《中国现代文学研究丛刊》2012 年第 5 期，略有改动）

名著改编：在历史语境与当代视界之间

陈咏芹

作为一种特殊类型的艺术创造活动，文学名著的影视改编，不仅仅意味着原作由语言艺术形态转换成影像艺术形态，而且更重要的是必须突出改编者立足于现时代的历史视界对文学名著意蕴的重新诠释。文学名著（其中有些堪称文学经典）是经过历史淘洗的语言艺术精华。对这种凝聚着时代美学精神与人类艺术经验的历史文本，改编者当然首先要持尊重的态度。改编者应该在力所能及的范围内，在最大的程度上，将原著的精神风貌与艺术神采转化到另一种艺术形态之中。这是对待民族优秀文化遗产的历史唯物主义的态度。我们同时强调要突出改编者对文学名著的重新诠释，这是因为文学名著的改编，从某种意义上来说，是以改编者作为主体，并充分发挥其自身主观能动性的"再创造"过程。正是这种主体的"再创造"活动，才使得优秀的改编者不满足于对被改编对象的横向的移植，不拘泥于被改编对象的基本格局，而是力图实现与原创者及其作品的精神交流，并由此在一定程度上实现对原著的某种精神的增值。

实践证明，改编者与原创者及其作品的精神对话，并非都是成功的、富有建设性的。文学名著改编需要对原著进行有效的诠释，需要对原著的艺术意蕴进行当代性反思，需要对原著被遮蔽之处进行祛蔽与还原，需要切实处理好历史还原与历史诠释之间因其内在张力关系而形成的矛盾冲突，这些或许是名著改编能够获得成功的关键之所在。

对原著诠释的有效性，依赖于原著历史语境的有效还原。大凡文学名著，都是历史的产物，都凝聚着其产生的时代历史精神与美学精神的精华。名著改编首先应该注意并且充分尊重其本身所蕴含的丰富的、具体的历史信息。对本文所集中论述的文学名著的影视改编而言，这就要求改编者设身处地地进入其所改编对象本身所蕴含的历史语境之中，并在这种具体的历史语境中，揣摩作品中人物所特有的思维、情感和意志的特征，揣摩其思想与行为的历史依据。文学名著都是经过历史的淘汰才成为文学名著的，其产生的年代与改编者所处的现时代有着或长或短的时间差距，其所蕴含的历史语境与改编者所处的现时代或多或少有些隔膜，特别是古代和近代文学名著，更是因其生成的历史文化语境与其所蕴含的历史文化信息而彰显出迥异于现时代的历史特征。因此，改编者首先要做的工作就是深入文学名著所展示的精神世界，探究并力图在最大的范围内和最深刻的程度上还原文学名著所表现的历史语境。这种工作虽然充满着艺术思维之艰辛和艺术探索之痛苦，但它是准确传达原著精髓必不可少的第一步。这种工作的性质，犹如历史学家面对历史材料，如果他要达到再现并有效地诠释历史之目的，他首先要做到对前人及其思想情感的"了解之同情"。近代史学大师陈寅恪在论及这个问题时，曾极为精辟地指出："凡著中国古代哲学史者，其对于古人之学说，应具了解之同情，方可下笔。盖古人著书立说，皆有所为而发；故其所处之环境，所受之背景，非完全明了，则其学说不易评论。而古代哲学家去今数千年，其时代之真相，极难推知。吾人今日可依据之材料，仅当时所遗存最小之一部；欲借此残余断片，以窥测其全部结构，必须具备艺术家欣赏古代绘画雕刻之眼光及精神，然后古人立说之用意与对象，始可以真了解。所谓真了解者，必神游冥想，与立说之古人，处于同一境界，而对于其持论所以不得不如是之苦心孤诣，表一种之同情，始能批评其学说之是非得失，而无隔阂肤廓之论。"① 陈寅恪此处所论的虽然是中国哲学史的研究与写作，但我们同样可以将其视为改编作为历史文本的文学名著时应当持有的态度。真正做到对文学名著"了解之同情"是非常困难的，需要改编者具备与名著原作者大体相当的对名著所表现的历史语境的客观知识，并且在此基础上形成对这种客观知识的主观体验。在这方面，20 世纪 80 年代中期，根据古典文学名著《红楼梦》改编而成的同名长篇电视连续剧，可以说是一个比较成功的范例。电视版《红楼梦》对小说原作所表现的康乾盛世下的文化危机与社会矛盾的揭示，对宝黛爱情悲剧历史内涵的挖掘，对小说原作社会悲剧（社会主题）与人生悲剧（人生主题）等多重意蕴的传达，都反映了改编者对小说原作的历史语境与作者个人的情感经验以及对人生感慨的认知、体验与感悟。不仅是编剧，就连那一批刚刚从全国各地遴选出来的非职业演员，也都经历过精读原作、听红学家辅导讲座、体验与进入由小说中人物改编而成的剧中人物的人生世界等比较充分的创作准备阶段。即使是为此剧配乐的作曲家，也是在经历过相当长时间的于小说原著的精神世界中神游之后，方从浓缩着宝黛爱情悲剧的《枉凝眉》的词句中找到蕴含《红楼梦》的社会主题与人生启悟的主题曲。这一切都说明电视版《红楼梦》，包括从编剧到演员到作曲在内的整个创作集体，都力图通过遥想、捕捉与体验两百多年前《红楼梦》中人物的情感纠葛及社会关系，都力图在将文学艺术转换为影像艺术的再创造过程中传达

---

① 陈寅恪. 审查报告一［A］. 冯友兰. 中国哲学史（下册）［M］. 上海：华东师范大学出版社，2000. 432.

曹雪芹独特的人生磨炼与情感经历所生成的人生感慨。改编者对《红楼梦》的人生主题，虽然体味不深，但还是传达出一些。虽然改编者对《红楼梦》原著的哲学与人类学的诠释处于相对肤浅的层面（这在 20 世纪 80 年代中期已经是相当难为改编者的要求了），但是对其所进行的社会学与历史学层面的诠释，达到了相当准确而深刻的程度。

　　文学名著的改编，实质上就是当代改编者对作为历史文本的文学名著的历史诠释。既然是历史诠释，诠释者应当充分发挥自己的主观能动性。改编者对文学名著的诠释是主体的诠释，正如历史学家之于历史事实一样。历史学家不能够将自己置身于历史之外，他必须以自己的思想、情感与意志去观察和评价已成为过去的历史事实，以自己的思想、情感与意志去捕捉历史发展的可能性，从而使其所观察与诠释的历史必然同时也成为其自身精神的化身，并且经由体现自己作为历史研究主体的个人精神而体现出时代精神。正是由于历史学家对过去史实进行精神建构，历史才能成为活生生的历史。因此，如果从这种意义上来理解意大利哲学家克罗齐所谓的"一切真历史都是当代史"，我们认为这个历史哲学命题是经得起历史学实践的检验的。对文学名著的改编也是主体的改编，同样要求充分发挥改编者的主体性，同样要求以改编者自己的思想、情感与意志去解读文学名著，并在当代历史视界中激活文学名著。换句话说，如果想使文学名著改编得以成功，在充分对原著历史语境与历史意蕴进行有效还原的同时，还得要求改编者站在新的历史高度，即从现时代的历史视界来对文学名著进行新的诠释。倘若缺少了这个环节，那只能像许鞍华执导的电影《倾城之恋》那样，只能说是对张爱玲同名小说的"硬绎"，就会走入电视版《钢铁是怎样炼成的》的历史认识的误区。关于前者，我们的评价很容易理解。关于后者，须做充分说明。根据董健先生的研究，奥斯特洛夫斯基的小说《钢铁是怎样炼成的》及保尔·柯察金的革命英雄形象"曾经被苏联官方高度意识形态化"。正是这种特殊性，使这部苏联文学名著在后来政治状况发生变化的时候，受到人们的质疑。当保尔"被卷入了政治斗争，被作为宣传某种意识形态与政治成见的'符号'的时候，其命运就不是他自己所能把握和左右的了"。保尔"迷信政治领袖，一切服从'集体'，这些性格上的特点是有可能被政治上的专制主义者用作培养'驯服工具'、宣扬奴隶主义的道德'资源'的"。高尔基在十月革命刚刚发生的时候所发表的一系列在当时"不合时宜的思想"中所洞察到的"具有'俄国特色'的共产主义革命与无产阶级专政的某些负面或阴暗面"，后来"在斯大林主义体系中得到恶性膨胀，长成了一种背弃马列主义与社会主义原则的新蒙昧主义与新专制主义的肿瘤，才导致了第一个'社会主义国家'垮台这样的历史大曲折。如果保尔活到今天，看看那些解禁的苏联历史档案，再听听一代新人们的历史反思，他还能那么自豪与自信地说出那一大段关于生命与理想的话吗？他还能理直气壮地说他一点后悔之心也没有吗？提出这样的问题也许太残酷了，但是遮蔽历史的一部分，以满足一种怀旧情结，叫如今的年轻人继续相信某种被历史证明是不真实的东西，不也是很残酷的吗？"董健先生还特别指出，应该辨析和区分封闭性与非理性、开放性与理性这两条树立与坚守理想和信念的完全不同的途径。保尔"在十月革命后高尔基所指出那些负面风气之下所形成的那种'阶级斗争''无产阶级专政'的狂热与偏执，渗透在他那带有乌托邦性质的理想和信念之中，是有着很明显的封闭性、非理性特征的。这不能怪他本人，这是那个时代苏联的现实，也是斯大林主义个人崇拜与专制主义统治的结果。正是这种个人崇拜与专制主义种下了以后苏联垮台的种子，而苏联的垮台又成为保尔理想和信念落空的铁证。所以……如果保尔活到今天，他一定会反思他所经历过的那场'赤色革命'，他也一定会重新考虑人的一生应该怎样度过。……只有建立在理性的反思上的历史，开放地把握现实基础上的理想和信念，才不会是建立在沙滩上的灯塔，未及放光引路就倒塌了；才不会是作为幻觉出现的海市蜃楼，顷刻被现实击得粉碎"①。梁晓声改编这部苏联文学名著时，没有站在当今人类社会发展史，特别是国际共产主义运动史的高度，去对保尔的政治激情与理想、信念以及由此产生的这种政治激情与理想、信念之途径的具体历史情境进行冷峻的历史审视与历史反思，因而无法为现时代的人们提供对保尔及其所生活的时代的历史真实的正确认识。电视版《钢铁是怎样炼成的》的改编失误，说明了当代视界的获得，在文学名著的改编过程中占据着极其重要的地位。

从当代视界出发，对文学名著的重新诠释，一般来说会出现如下两种情形：第一种情形是改编者对文学名著精神境界的提升，比如根据小说《二月》改编而成的电影《早春二月》。20 世纪 60 年代前期，谢铁骊执导《早春二月》，按照当时人们对青年人追求进步的理解，将 20 世纪 30 年代左翼作家柔石的中篇小说《二月》的主人公肖涧秋的形象，由远离时代浪潮的消极颓唐者改变为革命道路的探索者，并且从历史乐观主义的视界出发，将肖涧秋最终的迷惘置换为可预见的希望。剧终，当肖涧秋离开芙蓉镇时，影片用一簇灿烂的鲜花作为前景来隐喻其即将踏上光明的前途。这种改动是改编者站在新时代历史语境，即当代视界的高度，对 20 世纪 30 年代文学名著所表现的历史语境与历史意蕴的重新诠释，意在证明小资产阶级知识青年走上革命道路的必然性。熟悉中国现代史的人都知道，这种诠释具有相当普遍的历史真实性，因而可以说是成功的。与此相反，20 世纪 80 年代中期摄制的电视版

---

① 董健. "保尔热"下冷思考［J］. 俄罗斯文艺，2000（3）：13～25.

《四世同堂》，对小说原作情节发展线索的改动与人物精神世界的拔高，则是因未能看出老舍的创作动机而导致的认识偏差。电视版《四世同堂》着重突出了爱国主义与民族大义，但在无意中消解了老舍抨击中国传统文化柔弱性与奴隶性的创作动机，消解了小说原作的民族文化反思的深层意蕴。20 世纪 80 年代中期，中国文化界的文化反思思潮正盛，电视版《四世同堂》的改编恰好躬逢其时。但令人遗憾的是，改编者与当时的文化反思热潮脱节，文化意识落后于时代，没有能力去发现小说原作深沉的悲剧意识。第二种情形是改编者借助现实的光芒，照亮了文学名著中被原作者有意无意遮蔽的历史意蕴，并且站在时代精神的历史高度对其进行揭示与补充。比如，谢飞、张弦根据沈从文 20 世纪 20 年代末的短篇小说《萧萧》改编的电影《湘女萧萧》，从 20 世纪 80 年代对民族文化反思的当代视界出发，对原作的故事进行了重构。由于发现了小说原作故事框架所内含的封建宗法专制主义及其社会文化心理结构对人性欲望的压抑与扼杀的历史意蕴，改编者突出了生活的悲剧性，并且有意识地以这种悲剧性来消解沈从文小说视界中对湘西乡民带有某种原始野味的生存状态的诗意礼赞。这种立足于改编者时代视界的对文学名著的创造性诠释，应该说是文学名著改编的正途。

以新的历史视界对文学名著历史意蕴进行当代诠释并非易事，它是名著改编的正途，但绝非坦途。其难处在于改编者怎样把握住和处理好文学名著所蕴含的历史语境与改编者的当代视界之间的张力关系。这里所谓的张力关系，用通俗的语言来表达，就是分寸感。我们认为正确处理历史语境与当代视界之间的张力关系，正是考验文学名著改编者思想与艺术功力之所在。

历史语境与当代视界之间的张力关系，实质上就是历史复原与历史诠释之间的关系。一般说来，历史就是指人类社会的历史。"历史"这个词语有三层含义：第一层含义是指在既往时空中已经消逝和正在消逝的人类活动；第二层含义主要是指记载这种在既往时空中已经消逝和正在消逝的人类活动的历史文献；第三层含义是历史学家在对这种历史材料的整理与诠释的基础上，借助思维与想象而构画，并通过文字而书写成的具有历史完整性的通史或具有相对历史完整性的断代史和分别隶属于某种知识体系的专门史等历史著作。其中，第二层与第三层含义的历史，都带有写作主体不同程度的主观诠释，特别是第三个层次的历史，更是作为写作主体的历史学家的精神劳动的结果。这种精神劳动主要包括其建立在丰富的人生阅历与社会体验的基础之上而形成的历史洞察力与诠释力，以及建立在民族语文基础之上的文字表现（主要是文字叙述）能力。文学名著改编者应力图复原的是作为历史文本的文学名著所建构的历史语境，也就是第一层含义，即在既往历史时空中已经消逝和正在消逝的人类活动。为了尽可能接近这种历史的本来面目，改编者必须要对作为第二层含义和第三层含义的历史文本进行比较、鉴别，力求获得对表现在文学名著中的历史与历史人物的"了解之同情"；在此基础上更加需要对历史进行反思，即对文学名著中所表现出来的原作者对历史语境及其历史人物的诠释进行再诠释。这种再诠释的认识依据，就是史实不会变化，但人们的认识与理解会变化，会随着人们思维能力与体验能力的增强而深化。人类的思维能力与体验能力是无止境的，因而对文学名著的认识与理解也是无止境的。正是有赖于这种再诠释，文学名著才得以在影像媒艺术形态中获得新的生命。但是，我们务必记住，这种历史的反省与历史的重新诠释，应该力图最大限度地接近在既往时空中消逝或正在消逝的人类活动的本相。这让我们联想到历史研究领域法国年鉴学派对历史诠释的态度。该新史学流派强调历史学的任务不是描述历史，而是对历史的有效的诠释。其创始人吕西安·费弗尔认为历史是关于人的科学，既是关于人的过去的科学，又是关于人的现在的科学。作为历史主体的人，不仅是历史的唯一的准则，而且更重要的还是历史的生命。由于人的存在与活动，是在具体的社会历史语境中的，因此，历史学家应该将作为历史主体的人的生命活动与这种生命活动的自然环境与社会历史环境的复杂关系视为有机统一的整体，应该将作为历史主体的人还原为有别于我们现时代的，在另一种自然环境与社会历史环境中所形成的，并与另一种知识、思想与信仰相联系的具有特定社会文化心理状态的生命主体。费弗尔强调，只有如此，历史学家才能避免非历史主义的谬误。有些历史研究者故意将自己的感情、思想、道德和精神偏见投射到历史中去，将历史人物打扮为现代人物，并从中发现自己刚刚附加在其身上的东西，进而对这种所谓的新发现表示故作惊讶的高兴。① 费弗尔所针砭的这种现象，就是缺乏对历史与历史人物的"了解之同情"的非历史主义立场的典型体现。虽然我们当代人不可能像放电影那样重新回放历史，但是在一般情况下，为学术界所认可的历史研究成果为我们进行判断提供了知识基础。文学名著改编者在对文学名著历史意蕴进行重新挖掘、重新诠释的时候，切勿忽略这种认识论的基础。在这方面，由李少红执导的电视连续剧《雷雨》，以女性主义的当代视界对曹禺同名话剧原作所提供的历史语境与历史意蕴所进行的重新诠释，就是一个值得剖析的例证。电视版的《雷雨》以相当程度的抽象的男女性别冲突取代曹禺原作的社会历史文化冲突，以商业主义的消费文化制作策略来消解曹禺原作的悲剧意蕴。性别冲突是女性主义文艺的基本内容之一，在当代中外文坛盛行。李少红以此为视角，来重新诠释曹禺原作的人物及人

---

① ［法］勒高夫等. 新史学［M］. 姚蒙译. 上海：上海译文出版社，1989. 18～170；［法］勒高夫等. 史学研究的新问题新方法新对象：法国新史学发展趋势［M］. 郝名玮译. 北京：社会科学文献出版社，1988. 10～16，262～268.

物关系，突出并且放大男女两性的性别差异与性别冲突，从而赋予其新的带有某种抽象意味的心理动机。这种女性主义的认知模式，可以归诸当代文化理论新潮，可以称为当代视界，但是它明显地背离了曹禺原作中人物性格与行为的具体的历史语境，或者说由这种新视界所观察到的东西，与从原作具体的历史语境中生发出来的人物性格、人物行为、逻辑以及人物之间的历史与现实的关系相错位、相脱节。跟其他现代中国剧作家，如田汉、郭沫若、夏衍等相比，曹禺剧作的历史语境本来就显得淡薄，《雷雨》原作只是让人依稀感到这是发生在 20 世纪 20 年代的悲剧，除此之外，曹禺并没有给欣赏者更多的背景交代。我们的电视剧改编者，应该在这方面加以强化才为上策。令人遗憾的是，电视版的《雷雨》不仅淡化、稀释了原来本不浓郁的历史氛围，而且还以商业主义的消费文化制作模式来强化其情节功能，节外生枝地添加一系列迎合市民口味的情节线索，单纯以故事情节本身来吸引观众，从而抽去原作的社会历史悲剧与人类命运悲剧的深刻意蕴，将悲剧质变为情节剧，将严肃艺术质变为仅供市民阶层欣赏的通俗艺术。这实质上就是当代视界与历史语境相脱节而引发的对消费主义文艺写作模式的偏至。这也同时说明，如何严肃地处理好历史语境与当代视界之间的张力关系，应该成为文学名著改编者必须面对的再创作难关。

（原载《中国电视》2007 年第 1 期，略有改动）

街头艺术的困境与当代中国都市文化生态

袁　瑾

　　徜徉于城市，我们每天都会与一个特殊的群体擦肩而过：他们或抱着吉他在地铁口轻弹，或蜷缩于天桥舞文弄墨，或自组乐队在街角演出，或身着古装在高楼前吟唱与时代格格不入的戏曲，这就是当代中国的街头艺人。城市管理者对他们头痛不已，许多市民也不理解他们，社会制度与大众心理的双重禁锢使得街头艺人逐渐被污名化，成为极具争议的文化群落。如何解读街头艺术的当下命运以及它与都市文化的内在关系？如何应对当代城市文化发展的生态隐患和认同危机？笔者就广州街头艺人的生存状况展开了调查，并结合北京、上海的实际情况，集中探讨以上问题。

一、活的文化与被遮蔽的空间

　　所谓街头艺术，即由专业艺人或市民大众在城市公共空间进行的艺术表演行为，它既是公共艺术的重要代表，也是城市文化繁荣的标志。早在宋代的勾栏瓦肆中，市井文艺已有了街头文化的雏形，而清末民初发端于大城市的杂吧地表演可谓现代街头艺术的滥觞。新中国成立后，由于剧烈的社会主义思想改造运动，野性十足的街头文艺迅速雅化并瓦解。直到20世纪80年代改革开放，街头艺术在摇滚乐、霹雳舞、港台歌曲等外来流行文化的启蒙下才逐渐苏醒。但好景不长，伴随90年代商业文化时代的到来，街头艺术又沦落为消费主义宰制的资本空间。

　　可以说，街头作为培养社区情感和城市共同体意识的公共空间一直受到压抑和侵蚀，但庆幸的是孕育于民间的街头文艺始终保持着自身的活力。20世纪末至今，各大城市纷纷涌现出街头艺人表演，其群体日益扩大，街头再次成为世人瞩目的文化竞技场。2008年底，笔者在广州调查发现，仅就天河区而言，如果以天河广场为圆心向周围延伸，方圆一百米内就聚集有个人独唱、乐队演出、草班戏曲表演、个性签名设计、书法演练、画画等各类表演。而在岗顶商业区所做的路人问卷调查中，有71%的人表示所在小区有街头艺人活动。这些都说明街头艺术已广泛分布于当代都市空间，成为市民日常生活的重要组成部分。

街头艺人主要来源于文艺青年、下岗职工、残疾人士、城市贫民、流浪者等社会底层，这些团体通常缺乏正规的专业训练和完备的演出设施，其演出规模和水准恐怕都难登大雅之堂，是以都市草根为主体的"文化游击队"。他们绝大多数以卖艺为生，从而被列入"无证经营"的非法摊贩行列，经常遭到警察和城管的驱逐，不得不流动辗转于城市的各个角落，成为城市空间最活跃的文艺表演者和文化传播人。这其中既有传统民间艺人，也有现代摇滚青年，是介于乡土社会向都市社会转型过程中产生的一种新型的文化杂交族群。他们每天直接面向市民大众，其表演注重即兴发挥和现场互动，具有鲜明的野地性，可谓一种活的文化。这种活的文化完全依靠街头艺人肢体语言传承撒播，当中不乏盲人、聋哑人和老人。简陋粗糙的野地表演往往与现代建筑的奢华形成鲜明对比，某些残疾佝偻的艺人身影更是反衬出大都会幸福生活的荒谬可笑，构成当代叹为观止的都市景观，由此也成为街头艺术被贬斥为有损市容的最佳佐证。

然而，到底是街头艺术破坏了城市形象，还是我们的城市形象被过分地理想化呢？必须注意到，城市文化的生产首先是空间的生产，当代城市是由城市管理者、专家学者等技术官僚规划出来的空间组织，它以现代大都会为建设模板，力图保持空间的纯粹性与城市形象的优越性，放弃城市生活的整体感与多样性，从而导致了"社会特征"与"感觉结构"[1]的严重断裂：一方面，由上层精英主导的社会特征所呈现的城市表现出和谐、有序，近乎完美的理想人居形态；另一方面，由于城市普通市民和底边阶层深陷于各种现实困境，使得他们难以获得自由、愉悦的生活体验，其紧张压抑的感觉结构与当下的社会特征形成尖锐冲突，并产生严重的认同危机。

造成这一危机的主要问题在于空间的失衡，集中表现为"文化空间"[2]

[1] 感觉结构（structure of feelings）：文化唯物主义学者雷蒙·威廉斯发明的重要术语，主要指"特定群体、阶级或社会所共享的价值"，是一种新兴文化；社会特征（social character）是一种理想价值观，代表的是主导文化，由于后来受到葛兰西理论影响，也称为文化霸权。感觉结构与社会特征虽然具有一致性，但有时也存在巨大差异，因为前者是对现实的真实体悟，而后者过于理想化，所以感觉结构对社会特征具有修正和维护作用，是新兴文化反对文化霸权的一种手段。本文将街头艺术视为能够反映当代城市生活真实体验的一种感觉结构，它不同于粉饰现实的政治文化与唯利是图的商业文化，而是底层所创造的新兴大众文化。它极有可能打破现有都市文化空间的封闭垄断格局，为市民社会的崛起发挥文化上的复兴作用。参见［美］约翰·斯道雷. 文化理论与通俗文化导论［M］. 南京：南京大学出版社，2006. 55 ~ 56.

[2] 文化空间是"体现意义、价值的场所、场景、景观，由场所与意义的符号、价值的载体共同构成。它是已经形成了的，具有既成性、稳定性；又是等待社会主体在新的周期里进入而体验意义和价值的场景"。整个城市可以看作一个大的文化空间，而街头则集中体现了该空间的流动效用与使用价值。在中国，"街"的概念（如"街坊、街邻、街众"）含有邻里纽带的共同体意识，具有特殊的文化内涵，是反映社会文化生活与社会关系的最重要的城市文化空间。参见高丙中. 民间文化与公民社会：中国现代历程的文化研究［M］. 北京：北京大学出版社，2008. 2 ~ 3.

发展的区隔化与排他性。自 20 世纪 90 年代以来，随着胡同、里弄等传统社区的逐个消逝，固有的民间文艺纷纷萎缩，广大市民进行娱乐活动与文化创造的空间日益缩小。而同时，各大城市不惜斥巨资修建各种豪华的大剧院、音乐厅和展览馆，用所谓的高雅艺术及高消费标榜城市的品位档次，无形中将城市的公共空间挤压为等级森严的消费场所和身份象征的私人领地。因此，当代城市尽管在外形上建设得越来越亮丽，但城市空间的共享性与文化的交流性却越来越贫乏。

更严重的问题是，底层在大规模的城市美化与改造运动中沦为生活在贫民窟与郊区的边缘人，逐渐被城市淡忘和漠视。从影视剧到广告，从政府宣传到媒体报道，对当代城市想象要么是 20 世纪 30 年代的东方巴黎（上海），要么是全球大都市（北京）和国际花园城市（广州），而底层作为一个被遮蔽的群体则成为这场城市营销的失语者和牺牲品，并遭到集体性的流放。如某些地方居然提出了建设"无摊城市"的口号，其实质正是桑内特一再批判的"纯化空间"①，它无视城市空间的公共属性，屏蔽城市居民的自由交流，必将造成社会群体的分化对立。这种建立在一元美学思维模式上的高端都市不过是一个虚幻的乌托邦，因为任何城市都不可能没有乞丐、小偷和贩夫走卒，更不可能隐匿自己藏污纳垢的一面。事实上，"越是繁荣发达的大都市，就越是可能包容着不同的甚至是相互冲突的文化内涵。城市乌托邦的想象其实是一厢情愿地试图抹杀都市的杂多性及其内在的文化矛盾"。从这个意义上说，看似杂乱无章的街头艺术反映的恰恰是都市文化的本质和真相，街头艺术的野地性、民间性和日常性，尤其是艺人与观众交流时产生的亲密感及世俗人情才是真正富有地方特质的生活艺术和城市文化。

威廉姆斯认为，文化是一个复杂的有机体，至少包含了三大范畴，即"亲历的文化、文献的文化、被选择的传统文化"。如果说文献与传统文化多半属于圈养于象牙塔和博物馆的一种固态文化，那么"亲历的文化"则是"在一个特定时期和地点的活生生的文化，只有生活在那个时代和地点的人才能完全理解它"。街头不仅是城市最重要的公共空间，而且"是各色人等思维的符号和工具，是人们捕捉、感受、认知一个时代、一种思想、一种技术的中介，是各种观念、各种力量、各种角色演出的舞台、剧场"。可以说，街头艺术作为一种空间生产方式，既是感知当代生活的文化磁场，也是汇聚新兴

---

① 纯化空间（purified communities）：理查德·桑内特在其文章《19 世纪公共生活的混乱》中提到，由于工业资本主义的发展，19 世纪巴黎在城市区域发展上出现明显的阶级分化倾向，同一个街区的居民来自同一个阶级，街区之间有围墙隔离，这种排他性的纯化空间极大地阻碍了城市居民的自由交流和沟通，破坏了城市的公共生活。参见［美］理查德·桑内特. 公共人的衰落［M］. 上海：上海译文出版社，2008. 170～175.

文艺的集散地，它根据环境的变化不断生产并创造着自身，完全是一种活的文化。

诚如柯林伍德所说，艺术家"所从事的艺术工作并不是代表他私人的努力，而是代表他所属的那个社会的公共劳动。他对情感所做的任何表现，是从一个不言而喻的标题开始的，它不是'我'感到，而是'我们'感到"。街头艺术的兴起象征着底层大众文化自主性的觉醒，那些曾经被遮蔽的空间和无名的弱者，因为街头艺术的呐喊而获得重返公共空间的契机，街头文化正以独特的艺术形态重塑着当代人的生命感觉和公共体验。

首先，街头艺术打破了日常生活的烦闷枯燥，其鲜明的观赏性和戏剧性扩展并丰富了城市空间的文化内涵。在许多城市的地铁通道，流浪歌手的吉他弹唱滋润着无数路人疲惫的心。来自河北的女孩任月丽在北京地铁演唱四年，歌声甜美动听，被称为"西单天使"。其次，街头艺术的魅力在于其参与性和互动性，有助于扩大公共交往和增进市民情感。广州的简伟明是活跃于老城区的街头艺人，人称"炒螺明"，他既卖螺又唱歌，据说粉丝过万，堪称街坊们的"开心果"。再次，街头艺人是传播城市文化的重要载体，并创造了丰富多彩的都市亚文化。歌手杨一自 1992 年开始在北京美术馆门口弹唱自己的原创歌曲，音乐风格独树一帜，成为当代城市民谣的先锋。显然，街头艺术具有提高市民生活情趣、培养城市认同感的积极作用，这种活的大众文艺有可能改写当代都市文化空间的话语形式和权力谱系，并创造一种新的感觉结构。

二、底层想象与日常生活审美

按照列斐伏尔的空间政治理论，空间生产的"构成性中心"（或曰主体性问题），即谁在进行空间生产，谁有权利将这种生产嵌入社会空间并转化为精神生活，是揭示城市文化运作机制与生态结构的要义。如果说中国城市的日常生活长时间受到来自上级行政的严格控制和管理，并按照"纯化空间"的规划形式将一切有损城市形象的事物排除在外，那么街头艺术的流行则说明当代都市建设急需打破空间壁垒，让城市居民实现广泛的文化共享与自治。这就必须提高都市空间的文化生产力和精神生活品质，扩大公共艺术的用途和效率，创建自由平等的文化交流机制。

遗憾的是，街头艺术由于其底边阶层的社会烙印一直被排除在公共空间之外，不受尊重。尽管许多城市注意到公共艺术对提升城市形象的作用，并有意识地在城市绿地、广场、建筑和道路中引入大量雕塑、摄影、壁画、装饰、园艺等艺术形式，但这些大多是一些静止的观赏型文化，而不是活的文化。活的文化不仅可以观赏，更可以交流与互动，市民文艺、民俗节庆，乃至行为艺术都属于此，它们以人为主体和中心，是最具城市活力的文化基因。从这个意义上说，支持并鼓励街头艺术不仅是完善城市公共艺术体系的迫切需要，更是当代城市建构市民社会与公共领域的必经之路。

当代都市文化生态的发展危机表现为上层文化与底层文化之间的严重对立，不同阶层之间的文化冲突日益加剧，从这个意义上说，提倡街头艺术的目的就是要促进不同社会群落之间的情感交流与精神对话，实现文化的民主共享。苏格拉底说："能让我学得一些东西的是城市里的人民。"这意味着城市文化的构成主体是普罗大众，而不是少数精英。当我们谈到底层的概念时，往往将它误读为文化的落后者或弱势群体，然而必须注意，占据社会最顶层和中间层的不过 1.6 亿人，而由农村户籍人口和城市产业工人、失业人群等普通民众组成的底层有 11.4 亿人，单从人口数量上来比较就无法否认底层在都市文化空间中的主体性地位。充分认识到这一最基本的现实状况并且从现实出发，尊重底层的生活经验和文化想象，才有可能建构一个真正的公共空间，这也是解决当代都市文化生态问题的前提和基础。

然而，究竟由谁来代表底层的经验和文化想象？如何确认这种经验和想象？由于底层自身缺乏文化资源和充分的话语权，使得对于这一问题的回答往往成为由媒体或上层精英转述的问题。不少知识分子习惯以启蒙者的姿态看待底层，用自我的想象替代对方的真实感受，将底层生活杜撰为千篇一律的悲剧和痛苦，从而忽视了底层经验的丰厚内涵和多样性。底层的精神世界绝非学者预设的那般贫瘠与绝望，因为种种调查结果显示他们在追求自我幸福方面表现出罕见的艺术人格和超越精神。

首先，街头艺人具有坚定的艺术理想和自由信念，对其表演赋予了极高的职业认同感和社会责任感。在广州，从事签名设计的艺人王辉说："别人看我们是走鬼，我们把这当艺术。"独臂歌手刘扬身残志坚，热爱音乐，演出现场总会打出"请支持街头艺术"的标语。谋生对于街头艺人而言，绝非唯一的目的，许多人之所以选择在街头表演，是因为他们可以利用城市公共空间的流动性从事更自由的文化生产活动，从而对街头表演寄予了很高的艺术期待和想象。例如流浪歌手兔子声称自己最喜欢在地铁唱歌，是因为"喜欢那种原始的声音，不需要用麦克风，不需要用音响，声音可以回荡在长长的通道里，很真实地表达自己的情感"；刘扬甘愿放弃在酒吧唱歌赚钱的机会，因为他喜欢无拘无束的生活，更重要的是可以面对更多的观众。

其次，街头艺人具有吃苦耐劳、坚韧团结的族群特征，在苦难面前表现出顽强的超越精神。生活困窘的他们乐观豁达，即使是残疾艺人也从不以弱者的姿态博取同情，而是始终强调自己肩负的艺术职责和工作的神圣性。刘扬说:"我是正常人,不是残疾人;我表演艺术,不需要同情。"马家新夫妇从贵州漂泊到广州卖艺,坐轮椅的妻子弹电子琴唱歌,右手残废的丈夫吹笛子伴奏,他们说:"我的手就是他的手,他的脚就是我的脚。我们一直这样扶持着。"来自河南豫剧团的下岗老职工每天在广州岗顶附近表演豫剧,小戏班平均年龄在 65 岁以上,风烛残年还在资助自己的养女求学读书,并笑称:"缺啥吭气啊!"上海的"天行健"乐队成员多为小儿麻痹症患者,他们的宣传标语是"扬自强风帆,做生活强者"。

如果按照布尔迪厄的文化区隔理论来解读街头艺人,他们在文化资本方面无疑处于弱势,是一个被遮蔽的无权力阶层。马克斯·韦伯认为"权力意味着在一种社会关系内,自己的意志即使遇到反对也能贯彻的任何机会",底层作为社会中最受压迫的文化群体,由于被剥夺了绝大部分的法理权力与世俗权力,他们最缺少的并不是表述经验的能力,而是申诉经验的平台和机会。从这个角度上说,街头表演正是底层民众实现人格权力和人格平等的艺术手段,是他们利用有限的文化资本彰显无穷的文化行动力的维权方式。

捷克作家博胡来尔·赫拉巴尔在小说《底层的珍珠》中高度赞扬那些不受人重视的第四等级,认为底层的普通老百姓身上孕育着人类心底的珍珠,这珍珠来源于平凡的日常生活,是素朴的人格之美和人性之美。通过对街头艺人的调查采访,笔者为社会底层具有的善良、博爱、宽容的精神品格所震撼,他们的内心世界远比我们想象的要丰富,而他们在艺术感受和文化创造方面的活力也毫不逊色于所谓的专业人士。街头艺人长期和小贩、流浪汉、打工仔等底层民众交往,共同的生活经历使他们结下深厚的集体情谊,这种情感反过来又转化为街头艺人的创作灵感和源泉。例如歌手杨一的音乐既借鉴了陕北民歌的艺术技巧,又将城市底层劳动人民的生活体验融入其中,创造出一种新的城市民谣,他在《样样干》中唱道:

> 树林大了好安身/要去北京大本营/自从革命成功的那天起/就已说明了还是农民兄弟的力量大
>
> 城里的人闹下岗/我们进城把饭碗端/做钳工,打杂工,摆地摊,收破烂,样样干/说是人生地不熟/到处都有咱弟兄/走东城,跑西城/劳动的旗帜愣忪愣忪愣忪地飘……
>
> 文化人要到美国/托个福啊六百五/现如今,眼目下,咱不够大/走一步,算一步/形而上,形而下/上个学校学高科技/工商管理和计算机/自从有唐人街的那天起/就已经说明了咱们兄弟还是可以闹天下

这首民谣描写的是农民进城,与一般的打工文学题材不同的是,这首歌

曲丝毫没有感伤的意味。演唱者以一种原始沙哑的歌喉吟诵出亿万劳动大军进驻城市时那种兴奋、躁动、狂喜的复杂情绪，乡村俚语式的唱词与城市生活特有的冒险主义相配合，传统劳动者与现代野心家的形象同时杂糅于中国农民工的集体形象，丰满、真实，刺痛人心。从乡村到北京再到纽约的唐人街，底层的经验同样贯注于全球化的想象，深沉质朴却不失诙谐，激荡着一种穿透现实的讽喻力量。可见，街头艺术作为日常性的文化生产方式更善于汲取民间文化的特色和美感，它表明了"文化不是社会精英群体的特权；它就在我们周围，存在于消费品、景观、建筑物和场所中。此外，它也不是静止的，而是一个不断发展变化和有争议的领域，它存在于语言和日常社会实践中"。

三、都市波希米亚与身份认同危机

当代街头艺人类似于田园诗人和都市漫游者的混合体，他们与传统民间艺人具有密不可分的文化渊源，但由于前者产生的社会基础和文化土壤得益于现代都市文明，因此在行为方式上表现出迥然不同的特征。例如，他们绝大部分为外来移民，生活漂泊、居无定所，流动性极高；追求浪漫、我行我素，当中不乏气质忧郁、性格敏感的文艺青年。其多元化的身份构成与文化诉求、超越世俗生活的唯美倾向，以及更为自由洒脱的生活方式，都说明了街头艺术应被纳入波希米亚文化的范畴。波希米亚原是对吉普赛人的称呼，后来泛指流浪者、艺术家、文人等生产的非主流文化，它是具有艺术气质的亚文化族群标榜自己文化风格与审美趣味的身份标记，其族群活动"往往是跟文化艺术创作有关，姿态是反叛、浪漫、格调的，崇尚的是自由、解放、想象力、心身并重和潜能发挥，生活是要跟大众的主流、社会的常规、中产的拘谨有区别，不屑的是物质主义、歧视、不公"。

波希米亚文化的崛起是现代都市亚文化发展的必然结果。首先是城市化运动导致的移民潮为波希米亚文化的生产提供了庞大的人口基础；其次是某些占据优势资源的都市街区吸引并聚集着各种外来人才，使得新文化的发明创造实现了一种规模化的集群效应，以北京的三里屯、798工厂、后海等为典型。然而，波希米亚文化作为一种新生的文化群落，其内部组成也很复杂，既有来自中产阶层的艺术爱好者，也有学生与城市贫民，而街头艺人作为底层波希米亚文化的代表，所处的生态环境最为恶劣：

首先是制度行为层面的生存困境。街头表演被城市管理者列入有损市容与扰乱社会治安的对象而遭到禁止和驱逐，导致艺人流离失所，生存举步维艰。2007年，一部反映上海街头艺人生活的纪实片《闲着》（张伟杰导演）

获得了社会高度关注和热烈反响，当中记录了不少街头艺人与城管之间的冲突，"有长时间的对峙，有利用语言陷阱的智斗，有大量市民介入的据理力争，还有影像冲击力很强的'武斗'"。而在笔者对广州街头艺人的采访过程中也发现，此类事件层出不穷。事实上，驱逐行为本身存在极大争议，因为缺乏明确的法律依据和道德正义，主要是依靠行政强制手段，所以导致街头艺人（包括部分市民）对此产生极大反感和对立情绪。街头艺人与城管之间的矛盾反映了既有文化体制与都市亚文化发展诉求之间的尖锐冲突，如果得不到缓解，就有可能激化社会矛盾。

其次是心理接受层面的认同危机。广州的调查显示：绝大部分市民认为街头艺术"不起眼""可有可无"；不到1/3的受访者认为表演美化了城市生活；个别市民则反映这些表演既扰民又影响市容，应该取缔。可见，大众目前对街头艺术大多处于猎奇阶段，漠视心理相当普遍。由于街头艺人们的表演水平良莠不齐，演出的硬件条件较差，使得许多市民对街头艺术是否称得上"艺术"表示质疑。同时鉴于历史上街头艺人身份的卑贱性、根深蒂固的传统观念和等级意识的负面影响，以至于有人把街头艺术等同于乞讨行为，这些都使得街头艺人们存在普遍的身份焦虑与认同危机。在纪实片《闲着》中，四位街头艺人的命运令人担忧：下岗职工老房靠拉手风琴为生，他在公园有一批业余歌友，大家都喜欢并崇拜他，但当老房袒露自己的身份后，歌友们却纷纷鄙弃他；保姆石静靠卖唱贴补儿子读大学，当孩子得知此事后毅然退学，并斥责母亲卑贱；农民工小赵以吹萨克斯为生，远在老家的妻子得知真相后吵着要离婚；二胡艺人老丁为了不影响女儿入党，不得不放弃了表演另谋生计。

显然，与国外的街头艺人相比，中国的艺人无论是生存环境还是社会地位都极端低下，严酷的社会管制与惩罚所危害的不仅仅是艺人群体的权益，更糟糕的是遏制并破坏了底层参与文化建设与公共事务的积极性。街头文艺在目前的城市文化中占据的虽然是支流，但它联系着最广泛的市民阶层，其产生的腐殖质更是滋养城市文化不断向前进步的原生动力。无论是过去的二胡演奏家瞎子阿炳，相声演员侯宝林、马三立，还是当代的作曲家谭盾、摇滚之父崔健，以及歌星郑钧，他们无不诞生于街头文化的摇篮。街头不仅创造了丰富多彩的大众文艺，同时还为城市的高端文化源源不断地输送来自底层的精英，从这个意义上说，街头波希米亚文化是衡量一个城市开放与包容度的重要指标。中国艺人的当下命运反映出城市文化生态发展的某种结构性症候，即公共艺术的生存困境与公共领域的交流障碍，简单地说就是公共性的缺失。

纵观城市发展历程，街头波希米亚既是社区文化的重要缔造者，也是公共空间的组织者。从莫斯科阿尔巴特街的涂鸦艺术，到纽约曼哈顿地区的街舞，再到巴黎街头的地下乐团与墨尔本的露天表演，正是由于街头艺术的存在，城市街区才变得生趣盎然和富有魅力。而在中国传统社会，江湖艺人同样创造出独一无二的城市文化和空间记忆，如北京天桥、沈阳北市场、南京夫子庙、上海徐家汇、成都青羊宫等，都说明了街头文艺作为维系民间和地方社会的重要力量，一直发挥着稳定并团结整个城市文明基底的中坚作用。

当代城市文化建设的种种误区从根本上说来自体制的弊端，最突出的莫过于政府包办和官僚本位。它使得每一次文明城市的创建无不是一窝蜂式的运动，运动过后，城市形象照旧是脏乱差，文明程度也毫无提高。若要实现城市文明的可持续发展，除了出台国家层面的行政管理办法之外，地方性的民间维护工作其实更为重要。学者王笛在研究近代成都的街头文化时发现，街头有利于国家管理，因为它起到了增进社区稳定与传递国家意识的重要作用，从这个意义上说"地方社会积极培养了一种与国家文化共生而不是敌对的关系"。但遗憾的是，目前的文化建设仍处于对上不对下的单向度发展模式，城管对街头艺人的态度往往过于简单粗暴，导致矛盾越积越深，长此以往必将产生不可想象的恶果。

那么，如何将街头艺术纳入与城市共生的文化发展轨道，如何促进底层文化乃至整个文化生态的良性发展呢？笔者认为当务之急有两点：

其一，确定相关政策法规，允许并支持街头艺术，恢复其艺人的合法身份，保障都市亚文化发展的基本权益和空间，促进城市文化的多样性。可以参照国外的建设经验，把街头艺术纳入城市公共艺术范畴进行规范管理，如划定专门的表演区域和表演时段，对街头艺人进行资格考核，扶持某些濒危的民间文艺参与到街头表演。其实，厦门鼓浪屿早就实行街头艺人持证上岗制度，街头表演已成为当地著名的文化景观。据悉，上海也已通过"建议制定《上海市城市街头艺人管理条例》"的议案，街头艺术有望在今后合法化，若能实现则将对当代城市文化建设产生良好的示范效应。

其二，动员社区与地方的民间力量，尊重底层民众的文化主体性与精神诉求，实行基层自治，通过艺人与市民的主动共建来实现街头文艺的可持续发展。调查显示，街头艺人的族群活动特点是散而不乱，如广州的艺人组建了一个"小人物文艺联盟"，主要工作是团结艺人、促进交流，提升街头艺术的影响力，在5·12汶川大地震和北京奥运会期间，该联盟还发起过捐款与志愿者服务活动。这说明艺人团体具有很强的组织与活动能力，城市管理者完全可以因势利导，给予街头艺人自主性，凡是有关街头表演的纠纷矛盾，放权让其内部处理解决，避免把基层问题扩大化。不妨将具体的管理工作交由社区或街道居委会，由社区与艺人直接进行协商沟通，本着不影响当地居民正常生活的原则来开展演出，这样既能保证街头文艺的长期稳定发展，也有助于形成富有特色的街区文化。

参考文献

［1］高小康. 文化冲突时代的都市美学［J］. 人文杂志，2008（4）.

［2］［英］雷蒙·威廉姆斯. 文化分析［A］. 罗钢，刘象愚. 文化研究读本［M］. 北京：中国社会科学出版社，2000.

［3］岳永逸. 空间、自我与社会：天桥街头艺人的生成与系谱［M］. 北京：中央编译出版社，2007.

［4］［英］柯林伍德. 艺术原理［M］. 王至元，陈华中译. 北京：中国社会科学出版社，1985.

［5］［法］亨利·勒菲弗. 空间与政治［M］. 季春译. 上海：上海人民出版社，2008.

［6］［古希腊］苏格拉底. 文艺对话集［M］. 朱光潜译. 北京：人民文学出版社，1963.

［7］［德］马克斯·韦伯. 社会学的基本概念［M］. 胡景兆译. 上海：上海人民出版社，2000.

［8］［美］保罗·诺克斯，史蒂文·平奇. 城市社会地理学导论［M］. 柴彦威，张景秋等译. 北京：商务印书馆，2005.

［9］陈冠中，廖伟棠，颜峻. 波希米亚中国［M］. 桂林：广西师范大学出版社，2004.

［10］张伟杰. 底层的真相［J］. 艺术世界，2007（4）.

［11］王笛. 中国城市的公共生活与节日庆典——清末民初成都的街道、邻里和社区自治［A］. 李长莉，左玉河. 近代中国社会与民间文化［M］. 北京：社会科学文献出版社，2007.

（原载《二十一世纪》2012 年第 2 期，略有改动）

◉ 语言研究

客家话覃谈有别的存古层次

严修鸿　余颂辉

一、导言

在《切韵》音系中，在等、摄、开合都相同的情况下，往往有两个或两个以上的韵类重出，这种现象被称为"重韵"，其中，咸摄开口一等的覃韵和谈韵（举平以赅上去入，后同）就是一对重韵。据马德强（2005：5~7）概括，韵书反切、文献记载、诗文押韵、境外译音、现代方言、上古来源等几方面的证据表明，重韵的音值是有区别的，这也是汉语音韵学界的基本共识。覃韵与谈韵的中古音值各家拟音如下[①]：

表1　《切韵》覃、谈韵诸家拟音表

	高本汉	王力	董同龢	周法高	李荣	邵荣芬	蒲立本	郑张尚芳	潘悟云
覃韵	ɑ̂m	ɒm	ʌm	əm	ʌm	ɒm	əm	ʌm	əm
谈韵	ɑm	ɑm	ɑm	ɑm	ɑm	ɑm	ɑm	ɑm	ɑm

覃谈韵的区分与混合问题在现代方言中的反映前人多有讨论。就客家话的情形而言，王洪君（1999）、吴瑞文（2004）、马德强（2005：25~50）等学者都做了较大篇幅的阐述，但他们都认为客家话不存在覃谈韵相区别的语音层次。

本文作者最近较为深入地调查了与梅州的兴宁、五华相邻的广东省河源市龙川县（佗城）客家方言，发现这个方言在音系格局上比较确定无误地保留了覃谈韵重韵的对立。此外，我们还发现，龙川县之外的许多客家话也存在这种情况，分布地域遍及闽、粤、赣三省，从类型上囊括了新、老客家方言；更为重要的是，此类现象还为多种历史文献所记录。不过，从目前找到的材料来看，在数量和辖字上各地有些区别。

---

① 根据语言学学术网站"东方语言学"中古音构拟网页查询资料整理。

二、龙川话覃谈相混的层次

为方便讨论，先交代龙川县佗城客家话的调类及调值，括号内为中古声母及声调的来源：

阴平（中古清平，浊去）33　　　　　阳平（中古浊平）51

上声（中古清上、部分次浊上）35　去声（中古清去及中古浊上白读）31

阴入（中古清入）<u>35</u>　　　　　　　阳入（中古浊入）3

与很多方言一样，龙川话也有覃谈相混的层次，表现在所有谈盍韵字都读 am/ap，很大一部分的覃韵字今读同于此。以下先列举龙川方言覃谈相混的层次①。

表 2　龙川方言覃/合韵一部分读 am/ap 韵母例

tam^{33}耽				tap^{35}答
t^{h}am^{33}贪	t^{h}am^{51}谭		t^{h}am^{31}探侦~；~桥：搭桥	t^{h}ap^{3}踏
	nam^{51}南男			nap^{3}纳
tsam^{33}簪				
ts^{h}am^{33}参参加	ts^{h}am^{51}蚕	ts^{h}am^{35}惨		ts^{h}ap^{3}杂
		kam^{35}感		
k^{h}am^{33}堪龛		k^{h}am^{35}砍		
ham^{33}撼憾	ham^{51}含函			hap^{3}合

表 3　龙川方言谈盍韵读法例

tam^{22}担~任		tam^{35}胆	tam^{21}担~竿：扁担	
	t^{h}am^{51}谈痰		t^{h}am^{31}淡	t^{h}ap^{35}塔
ts^{h}am^{33}錾	ts^{h}am^{51}惭			

---

① 龙川县（佗城）话的语料，来自本文作者的调查（2005，2008，2009，2012）以及侯小英（2008）的音系报告。

（续上表）

sam^{33}三				
lam^{33}缆	lam^{51}篮蓝	lam^{35}揽榄	lam^{31}览	lap^{3}蜡腊
kam^{33}甘柑		kam^{35}敢橄		
		ham^{31}喊		

覃谈相混层次的 am/ap 韵，与咸摄开口二等的咸洽、衔狎韵今读相同，如：

咸洽：斩 tsam^{35}　减 kam^{35}　插 ts^{h}ap$^{\underline{35}}$　夹 kap$^{\underline{35}}$

衔狎：衫 sam^{33}　监 kam^{33}　甲 kap$^{\underline{35}}$　鸭 ap$^{\underline{35}}$

因此龙川是（佗城）方言就有如下同音字组：

参＝錾＝攙 ts^{h}am^{33}　三＝衫 sam^{33}　杂＝闸 ts^{h}ap^{3}

甘＝监 kam^{33}　感＝敢＝减 kam^{35}　含＝咸＝衔 ham^{51}

三、龙川话覃谈相别的情况

然而在 am/ap 韵母之外，龙川是（佗城）方言还有一组 ɛm/ɛp 韵母，这组韵母除拼合牙喉音声母（钝音）外，还能拼合舌齿音声母（锐音）。根据龙川方言音系与《切韵》音系的对应规则，中古知三章组声母今读舌叶音 tʃ- 类，中古精庄知二组声母今读舌齿音 ts- 类，故今声韵配合读 tɛm/tɛp、t^{h}ɛm/t^{h}ɛp、nɛm/nɛp、lɛm/ lɛp、tsɛm/tsɛp、ts^{h}ɛm/ts^{h}ɛp、sɛm/sɛp 的字（读 ts- 类的需排除个别来自深摄庄组声母的字），所对应的当是中古咸摄一等字。这些字，有些例子还比较显豁，下面就直接介绍；有些显得隐蔽，则附上一些音义论证①。

（一）覃韵 端系

依照《切韵》的音系规律，遇咸、深二摄，端组只拼一、四等韵，精组可拼合一、三、四等韵，中古三、四等字在今龙川县（佗城）方言中皆有 i 介音，而端系声母与 ɛm 韵母拼合的土俗词，当源于咸摄一等覃韵，以下是这类词及其考证。

（1）潭 t^{h}ɛm^{51}，《广韵》定母平声覃韵，徒含切。

深潭 tʃ^{h}im^{33}t^{h}ɛm^{51}。　　潭水 t^{h}ɛm$^{51}_{31}$ʃui^{35}。

---

① 以下 28 例龙川县（佗城）方言口语词，皆来自本文作者的实地调查，先列出语言事实，再进行考证，为讨论有序，按照先阳声韵后入声韵、先锐音声母后钝音声母以及平上去入的声调顺序来排列，后仿此。

这个字韵母读作 ɛm，非常显豁，音义均对应。

（2）糁（糂）$\mathrm{s\varepsilon m}^{35}$，《广韵》心母上声感韵，桑感切。

猪糁 $\mathrm{t\int y}^{33}\mathrm{s\varepsilon m}^{35}$：猪食，用泔水、剩饭、野菜等加米糠经长时间在大锅中熬制而成。

糁桶 $\mathrm{s\varepsilon m}^{35}_{55}\mathrm{t^h u\eta}^{55}$：盛放猪食的木桶。

糁（糂），作为猪食这个意义，与以下古代文献的用例可谓密切相关：

以米和羹。《墨子·非儒下》：“孔某穷于蔡陈之间，藜羹不糂。”《礼记·内则》：“和糁不蓼。”陈澔集说：“宜以五味调和米屑为糁，不须加蓼，故云和糁不蓼也。”（参《汉语大词典》第 5404 页）

杂糁：杂粮。元王实甫《西厢记》第二本楔子：“浮沙羹、宽片粉添些杂糁，酸黄虀、烂豆腐休调啖。”（参《汉语大词典》第 6878 页）

米粒，饭粒。金董解元《西厢记诸宫调》卷二：“裹一顶红巾，珍珠如糁饭。”（参《汉语大词典》第 5404 页）

猪食。唐李百药《北齐书·列传第三·文襄六王》：“安德王延宗，文襄第五子也。……为定州刺史，于楼上大便，使人在下张口承之。以蒸猪糁和人粪以饲左右，有难色者鞭之。”（参中华书局本第 148 页）

最后一例，文献实例与龙川的“猪糁”同出一辙。

（3）扰 $\mathrm{t\varepsilon m}^{35}$，《广韵》端母上声感韵，都感切。

扰肉胶 $\mathrm{t\varepsilon m}^{35}_{55}\mathrm{\eta iuk}^{35}_{5}\mathrm{kau}^{33}$：用铁棍打制做肉丸的肉酱。

《广韵》都感切：“扰，刺也，击也。”又，《说文·手部》：“扰，深击也。”段玉裁注：“《刺客列传》：‘右手揕其匈。’揕即扰字。徐广曰：‘一作抗。’按：抗乃扰之讹耳。”《玉篇·手部》：“扰，击也。”（参《汉语大字典》第 1844 页）“扰”表捶打义在汉语南方方言中用得比较普遍，如广州话的“扰心口捶胸ᶜtɐm ꜀sɐm ᶜhɐu”“扰骨捶背、腿 ᶜtɐm kuɐt꜆”等。

（4）揝 $\mathrm{ts\varepsilon m}^{35}$，《广韵》精母上声感韵，子感切。

揝印 $\mathrm{ts\varepsilon m}^{35}_{55}\mathrm{in}^{31}$：盖印。

按，很多客家方言都有这个说法（后详）。《广韵》子感切：“揝，手动。”又，《字汇·手部》：“揝，执持。”（参《汉语大字典》第 1956 页）

（5）南 $\mathrm{n\varepsilon m}^{51}$，《广韵》泥母平声覃韵，那含切。

$\mathrm{n\varepsilon m}^{51}$ 柿子：熟透变软的柿子。

Sagart（2004）对“南”字进行了考证，他认为“南”最早与肚子的部位对应，“北”则是与“背”相对应。受此启发，本文进一步认为龙川客家话“松软”这个意义来自“南（腹部）”的引申，$\mathrm{n\varepsilon m}^{51}$ 是白读层存古的读法。而其余“南北、南风”等，则读为谈覃不分的 nam^{51}。

（6）腩 nɛm^{31}，《广韵》泥母上声感韵，奴感切。

牛腩 $\text{ŋɛu}^{51}_{31}\text{nɛm}^{31}$：牛肚子松软部位的肉。

龙川方言次浊上今部分读同阴去，声调符合对应，"腩"也是覃韵字，"牛腩"这个词，《汉语大字典》（第 2094 页）也已收录。

（7）狱 tɛm^{35}，《广韵》端母上声感韵，都感切。

龙川的"□狱" $\text{lɛm}^{31}_{33}\text{tɛm}^{35}$，意思是接连不断的，如："～酒"（一天到晚不停地喝的那种酒：饮～伤身体）。这个词在广州粤语中也有"掭狱 $^{\text{c}}\text{mɐi}$ $^{\text{c}}\text{tɛm}$"，表示陆续不断地，接二连三地：～起屋｜～食｜～着｜～走乱跑。狱，《广韵》感韵都感切："《玉篇》云：'多也。'"① （白宛如，1998：290）

（二）覃韵 见系

龙川县（佗城）方言见系声母今读并不腭化，三、四等有 i 介音而一、二等无，谈韵、咸摄二等舒声韵及部分覃韵字今读 am 韵母，此类声母拼合 ɛm 韵母，来源当与前有别，据词义考究文献并参考其他方言，确系覃韵字。

（8）暗 ɛm^{31}，《广韵》影母去声勘韵，乌绀切。

打暗摸 $\text{ta}^{35}_{55}\text{ɛm}^{31}_{33}\text{mɔ}^{33}$　暗暗摸摸 $\text{ɛm}^{31}_{33}\text{ɛm}^{31}_{33}\text{mɔ}^{33}\text{mɔ}^{33}$：摸黑走路。

暗色 $\text{ɛm}^{31}_{33}\text{sɛt}^{35}_{2}$：颜色不够光亮。　转暗 $\text{tʃɔn}^{35}_{55}\text{ɛm}^{31}$：天色变暗。

（9）坜（坎） hɛm^{31}，《集韵》溪母去声勘韵，苦绀切。

同"坎"，陡岸，也指凸起的土堆。《集韵》苦绀切："坎（坜），险岸，或从勘。"又，《正字通·土部》："古借坎转去声，无坜字。今俗谓壤界土突起立者为坜。"（参《汉语大字典》第 477 页）

另外，《广韵》苦绀切有"磡"字："岩崖之下"，也与龙川的堤岸相关。"坎"表田坎义，在客赣方言中用得比较普遍②，此不赘述。

（10）穎 $\text{k}^{\text{h}}\text{ɛm}^{35}$，《集韵》见母上声感韵，古禫切："盖也。"

銂穎 $\text{saŋ}^{33}_{33}\text{k}^{\text{h}}\text{ɛm}^{55}$：盖住铁锅的铁盖，煮猪食时用得上。

銂穎盖 $\text{saŋ}^{33}_{33}\text{k}^{\text{h}}\text{ɛm}^{35}_{55}\text{kɔi}^{31}$：煮猪食时所使用的大铁锅盖。

珠三角一带粤语也用此词，亦读送气声母，俗写作"冚"。龙川尚有见母读同溪母的个别旁证：哽 $\text{k}^{\text{h}}\text{aŋ}^{35}$，交手袖手 $\text{k}^{\text{h}}\text{au}^{33}\text{ʃiu}^{35}$。

---

① 为方便比较，一般情况下，本文引用他人著作，除有变调形式或特殊情况外，都将原作中的调型标调改为发圈标调，后同。

② 上引《正字通》的作者张自烈就是明代江西宜春人。

（11）□kʰɛm³⁵咳嗽，响声比较低沉。

罗常培（1947：207）记录的临川方言咳嗽是"坎 kʰɔm"①，本文作者此前调查江西抚州地区方言时也是 ₋kʰɔm，从赣客对应来看，这个音节也应该是覃韵字。

（12）坎 hɛm³⁵，《广韵》溪母上声感韵，苦感切。

硙坎 tɔi³¹₃₃hɛm³⁵：硙臼。

《广韵》苦感切："坎，险也，陷也。又小罍也，形似壶。"龙川的"硙坎"，音义都吻合。

（13）庵 ɛm³³，《广韵》影母平声覃韵，乌含切。

规模不大的寺庙叫作庵：尼姑～。

（14）盦 ɛm³³，《广韵》影母平声覃韵，乌含切。

盦眼 ɛm³³ŋan³⁵：捂住眼睛。

盦细晚仔 ɛm³³sɛi³¹₃₃man³¹₃₃tsɛi³⁵：哄小孩入睡。

《广韵》乌含切："盦，《说文》曰：'覆盖也。'"这个意思古书里面用得很多，如《本草纲目·草部·续断》："闪肭骨节，用接骨草叶捣烂盦之，立效。"汉语方言中亦有，如黄侃《蕲春语》："吾乡谓作酒煮米和籸已，置瓮中，以草盖之，俟其成，曰盦酒。"（参《汉语大字典》第2570页）

（15）揞 ɛm³⁵，《广韵》影母上声感韵，乌感切。

揞揞覆 ɛm³⁵₅₅ɛm³⁵₅₅pʰuk³⁵₂：脸朝下俯卧。

《广韵》乌感切："揞，手覆。""揞"这个字也见于别的汉语方言，王念孙《广雅疏证》："揞，犹掩也，……今俗语犹谓手覆物为揞矣。"（参《汉语大字典》第1923页）

（16）暗 ɛm³⁵，《广韵》影母上声感韵，乌感切。

偷看，窥视，龙川叫作 ɛm³⁵，音义与"暗"相关。《广韵》乌感切："暗，闇"，也就是"暗"的意思，与"暗中注视"相关，这个词龙川读上声，音义皆合。

（17）噷 hɛm³³，《集韵》晓母平声覃韵，呼含切。

大声呼喊，客家话叫作 ₋hɛm，韵母为 ɛm。《集韵》呼含切："噷，吼也。"这个字《广韵》未收，但南朝即有，《玉篇·口部》："噷，吽也。"（参《汉语大字典》第689页）

（18）涵 hɛm⁵¹，《广韵》匣母平声覃韵，胡男切。

水涵 ʃui³⁵₅₅hɛm⁵¹：阴沟，下水道。

_____

① 这个词罗书并未标调，但从其找的同音字来看，亦当归上声。又，罗在此词之后还有个按语："案客家话谓咳嗽为 kʰ'ɛm√"，他可能注意到了客赣方言之间覃韵的这种对应关系。

（三）入声合韵 端系

龙川县（佗城）方言中入声韵母 ɛp 拼合端系声母的"方框字"，乍看似难写出本字，可是不少这样的土俗词也存在于其他覃谈有别的汉语方言中，而且，所对应的正是该方言的合韵字，再考究韵书，可以确定，这一组词源于合韵字无疑。

（19）搭 tɛp³⁵，《广韵》端母入声合韵，都合切。

搭老鼠 tɛp⁵⁵₅ lau³⁵₅₅ ʃy³⁵：用机关诱捕老鼠，将老鼠压住。

《广韵》都合切："搭，打也，出《音谱》。"

（20）湆 tɛp³⁵，《集韵》端母入声合韵，德合切。

湆坏 tɛp³⁵₅ fai³³：因水淋浸过久导致坏损。

《集韵》德合切："湆，湿也。""湆"这个字也有其他方言的例子，如清桂馥《札朴·乡里旧闻·杂言》："借湿润物曰湆。"（参《汉语大字典》第1694页）

（21）踏 tʰɛp³，《集韵》定母入声合韵，达合切。

见于"踏实 tʰɛp³ ʃit³"一词。"踏"字《广韵》仅透母一读，《集韵》增定母读法达合切，释义为："践也，或作'蹹''蹋'。"这与另一读法（讬合切）的释义"着地也"近似。且闽、赣方言中此字今读多数源于定母，如潮州 taʔ꜒，南昌 tʰæʔ꜒，均为阳入调。

（22）□lɛp³⁵。

套合，把东西重叠着往上放：～碗。

套子，笔□ pit³⁵₅ lɛp³⁵₂。

这个字梅县读为 lap꜒，广州话从上往下套叫 lɛp꜒，一般写作"笠"，三者明显同源，据广州话韵母读 ɛp 而梅县读 ap 的对应来看，龙川的 lɛp³⁵ 应该是来自合韵。

（23）拉飒 lɛp³⁵₅ sɛp³⁵₂。

垃圾。赣方言黎川话读 lop꜓ sop꜒（颜森，1995：202），粤方言怀集（下坊）话读 lɛp꜓ sɛp꜒（杨璧菀，2007：84）①，从与《切韵》音系的对应关系来看，皆是合韵字。

"拉飒"在古书中的意思是"秽杂"，《晋书·五行志中》："孝武帝太元末，京口谣曰：'黄雌鸡，莫作雄父啼。一旦去毛衣，衣被拉飒栖。'寻而王恭起兵诛王国宝，旋为刘牢之所败，故言'拉飒栖'也。"金元好问《游龙

---

① 按，依杨文音系，怀集（下坊）话有 θ 声母（实际音值可能接近于边擦音），无 s 声母，但其文中多次出现 s 声母，疑为音系整理时未统一，按实际读音来记。

山》诗："恶木拉飒栖，直干比指稠。"清翟灏《通俗编·状貌》："拉飒，言秽杂也。"（参《汉语大词典》第3593页）

（四）入声合韵 见系

龙川县（佗城）方言中的见系声母与εp韵母相拼合的土俗词，词义都很显豁，且都见于覃谈有别的赣方言，单纯从同源词的角度来看亦应源于合韵，以下是举例。

（24）盒 hεp^3，《广韵》匣母入声合韵，侯合切。

盒子，读 hεp^3。这个字也非常显豁，音义均无疑。

（25）鸽 kεp^{35}，《广韵》见母入声合韵，古沓切。

白鸽仔 p^{h}ak^{3}kεp$_5^{35}$εi^{35}：白鸽。

（26）蛤 kεp^{35}，《广韵》见母入声合韵，古沓切。

蛤蟆 kεp$_5^{35}$ma^{51}：田鸡。　□蛤 ɔŋ$_{33}^{31}$kεp$_2^{35}$：小溪里的一种大青蛙，发声低沉。

把青蛙叫作"蛤"，由来已久。唐刘恂《岭表录异》卷上："有乡墅小儿，因牧牛，闻田中有蛤鸣，牧童遂捕之，蛤跃入一穴。"原注："蛤即虾蟆（蟆）。"宋苏轼《宿余杭法喜寺寺后绿野亭望吴兴诸山怀孙莘老学士》："稻凉初吠蛤，柳老半书虫。"清李调元《南越笔记》卷十一："蛤生田间，名田鸡。"（参《汉语大字典》第2850页）[①] 类似说法也见于赣、粤等方言。

（27）佮 kεp^{35}，《广韵》见母入声合韵，古沓切。

佮本 kεp$_5^{35}$pun^{35}：参加股份，合伙做事。

佮药 kεp$_5^{35}$iɔk^3：配制中药。

佮阵 kεp$_5^{35}$tʃ^{h}in^{33}：合群。

三佮土 sam^{33}kεp$_5^{35}$t^{h}u^{35}：熟石灰、泥土、沙三种混合配制，夯实而得的一种建材。

《广韵》古沓切："佮，并佮，聚也。"此字汉代已有，《说文·人部》："佮，合也。"《玉篇·人部》："佮，合取也。"（参《汉语大字典》第150页）客家话"佮"依旧保留"参合、配合"等意义。类似说法不仅见于汉语南方方言，亦见于官话方言，如甘肃合水太白方言的"不佮合不来 pu$_{21}^{13}$kuo^{42}""佮伙儿合伙 kuo$_{21}^{42}$xuor^{53}""不佮人难与人相处 pu$_{21}^{13}$kuo^{42}z̩ŋ^{13}""打捶佮孽闹矛盾

---

① 按，《汉语大词典》亦引如上古书用例，两本大型工具书都认为这里的"蛤"应读 há，但韵书中并无此读音，从所引苏轼的诗句来看，出句"平平平仄仄"，对句"仄仄仄平平"，"蛤"亦当是入声。

tɑ⁵³tʂʰuei¹³kuo⁴²₂₄nie⁴²" 等①。

（28）罨 ɛp³⁵，《广韵》影母入声合韵，乌合切。

罨乌 ɛp³⁵₅vu³³：（压住使火）熄灭。

往下压住，龙川叫"罨"，《广韵》乌合切："覆盖也，又乌敢切。"这也是客赣方言共有的词，如赣方言南昌话的"罨屑垃圾 ŋθʔ˧ · çieʔ""罨气东西久捂而产生的气味 ŋθʔ˧ ᶜtçʰi"等。

此外，龙川县（佗城）话还有一些 ɛp 韵母字，一时找不到本源，但看起来源自合韵的可能性比较大：

□□ɛp³⁵₅tɛp³⁵₂：肮脏。

臭□tʃʰiu³¹₃₃ɛp³⁵₂：衣服未洗干净、未干时的臭味。

□tsɛp³⁵：以五指并拢捡拾、撮取。②

□牯仔 nɛp³⁵₅ku³⁵₅₅ɛi³⁵：小胖子。

四、其他地点客家话覃谈相别的证据

覃谈分韵的现象并非仅见于龙川，检视已发表的汉语现代客家方言材料，无论是粤东地区的典型客家，还是赣南地区的"老客家"，都能找出这样的痕迹。可是，前人研究涉及这个问题时还是出现了误判，认为客家话不存在覃谈分别的层次。

（一）梅县方言的情况

梅县方言被学界公认为客家话的代表，已发表的语音、词汇材料都非常丰富。以下据黄雪贞（1995：10）、林立芳（1993）列出相关证据。

见于上文列举的覃韵字如：撍 ᶜtsem 盖印、南 ᶜnem 松软、噷 ᶜhem 大喊、盦 ᶜem、䫡 ᶜkem、踏 tʰep˧；有一些不见于龙川，但是也是确定无疑的：含 ᶜhem、鹌 ᶜem。

其余还有本源未明，但是来自覃合韵可能性比较大的：□ᶜtem 悬浮；□ᶜtem寂静，悄悄地；□ᶜtem 跷脚；□ᶜnem ～雨：闷热；□ᶜtsʰem ～衫：衣服套

---

① 太白方言的材料取自陈立中、余颂辉《太白方言会话语料集萃（续篇）》（稿），感谢陈立中教授允许本文作者使用他未正式出版的材料。

② 此字网友"在山"认为是《集韵》中合韵的"㨡"字，作答切，持也。按，赣方言黎川话此词读〔tsop˧〕，同样来源于覃韵。

入裤子里穿（互联网上的"在山"认为是覃韵的"参"字）①；□ₗlem 袖手的动作；□nepʔ 肥；□tsepʔ 撮取。

　　上述梅县的材料，有一些江敏华（2003：125～128）也曾谈到过，江文考证了部分梅县方言的 em/ep 韵字，指出它们来源于中古覃韵字（"噞"江文认为是谈韵字，但其未注意到声调不合），并明确提出梅县话覃谈有别。

（二）五华方言的 em/ep 韵母

　　广东省五华县与龙川接壤，根据魏宇文（1997）的调查，其中古知三章组声母今读（tʃ-类）与精庄知二组（ts-类）不同，我们因此可以比较清楚地确定其舌齿音声母字的中古音韵地位。五华方言的中古咸摄一等字今读有 am/ap 和 em/ep 两类，其中读 am/ap 韵母的，与龙川、梅县方言类型一致，辖字互有参差，今列出读 em/ep 韵母的代表字，并做适当考证。

表 4　五华方言 em/ep 韵母词举例

₍tem □ ～ ₍mi，悄悄的	₍tem□ ～脚，踩	temʔ □笨 按，本字当为"烦"，《集韵》端母去声勘韵，丁绀切："烦顝，痴貌。"	tʰepʔ □揿 ～，揿，结实 按，本字当为"磕"，《集韵》达合切，《说文》春已复捣之曰磕"。
₍nem□柔软 按，本字当为"南"，考证参前	₍nem□ ～水，淫雨		
₍tsem 砧～板	₍tsem 揩～印，盖印		tsepʔ □一 ～米，一把米 按，本字当是"挟"，《集韵》作答切，"持也"。
₍tsʰem□ ～衫，将上衣束进裤腰	₍tsʰem 岑		
sem 森参人 ～			sepʔ涩

（续上表）

꜀kʰem 頷 ~ 盖，盖盖子	ꜛkʰem□目 ~ ~，眼皮低垂，无精打采		kʰep꜕ □ ~ 等来，盖好按，本字当为"窨"，《集韵》溪母合韵渴合切："窨，合也，或从宀。"
꜀hem□ 叫喊 按，本字当为"噷"，考证参前			
꜀em 撨用手覆盖 按，本字当为"盦"			

　　由上表可见，五华方言的 em/ep 韵有两个来源：一是中古庄组侵缉韵字（森参涩），一是中古覃合韵字，后者不同于谈韵的今读，五华方言亦覃谈有别。

（三）上犹社溪（江头）方言的情况

　　关于客家方言，学界向来有新、老之分，那些取道福建中转南迁的移民后裔所操的客家方言，被称为"新客家话"；而那些直接从江西南迁至粤或者赣南的"本地人"后裔所操的方言，被称为"老客家话"。以下依次考察5个在赣南客家话中较有代表性的方言，这些方言分布地点从西到东，基本可以作为赣南客家话的类型代表。

　　刘纶鑫（2001：156~171）描写了其母语江西省上犹社溪（江头）方言的音系情况，从同音字汇中可以看出，上犹社溪（江头）方言的韵母系统简化，中古阳声韵及入声韵内部今读混并严重，没有入声韵和入声调，中古清去字今读阳平调，入声字今读去声调，这种情况与赣方言吉茶片类似。在这个方言中，中古咸、山摄二等和梗摄二等白读合并为 ã/a，这组韵母也包括部分咸、山摄的一等字，因此这个方言就有类似"三 = 衫 = 珊 = 山 = 删 = 生 sã²⁴"和"甘 = 尴 = 艰 = 间 = 羹 kã²⁴"这样的同音字组；而 ẽ/e 韵除了臻、曾摄一等，庄组深、臻摄三等以及梗摄二等的文读音外，还有一些"方框字"与前文所举相涉，另外还有一些来源于中古合韵的字不读 a 韵母，如：（括号内为考证后的本字，无须考证或暂时考不出本字的阙如，后同）

表 5　上犹社溪（江头）方言 ẽ/ uo 韵母词举例

te⊃□压击（搭）	₌nẽ□软	⊂kẽ□盖，动词（籥）
₌hẽ□呼唤人（噷）	⊂ẽ□压住（搚）	kuo⊃鸽□两人相合□拼制（佮）
huo⊃合盒	uo⊃□炒（燷，《集韵》影母入声合韵，遏合切，"烹菜也"）	

　　限于当时出版的篇幅，这个同音字汇收字有限，但是仅从上面这些例子就可以看出，上犹社溪话中也存在覃谈相别的层次，且内部较为复杂。

（四）于都方言的覃/合韵

　　与上犹社溪（江头）方言类似，位于赣南腹地的于都（贡江）方言也存在覃谈相别的层次。根据谢留文（1998）的描写，现代于都方言韵母系统简并严重，只保留一个入声调，部分入声字今读阴声韵，这个方言可以看作赣南"本地话"的早期形式。其咸摄一二等、山摄一二等、梗摄二等阳声韵的今读情况是（参谢留文，1998：15）：

　　咸、山两摄开口一等端系字、开口二等字的舒声韵与梗摄开口二等的舒声韵白读今韵母都是 ã。例如：蓝 = 兰 lã˧　减 = 拣 = 简 kã˦　三 = 山 = 生 sã˩。

　　单就中古覃韵字的今读音系格局来看，还有一个特点（同上）：

　　咸摄开口一等覃韵见系、山摄开口一等见系、合口一等的端系和见系、合口三等的知系和端系、宕摄一三等知系、江摄见系，今舒声韵母都是［ɔ̃］。例如：感 = 秆 = 管 = 广 = 讲 kɔ̃˦　泉 tsʻɔ̃˦　砖 = 章 tʂɔ̃˩　传～达 = 长～短 tʂʻɔ̃˦。

　　这种情况与上犹社溪（江头）方言有别，却和赣方言吉茶片覃韵读音格局部分相似（赣方言吉茶片的咸摄见系一等字同音，即覃谈都读 ɔ 韵）。此外检索全书，我们还找到了三个特殊的例子，一是第 174 页的"淡 tʻɔ̃˩"，作者在第 154 页的"淡 tʻã˩"字条中指出"'酒味淡'的'淡'也读 tʻɔ̃˩"；二是第 175 页的"簪子 tsɔ̃˩·tsʅ"，释义为"别住发髻的条状物，多用金属、骨头、玉石等制成"；三是第 174 页的"□lɔ̃˩"，释义为"打；使：～了一交打了一架｜～镵头把指种田"。由于该词典篇幅不大，所收词条有限，因此目前还没有找到其他例子。针对前两个条目，笔者请教了身边的于都籍大学生及与我们年龄相仿的于都籍的同事，也许是由于方言演变的关系，他们对于第一个词条，都不敢肯定，但对于第二个词条都表示听老人家说过，但自己不说。而第三个词条，本字可能是"琳"，《集韵》卢感切："《方言》'杀也'，一曰自关而西谓'打'为'拼'。"另外，第 69 页的"撮 tsuɐ↓①"，释义为"量词，用于手所撮取的东西：一～茶叶（盐、头发）"，因与"撮"字音义皆合，难以判定是否与其他地区客家方言的 tsep╜有关。更有意思的是，《于都方言词典》里还有两个读 ē 韵的覃韵字：第 200 页的"□kē↑"，释义为"盖住：这只罂～稳来│～稳镶盖│这杯茶～稳下来，省得摊泠"，这显然与上犹社溪一样，本字当是"霤"；同页的"含浆 hē↑tsiō↓"，释义为"灌浆，粮食作物快成熟时，养料通过导管灌至子粒里去，胚乳逐渐发育成浆液状‖含另读 hō↑"。如果排除误记的可能，则可以肯定的是现代于都方言的见系覃韵与谈韵有别，端系的覃韵与谈韵今读存有区分的可能性，而且这种区别层次复杂，一时难以厘清。这些情况说明，早期的于都方言覃谈也是有别的。

（五）瑞金方言的覃/合韵

刘泽民（2006）描写了其母语瑞金方言，其中纠正了罗肇锦在台湾出版的同名专著中的一些失误，但是该书篇幅不大，"同音字汇"部分也比较简单，单看同音字汇，似乎瑞金方言的音系特征就如刘书所归纳的一样，然而结合书中第 132～182 页的"基本词汇"部分考察，依然可以找到如下例子：

表 6　瑞金方言 en 韵母词举例

╘tsen□手印按手印（摺②）	╘ken□盖住（霤）	╘kʰen□盖住
╘hen 含	hen╕□化脓发炎	

刘书在第 90～127 页通过数据库对瑞金方言的代表字进行了罗列式分析，在谈到中古咸摄一等字今读表现时，他指出覃韵有 an、uɛn 两种表现，合韵有 aʔ、uɛʔ、iɛʔ、ɛ、a 五种表现（其中后三种从其所举例子来看当是发音人临时折合的"读字音"，不在其列）；谈韵只有 an 一种表现形式，盍韵有 aʔ、oʔ 两种表现形式。从所列数据看，似乎覃谈有别，但是，书中所列的一些日常口语词，如谈韵的"甘～蔗""柑"亦读 kuɛn¹，所以，这些数据并无典型性，也无法说明问题。不过，对比刘书所列覃谈韵字，结合本文的考证，可以确定，现代瑞金方言也存在覃谈有别的音系格局。

---

①　来自中古入声的 uɐ 韵母字，亦读 uɐʔ 韵母，参谢留文. 于都方言词典［M］. 南京：江苏教育出版社，1998. 232～234.

②　根据瑞金方言的连读变调规则："在三字组中，上声只要不在后字位置，一般也要变调，和两字组一样，变作阴平。……如果前两个字都是上声，大部分三字组前两个字都变成阴平。"（参刘泽民，2006：17～18）正是因为如此，刘书将"摺"的本调误记为阴平。

（六）宁都、石城方言的覃/合韵

在瑞金的北面，赣南东侧的宁都、石城两县是老客家的主要聚居地，也是客家人从赣南进入闽粤的必经地之一，其方言与粤东、闽西的客家话相似程度较高，但又有自己的特点，被学界称为"宁石方言"（参刘纶鑫，2001：43～48)，这两县地界接壤，方言特点有较多一致之处，本文把它们放在一起讨论。为避免取材的片面性，我们同时参考了四个不同作者有关两县方言的描写材料，每县两个。先谈宁都方言，分析刘纶鑫（2001：203～219）和谢留文（2003：127～237）的调查材料可知，宁都县梅江镇方言中古覃韵今读有三种表现：am/ap、əm/əp 和 uom/uop①，而谈韵则有 am/ap 和 uom/uop 两种，其中，uom/uop 韵仅限于牙喉音声母。以下举出与前文所述有关的 əm/əp 韵母字：

表7　宁都（梅江）方言 əm/əp 韵母词举例

təm²□笨	təm²□头撞，碰到	tʰəm²□泅
tʰəm²□止住	⊏ləm□ ~ 袋子：从袋中取物	⊏tsəm□花娶亲的头天晚上举行的一种仪式，新郎跪在祖宗牌位前面，戴上礼帽，伴郎、伴娘把红绸披在新郎身上，礼帽的两侧嵌有银质的花饰（簪）
tsəp⊐一 ~ 盐：一撮盐（挟）	⊏kəm□碰到	⊏kəm□罎盖，动词
kʰəp⊐用一个碗盖着另一个碗（容）	kʰəm²□咳嗽②	⊏həm 含口死者嘴里含的金子
⊏ŋəm□①捂：~ 紧来；②两手捧：~ 水食|~ 一 ~ 花生来（盦）	ŋəm²□（用棍子等）打	⊏həm□ ~ 壮：形容人胖
həm²□ ~ 疬子：长疬子	həp□ ~ 熟来：用少量水焖熟食物	

---

① 这组韵母，刘纶鑫（2001）描写成 oɛm/oɛp（ʒo/ʒo），可以看作不同研究者在整理音系时对具体音值处理的差异，并不见得一定是音系的不同。为印刷方便起见，本文取 uom/uop。

② 按，与宁都接壤的赣方言抚广片咳嗽是□⊏kʰom，其他地区的客家话是⊏kʰɛm，正合覃韵白读的特点，可能因宁都话上声往往有近似阴去的变调，故谢书误记。

由于两份材料篇幅有限，目前只找到这些例子（有些融于词例中的方框字考虑可能是变音问题未录），毫无疑问，宁都梅江方言中，不管是锐音声母还是钝音声母，中古覃韵字都有其独特的历史层次，与谈韵相区别。

再来看石城方言的情况，根据赖汉林（2007：7~51）和吴可珍（2010：37~67）的调查材料进行分析①，可知石城方言中古覃韵今读有 am/ap、əm/əp 和 ɔm/ɔp 三种表现方式，而谈韵有 am/ap 和 ɔm/ɔp 两种。需要指出的是，两文都不承认或者没有提到中古覃韵有 əm/əp 的读法，笔者从其所附的同音字汇中找到一些"方框字"，经考证后证明恰恰就是中古覃韵字。

表8　石城方言 əm/əp 韵母词举例

ᶜtəm②□打人、做事用力特别大（扰）	təmᓸ□用水桶从较深的井中打水（㲲，《集韵》丁绀切，"㲲㲲，水声"）	tsəpᓸ□（手指）撮；一小撮（挟）
ᶜləm□从水底捞取	ᶜkʰəm□（用罩子）罩住（鸡鸭）；罩子（籯）	kʰəpᓸ□（盆、碗等）反扣（容）
ᶜhəm 含（白）~在口中	ᶜhəm□手指、脚趾发炎，化脓	həpᓸ□用重物打（头）
ᶜəm 揞手覆（盦）		

以上几例中，如牙喉音声母拼合 əm/əp 韵母，按照石城方言与《切韵》音系的对应关系，当是咸摄一等字；那些暂时无法考证的字，也应来源于咸摄一等韵。虽然材料极其有限，但是已经很清楚地说明石城方言中古覃谈韵今读是存在区分的痕迹的。

五、历史文献的相关记载

（一）19 世纪末的印度尼西亚海陆丰客家话

前文谈到的现代方言材料都证明，覃谈分韵在现代客家话中普遍存在，

---

① 两人的取点并不完全一致，但检视其音系结构，除个别音值有差异外，其余基本一致，本文把它看作同质的方言材料来处理。

② 按，赖文同音字汇中有个 21 调，游离于其第 2 章"石城话语音系统"的声调部分之外，经过比较，这个调辖字多为中古清上字，应是作者调值处理前后不一致所致。

但是，尚不能完全排除各地客家话"自我创新"的可能，只有将考察视野扩大到历史范畴，才能更加客观地反映事实。客家话覃谈分韵的现象并非仅见于时贤的调查材料，历史文献的材料中也有类似记载。荷兰人商克（S. H. Schaank，1861—1935）曾在印度尼西亚的荷属东印度公司任职，他通过调查，写下了 *Het Loeh-Foeng Dialect*（《陆丰方言》）一书，并于 1897 年在荷兰出版，这部书记录的是当时居住在印度尼西亚的中国广东海陆丰地区客家移民及其后裔所操的方言，全书用荷兰文写成，除个别地方外，没有汉字注释。根据该书记载的材料整理，印度尼西亚海陆丰客家后裔所操的方言特点是：中古知三章组与精庄组声母读音成对立的音系格局，去声分阴阳，这与今天的汕尾地区客家话相近。该书以拉丁字母记录客家话来对译荷兰语的词汇、短语和会话短句，用在主要元音上方标示调类符号的方式区别声调，我们也找到了一些 em/ep 韵母词，如：

表 9　19 世纪印度尼西亚海陆丰腔客家话 em/ep 韵母词举例

Mijn kussen is zeer week	Ngá-kai tjîm-t 'eu nem-nem	㑨介枕头□□我的枕头软软的
Een deksel op iets doen	k'ép	容
Een pan met een houtensluiten	Jūng múk-koì k'ép wok	用木盖容镤用木盖盖锅

　　每例后面的汉字为笔者所加。该书第五部分依音节并头列举海陆丰客家方言的声韵调配合表，属于覃韵字的亦不在少数，限于篇幅，不一一列举。海陆丰客家人渡海谋生大致始于明末，18 世纪下半叶至 19 世纪形成高潮，依《陆丰方言》来看，至少在这些移民迁出祖居地之前，也即至少一个半世纪以前，海陆丰客家话是覃谈有别的。

（二）20 世纪初的印度尼西亚四县客家话

　　目前所知荷兰人记录印度尼西亚客家话最丰富的著述是由范德斯达特（P. A. Van De Stadt，1876—1940）编著的刊于 1912 年的 *Hakka-Woordenboek*（《客家词典》），关于这部正文篇幅达 412 页的荷兰语、客家方言双语词典，目前学界研究不多，根据我们的初步统计，该书记录了百余条韵母为 em/ep 的四县腔客家方言（即以梅县为代表的原广东嘉应州地区方言）词[①]，去其

---

① 感谢庄初升、陈英纳先生允许我们使用他们开发的 Hakka-Woordenboek 数据库。

重复者，数量亦甚为可观，如：

表10 20世纪初印度尼西亚四县腔客家话 em/ep 韵母词举例

stempelen	○印	tsém yìn	$^{⊂}$tsɛm in$^{⊃}$	摺印（第232页）
hoesten	○	khém	$_{⊂}$kʰɛm	□咳嗽（第97页）
uitroepen	○	hem	$_{⊂}$hɛm	噷（第258页）
de oogen met de hand bedekken	揞眼	em ngán	$_{⊂}$ɛm $^{⊂}$ŋan	盦眼（第19页）
greepje（prise tusschen drie vingers）	○	tsep	tsɛp$^{⊃}$	挟（第87页）
dekken	○	khep	kʰɛp$^{⊃}$	容（第48页）

注：每例后面的国际音标、考证出的本字及词条出现页码为笔者所加。

范德斯达特的书，其体例是先列荷兰文，次列汉字（写不出来的以○代替），然后列客家话拉丁字母注音。值得一提的是，虽然举例中范氏所考本字非是（原文是揞，而非盦），但其实已经很接近，书中还用了不少记录客家方言词的非常用汉字，往往符合《广韵》《集韵》记载的音义，可以看出其汉学功底非凡。从历史上看，现在的梅县及周边地区，宋末元初即有当地人渡海到今印度尼西亚属地谋生，到18世纪后期至19世纪达到巅峰。范书出版距今正好一个世纪，但其所调查的当地客家人后裔当是成年人，由此，印度尼西亚四县腔客家话覃谈分韵的格局，距今也将近一个半世纪。

（三）董同龢的记载

董同龢1945年春天曾在四川成都用"16个下半天"调查过卢光泉的华阳凉水井客家话，1948年他刊发出来的材料并不算多，从这些材料来看，这个方言受西南官话影响较多，有些中古仄声的全浊声母字今读逢塞音塞擦音在词例中是不送气的清辅音，覃、谈、咸、衔四韵皆读 an/aʔ 韵母，但在第192页有个词"kʻien↓〔〕咳嗽"，董氏没有写出其本字。分析董文给出的材料，华阳凉水井客家话见组三四等咸山摄字（包括部分二等）声母是 [tɕ] 组，则这个字有可能来源于臻曾摄一等或其他一等上声字，参照其他客赣方言，当同于上文赣方言抚广片的 $^{⊂}$kʰom 和龙川的 $^{⊂}$kʰɛm，正是覃韵字。华阳凉水井的客家人是清代康熙至同治年间陆续迁到四川的（参董同龢，1948：81），笔者目前无法确定卢氏一支是何时由何处迁至凉水井的，但可以确定的是，在其迁入四川前，也即至少150年前，华阳凉水井客家话的音系结构是覃谈分韵的,只不过由于方言间的融合以及调查的程度限制,我们只找到了个别例子。

来自现代方言和历史文献的多种材料表明,客家话覃谈分韵的音系格局不仅是客观存在的现实,也是汉语历史中覃谈有别现象的继承,这个层次并非后来才出现的,而是存古的。

六、学界对相关问题的意见

从上文分析的情况来看,龙川县佗城客家话是覃谈重韵区别保留得比较好的方言,字数多,有些还很显豁;梅县字数略少,但也比较可靠;其他方言点由于客观条件的限制,很多材料还有待发掘,但基本格局也已显现出来。因此,一些学者对客家话在这个问题上的论断现在看来是不够严谨的,比如何大安(1988,据2004:99~102)在讨论赣、客方言的关系时就以梅县客家话为例,认为客家话咸摄一二等无别,也即,不仅覃谈韵无别,就连覃谈韵与咸衔韵之间也无差别。王福堂(1998)对客赣区分的语音特点也做出过类似的判断:"客家话不同于赣方言的主要语音特点如下:……⑦一等覃谈韵字韵母混同,如梅县:蚕覃 = 惭谈 ₍tsʰam;……赣方言不同于客家话的主要语音特点如下:……⑤一等覃谈韵字韵母不相混同,如南昌:蚕覃 ₍tsʰɔn ≠ 惭谈 ₍tsʰan",很明显,该文否认客家话存在覃谈相别的层次。王洪君(1999)则更加明确地指出:"客家中心区的方言大多与梅县近似,咸摄不仅一等重韵不分,而且一二等韵也基本不分。"这种观点一直为学界很多人所认同。

然而实际的情形是,客家话在口语常用词里不仅明确无误地保留了覃谈之别,而且在声母的条件上不局限于端系(例如北部吴语和北部赣语)或见系。这种情况近些年也为台湾一些学者所注意,除前文提到的江敏华外,邓盛有(2007:112)也曾列举大余、长汀、三都三地"甘—感"的读音来讨论覃谈对立的问题,立意不错,但是似乎择对有误,若是换成"甘—暗",则这三地仍然是覃谈不分。

表11　大余、长汀、三都覃谈韵(见系)读音比较表

地区	感覃	暗覃	甘谈
长汀	kaŋ⁴²	ɔŋ⁵⁴	kɔŋ³³
大余	kã³¹	kɔ̃²⁴	kɔ̃³³
三都	kɔŋ²¹	an⁵³	kan³⁵

上述长汀、大余的例子反映的是一等覃谈混合，在见系声母条件下与二等相区别，"感"属于文读层，混同于二等。该择对反映的是咸摄一二等的区别，而非一等重韵覃谈的区别。

邓文还列举了"揞 em³³""攕 tsem³¹"来说明台湾四县客家话的覃韵白读层，大体也已经触及了问题的实质，只是前者"揞"的本字应该是"盦"，这样才符合阴平的读法。

如果把视野放大，扩大地域再深入挖掘，客家话覃谈区分的层次会更加明朗。以下是闽西连城方言少数覃谈相别的例子（覃韵白读层"含""盦"两个字，历经 em > en 曾、臻一等混合层的演变，而未与谈韵混合，谈韵则读同梗摄二等的白读层），覃谈相别的情况与梅县差不多，不过目前所发现的字数相对来说较少：

表 12　连城方言覃韵白读表（韵母）

例子	方言点						
	灵地	罗坊	曲溪	文亨	莒溪	庙前	古田
em 含覃、盦覃的韵母	aŋ	aŋ	an	aŋ	aŋ	aŋ	aŋ
en 恒登的韵母	aŋ	aŋ	an	aŋ	aŋ	aŋ	aŋ

表 13　连城方言覃谈混读表（韵母）

例子	方言点						
	灵地	罗坊	曲溪	文亨	莒溪	庙前	古田
am 暗覃 = 甘谈的韵母	ɔŋ	ɔŋ	ɤŋ	uʌ	uʌ	a	au
aŋ 坑庚的韵母	ɔŋ	ɔŋ	ɤŋ	uʌ	uʌ	a	au

客家话的覃谈区别具有独特性，口语常用词里覃韵白读层维持了比较早期的读音 em/ep、ɛm/ɛp 等，而闽南方言则是表现在谈韵白读为 ã/aʔ 上，反映的是谈韵在变化之后与覃韵互相区别。

参考文献

[1]（唐）李百药. 北齐书（点校本）[M]. 北京：中华书局，1972.

[2] 白宛如. 广州方言词典 [M]. 南京：江苏教育出版社，1998.

[3] 陈立中，余颂辉. 太白方言会话语料集萃（续篇）（稿）[M]. 上海：上海人民出版社，2010.

[4] 邓盛有. 客家话的古汉语和非汉语成分分析研究 [D]. 台湾中正大学博士学位

论文,2007.

［5］董同龢. 华阳凉水井客家话记音［M］. "国立中央研究院"历史语言研究所集刊编辑委员会. 中央研究院历史语言所集刊（19本）. 上海:商务印书馆,1948.

［6］汉语大字典编辑委员会. 汉语大字典（缩印本）［Z］. 武汉:湖北辞书出版社,1995.

［7］何大安. 规律与方向——变迁中的音韵结构［M］. 北京:北京大学出版社,2004.

［8］侯小英. 广东龙川县佗城客家方言音系［J］. 方言,2008（2）.

［9］黄雪贞. 梅县方言词典［M］. 南京:江苏教育出版社,1995.

［10］江敏华. 客赣方言关系研究［D］. 台湾大学博士学位论文,2003.

［11］赖汉林. 石城话语音分析［D］. 福建师范大学硕士学位论文,2007.

［12］林立芳. 梅县话同音字汇［J］. 韶关学院学报（社会科学版）,1993（1）:76~102.

［13］刘纶鑫. 江西客家方言概况［M］. 南昌:江西人民出版社,2001.

［14］刘泽民. 瑞金方言研究［M］. 北京:中国社会科学出版社,2006.

［15］罗常培. 临川音系（再版）［M］. 上海:商务印书馆,1947.

［16］罗竹风. 汉语大词典（缩印本）［M］. 上海:汉语大词典出版社,1997.

［17］马德强. 重韵的性质、类别及其在现代汉语方言中的反映［D］. 福建师范大学硕士学位论文,2005.

［18］王福堂. 关于客家话和赣方言的分合问题［J］. 方言,1998（1）.

［19］王洪君. 从开口一等重韵的现代反映形式看汉语方言的历史关系［J］. 语言研究,1999（1）.

［20］魏宇文. 五华方言同音字汇［J］. 方言,1997（3）.

［21］吴可珍. 江西石城方言研究［D］. 苏州大学硕士学位论文,2010.

［22］吴瑞文. 覃淡有别与现代方言［A］.（台湾）中华民国声韵学会. 声韵论丛（第13辑）［C］. 台北:学生书局,2004.

［23］谢留文. 于都方言词典［M］. 南京:江苏教育出版社,1998.

［24］谢留文. 客家方言语音研究［M］. 北京:中国社会科学出版社,2003.

［25］颜森. 黎川方言词典［M］. 南京:江苏教育出版社,1995.

［26］杨璧菀. 怀集白话语音研究［D］. 陕西师范大学硕士学位论文,2007.

［27］Laurent Sagart. The Chinese names of the four directions：东, 西, 南, 北［J］. *Journal of the American Oriental Society*, 2004, 124（1）.

［28］S. H. Schaank. *Het Loeh-Foeng Dialect*［M］. Leiden：E. J. Brill, 1897.

（原载《语言科学》2013年第3期,略有改动）

动词重叠研究的方言视角

王红梅

一、引言

共同语中的动词重叠形式丰富，研究力量也较强，然而经过半个世纪的研究探讨，在许多方面仍存在分歧。为什么会这样呢？一方面是动词重叠比较复杂，一时难以描写清楚，接近动词重叠式的本质是一个循序渐进的过程；另一方面是单就共同语研究动词重叠式，没有放在汉语的大背景下来观察、比较、研究，难免会产生"不识庐山真面目"的现象。汉语方言动词重叠形式多样、用法丰富，与共同语的动词重叠既有共性又有差异。以汉语动词重叠为研究对象，为共同语动词重叠研究提供新的视角，有利于我们站在高处俯瞰，为现存的分歧提供一个更广阔的参照背景。

二、单纯动词重叠式的特点

单纯动词重叠式是指完全由动词构成的动词重叠式。单纯动词重叠形式有两叠、三叠、四叠式。动词是两叠还是三叠、四叠，这在有的方言中区别很大，而在有的方言中则没有太大的区别，有如下几种情况：

（1）是两叠还是多叠，形式上只有一种。如：

①绍兴（寿永明，1999）：伊街里去去勿来了。/②同上：闲话讲讲事体忘记做哉。

③屯昌（钱奠香，2002）：走走许三其侬。（跑着的那三个人）

（2）两叠和四叠所表语义有所不同。如苏州方言的两叠式，在动作的持续方面"不强调过程的长度"，而四叠式则"表示背景过程时间较长"。（刘丹青，1996：30）如：

④同上：房间里向要收作收作干净。/⑤苏州（刘丹青，1996）：我

写写写写，写勿下去哉。

（3）两叠和三叠略有差别。如吉首方言单音节动作动词，既可两叠，又可三叠，其语法意义基本相同，只是动词重叠的次数越多，动作行为持续的时间过程就越长。如：

⑥吉首（李启群，2002）：得块腊肉挂挂，挂长霉了。／⑦同上：尽倒问问问，问得他不耐烦了。

（4）三叠和四叠可以互换。如连城方言，动词三叠还是四叠，语义上几乎没有区别，如：

⑧连城（项梦冰，1997）：渠看看看（看）目珠子慢慢子闭杀紧睡着呃。

从动词音节数量与动词叠数的关系来看，单音节可两叠，也可多叠，双音节动词只能两叠。如：

⑨海门（袁劲，1997）：大家商量商量，商量到夜快也呒得结论。
⑩泉州（李如龙，1996）：收拾收拾嘞就行。（拾掇拾掇就走）

在有些方言中，动词重叠后会产生变韵现象，如孝义方言中的单音节动词重叠后除符合一般规律的变调外，还伴随着变韵现象，如"丢丢儿［tiou$^{22-21}$ tir$^{22-35}$］"。如果不变韵则动词重叠式转化为名词，"表示可能发生某种动作行为的事物名称"（郭建荣，1987：56）。如"丢丢［tiou$^{22-21}$ tiou$^{22-35}$］手提包"。这里变韵是区别这两种形式相同、性质不同的重叠形式的手段。

三、VXVX 动词重叠式的特点

VXVX 动词重叠式是在动词 V 后黏有持续标记或后缀 X 再重叠而成。不同类型的 VXVX 之间的区别是由 X 的性质决定的，X 有两种不同性质，一种是持续标记，一种是动词后缀。出现在 VXVX 重叠式中的持续标记主要有"倒、嗒、的、着、起、餐、住"等。"V 倒 V 倒"主要分布在西南官话以及与西南官话区接壤的一些非西南官话区，如湘语娄邵片的新化、邵阳、隆回方言，广西濂州白话，桂林大河平话等。如：

⑪贵州（涂光禄，2000）：大家都争倒争倒嘞要。/⑫同上：坐倒坐倒嘞就把睡着噢。

⑬重庆（喻遂生，1990）：钱要省倒省倒用。/⑭同上：走倒走倒摔了一筋斗。

⑮隆回（丁加勇，1996）：挤倒挤倒坐。/⑯同上：讲倒讲倒就发脾气哩。

⑰柳州（马骏，2001）：哭倒哭倒，他就没哭了。/⑱同上：做倒做倒他又没做了。

"V嗒V嗒、V的V的、V着V着"与"V倒V倒"用法大体相同，只是地域分布有所不同。"V嗒V嗒"主要分布在湘语中，与湘语区应接壤的一些地区的西南官话中也存在这种动词重叠式。如：

⑲沅江（丁雪欢，2001）：咯只伢几蛮勤快，不管么子事，他都抢哒抢哒做。

⑳辰溪（谢伯端，1996）：那条伢儿讲哒讲哒话在就困着了。/㉑同上：痛哒痛哒就肿撩起了。

㉒苍溪（李润生，2002）：挨嗒挨嗒地放。/㉓同上：看嗒看嗒要过年了。

"V的V的"在西南官话中集中分布在湖北省部分地区，东北官话普遍存在这种动词重叠式，胶辽官话、中原官话、兰银官话中部分地区存在这种动词重叠式。如：

㉔湖北西南官话（汪平，1987）：转的转的找。/㉕同上：两个肩膀换的换的挑。

㉖乌鲁木齐（刘俐李，1996）：他养的养的吗，一下养的一抽屉咧。

㉗邢台（郝世宁，2003）：她说的说的就哭起来了。/㉘同上：他走的走的停下来了。

"V起V起"主要分布在贵州、四川、湖南西南官话中，湘语娄邵、长益片分布也很广。如：

㉙沅江（丁雪欢，2001）：他长得不好看，鼻子塌起塌起。

㉚岳阳（方平权，1996）：水看起看起涨起来哒。/㉛同上：油瓶扶

起扶起还是倒落哒。

㉜重庆（向莉, 2003）: 试起试起地搞。/㉝同上: 说起说起地他就哭了。

"V餐V餐"主要分布在湖南境内的部分湘语、赣语中; "V住V住"主要分布在湘语区, 在桂林平话区和白话区、西南官话的苍溪方言中也存在这种重叠式; "V着V着"主要分布在官话方言中的中原官话、西南官话中的昆明话、东北官话、胶辽官话部分地区。用法与"V倒V倒"大致相当。如:

㉞湘潭（曾毓美, 1996）: 斌斌跳餐跳餐舞就溜咖哒。/㉟同上: 贵伢子看餐看餐书就困着哒。

㊱苍溪（李润生, 2002）: 挨住挨住地放。/㊲同上: 看住看住要过年了。

㊳昌黎（中国社会科学院语言研究所, 1960）: 说着说着笑起来了。

㊴昆明（荣晶、丁崇明, 2000）: 不准拣, 抓着抓着地称, 是不然（如不这样）就十块钱一斤。

VXVX中X为后缀的不多, 主要有"下"和"法"。"V下V下"主要分布在西南官话、粤语和吴语中。共同语中表"短时、尝试"的动词重叠, 在西南官话中一般用"V（一）下（子）"来表达。"V下V下"是为了适应VXVX的韵律特征而舍弃了"一"和"子"而形成的。如:

㊵广州（彭小川, 2003）: 听到呢个消息, 我哋高兴到跳下跳下嗽。

㊶宣恩（屈哨兵, 2001）: 她哭下哭下地讲。/㊷同上: 小猴儿身子吓得缩下缩下的。

㊸温州（潘悟云, 1996）: 他整日荡下荡下不做事干。（他整天晃来晃去不做事情）

"V法V法"主要分布在吴语中, "表示某个动作反复进行"（李小凡, 1998: 205）。如:

㊹苏州（李小凡, 1998）: 前头蛮人啥体动法动法?

㊺海盐（胡明扬, 1996）: 倷勒袋里摸法摸法啥?（你在衣兜里摸来摸去摸什么?）

四、VVX 动词重叠式的特点

VVX 式中的 VV 一般不能独立运用，或者说独立运用时与 VVX 是两种不同的动词重叠式，语法意义与出现的语境也有所不同。VVX 式在形式上比较整齐，主要是 X 有所不同。这里以 X 的性质为线索，来考察不同性质的 VVX 式动词重叠的特点。

（一）"X"相当于共同语的"一下"

在闽南话中，动词 VV 重叠式一般不单独使用，而是在 VV 之后加上持续标记、词缀等方能自由活动。共同语中表短时的动词重叠在泉州话中用"VV者"表示；贵州贵阳话中没有 VV 式动词重叠，共同语动词重叠表短时的语法意义在贵阳话中可以用"V一下"来表示，也可以用"VV下"表示；粤语中"VV下"与"V下V下"本质上是相同的，二者是同一语法形式的不同变体。如：

㊻泉州（陈法今，1991）：菜仔去溪边洗洗者。/㊼广州（陈慧英，1982）：睇睇下戏有人嘈起上。

㊽贵阳（张惠泉，1987）：等我收拾收拾下再走。/㊾同上：你考虑考虑下再说。

（二）"X"为持续标记

"X"为持续标记的 VVX 式，主要有"VV着""VV搭""VV咧"三种类型。在河南、河北大部分地区都存在着"VV"加持续标记"着"的形式。这种重叠式的第二个"V"和"着"都读轻声。"着"作为持续标记在沈丘、深泽方言中既可表动作行为的持续进行，也可表状态的持续。"VV着"则只能用于表状态的持续，这种状态是 V 所代表的动作发生之后形成的一种状态（吴继章，2000：275）。如：

㊿河北（吴继章，2000）：一天到晚躺躺着，早晚得躺出毛病来。

昆明话中也存在着"VV着"的格式，既可表示动作行为的持续，又可表示状态的持续。如：

(51)昆明（荣晶、丁崇明，2000）：你先走走着，我一下来追你。/(52)同上：门锁锁着，我进不去。

“VV 搭”式动词重叠主要分布在吴语中。如：

(53)温州（潘悟云，1996）：我一仰头，看着树上有一头蛇挂挂搭。

温州话中的“搭”与汤溪话中的“达”都是由相应的处所词虚化为持续标记的。“达”“强调的是状态正在持续之中”，“VV 达”则“由于动词重叠的作用，这种状态有一种连续不断持续的意味”（曹志耘，1996：293）。如：

(54)汤溪（曹志耘，1996）：渠着着达一身新衣裳。（他穿着一身新衣服）

(55)汤溪（曹志耘，1996）：渠哭哭达弗肯歇。（他一直哭着，不肯停下来）

“VV 咧/嘞”式中“咧”为持续体标记。如：

(56)宁德（陈丽冰，1998）：电视看看咧停电其。/(57)同上：伊讲讲咧嚎起。

(58)泉州（李如龙，1996）：门户关关嘞，里面敢是无侬伫嘞。（门窗都关着，里面可能没有人）

（三）“X”为词缀

VVX 中“X”为词缀的主要有“VV 神”“VV 家”“VV 子”“VV 式儿”四种类型。“VV 神”存在于武汉、襄樊等地。普通话表短时的动词重叠式在武汉、襄樊方言中用“V（一）下子”表示。VV 不能独立运用，只有与后缀“神”黏合后，才能成为自由活动的语法单位。“VV 神”的语法意义为“动作的反复”（熊一民，2001：26）。如：

(59)武汉（熊一民，2001）：眼睛眨眨神。（眼睛眨个不停的样子）

“VV 家”见于陕西延川话中。延川话存在动词重叠式 VV，与共同语表短时的动词重叠形式语法意义相同。VV 附“家”后，所表的语法意义与 VV 有一些区别，表示短暂的动作多次重复出现。VV 后附"家"，"意味着把某个短暂的动作当作了'一类'动作看待，因而便引申出了'多次'或'重复'的意思"（张崇，1996：233）。如：

　　⑥延川（张崇，1996）：说话要想想家说。（说话要多想想再说）

　　"VV 子"见于中宁方言，V 必须是单音节动词。"VV 子"相当于普通话表短时的 VV 式。如：

　　⑥中宁（李树俨等，2001）：翻翻子。/⑥同上：坐坐子。/⑥同上：睡睡子觉。

　　"VV 式儿"中"式儿"为词缀，第二个"V"读轻声。"VV 式儿"的语法意义为"表示动作的一种似 V 非 V 的状态，而且这种状态在时间上有持续性"（陈淑梅，2001：102）。如：

　　⑥鄂东（陈淑梅，2001）：把门关关式儿。/⑥同上：把眼睛闭闭式儿。

　　在存在"VV 式儿"格式的鄂东地区，同时也存在着与共同语相同的表短时的 VV，但"VV 式儿"与 VV 的语法意义有很大区别，这种区别是由词缀"式儿"决定的。

五、不同类型动词重叠式的比较

　　上文我们分别对汉语方言中的三种主要动词重叠式进行了分类描写。一方面不同的动词重叠式在动词重叠形式、分布范围上存在一定差异；另一方面不同的动词重叠形式也在许多方面存在共性。前面对单纯动词重叠式、VXVX、VVX 动词重叠式在分类研究基础上进行了比较研究，突显不同类型动词重叠式的共性与差异，探求动词重叠式的类型学意义。

（一）动词的叠数

　　对于相同的语法意义，不同的方言可以选择不同的重叠形式来表达，但无论采用何种动词重叠形式，在叠数上都要遵循一个共同的规则，即动词重叠式的长度不超过四个音节。如果是单纯的动词重叠式，单音节动词可以两叠、三叠、四叠，双音节动词一般只能两叠；如果是非单纯动词重叠式，即动词要与词缀或持续标记等合作构成的动词重叠式，一般都是两叠。动词的叠数取决于动词重叠式的长度，因此单音节动词最多四叠，双音节动词两叠，单音节动词与词缀或持续标记黏合只能两叠，所有这些都是控制在四个音节内。

（二）　动词重叠的语法意义

动词重叠式的语法意义一般由几个方面的因素共同决定：一是重叠手段，二是动词重叠系统，三是叠数。如果动词重叠式中含有词缀、持续标记，也会成为影响动词重叠式具体语法意义的一个因素。重叠是各动词重叠式共用的形态手段，使不同动词重叠式的语法意义具有共同的成分，即表持续。叠数对动词重叠式的影响局限于单音节动词的单纯重叠式，有的方言中叠数的多少对动词重叠式的语法意义没有什么影响，有的方言中是叠数越多，动词重叠式所表的动作行为持续的时间越长。如苏州方言两叠和四叠共存，在持续时长上四叠大于两叠；在同一方言中同时存在几种动词重叠式的，一般各动词重叠式会有不同的分工。如苏州方言中的"VV式""VVVV式""V法V法"在语法意义上存在细微差异。VV动词重叠式的语法意义是"表示动作行为处在进行或持续过程中，而这一过程成为另一行为或状态发生的时间背景"（刘丹青，1996：30）。这种格式中的V适合于单音节动词，也适用于双音节动词。动词重叠式也可带宾语，不强调V所表的动作行为持续过程的长度。而VVVV式动词重叠中的V只能是单音节动词，且后面不能加宾语。VV式不强调持续的时间长度，而VVVV式动词重叠强调动作行为持续的时间长。"V法V法"则"表示某个动作反复进行"（李小凡，1998：205）；叠数的不同对动词重叠式的影响是相对的，有的方言中叠数的多少对动词重叠式的语法意义没有什么影响，有的方言中是叠数越多，动词重叠式所表的动作行为持续的时间越长，如苏州方言；动词重叠的语法意义在表持续的基础上，明显分为两大类，一类是表状态的持续，一类是表动作行为的持续。表状态持续的VVX式比较多，"VV搭""VV着""VV神""VV式儿"都侧重于表"状态持续"。动词重叠式表状态持续一般需要借助持续标记等外部因素的配合。单纯动词重叠式和VXVX中多数都侧重表动作行为持续。

（三）　动词重叠式对量的表达

动词重叠是为了表量的增加，因而动词重叠式与"量"紧密相连。动词重叠式所表的量，一种是动量，一种是时量。动量是与动词的性质相联系的，可进入表动作行为持续的动词重叠式的动词有两类，一类是持续性动词，一类是瞬间动词。持续性动词所表的"持续"可以是不间断的，而瞬间动词不具有可持续性，这些动词重叠后要表"持续"就必须通过不断反复进行这个瞬间动作才能达到表"持续"的目的，"反复"不是最终的目的，而是实现最终目的的手段。不仅瞬间动词重叠表达的量是时量，持续性动词重叠式也是如此。动词重叠的语法意义是表动作行为或状态的持续，所谓"持续"是指动作行为或状态在时间轴上占据一定长度的时段，所以只要在语法意义上是表持续的动词重叠式，所表达的量的核心都是时量。

（四）动词重叠式的句法功能

汉语方言中动词重叠式丰富多彩，但句法功能比较有规律。主要有三种：一是进入动词重叠句。"动词重叠部分＋后续成分"是动词重叠式可以进入的一种主要句式。在这一句式中，动词重叠部分不能单独成句，它进入的句子有一固定的格式，为了行文方便，我们把这一句式称为"动词重叠句"。动词重叠句由两个必不可少的部分构成，动词重叠部分及其后续成分，二者的先后顺序是固定的，即动词重叠部分在前，后续成分在后。可进入这种句式的以单纯动词重叠式和 VXVX 式中 X 为持续标记的为主，VVX 式中只有"VV咧"可以进入动词重叠句。能否进入动词重叠句首先取决于动词重叠式的语法意义，表动作行为持续的动词重叠一般可以进入。其次取决于具体方言系统中动词重叠式的分工。一种语言系统中一般只有一种动词重叠式可以进入动词重叠句，即使还存在其他的表动作行为持续的动词重叠式也不能再进入动词重叠句。如晋语有"V 的 V 的"和 VV 两种动词重叠式，前者可进入动词重叠句，而后者不能。二是做谓语。这是动词重叠式较普遍的功能。在一些方言中可进入动词重叠句的动词重叠功能比较单一，只能进入动词重叠句，不能或很少做谓语。在很多方言中动词多叠式都只能进入动词重叠句，不能单独做谓语。其他动词重叠式几乎都可充当谓语。三是做状语。这不是动词重叠式典型的句法功能，只有部分 VXVX 式动词重叠式有这种功能，西南官话及湘语有些方言中的"V 倒 V 倒""V 嗒 V 嗒""V 起 V 起"可以充当状语。

参考文献

［1］陈法今. 泉州话连谓短语附加动态助词［J］. 厦门民俗与方言，1991（6）.

［2］陈慧英. 广州方言的一些动词［J］. 中国语文，1982（1）.

［3］陈丽冰. 福建宁德方言单音节［J］. 宁德师专学报，1998（4）.

［4］陈淑梅. 鄂东方言语法研究［M］. 南京：江苏教育出版社，2001.

［5］丁雪欢. 湖南沅江话中的一种动词重叠结构［J］. 方言，2001（2）.

［6］郭建荣. 孝义方言动词的重叠式［J］. 语文研究，1987（1）.

［7］胡明扬. 汉语方言体貌论文集［C］. 南京：江苏教育出版社，1996.

［8］河北省昌黎县县志编纂委员会，中国社会科学院语言研究所. 昌黎方言志［M］. 北京：科学出版社，1960.

［9］黄伯荣. 汉语方言语法类编［M］. 青岛：青岛出版社，1996.

［10］李启群. 吉首方言研究［M］. 北京：民族出版社，2002.

［11］李润生. 苍溪方言中的"嗒"［J］. 四川师范学院学报，2001（4）.

［12］李树俨，李倩. 宁夏方言研究论集［M］. 北京：当代中国出版社，2001.

［13］李小凡. 苏州方言的体貌系统［J］. 方言，1998（3）.

［14］马骏. 柳州话的重叠［J］. 广西师范大学学报，2001（3）.

［15］钱奠香. 海南屯昌闽语语法研究［M］. 昆明：云南大学出版社，2002.

［16］钱曾怡. 首届官话方言国际研讨会论文集［C］. 青岛：青岛出版社，2000.

［17］屈哨兵. 湖北宣恩话"V下V下的"动词重叠及相关问题［J］. 方言，2001（2）.

［18］荣晶，丁崇明. 昆明话动词重叠的句法组配［J］. 方言，2000（1）.

［19］寿永明. 绍兴方言中的动词重叠句［J］. 浙江师大学报（社会科学版），1999（5）.

［20］宋秀令. 汾阳方言中的"的"［J］. 语文研究，1988（2）.

［21］汪平. 湖北西南官话的重叠式［J］. 方言，1987（1）.

［22］伍云姬. 湖南方言的动态助词［M］. 长沙：湖南师范大学出版社，1996.

［23］向莉. 重庆方言助词"起"浅析［J］. 涪陵师范学院学报，2003（4）.

［24］项梦冰. 连城客家话语法研究［M］. 北京：语文出版社，1997.

［25］熊一民. 武汉方言的重叠式"VV神"［J］. 武汉教育学院学报，2001（4）.

［26］袁劲. 海门方言志［M］. 合肥：黄山书社，1997.

［27］张双庆. 动词的体［A］. 香港中文大学中国文化研究所吴多泰中国语文研究中心，1996.

（原载《方言》2009 年第 2 期，略有改动）

普通话中"你看"变体的多角度考察

王媛媛

在现代汉语普通话中，由"看"构成的"你看"有三个变体："你看$_1$""你看$_2$""你看$_3$"，它们主要出现在对话中，"你看$_1$"主要表示听话者用眼睛看；"你看$_2$"表示说话者让听话者注意某种现象；"你看$_3$"表示说话者让求听话者发表自己的看法，三个"你看"的意义及用法各不相同。例如：

①昨天你看$_1$电影了吧？
②今年你看$_1$春节联欢晚会了吗？
③你看$_2$最近的天气很不正常。
④你看$_2$我最近老是出错。
⑤你看$_3$明天的比赛我们能赢吗？
⑥你看$_3$放假我是回家过年呢还是出去旅游？

例①、②中的"你看"是"你看$_1$"，表示听话者用眼睛看；例③、④中的"你看"是"你看$_2$"，表示说话者让听话者注意某种现象；例⑤、⑥中的"你看"是"你看$_3$"，表示说话者要求听话者发表自己的看法。

一、从句法和语义的角度看"你看"

"你看$_2$""你看$_3$"的出现说明现代汉语普通话中的"看"正在发生虚化，有时"你看"既可以理解为"你看$_1$"，也可以理解为"你看$_2$"或"你看$_3$"，这反映了"你看"的三个变体中间有过渡，可以形成一个连续统。要想准确认识现代汉语中的"你看"的真实面貌，我们必须对"你看"的三个变体进行区分和鉴定。

（一）"看"能否受副词"不/都"修饰

⑦这本书你不看$_1$，你可以换别的。（这几本书你都看$_1$吗？）
⑧你看$_2$今年又是一个暖冬。（ ＊你不/都看$_2$今年又是一个暖冬。）

⑨你看₃这点钱够我用到放暑假吗？（＊你不／都看₃这点钱够我用到放暑假吗？）

邢福义（2003）谈到动词是表示行为活动的词，动词能跟副词"不／都"等组合，但通常不接受表物量数量词的修饰，这是这个词类跟名词恰好相反的地方。通过上面的例句我们可以看出，"看₁"能受副词"不／都"的修饰，因为"看₁"是实义动词，表"用眼看"及其引申义，具有动词这一词类的典型特征；而"看₂""看₃"均不能受副词"不／都"的修饰，因为在"你看₂""你看₃"中"看₂""看₃"已经虚化，不具有动词这一词类的典型特征。

（二）"看"能否后附体标记词

⑩你看₁着我，别往别处瞅。

⑪比如，你看₁了本书《从凌迟斩首到枪毙》一文，你不能不触目惊心乃至张口结舌。（王蒙《咏叹与沉思》）

⑫你看₁过气功表演吧，司马灵？有一个节目是气功师用掌发功，不接触人体便远远地把挺棒的小伙子推个跟头。（王朔《顽主》）

⑬你看₂，你和你儿子如此隔膜，那你真离失去他不远了——不管我们怎么判。（王朔《无人喝彩》）（＊你看₂着／了／过，你和你儿子如此隔膜，那你真离失去他不远了——不管我们怎么判。）

⑭他决心不把虎子留下，免得惹出祸事，就去找张巨商量："你看₃把谁留下给千代子帮忙？"（邓友梅《别了，濑户内海》）（＊你看₃着／了／过把谁留下给千代子帮忙？）

从上面例句中我们可以看出"看₁"可以后附体标记词"着／了／过"；而"看₂""看₃"不能后附体标记词。我们知道动词的基本语法特点就是在组合能力上以能带"着／了／过"为最重要的充分条件，"看₁"是实义动词，可以后附体标记词，而"看₂""看₃"语义虚化，不具有动词的这一特征。

（三）"看"能否重叠

⑮你看₁看₁这本书，很有意思的。

⑯张士诚说："你看₁看₁他们写的是什么？"（汪曾祺《幽冥钟》）

⑰你看₂看₂！裹了人家的老鸭还不知道，就知道多了一只！（汪曾祺《落魄》）

⑱你看₂看₂他今天又迟到了。

⑲这条狗嘛，你就宰了算了，让上头满意，以后咱们队的事就好办了。他前脚走，你后脚就再养一条，你看₃咋样？"（张贤亮《邢老汉和狗的故事》）

正如上面的例句所示，在我们检索的语料里"看₁""看₂"都可以重叠，一般出现在祈使句中，重叠后表示动作时量的短暂或动作分量的减轻，但"看₁"重叠的例句较多，而"看₂"重叠的例句比较少，这与"看₁"的语义较实而"看₂"的语义较虚有关。"看₃"重叠的例句没见到，但感觉"看₃"有时也可以重叠，只是一般说话时不出现重叠式。

（四）"你看"能否重复

⑳你看₁，你看₁！我们的果园多好看！一行一行的果树，一架一架的葡萄，整整齐齐，那么大一片，就跟画报上的一样，电影上的一样！（汪曾祺《羊舍一夕》）

㉑吴老板说："你看₂你看₂，走红了，忘了不是？要不古人说'贵易友，富易妻'呢，一走红，哥们儿交情全撇脑勺子后边儿了不是！你忘了，说过的呀，走红了，走穴的事包我身上的，忘了？"（陈建功，赵大年《皇城根》）

㉒你看₂你看₂，要是赶上个醋劲儿大的丈夫，不跟你打起来才怪！（陈建功，赵在年《皇城根》）

㉓定大爷的话没头没脑，说着说着金鱼，忽然转到："你看₃，赶明儿个我约那个洋人吃饭，是让他进大门呢？还是走后门？"（老舍《正红旗下》）（＊你看₃你看₃，赶明儿个我约那个洋人吃饭，是让他进大门呢？还是走后门？）

如上例所示，在我们检索的语料中，"你看₁""你看₂"可以重复，但"你看₁"重复的例句较少，而且这类句子"你看₁"的宾语都是小句、句子或句群，且都是祈使句。"你看₂"重复的例句较多，这与"你看₂"本身的意思有关，因为"你看₂"是说话者用来提醒听话者注意的，"你看₂"重复使用有强调的作用，所以"你看₂"经常被重复使用。"你看₃"不可以重复。

（五）"看"后能否出现语气词

㉔"这本书我可以看看吗？""你看₁吧！"

㉕今晚的电影你看₁吗？

㉖你看₂吧，打从今天开始，她要不对我变脸才怪！（刘心武《秦可卿

之死》)

㉗到时候，你看₂吧，说啥难听话的都有……难啦！（张贤亮《浪漫的黑炮》）

㉘"你看₂啊，你和阮琳都是为他好，但你们俩的做法却截然不同。"总支书记说。（王朔《顽主》）

㉙政府代表听了，又问他："有人说他挺有本事，你看₃咱们用他好不用他好？"（邓友梅《寻访"画儿韩"》）（*"有人说他挺有本事，你看₃吧/啊咱们用他好不用他好？"）

从上面的例句可以看出，"看₁""看₂"后都可以出现语气词，但"看₁"后出现语气词有条件限制，当"看₁"的宾语前置或省略时，语气词才可出现。"看₂"后经常出现语气词，语气词后面往往会出现标点符号，说明"看₂"与"你"结合得比较紧，"你看₂"后出现语气词提醒意味更加明显。"看₃"后不出现语气词。

（六）"你看"是否可以扩展

㉚你看₁这本书。——你要仔细看₁这本书。——你现在看这本书。——你看₁一下这本书。——你不要看₁这本书。——你再花些时间看₁这本书。

㉛你看₂她今天心情多好。——*你仔细看₂她今天心情多好。——*你现在看₂她今天心情多好。

㉜你看₃明天比赛我们会不会赢？——*你仔细看₃明天比赛我们会不会赢？——*你马上看₃明天比赛我们会不会赢？

从上面的例句我们可以看出"你看₁"可以扩展，"你看₂""你看₃"不可以扩展，这说明"你"和"看₁"结合得比较松，"看₁"前面可以增加一些状语，而"你"和"看₂""看₃"结合得比较紧，中间不可以增加别的成分。

（七）"你看"带宾语的情况

㉝你看₁报纸，我看₁杂志。（体词宾语）

㉞你看₁过这部电影了吧。（体词宾语）

㉟"你看₁/看₂我这嘴皮子是不是磨起一泡？"杨重张大嘴让美萍看。（王朔《顽主》）（单句宾语）

㊱"这孩子跟你们真是有缘呀！你看₁/看₂，他这眉毛多像你，他这嘴巴，多像我姐姐！姐姐！你快来看呀！……"（陈建功，赵大年《皇城

根》）（复句宾语）

⊗"嘻嘻！"她又笑了，"她爸爸在爪哇国哩！你吃了吧。你看₂，你们念过书的人尽来这个虚套套！"（张贤亮《绿化树》）（单句宾语）

⊗父亲很后悔："你看₂，我今年怎么会忘了给他去拜年呢？怎么呢？"（老舍《正红旗下》）（反问句宾语）

⊗你看₂，我只顾了交代我降生的月、日、时，可忘了说是哪一年！那是有名的戊戌年啊！戊戌政变！（老舍《正红旗下》）（复句宾语）

⊗老徐拿起本法文小说："你看₂，她现在也还是只能读法文书。看香港电影也只能看带法文字幕的，中文字幕的看不懂。给家里写信她先写法文，我再替她译成中文才能寄回去。"（邓友梅《兰英》）（句群宾语）

⊗"明说了吧，这些日子，你看₃我的脾气、举止有些反常，是吗？"（陈建功，赵大年《皇城根》）（疑问句单句宾语）

⊗团长似乎看出营长的心思，笑了一下。"你看₃，咱们一下子把力量全拿上去，一下子把敌阵插乱，敌人还手不及，咱们已占领全山，怎样？"（老舍《无名高地有了名》）（疑问句复句宾语）

从上面的例句中我们可以看出"你看₁"一般带体词宾语，如例⊗、⊗，一般不带句子宾语，带句子宾语后，"你看"就带有了提醒注意的意味，如例⊗、⊗；"你看₂"不能带体词宾语，只能带句子宾语（包括单句、复句或句群），一般是陈述句宾语，在少数情况下带反问句宾语，但仍表示肯定的意味，如例⊗、⊗、⊗、⊗；"你看₃"也不能带体词宾语，只能带疑问句宾语，如例⊗、⊗。因为"看₁"是实义动词，因此可以带体词宾语；而"你看₂"表示提醒注意某种现象，现象必须用句子表述出来，而且是已经存在的一种状况，所以一般是陈述句宾语，即使是问句宾语也是反问句宾语；"你看₃"是说话者要求听话者发表自己的观点，所以"你看₃"也不可以带体词宾语，一般带疑问句宾语。

（八）"你看"三个变体语法特征一览表

	否定词修饰	后附体标记词	"看"重叠	"你看"重复	带语气词	"你看"扩展	带体词宾语	带句子宾语
你看₁	+	+	+	±（少）	+（有条件）	+	+	±（少）
你看₂	−	−	±（少）	+	+	−	−	+
你看₃	−	−	?	−	−	−	−	+

（九）"你看"的三个变体的鉴别

先看下面例句：

⑬你看这水多么清。
⑭你看空气多么清新。
⑮你看水清不清？
⑯你看空气清新不清新？

在上面例句中，例⑬中的"你看"的宾语是"这水多么清"，因为"水"的"清"是我们可以用眼直接观察出来的，并且例⑬又是个祈使句，表示提醒注意，所以例⑬中的"你看"可以有两种理解，既可以理解为"你看$_1$"也可以理解为"你看$_2$"；例⑭中的"你看"的宾语是"空气多么清新"，因为"空气清新"我们不能靠眼睛观察到，说话者只是提醒我们注意这种状况，所以例⑭中的"你看"只能理解为"你看$_2$"；例⑮中的宾语是"水清不清"，因为"水"是否"清"要用眼睛观察才能知道，并且例⑮是个疑问句，说话者也要求听话者针说出自己的观点，所以例⑮中的"你看"也有两种理解，既可以理解为"你看$_1$"也可以理解为"你看$_3$"；例⑯中的"你看"的宾语是"空气清新不清新"，因为"空气清新与否"不能用眼睛直接观察出来，说话者用"你看"只是要求听话者对空气的质量发表自己的看法，所以例⑯的"你看"只能理解为"你看$_3$"。因此我们在对"你看"的性质进行鉴别时，一定要从其后面的宾语入手，既要看宾语提及的情况是否可以用眼睛观察到，又要看宾语所属的句类。从上面的例句我们还可以看出普通话中"你看"的三个变体并不是截然分开的，这说明"你看$_1$""你看$_2$""你看$_3$"中间有过渡，可以形成一个连续统。

再看几个例句：

⑰昨天你看电影了，对吗？
⑱你看，电影开场了。
⑲你看，我们还看不看电影？

上面几个例句都涉及"电影"，但"你看"有不同的理解。例⑰中谈论的是过去发生的事情，"看"带的是名词宾语，所以例⑰中的"你看"是"你看$_1$"；例⑱中的"你看"的宾语是一个小句，描述的是正在发生的事情，说话者提醒听话者注意这一情况，所以例⑱中的"你看"是"你看$_2$"；例⑲

中的“你看”后面接的是疑问句宾语，是说话者向听话者征求对将要发生的事情的意见，所以例㊾中的“你看”是“你看$_3$”。从上面的例句中我们可以看出，一般“你看$_1$”带名词宾语，“你看$_2$”带陈述句宾语，“你看$_3$”带疑问句宾语。

请看下面例句：

(50)你看这本书好不好？

例(50)在书面语中可以有两种理解：一种表示说话者问听话者同不同意看这本书，一种表示说话者要求听话者对这本书进行评价。书面语中的歧义现象在口语中可以通过节律消除：

(50)a 你看$_1$ 这本书/好不好？——看$_1$ 这本书/好不好？——* 这本书好不好？

(50)b 你看$_3$/这本书好不好？——* 看$_3$ 这本书好不好？——这本书好不好？

从上面的例子我们可以看出，当停顿放在“书”后面时“看”表示用眼睛看；当停顿放在“看”后面时，“看”表示“认为”。正是由于“你看$_1$”句式中的“你”和“看$_1$”的结合比较松，所以“你”在对话中可以省略而不影响句子的意思，并且在“你看$_1$”句式中“看$_1$”是主要动词，表实在意义，因此“看$_1$”不能省略，省略后句子要么不成立，要么改变原来的意思，如例(50)a；而“你看$_3$”句式中的“你”和“看$_3$”结合得比较紧，“你”和“看$_3$”不能拆开，并且“你看$_3$”中的“看$_3$”表“认为”，在对话中，由于交谈双方面对面，“你看$_3$”不出现，单靠后面的疑问句本身也完全可以表达说话者要求听话者发表自己的看法的意思，因此“你看$_3$”可以省略而不会影响语义的表达，如例(50)b。

总之，对于现代汉语中“你看”的三个变体的鉴别我们要从语法、语义、语用三个方面进行全方位的考察。

二、“你看”的虚化过程及其虚化机制

（一）“你看$_1$”和“你看$_2$”之间的关系

“你看$_1$”中的“看$_1$”表示用眼睛看及其引申义。视觉器官是人类了解外

部世界的最主要途径，它不仅可以观察具体的事物，而且还能注意外部世界发生的一切状况，所以“看”这个动词在语言中经常用来表示人类对外部世界的观照，使用频率非常高。正因为如此，“看”的动词意义很容易泛化，不再仅仅指用眼睛看，还经常用来表示“注意”。“你看$_2$”句式的提醒听话者注意某种现象的意义就是由“你看$_1$”句式的意义泛化而来的，而且我们从上文的分析也可以看出，“你看$_1$”不仅可以带体词宾语，有时也可以带陈述句宾语，包括句子、复句，甚至句群，这也为“你看$_2$”的产生提供了句法上的条件，因为“你看$_2$”后面主要带陈述句宾语，包括单句、复句和句群。

(51)你看$_1$，你看$_1$！我们的果园多好看！一行一行的果树，一架一架的葡萄，整整齐齐，那么大一片，就跟画报上的一样，电影上的一样！（汪曾祺《羊舍一夕》）

(52)你看$_2$，我只顾了交代我降生的月、日、时，可忘了说是哪一年！那是有名的戊戌年啊！戊戌政变！（老舍《正红旗下》）

例(51)中的“看$_1$”表示用眼睛看，“你看$_1$”后面的句子所描绘的景象听话者完全可以用眼睛观察到；例(52)中的“你看$_2$”后面的句子所说的情况听话者不是单靠眼睛可以了解的，整个句子表示的是说话者让听话者注意自己的某种行为。“你看$_1$”和“你看$_2$”的关系可以用下图来表示：

体词宾语
“你看$_1$”+陈述句宾语（单句/复句/句群）→“你看$_2$”+单句/复句/句群
疑问句宾语

（二）“你看$_1$”和“你看$_3$”的关系

从上文的分析我们可以看出，“你看$_1$”除了可以带体词宾语、陈述句宾语外，还可以带疑问句宾语。请看例句：

(53)“你看$_1$我这嘴皮子是不是磨起一泡？”杨重张大嘴让美萍看。（王朔《顽主》）

(54)“给！尔舍，你看$_1$这是啥？你吃这个。”（张贤亮《绿化树》）

(55)柳娘说：“我知道是画。你看$_1$看$_1$这是什么画。”（邓友梅《那五》）

例⑤中的"你看₁"带的是正反问句，说话者要求听话者观察鉴别是否存在某种现象；例⑥中的"你看₁"带的是特指问句，说话者要求听话者看某样东西，并判断它是什么；例⑤中的"你看₁看₁"带的也是特指问句，说话者要求听话者看某样东西并对这种东西的性质做进一步的说明。

从我们对以上三个"你看₁"带疑问句宾语的例子的分析可以看出，说话者不但要求听话者用眼睛看或观察，而且还要求听话者在看或观察之后对自己的疑问进行解答。我们知道，人的绝大多数知识是通过观察外部世界获得的，人的眼睛不仅可以观察具体的事物，而且可以通过各种方式、途径观察整个外部世界；并且人是会思维的动物，人在观察外部世界以后会对外部世界的情况进行评价、判断，还能够运用观察获得的经验对未来的情况进行预测。因此，"你看₁"可带疑问句宾语，表示说话者要求听话者通过观察对疑问进行回答。随着这种用法的使用频率越来越高，"你看₁"渐渐泛化，可以带各种疑问句宾语，此时"你看"中的"看"不再表示用眼睛看，而是表示"认为"；"你看₁"逐渐虚化为"你看₃"，表示说话者要求听话者发表自己的看法，而听话者在发表自己的看法前肯定要有一个思维的过程。

⑤"你看₃，我们有把握把它拿下来吗？"（老舍《无名高地有了名》）

⑤"明说了吧，这些日子，你看₃我的脾气、举止有些反常，是吗？"（陈建功，赵大年《皇城根》）

⑤政府代表听了，又问他："有人说他挺有本事，你看₃咱们用他好不用他好？"（正反问）（邓友梅《寻访"画儿韩"》）

例⑤中听话者在对战争局势进行判断前肯定要运用以往的知识、经验，对敌我双方力量进行对比，这样才有可能进行准确的判断；例⑤中的听话者在对说话者最近的状况进行评价前，必须将说话者最近的状况与以往的情况进行比较，这样才能进行评价、判断；例⑤中听话者在做出回答前，要对各方面进行综合考虑，对于用这个人和不用这个人的结果进行假想、比较、利弊权衡，才可能提供正确的参考意见。

从上面的分析我们可以得出，"你看₃"句式是由"你看₁"带疑问句宾语这一小类发展而来的。因为"你看₁"带疑问句宾语句式中，听话者不单单要进行观察、而且要通过观察对疑问进行解答，随着这一用法使用频率的增加，再加上"你看₁"带疑问句的语义重点已不在观察上，而在对疑问进行的解答上，所以"看"的语义开始虚化，表"认为"。"你看₃"由此产生，表示听话者要求说话者发表自己的看法。"你看₁"和"你看₃"的关系可以用下图来表示：

体词宾语

"你看₁" +陈述句宾语（单句/复句/句群）→"你看₃" + 疑问句宾语
　　　　疑问句宾语

（三）"你看"的三个变体"你看₁""你看₂""你看₃"的虚化过程

在现代汉语普通话中，"你看"有三个变体："你看₁""你看₂""你看₃"。"你看₁"中的"看"是实义，表示用眼看及其引申义；"你看₂"中的"看"已经虚化，用来提醒听话者注意某种现象；"你看₃"中的"看₃"表认为，表示说话者要求听话者发表自己的看法，包括对已然事实进行评价或对未然情况进行预测。"你看"三个变体的虚化过程我们可以用下图表示出来：

体词宾语

"你看₁" +陈述句宾语（单句/复句/句群）→　"你看₂" + 单句/复句/句群
　　　　疑问句宾语　　　　　　　　　　　　　　　"你看₃" + 疑问句宾语

（四）"看""想""说"三个动词的相应虚化现象

受语言类推机制、历史文化和认知心理等因素的影响，词义的衍化形式都呈现出一定程度的系统性，具体表现在具有某种语义聚合关系的多个词常常发生方向一致的对应性引申、分化或（和）虚化，从而形成新的语义聚合关系。^①"看""想""说"都是人所具有的能力，而且它们都是人认识世界所必需的。人只有通过眼睛观察外部世界，外部世界才能在人的头脑中形成映像；人再运用大脑进行思维，对感性知识进行分析，然后通过语言将自己的想法表达出来，让其他人了解，从而统一认识、协调行动。正是因为"看""想""说"这三个动词所代表的人的认知活动具有上述的相关性，所以它们能够形成语义聚合关系，因此它们在实际运用中发生了方向一致的对应引申、分化、虚化现象。例如：

⑨刑罚专家指着窗前的玻璃，对陌生人说："你看₁它多么兴高采烈。"（余华《往事与刑罚》）（"看₁"表示用眼看）

⑩"冯老师真有眼光，看人真准。你看₂我跟马青混了这么些年，一总没看出他有什么优良品质，倒叫冯老师一语道破。要不怎么说人和人不一样呢？"杨重痴笑、感慨。（王朔《顽主》）（"看₂"表示注意某种

---

① 张博. 汉语实词相应虚化的语义条件［J］. 中国语言学报，2003（11）：1.

现象）

⑥①"你看₃不能再少？""地堡就有二百来个，两个人打一个不是还得用四百人吗？"政委反问团长。（老舍《无名高地有了名》）（"看₃"表示认为）

⑥②你放心，我想₁什么办法也得把您救出去。（"想₁"是个心理动词）

⑥③于观说："我想₂回家。"（"想₂"是个表示愿望的助动词）

⑥④我想₃这也是很多昆明人的希望。（"想₃"与主语结合起来表示说话人的一种主观的、不肯定的看法）①

⑥⑤她一下子如五雷轰顶，怔住了："你说₁什么？"（《彭真老母遇难记》）（"说₁"表示言说）

⑥⑥你说₂这骗子对咱国家着急的事儿吧，还挺门儿清。（王朔《编辑部的故事》）（"说₂"引进新话题）

⑥⑦她问床下的男孩：你说₃咱们两个合起来，打得过李阿姨吗？（王朔《看上去很美》）（"说₃"表认为）②

　　以上例句表明，"看""想""说"一类动词正在发生相应的虚化现象，其表现形式呈现出一定的系统性。

（原载《徐州师范大学学报》2006 年第 1 期，略有改动）

---

① 郭昭军. 现代汉语中的弱断言谓词"我想"［J］. 语言研究，2004（2）：43.

② 谷峰. "你说"变体的使用特征及"你说"的语法化［A］. 第十三次现代汉语语法学术研讨会论文，2004.4.

外国留学生多义副词"就"的习得考察

黄露阳

一、研究问题、方法及语料

现代汉语副词"就"义项较多,用法复杂,是"外国人学汉语的难点之一"(王还,1992)。在各类偏误分析的著述中,常可见到涉及"就"偏误的讨论(佟慧君,1986;程美珍,1997;李大忠,1996;高霞,2004),但公开发表的习得研究未曾见到。傅满义(2005)考察了1~5岁汉族儿童习得副词"就"的发展状况,其研究表明,"就"的基本意义的习得先于其派生意义的习得。傅文认为"就"的基本意义是对时间、数量关系表主观评价,由此派生出表逻辑关系的"就",接下来又派生出表语气的"就"。因此,傅文的结论又可表述为,汉族儿童先习得对时间和数量关系表达主观评价的"就",后习得表达逻辑关系和语气的"就"。我们想知道,外国留学生习得多义副词"就"时,有怎样的习得特点?习得顺序如何?习得顺序是否与教材的讲解顺序相一致?是否与汉族儿童的习得顺序相一致?

本文采用分析自然语料的办法来考察"就"的习得情况。自然语料来源于中山大学国际交流学院外国留学生平时的作文。据留学生的班别,我们将语料分为初级上(第1学期)、初级下(第2学期)、中级上(第3学期)、中级下(第4学期)和高级(第5、6学期)五个阶段,各阶段语料的字数分别约为1.5万字、7.6万字、23.3万字、21.7万字、22.4万字,总计76万余字。对于"就"的用法分类,我们以初级阶段主教材中的讲解为准①,并参考《现代汉语八百词》《现代汉语虚词例释》等工具书的分析,共分为以下六类(分别以"就₁""就₂"……"就₆"表示):"就₁"——表示事情或动作很快即将发生或很短时间内发生了(如"他马上就回来""昨天的练习我半个钟头就做完了");"就₂"——表示说话人认为事件发生得早(如"我六点钟就起床了""事情早就清楚了");"就₃"——表动作"前后相承/紧承"②

---

① 北京大学中文系1955、1957级语言班. 现代汉语虚词例释 [M]. 北京:商务印书馆,1996. 289~293.

② 程美珍. 汉语病句辨析九百例 [M]. 北京:华语教学出版社,1997. 84.

（如"我看完电影就回家了""我一出门就碰上了老李"）；"就$_4$"——用于复句后一分句关联前后（如"如果他去，我就不去了""我觉得很闷，就决定出去走走"）；"就$_5$"——表限定（如"我又不聋，你当是就你长了耳朵""那个电影，我就看了一遍，我还想看一遍""我就喜欢游泳"）；"就$_6$"——加强肯定，或者表示意志坚决，或者指明主体符合某种条件（如"你不要说了，我今天就不去""这儿就很安静"）。下面是各类"就"在各水平阶段的使用频次及总体使用频次的数据，见表1。

表1

单位：次

各类"就"	就$_1$	就$_2$	就$_3$	就$_4$	就$_5$	就$_6$	合　计
初级上	1	0	8	7	0	0	16
初级下	13	10	57	67	2	0	149
中级上	50	19	137	141	19	7	373
中级下	53	18	128	157	23	6	385
高　级	33	39	121	159	38	7	397
合　计	150	86	451	531	82	20	1 320

二、各类"就"的习得阶段及使用特点

（一）"就$_1$"

1. 始现于初级上阶段，在初级下阶段习得

在我们收集的语料中，初级上阶段始现"就$_1$"，但仅有1例：

①我跟我的朋友一起看电视，他说你很快就可以看懂什么意思。

此处的"很快就"无法让我们确认学习者是否习得了"就$_1$"，因为学习者很可能是将"很快就"作为一个整体在使用。换言之，"就"作为副词表时间义的用法很可能尚未被学习者从"很快就"中单独剥离出来。

到第二学期，除"很快就"外，新出现了"时段词语＋就"的用法。例如：

②我走路十分钟就到学校了。

③从东京坐飞机的话，差不多五个小时就可以到。

"时段词语＋就"的出现，表明学习者已经开始单独用"就"来表示时间短或快。也就是说，学习者在初级下这一阶段开始习得"就$_1$"。

2. "短时义副词或名词＋就"的使用率明显增高

语料中，"就$_1$"的出现形式总体有三：

（1）就＋要……了：

④暑假快到了！我也就要回国了。

（2）"很快""马上""一会儿"等表"短时义的副词或名词＋就"：

⑤秋天太短，冬天很快就来了。

⑥不远，一会儿就可以到了，别着急。

（3）时段词语＋就：

⑦来广州后，我起初听不懂普通话，几个月就能听懂了。

上述三类的使用比例由大到小依次为："短时义副词或名词＋就""时段词语＋就""就＋要……了"。其中"短时义副词或名词＋就"的形式占全部"就$_1$"的60%，明显高于其他两类。

（二）"就$_2$"

1. 始现并习得于初级下阶段

"就$_2$"始现于初级下阶段，如：

⑧有的车七点四十五分才来，同学们七点三十分就在楼下等着了。

⑨我从很小时候就已经认识了她。

这类句子的出现表明，学习者在初级下阶段开始习得"就$_2$"。

2. "就$_2$"的使用情况

学习者没有表现出大量使用某一类形式的"就$_2$"的倾向，而是较为均衡地使用了三种形式——"'早'类词语＋就""从……＋就"和"时点词语＋

就"。各类具体例子如下。

（1）"早"类词语 + 就：

⑩其实我早就能猜到在一个陌生的国家生活是很困难的。
⑪第二天他很早就起床了。

（2）从…… + 就：

⑫我从小就对中国很感兴趣。
⑬因为他从十五岁就开始工作，所以他没有时间学习外语。

（3）时点词语 + 就：

⑭我们十一点就到了深圳。
⑮表妹十岁时就离开了妈妈和弟弟。

此外，语料中还有少数几例"时段词词 + 前 + 就"的形式，如：

⑯我们一年半前就认识了。

上述三类占全部"就$_2$"的比例分别为 37%、30% 和 29%。

（三）"就$_3$"

1. 始现并习得于初级上阶段
在初级上阶段，学习者开始正确使用"就$_3$"，例如：

⑰我们坐在草地上就开始画画。
⑱我每天下了课以后就看电视。

据我们统计，这类"就"的使用量占了初级上阶段全部"就"的一半。这表明"就$_3$"在初级上阶段已被习得。

2. "就$_3$"的使用情况
"就$_3$"主要用于"动词短语1 + 就 + 动词短语2"和"一 + 动词短语1 + 就 + 动词短语2"两类格式之中，前者约占全部"就$_3$"的 44%，后者占 56%。下面具体举例分析。

（1）动词短语 1 + 就 + 动词短语 2：

⑲我喝了咖啡就去看电影。

有时这一格式还表现为"动词短语 1 + 后/以后/之后 + 就 + 动词短语 2"，如：

⑳他们俩回家后就看那张纸，但是那张纸湿了。
㉑海防的海边分成三个区，我们到了海边之后就选第二区。

（2）一 + 动词短语 1 + 就 + 动词短语 2：
在这类格式中，"就"前后动词短语的主语可能相同，也可能不同。例如：

㉒我一听就笑了。（"就"前后动词短语主语相同）
㉓他一伸手拿伞，旁边的一个女的就喊是她的。（"就"前后动词短语主语不同）

尽管从总体上看，学习者使用"一 + 动词短语 1 + 就 + 动词短语 2"格式的数量要多于"动词短语 1 + 就 + 动词短语 2"，但存在阶段性差异：初级上阶段只有"动词短语 1 + 就 + 动词短语 2"这一种格式的用法；初级下阶段两类格式的使用量趋于持平；中级阶段（包括中级上和中级下）"一 + 动词短语 1 + 就 + 动词短语 2"的使用量大大超过"动词短语 1 + 就 + 动词短语 2"，前者近乎是后者的两倍；高级阶段两种格式的使用量大致相当。

（四）"就$_4$"

1. 始现并习得于初级上阶段
在初级上阶段，留学生开始正确使用"就$_4$"。例如：

㉔如果我觉得很闷，我就跟我们班的同学一起去中大北门玩儿。
㉕他们告诉我的错，我就明白了。

这类"就"的使用量占了初级上阶段全部"就"的 44%。这表明，"就$_4$"在初级上阶段已被习得。

2. "就$_4$"的使用情况
据"就"是否与关联词搭配使用以及"就"前后动词短语的主语是否相

同，学习者使用的带"就₄"的句子可概括为以下四种：

（1）主语＋动词短语1，就＋动词短语2：

㉖每个人怕神不开心，就不会做坏事。

（2）主语1＋动词短语1，主语2＋就＋动词短语2：

㉗爸爸解释了十五分钟的方法，儿子就懂得了。

（3）关联词＋主语＋动词短语1，就＋动词短语2（有时关联词在主语之后）：

㉘只要你拥有努力学习的决心，就可以比在韩国学习得更好。

（4）关联词＋主语1＋动词短语1，主语2＋就＋动词短语2（有时关联词在主语1之后）：

㉙如果我买100块东西，他们就送我一个包。

据我们统计，在上述四类中，学习者单独使用"就"〔即（1）（2）两类〕的句子数是"就"与其他关联副词搭配使用〔即（3）（4）两类〕的句子数的两倍多。而单独使用"就"的句子往往都是通常所说的承接复句，"就"与别的关联词搭配使用时常常构成假设复句、条件复句、因果复句等。因此可以说，"就"用于承接复句的频率远远高于用于其他复句的频率。在使用了"就"的承接复句中，最多的又是"主语＋动词短语1，就＋动词短语2"类句式（"就"前后动词短语主语相同的句式），约占全部承接复句总数的60%。这类句式中，"就"前一小句主要表达某种心理感受或感知觉，动词（或动词短语）集中表现为觉得、想、要、怕、后悔、好奇、感兴趣、喜欢、同情、感动、难过、听（见）、看（到/见）、发现、找（到）、遇（到）、知道、认识、以为等，"就"所在小句则表达承前而来的结果性行为动作，整个句式的语义模式是"感受或感知觉—感受或感知觉所引发的行为动作"。

（五）"就₅"

1. 始现于初级下阶段，在中级上阶段习得
初级下阶段始现"就₅"，但仅有两例：

㉚现在我都不知道我要写什么，差不多两百个字吧。那就<u>这样</u>吧。

㉛我非常感激她！她对我就<u>像姐姐一样</u>。

凭此两例尚不足以说明学习者已经开始习得"就"表限定的用法，因为学习者有可能是将"就这样"和"就像"作为整体在使用，即学习者可能并不清楚"就"可以单独用来表限定。

到了中级上阶段，在学习者语料中开始出现如下用例：

㉜我们好像姐妹一样，我们的生日是同年、同月，就<u>日子不一样</u>，但是就<u>差两天</u>。

㉝老人说到最后的一句话，可可就<u>听到了什么</u>"过年好"就叫老人停了。

例㉜中前一"就"限定名词"日子"，后一"就"限定数量短语"两天"；例㉝中"就"限定其后述宾短语中的名词宾语。这些用法的出现表明学习者开始真正习得了"就$_5$"。

2. "就$_5$"的使用情况

使用频率最高的"就$_5$"是"就像……"和"就这样"两类形式，而典型的表限定的是"就+述宾短语"和"就+小句"这两类形式中的"就"。

从总体上看，"就$_5$"的出现形式一共有四种：

（1）就+像……：

㉞月饼就<u>像</u>一个月亮，在中国，它表示一家团圆。

（2）就+这样：

㉟……狐狸得意扬扬地问老虎："你都看到啦，现在还能不能把我吃掉？"结果老虎就<u>这样</u>上当了。

（3）就+述宾短语：

㊱好了，就<u>写到这里</u>吧，下次我再写。

㊲你想学习法语，不必到这儿来，你就<u>去法国</u>就行了。

㊳那时候生活很难，可是他们没有什么抱怨，就<u>希望能过自己的生活</u>。

㊴我不喜欢他，就喜欢你这样直爽的人。

在语义上，此类"就"所限定的是述宾短语中的宾语（如例㊱、㊲中的"这里""法国"），或者是宾语前的修饰性成分（如例㊳、㊴中的"自己""你这样"）。语音上，"就"和被限定成分都要重读。

（4）就 + 小句：

㊵我们全班都去旅游了，就北野谷没有去。

㊶过了几天，他发现就自己的秧苗长得太慢，于是他想了半天，终于想出一个办法……

在语义上，这类"就"所限定的是其后小句中的主语（如例㊵中的"北野谷"），或者是主语前的修饰性成分（如例㊶中的"自己"）。在语音上，被限定成分要重读。

据我们统计，上述四种形式的使用比例分别占全部"就$_5$"的 40%、31%、25% 和 4%。也就是说，在学习者所使用的"就$_5$"中，"就像……"和"就这样"的形式占七成，"就 + 述宾短语"和"就 + 小句"的形式占三成。相对而言，占少数比例的"就 + 述宾短语""就 + 小句"的形式是"就"表限定的典型用法，而占多数比例的"就像……""就这样"的形式则为"就"表限定的非典型用法[①]。

（六）"就$_6$"

1. 始现并习得于中级上阶段

中级上阶段始现"就"表强调的用法。如：

㊷快乐不是很难找到，快乐就在我们生活当中。

㊸在北京过冬，很多人觉得就在于有暖气。

2. "就$_6$"的使用情况

从总体上看，"就$_6$"的出现形式有二：一是如例㊷、㊸中的"就 + 在/在于……"；二是"就 + 动词短语"的形式，"就"前主语重读，"就"轻读，表示主语符合谓语所提的条件，如：

---

① 范开泰. 现代汉语虚词功能探新［A］. 中国语文杂志社. 语法研究和探索（九）［M］. 北京：商务印书馆，2000. 259.

㊹……在这种情况下，<u>喝茶</u>就可以解决问题。

㊺……因为老虎太强了所以让人怕，让人不喜欢它，不过<u>我</u>就喜欢它。

㊻一个<u>不让我觉得紧张的人</u>就可以到我的家。

从使用量看，"就+在/在于……"约占全部"就$_6$"的70%，"就+动词短语"约占30%。

（七）各用法"就"的习得顺序

小结上文分析，我们得到外国留学生习得各类用法"就"的阶段性顺序为"就$_3$""就$_4$"（初级上）>"就$_1$""就$_2$"（初级下）>"就$_5$""就$_6$"（中级上）（">"表示在习得阶段上"早于"）。

张斌（2005）先生曾指出，虽然一般语法书把"你去问他，就知道了"归入承接句，把"你如果去问他，就知道了""你如果不去问他，就不会知道"归入假设句或条件句，但这些句子其实都有承接关系，用"就"表示。基于此，我们可以将"就3"和"就4"统一概括为副词"就"表"前后相承"。

范开泰（2000）先生认为，副词在句法上可以分为三类：一类是具有修饰限制作用的副词，如"一扫光"的"一"，是"全"的意思，属"范围副词"；另一类是具有关联作用的副词，如"一开口就笑"的"一"是关联副词；第三类是具有标示语气作用的"语气副词"，如"难道""究竟"之类。说这三类都是副词，是从它们的句法位置着眼的，它们都可以而且只能出现在谓词的前面，但它们的另外一些功能并不相同：关联两个小句是句法功能，修饰限制是语义功能，标示语气是语用功能。我们认为，副词"就"恰好集多种功能于一身："就$_1$""就$_2$"表时间短、快或早时，发挥的是主观评价功能，即表达说话人对某事的发生时间的主观评价；表"前后相承"的"就$_3$"和"就$_4$"发挥的是句法上的连接功能；表限定的"就$_5$"发挥的是语义功能；表语气的"就$_6$"发挥的则是语用功能。

因此，从"就"的功能角度看，外国留学生习得副词"就"时，遵循这样一种习得顺序：句法上的连接功能 > 主观评价功能 > 语义功能、语用功能（">"表示在习得阶段上"早于"）。

三、各类"就"的习得顺序与教材编排顺序的对比

对于"就"的各种用法，学习者的习得顺序是否与教材的编排顺序相一

致？考察初级阶段学习者主教材中讲解到的涉及"就"的语法点后，各用法"就"的出现顺序大致可分为三个阶段：教材第 33 课介绍了"强调时间紧迫"的"就$_1$"，第 48 课介绍了"表示动作发生得早或进行得顺利"的"就$_2$"以及表示前后动作紧接着发生的"就$_3$"，这三种用法可视为第一阶段的讲解；第 74 课介绍"就"用于假设复句的用法（即"就$_4$"），这可视为第二阶段的讲解；第 99 课介绍"就"表限定（即"就$_5$"）和表肯定语气（即"就$_6$"）两种用法①，此为第三阶段的讲解。讲解顺序亦即"就$_1$""就$_2$""就$_3$" ＞ "就$_4$" ＞ "就$_5$""就$_6$"（"＞"表示教材讲解时间上"早于"）。对比"就"的各种用法的教材讲解顺序和学习者的习得顺序，可看出：

（1）学习者最早习得的两种用法"就"中，其一（即"就$_3$"）在教材的早期讲解之列，另一（即"就$_4$"）则不在；

（2）教材早期讲解到的三种用法"就"中，有一种（即"就$_3$"）被学习者最早习得，另两种（即"就$_1$""就$_2$"）则未被最早习得；

（3）教材最晚讲解的"就"（即"就$_5$""就$_6$"），其习得也最晚。

上面第三点很容易理解——最难的用法教材最晚引入，其习得也最晚。但是，为什么教材先期讲解的"就$_1$""就$_2$"未被最先习得，而并非先期讲解的"就$_4$"却又在最早习得之列呢？这存在三种可能：第一种可能是，主教材虽未先期讲解"就$_4$"，但在别的副教材（口语、听力教材）中，"就$_4$"讲解早，因此习得也早；第二种可能是，主教材虽最早讲解了"就$_1$""就$_2$"，但其出现频次少，对学习者来说输入不足，致使其习得靠后，而"就$_4$"则恰好相反，教材讲解虽晚一些，但出现频次多，因此习得早一些；第三种可能则纯属各用法"就"本身的难易问题，具体讲，"就$_1$""就$_2$"可能比"就$_4$"更难，尽管教材讲解早，但习得靠后。下面逐一考察这些可能。

首先考察初级阶段学习者所用副教材，我们发现，"就$_4$"不在早期讲解之列。因此，第一种可能不存在。接下来我们统计了初级阶段主教材中各类"就"在课文中的出现频次及相对比例，见表 2。

表 2

各类"就"	就$_1$	就$_2$	就$_3$	就$_4$	就$_5$	就$_6$	合计
出现频次（次）	35	13	83	48	6	19	204
相对比例（%）	17.2	6.4	40.7	23.5	2.9	9.3	100

显然，"就$_4$"的出现频次的确高于"就$_1$"和"就$_2$"。我们推测"就$_4$"

① 傅满义. 副词"就"与"才"的习得及相关问题［J］. 淮北煤炭师范学院学报，2005（2）：123.

较"就$_1$""就$_2$"先习得跟它在教材中的出现频次高有关，这存在一定的统计数据支持。

最后讨论第三种可能，即"就$_1$""就$_2$"是否比"就$_4$"更难习得？我们对此持肯定意见。前文分析指出，"就$_1$""就$_2$"发挥的是主观评价功能，"就$_4$"发挥的是句法上的连接功能。习得"就$_1$""就$_2$"和"就$_4$"便意味着分别习得"就"的主观评价功能和连接功能。语言运用层面的主观评价功能的习得难度显然要大于句法层面的连接功能的习得难度。因此，"就$_1$""就$_2$"较"就$_4$"更难习得。此外，据李金莲（2007）的一项调查，副词"就"表示主观认为时间早、快的用法在其考察的两部教材《汉语教程》和《博雅汉语》中均较早讲解，但二年级留学生的使用并不自如。这也从一个侧面说明"就$_1$""就$_2$"的习得难度大。

一般来讲，对于同一形式不同用法的某一语法点，外国留学生先习得的用法总是相对容易，后习得的用法则相对较难。就不同用法的副词"就"而言，学习者的习得顺序与教材的讲解顺序表现出不一致，这表明教材编写者对各用法"就"的难度的理解在一定程度上偏离了学习者的实际情况。我们认为，各用法"就"遵循的难度等级应该是："就$_3$""就$_4$"＜"就$_1$""就$_2$"＜"就$_5$""就$_6$"（"＜"表示在难度上"低于"）。

四、外国留学生与汉族儿童副词"就"的习得对比

（一）习得顺序对比

对比外国留学生与汉族儿童对于"就"的各种用法的习得顺序，我们发现同中有异。

据傅满义（2005），汉族儿童最晚习得的是表语气的"就"，在这一点上留学生与汉族儿童表现相同。这表明，副词"就"的语用功能最难习得。

在最先习得的用法方面，外国留学生和汉族儿童表现不同。前者最先习得的是表前后动作或事件相继或紧接着发生的"就"，以及在复句中起关联作用的"就"；而后者最先习得的则是对时间和数量关系表达主观评价的"就"。我们认为，产生这种差异的主要原因在于输入语言的不同。外国留学生学习汉语时，其输入语言主要是书面语言。因为书面语可供反复研读的特点，初学汉语的留学生容易将注意力放在语言形式上，努力在书面语中发现形式规律并揣摩该形式所表达的意义。副词"就"在句法上的连接作用易于被发现，加之"前后动作或事件相继发生"的表达诉求在任何语言中都存在，因此"就"的连接功能被留学生最先习得。相比之下，儿童习得第一语言时，

其输入语言是周围的对话体口语。这些口语输入重内容而不重形式（盛炎，1990）。在日常生活中，儿童比较容易注意到周围人表达物体数量多少或时间长短、早晚等内容的语言，进而尝试表达自己对数量、时间等的看法，因此较早便习得了副词"就"表时间和数量的用法。我们认为，外国留学生和汉族儿童最先习得的"就"呈现出差异，这实际上反映了两者在语言学习的早期阶段对副词"就"的各种功能的接受程度的不同——外国留学生最早接受的是副词"就"的连接功能，汉族儿童最早接受的则是副词"就"的主观评价功能。

（二）使用频率对比

在各类"就"的习得及使用频率上，外国留学生和汉族儿童表现出的一致特点是：先习得的用法无论在各个水平阶段，还是在总体上，其使用频率都是最高的；后习得的用法其总体使用频率都比较低。外国留学生最先习得的表"前后相承"的"就"约占全部"就"的74.5%。据傅满义（2005），汉族儿童最先习得对时间和数量表达主观评价的"就"，其总体使用频率也最高，约占全部"就"的42.3%。尽管如此，74.5%和42.3%之间的差距表明，外国留学生使用副词"就"时表现出明显的倾向性特点，即倾向于大量使用起连接作用的"就"；而在汉族儿童副词"就"的习得中，不存在显著的倾向性特点。

参考文献

［1］北京大学中文系1955、1957级语言班．现代汉语虚词例释［M］．北京：商务印书馆，1996.

［2］程美珍．汉语病句辨析九百例［M］．北京：华语教学出版社，1997.

［3］范开泰．现代汉语虚词功能探新［A］．中国语文杂志社．语法研究和探索（9）［M］．北京：商务印书馆，2000.

［4］傅满义．副词"就"与"才"的习得及相关问题［J］．淮北煤炭师范学院学报，2005（2）．

［5］高霞．英语国家学生副词"就"的偏误分析［M］．北京：楚雄师范学院学报，2004（2）．

［6］李大忠．外国人学汉语语法偏误分析［M］．北京：北京语言文化大学出版社，1996.

［7］李金莲．对外汉语教学中副词"就"的研究［D］．北京语言大学硕士学位论文，2007.

［8］吕叔湘．现代汉语八百词［M］．北京：商务印书馆，1986.

［9］盛炎．语言教学原理［M］．重庆：重庆出版社，1990.

［10］佟慧君．外国人学汉语病句分析［M］．北京：北京语言学院出版社，1986.

［11］王还．漫谈汉语一些副词［J］．语言教学与研究，1992（1）.

［12］许娟．副词"就"的语法化历程及其语义研究［D］．上海师范大学硕士学位论文，2003.

［13］张斌．虚词的功能分析［A］．齐沪扬．现代汉语虚词研究与对外汉语教学［M］．上海：复旦大学出版社，2005.

［14］周小兵．限定副词"只"和"就"［J］．烟台大学学报，1991（3）.

［15］周小兵，赵新等．对外汉语教学中的副词研究［M］．北京：中国社会科学出版社，2002.

［16］周小兵．学习难度的测定和考察［J］．世界汉语教学，2004（1）.

（原载《语言教学与研究》2009 年第 2 期，略有改动）

互文性理论与汉语修辞格的关系探析

——以汉语的"仿拟"修辞格为例

郑庆君

一、引言

作为西方文学理论中的一个术语，"互文性"（intertextuality）的概念最早是由法国符号学家和文艺批评家朱莉娅·克里斯蒂娃（Julia Kristeva）在 20世纪 60 年代末期提出来的。这一概念的产生首先是受到巴赫金"复调小说""对话理论"以及"文学狂欢节化"的影响，随后又经过巴尔特、里法特尔、德里达、热奈特等人的阐释与补充，逐渐成为当代西方后结构主义文化思潮中涵盖多重意旨的一种文本理论。尽管这一理论的发展与流变逐渐衍生出"解构的互文性"（任何文本与赋予该文本意义的知识、代码和表意方式之总和的关系）与"建构的互文性"（一个语篇与可以证明是存在于此语篇中的其他语篇之间的关系）两大阵营，但理论家们对互文性文本特征的看法还是一致的，这就是：文本在生成过程中，各种语料或话语相互交织，一个文本吸纳其他文本、其他话语，与其他文本或话语产生多种关联的、复杂的、异质的关系的文本现象。

作为人类话语形成和文本表达的共有现象，互文性不仅是西方后结构主义、结构主义思潮和现代文论中的一个重要理论，而且对于语言研究也有重要的理论价值，对于解释语篇的生成有独特的语言学意义。正因为如此，互文性理论在西方兴起以后，不仅在文学、文艺理论方面有着深刻的影响，而且在翻译学、语言学方面也受到较多的重视。对于语篇研究而言，互文性理论带来了两个方面的启示：一是揭示了语篇的生成道理，即任何语篇都不是完全"自给自足"的一个独立的存在，"任何文本都是由马赛克似的引文拼嵌而成，每个文本都是对其他文本的吸收和转发"（Julia Kristeva，1986）。一个语篇的形成通常都受到其他语篇的影响，有前人写作的帮助，有左右文本的参与。那种"前不见古人，后不见来者"的空前绝后式语篇是不存在的。"作者在写作自己的语篇时，会通过对另一（些）语篇的重复、模拟、借用、暗仿等，有意识地让其他语篇对本语篇产生扩散性的影响。"（徐盛桓，2005）

二是互文性理论的出现打破了封闭局限，将语篇研究纳入了一个开放性的视野，使研究者们不再单单局限于文本内容本身，还会关注文本之外的巨大文化空间，将文本置于更广阔的文化背景中加以审视，从而更有效地揭示了语篇生成的内外成因与动机。从读者的角度看，互文性理论也改变了人们对语言的线性阅读习惯与模式，将读者从单一的阅读语境中解放出来，使阅读变成一种多维的、立体的网络空间。

二、互文性理论与汉语的修辞学研究

（一）互文性视野下的汉语文本研究

互文性理论在 20 世纪 90 年代传入我国后，对我国的文学、文艺批评以及翻译学产生了很大的影响。对语言学的影响则相对滞后，其成果主要体现在批评语篇分析。进入 21 世纪后，尤其是最近几年，研究者们将这一理论拓展得较为广泛，将互文性的理论运用到新闻媒体、英汉对比、广告语篇以及语用学、认知语言学等多方面的研究上，并取得了可观的研究成果。

互文性理论关注的是文本的生成，关注一个语篇在形成的过程中，以何种方式，在哪些方面受到了其他语篇的影响。作为人类话语表达的普遍现象，互文性的理论对于解释语篇生成具有普遍意义，但不同语言反映出的具体特征则会有所不同。汉语作为意合型特征鲜明的语言，其表意文字的体系特征、不注重形态的语法特点以及汉语句法结构的自由灵活，在客观上为文本之间的互涉提供了极大的方便与可能；而信息时代的到来和网络技术的产生，如无限量的复制、粘贴，方便快捷的搜索、引用，更加催化了汉语文本间的互动与互涉，使得互文特征原本就很鲜明的汉语语篇，在当今网络时代变得更加鲜明突出，而且复杂多样。以是观之，汉语话语表达中的诸多现象，汉语的许多修辞格式，从表达角度看，均体现出鲜明的互文性特征，与互文性理论有着密切的关系。因此，运用互文性理论来观察汉语文本生成，尤其是观察网络时代的新媒体语篇，考察互文性与修辞格的关系，便有其独特的意义。

围绕互文性在汉语话语层面的表现特征，我们曾经以新媒体中的手机短信为例，考察过大量的短信语篇，总结了一系列汉语"互文型"短信的表达模式，其中大部分模式都呈现出汉语的修辞格特征；从某种意义上说，这些"互文型"的模式就是汉语修辞格的种种表现。（郑庆君，2007；2008）基于这种认识，本文试图在前述论题的基础上做进一步的探讨，继续以新媒体中的手机短信为例，深入细致地解剖互文性原理与汉语修辞格的关系，考察互文性的特征是如何作用于汉语的辞格模式的。

（二）互文性与汉语修辞格的关系假设

在讨论互文性特征与汉语修辞格的关系之前，我们想陈述以下几点认识，这也是本文建立互文性特征与汉语修辞格关系假设的前提基点。由于可以从不同的视角观察互文性特征，我们以为，"互文性"应具有以下几种不同层面的含义：

第一，根据范围大小的不同，互文性可以有广义与狭义之分。广义含义的互文性着眼于文本与外部世界的关系，承认一个理论前提：所有的语篇都具有互文性质。互文性不单单包括可考据的其他文本的内容，也应当包括与社会文化、各种知识代码之间的关联与关系。狭义互文性则主要着眼于微观的篇际特征，强调文本与文本之间的各种牵连与互涉，认为互文性"是指一个具体文本与其他具体文本之间的关系，尤其是一些有本可依的引用、套用、映射、抄袭、重写等关系"（秦海鹰，2004）。

第二，根据语言材料的不同，互文性可以有不同的结构类型。主要有三种类型：成分性互文、语篇性互文和体裁性互文。成分性互文是指互文的特征是词句性质的，在文本中的表现往往呈语言片断性质，或是多个词语，或是一两个句子；语篇性互文是指互文的特征具有篇章性质，以大大小小的语篇的形态呈现在文本之中；体裁性互文（辛斌，2001）则指互文的特征涉及语类、语域问题，文本与文本之间的关系呈现跨域性，如语域、认知域等方面的特征。

第三，根据隐现状况的不同，互文性具有不同的表现形态，可分为显性互文与隐性互文。显性互文是指互文的成分在语言表层反映出来，主文本与互文本共现在语言层面，为一般读者所熟知，常常可以一眼看出。隐性互文则不同，其互文的成分通常在表层不出现，只是潜藏在表层背后，但通过解析文本，往往可以意会出来。而这些潜藏着的互文成分恰恰常是文本的关键所在，否则对文本的解读将可能是不全面、难以反映实质核心的。

如果三个前提可以成立，以下的观点便有了良好的基石。在此基础上，本文提出以下两个假设：

假设1：汉语中有不少的修辞格式正是互文性的原理所在，两者是从不同的视角来观察语言的使用问题的。

假设2：互文性在语言层面的特征是一个连续系统，互文性的典型特征与互文性的非典型特征是连续系统的两极，中间是大大小小的过渡地带。就汉语部分辞格的对应特征来看，也呈现出某种相同的结构系统：典型性的互文辞格与非典型性的互文辞格互为两端，二者的对应关系，可以图示如下：

图 1　互文性的特征表现与汉语修辞格的对应关系

从反映的特征来看，狭义互文性多对应于典型性互文，包括显性的、隐性的；而广义互文性则多对应于非典型性互文以及某些过渡地带。

根据曾经对互文型短信问题的观察，我们认为，在汉语的修辞格中，具有典型性互文特征的辞格主要有引用、用典、仿拟、镶嵌、谐音、双关、藏词等等。具有非典型性互文特征的辞格主要有拼贴、移就、易色、降用、拈连、比喻、比拟、互文见义等，依据其互文特征的强弱体现程度的差异。

限于篇幅，本文在提出这一假设的框架之下只讨论具有典型性互文特征的修辞格式，并且仅以其中之一——仿拟修辞格作为范例进行探讨。

三、仿拟修辞格与互文性原理的关系考察

"引用、暗示、参考、仿作、戏拟、剽窃、各式各样的照搬照用，互文性的具体方式不胜枚举，一言难尽。"（萨莫瓦约，2003：F2）作为一直处在发展之中、意义与范围并未完全确定的一个概念，尽管互文性的含义十分丰富，但从狭义的角度理解，从互文性典型特征的表现来看，其核心实质仍是聚焦于文本与文本之间的各种交织关系。这其中，仿拟便是典型的代表之一。

文本离不开传统，离不开文献，离不开前人思想，而这些传统与创新、新与旧的交互关系通常又是多层次、多形式的，有时直白，有时隐晦。每一个单独的文本都不是独立的创造，绝对的"原创"是不存在的，文本和文本之间往往相互参照，彼此牵连，形成一个潜力无限的开放网络。任何文本都与其他文本有关联，在一定程度上都是对前有文本的模仿、改写、转换、引用与拼接。伴随着现代科技与传媒影响的不断扩大，文本之间的相互影响变得更加突出，于是，以续写前文、改编旧作、戏拟经典为代表的现代仿拟便成为时代的时尚特征，让现代人处于一个巨大的互文网络之中。

（一）仿拟的类型及其互文性特征

仿拟，也有人叫作"套用"（郑远汉，1982），简言之，就是"根据交际的需要，模仿现有的格式，临时新创一种说法"的修辞手法（王希杰，

2004）。作为一种传统辞格，仿拟因其历史悠久、运用广泛、形式多样而广为民众所喜爱，在民间有着广泛的群众基础，在中国文人的创作中也有着深厚的渊源。

根据仿作的语言成分或形式的不同，仿拟可以分为仿词、仿句、仿篇、仿体裁风格等多种类型。如以下几例：

①错过股市期市，不要再错过"碳市"。抢购碳市，你就会成为时代的富翁。

②冰冻三尺非一日之寒，口水三尺非一日之馋。

③床前明月光，人影一双双，唯我独徘徊，心里憋得慌。

④我俩关系上涨很难形成实质性突破，目前震荡盘整，但不必看空，只要投资有成交量支持，将有无限的涨升空间。

例①中的"碳市"是一个临时新创的词语，显然是模仿前文的"股市""期市"而来，这是仿词的形式；例②中的"口水三尺非一日之馋"，是模仿了前句"冰冻三尺非一日之寒"而得，这是仿句的形式；例③是一个仿篇，是模仿家喻户晓的李白《静夜思》而新创的一首短诗，格式与旧作相同，内容却发生了改变；例④则是借用财经体裁而作的一则情感短信，风趣幽默。其中的"上涨""震荡""盘整""看空""投资""成交量""涨升"等术语多为股市所用。

在四种仿拟形式中，仿词的形式最为常见，也最为容易，在传统的辞格分类上，曾长期独居一格，因此被学者们谈论得最多。然而从互文性特征来看，在仿拟修辞格的形式中，发生文本互涉的仿拟主要是仿句以上的形式，尤其是仿篇的形式。因此以下我们主要讨论仿拟中的"仿篇"类型。看以下短信：

⑤萨肆病毒何时了，患者知多少？小楼昨夜又被封，京城不堪回首月明中。粮油蛋菜应犹在，只是不好买。问君还有几多愁？最怕当成疑似被扣留。

看到这条短信，读者会不由自主地想到它的前文本——南唐后主李煜的《虞美人》：

春花秋月何时了，往事知多少？小楼昨夜又东风，故国不堪回首月明中。　　雕栏玉砌应犹在，只是朱颜改。问君能有几多愁，恰似一江春水向东流。

在这里，作者利用旧有文本的结构模式——李煜《虞美人》的语篇框架，装进了新的语义内容，通过对前文本《虞美人》的借鉴、模仿、改写，使历史文本发生了语义内容的变更，在前文本与当前文本之间建立起某种意义联系和对话关系，形成原文本与目标文本的交织与对接。读者在阅读这一当前文本的时候，会不自觉地唤起对原文本的"记忆"与"回顾"，从而建立起前后文本同时解读的"双轨交融"机制，而正是这种"交融"体现了互文性的原理和特征所在。

（二）仿拟的基本要素及其相互关系

仿拟的基本特征，是利用旧有的模式创造新的语义内容，在"旧—新"之间建立对话关系，因此仿拟的生成，必须具备几个基本要素，这也是仿拟存在的物质条件。

仿拟的第一要素是，需有一个被仿的对象，可称作"本体"，这就是原文本，其中又包括两个方面：语义内容和形式结构。第二要素则是需有一个仿拟的对象，可叫作"拟体"，这就是模仿原文本而出现的目标文本，也包括语义内容和形式结构两个方面。第三要素则是本体与拟体在形式结构上的同一性或相似性，它是让本体和拟体建立联系与对话关系、产生互涉作用的桥梁。我们大致可以图示如下：

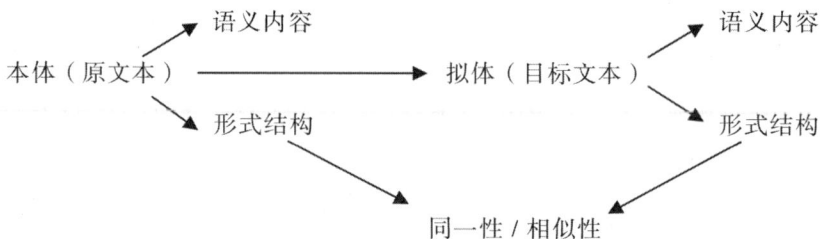

图 2　仿拟的基本要素及其相互关系

三个要素可以归结为：本体（原文本）、拟体（目标文本）、形式结构的同一性/相似性，但三个要素在语言表层的隐现情况是不一样的。在通常情况下，读者看到的只有拟体，即目标文本，而本体，即原文本是不出现的，即使部分出现，也是因为它被目标文本借用，与目标文本形成了重合。这正是仿篇的特点所在，与仿拟中的仿词或仿句是不相同的。后者，尤其是仿词，可以而且往往是以出现本体为常态的。

形式结构的要素是可现的，也是至为重要的一个要素。这一要素实际上具有双重性质，它既是本体（原文本）的载体形式，也是拟体（目标文本）的载体形式，二者在语言表层上形成了一种重合与统一。而这种重合与统一，最全面的反映会表现在三个层面：一是音节字数的相等或相近，二是句法结构的相同或相近，三是音韵模式的相同或相近。看下列一组仿孟浩然《春晓》的手机短信：

⑥原文本：春眠不觉晓，处处闻啼鸟。夜来风雨声，花落知多少。
目标文本1：春眠不觉晓，处处蚊子咬。梦里巴掌声，打死知多少。
目标文本2：春眠不觉晓，处处蚊子咬。夜里一翻身，压死知多少。
目标文本3：春眠不觉晓，处处闻胡了（liao）。一夜麻将声，输赢知多少。
　　……

正是借助音节数目、句法结构、音韵模式这三个层面的相同或相近，原文本和目标文本产生了高度的关联，紧密地缠绕在一起，其互涉与交融的程度几乎是"难舍难分"。接受者在解读目标文本的时候，会情不自禁地联想到孟浩然的原作，受到原作的强大心理干扰。而这一干扰通常是在阅读目标文本的同时发生的，所带来的作用往往是对当前文本的"两层影像"，以及对文本内涵的某种"加厚"。

三个要素之外，其实还有一个"第四要素"，便是本体与拟体在语义内容上的"异质性"。由于这一要素正是本体与拟体之所以成为两个要素的本质所在，可以分归于本体与拟体所处的要素之中，因此我们并不把它当作一个独立的要素加以看待。

（三）仿拟的生成过程与模式

有了物质条件，仿拟的出现还需经历生成的过程。由于仿拟是在前文本的基础上生成新的文本，因此，在由"旧—新"的形成过程中需要经历一系列的转换活动，这些活动包括：作者根据目标文本需要及个人喜好选择原文本，再依据个人对原文本的理解展开联想，有选择性地提取前文本的某些语义与结构要素；然后与目标文本的内容进行重组，最后得到仿拟的新的文本。其生成过程大致可以图示如下：

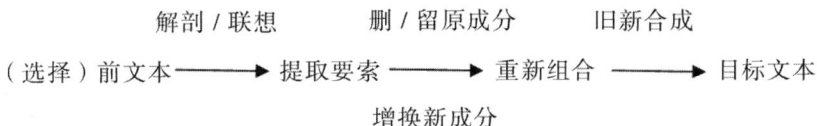

```
          解剖／联想      删／留原成分      旧新合成
（选择）前文本 ——————→ 提取要素 ——————→ 重新组合 ——————→ 目标文本
                      增换新成分
```

图3　仿拟文本的生成过程

看以下短信:

⑦干部不怕吃饭难,万盏千杯只等闲,鸳鸯火锅腾细浪,生猛海鲜走鱼丸。

这是一则讽刺官员大吃大喝的短信。第一步根据一定的目的选择了毛泽东的七律《红军不怕远征难》作为前文本,然后对这个选择的文本进行解剖并展开联想;第二步便根据新文本内容对原文本进行整改,保留有用成分"不怕……难""万……千……只等闲"等要素,删除与新内容相冲突的"红军""远征""水""山"等成分,添加新内容中的"干部""吃饭""盏""杯"等成分;第三步再将新增内容与保留成分重新整合,新旧合一最后得到目标文本。

在由"旧—新"的生成过程中,一般呈现出两种模式:一种是"部分仿拟",删减原文本的部分语句或成分,保留另一些语句或成分,如下列短信:

⑧轻轻地我走了,正如我轻轻地来。我撞一撞大楼,不留下一片瓦块。

⑨满纸废号码,一把辛酸泪。都云彩民痴,谁解其中味?

⑩红色牌牌,脾气铸就,危难之处没身手,没身手。为了老板的微笑,为了大家的丰收,保级岁月,何惧假球!

例⑧仿徐志摩的《再别康桥》,前两个小句与原文本完全相同,后两小句换成全新内容;例⑨仿《红楼梦》中的开篇词之一,其中第二、四小句与原文相同,第一、三小句有所更换。这两例都是保留了原文本部分语句。例⑩是仿电视剧《便衣警察》主题曲,每个小句都有删有留,根据新增内容重新合成。比较原文本与目标文本,可以看出这些删留的成分与框架:

原文本: 金色盾牌,热血铸就,危难之处显身手,显身手。为了母亲的微笑,

↓　↓　↓　　　↓　　↓

目标文本:红色牌牌,脾气铸就,危难之处没身手,没身手。为了老板的微笑,

原文本: 为了大地的丰收,峥嵘岁月,何惧风流!

↓　　　↓　　↓

目标文本:为了大家的丰收,保级岁月,何惧假球!

在提取原文本要素的过程中,究竟删减哪些成分、保留哪些成分,以及删多少留多少仿多少,既有一定的规则技巧,如提取结构性元素,去掉语义

相冲突的成分，又有较高的灵活特征，往往与创作者对原文本的理解以及对目标文本要达及的意图直接相关。目标文本对原文本的字数、音节以及形式结构的模仿也并非是绝对一致、一成不变的。如下则短信：

⑪横眉冷对秋波，俯首甘为光棍。横批：没有情人的情人节
横眉冷对千夫指，俯首甘为孺子牛。（原文本）

在这里，目标文本对原文本在音节字数以及音韵结构上都有所超越。

第二种模式则是"完全仿拟"，即删除原文本的全部语义内容，或保留极少数原有成分，重新填进新的语义内容。这实质上是只保留原文本的形式骨架，血肉部分完全新创。看下面两例：

⑫飞机、坦克、装甲，泪水、欧元、鲜花，枯洞、孤村、老萨；夕阳西下，美国兵在巴格达。
⑬上课瞌睡过度，眼皮打架无数，实在忍不住，误入梦境深处，呼噜呼噜，吓坏同学全部！

例⑫是仿马致远的《天净沙·秋思》，原文本中除了"夕阳西下""在"两个成分保留，其余全部更换；例⑬是仿李清照《如梦令·常记溪亭日暮》，除了"误入""深处"两词语与原文本相同，其余全为新换内容。

尽管内容已经完全更新，但对于熟知原作的读者，原文本的痕迹依旧可见，在解读目标文本的时候依旧会联想到原作的内容，其新旧文本间的互涉与关联度并不比"部分仿拟"的类型低，原因是目标文本这瓶"新酒"依然是装在原文本这个"旧瓶"之中的，原文本与目标文本借助相同的形式结构"捆绑"在了一起。

相比而言，就我们对众多仿篇文本的观察，在两种模式之中，完全仿拟型相对较少，更多的则是部分仿拟型，因为后者操作起来的难度比前者要低得多。

（四）仿拟生成的制约因素

一个仿拟文本成功与否，首先在于能否唤起接受者对其原文本的"记忆"认知，接受者在解读目标文本的同时能否联想到曾经的历史文本。这一目的的实现依赖于接受者对前文本的相应认知背景。而要达到这一目标，创作者在选择本体（原文本）时，必须考虑并了解公众对它的认知程度，从而选择尽可能为大众所熟知的言语成品作为蓝本。原文本熟知程度越高，仿拟成功

的概率就越大。徐国珍（2003）认为，"人们在生成仿拟时，所选择的本体往往是一些为人们所习见或通用的言语现象，如或是人们平时经常使用的词语，或是人们喜闻乐见的成语、格言，或是一些为人所熟悉的古代名篇名句、时代流行语等，而正是这一切，构成了仿拟格本体习见性的特点"。因此，选择原文本时，考虑是否具备习见性、熟知性、广泛性等方面的集中特征是创造一个成功仿拟的重要条件。如下面例证：

⑭女孩吃吧吃吧不是罪，再胖的人也有权利去增肥。苗条的背后其实是憔悴，爱你的人不会在意你的腰围，尝尝阔别已久美食的滋味，就算撑死也是一种美。

⑮老美开车去上班，傻了！有人劫机撞大楼，塌了！多亏自己体力棒，一气跑下九十层，逃了！

例⑭是仿刘德华的歌《男人哭吧哭吧不是罪》，例⑮是仿雪村的歌曲《东北人都是活雷锋》，对于熟知这两首歌曲的读者来说，在解读这一仿拟的时候，除了体味到目标文本本身的乐趣之外，还能自然地调动起对于原文本内容、演唱者风格等方面的认知背景与记忆联想，体味到互文性作用于文本的风格特征；但是，对于根本不知道这类流行歌曲的读者，能唤起的恐怕就仅有文本本身的幽默与逗乐，其互文性的风格特征与价值则得不到有效的彰显与感知。

其次，一个成功的仿拟之所以一眼就被人识出，是因为坚守了原作的形式结构，而这正是仿拟作为具有典型性互文特征辞格之一的重要原因。如前面举的例⑫：在这里，即便我们把与原作相同的成分"夕阳西下"改换成其他内容，哪怕语义与原作风马牛不相及，诸如换成：

⑯飞机、坦克、装甲，泪水、欧元、鲜花，枯洞、孤村、老萨；梦里妈妈，美国兵在巴格达。

⑰飞机、坦克、装甲，泪水、欧元、鲜花，枯洞、孤村、老萨；归去来兮，美国兵在巴格达。

读者仍旧能够清晰地唤起对《天净沙·秋思》的同步联想，原因就是，仿作保留了原作形式结构的最大特征，依赖这一形式结构，目标文本与原文本产生了无法割裂的互涉关系。

以上讨论证明，仿拟修辞格与互文性原理有着密切关系，无论从结构要素，还是生成模式，仿拟都体现出鲜明的互文性特征，在一定程度上说，仿拟的修辞手法就是互文性原理在语言层面的体现，二者是从不同的视角观察解释语言的使用问题。从原文本到目标文本形成，仿拟经历了"选择—删增—重组"等一系列的文本互动过程，并最终在目标文本身上深深地打下了原文本烙印。

四、余论：中国人的"互文性"思想

一般认为，互文性理论是西方的学术产物，事实上，这样的认识有失偏颇。如果说，互文性的本质就是一种引用（包括"明引""暗引"）或借用，是将其他文本的内容或形式借用于自己的文本以实现特定表达意图的言语行为的话，那么，关于互文性的理论思想，恐怕就不单单是西方的学术专利了。

中国古人其实早就注意到这一问题。最早对引用手法进行阐述的可能要数庄子，他把这种方式叫作"重言"。在《庄子·寓言》中，庄子这样说道："重言十七，所以已言也，是为耆艾。"意思是说，引述前辈圣哲的言论十句有七句让人相信，是因为传告的是前辈的论述，而这些人都是年事已高的长者。可见，先秦时期，引用手法已十分常见，这与于广元（2003）所认为的"举凡先秦的主要典籍，都运用了引用这一修辞手法"的观点是一致的，而庄子的这番言论算是对这一手法的总结，这已经具备"互文性"的思想雏形了。

而从专论来说，刘勰的《文心雕龙》可谓系统论述了。南梁时期，中国的文论家刘勰在其文论名著《文心雕龙》中辟了一个专章叫作"事类"中，详尽地讨论了关于"引用"的问题。第三十八章"事类"，作者开篇就这样定义："事类者，盖文章之外，据事以类义，援古以证今者也。"所谓事类，是指文章在抒情达意之外，援用事例来表达文义，引用古话来证明今义。随后刘勰便举出一系列古人"略引"和"全引"的事例加以论证，并继续说道："然则明理引乎成辞，征义举乎人事，乃圣贤之鸿谟，经籍之通矩也。《大畜》之象，'君子以多识前言往行'，亦有包于文矣。"刘勰认为，要说明某一个道理，引用现成的话，为证明某一个意义而引用有关的事例，是圣贤们做文章、写经书的通用规范。正如《易经·大畜》卦的象辞所说的，"君子要多记住从前人的言论行事"，这句话也包括文辞的写作。

至于引用的方法，则有多种形式：有不采用原文的模仿形式，"观夫屈宋属篇，号依诗人，虽引古事，而莫取旧辞"；有直引前人说法的，"唯贾谊《鹏赋》，始用鹖冠之说，相如《上林》，撮引李斯之书，此万分之一会也"；还有引用多种古书的，"及扬雄《百官箴》，颇酌于《诗》《书》，刘歆《遂初赋》，历叙于纪传，渐渐综采矣"；更博采经史中的话，把文章写得好像树上布满花果，并且成为后来人的榜样的，"至于崔班张蔡，遂捃摭经史，华实布濊，因书立功，皆后人之范式也"。

在这里，刘勰提出了一个文本生成的大问题：文本的生成，离不开前人的话语/事例，而这正是"互文性"理论的本质所在。"文本是众多文本的排列和置换，具有一种互文性质：在一个文本的空间里，取自其他文本的陈述相互交织、相互中和。"（Julia Kristeva，1980）"任何文本都是互文本，前文本、文化文本、可见不可见的文本，无意识或自动的引文，都在互文本中出现，在互文本中再分配。"（陈永国，2003）

如果我们承认刘勰所论的"事类"揭示了文本生成的本质问题的话，那么早在1 400多年前中国人就有了较为系统的互文性思想。

参考文献

［1］陈永国. 互文性［J］. 外国文学，2003（1）.

［2］刘勰. 文心雕龙［M］. 北京：北京燕山出版社，2001.

［3］秦海鹰. 互文性理论的缘起与流变［J］. 外国文学评论，2004（3）.

［4］［法］萨莫瓦约. 互文性研究［M］. 邵炜译. 天津：天津人民出版社，2003.

［5］王希杰. 汉语修辞学（修订本）［M］. 北京：商务印书馆，2004.

［6］辛斌. 体裁互文性与主体位置的语用分析［J］. 外语教学与研究，2001（5）.

［7］徐国珍. 仿拟研究［M］. 南昌：江西人民出版社，2003.

［8］徐盛桓. 幂姆与文学作品互文性研究［J］. 暨南大学华文学院学报，2005（1）.

［9］于广元. 汉语修辞格发展史［M］. 长春：吉林人民出版社，2003.

［10］郑庆君. "互文型"手机短信及其语篇特征探析［J］. 语言教学与研究，2007（5）.

［11］郑庆君. 手机短信中的语言学［M］. 长沙：湖南大学出版社，2008.

［12］郑远汉. 辞格变异［M］. 武汉：湖北人民出版社，1982.

［13］Julia Kristeva. *The Bounded Text*，*Desire in Language*：*A Semiotic Approach to Linguistics and Art*［M］. New York：Columbia University Press，1980.

［14］Julia Kristeva. *Word*，*Dialogue and the Novel*［M］. New York：Columbia University Press，1986.

（原载《当代修辞学》2011 年第 3 期，略有改动）

基于抽象语义参数的词典类型与释义
模式相关度分析

于屏方　　杜家利

一、问题的提出

词典批评（dictionary criticism）是词典研究（dictionary research）的六大方向之一。（Hartmann，2001：5）但是迄今为止，对词典评价标准的确立仍处于探索阶段。（Hartmann & James，1998；Quirk，1986；Battenburg，1991）

一方面，由于缺乏系统的评价标准，词典批评中主要存在如下问题：①随感式的评价，这不能归入真正的学术批评之列；②忽视词典编纂中的基本原则和方法，过分纠缠于细枝末节；（Osselton，1989）③主观论断加个例佐证式的批评方法大行其道，放大了个例对整体的代表性。Chan 和 Taylor（2001）的结论一矢中的："大多数词典评论，与其说是'评价性的'（evaluative），不如说是'描写性的'（descriptive）。"

另一方面，已有的词典评价，多着眼于词典的宏观结构，涉及编纂宗旨、收词规模、适用范围、体例安排、释义用词等多项评价指标（Steiner，1984；Kister，1992；Nakamoto，1994；Chan & Loong，1999），导致词典评论失之过泛。

基于上述原因，本文选取一定量的动作义位为样本，通过确立可以量化的词典评价参数，对相关词典的释义模式①与词典类型的相关度进行实证分析，以期发现在现代汉语词典，尤其是外向型汉语学习词典的编纂中存在的类型学问题，并力图发现解决问题的方法。

---

① 本文区别使用"释义配列式"和"释义模式"。"释义配列式"（definition arrangement）指在词典中义位各释义成分组成的线性序列；"释义模式"（definition pattern）则是在对同一典型群中的义位释义配列式进行范畴归类的基础上，发掘其概念结构中的规律性和系统性，强调释义内容上的型式特征。也就是说，任一释义在词典中都必然表现为一个释义配列式，但是，释义配列式未必一定符合理想的释义模式。

二、动作义位释义的评价指标——抽象语义参数

（一）动作义位样本的确定

本文中，参考鲁川等（2000）的分类标准①，首先将现代汉语中的动作义位从总体上分为 17 大类，即变化类、进展类、移动类、活动类、遭受类、对待类、作用类、控制类、创建类、促使类、改变类、探求类、传播类、索取类、给予类、交换类和搬移类。然后，采取非比例分层抽样，确定动作义位的分析样本。其中，"遭受类"属于相对封闭的范畴，包含的义位较少，因此只提取了 15 个；从其余的 16 个认知框架中各抽取 30 个动作义位，共选取 495 个义位。同时以外语教学与研究出版社的《汉英双语现代汉语词典》为蓝本，确定 495 个汉语动作义位在英语中的对应词。由于语际间义位的非对称性，共得到英语对应词 368 个（见附录）。

我们以《现代汉语词典》和 Collins—COBUILD English Dictionary （2001）② 为蓝本，分析、提取相关动作义位释义配列式中所内化的抽象语义参数。

（二）认知语言学视角下动作义位中内化的元语码——抽象语义参数

系统词典学（systematic lexicography）致力于对意义中所隐含的概念化模式（pattern of conceptualization）进行系统研究，（Apresjan, 2000：xi）力图揭示义位中所编码的概念的内在规律性，这与认知语义学对义位概念结构的分析是一致的。

从认知语义学的观点看，动作义位是"语言共同体对一个完整动作事件进行强压缩后形成的抽象语义复合体，其内部内化、隐藏了不同的概念范畴"（于屏方，2005）。动作义位中所编码的概念范畴经扩展型解码后展现出明显的型式（pattern）特点，其中若干概念范畴递归性地显现，成为具有复呈性

---

① Fillmore 等（2003）指出，对概念结构的确定，是"扶手椅上的语言学家"（armchair linguist）通过"求助于语感、参考各种词典，甚至查阅词汇语义学专著"得出的，这在一定程度上决定了概念结构在分类过程中的多种可能性。对动作义位概念结构的切分同样如此。鲁川先生作为九零五工程的负责人，长期从事动词语义、语法特征的研究，同时有大规模语料库、计算机技术和人工的支持。我们认为，鲁川的分类要远远优于笔者自己求助于语感的主观分类，因此在本研究中予以采用。

② 之所以选取《现代汉语词典》和 Collins—COBUILD English Dictionary 为动作义位释义的分析蓝本，基于如下原因：《现代汉语词典》是现代汉语词典编纂中的典范之作；Collins—COBUILD English Dictionary 则大规模采用整句释义，最有可能完整揭示动作义位中的抽象语义参数。因此，以二者为蓝本提取的抽象语义参数，应该具有代表性和互补性。

的概念常项——抽象语义参数①，它们是动作义位释义中具有普遍制约性的元语码（meta-code）。因此，动作义位的释义，体现为由内部规律制约的、可部分推导的概念分析过程，可以进行系统、规律的分析描写。

（三）抽象语义参数的分类及解释

对动词释义配列式构成成分的研究，主要有符淮青（1996：73～87）的动作动词意义构成模式图；阿普列祥的"语义配价"（张家骅等，2003：31～3）以及 Fillmore（2003）的"框架元素"。在对上述研究进行批判性继承的基础上，我们对《汉英双语现代汉语词典》495 个、*Collins—COBUILD English Dictionary* 中 368 个动作义位的释义配列式进行分析，共得到 21 个抽象语义参数。具体说明如下：

（1）义核。义核是释义配列式中对词目词具有质的规定性的概念范畴，规定了词目词的核心语义—语法属性。如：【顶撞】用强硬的话反驳别人（多指对长辈或上级）②。

（2）单元主体。单元主体指动作的发出者，包括人、动植物、部分自然和社会现象或机构团体。单元主体不等同于单一主体，单元主体既可是单数，也可是复数。如：【窜】乱跑；乱逃（用于<u>匪徒、敌军、兽类</u>等）。

（3）多元主体。与单元主体相对，指动作行为通常需要两个以上的单元主体协同合作、共同参与才能完成。如：【结婚】<u>男子和女子</u>经过合法手续结合成为夫妻。

（4）直接客体。指动作行为所直接联系的、除主体之外的动作关涉对象，是较宽泛的概念。包括动作行为的直接承受者——受事客体，如：【救济】用金钱或物资帮助<u>灾区或生活困难的人</u>；因动作行为而产生的原来不存在的、新的客体——结果客体，如：【酿造】利用发酵作用制造（<u>酒、醋、酱油</u>等）；动作行为的关联对象，如：【遭受】受到（<u>不幸或损害</u>）。

（5）第二客体。在某些动作义位中，除了直接客体之外，还必须联系另外的一个关涉客体，动作才能完成。主要包括动作行为的针对对象或交接对象。如：【报告】把事情或意见正式告诉<u>上级或群众</u>。

（6）续发活动。在某些动作义位的释义中必须出现客体的补足活动意义才完整。如：【引诱】指引人<u>做坏事</u>。

---

① 就我们管窥所及，张家骅等（2003：30）首次将"抽象语义参数"从当代俄语语义学中引介到国内，用以指称"谓词语义单位释义中的变项"，并将其等同于语义配价。本文中的抽象语义参数在此基础上进行了调整，指递归性出现在动作义位义结构式中的概念常量。适用范围较张家骅的抽象语义参数小。

② 如果没有特别说明，本文中所摘引的汉语释义均来自《现代汉语词典》。

（7）方式。指对动作行为的修饰或限定。如：【敦促】恳切地催促。

（8）方向。动作行为实施过程中表现出的线性发展特点。包括两个方面：空间位置上的移动性或发展过程中的进行性。如：【激化】（矛盾）向激烈尖锐的方面发展。

（9）凭借。动作行为的实施所需要的金钱、手段或依据。如：【收买】用钱财或其他好处笼络人，使受利用。

（10）条件。指动作行为完成过程中需要履行的要求。如：【典】②一方把土地、房屋等押给另一方使用，换取一笔钱，不付利息，议定年限，到期还款，取回原物。

（11）原因。在动作义位发生之前已经存在的、导致动作义位发生的原动力。如：【发抖】由于害怕、生气或受到寒冷等原因而身体颤动。

（12）目的。在动作义位完成之后才可能实现的预期目标或动作之所以发生的意图。比如：【挑战】故意激怒敌人，使敌人出来打仗。

（13）结果。动作义位完成后必然产生的状况。如：【出卖】为了个人利益，做出有利于敌人的事，从而使国家、民族、亲友等利益受到损害。

（14）地点。动作行为的实施所必须依附的位置。如：【徘徊】在一个地方来回地走。

（15）时间。动作行为的实施所需要的时间。如：【饱尝】长期经受或体验。

（16）工具。动作行为的实施所需要的工具，通常包括人体类工具，比如"手"；制造类工具，比如"笔""锅"以及自然类工具，包括"水""火"等。如：【抠】用手指或细小的东西从里面往外挖。

（17）范围。指动作行为所针对的主要方面或涵盖范围。如：【贴补】从经济上帮助（多指对亲属或朋友）。

（18）来源。动作行为所表示的位移活动或转移活动的源出点。如：【缴获】从战败的敌人或罪犯那里取得（武器、凶器等）。

（19）终点。指动作行为所表示的位移活动或转移活动的目的地。如：【外流】（人口、财富等）转移到外国或外地。

（20）路径。指动作行为所表示的位移活动或转移活动所经过的区域。如：【渡】由这一岸到那一岸；通过（江河等）。

（21）对照项。指动作行为的对比参照物。如：【提高】使位置、程度、水平、数量、质量等方面比原来高。

动作义位的释义过程，是以义核为中心，相关参数通过在语言系统内组合维度和聚合维度上的对比，得以选择性突显的过程。上述 21 个抽象语义参数，在动作义位释义配列式中的权重和分布并不均衡。其中，义核是动作义位释义的核心，是理解型词典和学习词典的共同着力之处，因此决定释义精度和区分度的关键因素是如何选择和突显义核之外的其他参数，它们是释义配列式中的示差性参数，也是对动作义位释义模式进行评价的重要指标。

三、基于抽象语义参数的汉、英词典类型与释义模式的相关度分析

英语第一代学习词典的编纂可追溯到 20 世纪 30—40 年代。时至今日，英语学习词典的发展日臻成熟、完善。"不论在理论上还是实践上，英国和欧洲其他国家的英语学者一直在 ESL 词典（外向型英语学习词典）编纂方面处于领先地位。"（Landau，2001：76）本文以英语学习词典作为典范参照物，与处于发展阶段的汉语学习词典的释义情况进行对比分析，以期发现其中存在的问题。

从理论上说，词典类型不同，其编纂宗旨、目标使用者等方面均不相同，释义模式也应相应随之变化。本文要证实（伪）的是：在实践中，词典类型与其释义模式之间是否存在正相关关系？汉、英词典类型与释义模式在相关度方面是否存在差异？这种差异说明了什么问题？

所考查的英语词典包括外向型学习词典与理解型词典两类。前者包括：*LDOCE*（《朗文当代英语词典》第四版）、*OALD*（《牛津高级学习词典》第六版）和 *COBUILD*（《柯林斯合作英语词典》第三版）；后者以 *COD*（《简明牛津词典》）为代表。

在所考查的汉语词典中，外向型学习词典为《现代汉语学习词典》（以下简称《现汉学习》）、《汉语 8000 词词典》（以下简称《8000 词》）以及《应用汉语词典》（以下简称《应用》）；理解型词典为《现代汉语词典》（以下简称《现汉》）。

具体分析步骤如下：首先统计出在各词典中，相同数目的动作义位释义配列式中 21 个抽象语义参数的实现频数；然后以此为基础，利用 SPSS 13.0 统计软件，对其进行卡方检验①；最后是对统计结果的分析讨论。

需要注意的是：英语学习词典普遍注重收词的全面性，因此上述三部词典对 368 个英语动作义位悉数收录；而汉语学习词典收词规模参差不齐，对所抽样的 495 个动作义位的收录也丰简不一。因此，统计过程分为两部分：①对 3 本外向型英语学习词典与 *COD* 的释义模式进行整体对比；②将 3 本外向型汉语学习词典与《现汉》分别进行对比分析。

---

① 卡方检验（Chi-Square Test）是检验两（多）个变量间关联性的一种统计方法，即以频数表示的某变量的分布是否与另一变量相关。详细解释可参见 Woods, A., Fletcher, P. & Hughes, A. 的 *Statistics in Language Studies* 第九章，或李绍山《语言研究中的统计方法》第12 章。

（一）英语外向型学习词典与理解型词典中相关动作义位释义的实证分析

该实证部分共包括 3 个步骤：首先统计 21 个抽象语义参数在相关词典释义中的实现频数（见表 1）；其次，对 *COBUILD*、*LDOCE*、*OALD* 中各参数的实现频数进行卡方检验，验证这 3 本外向型英语学习词典在释义模式上是否相似（见表 2）；最后，将 3 本学习词典与理解型词典共同进行比较，验证两种类型的词典在释义模式上是否存在差异。（见表 3）

表 1　所考查的词典中 368 个动作义位的抽象语义参数在释义配列式中的实现频数

抽象语义参数	*LDOCE*	*OALD*	*COBUILD*	*COD*
义核	368	368	368	368
直接客体	292	290	279	158
方式	118	135	118	93
单元主体	36	29	345	14
目的	58	45	55	28
凭借	28	32	32	26
方向	32	29	29	16
结果	18	19	27	11
工具	23	34	23	22
第二客体	77	62	52	15
时间	28	22	22	9
续发活动	24	24	36	13
原因	24	19	28	9
来源	13	9	16	8
地点	24	27	32	9
多元主体	7	2	10	5
范围	11	10	11	6
条件	5	7	3	1
路径	12	13	6	10
对照项	10	16	5	11
终点	10	11	11	6

表2 *COBUILD*、*LDOCE*、*OALD* 中各抽象语义参数实现频数的卡方检验结果

抽象语义参数	卡方值	P 值
义核	/	/
直接客体	0.341	0.843
方式	1.558	0.459
单元主体	476.551	0.000
目的	1.759	0.415
凭借	0.348	0.840
方向	0.200	0.905
结果	2.281	0.320
工具	3.025	0.220
第二客体	4.974	0.083
时间	1.000	0.607
续发活动	3.429	0.180
原因	1.718	0.424
来源	1.947	0.378
地点	1.181	0.554
多元主体	5.158	0.076
范围	0.063	0.969
条件	1.600	0.449
对照项	5.871	0.053
路径	2.774	0.250
终点	0.063	0.969

表2 卡方检验的结果显示：在除单元主体之外[①]的 20 个参数上，*COBUILD*、*LDOCE*、*OALD* 的 P 值全部大于 0.05，没有形成统计学上的显著

————————

① 单元主体在 *COBUILD* 中的出现频率非常高。在 368 个动作义位中，单元主体出现 339 次，占 92.12%，并且在单元主体中，"you" 出现 206 次，"someone" 出现 32 次。Sinclair（1991：126）解释说，这是考虑到语用蕴涵（implication）因素。"if you……"指任何一个人在正常情况下可能做的合情合理的事情。但是，如果动词表示的动作行为不符合人们的期望，对主体参数的语义赋值则为"someone"，比如"drown"（溺水）。而在 *LDOCE*、*OALD* 中，单元主体"you"在释义中通常省略。基于上述原因，*COBUILD*、*LDOCE*、*OALD* 在参数"单元主体"上形成显著差异。

差异。因此，外向型英语学习词典的整体释义模式趋于一致。

表3　COBUILD、LDOCE、OALD 与 COD 中各抽象语义参数实现频数的卡方检验结果

抽象语义参数	卡方值	P 值
义核	/	/
直接客体	49.377	0.000
方式	7.741	0.052
单元主体	720.887	0.000
目的	11.806	0.008
凭借	0.915	0.822
方向	5.774	0.123
结果	6.867	0.076
工具	3.804	0.283
第二客体	40.641	0.000
时间	9.519	0.023
续发活动	10.918	0.012
原因	10.100	0.018
来源	3.565	0.312
地点	12.783	0.005
多元主体	5.667	0.129
范围	1.789	0.617
条件	5.000	0.172
对照项	5.810	0.121
路径	2.805	0.423
终点	1.789	0.617

　　表3中增加了对理解型词典 COD 的释义分析。在直接客体、单元主体、目的、第二客体、时间、续发活动、原因、地点 8 个抽象语义参数上，P 值小于 0.05，具有显著差异；而在另外的 13 个参数上，则没有显著差异。结合表2的分析结果，可以看出：理解型词典 COD 的加入，打破了学习词典中相关释义在绝大多数参数上的一致性。可以推断：在释义模式上，理解型的 COD 与外向型的 COBUILD、LDOCE、OALD 之间存在差异。

（二）汉语外向型学习词典与理解型词典中相关动作义位释义的比较分析

1. 《现汉》与《现汉学习》中相关动作义位释义的比较分析

《现汉》与《现汉学习》的重合词目为 465 个。

表4　《现汉》与《现汉学习》中 465 个动作义位释义配列式中抽象语义参数的实现频数

抽象语义参数	《现汉》	《现汉学习》
义核	465	465
直接客体	196	175
方式	73	74
单元主体	54	47
目的	55	45
凭借	45	40
方向	33	23
结果	26	23
工具	23	20
第二客体	17	19
时间	16	12
续发活动	15	14
原因	14	13
来源	10	9
地点	11	11
多元主体	7	5
范围	4	2
条件	3	3
对照项	5	4
路径	3	3
终点	2	2

表5　《现汉》与《现汉学习》中动作义位抽象参数实现频数的卡方检验结果

抽象语义参数	卡方值	P 值
义核	/	/
直接客体	1.189	0.276
方式	0.007	0.934
单元主体	0.485	0.486
目的	1.000	0.317
凭借	0.294	0.588
方向	0.667	0.414
结果	0.184	0.668
工具	0.209	0.647
第二客体	0.111	0.739
时间	0.571	0.450
续发活动	0.034	0.853
原因	0.037	0.847
来源	0.053	0.819
地点	/	/
多元主体	0.333	0.564
范围	0.667	0.414
条件	/	/
对照项	0.111	0.739
路径	/	/
终点	/	/

　　从表5中可以看出：在21个抽象语义参数中，义核、地点、条件、路径和终点的这5个参数的出现频数完全相同，自然没有差异；其余16个参数，P 值全部大于0.05，没有形成显著差异。

　　2.《现汉》与《8000词》中相关动作义位释义的比较分析

　　《现汉》与《8000词》的重合词目共为366个。

表6　《现汉》与《8000 词》中 366 个动作义位释义配列式中抽象语义参数的实现频数

抽象语义参数	《现汉》	《8000 词》
义核	336	336
直接客体	153	155
方式	62	68
单元主体	49	53
目的	46	49
凭借	33	34
方向	28	28
结果	24	24
工具	21	20
第二客体	18	18
时间	13	13
续发活动	10	13
原因	12	10
来源	8	8
地点	10	10
多元主体	9	7
范围	3	1
条件	2	1
对照项	3	2
路径	2	2
终点	1	1

表7　《现汉》与《8000 词》中动作义位抽象参数实现频数的卡方检验结果

抽象语义参数	卡方值	P 值
义核	/	/
直接客体	0.013	0.909
方式	0.277	0.599
单元主体	0.197	0.692
目的	0.095	0.758
凭借	0.015	0.903
方向	/	/
结果	/	/
工具	0.024	0.876
第二客体	/	/
时间	/	/
续发活动	0.391	0.532
原因	0.182	0.670
来源	/	/
地点	/	/
多元主体	0.250	0.617
范围	1.000	0.317
条件	0.333	0.564
对照项	0.200	0.655
路径	/	/
终点	/	/

　　从表7中可以看出：在义核、方向、结果、第二客体、时间、来源、地点、路径和终点9个参数上，《现汉》与《8000 词》频数完全相同；其余12个参数，P 值全部大于0.05，没有形成显著差异。

　　3.《现汉》与《应用》中相关动作义位释义的比较分析

　　《现汉》与《应用》同时收录的动作义位共489个。

表 8 《现汉》与《应用》中 489 个动作义位释义配列式中抽象语义参数的实现频数

抽象语义参数	《现汉》	《应用》
义核	489	489
直接客体	211	181
方式	83	81
单元主体	66	47
目的	57	57
凭借	47	40
方向	36	34
结果	27	28
工具	25	20
第二客体	26	23
时间	17	15
续发活动	16	18
原因	14	13
来源	11	9
地点	10	11
多元主体	10	9
范围	6	2
条件	3	3
对照项	5	4
路径	3	2
终点	2	2

表9 《现汉》与《应用》动作义位抽象参数实现频数的卡方检验结果

抽象语义参数	卡方值	P 值
义核	/	/
直接客体	2.296	0.130
方式	0.024	0.876
单元主体	1.923	0.166
目的	0.009	0.925
凭借	0.099	0.753
方向	0.057	0.811
结果	0.018	0.893
工具	0.556	0.456
第二客体	0.184	0.668
时间	0.125	0.724
续发活动	0.118	0.732
原因	0.037	0.847
来源	0.200	0.655
地点	0.048	0.827
多元主体	0.053	0.819
范围	2.000	0.157
条件	/	/
对照项	0.111	0.739
路径	0.200	0.655
终点	/	/

表9显示，《现汉》与《应用》在义核、条件、终点3个参数上的实现频数完全一样；其余18个抽象语义参数的 P 值全部大于0.05，没有显著差异。

（三）讨论

1. 对英语词典类型与释义模式之间相关度的讨论

从对英语词典动作义位释义情况的统计分析来看，英语理解型词典与学习词典在释义模式上出现"同中有异，异中存同"的局面。

"异中存同"的原因在于：语言系统自身的相对稳定性和词典编纂自身的

继承性使词典释义的核心部分具有规约性和强制性。因此，作为语言记录者的词典，在意义的共核部分必然表现出高度的一致性；"同中存异"的原因在于：词典类型不同，与之适配的释义模式在共核部分基本稳定的前提下相应地发生变化，从而满足不同词典目标使用者的需求。

值得注意的是：在英语学习词典与理解型词典具有显著差异的抽象参数中，都包括单元主体、直接客体和第二客体，而且直接客体和第二客体的显著水平都为 0.000。语法研究中的一个普遍观点是：动词能够投射它自身的主目结构——由述位（predicator）所表达的活动或状态中所包含的最低限度的参与者。从认知语言学视角来看，动作义位中内化的主体参数（包括单元主体和多元主体）、义核、客体参数（包括直接客体和第二客体）组成动作义位基本的认知图式，它们在表层句法结构中复制式或调整式的投射，大致勾勒出动作义位的基干句模。而学习词典的主要目的是帮助使用者完成正确的编码任务（encoding task），（Hartmann，1998）对于可以直接投射为表层结构中主、宾位置的抽象语义参数，通常会在释义配列式中得以突显、强化。这也证明了 Landau（2001：176）的论断，"由于动词的使用对语言学习至关重要，ESL 词典对动词的处理尤为细致"。

总的来说，在英语词典编纂实践中，词典类型不同，释义模式也相应随之变化。因此，其词典类型与释义模式之间存在相关性。

2. 对汉语词典类型与释义模式相关度的讨论

在所考查的 3 本汉语学习词典中，其动作义位的释义配列式在全部 21 个参数的实现频数上要么与理解型的《现汉》完全相同，要么没有形成统计学上的显著差异。

汉语学习词典起步于 20 世纪 80 年代，90 年代开始进入迅猛发展时期，但是其发展和进步还不足以形成独立、完整的科学体系；而汉语理解型词典在经过了较长时间的发展后，已趋于成熟，《现汉》是其中的杰出代表。实际上，《现汉》已成为各类现代汉语词典的"母本"，其巨大的吸引力使处于发展阶段的汉语学习词典无法从中挣脱。究其原因，主要有三个方面：第一，受词典编纂自身特点的制约，编纂过程中必然出现继承性，古今中外各词典概莫能外。第二，在发展相对完善的语言中，通常总会存在某部词典凭借自身的典范性和权威性，成为后来各词典释义的蓝本和模板。《现汉》即属于此列。但是，上述两种情况在各语言中具有普遍性，也就是说，仅仅由于这两个原因并不必然导致汉语学习词典与《现汉》中相关释义一样出现"一棵是枣树，另一棵也是枣树"的情形。第三，也是根本原因，与英语词典相比，汉语学习词典的"编制类型"（黄建华，2001：30）定位欠清晰，细化程度不足，因而直接影响到学习词典的编纂视角（perspective）和表述方式

（presentation）。最终结果是，汉语学习词典中的"学习"因素在释义中没有得到相应的彰显，有名而无实。综上所述，在汉语词典编纂实践中，以编码为主要目的的学习词典和以解码为主要目的的理解型词典，至少在动作义位的释义模式上没有差异；词典类型与释义模式之间各自独立，没有关联。

Landau（2001：76）指出，"在动词释义以及例解用法方面，几乎所有的ESL（外向型英语学习词典）词典都比本族语词典做得好"。而我们的分析结果表明：至少在动作义位释义方面，几乎所有的CSL词典（外向型汉语学习词典）仍在沿袭理解型词典的释义模式，而未产生显著的创新或突破。

3. 补充和说明

尽管汉语词典类型与释义模式之间没有相关性，但这并不意味着汉语学习词典在释义方面毫无建树。部分汉语学习词典在对部分义位的抽象语义参数进行语义赋值的过程中，语义负载量（semantic load）比《现汉》更大，释义精确度和区分度也相应更高。比如：

a₁【卖】用<u>东西或技艺、力气等</u>换钱。（《应用》）

b₁【卖】拿<u>东西</u>换钱。

a₂【夸耀】向人显示<u>自己或自己的亲属、部下等</u>（有本领、有功劳、有地位或有实力）。（《应用》）

b₂【夸耀】向人显示（<u>自己</u>有本领、有功劳、有地位势力等）。

这表明汉语学习词典在动作义位释义方面有所改进，只是其数量还没有增大到足以形成统计学上的显著意义的程度。

同时，词典编纂是一个多维度的系统工程。在释义之外的其他部分，汉语学习词典时有创新，但创新部分多体现为对词典宏观结构的充实上。比如《现汉学习》对"语素""词"的区分，《应用》中增设"注意"栏等，但在词典微观结构的重要环节——释义——上，基本上还是对《现汉》的完全或调整式复制。

四、结语

"学习词典仍然处于幼年时期"（Hartmann，1998：82），汉语学习词典尤其如此。汉语学习词典在动作义位释义过程中存在的问题，主要表现为没有摆脱理解型词典释义模式的桎梏，释义精度和区分度不足。全面提高动作义位释义精度和区分度包括两个方面：①明确词典类型与释义模式之间的关联度，对学习词典进行准确的类型学定位，使其从根本上区别于理解型词典；②探求动作义位在释义过程中的型式特征，建立理论驱动（theory-driven）型的释义模式，并逐步实现系统释义。

附录：

现代汉语中动作义位的分层抽样①

变化：事物主体自身的物理的化学的或生理的变化

<u>死</u>、生病、<u>滋生</u>、<u>爆炸</u>、<u>康复</u>、<u>恶化</u>、<u>苏醒</u>、凋谢、衰退、<u>化</u>、冻、凝结、<u>长</u>、<u>溶化</u>、<u>蒸发</u>、暴跌、怀孕、<u>崩</u>、<u>裂</u>、<u>豁</u>、破、肿、<u>开</u>、缩小、<u>膨胀</u>、增、减、缺、<u>删除</u>、掉

进展：事物主体自身在时间或空间上的进展

消、<u>散</u>、<u>湮没</u>、隐没、<u>暴露</u>、<u>出席</u>、<u>消灭</u>、诞生、创刊、<u>爆发</u>、出生、揭晓、<u>收复</u>、获释、谢幕、<u>出现</u>、<u>度</u>、过、熬、<u>混</u>、挺、<u>拖</u>、<u>消磨</u>、<u>飞逝</u>、耽误、<u>停</u>、<u>拖延</u>、<u>延续</u>、停顿、滞留

移动：事物主体在空间中的自身移动

<u>飞翔</u>、<u>徘徊</u>、漫步、<u>盘旋</u>、<u>蹽</u>、冲、闯、进发、<u>奔</u>、<u>离开</u>、<u>退</u>、<u>离别</u>、<u>脱离</u>、<u>逃</u>、渡、<u>穿</u>、<u>翻越</u>、<u>跨</u>、<u>跑</u>、<u>爬</u>、<u>游</u>、<u>窜</u>、<u>跳</u>、<u>蹦</u>、<u>巡逻</u>、<u>流</u>、<u>滴</u>、传导、<u>扩散</u>、涌

活动：事物主体不强调空间移位的自身活动

歇、<u>笑</u>、<u>工作</u>、休息、沉思、<u>颤</u>、<u>喘</u>、<u>发抖</u>、打工、<u>启动</u>、殉职、<u>吼</u>、<u>暗杀</u>、挥霍、打扮、<u>比赛</u>、联欢、结婚、谈话、<u>实习</u>、喧哗、营业、撒泼、<u>坐</u>、<u>趴</u>、躺、跪、居住、扮演、冒充

遭受：事物主体非自主得失或遭遇客体之行动

<u>挨</u>、遭、<u>遇</u>、<u>博得</u>、<u>经受</u>、<u>承受</u>、<u>蒙受</u>、忍受、患、<u>感染</u>、中、<u>面临</u>、遇险、遭殃

对待：事物主体以某种态度来对待邻体之行动

<u>看齐</u>、<u>敬礼</u>、<u>屈服</u>、致哀、撑腰、<u>道歉</u>、<u>抛弃</u>、求饶、<u>驱逐</u>、喝彩、效劳、服务、辩驳、告状、解围、<u>顶撞</u>、<u>爱护</u>、伺候、<u>虐待</u>、排挤、奉承、侮辱、慰问、<u>款待</u>、<u>帮</u>、<u>辅导</u>、<u>昭雪</u>、恐吓、<u>挑战</u>、<u>示威</u>

作用：事物主体通过力的作用来改变客体之行动

<u>打架</u>、<u>格斗</u>、握手、<u>采伐</u>、<u>碰撞</u>、<u>摩擦</u>、<u>亲吻</u>、<u>抚摸</u>、<u>抢救</u>、捕捉、<u>摸</u>、拧、<u>踢</u>、<u>吃</u>、抱、喝、搂、抠、<u>淹没</u>、毁坏、摧毁、<u>扫</u>、<u>刷</u>、<u>割</u>、<u>剪</u>、捆、剁、砍、撒、<u>耕</u>

控制：事物主体不必通过力就可以改变客体之行动

---

① 带下划线的表示存在对应的英语义位。

管理、办、经营、操纵、掌握、控制、遏制、诽谤、报复、改造、教育、干涉、约束、限制、束缚、任命、聘任、认、委任、提升、推选、提拔、表扬、提携、奖励、惩罚、评、降级、撤职、开除

创建：事物主体创建或产生新的客体之行动

凿、挖、创立、设计、策划、建造、捏造、塑造、开辟、制造、起草、研制、虚构、产生、结（4）、分泌、组织、设置、装配、组装、织、酿、包、提炼、编、缝、裁、揉、雕刻、画

促使：事物主体促使客体有所进展之行动

发动、实现、推行、激化、推动、威逼、振奋、扩充、破除、扰乱、骚扰、压迫、整顿、支配、制裁、催、派、指使、差遣、命令、教唆、怂恿、鼓励、强迫、敦促、勒令、煽动、引诱、授意、动员

改变：事物主体导致客体有所变化之行动

加强、更新、扩大、改善、稳定、动摇、纠正、颠倒、矫正、提高、变更、震撼、增辉、润色、缓和、瓦解、减弱、安定、繁荣、轰动、改良、完善、精简、麻痹、普及、疏散、巩固、平息、扭转、净化

探求：事物主体探索或寻求客体之行动

请示、拜访、访问、采访、质问、探询、哀悼、看、听、观察、辨认、参观、审视、探求、视察、调查、求教、征求、打听、评估、通缉、搜索、检查、盘查、救援、问、考、审查、请教、征询

传播：事物主体传播或显示信息之行动

宣布、倾诉、夸耀、隐瞒、陈述、表彰、吹捧、贬低、讲解、讲、说、解释、揭发、阐释、协商、讨论、座谈、争辩、商量、教、报告、回答、披露、告诉、颁布、散布、称、叫、喊、骂

索取：事物主体索取客体所有权之行动

讨、收、讨还、罚、勒索、征收、抽调、查抄、讹诈、索取、借、贪污、取、查获、回收、娶、提取、撤回、偷、骗、盗窃、缴获、抢、夺、诈骗、窃取、克扣、过继、贷、继承

给予：事物主体给予客体所有权之行动

发放、提供、缴纳、上缴、支援、赞助、捐赠、捐献、接济、补充、偿还、分（2）、奉还、配备、救济、犒劳、贴补、奉献、赚、给、赐予、授予、判处、赠送、遗留、赔偿、摊派、赋予、施舍、匀

交换：事物主体买卖或交换客体所有权之行动

置办、采购、购置、添置、兜售、赊销、叫卖、展销、推销、买、收买、收购、订、定购、诓、赊、赎、掠夺、卖、出售、出租、转让、出卖、过户、典②、换、调换、调、兑换、交流

搬移：事物主体移动客体空间位置之行动

拔、抽、<u>输入</u>、<u>进口</u>、<u>引进</u>、喷、洒、输出、<u>出口</u>、<u>发射</u>、抛、<u>扔</u>、<u>投</u>、<u>外流</u>、<u>递</u>、<u>邮</u>、寄、<u>送</u>、<u>搬</u>

参考文献

［1］符淮青. 词义的分析和描写［M］. 北京：语文出版社，1996.

［2］黄建华. 词典论［M］. 上海：上海辞书出版社，1987/2001.

［3］林杏光. 词汇语义和计算语言学［M］. 北京：语文出版社，1999.

［4］鲁川，緱瑞隆，刘钦荣. 交易类四价动词及汉语谓词配价的分类系统［J］. 汉语学习，2000（6）.

［5］于屏方. 动词义位中内化的概念角色在词典释义中的体现［J］. 辞书研究，2005（3）.

［6］章宜华. 语义学与词典释义［M］. 上海：上海辞书出版社，2002.

［7］张家骅，彭玉海，孙淑芳，李红儒. 俄罗斯当代语义学［M］. 北京：商务印书馆，2003.

［8］张志毅，张庆云. 词汇语义学［M］. 北京：商务印书馆，2001.

［9］Apresjan J.. *Systematic Lexicography*. Oxford：Oxford University Press，2000.

［10］Battenburg J.. *English Monolingual Learners' Dictionaries：A User-Oriented Study*［M］. Tubingen：Max Niemeyer，1991.

［11］Berry R.，Asker B. & Hyland K. et al（eds）. *Language Analysis，Description and Pedagogy*［M］. Hong Kong：Hong Kong University of Science and Technology，1999.

［12］Chan Alice & Taylor Andrew. Evaluating learner dictionaries：What the reviews say［J］. *International Journal of Lexicography*，2001（14）.

［13］Cruse D. A.. *Meaning in Language*［M］. Oxford：Oxford University Press，2004.

［14］Fillmore C. J.，Petruck. M. R. L.，Ruppenhofer J. et al. Frame net in action：The case of attaching［J］. *International Journal of Lexicography*，2003（3）.

［15］Hartmann R. & James G. *Dictionary of Lexicography*［M］. London：Routledge，1998.

［16］Hartmann R. . *Doing and Researching Lexicography*［M］. London：Pearson Education Limited Co.，2001.

［17］Kister K.. *Best Dictionaries for Adults and Young People：A Comparative Guide*［M］. Phonix：Oryx，1992.

［18］Landau S.. *The Art and Craft of Lexicography*［M］. Cambridge：Cambridge University Press，2001.

［19］Nakamoto K.. Establishing Criteria for Dictionary Criticism：A Checklist for Reviewers of Monolingual English Learners' Dictionaries［D］. University of Exeter，1994.

［20］Rufus H. Gouws，Ulrich Heid，Wolfgang Schweickand & Herbert Ernst Wiegand. *Dictionaries：An International Encyclopedia of Lexicography*［M］. Berlin：Mouton de Guryter，1989.

［21］Quirk，R.. *Lexicography：An Emerging International Profession*［M］. Manchester：

Manchester University Press, 1986.

[22] Sinclair J.. *Corpus, Concordance and Collocation* [M]. Oxford：Oxford University Press, 1991.

[23] Steiner R.. Guidelines for reviews of bilingual dictionaries [J]. *Dictionaries*, 1984 (6).

（原载《语言学论丛》2007 年第 35 辑，略有改动）

"这样一来"的事件指代与紧相推论功能

王凤兰 方清明

一、引言

尽管近年来话语标记方面的研究开展得如火如荼，成果蔚为大观，但也尚有某些话语标记并未得到应有的重视，本文所论的"这样一来"就是一例。据考察，除《现代汉语规范词典》收录其义"某一情况出现以后，用作独立成分"之外，各大词典均不收录"这样一来"。司红霞（2009：116）认为"这样一来"为插入语，具有连接性。朱青（2009）对话语标记"这样一来"有所探讨，但由于研究范围的限制，并未能深入展开。本文拟在现有成果的基础上，对话语标记"这样一来"的使用情况和话语功能做深入细致的研究。

与"这样一来"类似的标记较多，如"这么一来""这样说来""这样讲来""这样想来""那样一来""那么一来""这样的话""那样的话""由此看来"等等。这些标记之间存在微妙差异，从频率来说，以"这样一来"最为常见，因此本文以"这样一来"为标本进行考察。

二、"这样一来"的构成

吕叔湘（1980：149）指出"任何语言里的任何一句话，它的意义决不等于一个一个字的意义的总和，而是还多点儿什么。按数学上的道理，二加二只能等于四，不能等于五。语言里可不是这样"。这其实点出了认知语言学的理论精髓，"整体大于部分之和，整体不等于部分的简单相加"。反之，部分对整体意义也有所贡献和影响。"这样一来"不能从构成成分推知整体意义，但是构成成分对整体意义的影响与制约又是显而易见的。

（一）"这样一来"中的"这样"

"这样"可以做定语，如"这样的天气"；可以做谓语，如"不能这样"；可以做状语，如"这样做"；可以做补语，如"搞成这样"；可以做主宾语，如"这样是不行的"等等。与此相应，"这样"可以指代事物、事情、性质、状态、方式、程度等。因此"这样"是"一个多功能代词,可以出现在句中多个位置,其分布之广,是汉语中极为少见的"(段业辉,1987)。段先生进一步认为"这样"的语义指向有三种,语义指上、语义指下和语义同步。其中以语义指上频率最高,占总数的80%。但是"这样一来"与"这样"不同,其指代能力受到严格限制,"这样一来"一般只能指上,不能指下,也不能同指;并且一般只能用来指代事件,不能用来指代性状、程度或方式,而且其指代的事件一般为发生不久的已然事件,即所指代的事件必须是已经存在的事实,如:

①这时又转过头来请她回去,又是安排她去金门劳军,又是安排她到三军基地访问,到处拍照登报宣传。这样一来,于是一名本不足道的歌星突然身价十倍,邓丽君的唱片销量就直线上升,录音带的销量更打破了过去的纪录。(《当代报刊》)

从例①可以看出,"又是安排她去金门劳军……"是已然事件,"这样一来"正是指代该已然事件。已知信息代词化是"这样"的基本功能(段业辉,1987),用"这样一来"指代不久前发生的事件,既能避免重复,又能起到简洁明快、引出下文的交际效果。

(二)"这样一来"中的"一"

陈光(2003)认为"一"是瞬时体的标记。陈前瑞、王继红(2006)把动词前的"一"看成紧促完成体。确实动词前的"一"具有短暂性、完成性、紧促性。"这样一来"所指代的事件具有已然性,它常用于连续的事件之中,与前后事件相关。"这样一来"不仅"表示对稍前情景的反应,而且同时又直接与后续句密切相关,两者在时间上一般都相对紧促"(陈前瑞、王继红,2006)。"一"对"这样一来"的贡献就是使其具有紧促性,试比较:

②既看破了法王的心思,每当他疾施杀虐,自己不易抵挡之时,便即举婴儿护住要害。这样一来,婴儿非但不是累赘,反成为一面威力极大的盾牌,只需举起婴儿一挡,法王再凶再狠的绝招也即收回。(金庸《神雕侠侣》)

例②中的"这样一来"指代先前的动作行为"便即举婴儿护住要害"的同时,紧促地引出动作行为所带来的影响"婴儿非但不是累赘……法王再凶再狠的绝招也即收回"。这种紧促用法的"这样一来"不宜用"这样、这样看来、这样说来"等替换。具体到例②，因为是指代动作紧相发生，倒是可以用比较实意的"这么一做"替换。

（三）"这样一来"中的"来"

"汉语中最常用的代动词是'来'"（赵元任，1979：290），"来"可以替代任何动词。池田晋（2004）认为"来"的代动词用法是由联动结构"来＋VP"发展而来的。"来"最初为表示空间位移的实意动词，如例③；后来渐渐在联动结构中虚化，既可表示空间位移，也可表示"说话人心理空间内需要有人做的事情"（相原真莉子，2010），如例④；最后演化为代动词"来"，如例⑤。

> ③我来你房间。
> ④我来。（"我来某个地方"或者"声称我负责做某事情"）
> ⑤你休息休息，我来。（声称我负责某事）

由于代动词"来"的存在，"这样一来"比起"这样一说""这样一想""这样一算"这些标记来，一方面语义显得空灵，但另一方面指代的自由度、使用域明显有所提升和扩展。"这样一说"表明所代的上文为言说事件，"这样一想"所指代的是说话人所想的事情，"这样一算"指代说话人所算计的事件，而"这样一来"不限于此，如：

> ⑥特别是数学，老师在课堂上布置习题，其他同学很快就能做完，守英往往要拖到下课以后才能完成。这样一来，杨士忠的中饭和晚饭就经常被耽误，她本人下午上课也老迟到。（《邓榕和一个苦女孩的故事》）

上例中"这样一来"所指代的事件是"守英往往要拖到下课以后才能完成"，不属于"说、想、算"之类的事件，因此不能用"这样一说""这样一想""这样一算"替换。Schmid（2000：4）称抽象名词为空壳名词（shell nouns），认为空壳名词的功能是为所引出的内容提供一个外壳、标签。比照抽象名词来说，我们认为"来"属于抽象动词，其作用也是临时概念化一个行为、事件，这种临时概念化的手段有利于话语的组织，同时有利于读者的解读，并起到明示与导向作用。

三、"这样一来"的位置

统计北京大学 CCL 语料库我们发现"这样一来"计 1 950 例，发现 1 430

例单独使用，其中842例用于句首，588例用于小句之间。① 该统计直观地说明"这样/么一来"不能出现在句尾，具有非完句性特征，其后必须出现其他成分。"这样一来"主要占据两个位置：句首和小句之间（通常称为"句子中间"），如例⑦位于句首，例⑧位于句中。我们认为句首与句中两个位置并不对立。话语的标记功能是有层级性的，其衔接连贯功能属于高层次功能，该功能基本涵盖所有话语标记，即所有话语标记都应该具有衔接连贯功能。处在句首位置的"这样一来"连接的是上下话轮，而处在句子中间位置的"这样一来"连接的是小句，它们的实质一样，都是起到"串联"作用，只不过串联的单位有所不同而已。

⑦这样一来，一大块开阔地就展现在我们面前了。知识一旦挣脱书本，就会展开翅膀满世界翱翔。（《读书》）

⑧中介机构在我国经济领域活动中的作用将越来越明显。政府部门转变职能，实现政企分开，这样一来，政府原有的许多职能转移给社会中介机构，而这些中介机构势必成为连接政府与企业的纽带。（1994年《市场报》）

对于句首，学界存在不同意见。句首是个模糊概念，深究起来，它至少包含两种情况，如：

⑨a. 实际上我觉得他是主教练。b. 实际上，我觉得他是主教练。
⑩a. 真的这是一件很奇怪的事情。b. 真的，这是一件很奇怪的事情。
⑪a. 这样一来我们都没好处。b. 这样一来，我们都没好处。

学界一般把例⑨和⑩中的"实际上""真的"统称为句首成分，不论其后面有无逗号停顿。但实质上，它们不尽相同，如例⑪a中的"这样一来"后无停顿似乎接受度不高，而⑪b则非常自然。因此例⑨a和⑩a中的"实际上""真的"可称为句子副词或者句首副词，它并未摆脱句法的管控，依然受制于句法，尽管受制力较弱。而上述例句b中的"实际上""真的""这样一来"后有逗号充当停顿标记，这表明它们已经摆脱了后续小句的管控，不宜再称为句子副词或者句首副词，可称为篇章副词或者句首前位副词。所谓句

---

① 这与朱青（2009）的统计有所出入，朱青的结果是，"这样一来"现代汉语语料共1 932条，其中有1 105条"这样一来"位于句首，并认同"这样一来"单独使用占绝对优势的分布。

首前位（the pre-front field）就是指句首之前的位置。

据统计，还有少量的"这样一来"可以与其他连词成分并置，这类情况多出现在句子中间，如：

⑫让小龙女去挡锯齿金刀，心想她兵刃上占了便宜，金刀不敢与她淑女剑相碰，当不致有重大危险。但这样一来，二人各自为战，玉女素心剑法分成两截，威力立减。（金庸《神雕侠侣》）

⑬这种电芯片很快就拿到市场出售，但是它还未列入产品目录。英特尔公司也颇有益处，因为这样一来，马上就赢得了一些买主。这六个月时间说明，我们拥有一种巨大的优势，这就是硅谷总是领先的原因所在。（《当代报刊》）

例⑫、⑬中的"这样一来"与连词"但""因为"并置，这说明它们有着各自的功能，此时"这样一来"除了对前文的语义内容有所替代之外，同时也借助这些连词表明了前后句中所存在的显现的逻辑制约关系。

四、"这样一来"的话语功能

（一）连贯功能

如前所述，"这样一来"常用于连续的事件之中，其出现的典型语境可概括为"P，这样一来，Q"。"这样一来"用于话语中间，其功能之一是起到连接作用，使得P和Q之间具有语义上的关联。因此，"这样一来"的用与不用有时会影响到句意的连贯，如：

⑭近代，人们又用彩带取代色彩单调的布带，并且使用剪刀来剪断彩带，有的甚至用金制的剪刀。这样一来，人们就正式给它起了一个"剪彩"的名称。（《读者》）

例⑭中如果删除"这样一来"，Q部分的"剪彩"名称的由来就显得突兀，Q与P的连贯性也大打折扣。

（二）事件指代与紧相推论功能

于宝娟（2009）详细地分析了话语标记语"这不、可不"的双向语义辖域如何建构"认同—理由"语篇结构。对其分析，我们深以为然。在言语交往中，人们经常会碰到这样的场景：基于某一事实做出相应的推论，当这一场景高频出现时，就有可能被模式化，甚至有必要用专门的标记来表现该模式，以便在有需要的时候被整体提取出来投入使用，而且说话人可通过模式对听话人的理解加以调控，同时听话人也被引导着按照这种交往模式去理解话语。（于宝娟，2009）我们认为"这样一来"也具有双向语义辖域，即对 P进行事件指代，同时又对 Q 进行紧相推论，从而使"这样一来"具有"事件指代—紧相推论"双向功能。"这样一来"的组构模式为"P（被指代的事件），这样一来，Q（紧相推论出的事件）"。如：

⑮一路之上，公安、武警、军队随处可见，许多装甲车就停靠在路边。他们的出租车半路上被拦截了三次，被迫改道。这样一来，本来不过 40 分钟的车程，开了将近两个小时才赶到电视台。（《当代文学》）

例⑮如果不用"这样一来"，P 与 Q 之间显然是因果关系，因此可替换为"所以""因此"。但是用上"这样一来"之后，就加强了给人紧相推论的感觉。"这样一来"与"所以""因此"并不能等同视之，"这样一来"常用来"明示说话人的一种逻辑思维过程以及引出结论的推论过程"（贺文丽，2004）。"这样一来"表现出由上文前提条件引出下文判断结果的推论过程，以显示前后信息之间的前提结论关系。运用"这样一来"之后，说话人的逻辑思维过程就在文字中留下了标记，该标记使得听话人能由此结合语境对信息进行快速反馈，这对听话人迅速理解话语和把握话语含义相当有帮助。

构式语法和认知语义学的研究成果显示，结构无同义原则与词汇无同义原则无处不在。（Goldberg，1995：46；Hamawand Zeki，2008：19）任何一个话语标记都承担独特的话语功能（梁敬美，2002），我们认为话语标记"这样一来"的独特功能就是"事件指代—紧相推论"功能。我们比较"这样一来"与"这样"，发现二者都可以用于句中，但却是互不相同的单位，其语义、语用功能必然也会显示出微妙的差异。如：

⑯民间的传说都过于简单明了，好像徐带走得太容易了。传说总是把复杂的历史单纯化，把曲折深奥的故事通俗化。这样一来就损失了好多真理性。（张炜《柏慧》）

⑰乔石表示希望埃斯特拉达副总统到中国各地多走走、多看看，这样可以更好地了解中国，有助于加强两国间的了解和合作。（1994 年《人民日报》）

⑱为了减少消耗，我尽量多在床上躺着，这样（这样一来）可以少

吃些，北京的东西太贵，动辄 100 元就花没了。（《中国北漂艺人生存实录》）

例⑯中的"这样一来"不能换成"这样"，而例⑰中的"这样"换成"这样一来"也不太合适，倒是例⑱中"这样"与"这样一来"都可以用，但还是有差异。通过对比，如果使用"这样一来"，它在指代 P 的基础上，还能紧接着推出 Q 这样的结论。P 与 Q 之间原来的关系较为松散，但是经过"这样一来"的沟通与黏合，使得 P 与 Q 取得了紧密的语义关联。用"这样一来"的紧相推论的意味要大于"这样"，即"我尽量多在床上躺着"造成的立竿见影的效应就是"可以少吃些"。如果使用"这样"，少了紧相推论，却多了一些解释的意味。

（三）"这样一来"的隐性对话体维持话语功能

"这样一来""这样说来"与"这样看来"三者之间也具有微妙差异。"这样一来"具有紧相推论的功能，"这样说来"与"这样看来"有总结、判断、断想的意味，它们在话轮中的位置也略显微妙。朱青（2009）将说话人和听话人存在于同一场景的对话关系称为显性对话关系，将说话人是真正存在，而听话人是潜在的、非真实存在的这种对话关系，称为隐性对话关系。"这样一来""这样看来"多出现在隐性对话体中，即独白式语体之中，而"这样说来"出现在显性对话体中的概率则较高，如：

⑲A："所以敝职以为，应该隆重对待，迅速地把这项命令执行下去……"

B："照你这样说来，我们今天来开这个会还有什么意义呢？"（《历史的天空》）

⑳1995 年企业定期存款比上年增长 70% 以上，比上年多增加的企业存款全部是定期存款，便是明证。这样看来，可以肯定 M1 的统计数比实际的要小，估计有近 3 个百分点的差异。（《人民日报》）

例⑲中的"这样说来"是承接他人话轮所做出的判断，属于显性对话体。例⑳中的"这样看来"是承接自己的论述所做出的判断，属于隐性对话体。前文引用"这样一来"的例句也都属于隐性对话体，即"这样一来"前后的话语都为同一人所述。由于使用环境多为独白式语体，所以基本上不存在话轮被打断的情况，"这样一来"在这里可以起保持话轮的作用，表示话轮还在继续进行，使句子之间衔接紧凑，这与"这样一来"自身"紧相推论"的语用功能相适应。

要说明的是，不仅"这样一来""这样说来"与"这样看来"这样一组话语标记存在这样的差异，其他如汉语叙实性标记"其实""实际上"与"事实上"也存在独白体与对话体的差异。在对话体中"其实"的出现频率最高，而"实际上"和"事实上"则较少。在独白体中，"实际上"的频率最高，"事实上"次之，而"其实"的频率最低。"其实"有较高的非互动性（谢文彬，2011），准确地说是"互动性非配合标记"，这决定了其在对话体中出现的适应性，因为对话体至少有两个人参与，此时的"其实"才能起到补充、纠正、转换话题的作用，才可以扮演抢夺话语权的角色。从会话功能来看，"其实"主观性强，顺应性差，跟前文关联性不高。而"实际上"则主观性相对较弱，顺应性高，跟前文关联性强，体现自言性特点，保持话语权。总之一句话，"实际上"与"其实"的本质差异在于前者常用于独白体，是自言性标记；后者常用于对话体，是非配合性互动标记。本文所论的"这样一来"类似于"实际上"，都具有自言性维持话语的功能。

五、与"这样一来"有关的两组不对称现象

（一）"这样一来"的使用频率远远高于"这么一来"

根据北京大学 CCL 语料库的统计，"这样一来"出现 1 950 例，"这么一来"出现 456 例。为什么使用频率一高一低呢？这要从"这样"与"这么"的指代差异去找寻答案。虽然二者用法有所交叉，但是二者存在本质差异，"这样"是名词性代词，指代事物、行为或者事件的能力强于"这么"。而"这么"是副词性代词，其指代性质、状态、程度的能力强于"这样"。本文所论"这样一来"大多数指代行为或事件，因此，"这样一来"出现的频率高于"这么一来"也就不足为奇了。

（二）"这样一来"的使用频率远远高于"那样一来"

我们检索北京大学 CCL 语料库发现，"那样一来"仅 96 例，"那么一来"仅 26 例。"频率"可分为实例频率（token frequency）和类型频率（type frequency）（Laurie Bauer，2006；王洪君、富丽，2005；Sandra Thompson，2007），一般来说，实例频率要远远高于类型频率。频率可以通过基本词的大规模语料库来计算，而不是通过词典。针对北京大学 CCL 语料库，我们把实例频率（用"F"表示）量化为三种类型：当"1 000 ≤ F"时为高频；当"100 ≤ F < 1 000"时为常规；当"0 ≤ F < 100"时为低频。显而易见，"那

样/么一来"都属于低频现象。为什么会这样呢? 徐丹（1988）、崔应贤（1997）、曹秀玲（2000）、徐默凡（2001）、丁启阵（2003）、王灿龙（2004）等对"这""那"的不对称现象做了深入探讨。二者不对称涉及空间距离远近、认知心理距离远近、现实与虚拟的对立、熟悉度高低的对立等因素。众所周知，从已知推导未知符合认知发展规律，其所花费的心理能量较低。沈家煊（1999）指出，"人类认知以自我为中心，由里及外、由此及彼，所以近指的'这'在心理上的可及性高于远指的'那'而成为语言中的无标记项"。"这样一来"属于从已知事件紧相推论出新事件，这一语用动机决定了需要用现实性与认知心理距离较近的"这样一来"或"这么一来"。

六、余论

话语标记语的研究是当前语言学研究的热点，众多研究关注话语标记语的个案研究，并且把话语标记语作为一个整体放入语篇之中探讨其功能，这确实有必要。但是本文进一步认为，话语标记也是由构成成分组成的，其构成成分对整体意义必有贡献，正如结构无同义原则或词汇无同义原则认为的那样，成分的不同必然引起整体的不同。本文分析了话语标记语"这样一来"的功能，并且分析其内部构成成分"这样"一"来"分别对整体的贡献与限制，分析构成成分对如何更好地把握话语标记语的整体功能也必将有所助益。任何一个话语标记都承担独特的话语功能，由"这样"类代词构成的众多话语标记语之间必然存在微妙的差异。

参考文献

［1］曹秀玲. 汉语"这/那"不对称的语篇考察［J］. 汉语学习，2000（4）.

［2］陈光. 准形态词"一"和现代汉语的瞬时体［J］. 语言教学与研究，2003（5）.

［3］陈前瑞，王继红. 动词前"一"的体貌地位及其语法化［J］. 世界汉语教学，2006（3）.

［4］［日］池田晋. "来"的代动词用法［A］. 日本中国语学会第53回全国大会论文，2004.

［5］崔应贤. "这"比"那"大［J］. 中国语文，1997（2）.

［6］丁启阵. 现代汉语"这""那"的语法分布［J］. 世界汉语教学，2003（2）.

［7］段业辉. "这样"的语义指向和已知信息的代词化［J］. 汉语学习，1987（6）.

［8］贺文丽. "那么"的认知语用分析及其教学启示［D］. 暨南大学硕士学位论文，2004.

［9］黄伯荣，廖序东. 现代汉语（修订版）［M］. 北京：高等教育出版社，2002.

［10］梁敬美. "这一""那一"的语用及话语功能研究［D］. 中国社科院研究生院博士学位论文，2002.

［11］吕叔湘．语法学习与语文常谈［M］．上海：复旦大学出版社，2006．

［12］沈家煊．语法研究的分析和综合［J］．外语教学与研究，1999（2）．

［13］司红霞．现代汉语插入语研究［M］．长春：东北师范大学出版社，2009．

［14］孙利萍，方清明．现代汉语话语标记综观［J］．汉语学习，2011（6）．

［15］王灿龙．说"这么"和"那么"［J］．汉语学习，2004（1）．

［16］王洪君，富丽．试论现代汉语的类词缀［J］．语言科学，2005（5）．

［17］［日］相原真莉子．失去位移义"来"的核心功能［J］．世界汉语教学，2010（1）．

［18］谢文彬．作为话题转换标记的"所以"与"其实"——以多人谈话性节目为例［A］．台湾第一届东亚华语教学研究生论坛，2011．

［19］徐丹．浅谈这/那的不对称［J］．中国语文，1988（2）．

［20］徐默凡．"这""那"研究述评［J］．汉语学习，2001（5）．

［21］于宝娟．论话语标记语"这不""可不"［J］．修辞学习，2009（4）．

［22］赵元任．汉语口语语法［M］．吕叔湘译．北京：商务印书馆，1979．

［23］朱青．指示代词"这样"及其组配形式的多角度研究［D］．上海师范大学硕士学位论文，2009．

［24］Goldberg, Adele. *Constructions*：*A Construction Grammar Approach to Argument Structure*［M］．Chicago：Chicago University Press，1995．

［25］J. Schmid. *English Abstract Nouns as Conceptual Shells*：*From Corpus to Cognition*［M］．Berlin：Mouton de Gruyter，2000．

［26］Hamawand Zeki. *Morpho-Lexical Alternation in Noun Formation*［M］．New York：Palgrave Macmillan，2008．

［27］Karin Aijmer. The interface between discourse and grammar：The fact is that［A］．In Agnès Celle, Ruth Huart. *Connectives as Discourse Landmarks*［M］．Philadelphia：John Benjamins Publishing Co.，2007．

［28］Laurei Bauer. *Morphological Productivity*［M］．Cambridge：Cambridge University Press，2006．

［29］Bybee Joan L. *Frequency of Use and the Organization of Language*［M］．Oxford：Oxford University Press，2007．

［30］Simone Muller. *Discourse Markers in Native and Non-Native English Discourse*［M］．Philadelphia：John Benjamins Publishing Co.，2005．

（原载《语言教学与研究》2015 年第 2 期，略有改动）

数词非范畴化现象考察

陈　勇

一、引言

　　数词在汉语词类系统中始终居于次要地位，与名词、动词、形容词等典型词类相比，在以往的研究中，其关注度并不高。以往学者对数词的研究主要集中于以下几个方面：一是数词的"归属"问题，如吕叔湘、丁声树、张志公、朱德熙等；二是数词的分类，如吕叔湘、王力、朱德熙等；三是后期的研究，多见于一些零散的个案分析，如邢福义、冯雪梅、舒志武等。这些研究使我们进一步认识到数词在汉语词类系统中的地位，但值得我们注意的是，这些研究都以范畴的静态描写为基础，而对"数词"范畴内部的动态性关注不够，可以说，这方面的研究基本上还是空白。鉴于此，本文将以非范畴化的视角来重新审视数词这个词类范畴，主要考察以下几个方面的问题：一是数词句法特征的丧失与扩展；二是数词语义的丧失、转指、抽象泛化；三是数词在语篇功能上的扩展；四是功能扩展与范畴转移。

二、数词的范畴属性特征

　　根据范畴的属性特征（categoriality），一个原型意义上的数词应该具备以下几个特征：从语义上看，它具有"数量意义"，即数目义和次序义；从句法分布特征上看，它不单独充当句法成分①，主要分布于定语位置（或称修饰语）；在语义功能上，它一般没有指代功能，"无论对名词还是动词都没有指代功能，都是普通的一种修饰性成分"②，也不具有陈述功能；在语篇功能上，其语篇能力较弱，更不具有篇章回指功能。

　　非范畴化（decategorization）实际上是范畴成员在一定的条件下逐渐失去

---

　　① 黄伯荣，廖序东. 现代汉语（下）［M］. 北京：高等教育出版社，1998；张斌. 简明现代汉语［M］. 上海：复旦大学出版社，2006.77.

　　② 石毓智. 语法化的动因与机制［M］. 北京：北京大学出版社，2006.207.

范畴属性特征的过程①，据此，我们认为数词非范畴化的过程实际上就是数词丧失范畴属性特征的过程，主要表现在以下几个方面：一是句法分布特征的扩展，由"定语"位置扩展到"状语""主语""谓语""宾语"等位置，由"修饰语"扩展到"中心语"，且在结构形式上存在一定的词汇化或语法化倾向，这些形式上的扩展实际上是数词非范畴化过程中的一种外在表现；二是语义的丧失、转指或抽象泛化；三是语义、语篇功能被强化，即由"非指称、陈述功能"扩展出"指称、陈述功能"，由"非篇章回指功能"扩展出"篇章回指功能"，这些功能的扩展实际上是数词非范畴化过程中的一种内在表现。

三、句法分布特征的丧失与扩展

语言非范畴化在外在形式上主要表现为"某些典型的句法分布特征丧失，范畴之间的对立中性化"②。在汉语中，数词的句法特征单一，分布于定语位置，而在定语位置通常与量词配合使用。因此，我们认为数词的非范畴化主要表现为"去定语（或者修饰语）化"。通过实际考察，数词可在句中直接充当状语、主语、宾语等成分。

（一）数词充当状语

数词充当状语是数词非范畴化过程中较为显著的特征之一，在句中它可直接修饰形容词、动词或动词性短语，其数词本义有不同程度的丧失。如③：

①一打听，原来都是"候鸟型"新客人开办的。
②然而唯独没有正宗的茶类液体饮料商品问世，可谓"千呼万唤不出来"。
③天津开发区秉持"循环经济"理念，正努力实现区内废物的"零"排放。
④尽管美国监管机构认为高盛犯有欺诈罪名，但他仍百分之百支持高盛集团。（《齐鲁晚报》2010 - 05 - 03）
⑤……我确定的是，我是百分之百干净的。（《齐鲁晚报》2010 -

---

① 刘正光. 语言非范畴化——语言范畴化理论的重要组成部分［M］. 上海：上海外语教育出版社，2006. 61.
② 刘正光. 语言非范畴化——语言范畴化理论的重要组成部分［M］. 上海：上海外语教育出版社，2006. 64.
③ 本文所引例句未标明出处的均来自北京大学 CCL 语料库。

05 - 04）

⑥……这么<u>四平八稳</u>的，我都要打瞌睡了。（《齐鲁晚报》2010 -
03 - 24）

数词做状语时，其计量意义受到磨损，本义丧失，因此，不可被其他数
词替换。如例①"一打听"不能说"二打听"或"三打听"，这里的"一"
作为状语并非表示"一次"，而表"瞬时"。例②～④中的"千""万""零"
"百分之百"这些数词直接做状语，泛指动作强度的高低，其本义基本消失，
也不具有可替换性。数词直接修饰形容词，泛指"程度"的高低，其本义也
丢失，如例⑤、⑥中"百分之百""四""八"这些数词表示"程度"，不再
表数量意义。

这类非范畴化现象在词汇层面上也有一定的遗留痕迹（以《现代汉语词
典》第五版收录为依据，以下简称《现汉》），如百出、四起、四散、四伏、
四顾、多谢、多亏、三思、万恶、万全、万幸。这些数词已经以状语性成分
"并入（incorporation）"① 到动词或形容词中，其数词本义有不同程度的丧失，
大部分已经词汇化，少部分虚化，如"多亏"是副词，"多"已经丧失了数
量意义。

（二）数词充当主、宾语

数词充当主、宾语是数词非范畴化过程中的另一种外在表现。如：

⑦出现这种情况的可能性<u>有二</u>，<u>一</u>是追风盘盲目追捧，二是……
（《京华时报》2003 - 06 - 20）

⑧他们就实行买一送一，甚至<u>买一送二</u>，亏损部分由县财政补贴。

例⑦中"二"充当"有"的宾语，实际表示"两种"，"一"充当主语，
实际表示"第一种"。例⑧中"一""二"实际分别充当"买""送"的宾
语，而二者也具有了指称意义。

来自词汇层面一些非范畴化的痕迹，如<u>三</u>不知、吆<u>五</u>喝<u>六</u>、接<u>二</u>连<u>三</u>、
统<u>一</u>（以《现汉》收录为依据），这些词中"三"与"五""六""二""三"
"一"分别以主、宾语形式融入了动词，其数词本义也有不同程度的丧失。这
种非范畴化现象的痕迹还可见于一些惯用语中，如"有一说一，有二说二"，
这类结构中的"一""二"数词本义已丧失，并以宾语成分并入动词，整个

---

① "并入"指语义上独立的词进入另一个词的过程。

结构的语义已经被重新整合，泛指"有什么说什么"。

（三）由修饰语变为中心语

在句法结构中，数词始终遵循着汉语的"修饰语＋中心语"的普遍规则[①]。而数词由修饰语变为中心语，则是数词非范畴化过程中的另一种外在表现。这种非范畴化现象可见于"名＋数"这类形式，这种结构实际上表示"名词修饰数词"。如：

⑨<u>理由一</u>，刘与被告签的合同是经双方签字盖章，并经南通市公证处公证的；<u>理由二</u>……（《江南时报》2006 – 03 – 23）

⑩……事件单元里写的是一年多时间里发生的同类<u>事件一、事件二、事件三</u>。（《新闻战线》2003 年第 6 期）

例⑨中"理由一""理由二"实际上表示"理由的第一、二种"。例⑩中"事件一""事件二""事件三"，实际上也是"事件"修饰"一""二"和"三"。在"名＋数"这种结构中，我们认为这些数词实际上也具有了指称功能。

这种非范畴化现象被进一步证实还可见于"名＋之＋数"这种形式，"之"相当于"的"。如：

⑪<u>成果之二</u>是缅甸承办了首届柬埔寨、老挝、缅甸和泰国4国经济合作战略峰会。

例⑪"成果之二"实际上表示"成果的第二个或第二种"，这类形式也可说成"成果二"。在这种结构中，数词实际上也被赋予了指称功能，"二"实际上指代"第二种/个（成果）"。

四、语义变化

语义变化是语言非范畴化过程中的一种内在表现，主要表现为"语义抽象与泛化"[②]。但实际情况并非完全如此，语义的丧失或转指也能够带来范畴的转移，在语言中不乏一些以词尾或词缀形式存在的黏附语素，这些语素在

---

① 石毓智．语法化的动因与机制［M］．北京：北京大学出版社，2006．190～208．
② 刘正光．语言非范畴化——语言范畴化理论的重要组成部分［M］．上海：上海外语教育出版社，2006．64．

一定程度上丧失了原有的语义，是非范畴化的产物。从某种程度上来说，"转指"实际上就是"旧瓶装新酒"，即旧的形式被赋予新的意义，只不过它在一定程度上抵消了这种"丧失"。因此，我们认为非范畴化过程中的语义变化实际上表现为语义的丧失、转指和抽象泛化。

（一）语义丧失

数词的本义经过长久的使用，受到磨损，以致丧失。我们认为这种磨损主要有两种情况：一是来自表层结构的磨损，即数词直接与其他词组合，在长期的使用过程中凝固词汇化，导致其数量意义丢失。如：

⑫南北朝时有斗鸡、打毯，唐朝时有<u>秋千</u>和拔河，甚至称清明为秋千节。

⑬邓曾告知，"左岸"出过一套"<u>千纸鹤</u>"系列丛书，在全国书市上创下了销量新纪录。

⑭杜拉拉没有花花肠子，没有<u>八卦</u>同事绯闻的嗜好……（《齐鲁晚报》2010 - 04 - 16）

例⑫、⑬中"秋千""千纸鹤"这些词在产生之初，数词"千"都有一定的数量所指，但是历经长久的使用，其本义已经消失殆尽。（参见《汉语大词典》）"八卦"中的"八"原指乾、坤、巽、兑、艮、震、离、坎八种基本图形，而例⑭中"八"的数量意义完全消失，这里的"八卦"指"制造传播流言蜚语"①。

二是来自深层结构的磨损。有时，一些数词并不是来自表层数量结构，而来自深层的数量结构，它被"多重深层结构"过滤后，数量意义不断磨损，以致最终丧失。如：

⑮<u>四川</u>是个很美的地方。（自拟）
⑯<u>六盘水</u>市的各级领导更把希望工程看作是一座桥。

例⑮"四川"中的"四"原指"川峡四路"，即"益州路、利州路、梓州路和夔州路"，四川是"川峡四路"缩略而得名的，因此"四"这个数词实际上经历了两种结构的过滤：益州路、利州路、梓州路和夔州路→川峡四路（缩略）→四川（词汇化）。所以，"四川"这个词不是说"四个川"。例

---

① 李国正. 古词新用说"八卦"［J］. 语文建设，2004（Z1）：43.

⑯中"六盘水"取"六枝、盘县、水城"三个县的字头而得名，"六盘水"中的"六"也已经非范畴化，其数量意义消失，"六"实际上也经历了深层结构的长期磨损：六枝（初为一种数量组合）→ 六枝（专有名）→六枝、盘县、水城（缩略）→ 六盘水（词汇化）。

这类现象在汉语中还有许多，如百姓、百灵鸟、三元里、九寨沟、九江、百色市、百事可乐、万金油、六安、八达岭、百合、六甲（怀孕）、千张（一种薄的豆腐干片）等等。这些词中的"数词"语义已经不同程度地丧失了。

（二）语义转指

数词丧失本义的同时衍生出一种新的意义。霍伯尔和特拉格特①认为"较旧的意义一般是更为具体的，较新的意义往往是更为抽象的"。"转指"实际上是数词的外在形式被赋予新的、更为抽象的意义，而并非具体的数量意义，前后两者之间表现为一种"相关性"。如：

⑰1989 年"六一"期间，这出剧应邀在北京演出，笔者随团去采访。

⑱说起来也怪，6 月 6 日，按迷信说法，应该是"六六顺"的日子……

⑲别看他哭，他心里在笑，笑广大群众是二百五，好哄。

⑳妻子疑惑地说："那我刚才回家怎么听见儿子在他房间里说什么'死三八''臭三八'，害得他没电视看。"（《京华时报》2004 - 10 - 22）

例⑰中的"六一"转指"儿童节"，它已经不具有数量意义，此类数词还有：五一（国际劳动节）、十一（国庆节）、七一（建党节）、八一（建军节）、五四（青年节）等等。例⑱中"六六"转指"顺利"的意思，汉语中这样的情况还有许多，如"四"通过谐音转指"死"，"八"通过谐音转指"发达"。例⑲、⑳中的"二百五""三八"都是骂人的话，转指"傻、蠢"等意义，这些数词的本义实际上已经丧失。

（三）语义抽象泛化

数词的计量功能受到磨损，其语义也不断弱化、抽象化，并泛指新的意义。语义的抽象泛化实际上是建立在旧意义上的一种抽象的泛指，是"概念

---

① ［美］鲍尔·J. 霍伯尔，伊丽莎白·克劳丝·特拉格特. 语法化学说［M］. 梁银峰译. 上海：复旦大学出版社，2008. 125.

细节逐渐减少到只剩下语义核的过程"①。郭攀指出，"较大的数目性表达形式，表示'多'类状态义的频率较高……相反，较小的数目性表达形式，表示'少'类状态义的频率较高……"② 他还指出，"任何一个数目皆可以通过独立或连缀等形式相对性地表'多'或'少'"。在汉语中，数词语义的抽象泛化类型主要有两种：一是泛指"多"义，二是泛指"少"义。

1. 泛指"多"义

数词"三"及其倍数"六""九"等都可以泛指"多"义，这一用法在汉语中较为常见。如：

㉑他们的非常戏剧化的生动故事，敢说三天三夜也讲不完……（《人民日报》2009 - 06 - 04）

㉒小老头道："举一反三，孺子果然可教！"

㉓小酒馆里更是热闹，三教九流，在这里聚首碰头。

㉔杨先农想不通，责骂他六亲不认。

㉕他眼观六路，耳听八方。

㉖阿拉法特历经劫难，九死一生。

例㉑中"三天三夜"并非是三天加三夜的时间，而泛指时间久，是一种夸张说法。例㉒~㉖中的"三""六""九"都是泛指"多"义，其数词本义被抽象泛化。"举一反三"表示"从一件事情类推而知道许多事情"。"三教九流"实际上泛指江湖上各种各样的人。"六亲"泛指各类亲属。"六路"泛指周围、各个方面。"九死"表示经历的劫难多。

空间范畴下的一些数词诸如"四""八"等可泛指"多"义，表示"各"的意思。如：

㉗最后，起义因寡不敌众而失败，但黄兴的威名却远扬四方。

㉘家徒四壁，八面来风，捉襟见肘，可他还请客……

例㉗、㉘中的数词"四""八"被抽象泛指"各"的意思，"四方""四壁""八面"实际上表示各个方向。这类词还有四周、八方、四野、四边、四围、四出、四处、四近、四面、四外、四下里等等。

---

① 刘正光. 语言非范畴化——语言范畴化理论的重要组成部分［M］. 上海：上海外语教育出版社，2006. 64~66.

② 郭攀. 汉语涉数问题研究［M］. 北京：中华书局，2004. 151.

"百""千""万"也可泛指"多"义①。如：

㉙看着14岁少年坐着轮椅渐渐远去，让我们<u>百</u>感交集。

㉚……只是这样一来，沈辰就不至于成为<u>千</u>夫所指了！

㉛他感到<u>万</u>念俱灰，甚至尝试过自杀。

例㉙~㉛中的"百""千""万"并非数词本义的用法，而是泛指"多"（或程度高）。再如"一落千丈""百叶窗"中的"千""百"也是泛指"多"义。

数词也可以连缀成一些格式泛指"多"义："三×五×"这一格式泛指"次数多"，如三番五次、三令五申；"四×八×"泛指"多或程度高"义，如四面八方、四平八稳、四通八达、四邻八乡；"七×八×"泛指多或多而杂乱，如七扭八歪、七拐八弯、七零八落、七嘴八舌、七拼八凑、七手八脚、七长八短、七上八下、七折八扣；"千×百×"泛指"多或程度高"，如千疮百孔、千锤百炼、千方百计、千奇百怪、千姿百态；"千×万×"，泛指"多或程度高"，如千变万化、千丝万缕、千家万户、千难万险、千真万确。

2. 泛指"少"义

数词泛指"少"义，主要见于一些小数目的用法，通常是"一、二（两）、三、半"等。如：

㉜日后几番恶补，才对青花略知<u>一二</u>……（《人民日报》2010 - 02 - 03）

㉝而他夫妻两地分居15年，其中的悲欢酸甜，又岂能<u>三言两语</u>道清。

㉞看起来，作案的歹徒对三新公司情况是<u>一知半解</u>。

例㉜中"一二"并非指数词"一"和"二"，在这里实际上泛指"少"义。例㉝、㉞中的"三""两""一""半"也表示"少"的意思。

"两"这个数词可单独泛指"少"义，相当于"几"或英语中的 a few②，如：

㉟a. 他喝了<u>两</u>杯酒就醉了。（引自蔡文）

　　b. 他没喝<u>两</u>杯酒就醉了。（他没喝几杯酒就醉了，同上）

---

① 李宇明. 汉语量范畴研究［M］. 武汉：华中师范大学出版社，2000. 73 ~ 89.

② 蔡维天. "一、二、三"［A］. 语言学论丛（第26辑）［C］. 北京：商务印书馆，2002. 301 ~ 302.

例㉟a 中"两"是实实在在的数词，这里可用"一、三"等其他数词替换；而例㉟b 中"两"并非数词本义用法，而泛指"少"义，不能够被其他数词替换，但可被"几"替换，表达意义一样。

五、语篇功能的扩展

语言非范畴化过程中较为显著的特征之一就是范畴成员"在语篇和信息组织上，发生功能扩展或转移"①。数词并不能够指称现实的客观事物，它不具有指称意义（这一观点不同于逻辑语义学的指称论），其语篇能力较弱。因此，数词非范畴化过程中的另一种内在表现则是语篇功能的扩展。以下有关数词语篇功能的扩展，我们主要讨论两种形式："NP 之一"和"NP + 之 + 数词"。

（一）"NP 之一"中数词"一"的回指功能

NP 一般为名词或名词性短语。从句法构造上看，数词"一"居于中心语位置，"NP"为修饰语，"NP 之一"实际上可表示"NP（中）的一个或一种"，处于中心语位置的数词实际上具有了指称功能，且有具体所指，与另一种形式的"NP + 之 + 数词"相比，"NP 之一"一般不具有序列性。因此，数词"一"不具有可替换性。如：

　　㊱大兴安岭是我国东北部的著名山脉，也是我国<u>最重要的林业基地之一</u>。

例㊱中的"一"处于宾语位置，已经具有指称功能，且有具体所指，不可被其他数词二、三、四等替换。句中"一"实际上可回指"大兴安岭"，因此，这里的数词"一"发生了非范畴化。

数词"一"以指称的形式出现在语篇结构中，是数词非范畴化的一种表现，同时，它具有了语篇回指功能。在语篇中，这类形式中"一"的回指功能还比较复杂。大致有以下几类：

从"一"所回指的方向看，可分为前回指、后回指、双重回指。如：

　　㊲抗日战争期间，<u>朱德</u>已经五十多岁了，是我军战将中年龄最高者

---

① 刘正光. 语言非范畴化——语言范畴化理论的重要组成部分［M］. 上海：上海外语教育出版社，2006.64.

之一，但他仍然老当益壮，亲赴前线指挥作战。

㊳我上学早的原因之一是因为我长得高。

㊴他就是为维新变法而献身的“戊戌六君子”之一，杰出的资产阶级维新运动的先驱谭嗣同。

例㊲中的“一”有具体所指，前回指“朱德”，例㊳中的“一”也有具体所指，回指“我长得高”，而例㊴中的“一”实际上具有双重回指功能，“一”前回指“他”，同时又后回指“谭嗣同”。

从“一”的句法位置来看，可分为主语形式回指、定语形式回指、宾语形式回指。如：

㊵上海东方队的球迷那么想，主要原因之一是有我在。

㊶三大肥料之一的磷肥，既能促进种子发芽生根，也能加速植物的生长……

㊷随后，林彪参加了湘南武装起义，并随着武装起义的队伍上了井冈山，成为中央苏区的开创者之一。

例㊵中“一”在句中处于“主语”位置上，以主语形式回指“有我在”，例㊶中的“一”则处于修饰语或定语位置上，以定语形式回指“磷肥”，例㊷中的“一”则是以宾语形式回指“林彪”。

从“一”回指距离的远近看，可分为近回指、远回指、超强回指。如：

㊸大统一理论的结论之一是预言质子要衰变，这与实验结果有矛盾。

㊹石墨是松软的、不透明的灰黑色细鳞片状的晶体，它同金刚石恰恰相反，是最软的矿物之一。

㊺蜘蛛的适应性也很强。有的能耐46℃的高温，有的能耐零下二三十度的低温。这也是蜘蛛成为广布性种类的原因之一。

“一”与所回指的内容具有邻近关系，如例㊸“一”后紧接着“预言质子要衰变”。“一”有时与所回指的内容距离较远，但仍是句内回指，如例㊹，“一”实际上回指“石墨”，两者并非邻近关系，而是处于不同的分句之中。如果“一”与所回指的内容距离更远，则为一种超强回指，这种回指主要表现为一种跨语段回指，如例㊺中“一”回指“这”的同时，实际上回指的是语段，即“有的能耐46℃的高温，有的能耐零下二三十度的低温”。

（二）"NP＋之＋数词"中"数词"的回指功能

"NP＋之＋数词"中的"数词"除了表示一种顺序意义，同时也具有指称功能。从句法形式上看，"数词"仍处于中心语的位置，而 NP 是修饰语，且具有指称意义的"数词"也被赋予了较强的篇章回指功能。

⑯……他垮台的原因之一是缺乏耐心。……原因之二是他在遏制那些威胁他的国家的稳定的人们时，还不够残酷无情。

例⑯中"一、二"实际上指"第一种、第二种"，且分别回指"缺乏耐心""他在遏制那些……残酷无情"。"一、二"在句法结构中处于中心位置，而"原因"是修饰语，且二者具有指称功能。

有时，作为修饰语的 NP 显得并不重要，可以省略，这进一步证实"NP＋之＋数词"中数词的中心语地位，且具有指称功能，这是数词非范畴化过程中的功能迁移的一种外在表现。如：

⑰但放弃总是难于做到，原因之一是舍不得，之二是从反面证明为没有同样不容易。

⑱两原则之一强调内部因素的决定作用，之二反对单纯以生产关系为标准衡量发展水平，应当说是两条非常重要的原则。

例⑰中"之二"前承前省略了修饰语"原因"，例⑱中"之二"前承前省略了修饰语"两原则"。这些承前省略了修饰语的"之＋数词"结构，在某种程度上强化了数词的指称功能，同时也强化了语篇回指及衔接功能，而结构中的数词都有具体所指，表示"第一、第二个/种"等等。

以上，我们主要讨论了在两种形式中数词在语篇功能上表现出的较为明显的非范畴化特征，当然，这并不表示没有其他情形存在，只是这两类较为典型，也比较常用。"NP 之一"与"NP＋之＋数词"中的数词在功能上发生了迁移，两类结构中的数词处于中心语位置，具有指称功能的同时，又被赋予了较强的篇章回指及衔接功能，这成为我们研究数词非范畴化特征较好的案例。

六、功能扩展与范畴转移

功能扩展实际上可从两个方面来考察,即"表意功能和句法功能"①。数词的语义较为单一,在语义功能上一个原型意义上的"数词"不具有指称功能和陈述功能。因此,在非范畴化过程中,数词的内在表现实际上是其语义功能的扩展,即由非指称、陈述功能扩展出指称、陈述功能。下面我们先讨论数词在主、宾语位置上所获得的指称功能(也见第五小节中的相关论述)。

在"数词+是+……"一类"是"字小句中,数词已经占据了主语位置,它不单表示序列意义,其实际上已经获得指称功能。如:

⑭化学毒剂在战场上有三种散布方式,一是爆炸法;二是加热蒸发法;三是布洒法。

例⑭中"一、二、三"实际上指称"第一、第二、第三种散布方式",这从文中"有三种散布方式"可以看出,这些数词实际上已具有了指称功能。

宾语位置的"数词"较多地处于动词(或介词)之后,同样,也能获得指称功能。如:

⑮……原因有三:一是毛仁风常出国谈生意,一出去就是三两个月;二是他在北京有好多套别墅……

⑯……但女足教练选来选去,只能二挑一。

⑰秋宝一周纪念的时候,这家热闹地摆了一天的酒筵,客人也到了三四十……

对比例⑭,我们会发现:例⑮中的"有三"实际上表示"有三种原因","三"是动词"有"的宾语,实际上指称"三种原因";例⑯"二挑一"实际上表示"两个人中挑一个",数词"二""一"也都具有了指称功能;例⑰中"三四十"充当宾语,实际上指称"三四十人"。

这些来自主、宾语位置的数词所产生的范畴转移现象在汉语中并不是无迹可寻,除了我们在前面所谈到的"有一说一,有二说二"这类形式外,再如"一是一,二是二"表示"说话老实,不含糊",这类结构中的数词发生

① 刘正光. 语言非范畴化——语言范畴化理论的重要组成部分 [M]. 上海:上海外语教育出版社, 2006. 148.

了非范畴化，这实际上是句法语义功能的扩展所致。

数词语义功能的另一种扩展途径则是由非陈述功能扩展出陈述功能。数词可直接做谓语，而充当谓语的数词实际上也具有了陈述功能，这是数词非范畴化过程中的一种内在表现。如：

㊿东西长六十六丈，南北宽二丈四尺，两栏宽二尺四寸，石栏<u>一百四十</u>，桥孔十有一，第六孔适当河之中流。

㊾罗切斯特先生<u>已快四十啦</u>，而她只有二十五岁。

㊿他今年<u>已经三十五了</u>，还没有结婚。（自拟句）

例㊿中"一百四十"直接做谓语，已经扩展出陈述功能，这里实际上所指的是"一百四十尺"。例㊾、㊿中数词的陈述功能更为明显，这些数词前面可出现副词"已""快""已经"等，后面也出现语气助词"啦""了"等。

数词由非陈述功能扩展出陈述功能所产生的范畴转移主要表现为"数词谓词化（或动词化）"，也就是说，一些数词可能演变为动词或形容词，在汉语中这样的现象也存在，如"二百五""三八"等。其实，在英语中也不乏类似的情况："eighty-six"（无货供应）、"nine to five"（被正式雇用做办公室工作）、"zero in"（把……对准目标）。① 有关数词句法功能的扩展，我们认为主要表现在：数词直接做状语、谓语、主语、宾语等，由修饰语变为中心语。我们在第三小节中已做详细论述，这里不再赘述。

句法功能的丧失与扩展是数词非范畴化过程中的外在表现，而语义的变化以及语义、语篇功能的扩展则是数词非范畴化过程中的内在表现，这种"内""外"结合致使数词发生一定的范畴转移。

七、结语

对于数词，传统的研究多集中于一种静态的描写，如分类等，本文并没有局限于这种静态的描写，而是以动态的观念重新审视了数词这个词类范畴，并获得了对数词的一种全新认识。在非范畴化过程中，我们认为数词所呈现出的特征可分为两种：一是外在特征，表现为句法分布特征的扩展，即由定语位置扩展到状语、主语、谓语、宾语等位置，由修饰语扩展到中心语；二是内在特征，主要表现为：语义的丧失、转指或抽象泛化，语义、语篇功能被强化——即由"非指称、陈述功能"扩展出"指称、陈述功能"，由"非

---

① 张定兴. 略谈英语数词动词化及其翻译 [J]. 中国翻译，1995（3）：17～18.

篇章回指功能"扩展出"篇章回指功能"。

　　这些非范畴化现象必然会以词汇化或语法化为手段在词汇层面沉淀一定的"遗留物",而这种"遗留物"是研究过程中有力的证据。

参考文献

［1］吕叔湘,朱德熙. 语法修辞讲话［M］. 北京:北京开明书店,1952.

［2］丁声树. 现代汉语语法讲话［M］. 北京:商务印书馆,1961.

［3］张志公. 汉语语法常识［M］. 北京:中国青年出版社,1953.

［4］朱德熙. 语法讲义［M］. 北京:商务印书馆,1981.

［5］吕叔湘. 中国文法要略［M］. 北京:商务印书馆,1979.

［6］王力. 中国语法理论［M］. 北京:商务印书馆,1944.

［7］邢福义. 现代汉语数量词系统中的"半"和"双"　［J］. 语言教学与研究,1993,(4).

［8］冯雪梅. 数词"多"用法补义［J］. 襄樊学院学报,2000 (3).

［9］舒志武. 数词"三"的文化意义分析［J］. 华南农业大学学报（社会科学版),2004 (2).

［10］中国社会科学院语言研究所词典编辑室. 现代汉语词典（第五版）［Z］. 北京:商务印书馆,2005.

［11］Mark C.. Baker. *Incorporation*［M］. Chicago:The University of Chicago Press,1987.

　　（原载《暨南学报》2011 年第 1 期,略有改动）

宋词韵 -m 韵尾消变考察

魏慧斌

宋词用韵存在许多咸、深两摄韵字与其他阳声韵摄通押的用例，表明-m 与-n、-ng两韵尾的关系非常密切，反映的是-m 尾正在消变。鲁国尧、胡运飙、郑国火等先生对此都有讨论，由于所据材料范围不同，结论存在较大的分歧。笔者穷尽式地考察了全部宋词的此种通押现象，将愚见缕述如下，祈请方家指正。

一

据笔者统计，咸摄阳声韵字入韵的韵段共 524 个（以下所指各摄均指阳声韵，不含入声韵）。其中咸摄自押韵段 124 个，占总数的 24%，与-n 韵尾韵（山、臻摄）通押韵段 400 个，其中山、咸通押 396 个，占总数的 76%，与-ng尾韵（通、江、宕、梗、曾摄）通押韵段 3 个，与-n、-ng 尾韵同时通押韵段 1 个。各举几例如下：

> 咸摄自押：谢逸《采桑子·冷猿寒雁》（二 644）：帘纤盐帘檐添。（画线字为咸摄）①
> 贺铸《怨三三·玉津春水》（一 531）：蓝黡檐三帘蟾纤南。
> 张孝祥《西江月·楼外疏星》（三 1708）：帘厌点添纤敛。
> 与-n 通押：柳永《凤归云·恋帝里》（一 31）：眼燕选绊簟宴宦散远。
> 周文璞《一剪梅·风韵萧疏》（四 2478）：团鬓南间阑魂寒山。
> 李持正《明月逐人来·星河明淡》（二 983）：淡浅遍面

---

① 韵例说明：首列词人姓名，书名号内是词牌名和首句，首句超过 4 字者只取前 4 字以节省篇幅。括号内大写数字是卷号，"B" 表示补辑，阿拉伯数字是页码，用中华书局 1980 年繁体竖排本《全宋词》。

远观卷管转。

　　与-ng通押：李朴《庆清朝·晓庭天离》（B32）：彰南潭酣蟾聊。

惠洪《西江月·入骨风流》（二713）：香妆暗塘茫帐。

刘学箕《渔家傲·汉水悠悠》（四2439）：漾浪桨放上
项盏唱缆傍。

　　与-n，-ng通押：赵文《莺啼序·初荷一番》（五3326）：卷远徧宴
片婉扇见浅转恋脸箭染肯晚。

　　从数量上来看，咸摄自押的韵段只有24%，与-n尾通押韵段的比例达到
了76%。单从韵段数量来看，通押是自押的3倍左右。如果就此得出结论，
也许有些粗糙，我们有必要继续深入考察押韵的具体情况。表1是各地区代
表词人山、咸二摄自押和通押的具体数目。表2是各地区词人的分类统计，
各地区词人的山、咸通押韵段的数目是：中原77、西北9、山东24、四川1、
福建13、江西80、江浙139。除四川外，其他地区词人或多或少有通押的用
例。由于各地词作数量多寡相差较大，如果以韵段总数做参照，各地-m韵尾
演变程度是基本相当的。从时间来看通押韵段：北宋71个，占19.6%；过渡
时期77个，占21.2%；南宋215个，占59.2%。南宋多于北宋，符合音
变规律。

　　表2中还有一个明显的特征，山摄自押韵段较多，咸摄自押韵段很少。
鲁国尧先生的解释是咸摄字少，可以入韵的字更少①。笔者统计了宋词的韵字
情况，咸摄韵字共有150字，入韵1 307次；山摄韵字共有458字，入韵
19 697次。咸摄字的确比山摄字少很多。咸摄字与山摄字字数的比例是
0.32:1，但是它们入韵次数的比例是0.06:1，两者比例相差5倍多。原因也许
是咸摄字中僻字较多，如拵、撼、鬖、淊、鎌、鮎、黤等，这些字难以入韵，
而山摄许多韵字是常用字、高频字。

　　笔者进一步考察了咸摄韵字的押韵情况，根据自押与通押韵段的不同，
可将咸摄韵字分为如下三类：A类字只跟咸摄韵字自押，没有跟其他阳声韵
摄通押的用例；B类字可以跟其他阳声韵摄通押，也有自押的用例；C类字也
跟其他阳声韵摄通押，但没有自押的用例（见表3）。

---

　　① 鲁国尧. 论宋词韵及其与金元词韵的比较［A］. 刘晓南，张令吾. 宋辽金词韵研究［C］.
香港：香港文化教育出版社有限公司，2002.60.

表1

单位：次

地域	中原		西北	山东		四川		福建		江西		江苏		浙江	
时代	北宋	南宋	北宋	北宋	南宋	北宋	南宋	北宋	南宋	北宋	南宋	北宋	南宋	北宋	南宋
姓名	贺铸	史达祖	杜安世	晁补之	辛弃疾	苏轼	魏了翁	柳永	赵以夫	欧阳修	刘辰翁	秦观	范成大	张先	陆游
山自押	13	14	17	24	81	83	50	32	6	49	53	13	21	41	22
咸自押	10	0	1	0	2	2	0	1	2	6	2	0	1	2	1
山、咸通押	0	4	2	6	11	1	0	2	1	2	3	6	0	1	2

表2

单位：次

	中原	西北	山东	四川	福建	江西	江浙	按时代分类
山自押	495	59	178	197	289	622	833	北宋 878，过渡 620，南宋1 227
咸自押	23	3	2	4	18	25	39	北宋47，南宋49
山、咸通押	77	9	24	1	13	80	139	北宋71，过渡77，南宋215
韵段总数	4 305	450	1 628	1 366	2 411	5 814	7 282	

表3

单位：次

A类39字入韵73次	赚1，抐1，鶒2，衔6，巉1，攙1，挽2，盐7，滥2，谗1，监3，篸2，恬1，撼2，俭1，堑2，谙1，帘1，炎2，函1，柑3，眈1，贪2，憨1，骖6，淦1，鎌1，鮎1，腌1，鉴1，涵3，慊1，昙2，澹1，悵1，含1，担2，馋1，黯1

（续上表）

B 类 81 字，入韵 1 192 次	簟 a10b5，感 a6b3，减 a21b7，艳 a26b11，添 a14b22，脸 a26b10，暗 a10b1，敛 a32b12，纤 a11b27，飐 a5b4，闪 a1b1，染 a37b11，掩 a24b8，扊 a7b3，点 a66b20，厌 a9b20，冉 a3b2，渐 a1b2，凡 a6b4，帘 a33b40，谈 a3b9，南 a40b39，帆 a12b5，淡 a11b6，占 a9b9，蟾 a3b14，念 a8b2，探 a1b2，槛 a5b5，欠 a1b3，觇 a1b1，檐 a10b18，惭 a1b4，衫 a20b10，蚕 a2b5，岚 a2b3，庵 a3b3，潜 a2b3，泛 a6b2，拈 a6b6，剑 a5b5，焰 a2b2，岩 a3b10，簪 a3b3，参 a5b12，髯 a1b3，滟 a6b6，黯 a14b7，胆 a3b2，览 a9b5，鉴 a2b5，严 a2b1，缄 a1b3，聃 a2b1，蓝 a2b7，店 a2b1，毵 a3b8，堪 a3b7，潭 a2b6，甘 a1b5，签 a1b2，甜 a1b3，尖 a6b15，缆 a3b2，酣 a5b13，三 a8b24，杉 a1b2，喃 a4b2，男 a1b7，兼 a1b8，嫌 a3b6，奁 a1b5，糁 a1b2，衾 a3b3，沾 a1b1，忺 a5b6，苫 a2b1，惨 a1b3，恹 a4b2，淹 a3b3，险 a1b2
C 类 25 字，入韵 42 次	捡 1，贬 1，敢 2，忝 1，鬖 4，澉 1，龛 1，范 1，啖 1，酽 1，襜 1，勘 1，玷 1，缣 1，检 1，廉 2，签 1，揽 1，粘 1，阎 3，钻 1，黏 1，篮 2，籢 3

注：表中 B 类小写字母的含义为，a 表示与山摄阳声韵通押，b 表示与咸摄自押。

我们似乎可以做出判断：A 类字与其他阳声韵间界限分明；B 类字-m 也许已经转变成了-n，或者处于转变中的两可状态；C 类字可以说-m 已经转变成-n 了。B 类字中，减、艳、脸、暗、敛、染、掩、点、衫等字，通押次数远超过自押次数[1]，在转变的程度上更深一些；添、纤、厌、蟾、参（参加）等字，自押次数超过通押次数很多，在转变程度上浅一些；帘、南等两个高频字自押与通押次数相当。从数量和入韵次数上来看，B 类字最多，也说明了语音的变化是渐变的，存在一个两可的中间状态。咸摄 150 个韵字中，能与-n 尾字通押的就有 125 个，占了 83%，可以说此时-m 向-n 的转化已经到了一个较深的程度。

我们对 A、B、C 三类字的特征进行了观察，似乎从纽、调、清浊等各方面都看不出什么规律。唯一的一点就是 A 类中没有唇音字，咸摄的唇音字帆、贬、泛、凡、范、籢，都转入到了 B 类和 C 类。这一材料印证了-m 尾转变是同音异化，首先从唇音字开始的说法。

二

接下来我们讨论深摄韵字的情况。

---

[1] 韵字每在韵段中出现一次，称作押韵一次。

　　宋词中深摄字自押韵段 270 个，通押韵段 360 个，两者的比例分别是42% 和 58%，相差没有咸摄与山摄之间这么大。通押的具体情况是：梗深57、梗曾深 15、山梗深 1、山梗曾深 1、深咸 1、通深 1、曾深 4、臻梗深 153、臻梗曾深 45、臻山梗深 4、臻山深 1、臻深 74、臻曾深 3。深摄字与山摄字在通押上不同的特点是：深摄与 -ng 韵尾的梗曾摄的通押非常频繁，达到了 284次，几乎占了全部通押的一半还多，而山摄字基本上不与梗曾摄通押（只有 1次）。原因是深摄和梗曾二摄的主元音都是高元音，音色相近；山摄主元音是开口度低的 ɑ，虽然都是鼻音韵尾，但音色相差较远，故而不能押韵。

　　我们仿照上一节对深摄字的自押和通押情况做一归纳：

表 4
单位：次

	中原	西北	山东	四川	福建	江西	江苏	浙江	按时代分类
自押	37	7	13	14	34	68	8	47	北宋 83，南宋 110
通押	47	2	15	11	18	54	11	102	北宋 36，南宋 218

　　通押次数超过自押次数较多的主要是浙江，相反的是福建，其余大多数基本持平。可能浙江地区的深摄韵尾变化快一些，而福建地区则相对慢一些。从时间先后来看，北宋通押的数量只有零星的 36 例，远远低于南宋的数量，也许深摄韵尾的变化在北宋还处于萌芽状态。

　　下面我们来观察深摄韵字的具体押韵情况（a 表示与别摄通押，b 表示深摄自押）：

表 5
单位：次

A 类 8 字入韵 15 次	浔 b1，壬 b3，参 b1，淫 b2，妊 b1，瘖 b1，箴 b2，渗 b1
B 类 40 字入韵 2 153次	深 a90b177，沉 a32b105，襟 a8b57，音 a28b80，心 a94b180，禁 a10b39，侵 a9b35，吟 a24b69，阴 a60b118，凛 a2b2，噤 a1b2，枕 a33b14，锦 a23b15，饮 a33b13，品 a6b6，甚 a19b12，寝 a3b9，恁 a2b7，金 a21b76，林 a27b64，衾 a4b20，临 a15b46，今 a25b61，寻 a27b82，任 a6b10，簪 a7b29，浸 a1b4，沁 a5b3，砧 a4b12，骎 a2b12，琴 a10b31，岑 a5b8，斟 a23b37，禽 a4b21，针 a5b9，稔 a1b1，霖 a2b3，荫 a3b1，憯 a2b3，森 a1b3，衿 a2b1

　　从上表中我们没有发现专与其他阳声韵通押的深摄韵字，并且深、沉、

襟、音、心、禁、侵、吟、阴、金、林、衾、临、今、寻、簪、琴、禽等词韵中的高频字，其自押的数量都远超过通押的数量，只有枕、锦、饮、甚等少数几字通押的次数稍高于自押的次数。我们有理由认为，宋代深摄-m 尾的变化只是刚刚开始，大多数字的韵尾还是比较稳固的。

综合来说，咸、深两摄-m 尾的消变是不平衡的。咸摄的消变时间应该早于深摄，在消变程度上也远远超过深摄，深摄-m 韵尾比咸摄要牢固。宋代咸摄-m 尾的消变除四川外大部分已趋完成，而深摄-m 尾的消变则处于初期阶段。胡运飙先生也注意到了这一现象，他说："十二、十三世纪或更早的时候，山摄鼻韵尾（-n）已与咸摄鼻韵尾（-m）合流。这合流比深臻梗曾四摄鼻韵尾的合流要早。"① 两摄-m 尾的消变在各方言中也是不平衡的，浙江词人变化最快，四川词人变化稍慢。

三

根据以上两节的分析，我们认为应当把咸摄和山摄阳声韵字合并为一部。

清代吴烺、程名世等人的《学宋斋词韵》也将二摄合为一部，戈载《词林正韵》则分立两部：第 7 部和第 14 部。当代学者中，郑国火先生的处理偏向将覃咸部与寒先部合并，理由是两部合用远比覃咸部独用要多。胡运飙先生也认为"山摄阳声和咸摄阳声合用，两者间毫无界限，两者组成寒覃部"②。但是鲁国尧先生反对将咸摄和山摄并作一部③，鲁先生的理由是：

①监廉部入韵字少，故监廉部自押韵段较少；

②苏轼等四川词人、晏殊等江西词人通押的比较少；

③《中原音韵》表明元代尚有-m 韵尾；

④《南村辍耕录》表明元代吴方言有-m 韵尾，现代方言中保留-m 韵尾的仍很多。

我们来逐条分析鲁先生的理由。首先，咸摄入韵字少的确是事实。但是从事物发展的平衡性来看，入韵的次数少，自押的次数必然减少，通押韵段的数量也应该相对较少。可事实却不是这样，如果不是发生了音变，我们怎么解释这种现象？况且减、艳、脸、暗、敛、染、掩、点、衫等常用字、入

---

① 胡运飙，吴文英，张炎等. 南宋浙江词人用韵考 [J]. 西南师范大学学报，1987（4）：85.

② 胡运飙，吴文英，张炎等. 南宋浙江词人用韵考 [J]. 西南师范大学学报，1987（4）：85.

③ 鲁国尧. 论宋词韵及其与金元词韵的比较 [A]. 刘晓南，张令吾. 宋辽金词韵研究 [C]. 香港：香港文化教育出版社有限公司，2002.10.

韵很频繁的字，通押的次数也远远超过自押的次数，它们之间为什么不经常自押？这样大比例的通押现象，即使不能说明咸摄已经与山摄合流，也不可能支持咸摄独立的观点。

其次，《中原音韵》不足以说明元代-m 韵尾演变的概貌和程度。《中原音韵》音系的性质，一般都认为是元代大都话和宋代以汴洛语音为基础的通语不是一脉相承的语言。《中原音韵》中尚有监咸、廉纤、侵寻三部，是学者认为元代通语-m 韵尾尚存的理由。实际上这条理由也是值得怀疑的，《中原音韵》是归纳元曲而形成的韵书，与口语的实际语音可能有一些差异，类似现代京剧分尖团而普通话却不分。至于周德清在《正语作词起例》中强调区别针与真、金与斤、侵与亲的读音，原来被看作是元代-m 韵尾存在的重要理由，现在也受到不少学者的质疑①。周德清强调针与真等的区别，就是因为在他的口语中已经无别，因而提醒作曲者注意，就如教人学京剧一定要强调分尖团一样。而且针与真、金与斤、侵与亲都是区分深摄字与真文部字，并没有涉及咸摄。事实上，在《中原音韵》中就有不少-m、-n 混并的例子，如牝（-n）品（-m）同音，烦繁燔（-n）礬帆樊凡（-m）同音，饭贩（-n）范（-m）同音。

再次，元代吴方言存在-m 尾，不能代表元代的通语；现代方言中有的还保存着-m 尾，不能推论我们现代通语中有-m 尾。苏轼等四川词人咸摄通押的用例很少，只有 1 例，基本上可以说不通押。但是从其余地区来看，大多数是可以通押的，并产生了捡、贬、敢、忝等一批专和山摄通押的韵字，通押的程度从数量和比例上来说也很能说明问题。晏殊没有山咸通押用例，但与晏殊同地区的江西词人欧阳修和刘辰翁却分别有 2 例和 3 例。

我们从宋词咸、深二摄韵字的具体分析中得出结论：深摄-m 尾比咸摄-m 尾要牢固，咸摄-m 尾的消变比深摄快。在宋代，咸摄-m 尾的消变已经大量产生，而深摄-m 尾的变化才刚刚开始。为了区别反映咸摄、深摄在演变程度上的差异，并考虑到大多数地区词人用韵的实际，笔者认为，将咸摄与山摄合并为寒覃部，深摄独立为侵寻部是比较合理的。

（原载《古籍整理研究学刊》2005 年第 6 期，略有改动）

---

① 　李红. 元代吉安籍文人诗用韵中的阳声韵尾混叶问题［J］. 古籍整理研究学刊, 2002（4）：59.

后 记

本书是广东外语外贸大学中国语言文学学科（包括比较文学、比较诗学、比较语言学）近年来具有代表性人文研究成果的精选。作者以中文学院教师为主，还包括来自外国文学文化研究中心、英文学院、西语学院、留学生学院等合作单位的教师。其中，既有德高望重的知名学者，年富力强的学术中坚，也有颇具潜力和锐气的学界新秀，可以说是我校人文研究力量的一次重要展示。精选的三十余篇论文，大都发表于《中国社会科学》《文学评论》《文艺研究》《文学遗产》《外国文学研究》等重要刊物，部分论文在收入时已由作者作了修改。

本书以"比较与融通：多维视域下的诗学与语言学研究"为主题，编为比较诗学、中国诗学、语言研究三大部分。第一辑"比较诗学"，精选论文10篇，主要涵盖人文学方法论、比较文学与世界文学学科总论、现代西方文论与中西文化比较个案研究等方面。跨文化跨学科的比较研究和融通中西的理论追求是其共同特点。第二辑"中国诗学"，精选论文14篇，包括中国文学、文论、艺术的个案研究或断代研究。全球化背景与现代性视域下中国文化的传承、转换与创新，是其研究关切和人文内核。第三辑"语言研究"，精选论文9篇，涉及汉语本体研究与各类应用研究，表现出注重语言研究与文化研究、传统语言学与比较语言学方法相结合的特点。本书也体现了我院"建设有国际化特色的高水平中文学科"的学科建设定位。

由于篇幅和主题限制，本学院及相关学科的不少重要论文未能收入，这是本书的最大遗憾。在此要感谢各位同仁的热心和理解。

当然也要感谢各位作者。

最后，感谢学校分管领导的关心和学院全体同仁的支持。

在具体工作方面，学院科研秘书余越华老师和暨南大学出版社副编审潘雅琴老师为本书的出版付出了辛勤努力，在此一并致谢！

编 者
于广东外语外贸大学中国语言文化学院